निर्वासित

उपन्यास

निर्वासित

इलाचन्द्र जोशी

लोकभारती प्रकाशन

लोकभारती प्रकाशन
पहली मंज़िल, दरबारी बिल्डिंग, महात्मा गाँधी मार्ग
इलाहाबाद-211 001
वेबसाइट : www.lokbhartiprakashan.com
ईमेल : info@lokbhartiprakashan.com
शाखाएँ : 1-बी, नेताजी सुभाष मार्ग, दरियागंज
नयी दिल्ली-110 002
अशोक राजपथ, साइन्स कॉलेज के सामने
पटना-800 006 (बिहार)
36-ए, शेक्सपियर सरणी
कोलकाता-700 017

प्रथम लोकभारती संस्करण : 2018

आस्था पेपर कन्वर्टर
इलाहाबाद द्वारा मुद्रित

NIRVASIT
by Ila Chandra Joshi

ISBN : 978-93-5221-017-6

मूल्य : ₹ 600

मेरी बात

वर्तमान उपन्यास की कथा का आरम्भ उस समय से होता है जब द्वितीय महायुद्ध अपनी प्रारम्भिक अवस्था में था और उसकी छाया भारत में पूरी तरह से नहीं पड़ी थी। तब मध्यवर्गीय समाज के जीवन से रोमान्स की रंगीनी एकदम उठ नहीं गयी थी। इसमें सन्देह नहीं कि उस रंगीनी को युद्धजनित प्रतिक्रिया की विभीषिका का अस्पष्ट आभास किंचित् म्लान करने लगा था, पर अभी उस म्लान छायाभास ने सघन रूप धारण नहीं किया था। एक ओर मध्यवर्गीय समाज अभी तक उसी युग की भावनाओं, संस्कारों और मान्यताओं से बँधा हुआ था जब प्रथम महायुद्धजनित प्रतिक्रियाओं की पूर्ण समाप्ति के बाद प्रतिदिन के जीवन की साधारण सुख-सुविधाओं में एक प्रकार की ऊपरी स्थिरता-सी मालूम होने लगी थी, और यद्यपि समाज के भीतर-ही-भीतर—स्वयं उसके अज्ञात में—आग निरन्तर धधकती चली जा रही थी, तथापि उसकी ऊपरी सतह से जीवन में प्रकट रूप से एक प्रकार की 'शान्ति'-सी छायी हुई जान पड़ने लगी थी; दूसरी ओर वह द्वितीय महायुद्ध के विकरालतर दानव की सर्वग्रासी छाया को अपने निकट पहुँचता हुआ अनुभव कर रहा था। पर अभी तक उसके आँगन में धूप थी, यद्यपि वह देख रहा था कि आकाश के दूसरे छोर से बड़ी तेज़ी के साथ प्रलयकाल के तूफ़ानी बादल गर्जन करते हुए उसके ऊपरवाले आकाश को भी पूर्णतया छाने के लिए दौड़े चले आ रहे हैं।

*　　　*　　　*

इसके बाद उपन्यास की कहानी जब द्वितीय स्थिति पर पहुँचती है, तब एक ओर सन् बयालीस के अगस्त आन्दोलन का दमनचक्रपूर्ण सघन वातावरण, भारतीय आकाश को भाराक्रान्त किये हुए था। दूसरी ओर महायुद्ध की प्रतिक्रिया का परिपूर्ण प्रकोप पूरे प्रवेग से देश की जनता के ऊपर टूट पड़ा था। केवल पूँजीपति और ज़मींदार वर्ग को छोड़कर और सभी वर्ग इन दो पाटों के बीच में बुरी तरह पिसने लगे थे। पिसने की इस क्रिया का सबसे कटु अनुभव हुआ मध्यवर्ग को। फलस्वरूप इस वर्ग के जीवन की पिछली सभी मान्यताओं का मूल आधार ही जैसे ढह गया। युगों से वह जीवन के प्रति जिस अलस-लालस-रसावेशमय दृष्टिकोण को अपनाये हुए था, जिस रूढ़िगत, जड़तापूर्ण 'शान्तिवाद' को छाती से लगाये हुए था, वह युगान्तरकारी तूफ़ानी हवा की एक प्रबल फुफकार से न जाने कहाँ छिन्न-भिन्न हो गया। सहसा उसने अपने को कठोरतम संघर्ष के बीच में, जीवन-संग्राम की दुर्धर्ष और विस्फोटक शक्तियों द्वारा

प्रताड़ित अवस्था में पाया। उसके भीतर प्रचण्ड प्रतिक्रिया आरम्भ हुई। अपने कृत्रिम 'शान्तिपूर्ण' पारिवारिक और सामाजिक जीवन की चहारदीवारी की माया तोड़कर वह बाहर के विपुल संघर्ष के बीच में आ कूदा। केवल विरोधी शक्तियों का सामना करने के उद्‌देश्य से ही नहीं, बल्कि अपनी प्रतिरोधी शक्तियों को आक्रामक रूप में परिणत करने के उद्‌देश्य से भी। संसार ने पहली बार जाना कि भारत की मध्यवर्गीय जनता के भीतर ऐसी दुर्दमनीय शक्ति इतने दिनों तक सुप्त अवस्था में निहित थी, जो सहसा अणु के विस्फोट की तरह चारों ओर प्रज्वलित हो उठी।

इस उच्च तथा निम्नमध्यवर्गीय क्रान्ति ने जो सबसे बड़ा चमत्कार दिखाया वह था नारी की मूल आत्मा की कायापलट। अगस्त आन्दोलन, युद्धजनित प्रभाव, बंगाल का अकाल आदि कारणों से एक ऐसी रासायनिक प्रतिक्रिया मध्यवर्गीय भारतीय नारी की अन्तरात्मा में हुई कि उसके भीतर युगों से दबी हुई प्रचण्ड प्रतिहिंसात्मक शक्ति पूरे विस्फूर्जन के साथ जाग उठी। वह माता, वधू, कन्या कुछ भी न रहकर सहसा रणचण्डी भैरवी का खप्पर और त्रिशूल हाथ में लिये खड़ी हो गयी। विश्व स्तब्ध विस्मय के साथ उसकी ओर ताकता रह गया। पारिवारिक और सामाजिक जीवन की स्नेह-शृंखला से छिन्न नवयुवकों को एक नयी रहस्यात्मक—प्रायः आध्यात्मिक—और रोमांचक प्रेरणा मिली। किसी भी शान्तिवादी दार्शनिक में न तो इतना बल रह गया कि उस नवदुर्गा की प्रशंसा करे, न इतना साहस ही कि उसकी निन्दा करे।

*　　　　*　　　　*

उपन्यास की तीसरी और अन्तिम स्थिति तब आती है जब द्वितीय महायुद्ध तो समाप्त हो जाता है, किन्तु समाप्ति के साथ ही अणु-बम के आविष्कार द्वारा तृतीय महायुद्ध के छायापात की सूचना भी दे जाता है। एक ओर पूर्व युगों के राजनीतिक चक्रों की प्रतिक्रिया के फलस्वरूप उत्पन्न मनोवैज्ञानिक कारणों से भारतीय तरुण वर्ग हिंसावाद की ओर पूरे वेग से खिंचता चला जाता है, दूसरी ओर उसी वर्ग में से तीव्र अनुभूतिशील और चिन्तनारत नवयुवकों के एक ऐसे दल के जन्म का आभास बीज-रूप में मिलने लगता है जो एकमात्र अहिंसा को ही विश्व-विनाशी अणु-बम के—तथा उसके आविष्कार से उत्पन्न होनेवाले राजनीतिक अनाचारों के—प्रतिरोध के लिए चरम अस्त्र मानता है। तब इस बात के स्पष्ट लक्षण दिखायी देने लगते हैं कि इन दोनों दलों के परस्पर-विरोधी आदर्शों का संघर्ष भारत के भावी इतिहास का पथ निर्धारित करेगा।

*　　　　*　　　　*

उपन्यास की पृष्ठभूमि का स्पष्टीकरण करने का प्रयत्न मैं कर चुका हूँ। अब एक दूसरा प्रश्न स्वभावतः कुतूहली पाठक करना चाहेंगे। वह यह कि इस पृष्ठभूमि में मैंने किस तत्त्व या आदर्श को प्रस्फुटित करने का प्रयास किया है?

इस कल्पित प्रश्न के उत्तर में मेरा यह निवेदन है कि मैं किसी भी उपन्यास को सबसे पहले एक कहानी मानता हूँ—उसे चाहे आप बड़ी कहानी कह लीजिये। जो

कहानी मैं कहना चाहता हूँ उसे यदि मैं अच्छे ढंग से कह सकने में समर्थ सिद्ध हो जाऊँ तो वहीं पर मेरा कर्त्तव्य पूरा हो जाता है और स्वभावतः मेरे प्रयास की सफलता भी निर्धारित हो जाती है। उपन्यास का सबसे पहला और सबसे बड़ा गुण या विशेषता यही है कि उसकी कहानी सुन्दर ढंग से, कलात्मक सौष्ठव के पूर्ण निर्वाह के साथ कही गयी हो। उसके बाद दूसरी विशेषता यह है कि जिन आधारों को लेकर वह कहानी गढ़ी गयी हो वे जीवन के किन्हीं गहन समस्याओं से सम्बन्धित हों। इन दो के बाद और किसी भी तीसरी विशेषता का कोई महत्त्व मानने को मैं तैयार नहीं हूँ। किस उपन्यास में कौन आदर्श प्रतिष्ठापित करने का प्रयास किया गया है, वह आदर्श सामाजिक अथवा राजनीतिक क्षेत्रों की माँगों के अनुकूल पड़ता है या नहीं, इस तरह की विवेचनाओं का कोई विशेष मूल्य मैं किसी औपन्यासिक रचना के श्रेष्ठत्व की परख के सम्बन्ध में नहीं समझता।

मैं वह बात कोरे काग़ज़ पर लिखकर कह देना चाहता हूँ कि मैं जीवन का एक विनम्र दर्शक-मात्र हूँ। जीवन में घटित होनेवाली कुछ विशेष घटनाओं को लेकर, उन्हें कुछ विशेष पात्रों के जीवन-सूत्र में पिरोकर, अपनी योग्यतानुसार उनका यथार्थ चित्र अंकित करने का प्रयास भर मैं करता हूँ। बीच-बीच में उन घटनाओं के—अथवा उन घटनाओं से सम्बन्धित पात्रों के चरित्र के—स्पष्टीकरण के उद्देश्य से कुछ ऐसी समस्याएँ अपने-आप मेरे उपन्यासों में आ जाती हैं जिन पर विभिन्न पात्रगण अपनी-अपनी रुचियों और जीवन-सम्बन्धी अनुभवों तथा परिस्थितियों के आधार पर विवेचनात्मक विवाद करने लग जाते हैं। इसमें मेरा कोई दोष नहीं है (दोष यदि है तो वह मेरे पात्रों का)। मैं अपने उन पात्रों के विचारों के लिए अपने को उत्तरदायी नहीं समझता और यह समझना भारी भूल होगी कि मेरे उपन्यासों के नायक-नायिकाओं (अथवा किन्हीं अन्य पात्र-पात्रियों) के विचार आवश्यकतः मेरे अपने ही विचार हैं। यदि किसी दिन वह प्रमाणित हो जाय कि मेरे सभी प्रमुख कथा-पात्रों के विचार मेरे ही अपने विचार हैं तो उस दिन मेरी कहानी-कला की सबसे बड़ी असफलता सिद्ध हो जायगी। यह दूसरी बात है कि कभी किसी पात्र की बात से मेरे विचार का मेल संयोगवश बैठ जाय। संयोग के लिए कोई क्या कर सकता है?

जैसा कि मैं पहले कह चुका हूँ, मेरे औपन्यासिक पात्रों के विवेचनात्मक विवादों की केवल इतनी ही उपयोगिता है कि वे कहानी से अधिक परिस्फुटन और स्पष्टीकरण में सहायक सिद्ध हो सकते हैं। इससे अधिक उनका कोई और महत्त्व मैं नहीं समझता।

* * *

अपने वर्तमान उपन्यास की पृष्ठभूमि से पाठकों को परिचित कराते हुए मैं उनकी जिन तीन अवस्थाओं का उल्लेख पहले कर चुका हूँ, उपन्यास के नायक का जीवन उन तीनों परिस्थितियों से होकर गुज़रता है। उन तीनों परिस्थितियों में, अपने संघर्षमय जीवन के बीच में, वह किन-किन और किस प्रकार के पात्रों तथा पात्रियों के सम्पर्क

में आता है, जीवन के किन जटिल-जाल-संकुल पथों से होकर विचरण करता है, किन-किन घटना-चक्रों का सामना उसे करना पड़ता है और उनकी क्या-क्या और कैसी प्रतिक्रियाएँ उसके भीतर होती हैं, इन्हीं सब बातों का चित्रण करने का प्रयत्न मैंने किया है। यदि विज्ञ गुणी जनों की दृष्टि से इस चित्रण में यथार्थता की कुछ भी झलक आ पायी हो, यदि उसमें सजीवता का किंचिन्मात्र भी आभास दे सकने में मैं समर्थ हुआ होऊँ तो अपने कर्त्तव्य को बहुत-कुछ पूरा और प्रयास को काफ़ी सफल समझूँगा। और यदि इतनी भी सफलता मुझे न मिली हो, तो अपने दुर्भाग्य को चुपचाप कोसते रहने के सिवा मेरे लिये और कोई चारा नहीं रहेगा।

इसलिए यह प्रश्न मेरे लिये निरर्थक सिद्ध हो जाता है कि इस चित्रण द्वारा किस तत्त्व का प्रतिपादन या किस आदर्श का प्रतिष्ठापन हुआ है। मैं अन्त में फिर एक बार यह निवेदन कर देना चाहता हूँ कि यह विषय मेरे क्षेत्र के अन्तर्गत नहीं है। मैंने इसके लिए प्रकट रूप से न तो कोई प्रयास ही किया है और न उसके लिए मैं अपने को बाध्य ही समझता हूँ। यदि परोक्ष रूप से—विविध पात्र-पात्रियों के जीवन-चक्र के चित्रण के फलस्वरूप—किसी विशेष तत्त्व या आदर्श की प्रतिष्ठापना की भूल मुझसे हो पड़ी हो, तो उसके लिए मैं क्षमाप्रार्थी हूँ [illegible]न क्या है और कैसी है, इसका विवेचन भी सुधी पाठक ही कर सकते हैं।

इलाचन्द्र जोशी

निर्वासित–भाग एक

1

गर्मियों के दिन थे।

दिन-भर कुम्भीपाक की गर्मी से सबको झुलसाने के बाद सूरज डूब चुका था। पर लू की लपटें अब भी थपेड़े मार रही थीं।

टैगोर टाउन में एक विशेष राष्ट्रीय जलसे के उपलक्ष्य में बड़ी चहल-पहल मची हुई थी। विभिन्न प्रान्तों से देश के प्रमुख नेतागण आये हुए थे। उनके दर्शन करने और उनके भाषण सुनने के लिए उत्सुक जनता ने पण्डाल में अच्छी-ख़ासी भीड़ लगा रखी थी। राष्ट्र के भाग्य के सम्बन्ध में एक अत्यन्त महत्त्वपूर्ण और निश्चित निर्णय होने जा रहा था। इसीलिए जनता के हृदय में एक निराली चंचलता छायी हुई थी और एक अपूर्ण उत्साह की लहर-सी पण्डाल के भीतर और बाहर चारों ओर उमड़ रही थी।

गर्मी की प्रचण्डता के बाद भी उत्साही जनता प्रकृति के उस प्रकोप से तनिक भी विचलित नहीं हो रही थी। नीचे ज़मीन पर ही चटाइयाँ बिछा दी गयी थीं और क़तार बाँधकर बैठे हुए दर्शकगण अत्यन्त उत्सुक भाव से सामने मंच पर बैठे हुए नेताओं की ओर टकटकी लगाये हुए थे। उनमें कुछ ऐसे मनचले भी थे जो केसरिया रंग की साड़ियों से सुशोभित स्वयंसेविकाओं की गतिविधि में विशेष दिलचस्पी ले रहे थे। स्वयंसेविकाओं में से कुछ तो लोगों की कभी न बुझनेवाली प्यास को शान्त करने के सच्चे इरादे से पानी पिलाने में व्यस्त थीं। कुछ पंखा बाँट रही थीं। कुछ महिलाओं के बैठने के प्रबन्ध में जुटी हुई थीं और कुछ अनिश्चित अवस्था में निश्चित स्थानों पर खड़ी थीं।

दर्शकों की पहली क़तार में एक गोरे रंग का दुबला-पतला, नाटा-सा युवक (जो आकृति-प्रकृति और क़द में एक कॉलेजी लड़के से बड़ा नहीं दिखायी देता था, पर उम्र के हिसाब से था पूर्ण युवक ही) बड़ी देर से एक विशेष स्वयंसेविका की गतिविधि पर ग़ौर कर रहा था। उसके मुख पर केवल एक साधारण नवयुवकोचित कौतूहल और उत्सुकता का भाव नहीं था, बल्कि एक अत्यन्त सघन गम्भीरतापूर्ण मनोयोग का आभास उसकी भावमग्न आँखों में झलक रहा था। जिस विशेष स्वयंसेविका की ओर टकटकी लगाये हुए था वह एक लम्बे क़द की, उजले रंग की, हँसमुख युवती थी। जितनी भी स्वयंसेविकाएँ उस जलसे में थीं, उन सबमें उस विशेष युवती का व्यक्तित्व निश्चय ही अधिक आकर्षक था। इस बात का सबसे बड़ा प्रमाण यह था कि दर्शकों में से प्रायः सभी मनचले युवकों की दृष्टि अधिकतर उसी पर जाकर ठहरती थी। वह मंच के पास ही खड़ी थी और दो सफ़ेदपोश युवकों के साथ अत्यन्त प्रसन्न भाव से, बड़ी चंचलता के साथ, बातें कर रही थी; और बातें करती हुई बीच-बीच में क्षण-भर के लिए सामने दर्शकों की ओर भी अनिश्चित भाव से एक झलक देख लेती थी।

जिस दुबले-पतले और नाटे क़द के युवक का ज़िक्र पहले किया जा चुका है उसकी आँखें एक पल के लिए भी उस चंचल युवती की ओर से हटती नहीं थीं। उसके मुख

पर कभी एक गाढ़ी, अँधेरी, रहस्यमयी छाया घिर आती थी। कभी एक अशान्त और अस्थिर भाव उसकी आँखों में थिरकने लगता था और एक विचित्र प्रकार की भावोत्तेजना से उसका सारा मुख चमक उठता था। प्रायः सभी दर्शक अपने अगल-बग़ल के साथियों से किसी-न-किसी विषय पर बात कर रहे थे। पर वह नाटा युवक एकदम मौन था। वह तत्काल के लिए सारी उपस्थित जन-मण्डली के प्रति एकदम उदासीन-सा जान पड़ता था और एकान्त मन से अपने लक्ष्य-बिन्दु की ओर आँखें गड़ाये हुए था। पर उस युवती ने अभी तक उसकी ओर एक बार झाँका तक नहीं था। वह निश्चिन्त और निर्द्वन्द्व भाव से दो युवकों के साथ हँस-हँसकर बातें करती जाती थी। इस बात से नाटे क़दवाले गौरवपूर्ण युवक की अशान्ति और अधिक बढ़ती जाती थी। वह अशान्ति धीरे-धीरे खीझ में परिणत होने जा रही थी।

इतने में तीन स्वयंसेविकाएँ पानी पिलाने के उद्देश्य से उस स्थान पर आयीं जहाँ वह नाटा युवक बैठा हुआ था, पर इस बात से भी उसका ध्यान भंग नहीं हुआ। वह एकटक आँखों से उसी हँसमुख, चंचल युवती की ओर देखता रहा। इतने में अचानक उसके कानों में भनक पड़ी, "महीप जी!" वह जैसे स्वप्न से जग उठा। जिधर से आवाज़ आयी थी, उधर को मुँह करके उसने देखा। स्वयंसेविका के वेष में एक सुन्दरी लड़की, जिसकी अवस्था बीस-बाईस वर्ष के लगभग होगी, अत्यन्त स्निग्ध भाव से मुस्कराती हुई, विस्मयजनित हर्ष की पुलक भरी आँखों से उसकी ओर देख रही थी। उसके हाथ में पानी से भरा एक कुल्हड़ था। कुल्हड़ को युवक की ओर कुछ आगे बढ़ाते हुए उसने कहा, "पानी पीजियेगा? आप यहाँ कब आये?"

युवक के मुख पर इतनी देर से जो एक गाढ़ी अँधेरी छाया घनीभूत हो रही थी वह पल में न जाने कहाँ विलीन हो गयी। सहसा एक उज्ज्वल प्रकाश से उसका सारा मुख बिजली के जलते हुए बल्ब की तरह प्रदीप्त हो उठा। वह अत्यन्त स्पष्ट, संगीतमय और झनकार-भरे स्वर में बोल उठा, "ओः प्रतिमा, तुम हो!"

प्रतिमा ने फिर प्रश्न किया, "आप कब आये?"

"आज ही।"

"ठहरे कहाँ हैं!"

"बस, सीधे स्टेशन से यहीं चला आ रहा हूँ। सामान जो कुछ था वह स्टेशन के 'क्लोक-रूम' में छोड़ आया हूँ।"

प्रतिमा के मुख पर कुछ खिन्नता-सी झलक आयी। उसने कहा, "आपने ऐसा क्यों किया? हम लोगों के यहाँ आप क्यों नहीं चले आये?"

महीप ने पहले की ही तरह मधुर झनकार-भरे स्वर में उत्तर दिया, "बात यह है कि मैं कल ही सुबह यहाँ से चला जाना चाहता हूँ। एक आवश्यक काम से मुझे कानपुर जाना है।"

"इतनी जल्दी आप चले जायेंगे। बिना हम लोगों से मिले ही। माँ को अगर मालूम होगा कि आप आये थे और उनसे बिना मिले ही चले गये तो उन्हें बहुत दुःख होगा।"

"उनसे कह देना कि फिर कभी आकर उनके दर्शन करूँगा, इस बार क्षमा करें।"

"नहीं, ऐसा नहीं हो सकता। आप इतनी जल्दी किसी तरह भी नहीं जा सकते। मैं अभी दीदी से जाकर कहती हूँ।" यह कहकर प्रतिमा ने अपने हाथ का पानी का कुल्हड़ पास ही बैठे हुए एक सज्जन के हाथ में दे दिया, जो पानी माँग रहे थे। फिर दौड़कर उस स्वयंसेविका के पास जा पहुँची जो मंच के पास खड़ी थी और जिसकी ओर महीप बड़ी देर से टकटकी लगाये था।

महीप ने देखा कि प्रतिमा के कुछ कहने पर उसी लम्बे क़दवाली चंचल सुन्दरी ने उसकी ओर आँखें कीं। महीप को पहचानते ही एक विस्मयपूर्ण व्यंग्य-भरी मुस्कान उसकी आँखों में, नाक के दो सिरों और होंठों पर झलक उठी। वह उसी दम प्रतिमा के साथ तेज़ क़दम रखती हुई महीप के पास चली आयी। उसके आते ही महीप ने कुछ घबराहट के साथ हाथ जोड़े। उसके मुख पर एक सलज्ज भाव की हलकी-सी लालिमा छा गयी थी।

चंचल युवती ने उसके अभिवादन के प्रत्युत्तर में हाथ न जोड़कर अपनी सहज अधिकारपूर्ण व्यंग्यवाणी में कहा, "आदाब अर्ज़ है। मैंने सुना है कि ज़नाब आज ही तशरीफ़ लाये हैं। कल ही सुबह हम लोगों से बिना मिले ही, चले जाने का इरादा भी कर रहे हैं। क्या यह सच है?"

महीप का मुख संकोच और घबराहट से और अधिक लाल हो आया। उसने कहा, "जी हाँ, मैं एक आवश्यक काम से कल ही कानपुर जाने का विचार कर रहा हूँ।"

"ऐसा हरगिज़ नहीं हो सकता। जब आप आये हैं, तब आपको दो-चार रोज़ ठहरना ही होगा। मैं आज ही जलसा ख़त्म होने पर आपको माँ के पास लिवा ले चलूँगी।" उसी अधिकारपूर्ण स्वर में चंचल युवती ने कहा।

"मुझे इस बार के लिए क्षमा कर दो—कर दीजिये—नीलिमा जी! मैं फिर कभी आकर आप लोगों के दर्शन करूँगा।"

"ऊँहुँक! मैं नहीं मान सकती। आज आपको हम लोगों के साथ चलना ही होगा। इस समय मैं जाती हूँ। ठीक समय पर आपसे फिर मिलूँगी।" कहकर नीलिमा चली गयी। महीप कुछ देर तक उसी ओर देखता रहा। नीलिमा फिर से उन्हीं दो युवकों के पास चली गयी, जिनका साथ छोड़कर वह आयी थी। उन युवकों के प्रति एक अप्रिय ईर्ष्या का भाव महीप के हृदय में कई काँटे एक साथ गड़ने की वेदना पैदा करने लगा।

प्रतिमा वहीं खड़ी थी। उसने कहा, "सुना महीप बाबू, दीदी ने क्या कहा?" महीप ने अचकचाकर प्रतिमा की ओर देखा। प्रतिमा बोली, "आप उसकी बात किसी तरह टाल नहीं सकते। हम लोगों का कहना भले ही न मानें। उसके स्वभाव से आप भली-भाँति परिचित हैं।" कहकर प्रतिमा एक भेद-भरे संकेत का भाव आँखों में झलकाती हुई दुष्टतापूर्ण ढंग से मुस्कराने लगी। महीप जी सलज्ज भाव से मन्द-मन्द मुस्कराने लगे। प्रतिमा के अस्पष्ट संकेत का एक विशेष अर्थ वह अपने मन में लगाने की चेष्टा कर रहा था। फिर भी उसकी सारी बात उसे अत्यन्त रहस्यपूर्ण लग रही थी।

आसपास के दर्शक बड़े ध्यान से एक बार प्रतिमा की ओर देखते थे, एक बार महीप की ओर। प्रतिमा ने कहा, ''अच्छा, मैं जाती हूँ। पर आप दीदी की बात भूलियेगा नहीं!'' यह कहकर वह वहाँ से दूसरी जगह चली गयी, जहाँ कुछ स्वयंसेविकाएँ दर्शकों को पानी पिला रही थीं।

प्रतिमा के चले जाने पर महीप की आँखें फिर नीलिमा को खोजने लगीं। नीलिमा इस बीच कहीं दूसरी जगह चली गयी थी। इधर-इधर देखने पर उसे दिखायी दिया कि वह मंच पर बैठे हुए किसी एक नेता महाशय को पानी पिला रही है। कुछ देर बाद जब वह वहाँ से नीचे उतरी तब फिर उन्हीं दो युवकों के पास चली गयी जिनसे वह पहले बातें कर रही थी। महीप बहुत देर से यह सोच रहा था कि वे युवक कौन हो सकते हैं। उनमें से एक महाशय उसे परिचित-से लगते थे। निश्चय ही उसने उन्हें पहले कहीं देखा था। पर उसे ठीक याद नहीं आ रहा था कि वे कौन हैं और इसके पहले उसने उन्हें कहाँ देखा है। वह महाशय आसामी रेशम का कुर्ता पहने थे। उसी रेशम का पाजामा भी। सम्भवतः उनके सिर की किश्तीनुमा टोपी भी उसी रेशम की थी। वह क़द में न बहुत ठिगने, न बहुत लम्बे थे; शरीर से कुछ मोटे-से मालूम पड़ते थे। चेहरा उनका कुछ गोल दिखायी देता था। रंग गेहुँआ था। उनकी अवस्था तीस से कुछ ऊपर की मालूम होती थी। उनके मुख की अभिव्यक्ति महीप को कुछ आकर्षक नहीं मालूम हुई। पर चूँकि नीलिमा अधिकतर उन्हीं से बातें कर रही थी, इसलिए उनके सम्बन्ध में महीप की उत्सुकता भी काफ़ी बढ़ रही थी। सहसा उसकी स्मृति जग उठी। तत्काल उन महाशय का चेहरा बदलकर उसकी आँखों में एक छोटे आकार में परिणत हो गया। उसे याद आया कि प्रायः चार साल पहले इसी शक्ल-सूरत का एक छात्र यूनिवर्सिटी में उसके साथ था। उसका नाम लक्ष्मीनारायण सिंह था। वह एक बहुत बड़े ज़मींदार का लड़का था। तब क्या वह व्यक्ति वही लक्ष्मीनारायण है? आश्चर्य नहीं! पर नीलिमा से उसकी जान-पहचान कैसे हो गयी! कौन कह सकता है, किसका सम्बन्ध कब, कैसे, किसके साथ, किस रूप में स्थापित हो जायगा!

नेताओं के भाषण शुरू हो गये थे। महीप बड़े ध्यान से नेताओं की बातें सुनना चाहता था। इधर कुछ समय से राष्ट्रीय समस्या के सम्बन्ध में उसके मन में जिस एकदम नयी विचारधारा का विकास हो रहा था उससे नेताओं के विचार किस हद तक मेल खाते हैं और कहाँ विरोध खड़ा करते हैं, यह वह भली-भाँति जानना चाहता था। पर न चाहने पर भी उसका मन और उसकी आँखें बार-बार बरबस नीलिमा की ही ओर लगी हुई थीं। नीलिमा कभी मंच के नेताओं की सेवा में व्यस्त रहती थी, कभी महिलाओं के प्रबन्ध की देख-रेख के लिए चली जाती थी; कभी किसी दूसरे आवश्यक काम के लिए। पर घूम-फिरकर वह फिर उन्हीं दो व्यक्तियों के पास आ पहुँचती थी। दोनों मंच के पास ही किसी एक स्थान में, जो सफ़ेदपोशों के लिए नियत था, बैठ गये थे। नीलिमा उस एक बार के सिवा फिर महीप की ओर झाँकने भी नहीं आयी। प्रतिमा अवश्य एक बार फिर आयी थी, यह पूछने के लिए कि उसे पानी की आवश्यकता तो नहीं है।

2

जलसा अभी समाप्त नहीं हुआ था।

महीप पहले ही उठकर पण्डाल से बाहर चला आया। एक एक्का तय करके सीधे स्टेशन को रवाना हुआ। अपने प्रति नीलिमा की इस हद तक की उदासीनता उसके लिए अप्रत्याशित थी। जब प्रतिमा उसे पकड़ लायी थी तब वह केवल शिष्टाचार-पालन के ख़याल से एक बार उसके पास चली आयी थी। उसके बाद उसे फिर उधर आने की फ़ुर्सत ही नहीं मिली! फ़ुर्सत मिलती कैसे! रेशमधारी सज्जन के साथ न मालूम कितनी आवश्यक बातें उसे करनी थी! "अच्छा ही हुआ!" वह एक्के पर बैठा हुआ मन-ही-मन कहने लगा, "मेरे विचारों और आदर्शों में इधर जो नये परिवर्तन हुए हैं उनमें नीलिमा–जैसी फ़ैशनेबुल लड़कियों के लिए कोई स्थान नहीं हो सकता। यही कारण है कि जब मैं यहाँ आया था तब मेरे मन में नीलिमा की कोई कल्पना नहीं थी। नहीं तो क्या मैं अपने सामान को स्टेशन पर छोड़ आता? मेरे मन में न इस शहर में ठहरने का कोई विचार था, न उन लोगों से मिलने का। इसलिए इस सम्बन्ध में अब किसी भी प्रकार की चिन्ता में पड़ना मूर्खता के सिवा और कुछ नहीं है।"

पर इस प्रकार के विचार से उसके मन को तनिक भी तुष्टि नहीं मिल रही थी। अपने प्रति नीलिमा की उदासीनता की बात सोच-सोचकर वह एक तीखी और नुकीली बेचैनी का अनुभव कर रहा था। "अच्छे, इन बहनों को स्वयंसेविका बनने का शौक कब से चर्राया?" उसने फिर सोचना आरम्भ किया, "इनमें राष्ट्रीयता की भावना कब से जागरित हुई? इसके पहले तो ये केवल ललित कलाओं में ही दिलचस्पी लिया करती थीं। रमा को चित्रकारी का शौक था। सुषमा को संगीत का। नीलिमा को नृत्य और अभिनय का। और प्रतिमा को कविता और कहानियाँ लिखने का। और आज देखता हूँ कि नीलिमा और प्रतिमा राष्ट्रीय लहर के साथ अपनी केसरिया साड़ियों को भी फहरा रही हैं। यह फ़ैशन का तक़ाज़ा है, ज़माने की रफ़्तार है, या आन्तरिक प्रेरणा है? पर उस रेशमधारी सज्जन से उस आन्तरिक प्रेरणा का क्या सम्बन्ध है?"

इसी तरह की बातें सोचता हुआ वह स्टेशन पहुँचा। एक्केवाले को किराया देकर विदा करने के बाद वह सोचने लगा कि अब क्या करना चाहिए। जब उसने स्टेशन के लिए एक्का किया था तब वह बड़ी हड़बड़ी में था। पर अब जब वह स्टेशन पहुँच गया तब अपनी उस हड़बड़ी का कोई कारण ही उसकी समझ में नहीं आया। उसे ऐसा लग रहा था कि उसके आगे अनन्त अवकाश है। जीवन में कहीं किसी प्रकार की व्यस्तता नहीं है। पास में कोई काम करने को नहीं है। पर उस अनन्त अवकाश की कल्पना उसे किसी प्रकार भी सुखद नहीं मालूम हो रही थी। ऐसा मालूम होता था जैसे उसकी विरामहीन कर्मचेष्टा के संकल्प में विघ्न डालने के लिए किसी अज्ञात चक्र ने आज एक भयंकर षड्यन्त्र रचा है। यदि ऐसा न होता तो उस जलसे में उसकी भेंट

नीलिमा से क्यों होती, जहाँ उसके होने की किसी प्रकार की सम्भावना की कल्पना ही वह नहीं कर सकता था?

वह अनमने भाव से एक नम्बर के प्लैटफ़ार्म में गया और वहाँ निरुद्‌देश्य भाव से टहलने लगा। यात्रियों की एक बहुत बड़ी भीड़ प्लैटफ़ार्म पर जमा थी। सम्भवतः लोग किसी लम्बी सफ़रवाली गाड़ी के आने की प्रतीक्षा कर रहे थे। दो-एक चक्कर लगाने के बाद उसने चाय के स्टाल पर जाकर एक कप चाय खड़े-खड़े पी। चाय पी चुकने के बाद उसे इस बात की याद आयी कि वह सुबह से भूखा है। अपनी अन्यमनस्कता में वह भूख के पीड़न को भी भूला हुआ था। वह स्टाल के भीतर जाकर एक बेंच पर बैठा गया। दो केक और दो समोसे माँगकर खाने लगा। खाते हुए उसने स्टालवाले से पूछा, "कानपुर के लिए गाड़ी किस समय मिलेगी?"

"साढ़े दस बजे।"

समय पूछने पर मालूम हुआ कि अभी केवल साढ़े नौ बजे हैं। तब तो आज ही वह कानपुर जा सकता है। पर उसके भय और आश्चर्य की सीमा न रही जब उसने जाना कि उसके कानपुर जाने का उत्साह पहले ही बहुत-कुछ ठण्डा पड़ चुका है। जब वह खा चुका तब उसने एक कप चाय फिर माँगी। चाय पीकर, बिल चुकाकर वह बाहर निकल आया। फिर से प्लैटफ़ार्म पर टहलने गया। रेलवे-प्लैटफ़ार्म पर टहलने की क्रिया उसे बराबर सुखद लगा करती थी। पर आज वही क्रिया, न जाने क्यों, उसे अत्यन्त कष्टकर मालूम हो रही थी। टहलते-टहलते वह एक बुक-स्टाल पर पहुँचा। वहाँ हिन्दी की पत्र-पत्रिकाओं को उलटने लगा। एक पत्रिका में उसकी एक कविता छपी थी। अपनी लिखी कविता को फिर एक बार पढ़कर उसे बहुत सन्तोष हुआ। वह कविताएँ लिखने का अभ्यासी था। उसकी कविताएँ अधिकांशतः प्रेम-विषयक हुआ करती थीं, कोमलता और मिठास के लिए प्रसिद्धि पाती चली जाती थीं। पर इधर कुछ समय से उसके विचारों में सभी दिशाओं में जो परिवर्तन हुआ था, उसने उसकी कविताओं की धारा को भी एक बदला हुआ रूप दे दिया था। वह जीवन-संघर्ष की वास्तविकता और पेट की आग की समस्या से सम्बन्धित कविताएँ अत्यन्त तीव्र शैली और क़रारी भाषा में लिखने लगा था। वर्तमान कविता का शीर्षक था 'भूगर्भ की आग'। वह भी उसी तीखी शैली में लिखी गयी थी। उसका एक-एक शब्द जलती भट्‌ठी के अंगारे की तरह दहक रहा था। उसे मालूम था कि उसकी कविताएँ किसी ज़माने में नीलिमा और उसकी बहनों को भी पसन्द आया करती थीं। पर अब? कौन जाने।

पत्रिका को यथास्थान रखकर, बिना कुछ ख़रीदे, वह बुक-स्टाल को छोड़कर आगे बढ़ा। फाटक के पास आकर वह कुछ देर तक अन्यमनस्क भाव से खड़ा रहा। उसके बाद बाहर निकल गया। इण्टर-क्लास वेटिंग-रूम प्लैटफ़ार्म के बाहर था। वहाँ जाकर एक पंखे के नीचे एक ख़ाली बेंच पर लेट गया। पंखे से गर्म हवा आ रही थी, पर उस

गर्मी से कोई बेचैनी उसे नहीं मालूम हुई। उसे बेचैनी कुछ दूसरे ही कारण से हो रही थी।

लेटे-लेटे वह उस दिन की बात सोचने लगा जब प्रायः पाँच साल पहले उसका एक सहपाठी उसे नीलिमा के यहाँ ले गया था। नीलिमा ने, उसकी बहनों से और माँ से भी उसका परिचय कराया था। नीलिमा ने उसका परिचय पाते ही उससे कहा था, ''आपका साहित्यिक परिचय मेरे लिये नया नहीं है। आपकी कविताएँ मैंने पढ़ी हैं और बराबर पढ़ा करती हूँ।'' उस एक बात ने महीप की आँखों के आगे संसार का स्वरूप ही बदल दिया था। कोई सुन्दर लड़की उसकी कविता में दिलचस्पी ले सकती है, इस बात की कल्पना उसके लिए एकदम अपूर्व थी। कवि होने का सच्चा गौरव क्या है, इस बात का परिचय पहले-पहल उसे उसी दिन मिला। उसने स्वयं अपनी आँखों में अपने को ऊँचा उठा हुआ पाया। पर आश्चर्य की बात यह थी कि जिस लड़की ने उसके कवित्व को महत्त्व दिया उसके प्रति उस समय वह विशेष रूप से आकर्षित नहीं हुआ। वह आकर्षित हुआ उसकी सबसे बड़ी बहन रमा के प्रति। रमा महीप से निश्चय ही दो-तीन साल बड़ी रही होगी। पर इस बात से उसके आकर्षण में कोई कमी उसे नहीं मालूम हुई और सब बहनों के स्वभाव में उसे बचकानापन और जीवन की अनुभवहीनता का परिचय मिला, पर रमा के व्यक्तित्व में जिस स्निग्ध और सरस गाम्भीर्य का परिचय उसने पाया उसका एक निराला ही प्रभाव उसके मन पर पड़ा। उसे ऐसा लगा कि वह युवती जीवन के समस्त मांगलिक तत्त्वों को अपने भीतर समेटे हुए है। उसकी स्नेहछाया के नीचे वह एक शान्त और सुखद नीड़ का निर्माण करके सारा जीवन एक स्वप्न-पुलक की तरह बिता सकता है। रमा की दिलचस्पी चित्रकला में थी, कविताओं से उसे कोई शौक नहीं था। उसने महीप की कोई कविता नहीं पढ़ी थी। पर इस बात से महीप के लिए उसका आकर्षण घटने के बजाय और अधिक बढ़ गया।

तब से वह उस सुसंस्कृत परिवार से हिल-मिल गया। उन चारों बहनों की माँ—भुवनेश्वरी—विधवा थीं। उनके कोई लड़का नहीं था। लड़कियों को उन्होंने बेटों की तरह लाड़-प्यार से पाला था। वह स्वयं सुशिक्षिता थीं। इसलिए लड़कियों की शिक्षा-दीक्षा के सम्बन्ध में विशेष रूप से जागरूक और सचेष्ट रहा करती थीं। उनके पति स्वर्गीय बाबू रूपकिशोर खन्ना सारा जीवन सरकारी नौकरी में बिताने के बाद जो कुछ धन संचित करके रख गये थे, उसी को सहेज-सहेजकर भुवनेश्वरी अपना और अपनी 'कलचर्ड' और 'फ़ैशनेबुल' लड़कियों का ख़र्च चला रही थीं। रमा समझदार लड़की थी। वह जानती थी कि निकट भविष्य में अपनी लड़कियों के लिए उस समाज के अनुरूप ख़र्च निभाना उसकी माँ के लिए कठिन हो जायगा जिसके बीच में उन लोगों को रात-दिन रहना पड़ता है। इसलिए उसने प्रथम श्रेणी में एम.ए. पास करने के बाद एल.टी. कर लिया और उसी शहर के एक महिलाविद्यालय में नौकरी स्वीकार कर ली। विवाह के प्रति उसकी अनिच्छा के प्रधान कारणों में से एक यह था कि वह

अपनी माँ के स्नेह-बन्धन में अत्यन्त दृढ़ता से जकड़ी हुई थी। वह जानती थी कि विवाह करके पति और बाल-बच्चों के स्नेह-प्रेम के चक्कर में पड़ जाने के बाद माँ के और उसके बीच में एक व्यवधान-सा पड़ जायगा और वह पूर्णरूप से माँ की सेवा करने और उसकी निकटता पाने में असमर्थ रहेगी। पर श्रीमती खन्ना—माता भुवनेश्वरी—की आन्तरिक इच्छा थी कि रमा का विवाह जल्दी-से-जल्दी किसी सत्पात्र से हो जाय।

रमा के पाणि-प्रार्थियों की कमी नहीं थी। स्वयं महीप उनमें से एक था। महीप उस समय रमा के प्रति अपनी रोमाण्टिक भावना के परिहासात्मक स्वरूप से परिचित नहीं था। अत्यन्त गम्भीरतापूर्वक इस बात पर विश्वास करता था कि रमा के साथ उसका वैवाहिक सम्बन्ध सम्पूर्ण स्वाभाविक है। उसने यद्यपि अपने मुख से स्पष्ट शब्दों में अपनी यह इच्छा कभी प्रकट नहीं की, तथापि इसका आभास रमा को मिल गया। रमा को जिस दिन इस बात का पता लगा कि महीप उससे विवाह की इच्छा रखता है उस दिन वह अपने स्वभाव के सारे गाम्भीर्य के बावज़ूद हँसी नहीं रोक पायी। महीप के सामने ही उसकी हँसी का बहुत दिनों से दबा हुआ स्रोत फूट पड़ा। असल में उसने महीप को कभी एक क्षण के लिए भी उस रूप में नहीं देखा था जिस रूप में महीप चाहता था। महीप एक तो यों ही उससे उम्र में छोटा था, तिस पर उसका नाटा क़द, दुबला-पतला शरीर और मूँछविहीन मुख—सब मिलाकर वह एक अच्छा-ख़ासा बबुआ-सा दिखायी देता था। किसी तरुणी के पाणि-प्रार्थी प्रेमिक की कल्पना उसका वह रूप देखकर नहीं की जा सकती थी।

कुछ भी हो, जब महीप की आन्तरिक कामना को रमा ने हँसी में उड़ा दिया तब महीप को इस बात से उस समय बड़ा भारी धक्का पहुँचा। पर धीरे-धीरे वह उस धक्के से जब सँभल गया तब रमा से मुँह मोड़कर वह उसकी बहन सुषमा के प्रति आकृष्ट हुआ। वह उसके आगे बड़े ही शिष्ट रूप से, अस्पष्ट इंगितों द्वारा अपना प्रेम-भाव प्रकट करने लगा। अपनी बहुत-सी कविताओं में भी उसने अपने उस प्रेम-भाव को साहित्यिक रूप दिया। सुषमा को यह बात किसी तरह मालूम हो गयी कि वे कविताएँ उसी के प्रति निवेदित की गयी हैं। इस बात से उसे बड़ी प्रसन्नता हुई और उसने गर्व का अनुभव किया। महीप के प्रति उसके मन में एक सरल स्नेह की भावना भी उत्पन्न हो गयी और भरसक वह अपने प्रति महीप के प्रेम को परिहास में उड़ाने की चंचलता प्रकट नहीं करती थी। अन्त में एक दिन जब महीप ने परोक्ष रूप से यह जताया कि वह उससे विवाह की इच्छा रखता है तब उसने ऐसा भाव प्रकट किया जैसे वह उसकी बात कुछ समझी ही न हो। प्रायः तीन महीने बाद महीप को मालूम हुआ कि विजयमोहन वर्मा नामक एक पी. सी. एस. पास लड़के से सुषमा का विवाह तय हो चुका है। उस लड़के को महीप ने देखा था। खन्ना-परिवार में वह अक्सर आया-जाया करता था। सुषमा से वह घनिष्ठ रूप से बातें किया करता था। पर यह सब देखते हुए भी इस बात की सम्भावना महीप को कभी नहीं प्रतीत हुई कि उससे सुषमा के विवाह

की बातचीत तय हो सकती है। अन्त में जब उसे निश्चित रूप से यथार्थ बात मालूम हो गयी तब केवल एक असफल प्रेमिक की हैसियत से ही उसके हृदय पर चोट नहीं पहुँची, बल्कि इस बात से भी उसकी आत्मग्लानि और क्षोभ का ठिकाना न रहा कि इतने दिनों तक वह आँखें रहते हुए भी अन्धा बना रहा। खन्ना भगिनियों द्वारा मूर्ख बनाया गया।

उस क्षोभ का फल यह हुआ कि वह सुषमा के विवाह में शरीक नहीं हुआ और प्रायः दो वर्ष तक अज्ञातवास करता रहा। घर पर उसका अपना कहने को कोई नहीं था। उसके बचपन में ही उसके माता-पिता की मृत्यु हो चुकी थी। उसकी एक बहन थी। वह भी विवाह होने के डेढ़ वर्ष बाद क्षयरोग का शिकार बनकर चल बसी। अब केवल एक विधवा चचेरी बहन शेष रह गयी थी, जो अपनी ससुराल में बड़ी ग़रीबी के बीच में किसी तरह अपने दिन काट रही थी। महीप की बिरादरी के एक सज्जन ने उसे यूनिवर्सिटी में पढ़ने का ख़र्च देते रहने का वचन पूरी तरह से निभाया था। जब महीप ने प्रथम श्रेणी में एम. ए. पास किया तब उन्हीं महाशय ने उसे आई. ए. एस. का इम्तहान देने की आर्थिक सुविधा देने का वचन दिया। महीप ने सोचा कि अब पी. सी. एस. पास लड़के की समाज में इतनी क़दर है कि सुषमा के समान सुसंस्कृत लड़की केवल इसी एक कारण से उससे विवाह को राज़ी हो जाती है तब आई. ए. एस. पास कर लेने पर उसकी क़दर समाज में निश्चय ही उससे भी कई गुना अधिक बढ़ जायगी। इसलिए वह आरम्भ में आई. ए. एस. की परीक्षा की तैयारी करने की बात पर राज़ी हो गया था। जो लोग उसकी योग्यता से परिचित थे उन्हें इस सम्बन्ध में ध्रुव विश्वास था कि वह आई. ए. एस. की प्रतिद्वन्द्विता में केवल उत्तीर्ण ही नहीं होगा, बल्कि उसमें वह एक विशेष महत्त्वपूर्ण स्थान प्राप्त कर लेगा। पर कुछ ही महीनों बाद महीप के विचारों में एक आकस्मिक विस्फोट उत्पन्न हो गया। अचानक उसके भीतर एक ऐसी अनोखी प्रेरणा जागरित हुई कि जिससे वह स्वयं आश्चर्य में आ गया। उस दैवी प्रेरणा ने उसके मन में आई. ए. एस. की उपाधि के प्रति भयंकर विराम उत्पन्न कर दिया। उसे ऐसा लगा कि किसी भी भारतीय के लिए आई. ए. एस. अफ़सर बनने की अपेक्षा बड़ा पाप दूसरा कोई हो नहीं सकता। उसके मन में यह विश्वास जम गया कि उस पद पर प्रतिष्ठित होने पर, न चाहने पर भी, बरबस अपने ही भाइयों पर रोब गाँठने की प्रवृत्ति से वह किसी प्रकार बच नहीं सकता। वह भूखों मरेगा, जीवन-भर आवारा फिरता रहेगा, यह सब उसे स्वीकार है, पर आई. ए. एस. अफ़सर बनना किसी हालत में भी नहीं। इसी बीच उसने देश की तत्कालीन परिस्थिति और सामाजिक समस्याओं पर गम्भीर रूप से विचार करना आरम्भ किया। उन पर विचार करते-करते उनकी गम्भीरता की तुलना में अपने विद्यार्थी जीवन के दो असफल रोमान्स उसे अत्यन्त तुच्छ और हास्यास्पद लगे।

दो वर्ष के अज्ञातवास-काल में जीवन और जगत् के सम्बन्ध में उसके विचारों में आमूल परिवर्तन होने का ही यह फल था कि वह जब इस बार इलाहाबाद आया तब

खन्ना-परिवार से मिलने की कोई स्पष्ट कल्पना ही उसके सचेत मन में नहीं जगी थी। पर जब टैगोर टाउन के राष्ट्रीय जलसे में उसने नीलिमा को नये रंग, नये ढंग, नये रूप और नये वेष में निर्द्वन्द्व विचरते देखा तब उसके कवि-हृदय के भीतर दबी पड़ी रोमाण्टिक भावना फिर से पूरे वेग से उमड़ उठी। खन्ना-परिवार से घनिष्ठता रहने पर भी इतने दिनों तक वह नीलिमा के व्यक्तित्व के प्रति एकदम उदासीन रहा। पर आज उसे देखकर अचानक जैसे उसके अन्तर्वासी की आँखें खुल गयीं। नीलिमा की चंचलता, उसकी व्यंग्यवाणी, उसका पहनावा, उसकी प्रत्येक चाल महीप को अद्भुत, अतीन्द्रिय और अपूर्व रूप से आकर्षक लग रहे थे। उसे देख-देखकर वह मन-ही-मन सोचने लगा था कि, ''यह बहन निश्चय ही चारों में अधिक आकर्षक है। पता नहीं, मैं इतने दिनों तक उसके प्रति इस क़दर उदासीन क्यों रहा, जबकि वह आरम्भ से ही मेरी कविताओं में विशेष रूप से दिलचस्पी लेती रही है।''

जलसे में रेशमधारी सज्जन के साथ नीलिमा का घुल-घुलकर बातें करना महीप को क़तई प्रियकर नहीं मालूम हुआ था, इसमें सन्देह नहीं। पर आज उसने अचानक अपने पार्थिव रूप की जिस अव्यक्त, अतीन्द्रिय छाया का प्रभाव महीप के मन में डाल दिया था उसके महत्त्व को नष्ट करने में नीलिमा की कोई भी प्रत्यक्ष ज़्यादती जैसे असमर्थ हो रही थी। दो वर्ष अज्ञातवास की अवधि में जो नये संकल्प उसने किये थे, जो नये आदर्श और नयी धारणाएँ बनायी थीं, वे सब जैसे आज नीलिमा के रूप की उस निराली झाँकी के आश्चर्यजनक प्रकाश छाया-स्वप्नों की तरह विलीन होने की धमकी देने लगे थे। खन्ना-परिवार में दो बार उसे जो धोखे से भरे हुए, निराशामूलक और अपमानजनक अनुभव हो चुके थे उन्हें वह दुःस्वप्नों की तरह भूल गया। एक नया ही कल्पनालोक अनन्त विस्तार के साथ उसके आगे उद्घाटित हो गया।

इण्टर-क्लास वेटिंग-रूम के बेंच पर लेटे-लेटे महीप इन्हीं सब बातों पर बहुत देर तक चिन्ता करता रहा। इसके बाद किस समय उसकी आँखें झँपने लगीं और किस समय वह गहरी नींद में मग्न होकर सो गया, इसकी कोई ख़बर उसे नहीं रही।

3

जब महीप की आँखें खुलीं तब उजाला हो गया था।

सूर्य के निकलने की तैयारी थी। वह उठ खड़ा हुआ और अत्यन्त गम्भीर रूप से अपने मन में इस विषय पर तर्क-वितर्क करने लगा कि पहली गाड़ी से कानपुर चल देना चाहिए। उसके कानों में प्रतिमा की यह बात बार-बार गूँज रही थी, ''आप दीदी की बात किसी तरह नहीं टाल सकते—हम लोगों का कहना भले ही न मानें! उसके स्वभाव से आप भली-भाँति परिचित हैं।'' बहुत सोच-विचार के बाद अन्त में उसने निश्चय किया कि वह अभी कानपुर न जाकर पहले खन्ना-परिवार से मिलेगा। उसके बाद देखा जायगा।

वेटिंग-रूम में ही नहा-धोकर, कपड़े बदलकर, सज-सँवरकर वह बाहर निकला। एक नम्बर के प्लैटफ़ार्म पर जाकर उसने नाश्ता किया और चाय पी। उसके बाद एक ताँगा घण्टे के हिसाब से तय करके वह उस पर सवार होकर जॉर्ज टाउन में 'खन्ना-निवास' की ओर चल पड़ा। बँगले के पास पहुँचकर, ताँगे को फाटक के बाहर ही छोड़कर जब उसने भीतर प्रवेश किया तब वह इस बात का इन्तज़ार करने लगा कि कोई नौकर दिखायी दे तो उसके द्वारा अपने आने की सूचना भीतर भेजे। दो वर्ष पहले वह अपने को उसी परिवार का एक प्राणी समझता था। सुबह, शाम, रात, आधीरात, किसी भी समय वहाँ पहुँचता तो बिना किसी को ख़बर दिये बेखटके भीतर घुस जाया करता। उस घर में कभी किसी प्रकार की रोक-टोक उसके लिए नहीं थी। पर आज वह अपने को एक अजनबी महसूस कर रहा था। बिना पूर्व-सूचना के भीतर प्रवेश करने का साहस उसे किसी प्रकार भी नहीं होता था।

वह काफ़ी देर तक बाहर खड़ा रहा, पर कोई नौकर नहीं दिखायी दिया। अन्त में श्रीमती खन्ना किसी काम से बाहर बरामदे में आयीं। उन्होंने जब महीप को देखा, उनके मुख पर हार्दिक प्रसन्नता की झलक दिखायी दी। उन्होंने हर्षजनित विस्मय के साथ कहा, "अरे, महीप तुम! बाहर किसलिए खड़े हो? भीतर क्यों नहीं चले आये? कब आये?" यह कहकर वह उसके स्वागत के लिए आगे बढ़ीं।

महीप ने सलज्ज भाव से उनके निकट जाकर झुककर प्रणाम किया। उसके बाद बोला, "मैं कल ही पहुँचा हूँ, माँ! आप लोग सब कुशल से तो हैं?"

"हाँ बेटा, सब कुशल ही है। इतने दिनों तक तुम कहाँ छिपे रहे? हम सब लोग यह सोच-सोचकर परेशान थे कि तुम कहाँ होगे और क्या करते होगे। कुछ दिन के लिए तुम्हारे विलायत चले जाने की अफ़वाह भी सुनने में आयी थी। यह भी ख़बर थी कि तुम वहीं आई. ए. एस. का इम्तहान देने का इरादा करते हो। मुझे यह सुनकर सचमुच बड़ी प्रसन्नता हुई थी। सही बात क्या है, यह तुम्हीं बता सकोगे। क्या सचमुच तुम आई. ए. एस. का इम्तहान देकर लौटे हो?"

महीप ने अत्यन्त संकोचपूर्वक धीमी आवाज़ में कहा, "नहीं माँ, मैं न विलायत गया था, न मैं आई. ए. एस. में 'एपियर' हुआ हूँ। बीच में एक बार मैंने यहीं से आई. ए. एस. का इम्तहान देने का विचार अवश्य किया था, पर बाद में मेरा यह विचार बदल गया।"

"क्यों?" खिन्न भाव से श्रीमती खन्ना ने प्रश्न किया, "पर पहले तुम भीतर तो चलो। यहाँ कब तक खड़े रहोगे?" यह कहकर वह स्वयं भीतर की ओर चलने लगीं। महीप ने भी उनका अनुसरण किया। जब दोनों भीतर ड्राइंग-रूम में पहुँचे तो श्रीमती खन्ना ने एक नौकर को पुकारकर बुलाया। उससे कहा कि नीलिमा और प्रतिमा अभी सोकर उठी हैं या नहीं, जाकर देख आये और यदि उठ गयी हों तो उन्हें यह सूचना दे कि महीप आया है।

जब दोनों बैठ गये तब श्रीमती खन्ना ने कहा, ''आई. ए. एस. में 'एपियर' न होकर तुमने बड़ी ग़लती की। जीवन में इस तरह के सुयोग बार-बार नहीं आते। एक बार चूक जाने पर जीवन-भर पछताना पड़ता है।''

''आप ठीक कहती हैं, माँ। जीवन में ऐसे सुयोग बार-बार नहीं आते। पर यही सुयोग अक्सर दुर्योग भी सिद्ध होते हैं। फिर जीवन-भर इस बात के लिए पछताना पड़ता है कि उस दुर्योग को सुयोग समझकर क्यों हमने अपनाया। आई. ए. एस. अफ़सर बनना कुछ लोगों की समझ में बड़े सौभाग्य की बात हो सकती है, पर मेरी समझ में उससे बढ़कर दुर्भाग्य किसी भारतीय के लिए कोई दूसरा हो नहीं सकता।''

''क्यों?'' मुख पर परम अविश्वास का भाव झलकाते हुए श्रीमती खन्ना ने प्रश्न किया।

''इसके बहुत-से कारण हैं।''

''किस बात के बहुत-से कारण हैं?'' नीलिमा ने ड्राइंग-रूम में पाँव रखते ही पूछा। उसने दरवाज़े पर से महीप की अन्तिम बात सुन ली थी। वह अभी सोकर उठी ही थी। नौकर ने जब उसे बताया कि महीप बाबू आये हैं तब पलँग पर से सीधे ड्राइंग-रूम में प्रायः दौड़ी चली आयी थी। उसके सिर के घुँघराले बाल और सोने के समय के झीने रेशमी कपड़े अस्त-व्यस्त थे। उसकी सुन्दर अलसायी हुई बड़ी-बड़ी भाव-व्यंजक आँखों में एक स्निग्ध मादकता छायी हुई थी। रात में गाढ़ी नींद का उपभोग करने के कारण उसके गोरे-उजले मुख पर एक ऐसी चिकनायी आ गयी थी जो उस तरुणाई को एक मोहक मधुरिमा प्रदान कर रही थी। उसका वह अनुपम रूप महीप ने अपने जीवन में इसके पहले कभी नहीं देखा था। देख-देखकर उसके प्रति-रक्तकण में एक विचित्र पुलक का पागलपन समा गया। कुछ क्षण के लिए वह खोयी हुई-सी आँखों से उसकी ओर देखता रह गया।

श्रीमती खन्ना ने नीलिमा को लक्ष्य करके कहा, ''तुम बिना हाथ-मुँह धोये, बिना कपड़े बदले, बिस्तर पर से सीधे यहाँ चली आयी हो! बैड! वेरी बैड! यू ऑट टू बी एशेम्ड ऑफ़ योरसेल्फ़, नीलिमा!''

नीलिमा बच्चों की तरह बनती हुई झूठमूठ की रोनी आवाज़ में बोली, ''नहीं माँ, मैंने सुना कि महीप बाबू ने आज दो वर्ष बाद हम लोगों के घर पधारने की कृपा की है। इसलिए जैसी भूल आज उनसे हुई, उसी का 'इन्फ़ेक्शन' हवा में उड़कर मुझ पर भी असर कर गया। मैं भी हाथ-मुँह धोना भूल गयी।

सारी बात उसने ऐसे बनावटी नकीले स्वर में और मुँह बनाकर कही कि उसका वह अभिनय देखकर श्रीमती खन्ना का क्रोध हवा हो गया और भरपूर कोशिश करने पर भी उनकी हँसी रोके नहीं रुकी। ''बड़ी शैतान लड़की है! इससे पार पाना असम्भव है।'' कहकर वह महीप की ओर देखने लगीं कि इस सम्बन्ध में उसकी राय क्या है। महीप के मुख पर भी एक संकोच-भरी मुस्कान झलक रही थी। पता नहीं क्यों, नीलिमा को

देखकर कल ही से वह एक निराले संकोच का अनुभव कर रहा था। इसके पहले दो वर्ष पूर्व, जब वह अपने को खन्ना-परिवार के एक सदस्य के जैसा समझता था तब कभी नीलिमा के आगे उसने किसी प्रकार के संकोच का अनुभव नहीं किया। वह सब समय सहज, स्वाभाविक मुक्त रूप से उससे बातें किया करता था। पर आज न मालूम उसे क्या हो गया था।

नीलिमा अपनी माँ की कुर्सी के पीछे खड़ी थी। उसी बनावटी सानुनासिक स्वर में उसने महीप की ओर देखते हुए कहा, ''कहिये महीप बाबू, आप भूगर्भ की किस अँधेरी गुफा में आज तक छिपे रहे? सुनते हैं, आप वहाँ से 'प्रामेथ्यूज़' बनकर लौटे हैं!''

श्रीमती खन्ना को यह परिहास कुछ रहस्यात्मक लगा। उन्हें इस बात का पूरा विश्वास था कि इस परिहास के पीछे नीलिमा की कोई दुष्टता छिपी हुई है। उन्होंने कृत्रिम क्रोध के साथ नीलिमा की ओर देखते हुए कहा, ''तुम फिर अपनी दुष्टता से बाज़ नहीं आओगी? 'प्रामेथ्यूज़' से महीप का क्या सम्बन्ध?''

''तुम्हें नहीं मालूम है, माँ'' अपने स्वर में पहले की अपेक्षा कुछ स्वाभाविकता लाते हुए नीलिमा ने कहा, ''महीप जी भूगर्भ के दैत्यों से लड़कर ऊपर पृथ्वी पर उसी प्रकार आग लाये हैं, जिस प्रकार 'प्रामेथ्यूज़' मानवजाति के उपकार के लिए उसे स्वर्ग के देवताओं से लाया था। साथ ही महीप जी इस्काइलस के 'बन्धनग्रस्त प्रामेथ्यूज़' की अवस्था को पार कर चुके हैं। इस समय वह शेली के 'प्रामेथ्यूज़ अनबाउण्ड' के रूप में हम लोगों के सामने विराजमान हैं—मुक्त और बन्धनहीन।''

महीप विस्मय-भरे संकोच के साथ नीलिमा की ओर देख रहा था। ''निश्चय ही वह मेरी कविता पढ़ चुकी है,'' उसने मन-ही-मन कहा। उसकी रचनाओं के प्रति नीलिमा अभी तक उदासीन नहीं हुई है, यह जानकर भीतर-ही-भीतर वह विशेष रूप से प्रसन्न हो रहा था।

श्रीमती खन्ना ने नीलिमा को डाँटते हुए कहा, ''तुम बे-सिर पैर की क्या बातें कर रही हो, नीलिमा, मेरी कुछ समझ में नहीं आता। इतने दिनों के बाद महीप आया है, उससे कुशल-मंगल पूछने के बजाय तुम लगी इस्काइलस के 'बन्धनग्रस्त प्रामेथ्यूज़' और शेली के 'प्रामेथ्यूज़ अनबाउण्ड' का क़िस्सा सुनाने।''

''तुम्हें पता नहीं है, माँ'' पूर्णतया स्वाभाविक स्वर में, किन्तु व्यंग्य की मुद्रा के साथ, नीलिमा ने कहा, ''हमारे महीप जी कितने बड़े कवि हैं! इन्होंने हाल में एक कविता लिखी है, जिसका शीर्षक है 'भूगर्भ की आग!' इस कविता ने इनकी आत्मा की अँधेरी गुफा में बहुत दिनों से दबी पड़ी आग को हम लोगों के आगे प्रकट कर दिया है। इनके भीतर नेपोलियन की जो आत्मा इतने दिनों तक छिपी हुई थी वह उस कविता के द्वारा हम लोगों के आगे उभर आयी है। इसके पहले इनकी कविताएँ पढ़कर हम लोग इन्हें क्या कहते थे, तुम्हें मालूम है माँ?''

श्रीमती खन्ना ने स्नेह-भरी खीझ के स्वर में कहा, ''मुझे तुम लोगों की कोई भी बात मालूम नहीं रहती।''

नीलिमा तनिक भी हतोत्साहित न होकर बोली, ''हम लोग इनकी छायावादी कविताएँ पढ़कर इन्हें कहा करते थे—'क्राइ-बेबी'!''

श्रीमती खन्ना हँसी रोकने की व्यर्थ चेष्टा करती हुई बोलीं, ''दुत! शैतान कहीं की!'' यह कहती हुई वह महीप की ओर देखने लगीं। महीप का मुँह लज्जा से कुछ-कुछ लाल हो आया था।

नीलिमा कहती चली गयी, ''इनकी कविता में रहता था केवल बच्चों का-सा रोना। पर अब चूँकि ये अपनी कविताओं में आग उगलने लगे हैं, इसलिए अब से हम इन्हें कहेंगे 'मिस्टर प्रामेथ्यूज़' कहिये मिस्टर...''

इतने में बाहर बड़े ज़ोरों से किसी की कार का 'हार्न' बजा। सम्भवतः हार्न की आवाज़ से यह जानकर कि कौन आया है, नीलिमा तत्काल प्रायः दौड़ती हुई भीतर चली गयी।

श्रीमती खन्ना महीप से बैठे रहने के लिए कहकर बाहर यह जानने के लिए गयीं कि कौन आया है। महीप भी किंचित् कुतूहल के साथ बाहर की ओर झाँकने लगा। उसके आश्चर्य और क्षोभ का ठिकाना न रहा जब उसने देखा कि कलवाले वही रेशमधारी सज्जन मोटर से बाहर निकले। वह यह सोचकर तड़के ही चला आया था कि सुबह खन्ना-परिवार के व्यक्तियों से एकान्त में खुलकर बातें करने का मौक़ा मिलेगा। उसने यह नहीं सोचा था कि और भी कुछ व्यक्ति खन्ना-परिवार से एकान्त में बातें करने के लिए उत्सुक हो सकते हैं।

महीप का जी एकदम खट्टा हो गया। नीलिमा की व्यंग्य और परिहास-भरी बातें सुनकर थोड़ा-सा संकोच का अनुभव होने पर भी वह भीतर-ही-भीतर पुलक का अनुभव कर रहा था। आज उसने केवल नीलिमा के बाहरी व्यक्तित्व की विस्मयजनक नवीनता ही नहीं देखी थी, बल्कि उसके भीतरी व्यक्तित्व के प्रौढ़ विकास का अपूर्व परिचय भी पाया था। वह उस आश्चर्यमयी युवती की उपस्थिति में उसके साथ अपनी आत्मा की एक रहस्यपूर्ण निकटता का अनुभव करने लगा था। उसकी उस एकान्त पुलकानुभूति में विघ्न डालने के लिए वह कार इतने सवेरे कहाँ से आ धमकी! उसकी आत्मा अपने अन्तरतम प्रदेश से उस रेशमधारी महाशय को रह-रहकर कोसने लगी। कल जब उसने प्रथम बार इन छैले-बाँके बने हुए महाशय को देखा था तभी से, न जाने क्यों, उसका मन उनकी तरफ़ से बरबस सिकुड़ गया था। आज उस सिकुड़न ने ऐंठन का रूप धारण कर लिया। उसे ऐसा लगा जैसे यह व्यक्ति उसका जन्मजात शत्रु हो।

4

श्रीमती खन्ना नवागत महाशय के साथ भीतर चली आयीं।

महीप ने जान-बूझकर शिष्टाचार की अवज्ञा की। वह खड़ा नहीं हुआ। श्रीमती खन्ना ने बड़े आदर के साथ नये आये हुए सज्जन से एक सोफ़ा पर बैठने के लिए

कहा। स्वयं भी उन्हीं की बग़ल में बैठ गयीं। आगन्तुक सज्जन बड़े ग़ौर से महीप की ओर देख रहे थे। महीप को ऐसा लगा जैसे वह बहुत ऊँचे से—ताड़ के झाड़ से—देख रहे हों। उनके मुख की मुद्रा से स्वयंसिद्ध बड़प्पन की अनुभूति का भाव स्पष्ट झलकता था। उस भाव को देखकर महीप को मन-ही-मन क्रोध के साथ ही हँसी भी आ रही थी—घृणा और अवज्ञा की हँसी।

श्रीमती खन्ना ने अपने नवागत अतिथि को लक्ष्य करके कहा, "आपका परिचय शायद महीप से नहीं है?"

"जी नहीं," कृत्रिम उपेक्षा का भाव जताते हुए, अत्यन्त गम्भीरता के साथ आगन्तुक सज्जन ने कहा।

"यह हिन्दी का एक नामी कवि है। एम. ए. तक की सब परीक्षाओं में यह बराबर प्रथम श्रेणी में आया है। पिछले साल यह आई. ए. एस. की परीक्षा में 'एपियर' होने जा रहा था, पर किसी कारण से इसने अपना विचार बदल दिया।"

"मुझे आपका परिचय पाकर बड़ी प्रसन्नता हुई," कहकर आगन्तुक सज्जन ने महीप की ओर हाथ जोड़े। इस बार उनके रूखे भाव में थोड़ी-सी सरसता का आभास महीप को मिला।

इसके बाद श्रीमती खन्ना ने आगन्तुक सज्जन का परिचय कराते हुए महीप की ओर देखकर कहा, "आप ठाकुर लक्ष्मीनारायण सिंह हैं। आप एक प्रसिद्ध ज़मींदार और इस शहर के विख्यात 'पब्लिक मैन' हैं।"

इस बार महीप के मुख पर एक व्यंग्य-भरी मुस्कान झलक उठी। उसने कहा, "मैं आपसे बहुत पहले से परिचित हूँ और मेरा ऐसा ख़याल था कि आप भी मुझे जानते होंगे। पर चूँकि मैं कोई 'पब्लिक मैन' नहीं हूँ, इसलिए आपका मुझे भूल जाना स्वाभाविक है।"

ठाकुर साहब का माथा कुछ ठनका। उन्होंने एक बार बड़े ग़ौर से महीप की ओर देखा। फिर बोले, "आपने शायद मुझे यूनिवर्सिटी में देखा होगा!"

"जी हाँ, आपने ठीक फ़र्माया। वैसे मुझे भूल जाना आपके लिए स्वाभाविक है, पर मैं आपको नहीं भूल सकता।"

"मुझे याद आ गया", पहले की अपेक्षा कुछ स्निग्ध-दृष्टि से महीप की ओर देखते हुए ठाकुर साहब ने कहा, "आपने एक बार गाँधी-जयन्ती के अवसर पर एक बड़ी ही सुन्दर कविता पढ़कर सुनायी थी। वह इतनी मार्मिक थी कि श्रोताओं पर उसका गहरा प्रभाव पड़ा था। क्यों, है न?"

"जी हाँ, मैंने गाँधी जी पर एक कविता पढ़ी थी।" अपनी प्रशंसा सुनकर कुछ संकुचित भाव से महीप ने कहा।

"मुझे बड़ी प्रसन्नता होगी, यदि आप अपनी कोई नयी रचना इस समय भी सुनायें।"

महीप ने न सुनाने के उद्देश्य से बहुत-से बहाने बनाये। पर ठाकुर साहब भी बार-बार अनुरोध करने से बाज़ न आये और श्रीमती खन्ना ने भी बहुत ज़ोर दिया। अन्त में हार मानकर उसे एक कविता सुनानी ही पड़ी। उसने अत्यन्त भाव-मग्नता के साथ एक पूर्णतः नयी रचना, जो अभी तक किसी पत्र में छपी नहीं थी, सुनायी—गाकर नहीं, अभिनय के साथ। कविता का शीर्षक उसने बताया 'अनल और अनिल।' उसका भाव यह था कि युगों से सामूहिक मानव के अवचेतन मन में सृष्टि के विकास और ह्रास-चक्र के एक विचित्र क्रम के फलस्वरूप जो पापराशि धूमायित हो रही थी, जिन असंख्य उन्मत्त पाशविक वासनाओं की विकृतियाँ किसी घृणित और घातक रोग की ग्रन्थियों की तरह भीतर-ही-भीतर पककर चुनचुना रही थीं; कभी पूरे न होनेवाले अरमानों के जो धातु पिघलती हुई आग के रूप में एक-दूसरे के साथ घुल-मिलकर दिन-पर-दिन, मास-पर-मास, वर्ष-प्रति-वर्ष, युग-प्रति-युग जिस कालानल का संचय भीतर-ही-भीतर करते चले जा रहे थे, उन सबका सम्मिलित विस्फोट वर्तमान महायुद्ध के रूप में हुआ है। मानव के अवचेतन मन के भूगर्भ में, युगों से प्रलय आन्दोलन मचानेवाली वह आग आज पूरे प्रवेग से फूटकर सामूहिक सचेत मन की सतह के ऊपर उठ आयी है और बाहर के संघर्षमय जीवन की विषमता से विषैले युग की हवा का ज़ोर पाकर बिना किसी रोक-टोक के चारों ओर खुल-खेल रही है। अच्छा ही है, उसे खुल-खेलने दो! जब तक वह भीतरी विकृतियों और बाहरी विषमताओं के एक-एक परमाणु को सूखे तिनके की तरह भस्म नहीं कर डालती तब तक उसकी सर्वशोषी लपटें बुझने न पावें! उस महाविनाश का चक्र पूरा होने के बाद वह आग अपने-आप शान्त हो जायगी। तब जो तत्त्व सच्चे जीवन से सम्बन्धित होंगे उनकी ठीक परख हो सकेगी; क्योंकि वे अजर, अमर तत्त्व उस युगव्यापी विध्वंस के बाद भी प्राण शक्ति से स्पन्दित होते रहेंगे—पहले की अपेक्षा अधिक उन्नत और उदात्त रूप में।

महीप के कविता सुनाने का ढंग बहुत ही सजीव और प्रभावोत्पादक था। उसके श्रोतागण उस कविता के भीतर छिपे हुए गहन भाव को किस हद तक समझ पाये थे, यह जानना कठिन था पर इतना निश्चित था कि उन्होंने अत्यन्त मनोयोगपूर्वक सुना था—यह उनके मुखों के भावों से स्पष्ट प्रकट होता था। श्रीमती खन्ना और ठाकुर साहब के अतिरिक्त एक और तीसरे व्यक्ति ने उस कविता का आधा से अधिक अंश सुना था। प्रतिमा स्नानादि से निवृत्त होकर, कपड़े बदलकर, सज-सँवरकर बाहर चली आयी थी। महीप को कविता सुनाते देखकर, चुपचाप उसके पीछे जाकर खड़ी हो गयी थी। महीप उसे अभी तक नहीं देख पाया था। जब वह कविता सुना चुका, तब ठाकुर साहब ने प्रशंसा के स्वर में कहा, "वाह! आपकी कविता सचमुच मन पर गहरा असर करनेवाली है।"

महीप ने सलज्ज मुस्कान से, शिष्टाचार के रूप में, ठाकुर साहब को धन्यवाद देते हुए हाथ जोड़े। इतने में प्रतिमा महीप के सम्मुख खड़ी हो गयी और बोली, "आप सचमुच बधाई के पात्र हैं, महीप बाबू! जब ठाकुर साहब तक को आपकी कविता पसन्द आ गयी, तब..."

श्रीमती खन्ना इस बात से भीतर-ही-भीतर बेतरह खीझ उठीं। पर बाहर अपने क्रोध को बहुत हलके रूप में प्रकट करती हुई बोलीं, "ठाकुर साहब के पसन्द आने में आश्चर्य की बात क्या है?"

"आश्चर्य की बात इसलिए है कि ठाकुर साहब कविता को या तो बच्चों का खेल समझते हैं या भाँड़ों की भँड़ैती। अभी कुछ ही महीने पहले, जब आपके एक निकट सम्बन्धी का विवाह हुआ था, तब उस अवसर पर आपने अपने मित्रों के आगे अपना यह मत प्रकट किया था कि चूँकि भाँड़ों और कथकों की संख्या समाज में दिन-पर-दिन कम होती जा रही है, इसलिए उनके रीते स्थान को कवियों द्वारा भर लेने में बड़ी सुविधा है। आपने उस अवसर पर अपने यहाँ कवि-सम्मेलन कराकर अपने उस विश्वास को कार्यरूप में परिणत किया था। जिन कवियों का साहित्य-क्षेत्र में कोई स्थान नहीं है, जो अपने तुक्कड़पन को एक अच्छा-ख़ासा पेशा बनाकर आवारा कुत्तों की तरह दर-दर धन और यश की भीख माँगते फिरते हैं, उन्हें अपने यहाँ बुलाकर, अच्छी तरह खिला-पिलाकर ठाकुर साहब ने यह समझकर अच्छा सन्तोष प्राप्त किया था कि उन्होंने हिन्दी के साहित्यिकों को अपने पैरों तले लुटा दिया है। ऐसे जो हमारे ठाकुर साहब हैं वह जब आज हिन्दी के ही एक कवि की कविता के बारे में बड़ी गम्भीरता के साथ यह कहते हैं कि उनके हृदय पर उसका गहरा प्रभाव पड़ा, तब वह कवि निश्चय ही बधाई का पात्र है। इसलिए महीप बाबू, पुनः नमस्कार!" यह कहकर वह अपनी माँ की कुर्सी के पास खड़ी हो गयी। फिर ठाकुर साहब की ओर एक बार व्यंग्य-भरी आँखों की तिरछी दृष्टि से देखकर महीप की ओर मन्द-मन्द मुस्कान के साथ देखने लगी।

ठाकुर साहब का मुख लज्जा से एकदम लाल हो आया था। उन्होंने अत्यन्त गम्भीरता के साथ कहा, "आप यह संकेत करके कि मैं हिन्दी के कवियों को तुच्छ जीव समझता हूँ, मेरे साथ बड़ा अन्याय कर रही हैं, प्रतिमा देवी! मैंने अपने यहाँ जब कवि-सम्मेलन कराया था तब कवियों के प्रति अपना सम्मान प्रकट करने के उद्देश्य से ही ऐसा किया था। सिर्फ़ इतना ही नहीं, मैंने उन्हें आने-जाने का रेल-भाड़ा भी दिया था।"

प्रतिमा ने अपनी सान पर चढ़ी ज़बान को और अधिक तीखा करके कहा, "हाँ, मुझे मालूम है। थर्ड क्लास का किराया आपने सबको दिया था! आप बड़े उदार हैं। पर कवियों के कूढ़-मगज में आपकी इस उदारता का रहस्य अपना कुछ रंग न जमा सका। उनमें कुछ कवि तो आपको 'लूटना' ही चाहते थे! वे इण्टर क्लास में बैठकर आये थे। आपने बहुत अच्छा किया जो उनकी हैसियत के मुताबिक़ किराया उन्हें दिया, क्योंकि हिन्दी के कवि की हैसियत ही क्या? वह क्या कोई आई. सी. एस. आफ़िसर है या लॉ मेम्बर? और तो और वह बोर्ड ऑफ रेविन्यू का एक साधारण क्लर्क तक नहीं है, जो आपकी ज़मींदारी से सम्बन्धित सरकारी काग़ज़ों के विषय में कुछ जानकारी रखता हो। न वह किसी ऐसे व्यक्ति का प्राइवेट सेक्रेटरी ही है, जो थोड़ा-बहुत काम का आदमी सिद्ध हो सके। वह तो केवल एक कवि है—निरा कवि, (यह कहते हुए प्रतिमा ने एक

विचित्र ढंग से मुँह बनाया) गुलाम देश की गुलाम भाषा में लिखनेवाला एक अत्यन्त साधारण, तुच्छ जीव! इसलिए आपने यदि उसे अपने यहाँ बुलाकर थर्ड क्लास का किराया देकर विदा कर दिया तो यह आपकी बहुत बड़ी महत्ता है!'' यह कहने के बाद प्रतिमा ने सामने की ओर देखा, नीलिमा खड़ी थी। उसे देखते ही प्रतिमा अपनी आवाज़ को कुछ अधिक ऊँचा करके बोली, ''सुना दीदी, तुमने ठाकुर साहब की महान् साहित्यिक उदारता का क़िस्सा? आपने अपनी स्टेट में अपने किसी निकट सम्बन्धी के विवाह के शुभ अवसर पर हिन्दी के कवियों को बुलाया—उन्हें सम्मानित करने के उद्देश्य से। इस युग में भाँड़ों और कथकों का अभाव ठाकुर साहब को खल रहा था और वेश्याओं को भी आप इसलिए नहीं नचा सकते थे कि आप—माँ के कथनानुसार—एक 'पब्लिक मैन' हैं। इसलिए जो महान् सम्मान आप उन दो आदरणीय कोटि के पेशेवरों को दे सकते थे वही उनके एवज में आपने कवियों को दिया। उनसे तरह-तरह की कविताएँ गवायीं। उनकी तरह-तरह की मुद्राएँ देखीं। और पान-सुपारी के साथ थर्ड क्लास का रेल-भाड़ा देकर बड़े सम्मान के साथ विदा किया।''

ठाकुर साहब के चेहरे का रंग एकदम उड़ गया था। प्रतिमा के मुँह से थोड़ी-बहुत खरी बातें सुनने के आदी वह अवश्य थे। पर वह खरापन इस हद तक हो सकता है, यह उन्होंने कभी नहीं सोचा था। वह प्रायः हकलाते हुए अस्पष्ट शब्दों में बड़बड़ाने लगे, ''यह आप क्या...मैंने कब...कुछ समझ में नहीं आता आप...आप...''

प्रतिमा उनकी वह दुर्दशा देखकर खिलखिलाकर हँस पड़ी। श्रीमती खन्ना ने उसकी 'बदतमीज़ी' के लिए उसे बुरी तरह फटकारना शुरू किया। इस बार उनकी फटकार ने वास्तव में बहुत ही तीव्र और भयानक रूप धारण कर लिया था। यहाँ तक नौबत आयी कि उन्हें प्रतिमा का हाथ पकड़कर उसे प्रायः ढकेलते हुए भीतर ले जाने को बाध्य होना पड़ा।

5

श्रीमती खन्ना प्रतिमा को लेकर भीतर चली गयीं।

तब नीलिमा आगे आकर धीरे से उनके स्थान पर बैठ गयी। महीप ने देखा कि इस समय उसके मुख पर एक स्निग्ध-गम्भीर छाया और स्वाभाविक मुद्रा वर्तमान है। कटीले व्यंग्य का जो भाव कुछ समय पूर्व उसके मुख पर महीप ने देखा था उसका कोई चिह्न इस समय शेष नहीं था। इतने कम समय में इतना बड़ा भाव-परिवर्तन देखकर महीप को मन-ही-मन स्वीकार करना पड़ा कि अभिनय-कला में इस क़दर निपुण दूसरी लड़की उसने अपने जीवन में नहीं देखी। पर ठाकुर साहब के आगे उसका इस प्रकार स्निग्ध-गम्भीर रूप धारण कर लेने का अर्थ क्या हो सकता है? उसने अपने मन में प्रश्न किया। उत्तर मिला कि नीलिमा ठाकुर साहब को सम्मान और श्रद्धा की दृष्टि से देखती है, और उसे (महीप को) एक ओछी प्रकृति का तुच्छ जीव समझती है। यह सोचकर अपनी लम्बी आह को दबाने की भरपूर कोशिश करके वह चुप हो रहा।

नीलिमा ने बैठते ही अत्यन्त मधुर मुस्कान के साथ, शान्त भाव से, ठाकुर साहब को लक्ष्य करके कहा, "महीप जी से तो आपका परिचय हो ही चुका होगा?"

ठाकुर साहब अपने मन के आक्रोश का भाव दबाने की व्यर्थ चेष्टा करते हुए बोले, "जी हाँ, ख़ूब अच्छी तरह परिचय हो चुका है। उस परिचय के कारण ही साहस करके मैंने आपसे कविता सुनाने को कहा। उसका फल यह हुआ कि प्रतिमा जी मुझे खरी-खोटी सुना गयीं। यदि कवियों से कविता सुनाने को कहना पाप है, तो मैं आज से बाज़ आया।"

महीप ने अपना मौन भंग करते हुए कहा, "मुझे बहुत दुःख है, ठाकुर साहब, कि मेरे कारण आपको कष्ट उठाना पड़ा।"

ठाकुर साहब रूखी दृष्टि से उसकी ओर देखते हुए चुप रहे। उन्होंने शिष्टाचार के रूप में झूठे मुँह भी यह नहीं कहा कि, "नहीं, आपका इसमें कोई दोष नहीं है।" उनके मौन भाव से यह बात महीप के आगे स्पष्ट हो गयी कि वह उसे वास्तव में दोषी समझते हैं। केवल समझते ही नहीं, अपने मन के उस भाव को स्पष्टतया जता भी देना चाहते हैं। उसके प्रति ठाकुर साहब का आक्रोश क्यों है, इस सम्बन्ध में तरह-तरह के कारण उसके मन में उठने लगे।

नीलिमा ने महीप से कहा, "कल रात आपने हम लोगों को बहुत परेशान किया।"

अकपट विस्मय के साथ महीप बोला, "मैंने कल रात आप लोगों को बहुत परेशान किया ! यह तुम..., आप क्या कह रही हैं, नीलिमा जी!"

"मैं ठीक कह रही हूँ", उसी शान्त भाव से नीलिमा ने कहा, "मैं आपसे कह गयी थी कि जलसा समाप्त होने पर आपको हम लोगों के साथ हमारे घर चलना होगा। पर जब मैंने ठीक समय पर आपकी खोज की तब कहीं आपका पता नहीं लगा। मैं और प्रतिमा दोनों बहुत देर तक इधर-उधर आपको ढूँढ़ती रहीं, पर सब व्यर्थ सिद्ध हुआ। अन्त में निराश होकर हम लोग ठाकुर साहब की कार में घर चली आयीं। प्रतिमा को—मुझे भी—आपके न मिलने से बहुत निराशा हुई।"

महीप अप्रत्याशित हर्ष से पुलकित और विस्मय से स्तब्ध होकर अपनी सजलता से चमकती हुई आँखों से कुछ क्षण तक नीलिमा की ओर देखता रहा। उसके बाद अपने संगीत-मधुर कण्ठस्वर में बोला, "मैं इस बात के लिए बहुत ही दुःखित हूँ, नीलिमा जी। मेरे कारण कल आपको फ़िज़ूल परेशान होना पड़ा।"

ठाकुर साहब आश्चर्य से एक बार नीलिमा की ओर देखते थे, एक बार महीप की ओर। उनकी कुछ समझ ही में नहीं आता था कि मामला क्या है। एक तुच्छ कवि—साधारण-सा साहित्यिक—जो न धनी है, न मानी सुसभ्य और सुसंस्कृत खन्ना-परिवार से इस हद तक हेल-मेल बढ़ाने और उनका प्रिय पात्र बनने में कैसे सफल हुआ! यह बात सम्भवतः उनकी समझ में ठीक-ठीक नहीं आ रही थी। जो भी हो, इस बात से महीप के प्रति उनका आक्रोश घटने के बजाय अधिक भड़कने लगा था। पर

बाहर से अत्यन्त शान्त भाव दिखाने की चेष्टा करते हुए वह मन मारकर एकदम मौन साधे बैठे रहे।

नीलिमा ने कहा, "आप किस-किस बात के लिए दुःखित होइयेगा, महीप जी! ठाकुर साहब को किसी ने खरी-खोटी सुनायी, उसके लिए आप दुःखी हुए। मैं कल रात आपको खोजती फिरी, इस कारण आपको क्षोभ है। प्रतिमा को माँ ने फटकार बतायी, उसके लिए भी आप अवश्य दुःखित हुए होंगे। स्वयं माँ की खीझ के लिए भी आप अपने-आपको दोषी मानकर खिन्न हो उठे होंगे! आप धन्य हैं! असल बात यह है, आपका कवि-हृदय आवश्यकता से अधिक अनुभूतिशील है। यह आपकी सबसे बड़ी दुर्बलता है और यही आपका सबसे बड़ा बल भी है। तिस पर 'क्राइ-बेबी', तो आप रह ही चुके हैं।" यह कहते हुए एक निराली मोहमयी से नीलिमा की आँखें, बल्कि सारा मुख-मण्डल प्रभासित हो उठा।

नीलिमा के अन्तिम वाक्य की तीखी सुई के चुभने से महीप का हृदय तिलमिला उठा। इतनी देर तक जो सौम्य और शान्त रूप वह धारण किये हुए था उसमें थोड़ी-सी खरोंच लगी। उसने इसराज के बजते हुए तारों की गूँज की तरह अपनी झनकार-भरी आवाज़ में कहा, "एक बात आप भूल रही हैं, नीलिमा जी! 'क्राइ-बेबी' बड़ा शक्तिशाली प्राणी होता है। उसका रोने का अस्त्र अचूक होता है। अपने रोने के अटूट क्रम से वह अपने आसपास के शान्ति-प्रेमी व्यक्तियों को इस क़दर विवश कर देता है कि वे अपनी जान छुड़ाने के लिए उसकी इच्छा की पूर्ति करने को बाध्य होते हैं। पर मुझमें यह शक्ति कहाँ रही है! मेरे जीवन में मेरी एक भी इच्छा की पूर्ति कहाँ हुई है। इसलिए आपकी 'क्राइ-बेबी' वाली उपमा ठीक बैठती नहीं।"

ठाकुर साहब ने आन्तरिक उत्सुकता के साथ कहा, "इस 'क्राइ-बेबी' वाले क़िस्से में क्या रहस्य छिपा है, मैं अभी तक कुछ समझ न पाया। इसलिए, अगर गुस्ताख़ी माफ़ हो तो, मैं भी जानना चाहूँगा।"

नीलिमा ने आधी दृष्टि से उनकी ओर देखकर कुछ अवज्ञा के साथ कहा, "वह एक साहित्यिक रहस्य है, जिसे आप—जिसमें आपको कोई दिलचस्पी नहीं हो सकती।" स्पष्ट ही वह कहने जा रही थी, "जिसे आप समझ नहीं सकते।" पर तत्काल कुछ सोचकर उसने अपने कहने का ढंग बदल दिया। महीप लाख चेष्टा करने पर भी ठाकुर साहब के प्रति नीलिमा के व्यवहार से कोई भी ऐसा इंगित नहीं पा रहा था जिससे वह एक निश्चित धारणा अपने मन में बना सके। उसके मन में यह दृढ़ विश्वास था कि जब नीलिमा ने मोटर के हार्न का शब्द सुना तब मोटर को बिना देखे ही उस हार्न के विशेष प्रकार के शब्द से वह समझ गयी थी कि ठाकुर साहब की कार आ पहुँची है और तत्काल दौड़ती हुई भीतर चली गयी थी। इस बात का स्पष्ट अर्थ महीप को यह लगा कि ठाकुर साहब के आगे नीलिमा साधारण पहनावे में, अस्त-व्यस्त वेष में, प्रकट नहीं होना चाहती। जब वह भीतर जाकर, नहा-धोकर शृंगार-प्रसाधन कर चुकी, तब

ड्राइंग-रूम में आयी। और जब आयी तब अपने मुख का भाव ऐसा शान्त, संयत और गम्भीर बनाकर लायी जो कुछ ही समय पहले उसका बनावटी बचकाना व्यवहार और साथ ही व्यंग्यात्मक परिहासपटुता देखने के बाद अत्यन्त आश्चर्यजनक लगता था। उस बात से महीप के मन में यह धारणा जम गयी थी कि नीलिमा ठाकुर साहब के प्रति एक विशेष सम्मान का भाव रखती है। पर अब जब ड्राइंग-रूम में केवल तीन ही व्यक्ति रह गये थे तब वह महीप के साथ मीठे व्यंग्य की पटाख़ेदार फुलझड़ियाँ छोड़ती हुई ठाकुर साहब के प्रति जो अवज्ञा जता रही थी वह महीप को कुछ कम विस्मयजनक नहीं मालूम हो रही थी। साथ ही इस बात में भी उसे कुछ-न-कुछ रहस्य छिपा मालूम होता था कि ठाकुर साहब के यहाँ कवियों का जो 'सत्कार' हुआ था उस क़िस्से को प्रतिमा ने नीलिमा के आगे ऊँची आवाज़ में दुहराना आवश्यक समझा था। जो भी हो, वह ठाकुर साहब के प्रति नीलिमा की भाव-भंगिमा और नीलिमा के प्रति ठाकुर साहब की चेष्टाओं की ओर बड़े ग़ौर से, सूक्ष्म दृष्टि से ध्यान दे रहा था।

नीलिमा पूर्ण दृष्टि से महीप की ओर देखती हुई, अपने सारे मुख पर अत्यन्त स्निग्ध और सरस मुस्कान झलकाती हुई बोली, "अच्छा, 'क्राइ-बेबी' वाली बात को अब भूल जाइये, 'मिस्टर प्रामेथ्यूज़'! अब कृपा करके मेरी एक बात का उत्तर दीजिये। एक विषय पर आपकी राय जानना मेरी लिये बहुत ज़रूरी है। प्रतिमा ने अभी जो क़िस्सा ठाकुर साहब के कविता-प्रेम और कवि-भक्ति के सम्बन्ध में सुनाया, उस पर आपकी क्या राय है?"

ठाकुर साहब का चेहरा सहसा भयंकर रूप से तमतमा उठा। ऐसा मालूम होता था, जैसे उन्होंने नीलिमा के प्रश्न से अपने को अत्यन्त अपमानित समझा हो। उन्होंने प्रायः तमककर कहा, "देखिये नीलिमा देवी, मैं एक बात अर्ज़ कर देना आवश्यक समझता हूँ। मैंने कभी यह नहीं कहा कि मैं कवियों का भक्त हूँ, इसलिए..."

बीच में ही उनकी बात काटकर नीलिमा आधी, किन्तु तीखी दृष्टि से उनकी ओर देखकर बोली, "मैंने आपसे तो कोई प्रश्न किया नहीं। इसलिए आपका इस तरह बीच में बोल उठना कहाँ तक उचित है, यह बात मेरी समझ में नहीं आयी।"

ठाकुर साहब इसके आगे कुछ न कह सके। सोफ़ा की पीठ से अपनी पीठ हटाकर हताश भाव से चुप बैठ गये।

नीलिमा ने महीप से कहा, "हाँ, तो 'मिस्टर 'प्रामेथ्यूज़', आपने अपनी राय नहीं जतायी।"

महीप ने अपने को बड़ी अप्रिय परिस्थिति में पाया। उसकी समझ में नहीं आया कि नीलिमा ठाकुर साहब के सामने ही इस तरह का प्रश्न क्यों करना चाहती है। उसे ऐसा लगा जैसे वह जान-बूझकर या तो ठाकुर साहब को या स्वयं उसे अप्रतिभ करना चाहती हो। पर क्यों? नीलिमा ने यह रहस्य-जाल किसे, किस उद्देश्य से फाँसने के लिए फैलाया है? तनिक भी असावधानी में वह ख़तरे में पड़ सकता है। इस निश्चित

कारण से उसने सरसरी दृष्टि से एक बार नीलिमा की ओर देखा और एक बार ठाकुर साहब की ओर। नीलिमा की आँखों में दुष्टता-भरी उत्सुकता झलक रही थी और ठाकुर साहब की आँखों में एक निपट हताश भाव। उसके अन्तर्मन के किसी अँधेरे कोने से यह भावना सम्भवतः अस्पष्ट रूप से ऊपर को झाँक रही थी कि नीलिमा द्वारा फैलाये गये जाल में ठाकुर साहब का पाँव किसी तरह फँस जाय तो वह भी तमाशा देखे। पर चूँकि स्वयं उसके भी फँसने का डर था, इसलिए वह अपने जान बहुत सँभलकर बोला, "प्रतिमा की बात में यदि कुछ भी सच्चाई है तो ठाकुर साहब का व्यवहार निश्चय ही घोर लज्जास्पद रहा है। मैं प्रतिमा की सच्चाई और ईमानदारी पर तनिक भी सन्देह नहीं करता। पर ऐसा भी हो सकता है कि ठाकुर साहब के यहाँ जो कवि-सम्मेलन हुआ उसके सम्बन्ध में किसी का ग़लत बयान उसने सुना हो। साथ ही यह बात भी है कि प्रतिमा को यदि पूरे और पक्के प्रमाण न मिल गये होते, तो वह ठाकुर साहब के आगे उस बात को कभी निश्चित तथ्य के रूप में न रखती। इसके अलावा अभी तक ठाकुर साहब ने प्रतिमा के किसी भी तथ्य का खण्डन नहीं किया है। इससे भी प्रतिमा की बात की सच्चाई प्रमाणित होती है और यदि यह सच है, यदि वास्तव में ठाकुर साहब का मनोभाव कवियों के प्रति वैसा ही है जैसा कि प्रतिमा ने वर्णित किया है और कवि-सम्मेलन के कवियों को उन्होंने भाँड़ों और वेश्याओं की अपेक्षा..."

"ग़लत बात है! एकदम ग़लत! मैं कवियों को मूर्ख अवश्य समझता रहा हूँ, पर उन्हें भाँड़ और वेश्या मैंने कभी नहीं समझा!" मेज़ पर ज़ोर से हाथ पटकते हुए ठाकुर साहब ने कहा। उनका रुद्र रूप उस समय देखने ही योग्य था। खीझ के कारण वह अग्निशर्मा बने हुए थे। उनके मुख पर जो शिष्ट और सौजन्यपूर्ण भाव महीप ने कल जलसे में और आज भी आरम्भ में देखा था वह ऐसा धोख़ेबाज़ मुखड़ा सिद्ध होगा, यह बात उसकी कल्पना में नहीं आयी थी। पर जो भी हो, उनकी खीझ की अभिव्यक्ति इस समय महीप को ऐसी हास्यास्पद लगी कि उसे वह एक अच्छा ख़ासा विनोद मालूम हुआ। उसका जो सहज आत्मविश्वास नीलिमा की उपस्थिति में डिग-सा रहा था वह लौट आया और उसके मुख पर पूर्ण प्रसन्नता की मुस्कान छा गयी। बड़े प्रेम से ठाकुर साहब की ओर देखते हुए उसने कहा, "जब आप कवियों को मूर्ख समझते हैं तब तो मुझे घोर मूर्ख समझते होंगे, क्योंकि मैं कवि न होते हुए भी कविता लिखता हूँ और यह जानते हुए कि मैं मूर्ख हूँ आपने मेरी कविता की जो प्रशंसा की उससे सचमुच आपकी उदारता का परिचय मिलता है। तब तो आपने निश्चय ही अपने यहाँ के कवि-सम्मेलन में कवियों का वैसा ही महान् स्वागत किया होगा जैसा कि प्रतिमा ने बताया है।"

नीलिमा बरबस खिलखिला उठी। इस बात से ठाकुर साहब ने अपने को द्विगुण अपमानित समझा। उसकी प्रतिक्रिया ने एक हठ का रूप धारण कर लिया। उन्होंने पहले से भी ऊँची आवाज़ में कहा, "मैं केवल कवियों को ही नहीं, हिन्दी के सभी

साहित्यिकों को मूर्ख समझता हूँ। आपके हिन्दी साहित्य में रखा ही क्या है! अँगरेज़ी में यूरोपीय साहित्य की चीज़ें पढ़-पढ़कर उनकी विकृत नक़ल अपनी भाषा में करने के सिवा आपके साहित्यिक कौन-सा मौलिक तत्त्व हिन्दी को दे रहे हैं? अगर नक़ल भी ठीक तरह से कर पाते तो भी एक बात थी। पर एक तो उन लोगों को अँगरेज़ी का ही ठीक ज्ञान नहीं होता, तिस पर उनकी समझ बहुत ही छिछली होती है। केवल इतना ही नहीं, कलात्मक प्रतिभा का लेश भी उनमें नहीं रहता। ऐसी हालत में केवल वही व्यक्ति हिन्दी के साहित्य और साहित्यिकों में दिलचस्पी ले सकता है जो उन्हीं की तरह मूर्ख हो। जिसमें किसी कलाकृति की विशेषताओं को परखने की बुद्धि न हो। लोग चिल्लाते हैं कि हिन्दी सम्पूर्ण राष्ट्र की भाषा नहीं हो पाती। हो कैसे! जिस भाषा का साहित्य एकदम चौपट हो, वह राष्ट्रभाषा हो ही कैसे सकती है! यह सब होते हुए भी हिन्दी के साहित्यिकों के दिमाग़ सातवें आसमान पर चढ़े रहते हैं। प्रत्येक साहित्यिक अपने को शॉ और वेल्स से कुछ कम नहीं समझता। घोर अहम्मन्य मूर्खों के इस राज्य में जो कोई भी समझदार भूल से पाँव रख बैठता है उसकी दुर्दशा स्वाभाविक है...''

''जैसी कि इस समय आपकी हो रही है!'' कहकर नीलिमा फिर एक बार खिलखिला उठी।

''तो क्या आप शॉ और वेल्स को सचमुच महान् कलाकार मानते हैं?'' महीप ने कुछ गम्भीरता के साथ पूछा।

''इसमें भी कोई सन्देह है! हिन्दीवाले जीवन-भर उनके पैरों के तलवों की धूल पोंछते रहें तो भी उस धूल के बराबर महत्त्वपूर्ण साहित्य की सृष्टि नहीं कर सकते!''

महीप के मुख का भाव गम्भीर-से-गम्भीरतर हो आया। कुछ क्षण तक वह उदास दृष्टि से ठाकुर साहब की ओर देखता रहा। उसके बाद शान्त, किन्तु स्थिर स्वर में बोला, ''देखिये ठाकुर साहब, हिन्दी के साहित्यिकों को आपने जो गधों से भी मूर्ख और ज़मीन पर रेंगनेवाले कीड़ों से भी अधिक तुच्छ समझा है, इसके लिए मैं अकेले आपको दोषी नहीं ठहराता। हमारे देश का एक बहुत प्रभावशाली सम्प्रदाय—राजनीतिक सम्प्रदाय—राष्ट्रीय उन्नति ही जिसका एकमात्र ध्येय है और जो सच्चे मन से, सच्ची लगन से, दलित भारत को संसार के सर्वश्रेष्ठ राष्ट्रों के समकक्ष बनाने के उद्‌देश्य से प्राणों की बाज़ी लगाये हुए हैं—उसका भी मनोभाव हिन्दी के साहित्यिकों के प्रति वैसा ही है जैसा कि आपका। किसी राष्ट्र के लिए इससे बड़े दुर्भाग्य की बात क्या हो सकती है कि उसके नेता उसकी प्रधान भाषा के साहित्य को बच्चों का खेल और उसके साहित्यिकों को निपट गँवार समझें। हमारे नेतागण हिन्दी साहित्य का एक अक्षर भी पढ़ना अपनी गौरवहीनता समझते हैं। उनका ध्रुव विश्वास है कि ग़ुलाम देश की इस ग़ुलाम भाषा के साहित्य में ग़ुलाम मनोवृत्ति—और अधिक-से-अधिक बन्दरों की-सी नक़ल उतारने की कला—के सिवा और हो ही क्या सकता है! इसलिए वे उसकी ओर कभी भूलकर भी नहीं झाँकते। और यदि कभी किसी के सत्याग्रहपूर्ण अनुरोधवश झाँक भी लेते हैं

तो नाक-भौं सिकोड़ने लगते हैं। जिस विदेशी साहित्य के धनी-धोरियों की कृपा से आज हम लोग दास-मनोवृत्ति को अपनाने के लिए बाध्य हुए हैं उसका अक्षर-अक्षर चाटने के लिए हमारे देश-नायकगण उत्सुक रहते हैं। उसके निम्न-से-निम्नतर कोटि के लेखक के एक-एक वाक्य को ब्रह्मवाक्य से कुछ कम महत्त्वपूर्ण नहीं समझते। वे लोग अँगरेज़ी का एक वाक्य शुद्ध बोलकर और आधा वाक्य शुद्ध लिखकर अपने को जितना गौरवान्वित समझते हैं, उससे कहीं अधिक गर्व का अनुभव तब करते हैं जब वे हिन्दी के किसी साधारण शब्द को अशुद्ध लिखते हैं—शुद्ध हिन्दी लिखना वे लज्जा की बात समझते हैं। शुद्ध क्या, अशुद्ध हिन्दी लिखना भी वे पाप मानते हैं। यही कारण है कि हिन्दी के श्रेष्ठ-से-श्रेष्ठ लेखक की किसी भी रचना को गधे की चीं-पों से अधिक महत्त्व वे नहीं देते। उन्हें इस बात पर क़तई विश्वास ही नहीं होता कि इस दलित देश की पीड़ित आत्मा की पुकार को उसके साहित्यिक किसी रूप में व्यक्त करने की योग्यता रख सकते हैं।

इस बीच प्रतिमा भीतर से वापस आकर एक कोने में चुपचाप खड़ी हो गयी थी। उसके मुख का सहज प्रसन्न भाव ज्यों-का-त्यों बना हुआ था। वह बड़े ध्यान से महीप की बात सुन रही थी।

ठाकुर साहब का रुद्र रूप कुछ ठण्डा पड़ गया था। पर प्रतिहिंसक भाव की छाया अभी तक उनके मुख पर से नहीं हटी थी। उन्होंने अत्यन्त गम्भीर स्वर में कहा, "जब आपके साहित्य में कुछ दम ही नहीं है तब उसकी अवज्ञा करनेवाले नेताओं का क्या दोष। जो दर्द तीखा होता है उसकी कराह भी वैसी ही तीखी होगी और ऐसा हो नहीं सकता कि वह किसी के कानों तक पहुँच ही न पाये। असल बात यह है कि दासवृत्ति ने आपके साहित्यिक जगत् को बुरी तरह जकड़ रखा है। उस मनोवृत्ति से ऊपर उठकर, अपनी आवाज़ को बुलन्द करके, संसार को कोई नया कल्याणकारी सन्देश सुनाने में आपके साहित्यिक एकदम असमर्थ हैं। ऐसी हालत में अगर कोई आपके साहित्य के प्रति उदासीन रहे तो उसे दोष नहीं दिया जा सकता।" यह कहकर ठाकुर साहब ने एक बार तिरछी दृष्टि से प्रतिमा की ओर देखा। उसके बाद क्षण-भर के लिए नीलिमा की ओर देखकर फिर महीप की ओर मुख़ातिब हो गये।

"देखिये ठाकुर साहब!" महीप ने खीझकर कहा, "आप एक बात भूल रहे हैं। यह भोंपू का युग है और जिस सम्प्रदाय या राष्ट्र का भोंपू जितना बड़ा होगा, उसकी आवाज़ भी उतनी ही ऊँची और दूर तक सुनायी देनेवाली होगी। यदि भोंपू—लाउड स्पीकर—बड़ा नहीं है तो पुकार चाहे कैसी ही मार्मिक क्यों न हो, उसे न तो कोई सुन पाता है, न सुनना चाहता है। बेचारी हिन्दी के साहित्यिकों के पास कोई भोंपू ही नहीं है, इसलिए वे अपनी आवाज़ को दूसरे देशों के प्रांगण तक पहुँचाना तो दरकिनार, अपने ही देश के और अपने ही प्रान्त के निवासियों के कानों तक ठीक तरह से नहीं पहुँचा पाते। इससे यदि कोई यह समझे कि दास-मनोवृत्ति से जकड़े रहने के कारण वे साहित्य में

कोई महत्त्व की चीज़ नहीं दे पाते तो इससे भयंकर भूल दूसरी कोई हो नहीं सकती। किसी ग़ुलाम देश के ग़ुलाम लेखक की दलित आत्मा के भीतर पीड़न की जो प्रतिक्रिया होती है वह ऐसी गहन और मार्मिक होती है कि किसी स्वतन्त्र देश का स्वाधीन लेखक आसानी से उसकी कल्पना तक नहीं कर सकता। तुलसीदास इस ग़ुलाम देश के ही ग़ुलाम लेखक थे। देश की घनघोर दासता और रोग-शोक-दुःख-दारिद्र्य के बीच में उनका जन्म हुआ था। यही कारण था कि अपनी घनीभूत पीड़ा को उच्चतम कोटि के परम मांगलिक साहित्य के रूप में जिस मार्मिक और व्यापक ढंग से व्यक्त करने में वह समर्थ हुए थे, उसका जोड़ दूसरे किसी भी साहित्य में मिलना कठिन है। रूस जब ज़ार-युग के अत्याचारों से पीड़ित होकर दासत्व की शृंखला से भी अधिक क्रूर और कठोर बन्धनों से जकड़ा हुआ था तब घोर विपरीत परिस्थितियों में वहाँ के लेखकों ने जिस महान् साहित्य का निर्माण किया, वह यूरोप के प्रायः सभी युगों के साहित्य के इतिहास में अद्वितीय माना गया। प्राचीन ग्रीस के दास लेखकों ने जिस उन्नत और स्थायी साहित्य की सृष्टि की वह उसी देश के स्वतन्त्र लेखकों के साहित्य से कई गुना अधिक महत्त्वपूर्ण सिद्ध हुआ। इसीलिए मैं कह रहा था कि हमारी वर्तमान दासता हमारे साहित्य के महत्त्व में किसी रूप में भी बाधक सिद्ध नहीं हुई है। बल्कि मेरा यह ध्रुव विश्वास है कि बीसवीं शताब्दी के पूर्वार्द्ध में परिणत-काल में जिस साहित्य का सर्जन हिन्दी के लेखकों ने किया है वह उसी काल में रचे गये सभी देशी और विदेशी साहित्यों की तुलना में उन्नीस नहीं, बल्कि इक्कीस ही सिद्ध होगा। इस समय यह बात हमारे ही निकट की जनता को जो घोर हास्यास्पद और एकदम असम्भव मालूम होती है, उसका कारण वही है जो मैं बता चुका हूँ—भोंपू का अभाव। हमारी दासता महान् साहित्य के सर्जन में बाधक न होकर उसके प्रचार में बाधक हुई है। हमारी दास-भावना का बुरा असर हमारे साहित्य के निर्माताओं पर उतना नहीं पड़ा है जितना उसके पारखियों पर। सबसे बड़ी बिडम्बना यह है कि हमारे राष्ट्र के उन्नायकों पर इस आत्म-लघुता की मनोवृत्ति ने सबसे अधिक रोब ग़ालिब किया है। यदि यह बात न होती तो उन लोगों ने अपना साहित्य-सम्बन्धी सारा ज्ञान केवल विदेशी साहित्यिकों के द्वारा प्राप्त करने की शपथ न खा ली होती। पहले ही से इन विरोधी संस्कारों को मन में न पाला होता कि हिन्दीवाले कोई भी महत्त्व की मौलिक चीज़ नहीं दे सकते। पर ज़माना सदा ऐसा ही नहीं रहेगा। बदलती दुनिया एक दिन देखेगी कि स्वतन्त्र भारत के निवासी अपने देश के पिछले युग के साहित्य की विशेषताओं के गवेषण में जुटे हैं और संसार के आगे इस सत्य का उद्घाटन करने जा रहे हैं कि दलित भारत के ग़ुलाम लेखकों ने बीसवीं शताब्दी के किसी काल में एक ऐसे साहित्य का निर्माण किया था जो मौलिकता, मार्मिकता और गहनता सभी दृष्टियों से संसार में बेजोड़ था।"

महीप का मुख-भाव आवेश के कारण एक निराले प्रकाश से प्रदीप्त हो उठा था। उसके छोटे-से मुख और भाव-विभोर आँखों से एक वीरजनोचित आत्मविश्वास का भाव

प्रस्फुटित हो रहा था। नीलिमा स्तब्ध भाव से उसकी ओर देख रही थी और प्रतिमा प्रशंसा-भरी पुलकित आँखों से। पर ठाकुर साहब के मुख पर पूर्ण अविश्वास की व्यंग्य-भरी मुस्कान झलक रही थी।

इतने में श्रीमती खन्ना भीतर से आयीं और उन्होंने कहा, ''सब लोग बीचवाली गोलमेज़ के आगे बैठ जायँ। चाय आ रही है।''

6

नीलिमा बोली, ''उठिये महीप बाबू!''

उसके बाद उसने एक बार तिरछी दृष्टि से ठाकुर साहब की ओर देखा। पर उनसे एक शब्द भी वह नहीं बोली। श्रीमती खन्ना के मुख की ओर देखने से यह बात महीप के आगे स्पष्ट हो गयी कि ठाकुर साहब के प्रति नीलिमा का यह अवज्ञापूर्ण व्यवहार उन्हें क़तई पसन्द नहीं आया। वह स्वयं ठाकुर साहब के पास गयीं। स्नेह-सरस मुस्कान झलकाती हुई बोलीं, ''चलिये ठाकुर साहब, चाय आ रही है।''

ठाकुर साहब धीरे से उठे। महीप, नीलिमा और प्रतिमा ने उनके पहले ही मेज़ के इर्द-गिर्द की तीन सीटों पर अधिकार जमा लिया था। श्रीमती खन्ना ने ठाकुर साहब को अपनी पासवाली सीट पर बड़े आदर के साथ बिठाया। जब ठाकुर साहब जमकर बैठ गये तब श्रीमती खन्ना को लक्ष्य करके, न जाने क्या सोचकर बोले, ''कल रात जब मुझे किसी कारण से नींद नहीं आयी तब मैं एक कविता-पुस्तक खोलकर कीट्स की कविता पढ़ने लगा। कविता का शीर्षक था–'ला बेल दाम सां मेर्सी।' पढ़ते-पढ़ते मैं भाव में ऐसा मग्न हो गया कि मुझे अनुभव होने लगा जैसे कीट्स मैं ही हूँ और उस कविता द्वारा स्वयं अपने मन के भावों को व्यक्त कर रहा हूँ।'' यह कहते हुए उन्होंने एक बार नीलिमा की ओर देखा। उसके बाद फिर श्रीमती खन्ना की ओर मुँह करके बोले, ''उस कविता को पढ़कर मैंने मन-ही-मन कहा, इसे कहते हैं कविता! यह है एक वास्तविक प्रतिभाशाली कवि की रचना।'' मैं सोचने लगा कि क्या हिन्दी के कवि इस महान् कवि के रचना-सौन्दर्य को, उसकी सुकुमार कला की विशेषता को, समझने योग्य हो सकेंगे? यह कहकर उन्होंने ललकार-भरी दृष्टि से एक बार महीप की ओर देखा।

महीप उनके इंगित से तिलमिला उठा था। वह सोचने लगा कि उन्होंने ख़ास तौर से 'ला बेल दाम सां मेर्सी' का उल्लेख क्यों किया? और किसकी याद से उन्हें रात में नींद नहीं आयी? ''मुझे ऐसा लगा कि कीट्स मैं ही हूँ और उस कविता द्वारा स्वयं अपने मन के भावों को व्यक्त कर रहा हूँ।'' उसके मन के वे भाव किस 'दयाहीना मोहिनी नारी' के सम्बन्ध में व्यक्त हो रहे थे? क्या वह नीलिमा थी? निश्चित रूप से वही रही होगी। तभी तो 'ला बेल दाम सां मेर्सी' का उल्लेख करते हुए उन्होंने अर्थ-भरी दृष्टि से नीलिमा की ओर देखा था। ठीक है। यही बात है। पर नीलिमा का अपना भाव इस सम्बन्ध में क्या है? वह जो कुछ समय से ठाकुर साहब के प्रति अवज्ञा का भाव प्रदर्शित

कर रही है और उनके प्रत्येक उत्साह को रूखे व्यंग्य से एकदम ठण्डा करने पर तुली हुई है, इसका क्या अर्थ है? इसके भीतर भी क्या कोई रहस्य छिपा है? "अचानक वह मेरे प्रति इस क़दर कृपाशील क्यों हो उठी है?" उसने मन-ही-मन कहा, "उसके मन में निश्चय ही कोई-न-कोई बात ऐसी ही है जिसका आभास वह किसी को नहीं देना चाहती। बिना उस मूल बात को मालूम किये मैं न पीछे हटना चाहूँगा, न आगे बढ़ना।"

श्रीमती खन्ना ने ठाकुर की बात का समर्थन करते हुए कहा, "सचमुच अँगरेज़ी के कवियों की तुलना में हिन्दी कवि बहुत ही पिछड़े हुए हैं।"

श्रीमती खन्ना ने अँगरेज़ी की कुछ छिट-फुट कविताएँ अवश्य पढ़ी थीं, पर अँगरेज़ी काव्य-साहित्य का नियमित अध्ययन कभी नहीं किया था। न कभी हिन्दी के किसी कवि की रचना को ही उन्होंने साहित्यिक दृष्टि से पढ़ा था। पर चूँकि वह किसी विशेष कारण से प्रत्येक विषय में ठाकुर साहब का पक्ष लेने के लिए उत्सुक रहती थीं, इसलिए उन्होंने साहित्य-विषयक वाद-विवाद में भी उनका साथ देना आवश्यक समझा।

महीप ने तनिक आक्रोश-भरे स्वर में कहा, "यदि भारतीय विद्यालयों में अँगरेज़ी साहित्य का अध्ययन करने की विवशता न होती तो हम लोगों को इस तथ्य पर विश्वास कर लेने में कठिनाई न होती कि कीट्स, ब्राउनिंग, टेनिसन आदि कितने ही अँगरेज़ कवि ऐसे हैं जिनकी गणना वास्तविक श्रेष्ठ कवियों में नहीं की जा सकती। ग्रेट-ब्रिटेन को छोड़कर यूरोप के अन्य किसी भी देश का कोई भी साहित्यालोचक इन कवियों को उल्लेख योग्य नहीं समझता। मैं आपको विश्वास दिलाता हूँ ठाकुर साहब, (आप मेरी बात को दम्भ न समझें) कि वर्तमान हिन्दी साहित्य में ऐसे कवि हैं जिनकी प्रतिभा कीट्स से कई गुना अधिक तीव्र, अधिक गहरी और अधिक ऊँची है। इन कवियों का दुर्भाग्य केवल इतना ही है कि जिस देश में वे उत्पन्न हुए हैं वह स्वतन्त्र नहीं है। उसका आधिपत्य दूसरे देशों पर नहीं है, जहाँ वह हिन्दी को राजकीय भाषा बनाकर वहाँ के विश्वविद्यालयों के छात्रों को ठीक उसी प्रकार हिन्दी कविता का अध्ययन करने के लिए विवश कर सकते जिस प्रकार इस समय भारतीय विश्वविद्यालयों के छात्र अँगरेज़ी कविता का अध्ययन करने के लिए विवश हैं। यदि कभी ऐसा समय देखने को मिलेगा, जब नवीन भारत स्वतन्त्र होकर संसार के विभिन्न भागों में अपने उपनिवेश स्थापित करने में उसी प्रकार समर्थ होगा जिस प्रकार प्राचीन भारत ने सिंहल, श्याम, कम्बोज, मलय, सुमात्रा, जावा, बोर्नियो, बाली आदि स्थानों में साम्राज्य का विस्तार किया था और अपनी ही संस्कृति के रंग में उन्हें रँग दिया था, तब निश्चय ही हमारे उन नये उपनिवेशों में हमारे कवि संसार के सर्वश्रेष्ठ कलाकारों के रूप में पूजे जायेंगे। इस समय तो हमारे राजनीतिज्ञ उन्हें गर्दभ समझते हैं। स्वयं हिन्दी के साहित्यालोचकगण उन्हें या तो घोर मूर्ख बताते हैं या नक़्क़ाल। एक तो उनकी रचनाओं का आदर नहीं होता, दूसरे अपनी आर्थिक दुरवस्था के कारण वे दर-दर आवारा कुत्तों की तरह दुरदुराये जाते

हैं, या अधिक-से-अधिक भाँड़ों और वेश्याओं की तरह या श्राद्धभोजी ब्राह्मणों की तरह कभी-कभी कवि-सम्मेलनों के अवसरों पर राजा-रईसों के यहाँ निमन्त्रण पा जाते हैं। पर यह निश्चित है कि इस तरह की स्थिति सदा नहीं रहेगी। वर्तमान हिन्दी-जगत् का उपेक्षित और परिहास-पीड़ित कलाकार निकट भविष्य में निश्चय ही विजयी होगा। प्रतिदिन जो निरादार, व्यंग्य, उपहास और अपमान की बौछारें उस पर की जा रही हैं, उसका बदला तिल-तिल, रत्ती-रत्ती करके अवश्य ही चुकेगा।''

महीप की आँखें एक भूतलोक की-सी उन्मादना से जैसे जल रही थीं। उसका वह असाधारण प्रतिभामय ज्वलन्त रूप न नीलिमा ने उसके पहले कभी देखा था, न प्रतिमा ने। नीलिमा को ऐसा लगा कि आज सुबह आरम्भ में, महीप की कविताओं के सम्बन्ध में जो सरस किन्तु चुभता हुआ व्यंग्य उसने किया था, जैसे उसी का उत्तर देने के लिए महीप ने वह आवेशमय भाषण दिया हो। आरम्भ में उसका जितना ही संकोचशील रूप नीलिमा ने देखा था, जैसे उसी की अतिरिक्त क्षतिपूर्ति का विस्फोट उस भाषण के रूप में हुआ। आज पहली बार महीप का एक बिलकुल ही नया रूप उसके सामने आया। आज तक वह महीप को केवल एक रोमाण्टिक और समझदार वयस्क शिशु के रूप में देखती आयी थी। उस शिशु के प्रति उसके मन में ममता का भाव अवश्य वर्तमान था, पर वह ममता बहुत ही स्पष्ट और सीधी-सी थी। उसके साथ न किसी प्रकार के आदर का भाव जुड़ा हुआ था, न उसके पीछे किसी रहस्यमय अव्यक्त भाव की छाया ही छिपी हुई थी। पर आज अकस्मात् उस शिशु का जो वीरोचित रूप उसने देखा, उसने जैसे नीलिमा के इतने दिनों के पुराने संस्कारों को ढा दिया। उनके स्थान पर एक नया ही संस्कार अपनी नींव जमा बैठा, जिसके ऊपर खड़ी होनेवाली इमारत की कोई निश्चित रूपरेखा अभी उसके आगे स्पष्ट नहीं थी। जो भी हो, आज पहली बार उसने उस 'रोमाण्टिक' शिशु को आदर और श्रद्धा की दृष्टि से देखा। महीप ने अपनी बायीं आँख के कोने से (नीलिमा उसकी बायीं ओर बैठी हुई थी) उसके मुख का वह सम्भ्रम भाव देख लिया था, जिससे वह मन-ही-मन परम पुलकित हो रहा था—यद्यपि बाहर उसने अपने मन के उस भाव को भरसक प्रकट नहीं होने दिया। प्रतिमा परिपूर्ण प्रशंसा की पुलक-भरी दृष्टि से उसकी ओर देख रही थी। ठाकुर साहब के चेहरे से खीझ और व्यंग्य का मिश्रित भाव व्यक्त हो रहा था। ठाकुर साहब के साथ सम-अनुभूति के कारण श्रीमती खन्ना की आँखों से भी प्रायः वही भाव परिस्फुट हो रहा था।

नौकर आकर चाय और नाश्ते का सर-अंजाम मेज़ पर रख गया। श्रीमती खन्ना सबके आगे भोज्य पदार्थों से पूर्ण प्लेटों को रखती चली गयीं। नीलिमा कपों में चाय ढालने लगी।

7

कुछ देर तक वहाँ मौन भाव-सा छाया रहा।

सबसे पहले प्रतिमा ने उसे भंग किया। महीप के लम्बे व्याख्यान के सिलसिले में वह बोली, "अभी कुछ ही दिन पहले मैंने एक पुस्तक देखी थी, जिसमें अँगरेज़ी भाषा के एक विश्वविख्यात जीवित कवि की एक कविता छपी थी। केवल पाँच-सात पृष्ठ की उस पुस्तिका का मूल्य बाईस रुपये रखा गया था। यहाँ के कला-प्रेमी रईसज़ादों ने उसे ख़रीदकर अपने को कृतकृत्य समझा--विशेष रूप से इसलिए कि उस कविता के साथ कवि के हस्ताक्षर भी छपे थे। वह कविता मैंने पढ़ी। उसमें ऊबड़-खाबड़ छन्द में जान-बूझकर (शायद कला में नवीनता लाने की दृष्टि से) तोड़ी-मरोड़ी गयी भाषा में, वर्तमान महायुद्ध से सम्बन्धित कुछ असम्बद्ध प्रलापपूर्ण बातें कही गयी थीं। वह असम्बद्ध शैली भी सम्भवतः जान-बूझकर, एक नये और मौलिक टेकनीक का ढोंग रचने के लिए, अपनायी गयी थी। ऐसी पोली, गुरुत्वहीन, निस्तत्त्व और निस्सार कविता बहुत कम पढ़ने को मिलती है। पर हमारे कुछ उत्साही साहित्यालोचकों ने उसकी महिमा के नारे बड़े ज़ोरों से लगाने शुरू कर दिये। इसके विपरीत हिन्दी के एक ऐसे कवि की रचनाओं को मूर्खतापूर्ण और असम्बद्ध प्रलाप सिद्ध किया जाने लगा जिसकी प्रतिभा उस विलायती कवि से किसी अंश में भी घटकर मैं नहीं मानती। यदि इस समय प्रकृति की लीला के किसी दूसरे नियम से भारत पर ब्रिटेन का आधिपत्य न होकर ब्रिटेन पर भारत का आधिपत्य होता तो सम्भावना इस बात की अधिक थी कि वह विलायती कवि स्वयं अपने देशवासियों द्वारा मूर्ख और पागल सिद्ध किया जाता और हिन्दी का जो कवि आज यहाँ दुरदुराया जा रहा है वह वहाँ बहुत बड़ी प्रतिष्ठा पाता।"

अचानक ठाकुर साहब बड़े ज़ोर से अट्टहास कर उठे। जिससे सारी उपस्थित मण्डली का अच्छा विनोद हुआ। क्योंकि ठाकुर साहब का वह अट्टहासात्मक रूप बड़ा कौतुकप्रद मालूम होता था। उस समय उनके चेहरे का भाव सर्कस के 'जोकर' की तरह लग रहा था।

चाय का प्याला हाथ से ऊपर उठाते हुए ठाकुर साहब ने प्रतिमा की ओर देखकर व्यंग्यपूर्वक कहा, "मैं वर्तमान हिन्दी साहित्य की भावी विजय के उपलक्ष्य में यह प्याला पीता हूँ।"

प्रतिमा मन्द-मधुर-मुस्कान के साथ ठाकुर साहब की नक़ल उतारती हुई बोली, "और मैं ठाकुर साहब के मत-परिवर्तन के उपलक्ष्य में पीती हूँ।"

श्रीमती खन्ना ने अपनी आँखों और भौंहों में आक्रोश का भाव जताते हुए डाँट के स्वर में कहा, "प्रतिमा! तुम अपनी दुष्टता से बाज़ नहीं आओगी?"

प्रतिमा ने प्रायः कुड़बुड़ाकर अपने मुख के परिहासात्मक भाव को दबाने की चेष्टा की।

इतने में नीलिमा अपना प्याला ऊपर उठाती हुई बोल उठी, "और मैं ठाकुर साहब पर महीप जी की प्रत्यक्ष विजय की ख़ुशी में पीती हूँ!"

ठाकुर साहब का चेहरा एकदम मुरझाकर रहा गया। उन्हें ऐसा लगा जैसे किसी ने उनके मुँह पर जूता मार दिया हो। अत्यन्त म्लान भाव से उन्होंने नीलिमा को लक्ष्य करके कहा, "मुझ पर महीपकुमार जी की विजय की बात बीच ही में कहाँ से उठ खड़ी हुई, मैं कुछ समझा नहीं! जीत और हार का तो कोई प्रश्न ही नहीं था!"

"था क्यों नहीं! पर आप चूँकि जानकर भी उसके सम्बन्ध में अनजान..."

"नीलिमा!" श्रीमती खन्ना ने प्रायः गरजकर कहा, "ठाकुर साहब से इस तरह बातें करते हुए तुम्हें क्या लज्जा नहीं मालूम होती! आज तुम दोनों बहनों को हो क्या गया है! बड़े अफ़सोस की बात है!"

उनका धिक्कार ऐसा वास्तविक था कि कुछ समय के लिए सब लोग सन्न रह गये। सिर झुकाकर चुपचाप चाय पीने लगे।

चाय पी चुकने के बाद महीप ने चलने का विचार किया। श्रीमती खन्ना से उसने शिष्टाचार के तौर पर आज्ञा माँगी। श्रीमती खन्ना के गम्भीर मुख पर आन्तरिक प्रसन्नता का भाव झलक उठा। उन्होंने कहा, "जा रहे हो? अच्छी बात है! बड़ी ख़ुशी हुई—तुमसे मिलकर।"

महीप को यह समझने में देर न लगी कि अन्तिम वाक्य का उत्तरार्द्ध श्रीमती खन्ना ने बाद में सोचने के बाद जोड़ा है। उसकी समझ में यह बात ठीक तरह से नहीं आ पा रही थी कि उसके चले जाने का प्रस्ताव सुनकर भुवनेश्वरी जी इतनी प्रसन्न क्यों हो उठीं, हालाँकि उसके मन के एक छिपे हुए कोने में उनकी प्रसन्नता का कारण स्पष्ट परिस्फुट हो रहा था। कारण कुछ भी हो, उस बात से उनका मन अचानक बहुत ही खिन्न हो उठा। आरम्भ में भुवनेश्वरी जी जिस स्नेह-भाव से उससे मिली थीं वह ठाकुर साहब के आने के कुछ ही समय बाद आक्रोश के रूप में बदल गया था, इस बात पर उसने ग़ौर किया था। उस आक्रोश का कारण उसे स्पष्ट ही यह दिखायी दिया था कि पहले प्रतिमा ने और बाद में नीलिमा ने ठाकुर साहब को बुरी तरह बनाना शुरू किया था, जिसके लिए निश्चय ही श्रीमती खन्ना ने मन-ही-मन उसे ही दोषी ठहराया होगा। क्योंकि यदि वह न होता तो कविता की चर्चा न चली होती। स्वभावतः कवि-सम्मेलन में कवियों के मान-अपमान का प्रश्न न उठा होता। महीप जान गया था कि किसी कारण से ठाकुर साहब के प्रति श्रीमती खन्ना के मन में बहुत अधिक पक्षपात का भाव वर्तमान है। उस पक्षपात के असंख्य कारण हो सकते थे। पर महीप के मन में रह-रहकर केवल एक विशेष कारण सामने आ रहा था, जो उसे किसी तरह भी प्रियकर नहीं मालूम हो रहा था और अन्त में नीलिमा ने जो रहस्यमय वाक्य कहा था, "मैं ठाकुर साहब पर महीप जी की प्रत्यक्ष विजय की ख़ुशी में पीती हूँ", वह महीप को सबसे अधिक भँवर में डाल रहा था। उसी बात पर श्रीमती खन्ना ने नीलिमा को क़रारी डाँट बतायी

थी और वह सचमुच बहुत ही असन्तुष्ट हो उठी थीं। इन सब बातों का भेद महीप की समझ में कुछ भी नहीं आ रहा था। केवल कुछ अस्पष्ट सन्देह उसके मन में उठ रहे थे। पर जो कुछ भी हो, श्रीमती खन्ना ने उसके चले जाने की बात पर जो इस तरह अकपट प्रसन्नता का भाव प्रकट किया वह रह-रहकर महीप के मन को पीड़ा पहुँचाने लगा।

वह जब खिन्न भाव से चलने लगा तब अचानक ठाकुर साहब ने उसे टोकते हुए कहा, "मिस्टर वर्मा, ज़रा ठहरिये! मैं भी चल रहा हूँ।" यह कहकर वह उठ खड़े हुए।

श्रीमती खन्ना भी खड़ी हो गयीं। दुःखित होकर ठाकुर साहब से बोलीं, "आप अभी से कहाँ जा रहे हैं! महीप को जाने दीजिये। वह बहुत दिनों के बाद आया है, इसलिए लोगों से मिलने-जुलने की हड़बड़ी में है। पर आपको क्या जल्दी पड़ी है! बैठिये।"

"जी नहीं, इस समय मुझे आज्ञा दीजिये। मुझे भी एक आवश्यक काम से जाना है।" यह कहकर ठाकुर साहब ने श्रीमती खन्ना की ओर हाथ जोड़े। उसके बाद एक बार नीलिमा की ओर फिर प्रतिमा की ओर देखा।

"तो फिर कब आइयेगा?"

"सम्भव हुआ तो आज शाम को ही आऊँगा। पर शाम को आप लोग टैगोर टाउन में होंगी। तो फिर वहीं मिलूँगा। अच्छा, नमस्कार।" यह कहकर ठाकुर साहब ने फिर एक बार श्रीमती खन्ना की ओर हाथ जोड़े।

महीप दरवाज़े पर ठाकुर साहब का इन्तज़ार कर रहा था। ज्यों ही ठाकुर साहब ने उसके पास पहुँचकर कहा, "चलिये मिस्टर वर्मा।" त्यों ही नीलिमा कुर्सी पर से उठकर प्रायः दौड़ी हुई वहाँ चली आयी और महीप की ओर देखकर बोली, "आपने आज अपनी जो नयी कविता सुनायी है उसकी एक नक़ल मुझे चाहिए। आप कब तक दे सकेंगे?"

महीप क्षण-भर के लिए कुछ अनमन-सा हो गया। उसके बाद म्लान भाव से बोला, "कह नहीं सकता, अवकाश मिला तो..."

"नहीं, नहीं, अवकाश की बात नहीं है। आपको अवश्य ही मुझे उसकी नक़ल देनी होगी और वह भी जल्दी ही। मुझे उसकी विशेष आवश्यकता है!"

"अच्छी बात है, देखूँगा।" यह कहकर बिना हाथ जोड़े महीप बरामदे से नीचे उतरा। ठाकुर साहब भी उसके साथ हो लिये। 'कार' के पास पहुँचकर बोले, "चलिये, आपको आपके मकान पर उतार दूँ।"

महीप ने रूखे भाव से कहा, "आप व्यर्थ का कष्ट क्यों करने जा रहे हैं। आप चलिये, मैं कोई एक्का या ताँगा कर लूँगा।"

"कष्ट की एक ही कही! कार तो मुझे हर हालत में ले ही चलनी है। इसमें कष्ट की कौन-सी बात है! दो क़दम इधर या उधर। आप कहाँ ठहरे हैं?"

"कहीं नहीं, स्टेशन पर—मुसाफ़िरखाने में।"

"क्यों, आप किसी परिचित के यहाँ क्यों नहीं ठहरे? चलिये, तब मेरे यहाँ आकर ठहरिये। सामान कहाँ रखा है?"

"स्टेशन पर।"

"तब पहले स्टेशन चलें। वहाँ से आपका सामान उठाकर घर ले आना होगा।"

"जी नहीं, कोई ज़रूरत नहीं है। वहीं ठीक है। इसके अलावा मैं आज ही कानपुर चल देना चाहता हूँ। वहाँ मेरा एक आवश्यक काम है।"

"इतनी जल्दी! कम-से-कम दो-चार रोज़ तो रहिये। आइये!" कार का दरवाज़ा खोलते हुए ठाकुर साहब ने कहा।

8

महीप ने अधिक आपत्ति करना व्यर्थ समझा।

वह ठाकुर साहब की बग़ल में सामनेवाली सीट पर बैठ गया। ठाकुर साहब ने दरवाज़ा बन्द कर लिया और स्वयं मोटर चलाने लगे। जब 'कार' कुछ दूर आगे निकल गयी तब ठाकुर साहब ने कहा, "आज आपका परिचय पाकर मुझे बहुत ख़ुशी हुई। कवियों के सम्बन्ध में मेरी धारणा चाहे कैसी ही क्यों न हो, पर इतना मैं जान गया हूँ कि आप सिर्फ़ कवि ही नहीं हैं, बल्कि जीवन और जगत् से सम्बन्ध रखनेवाली और भी बहुत-सी बातों के जानकार हैं। क्या मैं पूछ सकता हूँ कि खन्ना-परिवार से आपका परिचय कब से है?" यह कहते हुए ठाकुर साहब ने अर्थ-भरी तिरछी दृष्टि से महीप की ओर देखा।

उनके मुख के उस समय के भाव में महीप को एक ऐसी धूर्तता का अस्पष्ट आभास मिला जिसके सम्बन्ध में कोई निश्चित धारणा वह नहीं बना पाया। असल में आरम्भ ही से उसके अन्तःकरण को इस बात का एक अव्यक्त संकेत-सा मिल रहा था कि ठाकुर लक्ष्मीनारायण सिंह के भीतर ऊपरी सभ्यता की शालीनता के बावजूद एक भयंकर धूर्त और ख़तरनाक व्यक्ति के संस्कार छिपे हुए हैं, जो उनकी कंजी आँखों के माध्यम से असावधानता के क्षणों में व्यक्त हो पड़ते हैं। महीप ने अपने मुख और स्वर में यथासम्भव सहज भाव लाने की चेष्टा करते हुए कहा, "जब मैं यूनिवर्सिटी में पढ़ता था तभी से इन लोगों से मेरा परिचय है।"

"मुझे यह जानकर बड़ी ख़ुशी हुई," ठाकुर साहब ने बड़ी शालीनता के साथ कहा; "पर चूँकि आप इधर प्रायः दो वर्षों से उन लोगों से अलग रहे हैं, इसलिए शायद आपको एक नयी बात का पता न होगा।"

"जी नहीं, मुझे किसी भी नयी बात का पता नहीं है।" महीप ने भरसक अपने कण्ठस्वर से उदासीनता का भाव जताने की चेष्टा की।

ठाकुर साहब 'कार' को दायें मोड़ की ओर घुमाते हुए बोले, "चूँकि आप इन लोगों के घनिष्ठ मित्र हैं, इसलिए आपसे कोई बात छिपाने की ज़रूरत नहीं है। फिर भी आप इस बात को अभी अपने ही तक रखियेगा।" यह कहकर ठाकुर साहब ने एक बार

भेद-भरी तिरछी दृष्टि से महीप की ओर देखा और फिर बोले, "बात असल में यह है कि नीलिमा से मेरे विवाह की बातचीत पक्की हो चुकी है। नीलिमा से मेरा परिचय क़रीब साल-भर से है। जिन साहब ने उससे मुझे 'इण्ट्रोड्यूस' किया था वह एक अच्छे सरकारी पद पर नौकर हैं। वह इस बात की पूरी कोशिश में थे कि नीलिमा से उनका विवाह हो जाय। जिस समय उन्होंने मुझे 'इण्ट्रोड्यूस' किया था उस समय उनके मन में यह दृढ़ विश्वास जम गया था कि नीलिमा उन्हें छोड़कर किसी दूसरे आदमी से विवाह करने को कभी राज़ी न होगी। पर मेरा परिचय खन्ना-परिवार से हो जाने के बाद धीरे-धीरे उनके होश ठिकाने पर आने लगे। उन्हें मालूम हो गया कि नीलिमा को समझने में उन्होंने बड़ी भारी भूल की है और वह धीरे-धीरे उससे अलग हो गये। उनकी यह ग़लती थी कि उन्होंने नीलिमा के सम्बन्ध में जल्दी ही कोई राय क़ायम कर ली। उसकी ऊपरी बातों से यह समझ लिया कि वह उन्हें चाहती है। असल में नीलिमा के भेद-भरे स्वभाव के कारण बहुत-से लोग भ्रम में आ जाते हैं। जिन साहब का ज़िक्र मैंने अभी आपसे किया है उनसे भी पहले एक और साहब थे, जो समझते थे कि नीलिमा उन पर रीझी हुई है। मैंने सुना है कि वह भी उससे विवाह करने के फेर में थे। पर ऐन मौक़े पर नीलिमा ने उन्हें भी धता बता दिया।"

महीप ने मन-ही-मन कहा, "यह बात है!" वह अपने-आपको इस बात के लिए कोसने लगा कि वह नीलिमा के सम्बन्ध में कुछ दूसरी ही धारणा बनाये हुए था। ठाकुर साहब ने जो कुछ कहा था उसमें उसे बहुत-कुछ सच्चाई मालूम हुई। बरबस निकलती हुई लम्बी साँस को दबाने की व्यर्थ चेष्टा करते हुए उसने कहा, "मुझे यह जानकर बड़ा हर्ष हुआ कि नीलिमा से आपका विवाह होने जा रहा है। कोई तिथि निश्चित हो चुकी है क्या?"

"अभी कोई तिथि निश्चित नहीं हुई है। पर शीघ्र ही हो जायेगी, ऐसी आशा है।"

"बड़ी प्रसन्नता की बात है।" इसके अतिरिक्त और कोई दूसरी बात महीप के मुँह से निकल ही नहीं सकी, हालाँकि उसके भीतर कहने-सुनने की बहुत-सी बातें भरी पड़ी थीं।

कुछ समय बाद 'कार' एक बँगले के पास पहुँची, जिसका फाटक लाल फूलों से रंजित एक धनुषाकार बेल से सुशोभित था।

ठाकुर साहब ने कहा, "यही इस ग़रीब का बँगला है। चलिये, आप कम-से-कम आज के लिए मेरा अतिथि बनना स्वीकार करें!" महीप की एक बार इच्छा हुई कि मोटर से उतर पड़े और स्टेशन की ओर लौट चले। पर दूसरे ही क्षण न जाने क्या सोचकर उसने अपना विचार बदल दिया। बिना कुछ बोले अपनी सीट पर स्थिर अवस्था में बैठा रहा।

बँगले के भीतर प्रवेश करके ठाकुर साहब ने 'कार' को बरामदे के लगे खड़ा कर दिया। बरामदा चारों तरफ़ टाट के बड़े-बड़े पर्दों से ढका था। स्पष्ट ही गरम हवा से बचने के लिए यह प्रबन्ध किया गया था। एक वर्दी पहने हुए नौकर ने आकर 'कार' का दरवाज़ा खोल दिया। पहले महीप उतरा उसके बाद ठाकुर साहब उतरे।

सीढ़ी पर पाँव रखते हुए ठाकुर साहब ने कहा, "चले आइये।"

9

महीप उनके पीछे-पीछे चलने लगा।

टाट का पर्दा हटाकर ठाकुर साहब ने भीतर प्रवेश किया। महीप ने उनका अनुसरण करते हुए ज्यों ही भीतर पाँव रखा, त्यों ही अपने को एक असाधारण और आश्चर्यजनक नारी-रूप के सामने पाकर वह ठिठककर खड़ा रह गया। वह नाना प्रकार के भ्रान्तिपूर्ण विचारों में मग्न होकर, एकदम अनमने भाव से, मशीन-परिचालित पुतले की तरह, भीतर चला आया था और उस विस्मयकर सजीव दृश्य के लिए क़तई तैयार नहीं था। लड़की की अवस्था बीस और बाईस के बीच की जान पड़ती थी। उसके मुख पर किसी अज्ञात विषाद की एक क्षीण म्लान छाया भासित हो रही थी। पर आश्चर्य की बात यह थी कि उस म्लान छाया से उसके मुख का सौन्दर्य नष्ट होने के बजाय अधिक परिस्फुट हो रहा था।

ठाकुर साहब ने उसका परिचय देते हुए महीप से कहा, "यह मेरी बहन रूपा है।"

महीप ने कुछ न कहकर चुपचाप रूपा की ओर हाथ जोड़ दिये। रूपा ने भी मन्द-म्लान मुस्कान से हाथ जोड़कर उसके अभिवादन का उत्तर दिया। पर ज्यों ही ठाकुर साहब ने महीप का नाम लेकर उसका परिचय रूपा को दिया, त्यों ही रूपा की म्लान मुस्कान अस्वाभाविक विस्मय और साथ ही पुलकमय हर्ष में बदल गयी। वह इस तरह महीप की ओर देखने लगी जैसे अत्यन्त अप्रत्याशित रूप से बहुत दिनों से आकांक्षित स्वप्न मूर्तिमान् अवस्था में उसके सामने आ खड़ा हुआ हो। महीप के नाम और काम से परिचित होने पर रूपा ने दुबारा उसकी ओर हाथ जोड़े।

खस की टट्टी के दरवाज़े के भीतर एक काफ़ी बड़े प्रायान्धकार कमरे में तीनों ने प्रवेश किया। ठाकुर साहब पंखे के नीचे हरे रंग के रेशमी 'कुशनों' से युक्त एक आरामकुर्सी पर बैठ गये। उसके बाद उन्होंने महीप से भी पास ही किसी एक कुर्सी पर बैठने के लिए कहा। महीप जब बैठ गया तब ठाकुर साहब ने उससे पूछा, "आपके लिए कुछ लस्सी-वस्सी, शरबत-वरबत मगाऊँ?"

"नेकी और पूछ-पूछ!" कहकर महीप ने एक झलक रूपा की ओर देखा। रूपा सामने एक कुर्सी के सहारे खड़ी थी।

ठाकुर साहब ने ज्यों ही बिजली की घण्टी दबाकर एक आदमी को बुलाना चाहा, त्यों ही रूपा क्षीण किन्तु अत्यन्त स्पष्ट, सुपरिस्फुट और मधुर स्वर में बोल उठी, "मैं जाकर ले आती हूँ।" और वह एक बार महीप की ओर रहस्यमयी दृष्टि से देखकर तेज़ पग रखती हुई भीतर चली गयी।

महीप सामने बरामदे की ओर एक बड़ी खिड़की पर स्थापित 'एक्वेरिअम' की ओर देखने लगा, जिसमें लाल रंग की छोटी-छोटी सुन्दर मछलियाँ तैर रही थीं। शीशे के उस

'ऐक्वेरिअम' को एक ऐसा कृत्रिम प्राकृतिक रूप देने का प्रयास किया गया था जिससे मालूम होता था जैसे अफ्रीका के किसी घने जंगल के बीच में कोई तालाब हो।

ठाकुर साहब ने पास ही एक छोटे-से पेग-टेबिल से सिगरेट का एक टिन उठाकर महीप की ओर बढ़ाते हुए कहा, "आप क्या साम्राज्यवादी हैं?"

इस प्रत्याशित प्रश्न से महीप की अन्यमनस्कता भंग हो गयी। उसने आश्चर्य से पूछा, "यह प्रश्न आपके मन में कैसे उठा?"

ठाकुर साहब बोले, "यों ही पूछ डाला। श्रीमती खन्ना के यहाँ आपने कहा था कि यदि दूसरे देशों में स्वतन्त्र भारत के उपनिवेश स्थापित हुए होते तो उन उपनिवेशों के लोग हिन्दी के कवियों की रचनाओं का बड़ा सम्मान करते। आपके शब्द ठीक यही नहीं थे, पर आपका आशय, जहाँ तक मैं समझ पाया, यही था। इसका अर्थ मैंने यही लगाया कि आप चाहते हैं कि जब भारत स्वतन्त्र हो जाय तब उसका भी ध्येय यूरोप के साम्राज्यवादी राष्ट्रों की तरह बन जाय। मैं आपसे पूछना चाहता हूँ कि क्या मेरी यह धारणा—आपके सम्बन्ध में—ठीक है?" यह कहकर एक विशेष अर्थ-भरी दृष्टि से ठाकुर साहब महीप की ओर देखने लगे।

महीप उत्तर देने के पहले यह जानना चाहता था कि ठाकुर साहब क्यों यह प्रश्न कर रहे हैं। उसे किसी अज्ञात कारण से ऐसा लग रहा था कि उस प्रश्न के पीछे ठाकुर साहब के मन में निश्चय ही कोई गुप्त उद्देश्य छिपा हुआ है। पर उस 'गुप्त उद्देश्य' का कोई भी आभास क्षीणतम रूप से भी उसे नहीं मिला। उसने जान-बूझकर भ्रम पैदा करनेवाला उत्तर देने का विचार कर लिया।

उसने कहा, "अगर मैं कहूँ कि मैं भारतीय साम्राज्यवाद के पक्ष में हूँ तो आप क्या उत्तर देंगे, ज़रा मैं जानना चाहता हूँ।"

उसका उत्तर देने का ढंग कुछ रूढ़ था। यह बात स्वयं उसे भी खटकी। वह अनुभव करने लगा कि उस रूढ़ता के लिए उस समय कोई अवसर नहीं था। वह किसी अज्ञात कारण से उसके भीतर से बाहर फूट पड़ी थी।

ठाकुर साहब अत्यन्त दृढ़ तथापि शान्त भाव से बोले; "तो मैं उत्तर दूँगा कि नीलिमा के विचारों से आपके विचारों में मूलभूत अन्तर है!"

महीप जैसे सकपका गया। इस प्रकार की बात के बीच में नीलिमा आ कूदेगी; यह उसने नहीं सोचा था। वह समझ गया कि ठाकुर साहब के मन की गाँठ अभी तक उसके आगे ठीक तरह से खुल नहीं पायी है। ठाकुर साहब का मनोभाव और अधिक स्पष्ट रूप से जानने का कौतूहल वह दमन नहीं कर पाता था इसलिए अपने मन की असल बात छिपाता हुआ वह बोला, "नीलिमा के विचार इस सम्बन्ध में क्या हैं, मुझे नहीं मालूम। पर मैं जानना ज़रूर चाहूँगा।"

"नीलिमा का कहना है कि भारत स्वतन्त्र होने पर अगर यह बात भूल जाय कि किसी ज़माने में वह भी गुलाम रहा है। गुलामी से उत्पन्न होनेवाली असंख्य अवमाननाएँ

उसने सही हैं और यह भूलने के बाद स्वयं दूसरे दुर्बल राष्ट्रों को अपना आर्थिक या राजनीतिक दास बनाने की योजना में जुट जाय, तो इससे बढ़कर ट्रैजिडी युद्ध के बाद विश्व के नये निर्माण के आदर्श के लिए दूसरी न होगी।"

महीप कुछ क्षण तक बड़े ध्यान से, स्थिर दृष्टि से, ठाकुर साहब की ओर देखता रह गया। सम्भवतः वह ठाकुर साहब के मुख के भाव से यह जानने का प्रबल प्रयास करता रहा कि जो बात उन्होंने नीलिमा की तरफ़ से कही है वह वास्तव में नीलिमा ने कही है या स्वयं उन्होंने किसी विशेष उद्देश्य से अपने मन से गढ़कर कही है? बात चाहे किसी की भी क्यों न हो, महीप को यह बहुत चुभती हुई जान पड़ी। वह सोचने लगा कि यदि सचमुच नीलिमा ने कभी इस तरह का विचार प्रकट किया हो तो उसे यह स्वीकार करना पड़ेगा कि इतने वर्षों से उससे परिचित होने पर भी वह वास्तव में अभी तक उसके भीतरी जीवन के विकास के सम्बन्ध में कुछ भी नहीं जान पाया है। आज सुबह से ही नीलिमा की प्रत्येक बात और प्रत्येक व्यवहार उसे रहस्य से भरा मालूम हो रहा था। अन्त तक उसे यह मालूम न होने पाया कि वास्तव में उसके सम्बन्ध में वह क्या धारणा बनाये हुए हैं और साहित्य और जीवन के विषय में उसके निश्चित विचार क्या हैं। उसकी 'भूगर्भ की आग' शीर्षक कविता को लेकर उसने अपनी माँ के आगे जो बातें कही थीं उनमें व्यंग्य या परिहास किस हद तक था और वास्तविकता कहाँ तक थी, यह वह कुछ भी नहीं जान पाया था। साथ ही रह-रहकर एक और बात सुबह से अब तक उसके मन में चक्कर काट रही थी। ठाकुर साहब के प्रति उसका व्यवहार आरम्भ ही से महीप को भेद-भरा मालूम हो रहा था। सुबह जब वह बिस्तर पर से उठकर सीधे उसके पास आयी थी तब उसे लेकर अपनी माँ से तरह-तरह के व्यंग्य और विनोद की बातें करने लगी थी। अविरत रूप से, बिना किसी रुकावट के बोलती चली जाती थी। पर ज्यों ही उसने बाहर ठाकुर साहब की 'कार' का 'हार्न' बजते सुना, त्यों ही वह भीतर की ओर बेतहाशा भागकर चल गयी थी। क्या इसका अर्थ यह नहीं लगाया जा सकता कि ठाकुर साहब के प्रति उसके मन में एक विशेष प्रकार के सम्मान और सम्भ्रम का भाव वर्तमान है और उसे (महीप को) वह केवल एक खेलवाड़ समझती है? पर बाद में किसी भी बात पर उसने ठाकुर साहब का पक्ष नहीं लिया। बल्कि समय-समय पर उनके प्रति व्यंग्य की ही बौछारें कीं। भले ही वह व्यंग्य कुछ संयत रूप से किये गये हों। इन सब उलटी-सीधी बातों से वह नीलिमा के नये रूप के सम्बन्ध में किसी प्रकार की भी निश्चित धारणा बनाने में अपने को नितान्त असमर्थ मालूम कर रहा था। ठाकुर साहब ने जब स्वतन्त्र भारत की भावी नीति के सम्बन्ध में नीलिमा के विचार का उल्लेख किया था तब जो बातें इतनी देर तक उसे अज्ञात रूप से प्रतिपल बेचैन कर रही थीं वे पूरे वेग से उमड़ उठीं।

पर ठाकुर साहब निश्चय ही नीलिमा को घनिष्ठतम रूप से जानते होंगे, उसने सोचा। नहीं तो गहनतम राजनीतिक विषयों पर इस प्रकार स्पष्ट रूप से अपने विचार

वह उनके आगे सम्भवतः प्रकट न करती। जिस युवती का स्वभाव नीलिमा की तरह विनोदप्रिय हो वह केवल उसी व्यक्ति के आगे अपने गहनतम विचारों को प्रकट कर सकती है जिसके साथ उसकी भीतरी प्रकृति का सम्बन्ध किसी-न-किसी हद तक स्थापित हो चुका हो।

"मुझे यह जानकर बड़ी प्रसन्नता हुई कि राज़नीति के विषय पर नीलिमा के अपने कुछ निश्चित विश्वास हैं और उनसे आप परिचित हैं", महीप ने कहा।

ठाकुर साहब ने मुख पर बड़ी सादगी का भाव झलकाने की चेष्टा करते हुए कहा, "हाँ, नीलिमा की कोई बात मुझसे छिपी नहीं है।"

ठाकुर साहब का यह कथन महीप को और भी अधिक रहस्यमय लगा। पर इस विषय को आगे बढ़ाना उसने पसन्द नहीं किया और चुप रहा। एक नयी सिगरेट उठाकर, जलाकर चुपचाप पीने लगा।

कुछ देर बाद रूपा भीतर से लौट आयी। उसके पीछे एक नौकर एक 'ट्रे' में दो गिलास लस्सी लिये था। महीप सिगरेट को 'ऐश-ट्रे' के ऊपर रखकर ठाकुर साहब की अनुमति से लस्सी उठाकर धीरे-धीरे पीने लगा। वह घूँट-घूँट करके लस्सी पीता जाता था और बीच-बीच में एक झलक रूपा की ओर भी देख लेता था। प्रत्येक बार रूपा के मुख की एक नयी रेखा की ओर उसका ध्यान जाता था। प्रत्येक नयी रेखा में उसके व्यक्तित्व की एक नयी विशेषता व्यक्त होती हुई जान पड़ती थी। प्रथम दृष्टि में उसके मन पर यह प्रभाव पड़ा था कि रूपा एक सीधी-सादी और भोली-भाली लड़की है और उसके मुख पर मुस्कान के बावज़ूद जो एक म्लान छाया सब समय छायी हुई-सी जान पड़ती है, वह केवल उसके शरीर की क्षीणता या अस्वस्थता के कारण है। पर ज्यों-ज्यों वह उसके मुख की रेखाओं पर ध्यान देता गया, त्यों-त्यों उसकी धारणा बदलती चली गयी। प्रारम्भ में रूपा की आँखों में महीप ने जो एक निपट भोलेपन का आभास देखा था वह दूसरे ही क्षण में उसे भ्रामक मालूम हुआ। उसने देखा कि प्रत्येक बार पलक मारने के साथ ही रूपा की आँखों का भाव भी जैसे एक नया रूप सामने लाता है और एक नयी विचित्रता को प्रकट करने लगता है। कभी उसकी आँखों से एक तीव्र प्रकाश झलक उठता था। कभी उसकी असाधारण बुद्धिमत्ता और मननशीलता का परिचय मिलता था। दूसरे ही क्षण वह तीव्रता एक म्लान, मौन और करुण छाया में बदल जाती थी, जिससे उसकी प्रकृति की निपट सरलता का परिचय मिलता था और तीसरे ही क्षण उसकी आँखें जैसे किसी एक उत्कट प्रतिहिंसात्मक भावना से दहक उठती थीं और ज्वलन्त अंगार-कण बरसाने लगती थीं। पर पलक मारते ही तत्काल फिर उसी भोलेपन और म्लान मुस्कान की अर्द्धस्फुट झलक उसके सारे मुख पर विकसित हो उठती थी—जैसे वही स्थायी भाव हो। पर महीप सोचने लगा कि 'अन्तरा' के रूप में जो संचारी भाव बीच-बीच में बिजली की तरह उस स्थायी भाव की ज़मीन के ऊपर चमक उठते हैं वे कैसे विचित्र हैं और किस क़दर भ्रान्ति उत्पन्न करनेवाले हैं!

वे लोग अभी लस्सी पी ही रहे थे कि एक लड़की, जिसकी आयु सोलह वर्ष के लगभग होगी, भीतर से आयी और आते ही बोली, "भैया, खाना तैयार है।"

ठाकुर साहब ने पूछा, "तुम लोगों ने खा लिया होगा?"

"नहीं भैया, अभी नहीं खाया।"

"अच्छी बात है, तब सब साथ ही खायेंगे। चलिये साहब, खाना खा लिया जाय।" यह कहकर ठाकुर साहब उठ खड़े हुए। महीप भी "चलिये," कहता हुआ अनमने भाव से उठ खड़ा हुआ। ठाकुर साहब उसे भीतर एक विशेष कमरे में ले गये, जहाँ एक बड़ी-सी गोल मेज़ के चारों ओर ऊँची कुर्सियाँ लगी हुई थीं। मेज़ के ऊपर सफ़ेद, चिट्टा दस्तरखान बिछा था, जो शायद धुलने के बाद आज ही पहली बार बिछाया गया था।

"आइये, तशरीफ़ रखिये," कहकर ठाकुर साहब ने एक विशेष कुर्सी पर बैठने के लिए महीप को बुलाया। महीप के बैठने पर वे स्वयं भी उसी की बग़ल में बैठ गये। रूपा चुपके-से उन लोगों के पीछे चली आयी थी। वह धीरे से महीप के सामनेवाली कुर्सी के पास पहुँच गयी।

ठाकुर साहब ने महीप से पूछा, 'गोश्त से तो आपको कोई परहेज़ न होगा?"

"परहेज तो नहीं है, पर साधारणतः मैं खाता नहीं हूँ।"

"ओह, तब तो आपके लिए 'वेजिटेरियन' खाना मँगाना होगा। रूपा जाओ, भीतर ख़बर दे दो।"

रूपा उठकर चली गयी। ठाकुर साहब ने कहा, "बड़ी सख़्त गरमी है।"

यह बात महीप की समझ में कुछ न आयी कि ठाकुर साहब को अचानक गरमी की याद कैसे आ गयी। जिस भीतरी कमरे में वे लोग बैठे थे, वहाँ गरम हवा के प्रवेश करने का रास्ता कहीं से भी नहीं था और बाहर के कमरों के चारों ओर खस की टट्टियाँ लगी थीं, जिन पर सब समय छिड़काव होता रहता था। उनसे काफ़ी ठण्डी हवा आ रही थी। बाहर की गरमी की कोई कल्पना उस कमरे में बैठकर नहीं हो सकती थी। पर वह इस बात पर ग़ौर कर रहा था कि कुछ समय से ठाकुर साहब अनमने-से होते चले जा रहे हैं। उस अन्यमनस्कता की हालत में महीप से किसी गम्भीर विषय पर बातें करने की प्रवृत्ति उनमें नहीं रह गयी थी। इसलिए उन्होंने गरमी की चर्चा चलायी।

महीप ने उदासीनता के साथ कहा, "जी हाँ।" और वह ठाकुर साहब के चिन्तित मुख की बदलती हुई रेखाओं का अध्ययन करने लगा। दिन के समय में भी उस कमरे में काफ़ी अँधेरा छाया था। गरमी के कारण जान-बूझकर वहाँ अँधेरा कर दिया गया था। जो क्षीण प्रकाश वर्तमान था उसमें किसी के मुख की रेखाओं का अध्ययन नहीं हो सकता था। पर महीप उस असम्भव चेष्टा में रत था। अचानक उस सुनसान, प्रायान्धकार कमरे में ठाकुर साहब के साथ अकेले बैठे हुए उसका जी बिना किसी प्रकट कारण के घबरा उठा। एक अत्यन्त अस्पष्ट, अस्फुट अन्धसंस्कार उसके मन को अज्ञात

रूप से जैसे यह चेतावनी देने लगा, ''तुम्हारा युग-युगान्तर का वैरी तुम्हारी बग़ल में बैठा है। वह किसी भी समय तुमसे भयंकर रूप से बदला लेने की घात में है। कब, किस समय, किस रूप में वह तुम्हारा अनिष्ट कर डाले इसका ठिकाना नहीं!'' वह अपने अनजान में ठाकुर साहब की तरफ़ से कुछ हटकर बैठ गया, हालाँकि ऐसा करने पर उसे मन-ही-मन अपने मन की मूर्खता पर हँसी आयी।

कुछ देर बाद रूपा भीतर चली आयी। उसके पीछे वह छोटी लड़की भी चली आयी जिसे ठाकुर साहब ने हेमा कहा था। हेमा के पीछे एक महिला को आते हुए भी महीप ने देखा। तीनों मेज़ से लगी हुई तीन कुर्सियों पर बैठ गयीं। नयी आयी हुई महिला लम्बे क़द की और दुबली-पतली थी। उनके मुख का रंग इस प्रकार सफ़ेद था कि मालूम होता था जैसे उन्होंने उस प्रायान्धकार कमरे में उजाला कर दिया हो। पर उस सफ़ेदी के ऊपर रक्त का एक कण भी कहीं झलकता हुआ नज़र नहीं आता था। उनके गाल बेहद पिचके हुए थे। गालों के दोनों ओर की हड्डियाँ उभरी हुई थीं। हड्डियों के ढाँचे के भीतर से दो चमकती हुई आँखें किसी ज़माने में अवश्य बहुत सुन्दर रही होंगी, पर इस समय उनसे भय मालूम हो रहा था। ऐसा जान पड़ता था जैसे उन नवागत महिला के मुख का सारा सत्त्व शिकंजे में कसकर निचोड़ लिया गया हो। पर उनकी सज-धज और बनाव-शृंगार में कोई कमी नहीं थी। उनकी अवस्था प्रथम दृष्टि में तीस-पैंतीस के क़रीब मालूम होती थी, पर कुछ देर तक ग़ौर से देखने के बाद ऐसा विश्वास होने लगता था कि पच्चीस वर्ष से अधिक उन्हें नहीं हुए होंगे। महीप के लिए यह अनुमान लगाना बहुत कठिन था कि वह महिला ठाकुर साहब की कौन हो सकती है।

दो नौकर दोनों हाथों में थालियाँ लेकर आये। उनके पीछे एक नौकर एक और थाली लेकर आया, जिसमें महीप के लिए निरामिष भोजन परोसा हुआ था। महीप को इस बात पर आश्चर्य हुआ कि ठाकुर साहब के यहाँ के फ़र्नीचर, कमरे की सजावट आदि बहुत-सी बातों में विलायती ठाठ रहते हुए भी खाना थालियों और कटोरों में परोसा गया—प्लेटों में नहीं।

ठाकुर साहब कुछ देर तक अन्यमनस्क रहे। अनमने भाव से ही उन्होंने दो-एक कौर मुँह में डाले—बिना किसी से कुछ बोले। उसके बाद अचानक उन्होंने क्षमा-याचना के साथ गोरी महिला से महीप का परिचय कराया। मालूम हुआ कि उनका नाम शारदा देवी है। वे हेमा की संरक्षिका भी हैं और शिक्षयित्री भी। परिचय हो जाने पर शारदा देवी ने बड़ी मधुरता से मुस्कराकर दोनों हाथों के जोड़ने का संकेत किया। एक हाथ जूठा होने के कारण वह दोनों हाथ एक-दूसरे से मिलाने में असमर्थ थीं। पर उनकी मुस्कान में महीप ने बड़ी आत्मीयता का-सा भाव पाया।

मुँह का ग्रास निगलने के बाद शारदा देवी ने महीप से कहा, ''आपके नाम से और आपकी रचनाओं से मैं पहले से ही परिचित हूँ। आज आपका प्रत्यक्ष दर्शन करके बड़ी प्रसन्नता हुई।''

महीप केवल मुस्कराकर चुप रह गया। पर ठाकुर साहब व्यंग्यपूर्वक महीप की ओर देखते हुए तत्काल बोल उठे, "साक्षात् भगवान् के दर्शन करके भी लोग इस क़दर प्रसन्न नहीं होते, यह आप जान लीजिये।" यह कहकर उन्होंने उसी व्यंग्य-भरी तिरछी दृष्टि से शारदा देवी की ओर देखा। स्पष्ट ही उनका अन्यमनस्क भाव पूर्णतया विलीन हो चुका था। महीप ने जब शारदा देवी के मुख की ओर देखा तब किसी रहस्यमय कारण से उसे यह आभास मिला कि उन्हें ठाकुर साहब की व्यंग्योक्ति तनिक भी प्रिय नहीं मालूम हुई। बल्कि अत्यन्त कटुता से उन्होंने उसे ग्रहण किया। एक अव्यक्त और अस्फुट रुष्ट भाव कनखियों से झलकाकर ठाकुर साहब की ओर देखकर उन्होंने महीप को लक्ष्य करके कहा, "सचमुच प्रतिभाशाली लेखकों और कवियों के दर्शन भगवान् के दर्शन से कुछ कम नहीं होते।"

महीप को यह समझने में देर न लगी कि शारदा देवी का वह व्यंग्य उसके प्रति नहीं, बल्कि ठाकुर साहब के प्रति है। पर यह बात उसकी समझ में क़तई नहीं आयी कि उन दोनों के बीच सीधी बातें क्यों नहीं हो रही हैं, व्यंग्योक्तियों में क्यों हो रही हैं? वह सोचने लगा कि यदि शारदा देवी मात्र हेमा की शिक्षयित्री हैं तो इसका अर्थ स्पष्ट ही यह है कि वह ठाकुर साहब के यहाँ मासिक वेतन पर नौकरी करती हैं। पर एक वेतनभोगी महिला की तरह तो उनका व्यवहार नहीं मालूम होता!

मन में इसी तरह की बातें सोचता हुआ महीप बोला, "मुझ जैसे अप्रतिभ व्यक्ति को प्रतिभाशाली बताकर आप शायद अनजान में ही मेरा परिहास कर रही हैं।"

"अनजान में नहीं, साहब, आप ग़लत समझे हैं।" यह कहकर ठाकुर साहब ठठाकर हँस पड़े।

ठाकुर साहब के स्वभाव का यह एकदम नया रूप महीप ने देखा। वह उसे अत्यन्त अप्रिय और भयावना मालूम हुआ। शारदा देवी एक ऐसी दृष्टि से ठाकुर साहब की ओर देखने लगीं जिससे महीप को क्रोध और घृणा का मिश्रित भाव व्यक्त होता दिखायी दिया। उसके बाद उन्होंने महीप से कहा, "मुझे आपकी जितनी भी रचनाएँ पढ़ने को मिली हैं उनमें कम-से-कम मुझे तो प्रतिभा की कोई कमी नहीं दिखायी दी है, बल्कि विशेष कविताओं में तो जीवन का गहरा अनुभव ऐसी मार्मिकता और भीतरी दृष्टि के तीखेपन के साथ व्यक्त हो उठा है कि उन्हें पढ़कर आपके सम्बन्ध में कुछ दूसरी ही धारणा मेरे मन में जमी हुई थी..."

महीप का कौतूहल परिपूर्ण मात्रा में उमड़ उठा था। आरम्भ में उसने समझा था कि शारदा देवी केवल शिष्टाचार के रूप में उसकी रचनाओं की प्रशंसा कर रही हैं। इतना विश्वास उसके मन में जम चुका था कि उन्होंने उसकी कुछ कविताएँ पढ़ी हैं। पर उस पढ़ने को कोई महत्त्व उसने नहीं दिया था। इसलिए कि वह उन्हें एक साधारण शिक्षयित्री समझे बैठा था और किसी भी साधारण शिक्षयित्री में साहित्य-सम्बन्धी किसी चीज़ को जीवन के मानदण्ड से मिलाकर गम्भीरतापूर्वक उस पर विवेचन करने की

प्रवृत्ति हो सकती है, इस बात पर विश्वास करना उसके लिए कठिन था। पर जब उसने 'मार्मिकता' और 'भीतरी दृष्टि के तीखेपन' की बात सुनी तब वह चौकन्ना हुआ। बड़े ग़ौर से शारदा देवी की ओर देखते हुए उसने पूछा, "मेरे सम्बन्ध में क्या धारणा आपके मन में जमी हुई थी, क्या मैं जान सकता हूँ?"

"मेरा ऐसा ख़याल था कि आप उम्र में काफ़ी सयाने होंगे। पर आप तो बहुत छोटे मालूम होते हैं।" यह कहते हुए शारदा देवी के मुख पर एक स्निग्ध विनोद-भरी मुस्कान झलक उठी। "माफ़ कीजियेगा, आप तो अभी बच्चे ही मालूम होते हैं," उन्होंने फिर कहा।

महीप अपने मुख के बचकाने भाव से परिचित था। वह भाव उसे अपने जीवन की प्रगति में एक बहुत बड़ी रुकावट मालूम होता था। इसलिए वह कुछ संकुचित हो उठा। ठाकुर साहब, "यह बालक छोटा मत जानो, छलिया देश दुनी को!" यह कहकर एक बार फिर विचित्र ढंग से अट्टहास कर उठे।

शारदा देवी ने इस बार ठाकुर साहब की ओर देखा तक नहीं। सहज स्निग्ध भाव से महीप की ओर देखती हुई बोलीं, "कुछ भी हो, आपसे मिलकर आज मुझे हार्दिक प्रसन्नता हुई।"

10

रूपा चुप बैठी थी।

वह कभी एक करुण मुस्कान से ठाकुर साहब की ओर देखती थी। कभी कौतूहल से शारदा देवी की ओर और कभी स्निग्ध भाव से महीप की ओर। पर बीच-बीच में वह एक चकित हरिणी की-सी अत्यन्त उत्सुक दृष्टि से दरवाज़े की ओर भी देखती जाती थी। वह भोजन कर रही थी, पर जैसे उसका चित्त न उपस्थित समाज की बातों में कोई ख़ास दिलचस्पी ले रहा था, न भोजन के प्रति ही कोई विशेष अनुराग उसके मुख के भाव से प्रकट होता था। किसी कारण से वह भीतर-ही-भीतर अत्यन्त अशान्त मालूम होती थी और जब कोई नौकर कोई चीज़ लेकर आता था तब उसके कान खड़े हो जाते थे। वह अत्यन्त उत्सुकता से उसकी ओर देखने लगती थी।

जब वे लोग खाना प्रायः खा चुके, तब एक नौकर हड़बड़ाता हुआ-सा भीतर आया। आते ही एक झलक रूपा की ओर देखकर ठाकुर साहब से बोला, "धीराज सिंह आये हैं।"

पल-भर के लिए ठाकुर साहब का चेहरा स्याह हो गया। उसी क्षण उन्होंने एक विचित्र दृष्टि से रूपा की ओर देखा। रूपा के मुख पर भय, भ्रान्ति और साथ ही एक अभूतपूर्व प्रसन्नता व्यक्त हो उठी थी। पर ठाकुर लक्ष्मीनारायण सिंह के चेहरे से एक निराली बेचैनी प्रकट हो रही थी। उन्होंने जैसे बड़े कष्ट से उस बेचैनी के भाव को झाड़ने का प्रयत्न किया। अपनी आवाज़ में स्वाभाविकता लाने की पूरी चेष्टा करते हुए बोले, "उन्हें यहीं बुला लाओ।"

महीप कुछ समझ ही नहीं पा रहा था कि ठाकुर लक्ष्मीनारायण सिंह अचानक इस क़दर गम्भीर क्यों हो उठे। निश्चय ही धीराज सिंह नामधारी नवागत व्यक्ति से उस अनोखी गम्भीरता का सम्बन्ध था, इतना वह समझ गया। पर इस क़दर बेचैनी और घबराहट किसी व्यक्ति के आने की सूचना पाकर ठाकुर साहब के समान 'धीर' पुरुष को हो, यह उसे बड़े कौतूहल की बात लगी। साथ ही वह रूपा की बेचैनी का भी अनुभव कर रहा था।

इतने में एक सूटधारी, अत्यन्त रूपवान् युवक ने मुख पर अत्यन्त स्निग्ध और सरस मुस्कान झलकाते हुए भीतर प्रवेश किया। प्रवेश करते ही उपस्थित मण्डली की ओर उसने हाथ जोड़े।

ठाकुर साहब ने अत्यन्त गम्भीर-भाव से किन्तु कोमल स्वर में धीरे से कहा, "आओ, बैठो। किस गाड़ी से आये?"

नवागत व्यक्ति ने कहा, "मैं तो तड़के ही लखनऊवाली गाड़ी से आ गया था। कुँवर रणधीर सिंह भी मेरे साथ थे। वह ज़बरदस्ती मुझे अपने बँगले में लिवा ले गये।"

नये आये हुए व्यक्ति के मुख के भाव से और बोलने के ढंग से मालूम होता था कि वह परम आत्मीयों के बीच में मुक्त हृदय से बोल रहा है और उसके भीतर-बाहर कहीं भी कपट का लेश नहीं है। वह ठाकुर साहब की बग़ल में ही एक कुर्सी पर बैठ गया।

ठाकुर साहब ने एक कृत्रिम मुस्कान मुख पर झलकाने की चेष्टा करते हुए मरी हुई-सी आवाज़ में कहा, "मज़े में तो रहे धीराज? लखनऊ की ख़बरें सुनाओ।"

धीराज ने एक बार अत्यन्त स्निग्ध भाव से कनखियों से रूपा की ओर देखा। फिर तत्काल झेंपकर वह ठाकुर साहब की ओर देखता हुआ बोला, "राजा साहब इस बात से बहुत बुरा माने बैठे हैं कि आप उनकी लड़की की शादी में शरीक न हो सके।"

ठाकुर साहब भी नज़र बचाकर रूपा की ओर देख रहे थे और धीराज की बात आधे मन से सुन रहे थे। धीराज की बात का कोई उत्तर न देकर वह अचानक बोल उठे, "ओह, मैं तो भूल ही गया था। तुमने तो अभी खाना भी नहीं खाया होगा? मँगरू!"

मँगरू तत्काल हाजिर हो गया। पर धीराज ने कहा, "मैं खाकर आया हूँ।"

सब लोग खाना खा चुके थे। ठाकुर साहब ने प्रस्ताव किया कि ड्राइंग-रूम में बैठा जाय। सब लोग उठ खड़े हुए। महीप ठाकुर साहब के पीछे-पीछे चला। शारदा देवी और हेमा भी उसके साथ-साथ चलीं। लेकिन धीराज और रूपा अपने-अपने स्थान पर ही बैठे रहे।

जब वे लोग ड्राइंग-रूम में आकर बैठ गये तब ठाकुर साहब ने सिगरेट का डब्बा महीप के आगे बढ़ाया। स्वयं भी एक सिगरेट उठाकर जलाकर पीने लगे। पर उनकी आँखें उस दरवाज़े की ओर गड़ी हुई थीं जहाँ से होकर वह आये थे। महीप भी सालस भाव से एक सिगरेट जलाकर पीने लगा।

शारदा देवी ने महीप से कहा, ''आप शायद आज पहली बार इस शहर में आये हैं।''

महीप मुस्कराया। बोला, ''जी नहीं, इस शहर से मेरा परिचय काफ़ी पुराना है।''

''आपसे तो आपका परिचय शायद आज ही हुआ है?'' 'आपसे' उनका आशय ठाकुर साहब से था।

महीप की मुस्कान में व्यंग्य का कुछ गहरा रंग चढ़ गया। उसने उसी विचित्र व्यंग्य-भरी दृष्टि से एक बार ठाकुर साहब की ओर देखा। उसके बाद बोला, ''जी नहीं, आपसे भी मेरा परिचय बहुत पुराना है हालाँकि आज जब श्रीमती खन्ना ने आपसे मेरा परिचय कराया तब आपने मुझे नहीं पहचाना।''

ठाकुर साहब अन्यमनस्क भाव से उन दोनों की ओर देख रहे थे। शायद उनके कान तक दोनों की कोई बात पहुँची भी नहीं।

''पर आपने इसके पहले कभी हम लोगों के यहाँ पधारने की कृपा नहीं की।''

महीप इस बात पर ग़ौर कर रहा था कि शारदा देवी शिष्टाचारवश नहीं, बल्कि किसी वास्तविक कारण से उसके सम्बन्ध में दिलचस्पी ले रही हैं।

हेमा अचानक बोल उठी, ''रूपा अभी नहीं आयी है!''

ठाकुर साहब जैसे उसी की बात का इन्तज़ार कर रहे थे। ''मैं जाकर देखता हूँ।'' कहकर वह उठ खड़े हुए।

शारदा देवी ने कुछ घबराहट और कुछ खिजलाहट के साथ कहा, ''तुम कहाँ जाते हो?''

''मैं जाकर धीराज को बुला लाता हूँ। वह अभी तक भीतर ही रह गया है।''

शारदा देवी ने कहा, ''वह अपने-आप आयेंगे। तुम्हें इतनी जल्दी क्यों पड़ी है?''

पर ठाकुर साहब उनकी बात पूरी सुने बिना ही भीतर चले गये। शारदा देवी की आँखों में घबराहट का भाव स्पष्ट झलक उठा। वह उत्कण्ठा और आशंका के साथ भीतर की ओर देखने लगीं। हेमा भी कुतूहली दृष्टि से उसी ओर देखने लगी। महीप को सारा चक्र एक अनोखे रहस्य से पूर्ण मालूम हो रहा था। वह अज्ञात रहस्य उसे ठाकुर साहब के बँगले के वातावरण में ऐसे सघन और साथ ही तीव्र रूप में छाया हुआ जान पड़ा कि उसे लगता था जैसे वह रहस्यमयता धीरे-धीरे अपने अदृश्य पंजे से उसके हृदय को भी अज्ञात रूप से जकड़ने जा रही है, हालाँकि प्रत्यक्ष रूप से वह जानता था कि उस बँगले के भीतर किसी भी रहस्य से उसका कोई भी सम्बन्ध नहीं हो सकता। रह-रहकर शारदा देवी की तरह ही वह भी एक निराली बेचैनी का अनुभव करने लगा। लेकिन शारदा देवी की बेचैनी और उसकी बेचैनी में ज़मीन-आसमान का अन्तर था। शारदा देवी का ठाकुर साहब को 'तुम' कहकर सम्बोधित करना भी उसे कुछ कम रहस्यमय नहीं मालूम हुआ था। एक वेतनभोगी शिक्षयित्री उस व्यक्ति से इस क़दर घनिष्ठता से बातें करे जिसने उसे नियुक्त किया हो, यह वास्तव में कोई सहज-साधारण-सी बात नहीं थी।

कुछ ही देर बाद ठाकुर लक्ष्मीनारायण सिंह अत्यन्त गम्भीर मुख-मुद्रा बनाये हुए और तेज़ क़दम रखते हुए ड्राइंग-रूम से वापस चले आये। उनके पीछे-पीछे रूपा भी चली आयी। उसके मुख पर अत्यन्त म्लान और करुण छाया सघन रूप में घिर आयी थी और वह प्रायः रोनी-सी सूरत बनाये हुए थी। रूपा के पीछे धीराज भी धीर पग रखता हुआ चला आ रहा था। उसके मुख के भाव से जान पड़ता था जैसे वह किसी कारण से अत्यन्त असन्तोष और आक्रोशपूर्ण भावना को निपट विवशता के कारण अपने भीतर-ही-भीतर घोल रहा है। कुछ ही समय पहले जिस मुक्त, प्रसन्न और पुलकित भाव का आभास महीप ने उसके मुख पर झलकता हुआ देखा था, उसका लेश भी इस समय उसके चेहरे पर शेष नहीं था। महीप की भ्रान्ति अधिकाधिक बढ़ती चली आ रही थी।

जब ठाकुर साहब, रूपा और धीराज तीनों अलग-अलग कुर्सियों पर बैठ गये तब कुछ समय तक के लिए सारे कमरे में प्रायः दम घोटनेवाला सन्नाटा छाया रहा। एक अज्ञात और अवर्णनीय विरसता की अनुभूति से सारा वातावरण भयंकर रूप से भाराक्रान्त हो उठा। महीप चौकन्ना होकर बैठा हुआ था।

पहले-पहल ठाकुर साहब ने इस विरस मौन को भंग करते हुए महीप को लक्ष्य करके कहा, "आप क्या दिन में आराम करने के आदी नहीं हैं? अगर आप आराम करना चाहें तो एक ठण्डे कमरे में इसका प्रबन्ध किया जा सकता है।" और कोई समय होता तो महीप इस बात को ठाकुर साहब की शिष्टता और सम्भवतः सदाशयता ही समझता और शिष्टता के साथ ही उनकी बात को टाल जाता। पर इस समय उसकी अतीन्द्रिय इस क़दर सचेत और चौकन्नी हो उठी थी कि असलियत को समझने में उसे देर न लगी। वह समझ गया कि ठाकुर साहब किसी विशेष कारण से इस समय उस मण्डली से उसे टरकाना चाहते हैं। वह तत्काल बोल उठा, "यदि आप ऐसा प्रबन्ध कर दें तो बड़ी कृपा हो। मैं सचमुच सुस्ती-सी मालूम कर रहा हूँ और कुछ समय के लिए लेट जाना चाहता हूँ।" और उसने झूठ बात नहीं कही थी। रात में वेटिंग-रूम में उसे नींद नहीं आयी थी और आज के दिन का सारा 'एडवेंचर' उसके तन को और मन को आराम पहुँचानेवाला किसी भी हालत में नहीं था।

ठाकुर साहब ने तत्काल मँगरू को पुकारा। उसके आने पर उसे एक विशेष कमरे में महीप के लेटने का प्रबन्ध करने के लिए कह दिया। महीप उसके साथ गया। कमरा वास्तव में ठण्डा था। ख़स की टट्टी और नीले पर्दों के कारण वहाँ रात का-सा अँधेरा छाया हुआ था। बिजली के प्रकाश में महीप एक पलँग पर लेट गया। मँगरू बत्ती बुझाकर चला गया।

11

श्रीमती खन्ना अपनी लड़कियों से बुरी तरह नाराज़ थीं।

ठाकुर साहब जब महीप को अपनी 'कार' में बिठकार चले गये तब उन्होंने लड़कियों को बुरी तरह डाँटना शुरू कर दिया। वह खीझ-भरे स्वर में कहने लगीं, "तुम दोनों

दिन-पर-दिन इस क़दर बेहया होती चली जा रही हो, इस बात का पता मुझे नहीं था। तुम लोगों की ऊल-जलूल बातों से ठाकुर साहब जिस तरह अपमानित होकर गये हैं उससे मुझे बहुत भय है कि अब वह फिर कभी हमारे यहाँ आना पसन्द नहीं करेंगे, और...।

प्रतिमा बीच में ही बोल उठी, "पर तुम ठाकुर साहब के लिए इस क़दर चिन्तित क्यों हो, माँ? यदि वह न आना चाहें तो हम लोगों के लिए इससे अच्छी बात और क्या हो सकती है?"

"चुप करो! दुष्ट लड़की कहीं की!" तमककर श्रीमती खन्ना ने कहा, "तुम अपने बेहयापन से बाज़ नहीं आओगी! तुम्हारी ही वजह से यह सब काण्ड हुआ। बड़ी आयी हिन्दी के कवियों की तरफ़ से लेक्चर बघारनेवाली। तुम्हें क्या पड़ी थी कवि-सम्मेलन की चर्चा छेड़ने की? उस अपने ही जैसे आवारा लड़के—महीप—की तरफ़दारी करके तुम दोनों बहनों ने बेचारे ठाकुर साहब को लज्जित और अपमानित करके आख़िर क्या पाया? कितनी कोशिशों के बाद मैं उन्हें इस बात के लिए राज़ी कर पायी थी कि वह अपने को हमारे परिवार का ही एक आदमी समझें। यह देखकर मुझे प्रसन्नता होने लगी थी कि नीलिमा और वह दोनों एक-दूसरे से हिलने लगे हैं। पर आज तुमने सब चौपट कर दिया। सारा बना-बनाया...अब...वह यहाँ कभी आना पसन्द नहीं करेंगे, देख लेना।"

प्रतिमा अभी तक अपनी माँ के क्रोध को परिहास के रूप में ले रही थी। पर जब श्रीमती खन्ना अचानक खुल पड़ीं और अपने मन की जिस बात को वह इतने दिनों तक लड़कियों के आगे छिपाने की चेष्टा करती आयी थीं वह क्रोध के उबाल के साथ बरबस उनके मुँह से स्पष्ट इंगित के रूप में बाहर निकल पड़ी, तब प्रतिमा के मुख पर से परिहास की छाया सहसा विलीन हो गयी। उसका गोरा मुख आग की तरह लाल हो गया। नीलिमा स्तब्ध भाव से खड़ी थी। भ्रान्ति के साथ एक बार अपनी माँ की ओर देखती थी, एक बार प्रतिमा की ओर।

प्रतिमा ने कटु-व्यंग्य के साथ कहा, "तुम चिन्ता न करो, माँ! तुम्हारे ठाकुर साहब ऐसे बेशर्म हैं कि अपमानित होने के कारण वह हमारे यहाँ फिर आने के लिए और अधिक उत्सुक हो उठेंगे। पर मैं यह जानना चाहूँगी कि उनके लिए तुम क्यों इस क़दर परेशान हो? और दीदी का उनसे हिलना देखकर तुम्हें प्रसन्नता क्यों होने लगी थी, इस बात को भी तुम्हें मेरे दीदी के आगे स्पष्ट रूप से खोल देना चाहिए!" यह कहकर उसने एक बार इंगित से नीलिमा की ओर देखा। पर नीलिमा एक शब्द भी न बोली।

प्रतिमा की बात के ढंग से श्रीमती खन्ना एक बार फिर झुँझला उठीं। बोलीं, "जा! जा! बड़ी आयी जज बनके! तुम क्या मेरा इज़हार लेना चाहती हो? तुम्हारे समान दुष्ट और मूर्ख लड़की को क्यों मैं कोई बात बताऊँ। किसी शुभ कार्य में विघ्न डालने के सिवा तुम्हारा और भी कोई काम कभी रहा है? मैंने कभी नहीं सोचा था कि मेरी कोख से ऐसी नालायक़ लड़की जन्म लेगी। मैंने अपनी तरफ़ से कभी कोई बात उठा नहीं

रखी कि मेरी लड़कियाँ अच्छी-से-अच्छी शिक्षा पायें, शिष्ट और सभ्य समाज के बीच में रहकर सौजन्यपूर्ण व्यवहार सीखें, भले घरों में ब्याही जाकर सुख से अपने दिन बितायें और मुझे भी शान्ति से रहने दें। मैं अब समझ रही हूँ कि मैंने बड़ी भारी ग़लती की जो तुम लोगों को पढ़ाया-लिखाया। मुझे क्या पता था कि मेरी लड़कियाँ इस क़दर मनचली निकलेंगी और मेरी किसी भी बात का कोई मूल्य न समझकर हर बात में मुझसे जवाब तलब करने लगेंगी। तुम्हारे पिता जी तुम लोगों से मुक्त होकर चल बसे, पर मैं अभी तक दिन-रात तुम लोगों की अपमानजनक बातें सुनने के लिए जीती हूँ!''

उनकी दोनों आँखों के कोने आँसुओं के छोटे कणों से चमक उठे। किस बात से क्या बात आ पड़ी। नीलिमा घबरा उठी। अपनी माँ के लिए उसके हृदय में दया और स्नेह की भावनाएँ पूरे वेग से उमड़ उठीं। उसने आगे बढ़कर माँ का हाथ धीरे से पकड़ लिया और अत्यन्त स्निग्ध स्वर में कहा, ''माँ, तुम ऐसा क्यों कहती हो! कौन तुमसे अपमानजनक बातें कहता है? प्रतिमा ज़रूर कुछ धृष्ट स्वभाव की है, पर वह भी कभी तुम्हें अपमानित करना नहीं चाहेगी। उसकी लड़कपन की बातों को तुम क्यों इस तरह महत्त्व देती हो? उसे बकने दिया करो और उसकी बातों पर हँस दिया करो।''

नीलिमा की बात से श्रीमती खन्ना का जी कुछ शान्त हुआ। उन्होंने स्नेह से गद्गद होकर कहा, ''तुम्हीं बताओ बेटी, मैंने क्या कोई अनुचित बात कही थी? ठाकुर साहब अगर अपने को अपमानित समझकर हम लोगों के यहाँ आना छोड़ दें तो तुम्हें क्या अच्छा लगेगा? ठाकुर साहब जैसे सज्जन और शान्त स्वभाव आदमी को बेशर्म बताती है और स्वयं कैसी बेहया है, इस पर विचार नहीं करती। तुम देख लेना नीलिमा, अगर इस लड़की ने एक दिन हमारे कुल की नाक न कटायी तो! तुम्हीं बताओ, ठाकुर साहब में क्या दोष है? वह एक बड़े घराने के ज़मींदार हैं। कई लाख रुपये की उनकी आय है। सभ्य समाज में उनकी प्रतिष्ठा है। सरकारी हलक़ों में उनका जितना सम्मान है, कांग्रेसियों के बीच में भी उनकी वैसी ही इज़्ज़त है। स्वभाव के बड़े ही सज्जन हैं। देखने-सुनने में...''

प्रतिमा के मुख पर एक व्यंग्यपूर्ण तीखी मुस्कान झलकते देखकर श्रीमती खन्ना का उत्साह कुछ ठण्डा पड़ने लगा। फिर भी उन्होंने साहस करके नीलिमा से कहा, ''तुम्हीं बताओ नीलिमा, अगर कोई माँ ऐसे व्यक्ति को अपना जमाई बनाने की इच्छा करे तो वह कौन बड़ा अपराध करती है?''

प्रतिमा रह न सकी। खिलखिलाकर हँसती हुई ताली पीटने लगी। उसके बाद बोली, ''अब तुमने ढंग की बात कही है माँ। मैं तुम्हारे मुँह से यही बात स्वीकार कराना चाहती थी। अब बताओ दीदी, इस विषय में तुम्हारी क्या राय है? तुम्हें भी निश्चय ही ऐसा सर्वगुण-सम्पन्न वर पसन्द होगा।''

माँ के स्पष्ट इंगित से नीलिमा पहले ही सकुचाकर सिमट-सी गयी थी। और कोई समय होता तो वह निश्चय ही स्पष्ट शब्दों में माँ के आगे इस सम्बन्ध में अपना निश्चित मत प्रकट कर देती, पर इस समय माँ का जो दयनीय रूप उसके सामने आया,

उसे देखते हुए उसे उनकी बहुत दिनों से पीसी हुई आशा को निराशा में परिणत करने का साहस नहीं होता था। पर मुँहफट प्रतिमा की बातों के ढंग से वह मन-ही-मन बहुत खीझ उठी थी। उसने झिड़ककर कहा, "तुम अपनी ऊल-जलूल बातों से बाज़ नहीं आओगी? सचमुच दिन-पर-दिन तुम्हारी निर्लज्जता और ढिठाई बढ़ती चली जा रही है। माँ का कहना ठीक ही है। चलो माँ, भीतर चलें। इसकी बातों के फेर में तुम न पड़ो।" यह कहकर वह माँ का हाथ पकड़कर उन्हें प्रायः बरबस भीतर ले गयी।

प्रतिमा कुछ देर तक स्तब्ध खड़ी रही। उसे पूरी आशा थी कि नीलिमा स्पष्ट और ज़ोरदार शब्दों में माँ की मनोवृत्ति का विरोध करेगी। ठाकुर साहब को 'जमाई' बनाने का जो इंगित उसकी माँ ने किया था वह नीलिमा को कभी पसन्द नहीं आ सकता, ऐसा उसका विश्वास था। पर जब उसने देखा कि माँ की एक भी बात का विरोध नीलिमा ने नहीं किया, बल्कि एक प्रकार से उन्हीं का पक्ष लेकर वह उनके साथ भीतर चली गयी, तब वह नीलिमा के मनोभाव को ठीक से कुछ समझ न पायी। तरह-तरह के अनुमान उसके मन में दौड़ने लगे। पर कोई भी निश्चित धारणा उसके मन में जम न पायी। क्या किसी भी हालत में नीलिमा ठाकुर साहब से विवाह के लिए राज़ी हो सकती है? असम्भव है! पर कुछ ही क्षण बाद उसके विचारों का क्रम पलट गया और वह सोचने लगी, "मैंने यह कैसे सोच लिया कि ठाकुर साहब के साथ विवाह के लिए दीदी कभी राज़ी नहीं हो सकती? इस सम्बन्ध में मैंने दीदी से न कभी कोई बात ही की है, न मैं यह दावा कर सकती हूँ कि मैं उसके मन की सब बातें जानती हूँ। दूसरे के मन का सच्चा हाल कोई नहीं जान सकता—चाहे वह व्यक्ति अपनी सगी दीदी ही क्यों न हो। इसलिए—पर यदि सचमुच दीदी ठाकुर साहब से विवाह के लिए राज़ी हो जाय—चाहे अपने मन से चाहे माँ के दबाव से—तो क्या होगा! इतने बड़े अनर्थ का क्या उपचार हो सकेगा? मैं अपने जीते-जी कैसे इसे सहन कर सकूँगी!" सोचते-सोचते प्रतिमा का माथा चकराने लगा। कुछ देर तक वह यथास्थिति खड़ी रही, उसके बाद अन्यमनस्क भाव से धीर पगों से भीतर चली गयी!

12

नीलिमा विचित्र-सी बेचैनी महसूस कर रही थी।

उसकी मानसिक स्थिति उस दिन पहली बार यथार्थ रूप में डाँवाँडोल हुई थी। इसके पहले जीवन और जगत् के सम्बन्ध में उसके मन में समय-समय पर चाहे कैसे ही विचार तरंगित क्यों न हुए हों, पर कभी किसी भी गम्भीर विचार का कोई स्थायी प्रभाव उसके मन पर अधिक समय स्थिर नहीं रह पाया। सामान्य सामाजिक संघर्ष-विघर्ष से जो-जो भाव-चित्र उसके मन पर उदित होते रहते थे वे सिनेमा के चल-चित्रों की तरह अत्यन्त द्रुतगति से विलीन हो जाते थे। उन मिटे हुए चित्रों के स्थान पर नये चित्र प्रकट होते थे। फिर वे भी बिना कोई स्थायी प्रभाव उसके सचेत मन पर छोड़े मिट जाते थे। स्वयं अपने भावी जीवन के सम्बन्ध में उसने कभी लगातार एक घण्टे तक गम्भीर

रूप से चिन्तन नहीं किया। इस सम्बन्ध में भी अनेक अस्पष्ट छायाचित्र उसके ऊपरी मन के पट पर अंकित होकर अस्पष्ट ही रूप से तिरोहित भी हो जाते थे। उनमें से किसी भी चित्र पर मनोयोगपूर्वक विचार करने का न उसमें धैर्य ही था, न इच्छा। इसमें सन्देह नहीं कि गम्भीर साहित्यिक विषयों को समझने और उन पर गम्भीर ही रूप से विचार करने की योग्यता उसमें थी। पर साहित्य-जगत् से वास्तविक जगत् का कोई विशेष सम्बन्ध स्वीकार करने के लिए उसका मन जैसे तैयार नहीं था।

किन्तु उस दिन उसे ऐसा लगा जैसे पहली बार उसे जीवन की वास्तविकता का अनुभव हुआ। इतने दिनों तक ठाकुर लक्ष्मीनारायण सिंह के साथ उसका मिलना-जुलना रहा, पर कभी उसने इस 'मिलने-जुलने' को गम्भीर रूप में ग्रहण नहीं किया। न कभी यह सोचा कि इस 'मिलने-जुलने' पर उसकी माँ बड़ी लम्बी-चौड़ी आशाएँ बाँध सकती हैं। इसमें सन्देह नहीं कि ठाकुर साहब का संग उसे कभी अप्रिय नहीं रहा। किसी भी पुरुष पर निर्दोष चुटकियाँ कसने और अकपट व्यंग्यों की बौछार से उसे बनाने में उसके भीतर की चपल बालिका को सुख मिलता था और सम्भवतः ठाकुर साहब का साहचर्य उसे इसी कारण प्रिय था—विशेषकर जब उसे मालूम था कि ठाकुर साहब उसे 'आदर' की दृष्टि से देखते हैं। अपने प्रति विशेष आदर का भाव प्रदर्शित करनेवाले पुरुष को बनाने में ऐसी 'चपल बालिकाओं' को विशेष सुख मिलता है। इसके अतिरिक्त सम्भवतः और कोई भावना ठाकुर साहब के सम्बन्ध में उसके मन में काम नहीं कर रही थी।

पर उसे पता नहीं था कि उसके भीतर की 'चपल बालिका' के साथ-ही-साथ उसके अज्ञात में प्रौढ़ा नारी धीरे-धीरे घर करती चली जा रही है। आज प्रथम बार अप्रत्याशित रूप से और अचिन्तित कारणों से उस प्रौढ़ा नारी ने उसके सचेत मन को प्रबल धक्का दिया। जीवन और जगत् के सम्बन्ध में एक नये ही दृष्टिकोण को उसके सामने रखकर उसे विस्मित और भ्रान्त कर दिया।

इतने वर्षों से महीप से उसका परिचय रहा। पर कभी उसने उसके सम्बन्ध में किसी भी प्रकार की गम्भीर भावना को अपने मन में स्थान नहीं दिया। महीप का शिशु-रूप ही बराबर उसके सामने आया। महीप की प्रत्यक्ष आकृति और बाह्य प्रकृति को देखते हुए एक वयस्क शिशु के सिवा किसी दूसरे रूप में वह उसे देख ही नहीं पाती थी। इतना वह अवश्य जान गयी थी कि वह शिशु समझदार है। इसीलिए वह उसे और अधिक चाहने लगी थी। पर उसका यह 'चाहना' उस चाहने से अधिक महत्त्व नहीं रखता था जो एक वयस्क बालिका का एक सजीव गुड्डे के प्रति हो सकता है। महीप की कविताओं के बावज़ूद नीलिमा के मन में यह विश्वास कभी न जम पाया कि वह अपनी शिशुता को पार कर चुका है। प्रेम की तीव्र अन्तर्वेदना से पूर्ण जो कविताएँ महीप ने समय-समय पर लिखी थीं उनमें नीलिमा बराबर रस लिया करती थी। अत्यन्त तन्मयता के साथ उन्हें पढ़ा करती थी—एक बार नहीं, अनेक बार। अक्सर रात में सोने के पहले पलँग पर लेटे-लेटे टेबिल-लैम्प जलाकर वह महीप की प्रेम-सम्बन्धी कविताओं

को मननपूर्वक पढ़ती हुई उनकी रसमयता से भीतर-ही-भीतर पुलकित होती रहती थी। एक अलौकिक छायास्वप्नमय मायाजगत् सुनहले बादलों से रंजित सन्ध्या की इन्द्रजाली मोहिनी की तरह उसकी मानसिक आँखों के आगे भासमान हो उठता था, जिससे कवि की मायापुरी के द्वार एक-एक करके उसके आगे उद्घाटित हो जाते थे। वह (कवि) उस समय के लिए किसी स्वर्गीय लोक के देवदूत की तरह उसके मन के एक अज्ञात कोने में मृदु-मन्द मुस्कान से मुस्कराता रहता था। पर कविता-पाठ बन्द करने पर जब वास्तविक जगत् की अनुभूति उसके सचेत मन पर आकर टकराने लगती तब जो कवि मायालोक के दिव्य दूत की तरह उसके अर्द्धचेतन मन को घेरे हुए था उसका वास्तविक रूप-गुड्डे की-सी आकृति--नीलिमा के सचेत मन पर प्रस्फुटित होते ही वह मन-ही-मन अपनी हँसी को रोक नहीं पाती थी। काव्यलोक की विकल पुलकानुभूति के स्थान पर उसके हृदय में हास्य की फुरेरियाँ उठने लगती थीं। उस शिशु-रूप कवि के भीतर प्रेम की अन्तर्ज्वाला वास्तव में दहका करती है, इस बात पर उसे क़तई विश्वास नहीं होना चाहता था। फिर भी यह स्वीकार किये बिना वह न रहती कि वह शिशु-कवि आश्चर्यजनक रूप से समझदार है। उस सजीव, बुद्धिमान् गुड्डे को खेलाने की आकांक्षा उसके मन में प्रबल हो उठती।

यह सब होते हुए भी उसकी निजी 'रोमाण्टिक' कल्पनाओं के बीच में उस गुड्डे के लिए उसके मन में कभी कोई स्थान नहीं रहा। इस रूप में वह उसके सम्बन्ध में सोच ही नहीं सकती थी। पर उस दिन जब महीप ने हिन्दी साहित्य और हिन्दी के कवियों की तरफ़ से अत्यन्त मार्मिक शब्दों में, तीव्र रूप से प्रज्वलित वाणी में वकालत की थी, तब उस समय उसके मुख पर घनीभूत होनेवाली गहन-गम्भीर छाया, उसकी आँखों में बिजली की तरह प्रदीप्त होनेवाली रहस्यमयी माया का आभास देखकर, नीलिमा की मानसिक आँखों के आगे महीप के अन्तर का इतने दिनों से प्रच्छन्न रूप अपने काले आवरण को चीरकर अकस्मात् व्यक्त हो उठा। उसके गुड्डे का-सा प्रकट रूप न जाने कहाँ तिरोहित हो गया। उसके स्थान पर अदम्य कर्मचेष्टा और प्रचण्ड विद्रोह के असीम साहसिक पौरुष से युक्त पूर्ण युवा का सनातन रूप न जाने किस अज्ञात रहस्यमय जादू की माया से नीलिमा के आगे परिस्फुट हो उठा और तत्कालीन सम्मोहन की-सी अवस्था में उसने यह अनुभव किया कि महीप के उस नवोदित रूप को केन्द्रबिन्दु बनाकर बहुत-सी ऐसी नयी और तीव्र वेदनामयी भावनाएँ चारों ओर से उसके मन को छाने लगी थीं जिनकी कल्पना तक उस क्षण के पहले वह कभी कर नहीं सकती थी। इतने दिनों तक वे न जाने अन्तर्मन के किन अन्धछिद्रों में दबी पड़ी थीं। महीप की कविताओं के एकान्त पाठ में वह कभी-कभी उसके जिस दिव्य दूत के रूप का परिचय पा जाती थी वह आज वास्तविक जगत् से भी उसके आगे केवल प्रत्यक्ष ही नहीं हुआ, बल्कि झलझलाते हुए सोने का जो तेज़ और तीखा भाला वह अपने हाथ में लिये हुए था उसकी नोक से उसने जैसे उसके अन्तर्मय प्रदेश को स्पर्श भी कर दिया—नीलिमा को ऐसा लगा। आज तक वह अपने को, महीप को, समस्त संसार को

केवल एक खेलवाड़ के रूप में देखती आयी थी। पर आज उस प्रज्वल सोने के भाले ने अपने तीखे स्पर्श से उसे यह बता दिया कि न वह खेलवाड़ है और न महीप—दोनों जीवन की ज्वलन्त अनुभूतियों से फड़कते हुए अनन्त चेतनाशील प्राणी हैं और समस्त संसार प्राण-प्रेरित वेदनाओं के स्पन्दन से प्रतिपल फड़क रहा है। वह यह अनुभव करने लगी कि जीवन में उसका अपना कर्त्तव्य-पथ अत्यन्त विस्तीर्ण, अत्यन्त गम्भीर और अत्यन्त महत्त्वपूर्ण है और जिस कवि को वह आज तक केवल एक मनोरंजक शिशु के रूप में देखती आयी थी वह क्या उसके उस महान् कर्त्तव्य-पथ का साथी—बल्कि निर्देशक—नहीं हो सकता?

वह 'महान् कर्त्तव्य' वास्तव में क्या है, इसकी कोई स्पष्ट झाँकी उसके मन में नहीं उठी थी। कोई व्यक्ति किस रूप में उसका निर्देशक बन सकता है, यह भी वह नहीं जानती थी। पर जो अस्पष्ट प्रेरणा उसके भीतर जगी थी, उसकी अनुभूति ऐसी मार्मिक थी कि उसकी उपेक्षा करना उसके लिए असम्भव था।

महीप के चले जाने के बाद उसी अनुभूति से उसका समस्त प्राण आच्छन्न हो रहा था। उस अनुभूति को गहरा धक्का तब पहुँचा जब प्रतिमा और उसकी माँ के वाद-विवाद के फलस्वरूप वास्तविक जीवन के एक दूसरे ही तथ्य का उद्‌घाटन उसके आगे हुआ। उसे यह सोचकर अपनी इस नादानी पर आश्चर्य और खेद हुआ कि इतने दिनों तक वह अपनी माँ के मन की बात से परिचित न हो सकी, जब कि प्रतिमा पहले ही वास्तविकता को ताड़ गयी थी। कभी एक क्षण के लिए भी उसके मन में यह सम्भावना उदित नहीं हुई कि ठाकुर साहब से उसका वैवाहिक सम्बन्ध जोड़ने के इरादे से उसकी माँ उन्हें परिवार के घनिष्ठ सम्पर्क में लाने की चेष्टा करती रही हैं। आज प्रथम बार जब उसके आगे माँ के वास्तविक मनोभाव का रहस्य अप्रत्याशित रूप से खुला तब वह स्तब्ध रह गयी। उसकी स्तब्धता यह जानकर और अधिक बढ़ गयी कि उसकी माँ का केवल यह विचार ही नहीं है, बल्कि वह उस पर बहुत बड़ी आशा बाँधे बैठी हैं—इस हद तक कि उसमें तनिक भी विघ्न खड़ा होने पर उन्हें मार्मिक आघात पहुँचने की सम्भावना है। उस दिन प्रतिमा के साथ इस सम्बन्ध में झगड़ते हुए माँ का जो दयनीय रूप उसने देखा उससे उसके भीतर आतंक की एक लहर हहर उठी। सबसे अधिक आशंकाजनक बात उसे यह लगी कि माँ के उस रूप को देखते हुए उसके मन में इतने दिनों से पुसी हुई आशा का तार तत्काल पूर्ण रूप से तोड़ने का साहस उसे नहीं हुआ। वह जानती थी कि यदि इस सम्बन्ध में वह माँ की इच्छा का विरोध करेगी तो उन्हें जो धक्का लगेगा उससे वह आसानी से उबर नहीं सकेंगी।

साथ ही एक बात और थी। नीलिमा के मन के एक कोने में सांसारिक स्वार्थ का एक संस्कार उसकी समस्त भावुकता को आदर्शवाद के बावज़ूद वर्तमान था। इसलिए महीप के सम्बन्ध में उसके हृदय में भावों का तूफ़ान उठने पर भी वह पार्थिव वास्तविकता का संस्कार पहाड़ी नदी के बीच की चट्टान की तरह अडिग अवस्था में पड़ा था। ठाकुर साहब के विरुद्ध उसके ज्ञात मन में जो विरोधी भावना उठ खड़ी हुई

थी वह उसके आगे स्पष्ट रूप धारण किये हुए थी। पर उस स्पष्ट भावना के नीचे जो अस्पष्ट भावना उसे बेचैन कर रही थी, उसे वह अपने अनजान में प्रबल चेष्टा से भुलाना चाहती थी। जो प्रवृत्ति खुले तौर से उसकी माँ को परिचालित कर रही थी वही चोरी-छिपे उसके मन के नीचे के दो-एक छिद्रों से झाँकने का प्रयत्न कर रही थी। यह भी एक बहुत बड़ा कारण था कि चाहने पर भी माँ की प्रवृत्ति के विरुद्ध निश्चित विद्रोह की भावना उसके भीतर नहीं उठ पाती थी। उन छिद्रों को वह ज्यों-ज्यों अपने आदर्शवादी विचारों को मिट्टी से दबाने की चेष्टा करती थी; त्यों-त्यों वे अधिक परिस्फुट हो उठते थे और उनका आकार जैसे और अधिक बड़ा होता जाता था।

भावुकता का प्रथम आवेग बहुत-कुछ शान्त होने के बाद नीलिमा ने अपने अनजान में ही जब अपने मन का विश्लेषण करना शुरू किया तब वह बहुत घबरा उठी। ठाकुर साहब की आर्थिक सम्पन्नता का आकर्षण कितना बड़ा है, यह कठोर वास्तविकता स्पष्ट-से-स्पष्टतर रूप में उसके सामने आती जा रही थी। उसकी माँ ने उसके भावी हित के सम्बन्ध में कितने बड़े कारण से प्रेरित होकर यह सब चक्र रचा था। इस पर वह जितना ही सोचती जाती थी उतनी ही अधिक प्रभावित होती थी। साथ ही यह भी वह धीरे-धीरे समझने लगी थी कि अपने अनजान में वह पहले से ही वास्तविकता के इस पहलू को अपनाये बैठी थी, नहीं तो ठाकुर साहब से इस क़दर हिलने का और दूसरा कारण क्या हो सकता है? पर वास्तविकता को क्या हर हालत में ज्यों-का-त्यों स्वीकार कर ही लेना होगा? क्या मनुष्य का यह कर्त्तव्य नहीं है कि वह आदर्श के लिए यथार्थ से जीवन-भर लड़ता रहे और सहस्रों विपरीत परिस्थितियों के बावज़ूद अपने भीतर के विद्रोह की आग को बराबर सुलगाये रहे?

उसे महीप की याद आयी, जिसने अपने आदर्श की प्रगति के लिए आई. ए. एस. की परीक्षा को ठुकरा दिया था। नीलिमा को पूरा विश्वास था कि महीप यदि आई. ए. एस. की परीक्षा देता तो बहुत ही अच्छी सफलता प्राप्त करता। इस सम्बन्ध में सोचते हुए एक ओर जहाँ वह महीप की सिद्धान्तवादिता की बड़ी प्रशंसा मन-ही-मन कर रही थी, वहीं, उसके मन में उसी स्थान के पास ही, एक झाड़ी में छिपी हुई प्रवृत्ति की महीप 'मूर्खता' के लिए कभी उसका उपहास कर रही थी, कभी उसे कोस रही थी।

उसकी चिन्ताओं का दबाव इस क़दर बढ़ता चला जाता था कि सहसा झाड़ी के भीतर छिपी हुई उसकी वही व्यंग्यात्मक प्रवृत्ति उस दबाव के कारण समस्त आवरणों को भेदकर स्पष्ट रूप में बाहर को फूट निकली। वह सोचने लगी कि क्यों महीप ने आई. ए. एस. की परीक्षा देने का विचार त्याग दिया? यदि वह आई. ए. एस. हो जाने के बाद किसी अच्छी सरकारी नौकरी पर नियुक्त हो जाता तो समाज में भी वह प्रतिष्ठा पाता और व्यक्तिगत रूप से आर्थिक स्वतन्त्रता भी उसे प्राप्त हो जाती। नीलिमा जानती थी कि इस समय महीप की आर्थिक स्थिति अत्यन्त शोचनीय है। वह आर्थिक दृष्टि से जीवन में बराबर दूसरों पर ही निर्भर करता रहा है। इस समय वह अपने व्यय का प्रबन्ध ठीक किस ज़रिये से कर रहा है, इस बात का कोई पता नीलिमा को नहीं

था। पर इतना अनुमान वह निश्चित रूप से लगा सकती थी कि वह अब भी इस सम्बन्ध में दूसरों की ही कृपा का मुहताज होगा। इस प्रकार पग-पग पर परमुखापेक्षिता के कारण अवमानना सहना महीप को स्वीकार है, किन्तु आई. ए. एस. होना मंजूर नहीं। यह कैसा विचित्र सिद्धान्त है! सोचते-सोचते नीलिमा खीझ उठी और उस शिशु-भावापन्न अव्यावहारिक और अव्यवस्थित-बुद्धि कवि की मूर्खता के लिए उसे मन-ही-मन कोसने लगी।

13

एक दिन तड़के महीप की आँखें खुल गयीं।

तब पलँग पर लेटे-लेटे उसे इस बात पर आश्चर्य होने लगा कि इतने दिनों के बाद भी अभी तक वह ठाकुर साहब के ही यहाँ पड़ा हुआ है। उसे एक सप्ताह से अधिक हो चुका था। वह सोचने लगा, "इस शहर में मेरा क्या काम है जो मैं अभी तक यहाँ डटा हुआ हूँ और यहाँ से हटने का कोई इरादा अभी तक नहीं कर पाया हूँ? कानपुर में जिस आवश्यक काम से जाने का विचार करके मैं आया था उसे मैं इतनी आसानी से भूल कैसे गया? आश्चर्य है! अफ़सोस है!"

सबसे अधिक आश्चर्य उसे इस बात पर हो रहा था कि उसे जमने के लिए स्थान मिला भी तो ठाकुर साहब के यहाँ! ठाकुर साहब से उसका क्या सम्बन्ध है और कब की मैत्री है? प्रतिमा ने उनका जो परिचय उसे दिया था उसके बावज़ूद वह बिना तनिक भी ग्लानि या संकोच के, परम आराम से उनके यहाँ अड्डा जमाये बैठा है और बिना किसी तक़ल्लुफ़ के उनका अन्न नष्ट कर रहा है। "अच्छा ही है!" वह मन-ही-मन अपने प्रति व्यंग्य के रूप में कहने लगा, "परान्नं दुर्लभं लोके। जिस व्यक्ति ने पहले-पहल इस सत्य को लिखित रूप में स्वीकार किया होगा वह वास्तव में जीवन में मेरी ही तरह कड़वे अनुभव के कारण व्यंग्य और कटूक्ति-प्रेमी हो उठा होगा। पर मुझे अभी जीवन में कौन-से कड़वे अनुभव हुए हैं? अभी तो मैं जीवन के आँगन में अच्छी तरह प्रवेश भी नहीं कर पाया हूँ। न मैं भूतकाल में किसी का ऋणी रहा हूँ, न भविष्य में किसी के लिए उत्तरदायी हूँ। इसलिए यदि वर्तमान में निर्द्वन्द्व जीवन बिताने का विचार मेरे आदर्शों की आँखें बचाकर धीरे-धीरे मेरे भीतर घर करता चला जा रहा है, तो इसमें बुराई ही क्या है। क्या कोई क्षीण-से-क्षीण आशा भी ऐसी है जिसे आधार बनाकर मैं उन आदर्शों का अनुगमन करूँ? सब बेकार है! इसलिए ठाकुर साहब के यहाँ निर्लज्ज भाव से मैं अभी कुछ दिन और डटा रहूँगा—तब तक जब तक कि ठाकुर साहब स्पष्ट शब्दों में मुझसे कह नहीं देते कि, 'मेरे यहाँ तुम्हारे लिये अब कोई स्थान नहीं है, तुम चले जाओ!' पर ठाकुर साहब सम्भवतः ऐसा कहेंगे नहीं, क्योंकि... हाः हाः हाः!" वह कारण सोचकर मन-ही-मन अट्टहास कर उठा। ठाकुर साहब की कूटबुद्धि के सम्बन्ध में वह जितना ही सोचता था, उतनी ही प्रबलता से उसका मानसिक अट्टहास बाहर फूट पड़ने के लिए विकल हो उठता था। यह जानने में उसे

एक दिन से अधिक देर नहीं लगी कि ठाकुर साहब किस उद्देश्य से उसे 'कार' में बिठाकर अपने यहाँ ले आये थे। नीलिमा ने उसका पक्ष लेकर ठाकुर साहब के प्रति जो व्यंग्य के छींटे उड़ाये थे उससे निश्चय ही ठाकुर साहब का माथा ठनक उठा होगा। ठाकुर साहब ने नीलिमा के साथ अपना विवाह 'तय' हो जाने का जो संवाद सुनाया था वह भी सम्भवतः इसी उद्देश्य से कि यदि महीप का इरादा किसी हद तक भी इस ओर हो तो वह तत्काल पीछे हटने की सोच ले और खन्ना बहनों के साथ अधिक हेल-मेल बढ़ाने के विचार को अधिक ढील न दे। और अपने यहाँ ठाकुर साहब ने उसका आतिथ्य इसलिए स्वीकार किया है कि कहीं वह खन्ना-परिवार का अतिथि बनने की बात न सोच बैठे और इस प्रकार ठाकुर साहब के एक विशेष निर्धारित कार्यक्रम में विघ्न न डाल बैठे।

सोचते-सोचते महीप बहुत देर तक मन-ही-मन हँसता चला गया। उसकी वह हँसी स्वयं अपने ऊपर, नीलिमा के ऊपर, ठाकुर साहब के ऊपर, समस्त संसार के ऊपर थी।

ठाकुर साहब सुबह-शाम ग़ायब रहते थे। उन्होंने महीप से एक बार शिष्टाचार के तौर पर भी नहीं पूछा कि वह भी बाहर चलना चाहता है या नहीं। महीप को भी अपने-आप बाहर निकलने की प्रेरणा नहीं हुई। फल यह हुआ कि वह दिन-भर और रात-भर ठाकुर साहब के बँगले के भीतर ही स्वेच्छित नज़रबन्दी की-सी दशा में रहने लगा। केवल भोजन के समय ठाकुर साहब से, शारदा देवी से, रूपा और धीराज से उसकी भेंट हो जाया करती। शेष सब समय वह प्रायः अपने कमरे के भीतर ही पंखे की छत्रच्छाया के नीचे बन्द पड़ा रहता।

अपनी उस अप्राकृतिक स्थिति में, आरम्भ में तीन दिन तक वह कुछ समझ ही न पाया कि जो जड़ता उसके भीतर छा गयी है उसका वास्तविक रूप क्या है। उसने सोचा था चाहने पर एक झटके से उसे झाड़-फटकारकर वह अपनी स्वाभाविक अवस्था में लौट जायेगा। पर चौथे दिन उसने आतंकित होकर इस बात पर ग़ौर किया कि कोई एक अज्ञात विषैली गैस उसके मन के किसी एक छिद्र से उसकी असावधान मनोदशा में उसके भीतर प्रवेश कर गयी है और धीरे-धीरे उसके सम्पूर्ण मानसिक यन्त्र में जंग लगाने का उपक्रम कर रही है।

उसके मन की सब सुकुमार अनुभूतियाँ जैसे कुन्द होती चली जाती थीं। वह न ठाकुर साहब का अतिथि बनने में किसी प्रकार की ग्लानि का अनुभव कर पाता था, न अपने भावी कार्यक्रम के सम्बन्ध में कुछ सोच या समझ पाता था। न खन्ना बहनों के पास जाने के लिए अपने मन को तैयार कर पाता था और न ही उस शहर को छोड़कर जाने की स्फूर्ति ही अपने में पाता था।

* * *

ठाकुर साहब का अतिथि बनने के पाँचवें रोज़ की बात है।

सन्ध्या के झुटपुटे में महीप अपने कमरे के बाहर के एकान्त बरामदे में टहल रहा था, जैसे भेड़िया एक बन्द पिंजड़े के भीतर एक सिरे से दूसरे सिरे तक निरन्तर चक्कर

काटता रहता है। चारों ओर सन्नाटा छाया हुआ था। मालूम होता था जैसे बँगले के भीतर और आसपास कहीं एक भी प्राणी नहीं है। केवल एक नर-कोयल एक इमली के पेड़ पर से रह-रहकर तीखे स्वर से कूक रहा था और दूर कहीं से एक मादा-कोयल स्निग्ध-करुण कण्ठ से अपने उस पागल प्रेमी की पुकार का प्रत्युत्तर दे रही थी। महीप को यह सोचकर आश्चर्य हो रहा था कि उसके कवि-हृदय में कोई भी अनुभूति इन दो प्रसिद्ध पक्षियों के प्रेमालाप से नहीं जग रही है। वह शून्य मानसिक परिस्थिति में केवल चक्कर काटता ही चला गया।

अकस्मात् सामने उसे धीराज खड़ा दिखायी दिया। मृदु-मन्द और तनिक म्लान मुस्कान के साथ हाथ जोड़ते हुए धीराज ने कहा, "नमस्कार!"

"नमस्कार!" महीप ने भी प्रत्युत्तर में हाथ जोड़ते हुए कहा, "कहिये, आपने कैसे पधारने की कृपा की?"

"यों ही! अकेले बैठे-बैठे जी नहीं लग रहा थां। बहुत दिनों से आपसे एकान्त में मिलकर बातें करने की इच्छा थी, पर कभी सुयोग प्राप्त न हो सका। मैं बहुत दिनों से आपकी कविताओं में दिलचस्पी लेता आया हूँ...."

महीप साल-भर के अनुभव से जान गया था कि उसकी कविता के प्रेमियों की संख्या कुछ कम नहीं है—विशेषकर उसकी उन कविताओं ने पाठकों पर अच्छा प्रभाव डाला था जो उसने अपने प्रारम्भिक रचना-काल में प्रेम के सम्बन्ध में लिखी थीं। इसलिए एक नये कविता-प्रेमी का परिचय पाकर उसे इतनी प्रसन्नता नहीं हुई जितनी कि साधारण अवस्था में होनी चाहिए थी। पर धीराज के सम्बन्ध में उसकी दिलचस्पी का एक दूसरा कारण था, इसलिए मन-ही-मन उसने उसका स्वागत किया। इसके अलावा अपनी तत्कालीन शून्य मानसिकता से वह स्वयं भी उकता गया था।

"आपने बड़ी कृपा की। आइये, भीतर चलकर बैठें। बाहर अभी तक लू चल रही है।"

भीतर जाकर दोनों बैठ गये। तब महीप ने पूछा, "आप क्या इस समय तक अकेले बैठे थे? और सब लोग कहाँ गये?"

"सभी सिनेमा देखने गये हैं।"

"आपको शायद सिनेमा से विशेष प्रेम नहीं है?"

"जिस व्यक्ति के वास्तविक जीवन में फ़िल्मी दुनिया से भी अधिक तहलका मचा हुआ हो, अधिक रोमाण्टिक, रहस्यमय और अशान्तिपूर्ण चक्रों की उलझनों में जो व्यक्ति उलझा हुआ हो वह स्वभावतः फ़िल्म-जगत् में विशेष दिलचस्पी नहीं ले सकता।"

महीप ने एक बात पर ग़ौर किया। धीराज के मुख की अभिव्यक्ति में उसने पहले दिन जो एक मन्द-मधुर संकोचशीलता का आभास देखा था, जो सरल-तरल भाव झलकता हुआ पाया था, उसका लेश भी इस समय वर्तमान नहीं था। उसकी आँखें चमक रही थीं। उसके मुख पर एक उत्तेजनापूर्ण आवेगमय भाव की प्रतिच्छाया व्यक्त

हो रही थी। वह स्पष्ट ही हृदय खोलकर बातें करने की मानसिक स्थिति में था। उसके मन की बातें जानने का कौतूहल होने पर भी महीप अपनी ओर से उसे उसकाना नहीं चाहता था। वह केवल जिज्ञासु भाव से उसकी ओर देखता रहा।

धीराज क्षण-भर चुप रहने के बाद बोला, "आपकी कविताओं ने मुझे जीवन के घोर अन्धकारमय क्षणों में प्रकाश दिखाकर जो प्रेरणा दी है उसका वर्णन मैं नहीं कर सकता। जब-जब निराशा और निश्चलता ने चारों ओर से मेरे पथ में अभेद्य अवरोध खड़ा किया है, तब-तब आपकी कविताओं ने मुझे आशा और गति प्रदान की है। मुझे बराबर ऐसा अनुभव हुआ है जैसे आपने मेरे जीवन की परिस्थितियों से, मेरी जटिल मानसिक गतिविधि से परिचित होकर उन्हीं को सुलझाने के उद्‌देश्य से कविताएँ लिखी हों। आपकी इन पंक्तियों से मुझे जीवन में कितना बल मिला है, मैं कह नहीं सकता—

तोड़ दो सीमित जगत् की वज्र-कारा!
किसी जड़-अवरोध से क्या कभी दुर्जय प्रेम हारा?
मृत्यु देगी अमरता की स्निग्ध, शीतल, शान्त छाया;
स्फुरित होगी दिव्य स्पन्दन से करुण यह प्रेम-काया;
पुलक-सागर में रहेगा तड़ित्-नौका का सहारा।

पर इधर कुछ समय से मेरे मन का यह हाल हो गया है कि न किसी की कविता से मुझे कोई प्रेरणा मिलती है, न अपने भीतर से कोई तिनका सहारे के लिए मिलता है। रह-रहकर एक प्रचण्ड सत्य मेरे आगे स्पष्ट-से-स्पष्टतर होता चला जा रहा है। मेरे मन में यह ध्रुव विश्वास जम गया है कि प्रेम—वह पागल प्रेम जिसका विष-रस हृदय के अणु-परमाणु में व्याप्त हो जाता है—निश्चित रूप से मृत्यु में परिणित होता है। उसके लिए दूसरा कोई मार्ग नहीं है। प्रेम की अमरता का गुण-गान आपने भी दूसरे कवियों की तरह किया है। पर वह 'अमरता' मृत्यु के राजमार्ग को अपनाये हुए है। मैं मानता हूँ कि सच्चा प्रेम जीवन के किसी भी अवरोध से हार माननेवाला नहीं है, पर उन अवरोधों को तोड़ता है वह किसलिए? निश्चय ही मृत्यु के अगम अन्धकार में प्रवेश करके उसमें अपने को विलीन करने के लिए! इसलिए उन कवियों की अनुभूति झूठी और ढोंग-भरी सिद्ध होती है जिनका कहना है कि प्रेम अमृत-लोक के द्वार उद्‌घाटित कर देता है और मृत्यु का पर्दा हटाकर दिव्यलोक के अनिर्वचनीय सौन्दर्य की झाँकी मन की आँखों के आगे झलका देता है। मेरा अपना अनुभव बिलकुल इसके विपरीत है..."

महीप स्तब्ध दृष्टि से उसकी ओर देख रहा था। पाँच दिन के भीतर धीराज का जो थोड़ा-बहुत ऊपरी परिचय उसने पाया था उससे वह केवल इतनी ही कल्पना कर सकता था कि एक हलके ढंग की मीठी किन्तु गुप्त भावुकता से पूर्ण संकोची नवयुवक से उसका परिचय हुआ है! वह 'संकोची' नवयुवक इस हद तक निस्संकोच हो सकता है कि प्रेम के सम्बन्ध में अपने अनुभवों को बेधड़क व्यक्त कर सकता है। वे अनुभव इस क़दर गहन और तीव्र हो सकते हैं, इस बात की कल्पना महीप नहीं कर पाया था।

धीराज क्षण-भर के लिए रुका! तब महीप इस ख़याल से कि उसका एकदम चुप बैठे रहना अशोभन है, बोला, "आपका अनुभव मेरे लिये बिलकुल नया होने पर भी मैं उसके महत्त्व का अनुभव करता हूँ। मैं विश्वास कर सकता हूँ कि आपका अनुभव प्रेम-सम्बन्धी सत्य का एक ज़बर्दस्त पहलू हो सकता है।"

"हो सकता है नहीं, बल्कि है।" दुगनी तीव्रता से धीराज ने कहा; "वह प्रेम-सम्बन्धी सत्य का एक पहलू नहीं, बल्कि एकमात्र पहलू है। जब तक आप और आपके सहजातीय दूसरे कवि इस एकमात्र सत्य से परिचित नहीं हो जाते तब तक आप लोगों की रचनाएँ भावुक पाठकों के मन में धोखे का जाल फैलाकर वैसा ही घोर अनर्थ करती रहेंगी जिसे मैं भुगत रहा हूँ। भुगत चुका हूँ नहीं—भुगत रहा हूँ, इस बात की ओर मैं विशेष रूप से आपका ध्यान दिलाना चाहता हूँ। इधर पाँच दिनों के भीतर मेरे इस जीवन-शोषी अनुभव ने विकटतम रूप धारण कर लिया है। मेरे हृदय की प्रेमानुभूति इससे अधिक तीव्रता को इसके पहले कभी नहीं पहुँची थी। साथ ही आतंक और विषाद की भावनाओं ने भी इसके पहले इस हद तक मेरी आत्मा को नहीं धर दबाया था। इस समय मुझे ऐसा लगता है कि मेरे भीतर और बाहर सर्वत्र मृत्यु की कहीं अन्त न होनेवाली छाया फैली हुई है। प्रेम की अनुभूति मेरे भीतर जितनी ही अधिक प्रबल होती जाती है, विषाद और मृत्यु की छाया भी उसी हद तक घनी और अँधेरी होती जाती है। यह सब जानते हुए भी मेरे लिये उस प्रेम से उबरने का कोई रास्ता नहीं रह गया है। मैं गले तक डूब चुका हूँ। मैं जानता हूँ कि इस प्रेम की चरम परिणति होते ही मृत्यु की वह गाढ़ी काली छाया मुझे निगल डालेगी। पर इस जानने से कोई लाभ अब मैं उठा नहीं सकता। मैं जान-बूझकर मृत्यु को बुला रहा हूँ। इस बार आप कह सकते हैं कि प्रेम के लिए मृत्यु को वरण करना प्रशंसनीय है और उसके लिए मरने में भी सुख है। पर मेरा अपना अनुभव कहता है कि वह न प्रशंसनीय है न सुखकर। मृत्यु—निर्वाण, अस्तित्व का अन्त—कैसे सुखकर हो सकती है? मृत्यु को सुख की निद्रा माननेवाले कवियों के लिए दूर से उसकी कल्पना अवश्य अच्छी है, पर जिस व्यक्ति ने उस अनन्त शून्य के कराल रूप की झाँकी एक बार जीवित-लोक से ही देख ली है, वह जानता है कि निर्वाचन की वह स्थिति कैसी भयानक है। इसलिए आप लोगों से—कवियों से—मेरी यह प्रार्थना है कि जीवन के मोल पर प्रेम को अपनाने का उपदेश देकर कविता-प्रेमी भोले नवयुवक पाठकों को जीवन के आरम्भ में ही मृत्यु के अन्धलोक की ओर आकर्षित न करें।"

धीराज की वाग्धारा जब रुक गयी तब महीप कुछ समय तक सन्न बैठा रहा। उसके बाद एक लम्बी साँस लेकर बोला, "मैं आपकी बातों से बहुत अधिक प्रभावित हुआ हूँ। आपकी तीव्र अनुभूतिशीलता हृदय के बहुत गहरे स्थान पर असर करनेवाली है। साथ ही एक विशेष तथ्य की ओर मेरा ध्यान आपने आकर्षित कर दिया है। मुझे विश्वास है कि उस तथ्य की वास्तविकता का बहुत-कुछ आभास आपकी एक बात से

मुझे मिल चुका है। फिर भी मैं अभी इस सम्बन्ध में सन्दिग्ध हूँ। मैं जानता हूँ कि आपके व्यक्तिगत जीवन के किसी विषय को लेकर कोई प्रश्न करने का अधिकार मुझे नहीं है। पर चूँकि आपने हृदय खोलकर अपने अन्तर्मन के विचारों को मेरे आगे प्रकट करने की कृपा की है, इसलिए एक बात आपसे पूछने की धृष्टता किये बिना रह नहीं पाता। आपने अभी कहा कि, "इधर पाँच दिनों के भीतर मेरे इस जीवन-शोषी अनुभव ने विकटतम रूप धारण कर लिया है।" यह निश्चित है कि इस शहर में इस बार आपको आये ठीक पाँच दिन ही हुए हैं और पाँचों दिन आप इसी बँगले में रहे हैं। ऐसी हालत में मेरा यह अनुमान करना क्या अनुचित होगा कि इसी बँगले के भीतर कोई ऐसी विशेष घटना घटी है जिससे आपके अनुभव ने आपके ही शब्दों में विकटतम रूप धारण कर लिया है? क्षमा कीजियेगा, मैं अपने अधिकार की सीमा को लाँघ रहा हूँ, जैसा कि पहले कह चुका हूँ, पर..."

"आप अधिकार की सीमा को अवश्य लाँघ रहे हैं", कुछ रूखे स्वर में धीराज ने कहा, "पर आज मैं अपने हृदय का बोझ किसी के आगे हलका करने के लिए बहुत व्याकुल हूँ। इसीलिए मैंने आज गहरी मात्रा में भाँग छानी है और इसीलिए मैं आपको अकेला पाकर आपके पास आया हूँ। मैं स्वयं आज उस तथ्य को आपके आगे प्रकट करने के लिए उत्सुक हूँ जिससे मेरे जीवन की अत्यन्त गोपनीय पीड़ा सम्बन्धित है। साथ ही जिन व्यक्तियों से उस पीड़ा का सम्बन्ध है..."

महीप ने अकस्मात् तनिक अशिष्ट रूप से, अपना अधैर्य प्रकट करते हुए कहा, " 'जिन व्यक्तियों से'! मैं तो समझता था कि कोई एक ही व्यक्ति ऐसा हो सकता है!"

"आपका अनुमान स्वाभाविक है और बहुत-कुछ ठीक भी है। पर एक व्यक्ति अपने साथ कुछ और व्यक्तियों को भी तो घसीट सकता है।"

"तब क्या—क्या—क्षमा कीजियेगा—क्या मैं जान सकता हूँ कि वह एक व्यक्ति कौन है? क्योंकि इतना तो स्पष्ट है ही कि जो कोई भी हो, वह इसी बँगले का निवासी है।"

"स्पष्ट ही वह रूपा है, जैसा कि आप भी जानते हैं।"

इस बात से यद्यपि महीप के सन्देह की ही पुष्टि हुई थी, तथापि उसे आश्चर्य हुआ—जैसे उसके आगे एक बिलकुल नया रहस्य उद्घाटित हुआ हो।

14

कुछ देर बाद।

धीराज ने प्रस्ताव किया कि बाहर हवाख़ोरी के लिए निकला जाय। महीप के पास न कोई काम करने को था, न कोई कार्यक्रम, इसलिए उसने बिना किसी आपत्ति के धीराज का प्रस्ताव स्वीकार कर लिया। दोनों बाहर निकल पड़े। चौराहे पर आकर एक ताँगा किया। धीराज ने ताँगेवाले से सिविल लाइन्स की ओर चलने के लिए कहा।

ताँगे का घोड़ा काफ़ी स्वस्थ दिखायी देता था। किराये के अधिकांश ताँगों और एक्कों के निर्जीव घोड़ों की तरह उसकी चाल में विवशता का लेश भी नहीं लगता था। वह निश्चित और द्रुत पगों से दौड़ा चला जा रहा था। ऐसा जान पड़ता था जैसे दौड़ने में उसे सहज सुख प्राप्त हो रहा है। उस नये टायरोंवाले ताँगे के चलने से जो एक सनसनाहट की आवाज़ आ रही थी वह घोड़े की निरन्तर गतिशील टापों की आवाज़ से मिलकर जैसे आसन्न-रात्रि के निविड़ वायुमण्डल में एक अव्यक्त वेदना के दलित हाहाकार की उच्छ्वसित श्वास फूँक रही थी। बहुत दिनों की पुंजीभूत, रुद्ध भावनाओं से आच्छन्न महीप का अर्द्धचेतन मन अपने ही अन्तर्मन द्वारा अज्ञात में रची गयी रहस्यमयता में डूबने से बचने की प्रबल चेष्टा करता हुआ बहुत छटपटा रहा था। पर जिस प्रकार लगातार कई दिनों के रात्रि-जागरण से थका हुआ व्यक्ति न चाहने पर भी बार-बार ऊँघने और झूमने लगता है, उसी प्रकार महीप भी उस मोहाच्छन्न मनोभावना में बरबस डूबने के लिए उन्मुख-सा हुआ चला जाता था।

धीराज चुप बैठा हुआ था। पर उसकी चुप्पी महीप के मनोवातावरण की रहस्योन्मुखता को और अधिक सघन और गहन बना रही थी। वास्तव में धीराज ने अपनी तीव्र अनुभूति की मार्मिकता से महीप के भीतर बहुत दिनों से दबे पड़े हुए एक ऐसे प्रश्न को उभाड़ दिया था जिसकी विकरालता यद्यपि अभी तक छाया रूप में ही उसके सामने खड़ी हो रही थी, तथापि वह वास्तविक जगत् के प्रचण्ड सत्य के रूप में परिणत होने की धमकी दे रही थी। इधर कुछ समय से स्वयं उसके आगे प्रेम की रहस्यात्मक अनुभूति का एक दूसरा ही रूप धीरे-धीरे—कुछ-कुछ ज्ञात में और कुछ-कुछ अज्ञात में—प्रकट होता चला जा रहा था। अपने जादू-भरे पुलक स्पन्दन से प्राणों में एक निराली उल्लसित वेदना का संचार करनेवाले जिस प्रेम का वर्णन उसने अपनी प्रारम्भिक कविताओं में किया था उसे वह स्वयं भूल-सा गया था। उसकी अनुभूति की स्मृति उसके अन्तर्मन में किसी पूर्व-जन्म की अनुभूति की तरह अत्यन्त अस्पष्ट, छायात्मक रूप से कभी-कभी केवल कुछ क्षणों के लिए उभरकर तत्काल ही अतल में विलीन भी हो जाती थी। अब उसके आगे प्रेम, अन्तर्मन छाया-लोक की—काव्य-जगत् की—चीज़ उतना नहीं रह गयी थी जितना वास्तविक जगत् की—संघर्ष-विघर्षमय सामाजिक संसार की। उस प्रत्यक्ष और प्रकट अनुभूति के अन्तराल से अज्ञात मनोलोक से उभरनेवाली भावनाओं का कितना हाथ था, यह बात बिलकुल दूसरी है।

पर यह सब होते हुए भी प्रेम के सम्बन्ध में उस मार्मिक कटुता का लेख भी कभी उसके भीतर नहीं जगने पाया था जिसे धीराज ने आज की निस्तब्ध सन्ध्या में तेज़ाब की तरह उसके मन के छाया-जगत् में छिड़क दिया था। इसमें सन्देह नहीं कि उस तेज़ाब का एक-ही-आध छींटा उसके वास्तविक मन पर पड़ा और शेष छींटे उसके भीतर के छाया-लोक के न जाने किस चेतनारहित स्थान से पड़कर विलीन भी हो गये। पर उस एक ही आध छींटे ने ऐसी तीव्र जलन उसके भीतर पैदा कर दी थी कि इधर कुछ दिनों से पत्थर की-सी जो जड़ता उसके भीतर छायी हुई थी उसमें जैसे अचानक पूरे

प्रवेग से एक विचित्र अग्निमय चेतना का संचार हो उठा। साथ ही छायालोक की वायु में फैली हुई उस तेज़ाब की गैस ने जो एक तीव्र गन्ध फैला दी थी वह नवजाग्रत चेतना का गला घोटने पर तुली हुई थी।

जब ताँगा काफ़ी आगे निकल गया, तब महीप ने दोनों के अशोभन मौन को भंग करने के इरादे से पूछा, "किस तरफ़ चलने का विचार कर रहे हैं?"

धीराज जैसे चौंक पड़ा। वह स्पष्ट ही किसी आत्मगत भावना में मग्न था। उसने कहा, "जिस तरफ़ आप कहें। मेरा कोई विशेष लक्ष्य नहीं है।"

"मेरा भी नहीं है।"

"तब सिविल लाइन्स के उस पार चले चलें। वहाँ किसी पार्क के एकान्त स्थान में बैठकर गप-शप करें। इस समय केवल यही एकमात्र उद्देश्य मेरे सामने है।"

महीप ने इस पर अपनी कोई आपत्ति प्रकट नहीं की।

इसके बाद फिर काफ़ी देर तक दोनों चुप बैठे रहे। जब एक प्रधान चौराहे से ताँगा सिविल लाइन्स की ओर मुड़ा, महीप का मौन भाव भंग हुआ। उसने अचानक प्रश्न किया, "क्या मैं यह जान सकता हूँ कि रूपा से आपका परिचय पहले-पहल कब और कहाँ हुआ था?"

धीराज जरा सँभलकर बैठ गया और उसने ताँगे का डण्डा अच्छी तरह पकड़ लिया। उसके बाद वह बोला, "उससे पहले-पहल बहराइच में मेरी भेंट हुई थी। तब उसके पिता जी जीवित थे। मेरी ननसाल बहराइच में है। मैं छोटे मामा की लड़की के विवाह में गया हुआ था। रूपा के पिता ठाकुर अवधबिहारी सिंह भी रूपा के साथ उसी विवाह में सम्मिलित होने के लिए गोंडा से आये हुए थे। यह तीन वर्ष पहले की बात है। ठाकुर अवधबिहारी सिंह तभी से मुझसे स्नेह करने लगे थे। अपने लड़के की तरह मुझे मानने लगे थे। उनके आग्रह करने पर मैं उसी वर्ष दशहरे की छुट्टियों में गोंडा गया था। धीरे-धीरे उनके परिवार से मेरा हेल-मेल हो गया। मैं अक्सर गोंडा आने-जाने लगा। वहीं ठाकुर लक्ष्मीनारायण सिंह से मेरा पहला परिचय हुआ।"

महीप कुछ क्षण तक चुप रहा। उसके बाद उसने पूछा, "ठाकुर लक्ष्मीनारायण सिंह क्या रूपा के कोई सम्बन्धी लगते हैं?"

"सम्भवतः दूर का कोई रिश्ता है। जहाँ तक मुझे मालूम है, रूपा की माँ ठाकुर लक्ष्मीनारायण सिंह की मौसी की ननद लगती थीं।"

"लगती थीं यानी?"

"यानी अब जीवित नहीं हैं। बहुत पहले उनकी मृत्यु हो चुकी थी। जब रूपा सम्भवतः दो वर्ष की बच्ची थी।"

"और रूपा के पिता भी..."

"जी हाँ। आज प्रायः साल-भर हुआ। एक दिन अकस्मात् हार्ट फेल हो जाने से उनकी मृत्यु हो गयी।"

"और उसके भाई-बहनों का क्या हाल है?"

"उसकी बहन तो कोई कभी रही नहीं। एक भाई अवश्य था, पर उसकी कथा बड़ी ही करुण—बल्कि भयानक है। उसका नाम योगेन्द्र सिंह था। वह बहुत ही गम्भीर स्वाभाव का, एकान्तप्रिय लड़का था। मैंने कभी उसे हँसते न देखा यूनिवर्सिटी में अपने सहपाठी छात्रों से भी उसका अधिक हेल-मेल नहीं था। मेरा ऐसा अनुमान है कि उसने जीवन में कभी किसी के आगे अपने मन की एक भी गाँठ न खोली होगी। गाँठ खोलना तो दरकिनार वह कभी संकेत से भी अपने मन की कोई भी बात किसी के आगे प्रकट नहीं करता था—न अपने पिता के आगे, न बहन के आगे, न अपने किसी मित्र या परिचित छात्र के आगे। दो-तीन बार वह न जाने अपने मन की किस गुप्त आकांक्षा की पूर्ति के उद्देश्य से घर से भगा था। ठाकुर अवधबिहारी सिंह को उसका पता लगाकर फिर से घर वापस ले आने में बहुत परेशान होना पड़ा था। मेरे प्रति भी उसका मनोभाव बहुत ही रूखा रहता था। मैं अभी तक निश्चित रूप से यह जान नहीं पाया कि रूपा के साथ मेरा हेल-मेल उसको पसन्द था या नहीं। ठाकुर अवधबिहारी सिंह की मृत्यु के कुछ समय पहले उसके रहस्यात्मक स्वभाव ने और अधिक गहन रूप धारण कर लिया था। बिना पिता से परामर्श किये ही वह 'किंग्स कमीशन' में भरती हो गया और बर्मा की लड़ाई में युद्धक्षेत्र में लड़ता हुआ मारा गया। इस आघात को ठाकुर अवधबिहारी सिंह सहन न कर सके। कुछ ही समय बाद उनकी मृत्यु हो गयी। मरने के पहले ठाकुर लक्ष्मीनारायण सिंह से उनकी क्या बातें हुईं, मुझे इसका तनिक भी आभास नहीं है। पर चूँकि रूपा अपने पिता की मृत्यु के बाद बिना किसी आपत्ति के ठाकुर साहब के साथ चली आयी, इससे मैं यह अनुमान लगाता हूँ कि उसने ऐसा करके अपने स्वर्गीय पिता की आज्ञा का ही पालन किया था..."

अन्तिम बात कहते हुए धीराज ने एक लम्बी साँस ली।

"ठाकुर अवधबिहारी सिंह की मृत्यु के बाद भी आपको रूपा से बातें करने का अवसर अवश्य ही मिला होगा? उसने इस विषय में आपको कुछ नहीं बताया?"

महीप के इस प्रकार के प्रश्न से धीराज के मुख पर मर्मघाती वेदना का जो दिल दहलानेवाला आभास झलक उठा उसे महीप उस प्रायान्धकार में या तो देख न पाया या उसका ध्यान उस ओर नहीं गया। धीराज ने अन्तर से बरबस निकली हुई आह को दबाने की व्यर्थ चेष्टा की। उसके बाद बोला, "ठाकुर अवधबिहारी सिंह की मृत्यु के बाद रूपा से कुछ क्षण के लिए स्वतन्त्रता से बातें करने का अवसर एक दिन भी मुझे नहीं मिला। वह सब समय ठाकुर लक्ष्मीनारायण सिंह की कड़ी निगरानी में रहती है। अपने अत्यन्त संकोचशील स्वभाव के कारण किसी भी विषय में किसी भी बात पर अपने किसी अधिकार को, अपनी किसी स्वतन्त्र इच्छा को, क़ायम रखने का साहस उसमें नहीं है। पहले से ही उसका स्वभाव इस क़दर संकोचशील और आत्म-निर्वापणशील रहा हो, ऐसा नहीं। अपने पिता की वह बहुत दुलारी और मुँहलगी लड़की थी; और यद्यपि वह बहुत ढीठ नहीं थी, फिर भी संकोच के भार से बहुत दबी नहीं थी। पर भाई

की मृत्यु ने उसकी आत्मा को आधा से अधिक दबोच डाला और उसके बाद ही पिता की मृत्यु हो जाने से उसका मूल व्यक्तित्व ही जैसे पूर्ण रूप से दब गया। जिस रूपा को मैंने जीवन के एक अपूर्व ज्योतिर्मय क्षण में आनन्द की दिव्य विभा के रूप में पाया था उस पर एक गाढ़े काले बादल की कालिमा पुत गयी।''

महीप इसके बाद काफ़ी देर तक विचारमग्न अवस्था में चुप बैठा रहा। रूपा का जो स्वरूप उसके आगे व्यक्त हुआ था, जो शान्त, सकरुण और संकोचग्रस्त छवि उसकी आँखों के सामने आयी थी, उसका मिलान वह मन-ही-मन उस चित्र से करने लगा जो धीराज से उसे प्राप्त हुआ था। सोचते-सोचते न जाने कितने विचित्र रूप और कितने निराले भाव उसके भीतर धूप-छाँह का खेल खेलने लगे। कभी रूप ही भाव में परिणत हो जाते और कभी भाव रूप में बदल जाते। धीराज भी महीप के मौन भाव का अनुगमन करते हुए अपनी निजी चिन्ताओं में डूबा रहा।

15

ताँगा सिविल लाइन्स से होता हुआ जाने लगा।

बिजली के जगमगाते हुए प्रकाश में सिविल लाइन्स की चहल-पहल से महीप के मन की मोह-मग्न अवस्था दूर हुई। वह सजग और सचेत होकर बैठ गया। उसने धीराज की ओर देखा। उस भौतिक प्रकाश में अचानक उसने धीराज के मुख पर एक ऐसा भ्रान्ति उत्पन्न करनेवाला भाव झलकता हुआ पाया जो अत्यन्त मार्मिक रूप से करुण था। साथ ही हृदय में एक अज्ञात, भौतिक—पारलौकिक—आतंक की भावना को उभाड़नेवाला था। अन्तरात्मा के निष्ठुर पीड़न की ऐसी ज्वलन्त अभिव्यक्ति महीप ने इसके पहले कभी किसी व्यक्ति के मुख पर झलकती हुई नहीं देखी थी। उसे ऐसा लगा कि धीराज के भीतरी व्यक्तित्व का एक नया ही रूप उसकी आँखों के आगे भासमान हो उठा है।

सिविल लाइन्स को पार करके ताँगा एक अपेक्षाकृत निर्जन स्थान में पहुँचा। धीराज ने ताँगेवाले से रुक जाने के लिए कहा। उसने महीप के आगे यह प्रस्ताव रखा कि कुछ समय के लिए एक बेंच पर बैठकर ताँगे की सवारी की थकान मिटायी जाय। महीप तत्काल राज़ी होकर उतर पड़ा। धीराज ने उतरकर ताँगेवाले से कह दिया कि वह कहीं पास ही ताँगा खड़ा करके उन लोगों का इन्तज़ार करता रहे।

दोनों सड़क के किनारे एक बेंच पर बैठ गये। जगह बहुत साफ़, सुन्दर और एकान्त थी। न अगल-बग़ल पैदल चलनेवालों की भीड़ थी और न सवारियों का ही आना-जाना अधिक था। केवल बीच-बीच में इक्की-दुक्की मोटर सामने से होकर चुपचाप निकल जाती थी। सामने एक विस्तृत अहाते के बीच में एक गिरजे की कलात्मक इमारत जन्मान्तर की यात्रा के मील के पत्थर की तरह स्तब्ध भाव से खड़ी थी।

कुछ समय तक दोनों, शायद किसी अज्ञात सम-अनुभूति से प्रेरित होकर गिरजे की ओर मौन भाव से देखते रहे। दोनों निश्चय ही या तो ज्ञात रूप से कुछ सोच रहे थे

या अज्ञात रूप से कुछ अनुभव कर रहे थे। पर गिरजे के तत्कालीन आकर्षण के लिए दोनों की अनुभूति में कुछ ऊपरी ममता भले ही वर्तमान हो, दोनों के भीतरी दृष्टिकोणों में बहुत अन्तर था। धीराज को किसी रहस्यमय भय और भ्रान्ति से चमकती हुई आँखें बताती थीं कि वह किसी दूसरी ही दुनिया में पहुँचा है; ऐसी दुनिया में जहाँ जाने के पहले उसने सोचा था कि वह परिचितों के बीच में जा रहा है—अपरिचितों की दुनिया से तंग आकर। किन्तु उस नयी दुनिया में पहुँचने पर उसे लग रहा है कि वह और भी अधिक भयंकर रूप से अपरिचित जीवों से भरी पड़ी है। क्या उस भयंकरतर संसार से लौट चलना अब सम्भव है? नहीं! अब इस बात की सम्भावना नहीं है। उस भयंकरतर लोक से आगे भयंकरतम लोक में जाने के सिवा पीछे को लौटने का कोई रास्ता शेष नहीं रह गया है।

किन्तु महीप की आँखों के स्थिर और शान्त भाव से यह अनुमान लगाया जा सकता था कि उसकी भावमग्नता ने उसे किसी पारलौकिक जगत् में नहीं पहुँचाया है बल्कि कठोर वास्तविकता से पूर्ण इसी जगत् की किन्हीं यथार्थवादी समस्याओं ने उसे उलझा रखा है।

अकस्मात् एक वृहत् दानवाकार फ़ौजी मोटर गुर्राती हुई सामने से होकर चली गयी। उसने दोनों का मौनभाव भंग कर दिया। महीप आसन बदलकर बैठ गया। धीराज ने भी अनजान में वैसा ही किया।

महीप ने पहले उस स्तब्ध मौन को भंग किया। उसने कहा, "आपने ताँगे पर रूपा का जो क़िस्सा सुनाया वह सचमुच बहुत ही भयानक है। पर एक बात पूछने की ढिठाई मैं आपसे करना चाहता हूँ। आशा करता हूँ, आप उस सीधे-से प्रश्न का उत्तर सीधे रूप में देंगे..."

धीराज अपनी वेदना-विकल, उद्भ्रान्त आँखों से महीप की ओर परम कौतूहल से घूरने लगा। महीप ने कहा, "आपने बताया है कि रूपा के पिता के मरने के बाद उससे एक क्षण के लिए भी स्वतन्त्रता से बातें करने का अवसर आपको नहीं मिला है। स्वतन्त्रता से बातें करने का अवसर भले ही आपको न मिला हो, पर बातें करने का अवसर तो आपको मिला ही होगा। क्या आपने किसी आभास से यह मालूम किया है कि इस समय आपके प्रति उसके मन का भाव क्या है या कैसा है?"

धीराज की दोनों आँखों के नीचे की पीड़ाजनित झुर्रियाँ महीप के इस प्रश्न से और अधिक स्पष्ट रूप से उभर आयीं। आँखों के भीतर निदारुण विषाद की काली छाया गाढ़-से-गाढ़तर हो चली। उसने अत्यन्त क्षीण और साथ ही किसी मर्मशोषी पीड़ा से आक्रान्त स्वर में कहा, "दूसरों के मन के भाव का आभास जान लेने का दावा करने का साहस कम-से-कम मुझे तो नहीं होता। जब तक मौखिक शब्दों द्वारा किसी बात का प्रस्फुटन स्पष्टतया न हो तब तक मात्र इंगित और भावाभास से किसी के मन की यथार्थ बात को जान लेने की कल्पना करना अपने मन की भ्रान्ति को बढ़ावा देना है।"

''भ्रान्ति ही सही, पर इस सम्बन्ध में कोई-न-कोई धारणा तो आपके मन में अवश्य ही जमी होगी। मैं यही जानना चाहता हूँ कि वह धारणा क्या है।''

''मेरा अनुमान है कि वह अब भी मुझसे विरक्त नहीं है। पर चूँकि वह जान गयी है कि ठाकुर लक्ष्मीनारायण सिंह नहीं चाहते कि वह मुझे चाहे, इसलिए उसने उनकी इच्छा की बलि होकर मेरे प्रति उदासीनता का-सा भाव जताने का ढंग ग्रहण कर लिया है, पर जैसा कि मैं कह चुका हूँ, मैं यह कोरे अनुमान से कह रहा हूँ। वास्तव में उसके मन का भाव आजकल क्या है, यह जानना मेरे लिये प्रायः असम्भव हो गया है।''

महीप ने देखा कि ठाकुर साहब के यहाँ जिस दुर्भेद्य रहस्य के वातावरण ने अपने चारों ओर बहुत-से पर्दों का जाल तान रखा था उसमें से केवल एक पर्दा एक कोने से हटा है। केवल उस एकमात्र परदे के कुछ हटने से ही उसे ऐसा लगा जैसे कुछ दिनों के दम घोटनेवाले वातावरण की बद्धता में बहुत-सी बन्द खिड़कियों में से एक का दरवाज़ा कुछ खुला है, जिससे किसी हद तक साँस ली जा सकती है और दूसरी खिड़कियों को खोलने में सुविधा प्राप्त हो सकती है।

दुर्निवार कौतूहल से प्रेरित होकर उसने कहा, ''क्या आप बता सकते हैं कि ठाकुर लक्ष्मीनारायण सिंह क्यों नहीं चाहते कि रूपा आपको चाहे?''

एक खिसियायी हुई-सी मुस्कान (जो ठीक मुस्कान थी या खीझ अथवा क्रोध की अभिव्यक्ति थी—महीप ठीक कुछ समझ न पाया) धीराज की आँखों के नीचे खेल गयी। उसने कहा, ''इसका क्या कारण हो सकता है, इसे ठाकुर साहब ही जान सकते हैं। पर इस सम्बन्ध में स्वभावतः तरह-तरह की कल्पनाएँ की जा सकती हैं।''

महीप ने देखा, यद्यपि धीराज अपने मन की बहुत-सी गाँठें उसके आगे खोलने के लिए प्रारम्भ से ही विशेष उत्सुक रहा है, तथापि अभी तक वह अन्तर की बहुत-सी बाधाओं को पार नहीं कर पा रहा है। उसने स्वयं उन बाधाओं को भरसक तोड़ने का प्रयास करने का निश्चय करते हुए कहा, ''देखिये ठाकुर धीराज सिंह, आपने जब अपने व्यक्तिगत जीवन की कुछ गुप्ततम बातें मेरे आगे प्रकाशित करने की कृपा की है तब दूसरी बातों के सम्बन्ध में इस तरह का अर्थहीन संकोच न आपको सुहाता है, न यह उचित ही है। आप यदि मेरे प्रश्नों का स्पष्ट उत्तर दें तो बहुत सम्भव है, इससे आपके मन को भी शान्ति पहुँचे और यह भी सम्भव है कि मैं भी अपनी समझ के अनुसार आपको इस विषय में कुछ सलाह दे सकूँ। यह तो हो ही नहीं सकता कि इस सम्बन्ध में ठाकुर साहब के मनोभाव के किसी संगत कारण का आभास आपको न मिला हो। तब बताइये कि आपकी समझ में यह क्या हो सकता है?''

इस बार धीराज के मुख पर से वास्तव में संकोच का पर्दा जैसे बहुत-कुछ हट गया। वह स्थिर भाव से महीप की ओर देखता हुआ बोला, ''मेरा तो यही अनुमान है कि ठाकुर लक्ष्मीनारायण सिंह स्वयं रूपा को चाहते हैं। यह सन्देह मेरे मन में बहुत पहले से था, पर इधर कुछ समय से यह सन्देह निश्चित विश्वास में परिणत होने लगा है, मेरे मन

में यहाँ तक धारणा जमने लगी है कि ठाकुर साहब रूपा को केवल चाहते ही नहीं हैं, बल्कि उनका वह चाहना उनके मन के किसी गहरे स्थान में मेरी ही तरह इतने वर्षों से किसी भीषण विस्फोट के उपकरणों को बराबर जुटाता चला आ रहा है। उनके और मेरे स्वभाव की बहुत-सी प्रधान बातों में मूलगत अन्तर होते हुए भी यह एक आश्चर्यजनक समता मैंने पायी है, जो मेरे मन में कभी-कभी आतंक उत्पन्न कर देती हैं।''

''आतंक क्यों?'' सरल भाव जताते हुए महीप ने पूछा।

''मैं स्वयं नहीं जानता, पर मुझे लगता है, जैसे ठाकुर लक्ष्मीनारायण सिंह के मन की इस प्रवृत्ति के शीशे में मैं स्वयं अपने मन के किसी उत्कट पाप की परछाईं देख रहा हूँ।'' और महीप ने देखा जैसे सचमुच धीराज के तमतमाये मुख पर किसी अज्ञात पाप की 'उत्कट परछाईं' झलक उठी हो।

फिर कुछ क्षण तक सन्नाटा छाया रहा। गिरजे की घड़ी में साढ़े का सूचक घण्टा बजा। सम्भवतः साढ़े नौ का। कुछ सोचने के बाद महीप बोला, ''एक बात मैं और जानना चाहता हूँ। मेरा विश्वास है कि आपने उस भेद को भी जानने का प्रयास अवश्य किया होगा। आपने अभी कहा था कि रूपा ने ठाकुर लक्ष्मीनारायण सिंह की 'इच्छा की बलि' होकर आपके प्रति उदासीनता का-सा भाव ग्रहण कर लिया है। क्या कभी आपने इस विषय पर भी सोचा है कि वह कौन-सा कारण है, कौन-सी मनोवृत्ति है, जिसने रूपा को ठाकुर साहब को 'इच्छा की बलि' होने के लिए प्रेरित किया?''

''इस बात का कोई प्रत्यक्ष कारण खोज निकालना बहुत कठिन है। कोई गहरा मनोवैज्ञानिक कारण इसके पीछे हो सकता है। मैंने इस विषय पर ख़ूब सोचा है और तरह-तरह के अनुमान और सन्देह इस बात को लेकर मेरे मन में उत्पन्न हुए हैं। पर एक कारण मुझे विशेष रूप से जँचा है। ठाकुर लक्ष्मीनारायण सिंह के स्वभाव में मैंने एक ऐसी दृढ़ता पायी है जो दूसरों की इच्छाशक्ति को कुचलकर उसके स्थान पर अपनी इच्छा का आरोपण करने की क्षमता रखती है। मैं उनके स्वभाव की अच्छाइयों और बुराइयों का विश्लेषण नहीं कर रहा हूँ। मैं केवल एक मनोवैज्ञानिक तथ्य को आपके सामने प्रकट कर रहा हूँ। किसी दुष्टतम व्यक्ति में भी स्वभाव की दृढ़ता और इच्छाशक्ति की प्रबलता हो सकती है—विशेषकर ज़ालिमों में यह बात पायी जाती है। जो व्यक्ति पग-पग पर दूसरों की भावनाओं का ख़याल रखता है वह उदार, दयालु और सहानुभूतिशील हो सकता है; पर अक़सर यह देखा गया है कि ऐसे व्यक्ति के स्वभाव में दृढ़ता नहीं रहती। दूसरों की दुर्बलताओं के प्रति उदार मनोभाव रखने से स्वयं उसके स्वभाव में दुर्बलता आ जाती है और जीवन में कभी किसी अन्याय का विरोध करने और अत्याचार का दमन करने की शक्ति उसमें नहीं रह जाती। वह किसी के अन्याय और अत्याचार को देखकर भी नहीं देखना चाहता, क्योंकि वह मानव-चरित्र की दुर्बलताओं के प्रति उदार होने के कारण अन्यायी और अत्याचारी के मन को दुखाना

नहीं चाहता। दूसरों की साधारण भावनाओं का ख़याल रखनेवाले व्यक्ति के सम्बन्ध में मैंने यह बात कही है; और जो व्यक्ति दूसरों की केवल साधारण भावनाओं का ही नहीं, बल्कि मन के नीचे छिपी हुई अत्यन्त सुकुमार भावनाओं का भी ख़याल रखता है, वह तो और भी अधिक दुर्बल-स्वभाव बन जाता है। पर जिस व्यक्ति का हृदय इतना अधिक कुन्द होता है कि दूसरों की भावनाओं का कोई प्रतिबिम्ब ही उस पर नहीं पड़ने पाता, उसके स्वभाव में दृढ़ता का आ जाना स्वाभाविक है। दूसरों की मनोभावनाओं का कोई मूल्य उसके लिए नहीं होता। अपने किसी भी साधारण-से-साधारण स्वार्थ की पूर्ति के लिए दूसरों की इच्छाओं को बेझिझक कुचल डालने में वह कोई बात उठा नहीं रखता। यही उसके स्वभाव की दृढ़ंता है। ऐसा ज़ालिम व्यक्ति स्वभावतः दूसरों पर बहुत प्रभाव डालता है और दूसरों को, विशेषकर दुर्बल इच्छाशक्तिवाले व्यक्तियों को, अपना आनुगत्य स्वीकार करने के लिए बाध्य करता है। रूपा ने ठाकुर साहब का जो आनुगत्य स्वीकार किया है उसके मूल में यही कारण मुझे लगता है। पर इस प्रकार के दृढ़ स्वभाववाले ज़ालिम से यदि आप यह आशा करें कि वह जीवन में किसी अन्याय या अत्याचार का विरोध करेगा तो आप भूल करेंगे। इसका कारण यह है कि अन्याय और अत्याचार की कोई अनुभूति ही उसके मन में नहीं जम पाती। मानव-जीवन की यह कितनी बड़ी 'ट्रैजिडी' है कि जिस सुकुमार-स्वभाव व्यक्ति के मन के शीशे पर अन्याय और अत्याचार का प्रतिबिम्ब स्पष्ट झलक उठता है उसकी उदारताजनित दुर्बलता उसे उसका विरोध करने की शक्ति नहीं दे पाती और जो व्यक्ति विरोध करने की शक्ति रखता है उसके कुन्द हृदय पर अन्याय की छाप नहीं पड़ने पाती। वह केवल अपने व्यक्तिगत स्वार्थ में पड़नेवाली बाधा को ही एकमात्र अन्याय मानता है।"

16

दोनों ताँगे पर वापस लौट रहे थे।

वापस जाते हुए महीप ने कहा, "आपकी बातें सुनकर मेरे मन में एक दूसरी ही सम्भावना की कल्पना जगती है।"

तनिक घबरायी हुई आवाज़ में धीराज ने पूछा, "वह क्या?"

"मुझे ऐसा लगता है कि ठाकुर साहब की तीव्र इच्छाशक्ति का आकर्षण रूपा के लिए ऐसा प्रबल सिद्ध हुआ है कि उसका प्रतिरोध करना उसके लिए सम्भव नहीं रहा है और कोई दूसरा चारा न देखकर उसने अपनी क्षीण इच्छाशक्ति को उस प्रचण्ड प्रवेगशील इच्छाशक्ति के आगे अर्पित कर दिया है—किसी भय से नहीं, बल्कि स्वाभाविक नियम से।"

"अर्थात् आपके मत से रूपा ने स्वेच्छा से ठाकुर लक्ष्मीनारायण सिंह का आनुगत्य स्वीकार किया है?"

"अर्थात् आपके ही शब्दों में रूपा ने जो अपने को ठाकुर साहब की इच्छा की बलि बना दिया है उसमें उसे सुख प्राप्त हुआ है, अपनी चरम विवशता की अवस्था को उसने अपना परम सौभाग्य समझ लिया है।"

"आप क्या सचमुच ऐसा समझते हैं?" यह प्रश्न करते हुए धीराज की आवाज़ जैसे काँप रही थी।

महीप ने उत्तर दिया, "मैं पहले ही कह चुका हूँ कि मैंने आपके ही मुँह से जो बात सुनी है, उन्हीं के आधार पर इस परिणाम पर पहुँचा हूँ।"

"पर...पर...आपका अनुमान ठीक ही जान पड़ता है। मुझे भी आपकी यह बात जँचने लगी है।" यह कहते हुए धीराज ने एक लम्बी आह को दबाने की व्यर्थ चेष्टा की।

कुछ क्षण तक चुप रहने के बाद धीराज फिर बोल उठा, "आश्चर्य है कि जिस वास्तविकता को आप केवल आधे घण्टे की बातचीत से भाँप गये, उसे मैं तीन वर्षों के प्रत्यक्ष अनुभव से भी नहीं ताड़ पाया! रूपा के समान गुमसुम स्वभाव की लड़की के मन के भीतर की बातें सहज में मालूम नहीं की जा सकतीं और मेरे जैसा आत्मलीन मनुष्य निरपेक्ष दृष्टि से किसी भी विषय पर विचार करने में असमर्थ है; फिर जो बात स्वयं अपने से सम्बन्धित हो उसके विषय में कहना ही क्या है! पता नहीं, यह धारणा आज तक मेरे मन में कैसे जमी रही कि रूपा भीतर-ही-भीतर बराबर मुझे ही चाहती रही है और ठाकुर साहब के यहाँ आने के बाद केवल अपनी विवशता से ठाकुर साहब के भय से और संकोच से मुझसे क़तराती रही है। और सच पूछिये तो अब भी मेरे मन के एक कोने से यह विश्वास नहीं हट पाया है, हालाँकि आपने जो बात मुझे सुनायी है वह जँच गयी है।"

महीप कुछ दूसरे ही सोच में पड़ा हुआ था। रूपा की चर्चा के सिलसिले में एक बात रह-रहकर, बराबर दबाने पर भी, उसके मन में उभर उठती थी। वह बात बार-बार उसके मन को खरोंचकर खीझ उत्पन्न कर रही थी। ठाकुर साहब ने उसके कान में जो वह बात भरी थी कि नीलिमा से उनके विवाह की बात प्रायः पक्की हो चुकी है, वह आज उसके मन में बरबस उथल उठती थी।

उसने कहा, "तर्क के लिए मान लिया जाय कि रूपा मन-ही-मन आपको ही चाहती है, ठाकुर साहब को नहीं, और केवल भय या संकोचवश ठाकुर साहब की अधीनता स्वीकार किये हुए है। पर इतना तो आप भी मानते हैं कि रूपा ठाकुर साहब को चाहती हो या न चाहती हो, ठाकुर साहब रूपा को अवश्य चाहते हैं। अब प्रश्न यह है कि यदि ठाकुर साहब रूपा को चाहते हैं, और उस पर इतनी कड़ी निगरानी रखते हैं कि आपके साथ उसे चन्द मिनटों की बातचीत तक के लिए अवसर नहीं देना चाहते, तो इन सब बातों से उनका अन्तिम उद्देश्य क्या सिद्ध होता है? क्या इससे यह सिद्ध नहीं होता कि वह रूपा से विवाह करने की इच्छा रखते हैं? और यदि वह सचमुच रूपा से विवाह करना चाहेंगे तो उन्हें इसके लिए रोक कौन सकता है? क्या आप यह समझते हैं कि रूपा इस सम्बन्ध में प्रत्यक्ष या परोक्ष किसी भी रूप से अपनी आपत्ति जतायेगी?"

धीराज ने इस बार अपनी आह को दबाने की चेष्टा नहीं की। कुछ रुककर उसने उत्तर दिया, "नहीं, मैं नहीं समझता कि वह किसी भी रूप में अपनी आपत्ति जतायेगी। आपसे बातें होने के पहले इस सम्बन्ध में मेरे मन में भ्रान्ति हो सकती थी, पर अब नहीं।"

इसके बाद कुछ समय तक सन्नाटा छाया रहा। ताँगा प्रधान सड़क से मुड़कर एक अपेक्षाकृत निर्जन सड़क से होकर जा रहा था। घोड़े की टापों की नियमित गति और तेज़ रफ़्तार से जो निरन्तर एक ही प्रकार की हाहाकार-भरी आवाज़ उस एकान्त और अन्धकारप्राय सड़क पर हो रही थी वह उन दोनों की अन्तर्भावनाओं में एक विचित्र दोलन उत्पन्न कर रही थी।

अचानक महीप ने उस मोहक भ्रान्ति उत्पन्न करनेवाले सन्नाटे को भेदते हुए कहा, "आपने जब अपने एकान्त जीवन की इतनी बातें मुझे बतायी हैं, तब आप इस बात के अधिकारी हैं कि ठाकुर साहब से सम्बन्धित एक और रहस्य का हाल मुझसे जान लें। वह रहस्य ही है, क्योंकि उसमें कितनी सच्चाई है और कितनी नहीं, यह मैं नहीं जानता। पर पहले मैं आपसे एक बात पूछना चाहता हूँ। आप क्या खन्ना-परिवार की लड़कियों से परिचित हैं? नीलिमा खन्ना, प्रतिमा खन्ना, सु..."

"जी हाँ, मैं उन्हें जानता हूँ। ठाकुर लक्ष्मीनारायण सिंह के ही यहाँ उनसे मेरा परिचय हुआ है।"

"ओह! तब ठीक है।" यह कहकर महीप क्षण-भर के लिए रुक गया। ठाकुर लक्ष्मीनारायण सिंह के यहाँ खन्ना बहनें निश्चय ही आती-जाती होंगी। महीप जानता था कि इस समाचार में न कोई नयापन है और न आश्चर्य की कोई बात। फिर भी क्षण-भर के लिए उसे जैसे एक धक्का-सा लगा। पर तुरन्त ही वह सँभल गया और बोला, "मुझे यह बताया गया कि नीलिमा खन्ना से ठाकुर साहब के विवाह की बात तय हो चुकी है। इसलिए रूपा के साथ..."

"किसने आपको बताया?" चौंककर धीराज ने पूछा।

"स्वयं ठाकुर साहब ने मुझसे कहा है।"

"झूठ ! झूठ ! रूपा के रहते कभी ऐसा हो नहीं सकता!" एक विचित्र अस्वाभाविक आवेश के साथ धीराज बोल उठा। पर तुरन्त ही जैसे कुछ सोचकर उसने कहा, और यदि वह बात वास्तव में सच निकली, तो रूपा के साथ इससे बड़ा अन्याय दूसरा हो नहीं सकता, क्योंकि अब यह बात जलते हुए अंगारों के-से अक्षरों में मेरे आगे स्पष्ट हो उठी है कि रूपा निश्चय ही स्वेच्छा से ठाकुर साहब की इच्छा की बलि हुई है और निश्चय ही इस दृढ़ विश्वास के बल पर वह अभी तक टिकी हुई है कि ठाकुर साहब से उसका विवाह होगा। आपकी बातों से मेरे भीतर की जो बन्द आँखें खुली हैं वे उस दहकते हुए सत्य को अब प्रत्यक्ष देखने लगी हैं, जिसके ताप का अनुभव मैं अपने अज्ञात में इतने दिनों तक करता आ रहा था, पर जिसे देख नहीं पा रहा था।"

महीप स्वयं इन सब बातों के रहस्य-जाल में उलझ गया था। इसलिए वह चुप रहा। तरह-तरह की भ्रामक कल्पनाएँ उसके भीतर 'मिकी माउस' के-से खेल खेल रही थीं।

17

शेष रास्ता दोनों ने मौन रहकर काटा।

जब ताँगे ने ठाकुर लक्ष्मीनारायण सिंह के बँगले के फाटक के भीतर प्रवेश किया, दोनों ने देखा कि बाहर चबूतरे पर एक अच्छा-ख़ासा जमघट लगा हुआ है। जब ताँगा कुछ और निकट पहुँचा, किसी का अत्यन्त परिचित कण्ठस्वर महीप के कानों में गया, जिसने बरबस उसके सिर से लेकर पाँव तक पुलक की एक तीव्र तड़ित्-तरंग प्रवाहित कर दी। साथ ही वह अकारण ही अपने को हौलदिल-सा मालूम करने लगा।

ताँगे से उतरने पर धीराज ने बहुत फ़ुर्ती से जेब से बटुआ निकालकर ताँगेवाले की माँग के अनुसार भाड़ा चुका दिया। उसके बाद चबूतरे की ओर बढ़े। रोशनी काफ़ी तेज़ थी। महीप ने देखा कि श्रीमती खन्ना, नीलिमा और प्रतिमा तीनों आयी हुई हैं। महीप के हृदय को जैसे कोई रबर की गेंद की तरह बड़े ज़ोरों से, अत्यन्त निर्ममता के साथ नीचे पटककर ऊपर उछालता जा रहा हो।

ज्यों ही उसने चबूतरे पर पाँव रखा, त्यों ही प्रतिमा मुख पर अकृत्रिम प्रसन्नता का भाव झलकाती हुई तनिक व्यंग्यपूर्ण स्वर में बोल उठी, "आइये, आइये, महीप जी, नमस्कार!"

उत्तर में महीप ने किंचित् संकोच की मृदु-मन्द मुस्कान के साथ उसकी ओर हाथ जोड़े और क्षीण स्वर में कहा, "नमस्कार!"

उसने कनखियों से नीलिमा की ओर देखा। उसके मुख पर असाधारण गम्भीरता की छाप पड़ी हुई थी। नीलिमा उससे एक शब्द भी नहीं बोली, पर वह अपनी गम्भीर दृष्टि से बड़े ग़ौर से महीप की ओर देख रही थी। श्रीमती खन्ना के मुख पर तनिक आक्रोश का-सा भाव व्यक्त हो रहा था, जिसका कोई भी कारण महीप की कल्पना में नहीं आ पाता था। कुल मिलाकर महीप के मन पर जो प्रभाव पड़ा उससे उसकी हौलदिली घटने के बजाय बढ़ने लगी थी। वह एक बार चुपचाप लौट चलने की सोच रहा था, पर शारदा देवी उसके त्राण का कारण बनीं। उन्होंने अपने बग़ल की एक कुर्सी आगे बढ़ाते हुए बहुत ही स्निग्ध स्वर में कहा, "आइये, बैठिये, आप खड़े क्यों हैं?"

अनिश्चित पगों से महीप आगे बढ़ा और शारदा देवी की बग़ल में आख़िर बैठ ही गया।

प्रतिमा ने कहा, "उस दिन के बाद फिर आपके तो दर्शन ही दुर्लभ हो गये! ठाकुर साहब के बँगले का जादू सचमुच बड़ा करामाती जान पड़ता है, जिसने इतने दिनों तक आप जैसे 'परदेशी पंछी' को बाँध रखने में सफलता पायी है।"

महीप ने देखा कि एक दुष्टतापूर्ण मुस्कान प्रतिमा की आँखों के कोनों से और ओंठों के चारों ओर आँख-मिचौनी खेल रही है। प्रायः तीन वर्ष पूर्व उसने 'परदेशी पंछी' शीर्षक एक कविता लिखी थी। स्पष्ट ही उसी को प्रतिमा ने अपने व्यंग्य का अस्त्र बनाया था।

पर यह होने पर भी महीप को लगा, जैसे प्रतिमा का तीखा व्यंग्य भी एक स्निग्ध, सजल और सुमंगल भाव के रहस्यमय रस में डुबोया गया है।

उसने अपने मुख पर सहज भाव झलकाने की चेष्टा करते हुए उत्तर दिया, "मैं आपके यहाँ आना चाहता था, पर मैं... मेरी तबीयत इस बीच अच्छी न रही।" कहते हुए उसने न चाहते हुए भी एक बार नीलिमा की ओर आधी नज़र से देखा।

नीलिमा अत्यन्त गम्भीर किन्तु परीक्षण की दृष्टि से उसकी ओर देख रही थी। पर महीप से वह अभी तक एक शब्द भी नहीं बोली थी। नीलिमा की बग़ल में ही रूपा बैठी हुई थी—भीता हरिणी की तरह त्रस्त और संकुचित। बीच-बीच में नीलिमा बहुत ही धीमे स्वर में रूपा से बातें करती जाती थी। धीराज अलग—प्रायः एक कोने में—बैठा हुआ अत्यन्त उदास दृष्टि से उन दोनों की ओर देख रहा था। दोनों की बातें न धीराज को सुनायी देती थीं, न महीप को। पर वे उन दोनों के हाव-भाव, मुद्रा और चेष्टाओं पर एकटक आँखों से और एकान्त मन से ग़ौर कर रहे थे, जैसे उन दोनों के जीवन और मरण की समस्या उन्हीं मुद्राओं और चेष्टाओं पर निर्भर करती हो।

एक बार रूपा की दृष्टि का अनुसरण करते हुए नीलिमा की दृष्टि भी धीराज की ओर चली गयी। एक झलक धीराज को देखते ही क्षण-भर के लिए नीलिमा की आँखें ठहर गयीं। धीराज के म्लान और उदास मुख पर न जाने कौन-सी भयावह और रहस्यात्मक छाया उसने देखी, जिससे वह सहम-सी गयी।

ठाकुर साहब पास ही श्रीमती खन्ना की बग़ल में बैठे हुए थे। श्रीमती खन्ना से बातें करते हुए वह भी नीलिमा और रूपा की ओर तिरछी नज़र से देख रहे थे। बीच-बीच में एकाध बार महीप, धीराज और प्रतिमा इन तीनों व्यक्तियों को भी अपनी कृपा-दृष्टि से कृतार्थ कर रहे थे।

शारदा देवी महीप से बातें कर रही थीं और महीप कुछ अनमने भाव से उनकी बातों का उत्तर दे रहा था। सहसा शारदा देवी ने उपस्थित मण्डली को सम्बोधित करते हुए कहा, "मैं प्रस्ताव करती हूँ कि महीप जी हम लोगों को अपनी कोई नयी रचना सुनाने की कृपा करें।"

प्रतिमा, जो पास ही बैठी हुई थी, सहसा बोल उठी, "मैं इस प्रस्ताव का विरोध करती हूँ।"

महीप ने देखा, प्रतिमा के मुख पर परिहास का कोई चिह्न वर्तमान नहीं था। श्रीमती खन्ना, नीलिमा और ठाकुर साहब को छोड़कर शेष सब व्यक्तियों को प्रतिमा के इस विरोध पर आश्चर्य हुआ। ठाकुर साहब को आश्चर्य तो नहीं हुआ, पर इस बात से एक हलकी-सी खरोंच उनके भीतर के किसी एक स्थान में लगी। कहाँ पर और क्यों लगी थी, यह वह स्वयं नहीं जान पाये थे। उनका स्वभाव इस तरह का नहीं था कि किसी हलकी-सी खरोंच को भी चुपचाप सहन कर लेते। इसके अतिरिक्त वह बहुत देर से प्रायः मौन बैठे थे और उस मौन की प्रतिक्रियास्वरूप जो बेचैनी उनके भीतर हो रही

थी उसे वह बाहर निकालना चाहते थे। उन्होंने कहा, "हम सब लोग यह जानना चाहेंगे कि आप शारदा देवी के प्रस्ताव का विरोध क्यों करती हैं।"

प्रतिमा ने कहा, "किसी घोर असाहित्यिक मण्डली के बीच कोई प्रतिष्ठा योग्य साहित्यिक अपनी कोई रचना सुनाकर निरादर और अवज्ञा का भागी बने, यह मैं नहीं चाहती।"

इस पर शारदा देवी बोल उठीं, "तो क्या आप हम सब लोगों को मूर्ख समझती हैं?"

"मैं मूर्ख तो नहीं कहूँगी", प्रतिमा ने कहा, "पर इतना मैं निश्चित रूप से कह सकती हूँ कि इस मण्डली में कुछ व्यक्ति ऐसे हैं, जो घोर अरसिक हैं और महीप जी की गम्भीर कविता के ऊपरी स्तर का भी भाव समझने की योग्यता नहीं रखते। ऐसी हालत में मुझे यह अत्यन्त अनुचित जँचता है कि वह अपनी कविता पढ़ें और अरसिकों के उपहास के पात्र बनें। यह केवल एक कवि का अपमान नहीं, बल्कि समस्त हिन्दी-संसार के प्रतिष्ठित साहित्यिकों के अपमान का प्रतीक होगा।"

शारदा देवी तमककर उठ खड़ी हुईं और बोलीं, "साहित्यिकों का अपमान तो बाद में होगा, पर हम लोग पहले ही अपमानित हो चुके हैं। कम-से-कम मैं तो अपने को बहुत अपमानित समझती हूँ। इसलिए मैं अब इस मण्डली में नहीं बैठ सकती।" यह कहकर वह जाने लगीं।

एक साधारण-सी बात से इस क़दर बात बढ़ जायगी, इसकी कल्पना न ठाकुर साहब ने की थी, न किसी दूसरे व्यक्ति ने। सब लोग स्तब्ध बैठे हुए थे। श्रीमती खन्ना गुस्से से भरी हुई मन-ही-मन जल-भुन रही थीं, पर आज उन्होंने निश्चय कर लिया था कि प्रतिमा चाहे किसी हद तक भी बौखलाये, वह एक शब्द भी नहीं बोलेंगी। पिछली बार के अनुभव से उन्होंने यह शिक्षा पायी थी कि इन सब विषयों में प्रतिमा को किसी बात का विरोध करना उसे अधिक भड़काना है।

शारदा देवी को जाते देखकर प्रतिमा भी तत्काल उठ खड़ी हुई और उन्हें सम्बोधित करके बोली, "आप इस मण्डली को छोड़कर उठें, इससे बेहतर यह है कि मैं स्वयं उठकर चली जाती हूँ। आप बैठी रहें।" अब वह सचमुच चबूतरे की सीढ़ियों से नीचे उतरने लगी।

श्रीमती खन्ना अपनी प्रतिज्ञा को अधिक न निभा सकीं। चिल्लाकर भयमिश्रित डाँट के स्वर में बोलीं, "प्रतिमा!" और आवाज़ लगाते ही उठकर प्रतिमा की ओर आगे बढ़ीं।

ठाकुर साहब भी स्थिति की गम्भीरता को देखकर उठ खड़े हुए और प्रतिमा के पास जाकर हाथ जोड़ते हुए बोले, "प्रतिमा जी, मैं आपके पाँव पकड़कर प्रार्थना करता हूँ कि आप उठकर न जायँ। हम लोगों से जो अपराध हुआ हो उसे क्षमा कर दें। भविष्य में कभी इस तरह की कोई भूल नहीं होने दूँगा।" वह स्वयं नहीं जानते थे कि किस तरह की 'भूल' की बात वह कह रहे हैं। पर आज उन्होंने जो अपना रूप बदला था उसका एक रहस्यमय कारण था। नहीं तो इस तरह से गिड़गिड़ाना उनके स्वभाव के अनुरूप न था। उनके गिड़गिड़ाने से प्रतिमा कुछ द्विविधा में पड़ गयी। श्रीमती खन्ना

उसकी द्विविधा से लाभ उठाकर उसका हाथ पकड़कर प्रायः खींचती हुई उसे फिर ऊपर ले गयीं।

18

उसके बाद 'पार्टी' अच्छी तरह जम न पायी।

अतिथियों ने किसी तरह 'डिनर' समाप्त किया और अधिकांशतः लोगों ने अपने अगल-बग़ल के व्यक्तियों के साथ एक प्रकार से काना-फूसी करके शेष समय बिताया—जैसे सभी अपने किसी अपराध के कारण खिसियाये हुए हों।

'डिनर' समाप्त होने पर जब सब लोग उठ खड़े हुए और चबूतरे से नीचे उतरकर अपने-अपने घरों को जाने की तैयारी करने लगे तो महीप ने देखा, नीलिमा उसके पीछे-पीछे चली आ रही है। रास्ता छोड़ने के इरादे से वह एक ओर खड़ा हो गया।

"गुड-नाइट, मिस्टर प्रामेथ्यूज़!" सहज व्यंग्य-भरी मुस्कान से नीलिमा ने कहा। महीप को अपने कानों पर विश्वास नहीं हुआ। नीलिमा इतनी देर तक उससे एक शब्द भी नहीं बोली थी। असाधारण रूप से गम्भीर रुख़ धारण किये हुए थी। महीप जानता था कि वह इतनी देर तक जान-बूझकर उसकी उपेक्षा करती रही है। अब जब अकस्मात् उसने अपनी चिर-परिचित मुस्कान से, मर्म को गुदगुदानेवाले तीखे झनकार-भरे स्वर में कहा, "मिस्टर प्रामेथ्यूज़!" तो महीप की आँखों के आगे से पल में जैसे युगों का काला पर्दा हट गया। पर वह बोला कुछ नहीं। केवल प्रश्न-भरी दृष्टि से नीलिमा की ओर देखता रहा। बिजली के प्रकाश में महीप ने देखा, नीलिमा ने फिर एक बार रहस्यपूर्ण मुस्कान-भरी दृष्टि की मोहिनी उस पर डाली। उसके बाद वह संकेत के स्वर में धीरे से बोली, "यहाँ खड़े क्यों हैं? चलिये, आगे बढ़िये।" और यह कहकर वह स्वयं धीमी चाल से आगे बढ़ निकली। महीप उस संकेत का कोई अर्थ न समझ पाया। केवल मन्त्र-मुग्ध-सा उसके पीछे हो लिया।

कुछ ही दूर आगे बढ़कर कदम्ब के एक पेड़ के नीचे नीलिमा खड़ी हो गयी। उस स्थान तक चबूतरे पर जलनेवाले बिजली के बड़े बल्ब का प्रकाश पहुँचता नहीं था। केवल ग्रीष्मकालीन शुक्ल-नवमी का धूसर चन्द्रमा अपना मटमैला प्रकाश पेड़ की टहनियों के बीच से फैला रहा था और सब लोग इधर-उधर बिखर गये थे। श्रीमती खन्ना और प्रतिमा दोनों ठाकुर साहब के साथ बँगले के उस पार के दालान की ओर चली गयी थीं।

महीप घबराया हुआ-सा नीलिमा के पास पहुँचा। नीलिमा ने कुछ दबी हुई आवाज़ में कहा, "महीप जी, आप क्या सचमुच हम लोगों से नाराज़ हो गये?"

महीप ने गला कुछ साफ़ करके कहा, "आप लोगों से नाराज़ होने का कोई कारण मेरे पास नहीं है।"

"तब फिर क्यों उस दिन के बाद हमारे यहाँ नहीं आये? मैंने आपसे आपकी कविता की नक़ल माँगी थी, वह भी आपने नहीं दी!"

महीप को ऐसा लगा कि नीलिमा की आवाज़ किसी अस्पष्ट अपरिस्फुट पीड़ा से काँप रही है। व्यंग्य और विद्रूप का लेश भी इस समय उसके स्वर में वर्तमान नहीं था। महीप के लिए सिर से लेकर पाँव तक एक विचित्र पुलकोन्माद बिजली की तरह लहरा उठा। पर वह इस बात का कोई कारण न बता सका कि वह उस दिन के बाद फिर क्यों एक दिन भी खन्ना-परिवार से मिलने नहीं गया और ठाकुर साहब के यहाँ पड़ा रहा। इसका कारण वह स्वयं नहीं जानता था। वह उत्तर में झूठ-मूठ की कोई बात कहना चाहता था, पर कविता के क्षेत्र के अलावा और किसी भी क्षेत्र में कोई कल्पित बात गढ़ने की कला में वह निपुण नहीं था।

क्षण-भर के लिए वह चुप रहा। उसके बाद सहसा बोल उठा, "मैं स्वयं नहीं जानता कि मैं तब से फिर क्यों आपके यहाँ नहीं आया। मुझे एक ज़रूरी काम से कानपुर जाना था, वहाँ भी मैं न जा सका। और पता नहीं क्यों, बिना किसी उद्‌देश्य के ठाकुर साहब के यहाँ निठल्लों की तरह पड़ा हूँ। सम्भव है, कुछ सोचने पर मैं अपने न आने का कारण बता सकूँ। पर इस समय इस प्रश्न का कोई उत्तर मेरे पास नहीं है, नीलिमा जी। आप विश्वास मानिये।"

कुछ क्षण तक फिर सन्नाटा छाया रहा। महीप को वह सन्नाटा अनन्त काल की असीम मौन जिज्ञासा की तरह लगा। सम्भवतः स्वयं नीलिमा भी उसके विचित्र उत्तर से भ्रान्त हो रही थी। पर तत्काल ही वह सँभल गयी। एक बार सरसरी दृष्टि से चारों ओर देखती हुई बोली, "ख़ैर, मैं इसी समय आपसे उत्तर चाहती भी नहीं। आप सोच लीजियेगा तब बताइयेगा। इस समय मैं आपसे यह पूछना चाहती हूँ कि क्या आप मंगलवार की सन्ध्या को सात बजे के समय मेरे यहाँ आ सकेंगे? जल्दी उत्तर दीजिये, मुझे जाना है। माँ इन्तज़ार कर रही होंगी।"

महीप की विभ्रान्ति बेतरह बढ़ गयी थी। पर उसे कोई-न-कोई उत्तर जल्दी ही देना था। एक बार उसके मन में इच्छा हुई कि स्पष्ट शब्दों में अस्वीकार कर दे। पर दूसरे ही क्षण उसके मुँह से निकला, "अच्छी बात है, आऊँगा।"

"तब भूलियेगा नहीं। आज शनीचर है। इसके बाद इतवार, फिर सोमवार और तब मंगलवार। उस रोज़ आठ तारीख़ है। शाम को सात बजे। अच्छा, इस समय जाती हूँ।" यह कहकर वह तेज़ी से चली गयी।

महीप कुछ देर तक भ्रान्त भाव से उसी कदम्ब के पेड़ के नीचे खड़ा रहा। सारा रहस्य उसकी समझ में तनिक भी नहीं आया। वह मन-ही-मन गुत्थी को सुलझाने का असम्भव प्रयास करता रहा। पर ज्यों-ज्यों सोचता था त्यों-त्यों गुत्थी सुलझने के बजाय और अधिक उलझती चली जाती थी।

प्रायः पन्द्रह मिनट तक वह वहीं खड़ा रहा। उसके बाद अनिश्चित पगों से बँगले की ओर बढ़ा। जिस समय वह बँगले के पास पहुँचा उसी समय खन्ना-परिवार की 'कार' भोंपू बजाती हुई फाटक से बाहर निकल गयी। महीप अपने कमरे के बाहर दालान में बिछी हुई खाट पर बिना कपड़े उतारे ही चुपचाप लेट गया। लेटे-लेटे वह

ऊपर चन्द्रमा की ओर देखता हुआ सोचने लगा, "नीलिमा ने क्यों बुलाया है? मंगलवार आठ तारीख़ को सात बजे शाम! विशेष दिन, विशेष समय बुलाने में क्या रहस्य हो सकता है?" सोचते-सोचते एक विचित्र कारण उसके मस्तिष्क में घुसकर काँटे की तरह गड़ गया। असंख्य कारणों की सम्भावनाओं के रहते वह विशेष कारण ही क्यों उसके मस्तिष्क में कुलबुलाने लगा, इस बात की छान-बीन करने की न तो उस समय उसमें प्रवृत्ति ही थी, न सामर्थ्य। धीरे-धीरे उसके मन में यह सन्देह ध्रुव विश्वास का रूप धारण करने लगा कि मंगलवार आठ तारीख़ को सात बजे सन्ध्या के समय ठाकुर साहब से नीलिमा की सगाई का शुभ मुहूर्त्त स्थिर किया गया है। इसीलिए नीलिमा ने उसे ठीक उसी समय के लिए बुलाया है, ताकि यदि उसके—महीप के—मन में इस विषय में (नीलिमा और ठाकुर साहब के विवाह की बातचीत पक्की होने के सम्बन्ध में) कोई सन्देह शेष रह गया हो, तो वह दूर हो जाय।

"पर मेरा सन्देह दूर करने की चिन्ता नीलिमा को क्यों पड़ी है?" वह मन-ही-मन कहने लगा, "इसमें उसका क्या स्वार्थ हो सकता है कि मैं इस सगाई की बात से परिचित हो जाऊँ? हाँ, समझा! वह निश्चय ही किसी कारण से मुझसे चिढ़ी हुई है। ठाकुर साहब रोज़ उसके पास जाते हैं। सम्भवतः उन्होंने कोई बात मेरे ख़िलाफ़ उसके कानों में भर दी है। साथ ही वह मेरे मन की जलन से भी परिचित हो गयी है। इसलिए जान-बूझकर ऐसे अवसर पर मुझे बुलाकर मुझे और अधिक जलाना चाहती है, ताकि ठाकुर साहब और वह दोनों मिलकर नीलिमा के प्रति मेरे हास्यास्पद मनोभाव की खिल्ली उड़ायें! ठीक! बिलकुल यही बात है..."

सोच-सोचकर महीप के भीतर साँप लोटने लगा और ऐसी विचित्र हिंसात्मक प्रवृत्तियाँ उसके भीतर उमड़कर उसके मन के ऊपर उछल उठीं, जिनकी कल्पना तक उसने अपने जीवन में इसके पहले शायद ही की हो। वह स्वयं अपने उन मनोभावों पर विचार करके आतंकित हो उठा। पर उन्हें भगाने की कोई चेष्टा उसने नहीं की। उन निराली हिंसक भावनाओं के उद्वेलन में बहे चले जाने और बीच-बीच में डुबकियाँ लगाने में उसे एक भौतिक—बल्कि पैशाचिक—सुख प्राप्त हो रहा था, जो उसके इतने दिनों की अनुभूति के एकदम परे था।

"पर इन लोगों ने यह क्यों समझ लिया कि संसार में केवल वे दोनों ही सबसे अधिक बुद्धिमान् हैं और दूसरे निरे मूर्ख हैं?" उसने फिर अपने मन से तर्क किया, "नीलिमा ने जिस समय मुझसे अपने यहाँ आने का वचन माँगा था उस समय मैं अवश्य इतनी सब बातें नहीं समझ पाया था। पर उसने यह क्यों समझ लिया कि स्थिर-चित्त से एकान्त में विचार करने पर भी मैं उन लोगों की इस क्रूर चाल को नहीं समझ पाऊँगा? मैं हरगिज़ मंगलवार को उसके यहाँ नहीं जाऊँगा। उन लोगों से मेरा सम्बन्ध ही क्या है जो मैं अपने वचन के पालन के लिए चिन्तित होऊँ! इस विषय में अधिक कुछ सोचना ही नितान्त मूर्खता है। मुझे कुछ न सोचकर चुपचाप सो जाना चाहिए।"

वह आँखें बन्द करके करवट बदलकर लेट गया। लेटे-लेटे जब असह्य गरमी मालूम होने लगी तो वह उठ बैठा। उसने धोती, कुर्ता और बनियान उतार दिया। केवल एक जाँघिया पहने रहा। फिर बायीं करवट लेट गया। उसने अपने मन और मस्तिष्क को विचारशून्य तथा भावनारहित बनाने की बहुत चेष्टा की पर जितना ही अधिक वह इस तरह की चेष्टा करता था उतनी ही अधिक अनोखी और ऊट-पटांग कल्पनाएँ असंख्य मच्छरों की तरह उसके मन के कानों में भन-भन की आवाज़ में बीन बजाने लग जातीं।

बहुत देर तक वह असह्य मानसिक पीड़ा से छटपटाते हुए करवटें बदलता रहा। उसके सिर की नसों के तारों को कोई अपने अदृश्य हाथों से जैसे ऐंठता चला गया। दूर किसी गिरजे की घड़ी में पहले ग्यारह था, फिर बारह का और फिर एक का घण्टा बजा। एक का घण्टा बजते ही सहसा महीप का माथा भी जैसे ठनका। अपनी कल्पना के ज़रिये उसने अपने मन के चारों ओर जो एक विश्व-विस्तृत मकड़े का जाला बुन डाला था, वह अचानक जैसे अपने-आप फट गया। उसके फटते ही उसे वे सब बातें अत्यन्त हास्यास्पद लगने लगीं जिनका तूमार उनके मन ने स्वयं बाँधा था, नीलिमा ने जिस क्षण, जिस स्थान में, जिस ढंग से जो बातें उससे कही थीं उन पर जब उसने फिर एक बार एकान्त में ध्यानपूर्वक विचार किया तो उसे ऐसा लगा कि नीलिमा ने उसके जले हुए हृदय को अधिक जलाने के लिए नहीं, बल्कि स्वयं किसी महान् संकट में पड़ने के कारण उसकी सहायता चाही है। "पर मुझसे वह यह आशा कैसे कर सकती है कि मैं किसी भी संकट से उसको—किसी को भी—उबारने में समर्थ हूँ? इसके अलावा उसके ऊपर कौन-सा ऐसा संकट आने की सम्भावना है, जिसके लिए...दुत! गधा कहीं का!" वह इस विशेषण से स्वयं अपने को सम्बोधित करने लगा।

जब वह अपने को गधा सिद्ध कर चुका, तब उसके मन पर से जैसे एक मनों भारी बोझ उतर गया। वह बोझ क्या है और क्यों उतरा, यह वह स्वयं नहीं जानता था। पर उसके उतरने का निश्चित अनुभव उसे हुआ और उसके उतरते ही उसकी आँखें झँपने लगीं और कुछ ही देर बाद वह सो गया।

*　　　*　　　*

दूसरे दिन सुबह।

नींद खुलने पर उसने यह निश्चय कर लिया कि नियत दिन और नियत समय पर नीलिमा के यहाँ नहीं जायेगा। पर अपने अज्ञात में वह मंगलवार की प्रतीक्षा में अत्यन्त अधीर हो उठा।

किसी तरह इतवार का दिन भी कट गया। वह कष्टकर सन्ध्या उसने उस दिन भी धीराज के साथ गप-शप में बिता डाली। रात बड़ी मुश्किल से कटी, पर वह भी किसी तरह बीत गयी। सोमवार को एक-एक घण्टा बिताना उसके लिए दूभर हो गया। पर वह लम्बा दिन भी अन्त में किसी तरह कट ही गया और उससे भी लम्बी मालूम होनेवाली रात भी आख़िर कट ही गयी। मंगलवार का एक-एक क्षण उसे एक-एक घण्टे

के बराबर लगने लगा। शाम को छह बजे तक उसकी बेचैनी दूसरी तरह की थी। पर छह बजे के बाद उस बेचैनी ने एक दूसरा ही रूप धारण कर लिया। अब केवल नीलिमा के यहाँ जाने या न जाने की समस्या ही उसके सामने नहीं थी। बल्कि सब प्रत्यक्ष कारणों के अतीत एक वर्णनातीत घबराहट के भाव ने उसके केवल मन और शरीर को ही नहीं छा लिया, बल्कि उसकी सम्पूर्ण आत्मा को किसी भूतात्मा की तरह धर दबाया। किसी आसन्न-संकट के आतंक से जिस प्रकार कोई जन्तु एकदम लक्कड़ बन जाता है, वही अनुभूति बड़ी तेज़ी से महीप को भी जकड़ने लगी थी। जब साढ़े छह का घण्टा बजा तो जैसे कोई एक अज्ञात, अलौकिक शक्ति महीप के भीतर सहसा जागरित हो उठी। उसने भय और भ्रान्ति की समस्त भावनाओं को एक प्रबल झटके से फटकारा। वह अब किसी भी संकटपूर्ण स्थिति का सामना करने के लिए पूर्णतः तैयार हो गया।

उसने देख लिया था कि ठाकुर साहब पहले ही अपनी मोटर में बाहर निकल गये थे। फ़ुर्ती से नहा-धोकर, कपड़े बदलकर वह निकल पड़ा। फाटक के बाहर ही एक ताँगा खाली मिल गया। उस पर सवार होकर वह अपने वचन को पूरा करने के उद्‌देश्य से चल पड़ा।

19

नीलिमा ने बड़े दुस्साहस का काम किया था।

वह स्वयं इस बात को महसूस कर रही थी। उसका स्वभाव संकोच की जड़ता से कभी ग्रस्त नहीं रहा, इसमें सन्देह नहीं। पर ऐसी दुस्साहसिकता भी इसके पहले कभी उसमें नहीं रही। किसी पुरुष के साथ रात के समय एकान्त में बातें करके कोई ऐसा गुप्त 'ऐपॉइण्टमेण्ट' करने का साहस उसने इसके पहले कभी नहीं किया जो उसकी माँ से या प्रतिमा से छिपा हो। आठ तारीख़ की सन्ध्या को खन्ना-परिवार की महिलाओं को एक घनिष्ठ आत्मीय व्यक्ति के यहाँ विवाह-पार्टी में सम्मिलित होना था। यह बात पहले से ही नीलिमा को मालूम थी। यह सब जानकर ही उसने महीप से उस दिन मिलने की बात तय की थी।

आठ तारीख़ को सुबह से ही उसने तबीयत ख़राब होने का बहाना बनाना आरम्भ कर दिया। जब प्रतिमा और उसकी माँ जाने की तैयारी करने लगीं तो उसने 'एस्प्रीन' की एक टिकिया मँगाकर खायी और माथे पर अमृतांजन मलना शुरू कर दिया। जब श्रीमती खन्ना ने पूछा कि वह तैयार क्यों नहीं हो रही है तो वह अमृतांजन को और अधिक ज़ोर से मस्तक पर मलती हुई बोली, "देखती नहीं हो माँ, मैं सिर-दर्द के इलाज में लगी हूँ। माथा भिन्ना रहा है। मैं आज किसी हालत में भी विवाह-पार्टी में शरीक नहीं हो सकूँगी। तुम लोग जाओ, मैं दो-एक घण्टे के लिए लेटकर आराम करना चाहती हूँ।"

श्रीमती खन्ना चिन्तित हो उठीं। उन्हें मालूम था कि नीलिमा कभी किसी भी पार्टी में शरीक होने से चूकनेवाली नहीं है। इसलिए उसका जी ख़राब होने के सम्बन्ध में सन्देह का लेश भी उनके मन में नहीं उठा। उन्होंने कहा, "जब तुम्हारी तबीयत अच्छी नहीं है, तब हम लोगों का जाना भी कैसे हो सकता है? तुम्हें इस हालत में छोड़ा कैसे जा सकता है! डॉ. श्यामलाल को बुलाऊँ?" डॉ. श्यामलाल खन्ना-परिवार के परचे हुए डॉक्टर थे।

"नहीं, माँ, नहीं, खीझकर नीलिमा ने कहा, "तुम्हारे आगे तो जी ख़राब होने की चर्चा करना भी एक पाप है। कह दिया कि खाली सिर-दर्द है। कोई और शिकायत नहीं है। बात-बात में डॉक्टर को बुलाने की तुम्हारी बीमारी कब छूटेगी। मैं दो-एक घण्टा आराम कर लूँगी, तो निश्चय ही मेरी तबीयत ठीक हो जायेगी। तुम दोनों भी अगर नहीं जाओगी तो ब्रजबिहारी बाबू तो नाराज़ होंगे ही, प्रेमलता भी बहुत बुरा मानेगी। उसके भाई के विवाह में हम लोगों का शरीक होना हर हालत में आवश्यक है। मेरे सिर में दर्द है, तो क्या हुआ! तुम लोगों के सिर में तो कोई दर्द नहीं है! या है?"

नीलिमा के बोलने का ढंग आज कुछ अनोखा होने पर भी श्रीमती खन्ना के मन में किसी प्रकार का अन्यथा सन्देह नहीं हुआ। पर प्रतिमा की तीखी अन्तर्दृष्टि इन सब ऊपरी बातों के भीतर किसी असाधारण कारण को खोजने लगी। उसकी आश्चर्यजनक मानसिक घ्राण-शक्ति जैसे अन्तरिक्ष में छिपे हुए किसी असाधारण प्राणी की गन्ध-सी पा रही थी। पर वह प्राणी कौन हो सकता है? वह अपने मस्तिष्क के कुछ विशेष सूक्ष्म कोषों को कुरेदने लगी। उसने कहा, "दीदी ठीक तो कहती हैं, माँ, हम लोगों का वहाँ जाना बहुत आवश्यक है। चिन्ता की कोई बात नहीं है। दीदी का सिर-दर्द हम लोगों के वापस आने तक निश्चय ही अच्छा हो जायेगा, तुम देख लेना!" यह कहकर उसने एक विचित्र संकेत-भरी दृष्टि से नीलिमा की ओर देखा। नीलिमा को वह संकेत अच्छा नहीं लगा। उसने तत्काल आँखें फेर लीं।

जब माँ और प्रतिमा चली गयीं, तो नीलिमा ने चैन की एक लम्बी साँस ली। पर तत्काल ही वह 'चैन' बेचैनी में बदल गया। रह-रहकर उसे लगता था जैसे उसने कोई महान् अपराध किया हो और महत्तर अपराध करने जा रही हो। माँ से और प्रतिमा से छिपाकर उसने जो महीप को ठीक दिन और ठीक समय पर मिलने के लिए निमन्त्रित किया था वह बात उसी दिन से बहुत बेतुकी मालूम हो रही थी। सबसे अधिक जो बात उसके हृदय को खरोंच रही थी वह यह थी कि उसे इधर कुछ समय से ऐसा अनुभव हो रहा था जैसे उसका स्वभावगत अभिमान तथा आत्मसम्मान का भाव किसी पुराने ज़माने के बहुत मज़बूत क़िले की दीवार की तरह एक-एक ईंट करके ढहता चला जा रहा है। यह अनुभूति उसे रह-रहकर मार्मिक पीड़ा पहुँचा रही थी। वह सोचती थी कि यदि ऐसा न होता तो वह कभी तो इतने दिनों की आत्म-मर्यादा का उल्लंघन करके,

महीप को एकान्त में बुलाकर, उसे एक विशेष दिन विशेष समय पर मिलने के लिए आमन्त्रित न करती। विशेषकर उस महीप को जिसे उसने कभी किसी गम्भीर विषय की चर्चा के लिए उपयुक्त नहीं समझा और जिसके साथ उसने व्यंग्य और परिहास के सिवा और किसी भी रूप में कोई बात कभी नहीं की। क्यों उसकी प्रकृति में अचानक ऐसा भयंकर परिवर्तन आ गया? किन बाहरी और भीतरी चक्रों के धक्कम-धक्के का यह फल है? क्यों उसके जीवन में ऐसी उथल-पुथल मचनी आरम्भ हो गयी है कि उसकी प्रकृति का मूल आधार ही डगमगा उठा है?

वह बार-बार अपने बायें हाथ में बँधी हुई छोटी-सी घड़ी को देखती जाती थी। ज्यों-ज्यों सात बजने का समय निकट-से-निकटतर आता जाता था त्यों-त्यों उसके मन की चंचल और अस्त-व्यस्त अवस्था भी बढ़ती जाती थी। जब दीवार की घड़ी पर ठीक सात का घण्टा बजा तो साथ ही उसके हृदय की धड़कन भी उसी स्वर, उसी ताल और उसी लय में बज उठी।

माँ और प्रतिमा के जाते ही उसने अपने अभ्यस्त हाथों से इस मिनट के भीतर ही अपना रूप और रंग बदल डाला था। दिन-भर उसने अपनी जो मरीज़ों की-सी सूरत बना रखी थी वह न जाने किस माया-मन्त्र से काफ़ूर हो गयी थी। उसने जब कपड़ों की अलमारी से लगे बड़े शीशे में अपना चेहरा देखा तो स्वयं उसे ऐसा अनुभव होने लगा जैसे चन्द मिनटों के भीतर उसकी कायापलट हो गयी हो। पर वह अपने मन से प्रश्न करने लगी कि क्यों उसने आज विशेष रूप से अपने रूप का यह निखार किया है? महीप को तो उसने निश्चय इस उद्‌देश्य से नहीं बुलाया है कि उसे अपनी रूप तरंगिमा से उद्‌भ्रान्त करे? जब उसने कदम्ब पेड़ के नीचे उसे निमन्त्रित किया था, उस समय इस तरह का कोई उद्‌देश्य क़तई उसके मन में नहीं था। जिस उद्विग्नता ने उसे संकोच की समस्त मर्यादाओं का लंघन करके महीप से एकान्त में बातें करने के लिए प्रेरित किया था उसका मूल कारण तो कुछ दूसरा ही था। तब आज क्यों उसे अपने रूप को सँवारने की आवश्यकता प्रतीत हुई? "नीलिमा! नीलिमा! तुम्हें क्या हो गया?" वह बड़े शीशे में अपना मुँह देखकर अपनी प्रतिच्छाया को सम्बोधित करके मन-ही-मन कहने लगी, "तुम क्या वही पिछली नीलिमा हो या उसकी छाया की भी छाया रह गयी हो?"

इतने में नौकर ने भीतर आकर कहा, "बीबी जी, महीप बाबू आये हैं।"

नीलिमा जैसे चौंक उठी। वह यह सोचने ही लगी थी कि महीप यदि अपने वादे को पूरा न करता तो अच्छा होता। पर अब तो वह आ ही गया है। उससे मिलकर बातें करनी ही होंगी।

"उन्हें बुला लाओ।" उसने नौकर को आदेश देते हुए कहा, हालाँकि मन-ही-मन वह कह रही थी, "उन्हें लौट जाने को कह दो।"

20

महीप ने कमरे में प्रवेश किया।

उसे देखते ही नीलिमा की सारी घबराहट, सब शंकाएँ, समस्त द्विविधाएँ कपूर की तरह विलीन हो गयीं। एक अप्रत्याशित अपूर्व-कल्पित उल्लास से उसका मन-प्राण भर गया। उसने "आइये, मिस्टर प्रामेथ्यूज़!" कहकर उसका स्वागत किया।

महीप एक कोनेवाली कुर्सी पर बैठने जा रहा था, पर नीलिमा ने उसे टोक दिया। उसे बीचवाली गद्देदार आरामकुर्सी पर बैठने के लिए कहा। महीप तक़ल्लुफ़ करने जा रहा था, पर नीलिमा ने हठपूर्वक उसे उसी कुर्सी पर बैठने को विवश किया जिस पर वह चाहती थी। वह स्वयं भी उसके पासवाली कुर्सी पर बैठ गयी और बोली, "हालाँकि यह चाय पीने का 'टाइम' नहीं है, फिर भी मुझे मालूम है कि चाय आपको कभी अप्रिय नहीं मालूम होती। मैंने नौकर को ऑर्डर दे दिया है। जब चाय आयेगी तो आपकी किसी प्रकार की आपत्ति नहीं सुनी जायेगी। यह चेतावनी मैं आपको पहले ही दिये देती हूँ।"

नीलिमा ने कृत्रिम गम्भीर मुद्रा बनाकर यह बात कही थी, पर महीप को बरबस हँसी आ गयी, जिस पर उसे स्वयं आश्चर्य हुआ। रास्ते-भर महीप इस आशंका से पीड़ित हो रहा था कि नीलिमा और उसके परिवार के तथा समाज के दूसरे व्यक्तियों के बीच में आज न चाहने पर भी वह रोनी-सी सूरत बनाये चुपचाप बैठा रहेगा—न चाहने पर भी उसके मुख की आकृति अत्यन्त दयनीय हो उठेगी। पता नहीं, यह आशंका उसके मन में कैसे जम गयी थी। पर नीलिमा को अकेले और प्रसन्नचित्त पाकर उसके मन से समस्त ग्लानिकर चिन्ताएँ छू-मन्तर हो गयी थीं। सम्भवतः उसी की प्रतिक्रिया हँसी के रूप में बाहर फूट पड़ थी।

महीप को हँसते देखकर नीलिमा के भी कृत्रिम गाम्भीर्य का पर्दाफ़ाश हो गया। वह भी मुक्त किन्तु स्निग्ध भाव से खिलखिलाकर अकारण ही हँस पड़ी। यहाँ तक कि हँसी के कारण उसकी आँखों से आँसू निकल पड़े। जैसे दोनों ही एक-दूसरे के अन्तर से अज्ञात तार के ठीक सुर को समझ गये हों। नीलिमा के जिस रूप की कल्पना महीप ने अपने दिवा-स्वप्नों में कई बार की थी, उसका प्रत्यक्षीकरण उसने आज पहली बार किया। उसका वह रूप उसे ऐसा सुन्दर, ऐसा स्निग्ध, ऐसा प्रीतिकर लग रहा था, जिसका वर्णन इतने दिनों तक उसकी कविता लिखनेवाली क़लम की नोक पर बार-बार आकर रह जाता था। न जाने कौन विरोधी शक्ति ऐन मौक़े पर उसके उस मानसिक चित्र को धूमिल कर देती थी। आज उसने अपने अन्तर्मन के उस अस्पष्ट चित्र को प्रथम बार स्पष्ट रूप से अपनी आँखों से देखा। रह-रहकर एक विकल पुलक की तरंग उसके भीतर कल-कल कर रही थी और ठीक वही दशा नीलिमा के मन की भी हो रही थी। किसने उन दोनों के अन्तस्तारों के सुरों को एक रूप में मिला दिया था?

नीलिमा ने बड़ी सफ़ाई के साथ अपने रेशमी रूमाल से अपनी हास-सजल आँखें पोंछ डालीं। उसके बाद वास्तविक गम्भीरता के साथ बोली, "सचमुच आपने इतने दिनों

तक एक दिन के लिए भी हम लोगों से न मिलकर बड़ा अन्याय किया। क्यों आप इस तरह अचानक हम लोगों से नाराज़ हो गये?"

"इसका कारण क्या मुझसे पूछने की आवश्यकता है, नीलिमा जी?" महीप ने उसी गम्भीरता से उत्तर देते हुए कहा, "क्या सचमुच आपके मन से इस बात का कारण छिपा है?"

नीलिमा के मुख पर इस बार सचमुच गाढ़ी अँधेरी छाया घिर आयी। जैसे उसकी कोई चोरी, झूठ या अन्य दुष्कर्म प्रमाणित हो गया हो। कुछ क्षण तक वह बड़े ग़ौर से महीप की ओर प्रश्न-भरी दृष्टि से देखती रही। मानो उसके मन का यथार्थ भाव तोड़ने की चेष्टा कर रही हो। उसके बाद, "तब आप क्या मुझे अन्तर्यामिनी समझते हैं!" कहते हुए उसके मुख पर व्यंग्य-भरी मुस्कान झलक उठी।

"हाँ नीलिमा जी, कम-से-कम अपने लिये तो आपको अन्तर्यामिनी ही समझता हूँ।" महीप ने पहले की ही तरह गम्भीर भाव से कहा।

इतने में एक नौकर एक ट्रे में नमकीन, मिष्टान्न, केक, पेस्ट्री, फल आदि भोज्य-पदार्थ लिये चला आया। नीलिमा ने बीचवाली मेज़ के पास बैठने का प्रस्ताव किया। दोनों उठकर वहीं जा बैठे। नौकर ने तश्तरियाँ सजाकर दोनों के आगे रख दीं। दोनों ने धीरे से खाना शुरू किया।

जब नौकर चला गया तब नीलिमा ने फिर एक बार अपने मुख को घनी अँधेरी छाया से ढकते हुए धीरे से कहा, "आज मैं आपसे एक अत्यन्त महत्त्वपूर्ण विषय पर सलाह लेना चाहती हूँ, महीप जी। इसलिए मैंने आपको बुलाया है। माँ और प्रतिमा निमन्त्रण में गयी हुई हैं। उनके सामने मैं नहीं पूछ सकती थी। मेरे लिये जीने और मरने का सवाल पैदा हो उठा है। आपको शायद मालूम होगा कि ठाकुर साहब से मेरे विवाह की बातचीत चल रही है।"

"मुझे मालूम है।" अत्यन्त धीरता के साथ महीप ने कहा।

"मालूम है? किसने आपको बताया।"

"स्वयं ठाकुर साहब ने।"

"ओह! क्या बताया उन्होंने?"

"यही कि आपसे उनके विवाह की बात पक्की हो चुकी है।"

"पक्की हो चुकी है! ठीक ये ही शब्द उन्होंने कहे थे?"

"ठीक यही शब्द तो मुझे याद नहीं हैं, पर उन्होंने जो कुछ कहा था उसका आशय कम-से-कम मैंने तो यही समझा था।"

नीलिमा क्षण-भर के लिए विचारमग्न हो गयी। उसके बाद बोली, "ख़ैर, ठाकुर साहब ने आपसे कुछ भी कहा हो, पर अभी तक बात पक्की नहीं हुई है। पर मुझे इस बात की आशंका है कि बात शीघ्र पक्की हो जायेगी, क्योंकि मुझे और कोई रास्ता दिखायी नहीं देता। मेरे सामने जीने और मरने की समस्या उपस्थित है, महीप जी। मुझे

उचित मार्ग सुझाइये। आपकी समझदारी पर मेरा पूर्ण विश्वास है, हँसी में मैं भले ही आपसे कुछ कहूँ।''

महीप हैरान था। वह क्या मार्ग सुझाये और क्यों? ऐसी कौन-सी आफ़त नीलिमा के समान स्वतन्त्र-प्रकृति नारी के ऊपर आ सकती है कि न चाहने पर भी उसे किसी पुरुष से विवाह करने को बाध्य होना पड़ रहा है? और फिर रास्ता सुझाने के लिए उपयुक्त व्यक्ति नीलिमा ने ठीक उसी को क्यों समझा है? यह अच्छा परिहास है!

वह कुछ कहना ही चाहता था कि नीलिमा ने संकेत से उसे मना किया। महीप ने देखा नौकर चाय लिये आ रहा था। वह समझ गया कि नीलिमा नौकर के सामने उस विषय की चर्चा नहीं चलाना चाहती।

जब नौकर चाय रखकर चला गया, तब नीलिमा ने प्यालों में चाय ढालते हुए कहा, ''अब कहिये आप क्या कहना चाहते थे।''

''मैं पूछना चाहता था कि आपके समान सुशिक्षिता, समझदार और 'प्रोग्रेसिव' विचारोंवाली युवती के लिए यह समस्या कैसे आ खड़ी हुई कि न चाहने पर भी आप विवाह करने के लिए विवश हो उठीं?''

नीलिमा ने चाय के प्याले में चम्मच चलाते हुए एक बार तीखी दृष्टि से महीप की ओर देखा। उसके बाद प्याले को उसकी ओर बढ़ाती हुई बोली, ''मैं कैसी ही 'प्रोग्रेसिव' क्यों न हो जाऊँ, पर मैं अपने भीतर इतना साहस नहीं पाती कि माँ की इच्छा के विरुद्ध विद्रोह करूँ। माँ के प्रति ममता स्वाभाविक है, पर मेरी माँ केवल माँ ही नहीं, बल्कि हम लोगों के पिता के स्थान में भी वही हैं। सांसारिक तथा सामाजिक विषयों में उनकी दक्षता और अनुभवशीलता के फलस्वरूप हम लोगों ने कभी पिता जी के अभाव का अनुभव नहीं किया। ऐसी हालत में यह कैसे सम्भव है कि ऐसे महत्त्वपूर्ण प्रश्न पर उनका विरोध करूँ?''

महीप का चेहरा कुछ तमतमा उठा। यह गरम चाय का असर था या नीलिमा के बातों के ढंग का, निश्चित रूप से कहा नहीं जा सकता। सम्भवतः दोनों कारण सम्मिलित थे। नीलिमा की बातों के ढंग से पता नहीं क्यों उसके मन में खीझ उत्पन्न हो रही थी। पर उसने ऊपर से यथासम्भव शान्त भाव धारण करते हुए कहा, ''देखिये नीलिमा जी, यदि आप मेरे जैसे अनधिकारी से इस अत्यन्त घरेलू और बिलकुल 'प्राइवेट' विषय पर सचमुच सलाह चाहती ही हैं तो मेरी धृष्टता को क्षमा करते हुए आप पहले मेरे इस प्रश्न का निश्चित उत्तर कुछ सोचकर-समझकर दीजिये—आपका अन्तःकरण इस विषय में क्या कहता है? मेरे कहने का तात्पर्य यह है कि आपका आन्तरिक विश्वास इस सम्बन्ध में क्या है? क्या सचमुच आप यह विश्वास करती हैं कि ठाकुर साहब से विवाह होना आपके लिए अनिष्टकर है? कहीं ऐसी बात तो नहीं है कि आपका हृदय ठाकुर साहब को अयोग्य पात्र न समझता हो, पर आपकी बुद्धि पर किसी के सुझाव का असर पड़ा हो और उस सुझाव के फलस्वरूप आपके हृदय के आगे एक कृत्रिम अवरोध आ खड़ा हुआ हो?''

नीलिमा चकित दृष्टि से महीप की ओर देखती रह गयी। इस तरह के प्रश्न की सम्भावना की ओर उसका ध्यान नहीं गया था। वह सचमुच अपने भीतरी मन को टटोलने की चेष्टा करने लगी, यद्यपि यह प्रयास व्यर्थ सिद्ध हो रहा था।

दो-तीन घूँट चाय चुपचाप पी चुकने के बाद वह बोली, ''आपके प्रश्न का उत्तर देने के पहले मैं यह जानना चाहूँगी कि आपके प्रश्न का उद्देश्य क्या है—आपका संकेत किस बात की ओर है?''

''मेरा संकेत स्पष्ट है'' महीप ने निश्चित स्वर में कहा, ''यदि आपके हृदय का झुकाव तनिक भी इस विवाह के पक्ष में है तो आपको निश्चय ही, बिना किसी झिझक के, अपनी माँ की इच्छा का अनुसरण करना चाहिए। पर यदि आपका हृदय तीव्र रूप से उसके विरुद्ध प्रतिरोध कर रहा हो, तो माँ की लाख इच्छा होने पर भी आपको सहमत नहीं होना चाहिए। क्योंकि यह प्रश्न आपके लिए निश्चय ही जीवन और मृत्यु का है। इस बात को जितना ही आप महसूस कर रही हैं उतना ही मैं भी कर रहा हूँ।

नीलिमा फिर विचार में मग्न हो गयी। चाय की शेष घूँट पीने में उसने कुछ अधिक समय लगाया।

उसे और अधिक विचार के लिए खुराक़ देने के इरादे से महीप बोला, ''माता-पिता के स्नेह और ममता की चट्टान पर विवाह-सागर में तैरते हुए कितने ही नवयुवक-युवतियों की जीवन-नौकाएँ टकराकर चकनाचूर हो चुकी हैं और हो रही हैं। मैं अपनी आँखों से कितने ही ऐसे मामले देख चुका हूँ। यदि हमारा नयी दिशा-प्राप्त नारी-समाज भी उसी परम्परा का अन्धानुकरण करने में अपने को बाध्य समझता रहा, तो सामाजिक क्षेत्र में प्रगति की आशा हमें सदा के लिए छोड़ देनी पड़ेगी। स्मरण रखिये, मैं यह लेक्चर केवल इस अनुमान पर दे रहा हूँ कि आपका हृदय इस विवाह के प्रति विमुख है। पर साथ ही मैं यह भी जानता हूँ कि मेरा यह अनुमान सर्वथा निराधार भी हो सकता है। इसलिए केवल आपका अन्तःकरण ही इस सम्बन्ध में कर्त्तव्याकर्त्तव्य का ठीक निर्धारण कर सकता है।''

महीप इतनी लेक्चरबाज़ी केवल इस उद्देश्य से कर रहा था कि उससे नीलिमा के मन को खरोंच लगने से सम्भवतः उसके अन्तर्मन की असली बात बाहर निकल पड़े। उसके मन में यह सन्देह अभी तक अमिट रूप से बना हुआ था कि नीलिमा का हृदय ठाकुर साहब के प्रति किसी मूलगत कारण से आकर्षित है, उसकी बुद्धि भले ही इस विषय में उलझन में पड़ी हो। तथापि इस प्रकार का सन्देह रहने पर भी, उसका अन्धा मन यह आशा कर रहा था कि नीलिमा स्पष्ट शब्दों में कहेगी, ''मैं ठाकुर साहब से हृदय से घृणा करती हूँ और मेरी इच्छा क़तई उनसे विवाह करने की नहीं है।''

पर नीलिमा ने ऐसी कोई बात नहीं कही। बल्कि उसने एक दूसरा ही ढंग अख़्तियार किया, जो महीप को क़तई प्रिय नहीं लगा।

नीलिमा ने कहा, ''मैं आपसे प्रार्थना करती हूँ कि बिना किसी हेर-फेर के मेरे एक प्रश्न का उत्तर देने की कृपा करें—आप ठाकुर साहब को योग्य पात्र समझते हैं या नहीं?''

यद्यपि यह प्रश्न करते समय नीलिमा के मुख पर न व्यंग्य का कोई चिह्न था न साधारण-सी मुस्कान का, तथापि महीप की सन्दिग्ध आँखों ने कल्पना का चश्मा चढ़ाकर देखा तो उसे ऐसा लगा जैसे नीलिमा प्रश्न करती हुई निष्ठुर व्यंग्यपूर्वक मन्द-मन्द मुस्करा रही हो। उसकी सारी आत्मा इस प्रश्न से जैसे जल उठी। उसके भीतर बहुत दिनों से दबी पड़ी ईर्ष्याग्नि पूर ज़ोरों से धधक उठी और बाहर को शोले उगलने के लिए अधीर हो उठी।

उसने कुछ तीखे स्वर में कहा, "ठाकुर साहब पूर्ण युवा हैं, शिक्षित हैं, सुन्दर हैं, धनी हैं, और सबसे बड़ी बात यह है–जैसा कि आप भी जानती हैं–कि वह आपके प्रति आकर्षित हैं। ऐसी हालत में उनके पात्रत्व की अयोग्यता का प्रश्न ही कैसे उठ सकता है। यदि आपने यह प्रश्न मुझे बनाने के उद्देश्य से किया है तो दूसरी बात है। पर इसकी कोई सार्थकता मुझे नहीं दिखायी देती।"

नीलिमा ने अत्यन्त घबराहट के स्वर में कहा, "यह आप क्या कहते हैं महीप जी? इस तरह के गम्भीर प्रश्न के सम्बन्ध में मैं आपको बनाना चाहूँगी, यह कल्पना आपके मन में कैसे उत्पन्न हुई, मैं समझ नहीं पाती!"

"आप समझ पावें चाहे न समझ पावें, पर एक बात स्पष्ट है, नीलिमा जी। वह यह कि आपके मन में परस्पर-विरोधी विचारों ने कैसी ही उलझन क्यों न उत्पन्न की हो, आपकी अन्तरात्मा ठाकुर साहब के व्यक्तित्व से परिपूर्ण रूप से प्रभावित है। ठाकुर साहब के व्यक्तित्व के ऊपरी पोशाक-पहनावे से कुछ आता-जाता नहीं। पर उनके भीतरी व्यक्तित्व की रहस्यमयी विशेषता के आकर्षण का प्रतिरोध करने में आप नितान्त असमर्थ हैं, यह निश्चित है। इसलिए इस सम्बन्ध में आपको किसी भी पसोपेश में पड़ना नहीं चाहिए। आपकी माँ आपकी अपेक्षा आपकी भीतरी प्रकृति से अधिक परिचित हैं, मुझे ऐसा जान पड़ता है। इसीलिए वह इस विवाह के लिए आप पर ज़ोर डाल रही हैं। मैं नहीं जानता कि आपने इस विषय में मुझसे सलाह लेने की विशेष आवश्यकता क्यों समझी! आप जानती थीं कि आपको इस सम्बन्ध में अपनी माँ की इच्छा के अनुसार हर हालत में चलना पड़ेगा–जैसा कि स्वयं आपने बताया है। माँ की इच्छा का विरोध करने का साहस आपमें नहीं है और ठाकुर साहब के व्यक्तित्व का आकर्षण आपके लिए प्रबल है, यह बात आपकी जानकारी में क़तई न हो, ऐसा सम्भव नहीं है। यह सब होते हुए भी आपने मुझे सलाह लेने के लिए क्यों बुलाया, इसका कारण खोजते हुए यदि मैं कुछ दूसरा सन्देह करूँ तो आप मुझे दोष न दें।"

"आप क्या सन्देह करते हैं?" मर्माहत होकर नीलिमा ने भीत दृष्टि से महीप की ओर देखते हुए पूछा।

"यही कि आपने मुझे बेवकूफ़ बनाना चाहा है–जान-बूझकर नहीं तो अनजान में ही सही। आपकी नारी-प्रकृति में जो सहज चंचलता छिपी है या प्रकट है–उसने..." सहसा महीप की ज़बान, जो आकस्मिक भावावेश में कतरनी जैसी चलने लगी थी, रुक

गयी। नीलिमा के गोरे मुख पर जैसे किसी न हलके नीले रंग की स्याही पोत दी हो। उसका ऐसा घबराया हुआ, स्तब्ध और भ्रान्त रूप महीप ने पहले कभी नहीं देखा था। उसे अपनी बात के रुख़ को आगे बढ़ाने का साहस नहीं हुआ और अपनी कही हुई बात पर बड़ा पछतावा होने लगा।

वह लज्जित भाव से बोला, "मैं क्षमा चाहता हूँ। मेरा आशय कुछ और था और मैं कह गया कुछ और। आपके स्वभाव के बड़प्पन और हार्दिकता से यदि मैं प्रभावित न होता, तो कभी ऐसी बात आज मेरी ज़बान से निकलती भी नहीं। नीलिमा जी, मैं भी एक मनुष्य हूँ। मेरे भी हृदय है, जिसमें कई आकांक्षाएँ—बल्कि महत्त्वाकांक्षाएँ—हैं। उन महत्त्वाकांक्षाओं की पूर्ति के लिए जिन लोगों के सम्बन्ध में मैंने यह आशा की थी कि वे मेरी सहायता करेंगे, वे ही अब उसमें विघ्न डालने के लिए तत्पर हो उठें, तब आप समझ सकती हैं कि ऐसी परिस्थिति में मेरा खीझ उठना स्वाभाविक है। पर सच पूछिये, तो यह खीझ दूसरों के प्रति उतनी नहीं है जितनी स्वयं अपने प्रति। मैंने जीवन में बहुत-सी मूर्खताएँ की हैं जिन्हें मैंने आदर्श के लिए त्याग समझा है। पर आज तक अपने एक भी आदर्श की पूर्ति की ओर मैं एक भी क़दम नहीं बढ़ पाया हूँ। अपने-आपको मैं यह कहकर ठगता रहता हूँ कि मेरा तथाकथित त्याग निश्चय ही मुझे एक दिन मेरे कल्पित आदर्श की ओर ले जायेगा। अपने मन की यह मूर्खता स्वयं मुझसे छिपी नहीं है। वह सब होते हुए भी मुझे सच्चा विश्वास है कि यदि अब भी मेरे मन का कोई सहृदय प्राणी मुझे जीवन में मिल जाये तो मैं अब भी भटकने से बच सकता हूँ। पर इस बात की कोई आशा मुझे नहीं दिखायी देती।"

महीप की बातों के अनोखे और अप्रत्याशित ढंग के कारण नीलिमा के मुख पर भय और अशान्ति के जो घने बादल घिर आये थे वे सहसा उसी के भीतर की एक अदृश्य आँधी के वेग से फट पड़े, और उनके भीतर से उसके सहज स्वभावानुकूल तीखे व्यंग्य की वही मार्मिक मुस्कान एक कोने में झलक उठी जिससे महीप भली-भाँति परिचित था। अत्यन्त धीर, शान्त किन्तु सहज कटीले स्वर में वह बोली, "मुझे मालूम है कि आपने आई. ए. एस. की परीक्षा में न बैठकर जो त्याग किया है, वह किसी उच्च आदर्श की प्राप्ति के ही लिये किया है।"

महीप कुछ देर तक प्रश्न-भरी तीखी दृष्टि से नीलिमा की ओर देखता रहा, उसके बाद बोला, "आपने यह अनुमान कैसे लगाया, क्या मैं जान सकता हूँ?"

"हम लोग कूड़-मग़ज अवश्य हैं, महीप बाबू! पर उस हद तक नहीं, जिस हद तक आप समझते हैं।" यह कहते हुए नीलिमा की व्यंग्य-भरी मुस्कान और अधिक मार्मिक तीव्रता से झलझला उठी। पूरी दृष्टि से उसकी ओर न देखकर महीप बोला, "मैं आपको चाहे और कुछ भी समझूँ, नीलिमा जी, पर कूड़-मगज कभी नहीं समझ सकता। यदि यही समझता होता, तो विश्वास मानिये, आपके सौ बार निमन्त्रित करने पर भी आज आपके दरवाज़े पर न आया होता। न ही अपने को इस क़दर जलील होने देता, जिसकी

वजह से आज मैं स्वयं अपनी नज़रों से गिर गया हूँ। आप यदि सचमुच मेरी दृष्टि में कूड़-मगज होतीं तो आज स्थिति ही न आती कि मैं इस तरह की कड़ी बातें करने का साहस आपसे करता। आप कल्पना नहीं कर सकतीं कि आपकी बुद्धि और समझदारी के प्रति कितनी बड़ी श्रद्धा का भाव मेरे मन पर भूत की तरह सवार है, और वही भाव मेरे जीवन की डोर बरबस कहाँ-से-कहाँ खींचे लिये जा रहा है। मैं कैसे आपको समझाऊँ कि यही श्रद्धा आपके प्रति मेरे खीझ और मेरे अन्तर्दाह का कारण है।''

नीलिमा का व्यंग्यात्मक भाव पल में फिर भ्रान्ति के घने बादलों के भीतर अन्तर्हित हो गया। उसकी मुखाकृति मूर्तिमान् प्रश्न बनकर स्तब्ध रह गयी। पर वह बोली एक शब्द भी नहीं।

महीप जैसे अपने में खोया हुआ-सा कहता चला गया, ''आपने मेरी सारी कविता, मेरे सारे ज्ञान, मेरी सारी आदर्शात्मक कल्पना को अपने में समाहित कर लिया है। इधर कुछ ही दिनों के भीतर आपके व्यक्तित्व का जो प्रभाव मेरे ऊपर पड़ा है इसके पहले वर्षों के परिचय से भी उसका चौथाई प्रभाव भी नहीं पड़ पाया था। इसके कुछ कारण तो मैं जानता हूँ और कुछ नहीं जानता। इस बार आपके व्यक्तित्व की परिपक्वता ने जैसे सहसा पूरे ज़ोरों से एक अप्रत्याशित आँधी के प्रबल झोंके की तरह मेरे प्राणों को हिला दिया। मैं स्वयं अपने मन की इस बदली हुई दशा को देखकर चकराया हुआ हूँ। इसमें ठाकुर साहब का हाथ कहाँ तक है, मैं ठीक कुछ कह नहीं सकता। फिर भी मुझे ऐसा लगता है कि यदि ठाकुर साहब आपके और मेरे बीच में न आये होते तो सम्भवतः आपके व्यक्तित्व का वह रूप मेरे सामने न आया होता जो इस बार बरबस...''

''ज़रा ठहरिये, मैं एक बात आपसे पूछना चाहती हूँ। मैं अभी तक जान न पायी कि आप किस उद्देश्य से ये सब बातें कर रहे हैं। एक बार मुझे लगता है कि आपका आशय मैंने बहुत-कुछ समझ लिया है, पर दूसरी बार आप कोई ऐसी बात कह बैठते हैं जो मेरी धारणा को एकदम उलट देती है। आपको जानना चाहिए कि हम नये युग की लड़कियाँ लड़कों की अपेक्षा अधिक यथार्थवादिनी हो गयी हैं और कविता के घुमाव-फेर की अपेक्षा स्पष्टवादिता को अधिक पसन्द करती हैं। इसलिए मैं आपसे प्रार्थना करती हूँ कि आप साफ़-साफ़ बतायें कि आपके मन में क्या बात है। तब मैं निश्चित रूप से अपनी ओर से कोई उत्तर दूँगी।''

महीप के काव्योत्साह पर सहसा घड़ों ठण्डा पानी—बर्फ़ से भी ठण्डा—पड़ गया। उसने नीलिमा के मुख के भाव पर ग़ौर किया। देखा, पत्थर की मूर्ति की तरह निश्चल निर्विकार और निरुद्वेग भाव उसके मुख पर छाया हुआ है। अत्यन्त निर्मम होने पर भी वह भाव अत्यन्त सुन्दर था।

कुछ देर तक महीप स्तब्ध दृष्टि से, काठ के पुतले की तरह, नीलिमा की ओर देखता रहा। इतनी देर तक भावावेश में उसने जो-जो बातें कही थीं वे भट्ठी की तेज़ आँच में तपायी हुई लाल-लाल लोहे की छड़ों से उसके हृदय को ग्लानि और लज्जा से दाग़ने

लगीं। वह सहसा उठ खड़ा हुआ। विवाद की एक गाढ़ी अँधेरी छाया ने उसके गोरे मुख की सहज दीप्ति को जैसे ग्रहण की तरह ढक लिया था।

उसे खड़े होते देखकर नीलिमा भी चकित-सी उठ खड़ी हुई। महीप का वह अनोखा व्यवहार उसकी समझ में कुछ भी नहीं आ रहा था।

अत्यन्त दीन भाव से, मुरझायी हुई-सी आवाज़ में महीप ने कहा, ''मुझे क्षमा कीजियेगा, नीलिमा जी! मुझे इस समय स्वयं याद नहीं है कि मैं क्या ऊट-पटांग बक गया। यदि मेरी किसी बात से आपका जी दुखा हो तो मैं क्षमा चाहता हूँ। आपने कहा है कि आप यथार्थवादिनी हैं और साफ़-साफ़ बातें पसन्द करती हैं। पर मैं अभी तक छायावादी प्रभाव से पूरी तरह मुक्त नहीं हुआ हूँ। मेरे स्वभाव की यह विचित्रता अभी तक वैसी ही बनी हुई है कि मैं किसी बात को जितना ही अधिक सुलझाने और स्पष्ट करने की चेष्टा करता हूँ वह उतना ही अधिक उलझती और अस्पष्ट होती जाती है। किसी ज़माने में मैं अपनी इस शैली पर स्वयं मुग्ध रहा करता था। उसे अपनी प्रतिभा की महत्ता का प्रमाण मानता था। पर अब मेरे मन में यह निश्चित विश्वास जम गया है कि यह अस्पष्टता मेरी प्रतिभा का नहीं, बल्कि मेरी मूर्खता का—मेरे उलझे हुए मन की जड़ता का—परिचायक है। यह जानते हुए भी मैं अपनी आदत को नहीं छोड़ पाऊँगा, यह भी निश्चित है। इसलिए, आपका समय अधिक नष्ट करना मैं व्यर्थ समझता हूँ। आप...अच्छा, नमस्—''

नीलिमा के मुख पर एक भयावनी मुर्दनी-सी छा गयी थी। उसने महीप को बीच ही में टोकते हुए घबरायी आवाज़ में कहा, ''महीप जी, क्या आप सचमुच नाराज़ होकर चले जा रहे हैं? मैंने तो कोई ऐसी बात नहीं कही!''

महीप ने देखा, मूर्तिमती करुणा की तरह नीलिमा व्याकुल दृष्टि से उसकी ओर देख रही है। वह यह सोचकर हैरान हो रहा था कि वह साक्षात् पहेली कितनी जल्दी अपने मुख के भावों को बदल देती है। इस समय नीलिमा के उस करुण भाव में कृत्रिमता का लेश भी नहीं था। महीप न चाहने पर भी फिर एक बार बरबस पिघल गया। रोनी-सी सूरत बनाते हुए बोला, ''मैं नाराज़ होकर नहीं जा रहा हूँ। आपसे नाराज़ होने का कोई अधिकार मुझे नहीं है। पर...मुझे दुःख इतना ही है कि इतनी देर तक आपसे बातें होने पर भी न मैं आपको अपनी बात समझा पाया, न आपकी ही बात समझ पाया। आप मुझे एक पहेली लग...''

''मैं पहेली ही सही, महीप जी''—बीच ही में बात काटती हुई नीलिमा बोली, ''इसकी आप तनिक भी चिन्ता न करें। केवल इतनी-सी कृपा हम ग़रीबों पर कीजिये कि हम लोगों से नाराज़ न रहा कीजिये। मैं जानती हूँ कि मेरे स्वभाव में बहुत-सी ऐसी बातें हैं जो आपको कभी प्रिय नहीं लग सकतीं। पर यह जानती हुई भी मैं लाचार हूँ—अपने स्वभाव को मैं बदल नहीं सकती। फिर भी इतना आप जाने रहिये कि आपका नाराज़ रहना मुझे कभी अच्छा नहीं लग सकता। इसलिए आपसे प्रार्थना करती हूँ कि आप ख़ाना खाकर यहाँ से जायँ। ख़ाना तैयार है। अकेले ख़ाना मुझे कभी अच्छा नहीं

लगता। माँ और प्रतिमा ख़ाना खाकर आयेंगी। आप यदि मेरा साथ देने की कृपा करें तो आपकी बहुत कृतज्ञ रहूँगी। मँगाऊँ आपके लिए भी भोजन?''

ऐसी उत्सुकता से नीलिमा ने यह बात कही कि महीप का विद्रोही मन फिर एक बार जैसे किसी मन्त्रबल से ठीक उसी प्रकार शान्त हो उठा जिस प्रकार फन को उठाकर फुफकारता हुआ साँप मदारी की जादू-भरी पुचकार से एकदम शान्त होकर सिर झुका लेता है।

उसके मुख पर से मौन विषाद की छाया क्षण-भर के लिए जैसे विलीन हो गयी। शान्त और सहज भाव से उसने उत्तर दिया, ''अच्छी बात है। हालाँकि मुझे विशेष भूख नहीं है, फिर भी जब आप चाहती हैं तब आपका साथ देने में मुझे कोई आपत्ति नहीं है।''

नीलिमा का मुख अप्रत्याशित प्रसन्नता से प्रदीप्त हो उठा। उसके उस दीप्त भाव ने महीप के अँधेरे हृदय को क्षण-भर के लिए ठीक उसी प्रकार जगमगा दिया जिस प्रकार अस्तगामी सूर्य के ऊपर से बादलों के अकस्मात् हट जाने पर कुछ काल के लिए सारी प्रकृति आलोकित हो उठती है। वह आलोक बहुत तीव्र न होने पर भी उस समय अत्यन्त तीक्ष्ण और आँखों में चकाचौंध लगानेवाला जान पड़ता है। पर उस क्षणिक चकाचौंध के साथ यह अनुभूति पल-भर के लिए भी साथ नहीं छोड़ती कि कुछ ही क्षण बाद से अन्धकार सघन-से-सघनतर होता चला जायगा और एक आकाश-पातालव्यापी सन्नाटा महामृत्यु की तरह समस्त विश्व-प्रकृति को छा देगा। तब केवल रह जायगा ऊपर अनुभूतिशील किन्तु वाणीरहित तारों का टिमटिमाना और नीचे गहनतम अन्धकार के सघन पर्दों के भीतर छिपे हुए निपट अकेले हृदय का धुकधुकाना। रह-रहकर महीप के भीतर अपने जीवन के भावी आकाश में उसी अगम अन्धकार के छाने की अस्पष्ट आशंका न जाने किस रहस्यमयी प्रेरणा से फड़फड़ा रही थी। यह निश्चित अनुभूति उसके मन में धीरे-धीरे घर करती चली जाती थी कि शीघ्र ही—निकटतम भविष्य में—नीलिमा के और उसके बीच महाकाल रात्रि का वही आकाश-पातालव्यापी अगम अन्धकार एक अछेद्य व्यवधान का सघन पर्दा डाल देगा, जो सम्भवतः मृत्युपर्यन्त नहीं हट पायेगा। तब इस अस्तगामी सूर्य के क्षणिक प्रकाश की तीव्रता का क्या मूल्य उसके लिए हो सकता है? यह केवल उस आनेवाले सर्वग्रासी अँधेरे की प्रगाढ़ता को गाढ़तर और भीषणतर रूप देने में ही सहायक सिद्ध होगा। महीप के तीव्र अनुभूतिशील कवि हृदय को ऐसा अनुभव होने लगा जैसे विषाद की हिमालयाकार चट्टान उसके छोटे-से हृदय में किसी जादू की माया से समा गयी हो और उसके चारों ओर एक अचल, अटल और दुर्लंघ्य दीवार खड़ी कर रही हो।

21

नीलिमा ने दो व्यक्तियों के लिए भोजन मँगाया।

महीप ने मरे मन से उसका साथ दिया। ऐसी उदासीनता—बल्कि उदासी का भाव जताते हुए महीप ने ख़ाना खाया कि नीलिमा का हृदय जैसे एकदम नीचे धँसकर बैठ

गया। भोजन करते समय महीप ने केवल दो ही-एक बातें मुँह से निकाली होंगी और वे भी आटे-दाल के विषय में—नितान्त गद्य-भरी।

खा-पी चुकने पर ज्यों ही महीप सिगरेट जलाने लगा और नीलिमा ने दो बीड़े पान के मुँह में डाले त्यों ही बाहर फाटक के पास से मोटर का भोंपू बजने की आवाज़ आयी। अचानक महीप को लगा कि इतनी देर तक नीलिमा के साथ उसका अकेले बैठा रहना उचित नहीं रहा। इसके पहले ही यदि वह चला गया होता तो व्यर्थ के संकोच से बच जाता। नीलिमा का आग्रह मानकर वह मूर्खों की तरह भोजन करने क्यों बैठ गया, यह सोचकर वह मन-ही-मन ग्लानि से पीड़ित होने लगा। पल में यह प्रचण्ड सत्य बिजली की तरह उसके सामने उद्घाटित हो गया कि आज नीलिमा के अत्यन्त निकट सम्पर्क में आने का फल केवल यह हुआ कि दोनों ने अपने को एक-दूसरे से बहुत दूर पाया। यह बात भी आज महीप से छिपी न रही कि वह दूरी किसी सामाजिक विवशता के कारण उतनी नहीं है जितनी दोनों के मन के भीतर विरोधों के कारण। इस अनुभव के फलस्वरूप वह पहले ही से विषाद की जड़ता और संकोच की ग्लानि का अनुभव करने लगा था। उस पर जब फाटक के भीतर मोटर ने प्रवेश किया तब उसकी बेचैनी और अधिक बढ़ गयी। उसके मन की प्रकृति उस समय किसी से बातें करने या नीलिमा के साथ एकान्त में बैठे रहने के सम्बन्ध में किसी प्रकार की कोई सफ़ाई देने की नहीं थी। पर अब सम्भवतः उसे बाध्य होकर ऐसा करना पड़ेगा, यह सोचकर वह घबरा उठा। यदि सम्भव होता तो वह चुपचाप चोरों की तरह उठकर, सब की नज़र बचाकर चल देता। पर कार भीतर आ चुकी थी। प्रतिमा और उसकी माँ ने भीतर प्रवेश किया।

"हल्लो मिस्टर प्रा—महीप बाबू! आप यहाँ कब से तशरीफ़ रखे हुए हैं?" प्रतिमा ने अत्यन्त उल्लसित भाव मुख पर झलकाते हुए कहा।

महीप ने देखा कि वह चोरी करते हुए पकड़ा गया—यद्यपि वह कुछ भी चुराने में असमर्थ रहा। एक बार उसने झूठ बोलने का विचार किया। कहना चाहा कि अभी ही पहुँचा हूँ। पर इतनी बड़ी झूठ एक तो यों भी छिपी न रहती, तिस पर वह स्वभाव से सच बोलने के लिए लाचार था। उसने कहा, "मैं सात बजे से यहाँ आया हूँ।"

"ओह ठीक! दीदी, तुम्हारा सिर-दर्द तो बढ़ गया होगा? बेचारे ठाकुर साहब! उन्हें बड़ी निराशा हुई।"

प्रतिमा की बात आधी स्पष्ट थी और आधी पहेली। पर महीप न उस पहेली को स्पष्ट करना चाहता था, न अपनी तरफ़ से उस चर्चा को आगे बढ़ाने की इच्छा रखता था।

श्रीमती खन्ना ने वक्र-दृष्टि से महीप की ओर देखते हुए अत्यन्त रूखे स्वर में कहा, "तुम अभी यहीं हो, महीप? तुम तो कानपुर जानेवाले थे! कब जा रहे हो?"

निपट ग्लानि की कड़वी घूँट को बरबस गटकते हुए महीप बोला, "जल्दी ही जाऊँगा—वैसे ठीक कुछ भी नहीं कहा जा सकता। एक दिन के लिए यहाँ आया था। पर इतने दिन हो गये। अभी तक पूरी बेतकल्लुफ़ी से ठाकुर साहब के यहाँ डटा हुआ हूँ!"

"हाँ, ठाकुर साहब कह तो रहे थे।" विचित्र मुखमुद्रा से श्रीमती खन्ना ने कहा।

"क्या कह रहे थे?" अत्यन्त उत्सुकता से महीप ने पूछा।

"कुछ नहीं—यही कि—तुम अभी गये नहीं—यहीं हो।"

प्रतिमा बोली, "जब ठाकुर साहब के समान 'हास्पिटेबल होस्ट' मिल जायें तब कौन उस आराम को छोड़कर जाना चाहेगा! मैं आपसे अनुरोध करती हूँ, महीप जी, कि जब तक ठाकुर साहब अपने मुँह से स्पष्ट शब्दों में आपसे चले जाने के लिए न कहें, तब तक आप आराम से उनके यहाँ जमे रहें। मैं चाहती हूँ कि उनके धैर्य की पूरी परीक्षा हो।"

श्रीमती खन्ना ने आक्रोश-भरी दृष्टि से प्रतिमा की ओर देखा। पर प्रतिमा तनिक भी विचलित नहीं हुई। बोली, "आपको अभी जाने की जल्दी क्या है? कुछ दिन और ठहरिये। एक कवि की क्रान्तदर्शी दृष्टि से इस बात का सूक्ष्म निरीक्षण करते रहिये कि जिस प्रकार के समाज के बीच में आप आ भटके हैं उसके मूल में कौन-सी प्रवृत्तियाँ काम कर रही हैं। किस प्रकार के रहस्यों का खेल चल रहा है।"

"प्रतिमा, फ़ज़ूल की बातें न करो। जाओ कपड़े बदल आओ।" घबराहट के साथ श्रीमती खन्ना ने कहा।

प्रतिमा ने कहा, "अभी जाती हूँ माँ।" पर वह खड़ी रही।

महीप सहसा उठ खड़ा हुआ। प्रतिमा को लक्ष्य करके बोला, "मैं आपके सुझाव के लिए आपको हृदय से धन्यवाद देता हूँ। इस समय आज्ञा दीजिये।" उसने पहले श्रीमती खन्ना की ओर हाथ जोड़े और तब नीलिमा और प्रतिमा की ओर। पर श्रीमती खन्ना ने उसके नमस्कार का कोई भी उत्तर न दिया, बल्कि मुँह फेर लिया। नीलिमा और प्रतिमा ने मौन भाव से प्रति-नमस्कार किया।

महीप फाटक के बाहर कुछ ही दूर पहुँचा होगा कि खन्ना-परिवार का एक नौकर दौड़ा हुआ आया और महीप के आगे खड़ा हो गया। बोला, "बड़ी बीबी आपको बुलाती हैं।"

महीप जानता था कि खन्ना-परिवार के नये नौकर नीलिमा को 'बड़ी बीबी' कहते हैं। उसने एक बार आश्चर्य से नौकर की ओर देखा। फिर कुछ क्षण सोचकर लौट चला। फाटक के बाहर, इमली के एक घने पेड़ के नीचे, धुँधली चाँदनी में महीप ने देखा, सफ़ेद पत्थर पर खुदी हुई स्तब्ध किन्तु भौतिक और रहस्यमय विषाद की एक मूर्ति उसके सामने खड़ी है। क्षण-भर के लिए महीप सहम गया। नौकर चला गया था। नीलिमा ने बहुत ही धीमी आवाज़ में, प्रायः फुसफुसाते हुए कहा, "मुझे क्षमा करना, महीप, मैं विवश हूँ..."

सहसा महीप को ऐसा लगा जैसे किसी अज्ञात शक्ति ने उसके अन्तर को प्रबल वेग से मथना आरम्भ कर दिया। उस मन्थन-क्रिया के फलस्वरूप जैसे युगों से संचित वासना-राशि ऊपर को उथल उठी। नीलिमा ने अप्रत्याशित क्षण में, अप्रत्याशित स्थान

पर, रहस्यमय ढंग से जो एक अपूर्व कल्पित आकुलता व्यक्त की थी उसी के जादू की प्रतिक्रिया का भूत महीप के सिर पर अचानक, बिना किसी पूर्व सूचना के, सवार हो गया। क्षण-भर के लिए सब-कुछ भूलकर उसने, सम्भवतः अपने अनजान ही में, नीलिमा का हाथ पकड़ लिया और नीलिमा से भी अधिक धीमे स्वर में घबराहट की-सी हड़बड़ी के साथ बोला, ''नीलिमा! नीलिमा! ऐसा कहकर क्यों मुझे अधिक उलझन में डालती हो? क्यों कहती हो कि तुम विवश हो? अपनी निज की गढ़ी हुई विवशता को एक झटके से झाड़-फटकारकर अपने हृदय की सच्ची अनुभूति का साथ देने के लिए तैयार हो जाओ। तुम यदि अपने मन को मज़बूत बना लो तो इसी क्षण तुम और मैं दोनों आज की चाँदनी रात के इस धुँधले अंचल में आज तक के परिचित संसार की नज़रों से सदा के लिए ओझल हो सकते हैं—एक नये, सुन्दर और स्वस्थ संसार के निर्माण के लिए। नीलिमा, क्या यह सम्भव नहीं है?''

''यह कैसे हो सकता है, महीप, कैसे?'' अत्यन्त अस्फुट स्वर में फुसफुसाती हुई नीलिमा बोली, ''तुम किस ख़याल में बातें कर रहे हो?''

महीप का उन्मादग्रस्त व्यक्ति का-सा उतावलापन बढ़ता चला जाता था। उसी उतावलेपन के साथ वह उसी तरह फुसफुसाता हुआ बोला, ''मैं ख़याल में बातें नहीं कर रहा हूँ। मैं घोर यथार्थ को ध्यान में रखते हुए ऐसा कह रहा हूँ। तुम्हारे समान समझदार नारी को जीवन के आमूल परिवर्तन के लिए निश्चय करने में एक क्षण से अधिक समय नहीं लग सकता। इसी क्षण अपने सारे पिछले जीवन को, समाज को और संसार को ऐसे भूल जाओ जैसे उनसे तुम्हारा सम्बन्ध कभी रहा ही न हो। इसी हालत में, इन्हीं कपड़ों में, बिना और किसी दूसरे सामान के, मेरे साथ चली चलो—मुझ पर पूर्ण विश्वास करके। बोलो नीलिमा, चलोगी, चलोगी?...''

क्षण-भर के लिए नीलिमा स्तब्ध खड़ी रही। न उसने अपना हाथ छुड़ाया न वह कुछ बोली। सम्भवतः पल-भर के लिए उसका मन वास्तव में कुछ डगमगाया। महीप के उस विचित्र पागलपन के-से प्रस्ताव को मानने के लिए उसके मन का एक अज्ञात कोना शायद कुछ विचलित हो उठा। पर उसके बाद ही सहसा, एक हलके झटके से उसने हाथ छुड़ा लिया। अत्यन्त आकुलता के साथ बोली, ''नहीं महीप, यह सम्भव नहीं है। तुम नहीं जानते मेरी विवशताओं को। मैं असंख्य बन्धनों से बँधी हुई हूँ, चाहे वे बन्धन अपने ही मन के क्यों न हों। मैं जाती हूँ। केवल मेरी इतनी-सी प्रार्थना ध्यान में रखना, महीप, कि मुझे क्षमा कर देना। क्षमा, क्षमा, महीप, क्षमा?'' यह कहकर वह प्रायः दौड़ती हुई-सी फाटक के भीतर चली गयी।

महीप कुछ देर के लिए पत्थर-सा जड़ बनकर वहीं खड़ा रहा। उसे चक्कर आ रहा था। उसके चारों ओर सब-कुछ बड़ी तेज़ रफ़्तार से—पृथ्वी की चाल से भी अधिक तीव्रता से—घूम रहा था। उस सारे चक्र ने अमावस्या के अन्धकार से भी प्रगाढ़ काल-रूप धारण कर रखा था। महीप ने उस चक्रगति के साथ अपने मन को पूर्ण बन्धन-मुक्त

अवस्था में छोड़ दिया। केवल अपने को गिरने से बचाने की चेष्टा करता रहा। जब चक्कर का वेग कुछ बढ़ा, तब वह वहीं पेड़ के नीचे बैठ गया। प्रायः तीन मिनट तक बैठा रहा। उसके बाद उठकर धीरे-धीरे भ्रान्त और अनिश्चित पगों से चलने लगा।

22

महीप को प्रायः आधे मील तक पैदल चलना पड़ा।

तब कहीं जाकर एक खाली ताँगा मिला। उस पर सवार होकर वह ठाकुर साहब के बँगले की ओर चल दिया। वह बहुत-कुछ सोचना चाहता था, पर ठीक-ठीक कुछ नहीं सोच पा रहा था। नीलिमा ने अन्तिम क्षण में अपने विचित्र व्यवहार से उसके मन की उदास किन्तु जड़ अवस्था में अचानक जो एक अनोखी उथल-पुथल मचा दी थी और एक ऐसी दुस्साहसिकता जगा दी थी जिसकी कल्पना उस क्षण के पहले वह कभी नहीं कर सकता था। उस पर एक बार वह शान्त चित्त से, निर्विकार भाव से, धैर्य के साथ विचार करना चाहता था। क्योंकि किसी अज्ञात, रहस्यमय प्रेरणा से यह दृढ़ विश्वास उसके मन में जम गया था कि आज की उस अप्रत्याशित और क्षणिक घटना ने उसके भावी जीवन पर, चाहे हित के लिए हो या अहित के लिए, एक ऐसी छाप मार दी है जो अब कभी किसी उपाय से मिट नहीं सकती। उस छाप का प्रभाव उसके जीवन पर क्या और किस रूप में पड़ेगा, उसका कणमात्र आभास उसके अन्तर्मन के किसी छिपे कोने में खोजने पर भी मिल सकेगा, इसकी तनिक भी आशा यद्यपि महीप को नहीं हो सकती थी, तथापि उसके अज्ञात महत्त्व की सघन गम्भीरता ने बरबस उसके प्राणों को छा दिया था। उसी सघन छाया के अन्धकार में अपने को पूर्णतः छिपाने की चेष्टा करता हुआ महीप बँगले पर पहुँचा।

उसने सोचा था कि बँगले पर जाकर चुपचाप लेट जायेगा। पर वह यह भूल गया था कि धीराज का पलँग बाहर—उसके पलँग के पास ही—बिछा रहता है। धीराज अभी सोया नहीं था। सम्भवतः उसी का इन्तज़ार कर रहा था; क्योंकि उसके पहुँचते ही अत्यन्त उत्सुकता से उसका स्वागत करता हुआ बोला, "आइये। आज आप बड़ी देर से आये। कहाँ चले गये थे?"

"टहलने चला गया था।" मरे मन से मुरझायी हुई आवाज़ में, महीप ने उत्तर दिया। उसके बाद जल्दी-जल्दी कपड़े उतारकर और उन्हें अपने सिरहाने रखकर वह चारों खाने चित लेट गया।

धीराज उसकी ओर मुँह करके, पाँव चारपाई के नीचे लटकाकर इधर-उधर की बातें करने लगा। महीप केवल 'हाँ' या 'ना' करके चुप रह जाता था। वह बातें करने की मानसिक स्थिति में क़तई नहीं था। पर धीराज भी जैसे क़सम खाये बैठा था कि महीप को अभी सोने नहीं देगा। इसका कारण बाद में स्पष्ट हो गया। कुछ देर तक निरर्थक बातें करने के बाद वह धीरे से बोला, "आज रूपा से खुलकर बातें करने का मौक़ा मिल गया..."

उदासीन महीप के कान कुछ खड़े हुए। उसने पूछा, "क्या कहा उसने?"

"उसने साफ़ कह दिया है कि मैं पिछली सब बातों को भूल जाऊँ। भविष्य में उससे किसी प्रकार का कोई सम्पर्क न रखूँ। यहाँ तक कि उससे बातें करने का कोई सुयोग भी न ढूँढ़ूँ।"

"और कोई ख़ास बात?"

"कोई ख़ास बात नहीं।"

"ठाकुर साहब के सम्बन्ध में ?"

"ठाकुर साहब के सम्बन्ध में उसने स्पष्ट कुछ कहा तो नहीं, पर उसकी बातों से इतना अनुमान लगा पाया हूँ कि वह ठाकुर साहब की वश्यता पूर्ण रूप से स्वीकार किये हुए है और उनके किसी आदेश, इच्छा या समझौते के बन्धन में बँधी हुई है।"

महीप चारपाई पर उठ बैठा। उसने पूछा, "आपने क्या अपने मन की सब बातें उसके आगे खोलकर रख दी थीं?"

"मैंने कोई भी बात नहीं छिपायी। पर मेरी किसी बात का उस पर कोई असर नहीं पड़ा। केवल एक अन्तिम बात मैं और कहना चाहता था। कहने ही जा रहा था कि अचानक ठाकुर साहब भीतर आ खड़े हुए। हम लोग रूपा के कमरे में थे; ठाकुर साहब भी अचानक चुपके से आ पहुँचे—ठीक ख़ुफ़िया पुलिस की तरह। सम्भवतः वह पहले ही से कहीं पास ही खड़े थे और चुपके से हम दोनों की बातें सुन रहे थे। आते ही अत्यन्त गम्भीर भाव से मुझसे बोले, 'धीराज, तुम यहाँ कैसे चले आये? यह बिलकुल बेक़ायदा बात है? रूपा के कमरे में अकेले चले आने का कोई अधिकार तुम्हें नहीं है।' यह कहकर उन्होंने मेरा हाथ पकड़ा और एक प्रकार से मुझे बलपूर्वक बाहर खींच ले गये।"

महीप सन्न रह गया। धीराज ने सहज शान्त भाव से जिस साधारण-सी घटना का वर्णन उसके आगे किया उसे सुनकर उसका हृदय जैसे दहल गया। उसे ऐसा लगा कि ठाकुर साहब के रहस्यपूर्ण स्वभाव की अछेद्य कठोरता के सम्बन्ध में इससे अधिक भयंकर दृष्टान्त की कल्पना वह नहीं कर सकता। सबसे बड़ी पहेली जो उसे जान पड़ती थी वह थी रूपा के सम्बन्ध में ठाकुर साहब की इस क़दर बेतरह बढ़ी हुई दिलचस्पी। उसकी समझ में एक बात बिलकुल नहीं आ रही थी। वह यह कि रूपा के सम्बन्ध में वह धीराज के प्रति इस प्रकार का विद्वेषपूर्ण भाव क्यों रखते हैं, जब कि नीलिमा से उनके विवाह की बातें पक्की हो चुकी हैं। ठाकुर साहब को महीप इस हद तक नासमझ नहीं समझता था कि वह धीराज को लफ़ंगा समझते होंगे। उसके मन में यह निश्चित विश्वास था कि ठाकुर साहब धीराज की सच्चरित्रता, स्वभाव की सुशीलता और हृदय की निष्कपटता से भली-भाँति परिचित हैं। यह जानते हुए भी वह रूपा के सम्बन्ध में उसके साथ इस तरह पेश क्यों आते हैं जैसे वह नम्बरी लफ़ंगा हो? यह बात भी महीप से छिपी नहीं रह गयी थी कि इस मामले में ठाकुर साहब ईर्ष्यालु

हो उठे हैं। पर रूपा से सम्बन्धित इस ईर्ष्या का क्या अर्थ हो सकता है जब कि नीलिमा...“मिस्ट्री! मिस्ट्री! यह एक रहस्य है, जिसका समाधान इस समय कोई नहीं कर सकता। पर शीघ्र ही इस समय रहस्य के ऊपर काला पर्दा फट जायेगा, इसमें सन्देह के लिए तनिक भी गुंजाइश नहीं है।” यह सोचता हुआ महीप फिर चारों ख़ाने चित लेट गया। नीलिमा के साथ आज के अन्तिम मिलन की घटना की स्मृति को उभाड़ने की चेष्टा करता हुआ ऊपर चन्द्रमा की ओर एकटक अन्यमनस्क-भाव से देखता रहा।

धीराज भी एक ऐसी निगूढ़ चिन्ता में मग्न था जिसकी कोई रूपरेखा सम्भवतः उसके आगे भी स्पष्ट नहीं हो रही थी। वह भी लेट गया था। पर लेटने की क्रिया अपनी तत्कालीन मानसिक अवस्था में उसे क़तई सुविधाजनक नहीं मालूम हो रही थी। कुछ देर बाद वह सहसा फिर उठ बैठा और बोला, “आप जानते हैं, मैंने ‘किंग्स कमीशन’ में भरती होने के लिए दरख़्वास्त दी है?”

“नहीं, मुझे इस बात की कोई ख़बर अभी तक नहीं थी।” महीप ने लेटे-ही-लेटे कहा।

“अच्छी तरह सोचने-समझने के बाद मैं अन्त में इस परिणाम पर पहुँचा हूँ कि यहाँ जिस प्रकार का निष्क्रिय जीवन मैं बिता रहा हूँ, उससे किसी भी प्रकार की सक्रियता बेहतर है। चाहे वह लड़ाई में मर मिटने की ही सक्रियता क्यों न हो। प्रेम एक घातक रोग है। कितना बड़ा घातक है, इसकी कल्पना आपने कभी की होगी, इसमें मुझे सन्देह है; क्योंकि आप कवि हैं और कवियों ने सदा प्रेम की महत्ता का राग अलापा है, जो मुझे इस क़दर मूर्खतापूर्ण लगता है कि...माफ़ कीजियेगा, एक बार पहले भी मैं इस बात की चर्चा आपसे कर चुका हूँ, पर तब मेरा जी नहीं भरा था।”

अपने मन की चरम अवसाद की अवस्था में भी महीप को धीराज की इस तरह की बात से मन-ही-मन हँसी आयी। साथ ही उसका कौतूहल भी उभड़ उठा। वह फिर उठ बैठा और मुस्कराता हुआ बोला, “यदि उस दिन आपका जी न भरा हो, तो अब भर लीजिये।”

23

धीराज कुछ देर तक मौन बैठा रहा।

उस मौन अवस्था में भी उसके भीतर की भावना की तीव्रता ईथर में तरंगित होती हुई जैसे महीप के अन्तर में आघात कर रही थी। उसके बाद सहसा मौन भंग करता हुआ धीराज बोला, “मेरी तो यह धारणा है कि जो व्यक्ति प्रेम की मार्मिक शूल वेदना का अनुभव करता है वह कवि हो ही नहीं सकता। मुझे इस बात पर विश्वास नहीं होता कि किसी कवि ने कभी प्रेम को इस जीवनशोषी अनुभूति का सच्चा अनुभव किया होगा। कारण यह है कि कवियों का एकमात्र सहारा है कल्पना और इस प्रकार की मर्मघाती अनुभूति की कल्पना नहीं की जा सकती। न उसका वर्णन ही किया जा सकता

है। उसका तो केवल मौन अनुभव ही किया जा सकता है। वह अनुभव भी कुछ बिरले अभागों के भाग्य में ही बदा होता है। शेष मनुष्य अपने पशु-संस्कारवश स्त्री-पुरुष के सहज पारस्परिक आकर्षण के नियम से एक साधारण-सी गुदगुदी या हलकी-सी चुभन का अनुभव करके रह जाते हैं और उसी को 'प्रेम-प्रेम' कहकर चिल्लाने लगते हैं। उसी को लेकर गीत या कविता रचने लगते हैं। कहानियाँ गढ़ते हैं। दार्शनिक निबन्ध लिखने बैठ जाते हैं। कभी रोने का स्वाँग करते हैं और कभी हँसने का। जब मैं इस स्वाँगों को देखता हूँ तो मेरी आत्मा विकट व्यंग्य-भरा अट्टहास करने लगती है...''

महीप धीराज की इस तरह की बातें सुनकर गम्भीर भाव से मन-ही-मन सोचने लगा कि नीलिमा के सम्बन्ध में उसकी (महीप की) जो अपनी अनुभूति है वह 'साधारण-सी गुदगुदी' है, 'हलकी-सी चुभन' है या वही मर्मशोषी अनुभूति है; जिसका संकेत देने की चेष्टा धीराज पहले भी कर चुका है और आज भी अपनी पीड़ित आत्मा की तेज़ाब से भी तेज़ और कोलतार से भी गाढ़ी काली स्याही द्वारा कर रहा है? वह कुछ भी ठीक निर्णय नहीं कर पाया।

धीराज कहता चला गया, ''मैं अनुमान करता हूँ कि अधिकांश मनुष्यों की अपेक्षा बिच्छू या दूसरे निम्न कोटि के जीव प्रेम की वास्तविक अनुभूति के अधिक निकट हैं, जो केवल एक चरम क्षण की अनुभूति के उद्देश्य से ही अपने सारे जीवन की गति को उन्मुख किये रहते हैं। उनकी अज्ञात चेतना निश्चित रूप से यह जानती होगी कि उनके जीवन का प्रत्येक पग उसी अन्तिम अनुभव की ओर अग्रसर हो रहा है। प्रत्येक क्रिया उसी की ओर प्रेरित हो रही है। अन्त में जब वह चरम क्षण आता है तो उसके बाद ही वे अत्यन्त धीरता के साथ—तनिक भी शिकायत के बिना—अपने प्राणों की बलि दे देते हैं। बिच्छू के बारे में यह कहा जाता है कि वह अपनी प्रिया से प्रथम प्रेम-मिलन के बाद तत्काल आत्महत्या कर लेता है। उसके बाद वह फिर अपने जीवन की कोई सार्थकता नहीं समझता। कुछ जीव-तत्त्वज्ञों का यह भी कहना है कि बिच्छू आत्महत्या नहीं करता, बल्कि उसकी प्रेमिका प्रथम मिलन के बाद ही उसका काम तमाम कर डालती है और उसे खा जाती है। केवल बिच्छू ही नहीं, निम्न कोटि के और भी बहुत-से जीवों की परिणति इस रूप में होती है। उन सब जीवों की अज्ञात चेतना निश्चय ही यह जानती होगी कि उनके प्रेम का परिणाम विनाश है। पर इस पूर्व अनुभूति के बावज़ूद वे प्रेम से नहीं क़तराते। इच्छापूर्वक उस निश्चित विनाश को स्वीकार करते हैं, क्योंकि प्रजा-विस्तार के लिए यह आवश्यक है। प्रेम एक रोग है। पर वह सहज रोग है, जिसे प्रकृति ने जीवों के विनाश के लिए आकर्षक बनाया है। प्रेम का बलिदान यदि महान् है, तो केवल इसी पाशविक अर्थ में कि वह पुरानी सृष्टि का विनाश करके, नये सृजन में सहायक सिद्ध होता है। पर कवियों ने उसे जो अपने-आप में महान् आत्मा को ऊँचा उठानेवाला, चिदानन्द की अलौकिक अनुभूति जगानेवाला बताया है, वह निरा झूठ और ढोंग है।''

धीराज ने प्रेम के सम्बन्ध में बहुत-सी गहरी बातें एकान्त में सोची हैं और अनुभव की हैं, यह बात महीप को मन-ही-मन स्वीकार करनी ही पड़ी। पर वह इस चर्चा को आगे बढ़ाना नहीं चाहता था, क्योंकि वह उसके मन के एक विशेष घाव को बार-बार निर्ममता से आघात कर रही थी। उसने बात को तनिक हलका रूप देने के विचार से कहा, "तो आप 'किंग्स कमीशन' में भर्ती होने जा रहे?"

अपने अन्तरतम प्रदेश के लम्बे और मार्मिक उद्गार के बाद धीराज महीप से इस प्रकार के प्रश्न की प्रत्याशा नहीं करता था। उसने सोचा था कि महीप उसकी गम्भीर बात का प्रत्युत्तर गम्भीर ही रूप से देगा। एक कवि की हैसियत से प्रेम के सम्बन्ध में अपनी आन्तरिक अनुभूति से उसे परिचित करायेगा। पर जब महीप ने ऐसा न करके 'किंग्स कम्पनी' की चर्चा चलायी तो उसे एक धक्का-सा लगा। उसने मुरझायी हुई आवाज़ में उत्तर दिया, "जी हाँ।"

"अच्छा, यह बताइये कि आप लड़ाई में केवल मर-मिटने के लिए ही जाना चाहते हैं या उसके प्रति आपका कोई आन्तरिक आकर्षण भी है?"

"मैं दो कारणों से लड़ाई के प्रति आकर्षित हुआ हूँ। एक तो यह कि प्रेमिक बिच्छू की तरह यह स्पष्ट पूर्वानुभूति मेरी अन्तरात्मा में छा गयी है कि मेरी प्रेमाकांक्षा की परिणति मेरे विनाश में होकर रहेगी। मैं निश्चय ही किसी घातक दुर्घटना का शिकार बनकर रहूँगा। इसलिए मैं सोचता हूँ कि यदि वह दुर्घटना लड़ाई के मैदान में हो तो शायद वह अपेक्षाकृत अधिक उन्नत और अधिक गौरवशाली हो। दूसरा कारण यह है कि लड़ाई में मरने से कम-से-कम इतना तो अवश्य ही होगा कि मेरे भीतर का जो पौरुष कुछ जन्मगत और कुछ समाजगत कारणों से इतने दिनों तक दबा रहा है, उसे एक व्यापक स्फूर्ति मिलेगी। मेरा कुचला हुआ व्यक्तित्व प्रतिक्रिया के रूप में इतने दिनों तक भीतर-ही-भीतर मानव-समाज के प्रति जिस घोर हिंसक—बल्कि प्रतिहिंसक—प्रवृत्ति को पाले हुए है उसके पूर्ण विस्फोट का सुयोग केवल लड़ाई में ही प्राप्त हो सकता है। इसके अलावा मैं यह भी सोचता हूँ कि यदि मैं लड़ाई में संयोगवश मरने से बच गया तो कम-से-कम मेरे वर्तमान संकुचित व्यक्तित्व को आत्म-प्रसार की सुविधा तो मिलेगी ही। मैं पोप से मिलकर उससे विश्वशान्ति के सम्बन्ध में बातें करने का स्वप्न बहुत दिनों से देखता आ रहा हूँ। यदि संयोग से मैं इटली की लड़ाई में भेज दिया जाऊँ तो मेरा यह स्वप्न सफल हो सकता है। पता नहीं, विशेष रूप से पोप से मिलने की आकांक्षा मेरे मन में क्यों बनी हुई है; क्योंकि मैं यह अच्छी तरह जानता हूँ कि पोप आज कितना अक्षम और अशक्त है। विश्वव्यापी कूट राजनीति और विकट सैन्यवाद के इस युग में पोप कोई हस्ती नहीं रखता। फिर भी उसके साथ सदियों की धार्मिक और राजनीतिक शक्तिशालिता का जो इतिहास जड़ित है उसके रोमान्स की छाया-छवि मेरी मानसिक आँखों के आगे छायी हुई है। एक बार भी यदि मैं किसी प्रकार वेटिकन के उस सुगम्भीर स्वप्नलोक के भीतर प्रवेश कर पाऊँ, जहाँ सदियों से अमर कलाकारों

की आत्माओं की अचरज-भरी आकांक्षाएँ रंगीन चित्रों और पत्थरों में खुदी हुई कलाकृतियों के रूप में स्तब्ध हो रही हैं, धार्मिक और राजनीतिक सम्राटों के प्रतीक के उस शेष चिह्न—वर्तमान पोप—के आगे विश्वशान्ति के सम्बन्ध में अपनी ख़याली योजनाओं को रख पाऊँ, तो अपने जड़ जीवन को सफल समझूँ और...''

सहसा महीप ठठाकर हँस पड़ा। उसके हँसने की आवाज़ रात के उस सन्नाटे में भौतिक अट्टहास की तरह गूँज उठी। धीराज ठिठककर रह गया। उसे ऐसा लगा जैसे वह इतनी देर तक स्वप्न में बड़बड़ा रहा हो और अचानक किसी ने उसे नींद में धक्का देकर जगा दिया हो।

महीप अट्टहास करने के बाद धीराज की ओर से मुँह फेरकर लेट गया।

24

तीन दिन बाद।

धीराज ने महीप को सूचित किया कि मध्यभारत के एक राजा साहब ने ठाकुर साहब को और उसे शिकार खेलने के लिए निमन्त्रित किया है और वे दोनों आज ही जा रहे हैं।

''क्या आप शिकार खेलने का शौक रखते हैं?'' महीप ने पूछा।

''जी हाँ, मेरा यह शौक वंशगत है। मेरे पिता जी अव्वल दर्जे के शिकारी थे। उन्होंने कई बाघ मारे थे। उनके मारे हुए एक बाघ की खाल का ओवरकोट अभी तक मेरे पास मौजूद है।''

''ओह, तब तो आप अवश्य जाइये। पर...पर सावधानी से शिकार खेलियेगा। इस समय आपके मन की जैसी दशा है, उसमें सावधान रहने की विशेष आवश्यकता है।''

धीराज अवज्ञा की हँसी हँसता हुआ बोला, ''आपकी सदिच्छा के लिए धन्यवाद। पर आपको मालूम होना चाहिए, मैं बड़ा अनुभवी शिकारी हूँ—'डेड शाट'!''

इसके बाद कुछ सोचकर धीराज ने कहा, ''आज ठाकुर साहब मेरे ऊपर बहुत प्रसन्न जान पड़ते हैं। इस बार आरम्भ से ही वह मेरे साथ बड़ी रुखाई से पेश आते रहे। आज पहला दिन है जब मैंने उन्हें अपने प्रति विशेष कृपालु पाया है।''

महीप एक विचित्र दृष्टि से धीराज की ओर देखता हुआ कुछ सोच में पड़ गया। धीराज ने कहा, ''अच्छा, इस समय मैं जाता हूँ चलने की तैयारी करनी है।'' और वह जाने लगा। पर एक क़दम भी न बढ़ पाया होगा कि तत्काल लौट पड़ा और बोला, ''हाँ, आपको यह बताना मैं भूल गया कि रूपा और हेमा भी हम लोगों के साथ जा रही हैं। रानी साहबा ने अपने बच्चे की वर्षगाँठ के उपलक्ष्य में उन्हें निमन्त्रित किया है। अब यहाँ रह जायेंगे केवल आप और शारदा देवी। जोड़ा अच्छा है!'' कहकर धीराज आज बहुत दिनों के बाद खुलकर मुस्कराया। उसके बाद चल दिया।

उसी दिन ठाकुर साहब और धीराज चले गये। रूपा और हेमा भी। महीप ने एक बार सोचा कि स्टेशन तक उन लोगों को पहुँचा आये। पर फिर कुछ सोचकर रह गया।

उस दिन तीसरे पहर शारदा देवी महीप के कमरे में चली आयीं। आते ही अत्यन्त स्निग्ध मुस्कान मुख पर झलकाती हुई बोलीं, ''कहिये, आज तो आपको अपने दोनों मित्रों का विछोह बहुत सता रहा होगा?'' यह कहकर वह एक सोफ़ा पर बैठ गयीं।

महीप उस समय अपने पलँग पर लेटा हुआ बत्ती के प्रकाश में एक राजनीति सम्बन्धी पुस्तक पढ़ रहा था। बाहर की गरम हवा से बचने के लिए उसका कमरा चारों तरफ़ से बन्द कर दिया गया था। इस वजह से दिन में ही वहाँ रात का भान हो रहा था। शारदा देवी को भीतर प्रवेश करते देखकर वह उठ बैठा। पुस्तक नीचे रखकर दोनों हाथों से नमस्कार करता हुआ बोला, ''जी हाँ, ठाकुर धीराज सिंह के चले जाने से मुझे अवश्य अकेलेपन का अनुभव हो रहा है। वैसे आप इतना अनुमान तो लगा ही सकती हैं कि हम लोग, जो कवि-नामधारी हैं, अपने अकेलेपन में ही डूबे रहने के आदी होते हैं।''

''यह मैं समझ सकती हूँ। पर साथ ही आपके सम्बन्ध में एक दूसरी बात का अनुमान भी मैं लगा रही हूँ।'' यह कहते हुए शारदा देवी के मुख पर एक रहस्य-भरी मुस्कान टिमटिमा रही थी।

महीप ने तनिक घबराहट के स्वर में पूछा, ''वह क्या?''

''वह यह कि इधर कुछ दिनों से आपको अपना अकेलेपन का बोझ जैसे बहुत भारी लग रहा है।''

अपने सम्बन्ध में सहसा इस प्रकार का मन्तव्य शारदा देवी के मुँह से सुनने के लिए महीप क़तई तैयार नहीं था। सुनते ही वह भीतर-ही-भीतर चौंक उठा। वह सोचने लगा कि शारदा देवी के इस अनुमान का कारण क्या हो सकता है? क्या उनकी अन्तरानुभूति सचमुच इतनी मार्मिक है? या उन्होंने किसी ज़रिये कोई बात सुनी है?

उसने कहा, ''क्या मैं जान सकता हूँ, शारदा देवी, कि आपके इस अनुमान का कारण क्या है? कुछ समय से एक ही मकान में रहने पर भी आपके निकट सम्पर्क में आने का सौभाग्य मुझे नहीं हुआ। फिर भी आप मेरे 'अकेलेपन के बोझ' से परिचित हैं। यह बात मुझे बड़ी रहस्यपूर्ण लग रही है।''

क्षण-भर के लिए शारदा देवी महीप की ओर एकटक देखती रहीं। उनकी उस दृष्टि से महीप को ऐसा लगा जैसे उसके अन्तर की कोई भी गुप्त बात शारदा देवी से छिपी नहीं है। ऐसा क्यों लगा! इसका कोई कारण वह नहीं बता सकता था। फिर भी शारदा देवी के सम्बन्ध में अपनी उस नयी अनुभूति से वह सिहर उठा।

शारदा देवी इस बार अत्यन्त गम्भीर भाव से बोलीं, ''आपको मेरे निकट सम्पर्क में आने का 'सौभाग्य' भले ही न मिला हो, पर मुझे आपके निकट सम्पर्क में आने का सौभाग्य अवश्य मिला है।''

महीप को यह बात भी कुछ कम भेदभरी नहीं मालूम हुई। वह हतबुद्धि-सा शारदा देवी की ओर देखता रह गया। आज पहली बार उसने ध्यानपूर्वक उनकी ओर देखा। उनके मुख की बनावट और हाव-भाव पर ग़ौर किया। उनके सत्त्वहीन मुख की ऊपरी अभिव्यक्ति के नीचे उसे एक मार्मिक छाया का आभास दिखायी दिया। वह दहल उठा। वह कुछ क्षणों तक उनकी ओर विमूढ़ भाव से देखता हुआ मौन बैठा रहा। शारदा देवी भी उसी मर्मभेदी गम्भीर दृष्टि से उसकी ओर देखती रही।

उसके बाद सहसा महीप बोल उठा, "मैं आपसे हृदय से क्षमा चाहता हूँ, शारदा देवी। मैं सचमुच इधर किन्हीं कारणों से इतना अधिक आत्मगत रहा हूँ कि अपने 'अकेलेपन के बोझ' को सँभालने के सिवा और कोई चिन्ता ही मुझे नहीं रही है। आप उम्र में मुझसे बड़ी हैं। सयानी हैं, समझदार हैं। मेरा अन्तःकरण कहता है कि जीवन के अनुभव भी आपको गहरे हो चुके होंगे। इसलिए मैं विश्वास करता हूँ कि आप निश्चय ही अपने प्रति मेरी उदासीनता के लिए मुझे क्षमा कर देंगी।"

शारदा देवी के मुख का भाव और अधिक गम्भीर हो उठा। वह कुछ देर तक अपनी छोटी किन्तु भावपूर्ण आँखों की स्थिर और पैनी दृष्टि से महीप की ओर परीक्षक की तरह देखती रहीं। उसके बाद बोलीं, "अपने प्रति आपकी उदासीनता के लिए मुझे तनिक भी दुःख नहीं है, यह आप जाने रहिये। मुझे दुःख यदि है तो इस बात का कि आप स्वयं अपने प्रति उदासीन होते चले जा रहे हैं। जीवन का जो महान् गम्भीर लक्ष्य आपके सामने था वह जैसे आपकी आँखों के आगे दिन-पर-दिन धुँधला होता चला जा रहा है और अब मिटना ही चाहता है। यदि आप एक बार ख़ूब ग़ौर से और गहराई से इस विषय पर सोचें तो आपको यह जानकर स्वयं आश्चर्य होगा कि आपके मन की यह स्थिति कितने तुच्छ कारण को लेकर उत्पन्न हुई है। अपने मन के भीतरी स्तर को एक बार निर्मम होकर चीर डालिये। तब आपको पता चलेगा कि वास्तविकता क्या है और आप दलदल में फँसे हैं।"

महीप ने देखा कि यह कहते हुए शारदा देवी की आँखें दहक रही थीं। उनसे सुई की तरह नुकीली चिनगारियाँ निकल रही थीं।

शारदा देवी उसी जलती हुई दृष्टि से उसकी ओर देखती हुई कहती चली गयीं, बर्फ़ीले देशों में भ्रमण करनेवाले यात्रियों के वृत्तान्तों को पढ़ने से पता चलता है कि कभी-कभी ऐसी स्थिति आ जाती है कि यात्री ठण्ड से अकड़कर बर्फ़ के ऊपर ही लेट जाता है। उस हालत में उसे बरबस ऐसी मीठी नींद आने लगती है कि वह उठने की चेष्टा ही नहीं करना चाहता। वह मीठी नींद उसके लिए घातक सिद्ध होती है और यदि उसे बलपूर्वक न जगाया जाये तो, वह उसे ले बीतती है। आपके मन की नींद इस समय उसी दशा को पहुँची हुई है।"

महीप का सिर भन्नाने लगा। उसे अपने चारों ओर सब-कुछ घूमता हुआ दिखायी देने लगा। उसे ऐसा अनुभव होने लगा जैसे उसके भीतर भी अचानक ज्वालामुखी का

प्रचण्ड विस्फोट हुआ है। भीतर से पिघलती हुई आग निकलने के साथ ही उस विस्फोट के धक्के के कारण उसके सिर के भीतर बड़े-बड़े चट्टान ढहकर नीचे गिर रहे हैं। वह खोया हुआ-सा शारदा देवी की ओर देखता रह गया। एक शब्द भी उसके मुँह से नहीं निकला।

* * *

उसने आज शारदा देवी का एक बिलकुल ही नया और अप्रत्याशित रूप देखा था। उसके लिए वह क़तई तैयार नहीं था। उसे यह सोचकर आश्चर्य होने लगा कि वह दुबली-पतली नारी, जिसके निःसत्त्व मुख का चमड़ा किसी जानवर की सुखायी हुई खाल की तरह चीमड़ हो उठा है, इतनी प्रचण्ड जीवनीशक्ति इतने दिनों तक कहाँ छिपाये हुए थी? वह क्या चाहती है? वह ठाकुर साहब के यहाँ किस रहस्यपूर्ण ध्येय की पूर्ति के लिए, किस घात में बैठी है? सबसे अधिक आश्चर्य महीप को शारदा देवी की पैनी, साथ ही चौकन्नी दृष्टि से हो रहा था। जैसी ही तीक्ष्ण उनकी बाह्य दृष्टि उसे लग रही थी, वैसी ही, बल्कि उससे भी अधिक तीव्र उनकी अन्तर्दृष्टि जान पड़ती थी। उसने उसके अन्तर को भेदकर एक ऐसे स्थान को स्पर्श कर लिया था, जो स्वयं उसकी अपनी आँखों से भी बहुत-कुछ छिपा हुआ था।

शारदा देवी की आँखों से एक अस्वाभाविक प्रकाश विकीरित होकर एक्स-किरणों की तरह उसके बाहरी स्तरों को आसानी से चीरता हुआ जैसे उसके मर्म का पर्दाफ़ाश कर रहा था। कुछ क्षण तक उसी विचित्र दृष्टि से देखती हुई वह महीप की भ्रान्ति को अधिकाधिक बढ़ाती चली गयी। उसके बाद फिर एक बार उस मोहाच्छन्न वातावरण के सन्नाटे को भंग करती हुई बोलीं, "जिस दिन पहले-पहल मैंने आपको यहाँ देखा और ठाकुर साहब ने आपका परिचय कराया, उस दिन मेरे मन में जो भाव जगा उसका वर्णन मैं नहीं कर सकती। मेरे मन में तत्काल प्रश्न उठा, "इतने दिनों से एक-एक पल, एक-एक घड़ी, एक-एक दिन मैं जिस अनजान व्यक्ति की प्रतीक्षा में बिताती आ रही हूँ, क्या यह वही व्यक्ति आज अचानक मेरे पास आ पहुँचा है?" आपकी रचनाओं से मैं पहले ही से बहुत-कुछ परिचित थी। कवियों के सम्बन्ध में बचपन ही से मेरी बड़ी ऊँची धारणा रही है। मैं बराबर उन्हें महान् आदर्शवादी और विश्वकल्याण की भावना में सराबोर मानती रही हूँ। इसलिए आपको निकट पाकर मैंने समझा था कि आप मुझे उस लक्ष्य की ओर मार्ग सुझाने में सहायक सिद्ध होंगे, जिसकी अस्पष्ट झाँकी इतने दिनों से प्रतिदिन, प्रतिपल मेरी आँखों के आगे झिलमिलाती रही है। अपने चारों ओर के सूनेपन में मुझे एक भी व्यक्ति आज तक ऐसा नहीं मिला जिसके आगे अपने उस लक्ष्य का आभासमात्र भी मैं दे पाती। इसलिए जब आप...पर आपके सम्बन्ध में भी मुझे धोखा हुआ। ज़रा सोचिये, आप किस ऊँचाई से आजकल किस ज़मीन पर उतर पड़े हैं। मैंने सुना है कि आपने किसी ऊँचे आदर्श की प्रेरणा से आई. ए. एस. की परीक्षा देने से इनकार कर दिया। क्या आजकल आप उसी ऊँचे आदर्श के लिए बेचैन हैं? अपने अन्तःकरण से पूछिये। क्या वहाँ से कोई धिक्कार-भरी आवाज़ नहीं उठ रही

है? जिस दलदल में आजकल आप अपने को फँसाये बैठे हैं, उससे तो यही अच्छा था कि आपने आई. ए. एस. की परीक्षा देकर उसमें सफलता पा ली होती। उस हालत में आपकी वह आकांक्षा निश्चय ही चरितार्थ हो गयी होती, जिसकी वर्तमान असफलता की अनुभूति आपको जड़ता की चरम सीमा की ओर ढकेले लिये जा रही है।''

इतने में एक नौकर आया। उसने शारदा देवी को सूचित किया कि 'फ़र्नीचर-मार्ट' से कुछ चीजें आयी हैं, जिनके लिए ठाकुर साहब आर्डर दे गये थे। उन्हें देखकर पसन्द करना है।

शारदा देवी उठ खड़ी हुईं। जाने के पहले पाषाण-मूर्ति की तरह स्तब्ध महीप को लक्ष्य करके बोलीं, ''मेरी बातों पर आप एक बार एकान्त में ध्यान देकर विचार कर लीजियेगा।'' कहकर वह चली गयीं।

महीप यह सोचकर दंग था कि शारदा देवी ने उसकी तत्कालीन बाहरी और भीतरी परिस्थितियों के सम्बन्ध में इस हद तक जानकारी प्राप्त किस ज़रिये से कर ली। उनकी जानकारी पूरी और निश्चित रूप से यथार्थ है, इस सम्बन्ध में तनिक भी सन्देह उसे नहीं रह गया था। यह सोचकर भी वह चकित था कि शारदा देवी उसके मर्म के ठीक उस स्थान को कुरेदने में कैसे समर्थ हुईं, जिसके ऊपर वह गाढ़ा काला पर्दा डाले हुए था—स्वयं अपनी आँखों से छिपाये रखने के लिए। साथ ही यह प्रश्न उसे अत्यन्त विचलित कर रहा था कि शारदा देवी उससे चाहती क्या हैं?

इस प्रश्न का उत्तर सोचने की व्यर्थ चेष्टा करते हुए एक दूसरा प्रश्न उसके मन पर तीव्रता से आघात करने लगा। वह सोचने लगा, ''यह शारदा देवी हैं कौन? जो प्रचण्ड धिक्कार वह मेरे भीतर उभाड़ना चाहती हैं वह उनके भीतर किस मर्मघाती अनुभूति की प्रेरणा का फल है? एक ज़मींदार की लड़की की 'गार्जियन-ट्यूटरेस' की हैसियत से निश्चय ही वैसी तीखी और खरी बातें कहने की साहसिकता उनमें नहीं आ सकती, जैसी आज उन्होंने मुझसे कही हैं। क्या सचमुच वह केवल 'गार्जियन-ट्यूटरेस' की हैसियत से ही ठाकुर साहब के यहाँ रहती हैं? या यहाँ उनके रहने में और भी कोई रहस्य छिपा है? और जिस 'लक्ष्य' की अस्पष्ट झाँकी की बात उन्होंने कही थी, वह क्या हो सकता है?''

सोचते-सोचते महीप का सिर चकराने लगा। वह किसी भी बात के सम्बन्ध में किसी भी परिणाम पर नहीं पहुँच पाया।

25

उसके बाद फिर तीन दिन तक शारदा देवी से कोई भी बात घनिष्ठ रूप से करने का संयोग महीप को नहीं मिला। इसका प्रधान कारण यह था कि शारदा देवी स्वयं उसके लिए कोई सुयोग नहीं देना चाहती थीं। उनके रुख़ से महीप को यही जान पड़ा। जिस गम्भीर विषय की चर्चा उन्होंने स्वयं सहसा अप्रत्याशित रूप से छेड़ी थी, उसे

अधूरा छोड़ करके महीप को भ्रान्ति के भँवर में डालकर जब वह चली गयीं, फिर उसे पूरा करने की कोई आवश्यकता ही जैसे उन्हें प्रतीत नहीं हुई। एक बार दिन के भोजन के समय महीप ने जब परोक्ष रूप से स्वयं उस विषय की चर्चा चलाने की चेष्टा की तो तरकारी में नमक कम पड़ने की शिकायत करके शारदा देवी ने वह बात ही टाल दी। बल्कि पाकशास्त्र पर एक लम्बा लेक्चर दे डाला। उसके बाद महीप को फिर दूसरी बार उस विषय का उल्लेख करने का साहस ही नहीं हुआ।

तीन दिन तक यही हाल रहा। जब कभी दोनों का मिलना होता था, तब शारदा देवी कभी तो पाकशास्त्र की चर्चा चला देतीं, कभी काव्यशास्त्र की और कभी वनस्पतिशास्त्र की।

चौथे दिन ठाकुर साहब का एक तार शारदा देवी को मिला। उसमें यह सूचित किया गया था कि शिकार खेलते समय एक दुर्घटना के फलस्वरूप धीराज की मृत्यु हो गयी। दुर्घटना किस रूप में और कैसे हुई, इस बात का उल्लेख तार में नहीं था। शारदा देवी अत्यन्त घबरायी हुई महीप के पास गयीं। उस समय महीप अन्तरराष्ट्रीय राजनीति से सम्बन्धित कोई पुस्तक पढ़ने में व्यस्त था। शारदा देवी को देखकर वह स्वागत के लिए कुर्सी पर से उठ खड़ा हुआ। शारदा देवी घबराहट के कारण जैसे कुछ बोलने में समर्थ नहीं हो पा रही थीं। उन्होंने चुपचाप वह तार महीप के हाथ में दे दिया। तार पढ़ते ही महीप को ऐसा बिजली का-सा धक्का लगा कि वह खड़ा न रह सका। बरबस धम से कुर्सी पर एक प्रकार से पीछे की ओर गिर गया। शारदा देवी की आँखों के कोयों में आँसू की बूँदें सफ़ेद चिनगारियों की तरह चमक रही थीं और महीप शोकाकुल, विस्मित और साथ ही भीत दृष्टि से उनकी ओर देख रहा था।

कुछ देर तक दोनों निपट मौन धारण किये निश्चल रहे। उसके बाद महीप के मुँह से जैसे बरबस निकल पड़ा, "मेरी समझ में नहीं आया कि मामला क्या है?"

"पर मेरी समझ में आ गया है?" कहती हुई शारदा देवी पास ही एक सोफ़ा पर बैठ गयीं। उनके बोलने के ढंग में और उनके मुख की अभिव्यक्ति में महीप को वही रौद्र रूप दिखायी दिया, जिसका आभास उसे चार दिन पहले मिल चुका था।

"मुझे तो यह बात भेद-भरी मालूम होती है", साहस बटोरकर महीप बोला। वास्तव में तार पढ़ते ही उसके मन में बिजली के वेग से एक विशेष सन्देह जग उठा। पर वह सन्देह ऐसा भयावह था कि उसकी कल्पना से ही वह स्वयं आतंकित हो उठा था।

शारदा देवी ने एक बार दोनों दरवाज़ों की ओर सरसरी नज़र दौड़ायी (हालाँकि इस प्रकार की सावधानी बरतने की कोई आवश्यकता नहीं थी, क्योंकि सभी नौकर अपनी कोठरियों में दिवा निद्रा में मग्न थे), और तब महीप की ओर अपनी गर्दन कुछ बढ़ाकर बहुत ही धीमी आवाज़ में बोलीं, "इस दुर्घटना में निश्चय ही आपके ठाकुर साहब का हाथ है। तार पढ़ते ही यह बात मेरे प्रत्यक्ष सत्य की तरह झलक उठी थी।"

महीप चौंककर प्रायः उछल पड़ा। वह आँखें फाड़कर भ्रान्त दृष्टि से शारदा देवी की ओर देखता रह गया। शारदा देवी ने ठीक वही बात कही थी, जिसका सन्देह उसके

मन में स्वतः—बिना किसी ज्ञात कारण के—बरबस उभर उठा था। यह सोचकर उसके आश्चर्य का ठिकाना न रहा कि दोनों के मन में तत्काल एक ही तरह का सन्देह क्यों उत्पन्न हो गया। यह कोई रहस्यमय काकताली है, दो चिन्ता-प्रणालियों का आकस्मिक सामंजस्य है, या क्या है? और सन्देह भी कहाँ! शारदा देवी तो उसे अपना दृढ़ विश्वास बता रही थीं। महीप अपने ही सन्देह से घबरा रहा था। उस पर जब शारदा देवी ने अपने 'निश्चित विश्वास' की बात बतायी, तो वह जैसे दहल उठा। तब क्या वास्तव में ठाकुर साहब। पर नहीं, उनका चरित्र इस हद तक भयावह नहीं हो सकता। भले ही उनके स्वभाव में दूसरे प्रकार की हीनताएँ भरी हों।

धीराज के स्थिर-विषाद से म्लान मुख की दर्शनीय और आकर्षक आकृति रह-रहकर महीप की मानसिक आँखों के आगे झिलमिला रही थी। कुछ ही दिनों के अल्प परिचय से धीराज के व्यक्तित्व की छाप जिस रूप में उसके मन पर पड़ी हुई थी, वह रह-रहकर उसके मन को तीव्र रूप से आन्दोलित करने लगी। उसे ऐसा बोध होने लगा, जैसे धीराज की छायात्मा एक सूक्ष्म किन्तु सजीव रूप धारण करके उसमें किसी बात के लिए कातर प्रार्थना कर रही हो। पर किस बात के लिए? उस कातर प्रार्थना का क्या अर्थ हो सकता है? वह अत्यन्त मार्मिक रूप से करुण, दीन और असहाय, किन्तु तीव्र अनुभूतिशील छायात्मा उससे क्या चाहती है? अपने प्रति किये गये अमानुषिक अन्याय का प्रतिकार? सोचते ही जैसे महीप की सारी आत्मा एक लोमहर्षक भौतिक अनुभूति के स्पन्दन से फड़फड़ा उठी। चन्द सेकेण्डों के भीतर एक निराले अपार्थिव भावना-लोक में पूर्णतया डूबने के बाद, जब महीप का मन उतराकर प्रत्यक्ष पार्थिव जगत् में लौट आया, तब वह भीत स्वर में बोला, "क्षमा कीजियेगा, मैं आपका आशय ठीक समझ नहीं पाया। इस दुर्घटना में ठाकुर साहब का हाथ किस रूप में होने की बात आप सोच रही हैं?"

शारदा देवी की आँखों की हिंसकता और भी अधिक तीव्रता से प्रज्वलित हो उठी थी। उन्होंने फिर एक बार दोनों दरवाज़ों की ओर बिजली की तेज़ी से देखा। उसके बाद पहले से भी अधिक धीमे किन्तु प्रचण्ड आक्रोश की फुफकार-भरे स्वर में कहा, "इस रूप में कि ठाकुर साहब ने धीराज सिंह की हत्या की है—जान-बूझकर! पहले से ही निश्चित किये गये विचार के अनुसार शिकार खेलने का बहाना उन्होंने निश्चय ही पहले ही सोच लिया था। जंगली जानवर के शिकार की ओट में वह एक पालतू मनुष्य का शिकार करने का इरादा पहले से ही रखते थे। यह विश्वास मेरे मन में दृढ़-से-दृढ़तर होकर जमता चला जा रहा है।"

महीप भ्रान्त दृष्टि से उनकी ओर देखता हुआ प्रायः फुसफुसाता हुआ बोला, "पर शारदा देवी, इस तरह की विचित्र धारणा आपके मन में उत्पन्न होने का कारण क्या हो सकता है?"

"कारण बहुत-से हैं। कुछ प्रत्यक्ष और कुछ परोक्ष। ठाकुर लक्ष्मीनारायण सिंह कितने बड़े ज़ालिम, कितने भयंकर धूर्त, किस हद तक रँगे सियार हैं, इसकी कल्पना अभी

आप नहीं कर सकते। उनके निकट सम्पर्क में आये अभी आपको अधिक समय नहीं हुआ है। पर मैं जानती हूँ, क्योंकि मुझे इस बात का प्रत्यक्ष अनुभव है। और मेरा विश्वास था कि धीराज सिंह को भी ठाकुर साहब के स्वभाव के सम्बन्ध में बहुत-कुछ जानकारी होगी। पर इस घटना से इस सम्बन्ध में मुझे सन्देह होने लगा है।''

महीप कुछ नहीं बोला। केवल बेवक़ूफ़ों की तरह शारदा देवी की ओर ताकता रह गया।

धीराज ने जब सूचित किया था कि वह ठाकुर साहब के साथ शिकार खेलने जा रहा है, तभी महीप के मन में किसी अज्ञात दुर्घटना की अस्पष्ट आशंका जग उठी थी। ठाकुर साहब के स्वभाव की प्रत्यक्ष शालीनता के भीतर कोई एक ज़हरीला साँप कुण्डली बाँधे हुए है, यह सन्देह भी उसके मन में बहुत दिनों से अस्पष्ट रूप से वर्तमान था। पर यह सब होने पर भी वह साँप इस हद तक ख़तरनाक सिद्ध हो सकता है, इस बात की कल्पना उसने नहीं की थी। किन्तु शारदा देवी के सुझाने पर ठाकुर साहब का वह रूप सहसा बिजली के-से प्रकाश में उसकी आँखों के आगे सुस्पष्ट हो उठा, उसे ऐसा बोध होने लगा। हालाँकि वह 'सुस्पष्टता' अब भी उसके सचेत मन के आगे अस्पष्ट ही थी।

26

कुछ क्षणों तक दोनों मौन रहे।

यद्यपि दोनों के भीतर, सचेत मन के नीचे, एक ऐसा भयावह कोलाहल मच रहा था कि जान पड़ता था जैसे किसी कालान्तक युद्ध में दोनों पक्षों के असंख्य सैनिक उन्मत्त होकर मरण-चीत्कार कर रहे हों। वे दोनों पक्ष कौन थे और वह युद्ध किस कारण से हो रहा था, इस बात का अन्दाज़ लगाना उन दोनों में से किसी के लिए भी सम्भव नहीं था।

अचानक शारदा देवी ने उस आतंककारी स्तब्धता को भंग करते हुए जैसे अपनी बात की बिखरी हुई कड़ियों को फिर से जोड़कर धीरे से कहना शुरू किया, ''यदि ठाकुर लक्ष्मीनारायण सिंह के कुचक्रों की एक पूरी सूची तैयार की जाये और उनकी प्रत्येक काली करतूत का विस्तृत इतिहास तैयार किया जा सके, तो समाज का रोआँ-रोआँ आतंक से सिहरकर बबूल के काँटों की तरह खड़ा हो जाये। उन कुचक्रों में उनके हत्याचक्र भी सम्मिलित हैं, जो ऐसी सफ़ाई से, परोक्ष उपायों से, किये गये हैं कि विचार करने पर दंग रह जाना पड़ता है। इस सम्बन्ध में अपनी प्रत्यक्ष जानकारी का एक उदाहरण मैं आपको दे सकती हूँ। मेरे पुरखे तीन पुश्तों से ठाकुर साहब की ही ज़मींदारी में निवास करते आये हैं। वैसे हम लोग मूल निवासी हैं इटावे के। मेरे पिता जी ठाकुर साहब के पिता जी के प्राइवेट सेक्रेटरी थे। पिता जी अपेक्षाकृत प्रगतिशील विचारों के आदमी थे। दो लड़कियों के सिवा उनके ओर कोई सन्तान नहीं थीं। एक मैं और मुझसे दो साल बड़ी मेरी बहन। पिता जी आरम्भ ही से हम दोनों की शिक्षा की ओर विशेष

ध्यान देते रहे। ठाकुर लक्ष्मीनारायण सिंह के पिता ठाकुर बलवीरनारायण सिंह बड़े ही सज्जन पुरुष थे। उन्होंने पिता जी को अन्य सभी बातों की स्वतन्त्रता के साथ पूरी आर्थिक सुविधा भी दे रखी थी। हम दोनों को वे अपनी ही लड़कियों की तरह मानते थे। उनकी अपनी कोई लड़की नहीं थी। पिता जी ने जब मुझे और दीदी को, जिसका नाम गौरी था, पहले कॉलेज और उसके बाद यूनिवर्सिटी की शिक्षा देने का विचार किया तो ठाकुर बलवीरनारायण सिंह ने तनिक भी आपत्ति नहीं की, जबकि वे स्वयं कट्टर पुराणपन्थी थे।

"जिन दिनों हम दोनों बहनें यूनिवर्सिटी में पढ़ती थीं, उन्हों दिनों ठाकुर लक्ष्मीनारायण सिंह भी वहीं पढ़ते थे। हम यद्यपि लड़कियों के हॉस्टल में रहती थीं, तथापि इस बात से ठाकुर साहब का हम लोगों से मिलना-जुलना बन्द नहीं हुआ था।

"मुझसे यह बात छिपी नहीं थी कि ठाकुर साहब की आँखें बहुत दिनों से दीदी पर गड़ी हुई हैं। दीदी स्वभाव की बहुत ही भोली और बड़ी सहृदय थीं। आरम्भ में कुछ समय तक वह अपने संकोचशील स्वभाव के कारण ठाकुर साहब से कतराती रहीं। पर बाद में वह धीरे-धीरे ठाकुर साहब की लगन से प्रभावित हो गयीं। ठाकुर साहब सदा अपनी धुन के पक्के रहे हैं। जब किसी बात का निश्चय वह अपने मन में एक बार कर लेते हैं, तब फिर लाख बाधाओं के रहते भी अपने लक्ष्य से पीछे नहीं हटते। चाहे उसके लिए उन्हें कितना ही जलील क्यों न होना पड़े, कितने ही ख़तरे क्यों न उठाने पड़ें। दीदी के कतराने से उनका उत्साह तनिक भी ठण्डा नहीं पड़ा, वह बड़ी शराफ़त से पेश आते हुए बार-बार उसके प्रति अपना निवेदन प्रकट करते रहे। अन्त में उन्हें पूरी सफलता मिल गयी।

"दीदी आरम्भ से मेरा साथ किसी समय नहीं छोड़ती थी। पर बाद में ठाकुर साहब की कृपा से धीरे-धीरे यहाँ तक नौबत आयी कि अक्सर दिन में घण्टों के लिए मुझसे अलग रहने लगी। ठाकुर साहब से उसकी घनिष्ठता किस हद तक हो चुकी है, बहुत दिनों तक इसका कोई निश्चित पता मुझे नहीं लग पाया। पर बाद में एक ऐसी घटना घटी जिसने सारी बात पानी की तरह मेरे आगे साफ़ रख दी।

"तब हम लोग गरमी की छुट्टियों में घर—ठाकुर साहब की रियासत में—गये हुए थे। एक दिन दीदी शाम को किस समय और किस काम से बाहर निकली और कहाँ गयी, यह बात मैं न जान पायी। अँधेरा हो गया; पर वह तब भी लौटकर न आयी। ठाकुर साहब के यहाँ उनके घर की स्त्रियों से पुछवाया गया। मालूम हुआ कि उन लोगों को भी कोई ख़बर नहीं है। पिता जी ने घबराकर चारों ओर खोजने के लिए आदमी दौड़ाये। पर कहीं कोई पता नहीं चला।

"दूसरे दिन गाँव से दो मील दूर एक सदियों पुराने मन्दिर के खँडहर के भीतर वह मरी पड़ी पायी गयी। उसकी लाश के पास शीशे के दो गिलास भी रखे पाये गये। इस घटना के कुछ दिन बाद उसका एक पत्र मुझे मिला। उस पत्र को वह मेरी एक ऐसी

किताब के भीतर बन्द करके रख गयी थी, जिसे मैं महीने में एक ही आध बार खोलकर पढ़ा करती थी। शायद वह नहीं चाहती थी कि वह पत्र मुझे तत्काल मिल जाय। वह पत्र उसने मेरे लिये लिखा था। उसमें उसने लिखा था, "ठाकुर लक्ष्मीनारायण सिंह के घर के लोग नहीं चाहते थे कि उनसे मेरा विवाह हो। इसलिए हम दोनों ने निश्चय किया है कि दोनों एक साथ आत्महत्या करेंगे। यह सूचना मैं तुम्हें इसलिए दे रही हूँ ताकि मेरी आत्महत्या की घटना तुम्हारे लिये चिर-रहस्य बनकर न रह जाय।"

"पर ठाकुर साहब ने आत्महत्या नहीं की। यह आप भी जानते हैं। आत्महत्या करना तो दूर, दीदी के मरने के एक महीने बाद जब मैंने उन्हें देखा तो वह पहले से अधिक स्वस्थ और प्रसन्न दिखायी दिये। इस बात से रह-रहकर एक सन्देह मेरे मन में जमता चला गया। यह निश्चित था कि उसने शीशे के गिलास में कोई विष पिया था, जो सादे पानी में घोलकर पिलाया गया था और वह विष भी ऐसा रहा होगा जिसके पानी में घुलने पर भी पानी के रंग में कोई विशेष अन्तर नहीं आता। जो दूसरा गिलास वहाँ रखा था, उसमें ठाकुर साहब ने दीदी के सामने ही कोई ऐसा तरल पदार्थ पिया होगा जो विष नहीं था। सम्भवतः वह शुद्ध जल ही रहा हो। दीदी के मन पर यह विश्वास जमा दिया गया होगा कि दोनों गिलासों में विष है।"

"आज मेरे मन में इस बात का पूरा विश्वास जम गया है कि ऐसी अचिन्तनीय धूर्तता ठाकुर साहब द्वारा पूर्णतया सम्भव है। मुझे इस बात का पूरा विश्वास है कि दीदी के साथ विवाह की कोई चर्चा ठाकुर साहब के घरवालों के आगे नहीं चलायी गयी थी। यह ठाकुर साहब की निरी धूर्तता थी कि उन्होंने दीदी के मन में उस तरह का विश्वास जमा दिया था। ठाकुर बलवीरनारायण सिंह मालूम होने पर दीदी के साथ अपने लड़के के विवाह में कभी कोई बाधा न डालते। मुझे इस बात का पूरा विश्वास है। असल में बात स्पष्ट ही यह थी कि ठाकुर लक्ष्मीनारायण सिंह किसी कारण से चाहते थे कि दीदी से सदा के लिए उनका पिण्ड छूटे। साथ ही वह सीधे अपने हाथों से उसकी हत्या भी नहीं करना चाहते थे। इस कारण उन्होंने दोनों के 'एक साथ आत्महत्या' करने का वह अभिनय रचा..."

महीप को ऐसा लग रहा था जैसे भूतलोक से जीवित लौटा हुआ कोई व्यक्ति दूर किसी प्लैटफ़ार्म से वहाँ के रोमांचकर अनुभवों का वर्णन कर रहा हो और उस भूत-जगत् के क्रूर-कर्मी पिशाचों के ख़िलाफ़ उसके ठण्डे रक्त को प्रचण्ड ताप से खौलाने में सफल सिद्ध हो रहा हो। बाहर से वह जितनी ही निस्पन्द और निर्वाक् अवस्था में तन्मयता के साथ शारदा देवी की बातें सुन रहा था, भीतर से उसी वेग से भीषण तूफ़ानी तरंगें उठकर उसे अस्त-व्यस्त कर रही थीं। पर वह बोला कुछ भी नहीं। कुछ बोल ही न पाया। जैसे उसी भौतिक लोक के जादू ने उसकी ज़बान को एकदम जड़ बना दिया हो। केवल विस्मित और विभ्रान्त दृष्टि से वह शारदा देवी की ओर देखता रहा।

शारदा देवी कहती चली गयीं, "बाद में मुझे मालूम हो गया कि ठाकुर साहब क्यों दीदी से पिण्ड छुड़ाना चाहते थे। इस बीच एक ऐसी स्त्री से उनका 'प्रेम' (यह शब्द कहते हुए शारदा देवी के मुख पर एक तीव्र व्यंग्य झलक उठा) हो गया था, जो कम्युनिस्ट विचारों की थी। उसका नाम समिधा था। मेरी उससे थोड़ी-बहुत जान-पहचान भी थी। केवल उसके विचार ही कम्युनिस्ट नहीं थे, बल्कि वह कार्यों द्वारा भी अपने उन विचारों के प्रदर्शन के लिए सब समय उत्सुक रहा करती थी। कम्युनिस्टों की सभाओं और प्रगतिशील लेखक संघ की बैठकों के कार्यक्रमों में वह अक्सर भाग लिया करती थी। उस लड़की के संसर्ग में आने के कारण कुछ समय तक वह कम-से-कम ऊपरी तौर से समाजवादी दृष्टिकोण को अपनाने लगे थे। पर शीघ्र ही एक दिन उनके उस समाजवादी ढोंग का भी अन्त हुआ। उसके साथ ही वह उस समाजवादिनी लड़की की भी समाप्ति की बात सोचने लगे। यहाँ भी उन्होंने वही कुटिल चाल चली जो उनकी अपनी निजी विशेषता है। देश-भर में कम्युनिस्टों की गिरफ़्तारियाँ हो रही थीं। वह स्वयं तो पहले ही कम्युनिस्टों के गिरोह से अलग हो चुके थे। पर अब प्रश्न रह गया था उस लड़की का। मुझे इस बात पर अभी तक आश्चर्य है कि ठाकुर साहब ने गुप्त उपायों से उस लड़की को गिरफ़्तार क्यों नहीं करवा दिया। यह बात उनके स्वभाव के अधिक अनुकूल सिद्ध होती। पर शायद मैं ग़लती पर हूँ और यह सम्भव है कि ठाकुर साहब उसे उसकी गिरफ़्तारी से भी अधिक भयंकर दण्ड देना चाहते थे—अपने निजी ढंग से। उन्होंने यह किया कि समिधा को रुपये देकर उसे चुपचाप विदेश भाग जाने के लिए राज़ी कर लिया। उसके लिए उन्होंने एक पासपोर्ट भी किसी उपाय से प्राप्त कर लिया। उसे इस बात का विश्वास दिलाया कि उसके विदेश पहुँचने के कुछ ही समय बाद वह स्वयं विदेश-यात्रा करेंगे। उससे मिलकर वहीं उसके साथ विवाह करेंगे। समिधा के नारी-हृदय ने सम्भवतः इस बात पर विश्वास कर लिया। वह अकेली विदेश चली गयी। वह स्वभाव से ही साहसी थी। इसलिए वह आरम्भ में कुछ समय तक धैर्य से अनेक संघर्षों का सामना करती हुई विदेशों में एक स्थान से दूसरे स्थान में भटकती रही। कुछ महीनों तक ठाकुर साहब उसे रुपया भेजते रहे। पर बाद में उन्होंने आर्थिक सहायता भी बन्द कर दी। विदेश-यात्रा करके उससे मिलकर उससे विवाह करने की बात तो दूर रही।

"एक दिन अचानक समिधा का एक अप्रत्याशित पत्र मुझे मिला। वह पत्र लन्दन के 'ईस्ट एण्ड' से लिखा हुआ था। उस पत्र में उसने अपना पूरा इतिहास मेरे आगे विस्तृत रूप से खोलकर रख दिया। मुझसे इस बात के लिए प्रार्थना भी की कि मैं ठाकुर साहब के पास जाकर इस बात का पता लगाऊँ कि वह कब जहाज़ से रवाना होनेवाले हैं और उन्होंने उसे पत्र और आर्थिक सहायता भेजना बन्द क्यों कर दिया है। पत्र को पढ़कर मुझे दीदी की आत्महत्या—या हत्या—वाली घटना से भी गहरा धक्का लगा। मैं तत्काल समझ गयी कि समिधा के साथ भयंकर रूप से विश्वासघात किया गया है।

मैं ठाकुर साहब के पास गयी। उन्हें मूल पत्र न दिखाकर उसकी एक नक़ल, जिसे मैंने पहले ही तैयार कर लिया था, उन्हें दिखा दी। उसे पढ़कर ठाकुर साहब बुरी तरह सिटपिटा गये। उनके मुख पर हवाइयाँ उड़ने लगीं। पर उन्होंने अपने को तुरन्त सँभाल लिया। वह मुझसे पत्र की मूल कापी माँगने लगे। मैंने बहाना बनाकर परोक्ष रूप से उन्हें यह जता दिया कि मूल पत्र मैं उन्हें नहीं दे सकती। साथ ही यह भी कहा कि उन्हें उस पत्र के सम्बन्ध में कोई बात कहनी हो तो मुझे सूचित कर दें, ताकि मैं समिधा को भी सूचना दे दूँ। पर उन्होंने कहा कि वह स्वयं उसे एक पत्र उत्तर के रूप में लिखेंगे।

''यह उत्तर सुनकर मैं चली गयी। समिधा को पत्र लिखकर मैंने उसी आशय की सूचना दे दी। कुछ समय बाद समिधा का एक और पत्र मुझे मिला। उसमें उसने लिखा था कि वह घोर आर्थिक संकट में है। पादरियों द्वारा परिचालित एक संस्था में, जो अनाथालय के ही बराबर है, उपेक्षित जीवन बिता रही है। पत्र में उसने यह इंगित भी किया था कि वह अब भी ठाकुर साहब की बाट जोह रही है। मुझे उसके इस भोलेपन पर बहुत दुःख हुआ। इस बात पर आश्चर्य भी हुआ कि कम्युनिस्ट विचारों की महिला होते भी वह एक नम्बरी लफ़ंगे पर विश्वास करके उसके प्रेम में घुली जा रही है। क्योंकि यह निश्चित था कि यदि वह चाहती तो विदेशों की कम्युनिस्ट संस्थाओं से सम्पर्क स्थापित करके उनसे आर्थिक सहायता भी प्राप्त कर सकती थी। साथ ही अपने विचारों के प्रकार की सुविधा भी।

''तीसरे पत्र में उसने लिखा कि वह उसी अनाथालय में बीमार पड़ी हुई है। साथ ही यह भी अनुरोध किया था कि मैं ठाकुर साहब के पास जाकर उनसे फिर एक बार यह प्रार्थना करूँ कि वे तुरन्त लन्दन चले आयें। मैंने ठाकुर साहब के पास जाकर अपने कर्त्तव्य का पालन किया। पर मैं पहले ही से जानती थी कि उसका कोई फल नहीं होगा। मेरी धारणा ठीक ही निकली। ठाकुर साहब ने कहा कि चूँकि समिधा ने पादरियों का आश्रय ग्रहण करके कम्युनिस्ट आदर्शों के ख़िलाफ़ काम किया है, अपनी पार्टी को धोखा दिया है, इसलिए वह उससे कोई सम्पर्क रखना अत्यन्त अनुचित समझते हैं। उनकी दलील का यह नया ढंग देखकर मैं दंग रह गयी। मैंने समिधा को इस बात की भी सूचना दे दी।

''उसके बाद समिधा का कोई पत्र मुझे नहीं मिला। अन्त में एक दिन संयोग से किसी एक संवादपत्र के एक कोने में, छोटे-से टाइप में छपा हुआ एक समाचार मैंने पढ़ा, जिससे यह स्पष्ट हो गया कि समिधा उसी 'अनाथालय' में कुछ दिन तक किसी रोग से पीड़ित रहने के बाद मर गयी है। मैं सन्न रह गयी। ठाकुर साहब का ध्यान भी मैंने उस मर्मघाती समाचार की ओर आकर्षित किया। पर उसका कुछ भी प्रभाव उन पर नहीं पड़ा। बल्कि उलटे उस अत्यन्त दयनीय परिस्थितियों में मृत लड़की को तिरस्कृत करते हुए उन्होंने कहा, 'अपनी परिस्थिति के लिए वह स्वयं दोषी रही है।' उनकी इस तरह की बात सुनकर मेरा हृदय दहल उठा।

"तब से मेरे भीतर एक भयानक परिवर्तन आरम्भ हो गया। दीदी के साथ जो आतंकजनक, अन्यायपूर्ण व्यवहार ठाकुर साहब ने किया था, उसकी स्मृति सौगुनी तीव्रता से मेरे भीतर उमड़ उठी। उस नर-पिशाच से अपनी दीदी और समिधा की तरफ़ से बदला लेने के लिए मैं हर घड़ी इस क़दर बेचैन रहने लगी कि मुझे ऐसा जान पड़ता था, जैसे असंख्य सुइयाँ अपनी चुभन से मुझे उकसा रही हों। पर अपने नारी हृदय को सहज अक्षमतावश मैं प्रत्येक बार ऐसे मौक़े पर अपने को असमर्थ मालूम करती आयी हूँ जिसके लिए प्रकृति ने मुझे अस्त्र चुना है। हैमलेट की वह प्रसिद्ध उक्ति आपको याद होगी :

Time is out of joint, of joint. O cursed Spite!
That I was ever born to set it right.

"वास्तव में प्रकृति ने इस धूर्त आदमख़ोर को उसके पापाचार का दण्ड देने के लिए मुझको चुनकर, मेरे साथ बड़ा अन्याय किया है..."

27

महीप बिलकुल चुप था।

साँस रोककर निरतिशय स्तब्ध भाव से शारदा देवी की बातें सुन रहा था। जैसे आधी रात में इस पृथ्वीलोक से परे किसी भयानक जगत् की कोई कहानी सुन रहा हो। पर अब उसे ऐसा लगने लगा था कि एकदम चुप्पी साध लेने से उसका दम घुट जायगा। उस भयावने लोक के रहस्यमय जीव उसे दबोच डालेंगे। इसलिए उसने एक लम्बी साँस ली। उसके बाद शारदा देवी को बीच ही में टोकता हुआ वह बोला, "पर यह विश्वास आपके मन में क्यों जमा हुआ है कि आप ही को प्रकृति ने उस पापाचार का दण्ड देने के लिए चुना है?"

"क्यों जमा हुआ है, इसका कारण मैं स्वयं नहीं जानती। सम्भव है, यह मेरे अपने ही स्वभाव की प्रतिक्रिया हो। यह भी बहुत सम्भव है कि किसी रहस्यमय कारण से मुझे यह प्रेरणा मिली हो। कभी-कभी रात में जब मैं मन और मस्तिष्क की भ्रान्त अवस्था में ऊँघती रही हूँ, मुझे ऐसा बोध हुआ है, जैसे कभी दीदी और कभी समिधा की अस्पष्ट अशरीरी छाया मेरे सामने आ खड़ी हुई हो। अपने मुख की अत्यन्त करुण अभिव्यक्ति से मेरे भीतर एक मार्मिक अनुभूति जगाकर मुझे उस भयानक कर्त्तव्य के लिए प्रेरित कर रही हो जो मेरी अपेक्षा किसी सबल-प्राण पुरुष के लिए अधिक उपयुक्त है। मैं जानती हूँ कि ये सब मेरी ही अन्तर्भावनाओं की प्रतिच्छायाएँ हैं। फिर भी उनके सब-कुछ ढक लेनेवाले प्रभाव से मैं अपने को मुक्त नहीं कर पाती हूँ।"

कुछ क्षण तक दोनों मौन रहे। केवल एक-दूसरे के मुँह की ओर कभी एकटक ध्यान से और कभी अनमने भाव से देखते रहे। महीप को ऐसा लग रहा था कि जो मर्मगत प्रश्न उसके भीतर स्पष्ट रूप से उठ रहा है, उसे वह व्यक्त कर नहीं पाता और शारदा

देवी को ऐसा लग रहा था कि वह अपनी बात को जिस रूप में महीप के आगे समझाकर रखना चाहती है उसे ठीक तरह से रख नहीं पाती।

कुछ देर बाद महीप बोला, "आपने मुझसे कहा था कि आप किसी एक ध्येय की पूर्ति के लिए यहाँ बैठी हैं। तब क्या वह ध्येय यही है—अपनी दीदी और समिधा के प्रति किये गये अन्याय का बदला लेना?"

"हाँ, उस ध्येय का एक रूप यह भी है", शारदा देवी ने अत्यन्त स्थिरभाव से कहा, "पर इतने ही तक उसकी समाप्ति नहीं हो जाती। इस एक व्यक्तिगत कारण को बीज बनाकर मैं उसे एक व्यापक और विस्तृत सामाजिक रूप देना चाहती हूँ। जिस प्रकार की अत्याचारिता का उल्लेख मैंने किया है, वह अकेले ठाकुर लक्ष्मीनारायण सिंह ही तक सीमित नहीं है। इस मनोवृत्ति का घातक विषय उनके भाई-बिरादरों ने देश के कोने-कोने में फैला रखा है। इसके विरुद्ध जेहाद की बात आज से नहीं, वर्षों—बल्कि युगों पहले से निम्नमध्यश्रेणी की शिक्षित जनता सोचती आयी है। उसे छिटपुट रूप से कार्य में परिणत करने की चेष्टा भी उसने की है। पर अभी तक उसे इस चेष्टा में तनिक भी सफलता नहीं मिल पायी। न निकट भविष्य में मिलने की कोई सम्भावना ही मुझे दिखायी देती है। पर इस कारण से क्या हम लोगों को, जो इस व्यापक अत्याचारी मनोवृत्ति के नये शिकार हैं, अपने उद्योग से, अपने कर्त्तव्य-पथ से, विचलित हो जाना होगा?"

महीप को इस बात पर परम आश्चर्य हो रहा था कि प्रेतात्मा की निःसत्त्व मुखाकृतिवाली, युग-युग से निःशोषित नारी की वह सजीव प्रतिमा अपने भीतर इतनी आग इतने दिनों तक किस अज्ञात और अँधेरे कोने में संचित करके छिपाये बैठी थी? वह यह अनुभव कर रहा था कि उसका जो रक्त इतने दिनों तक बर्फ़ की तरह ठण्डा बनकर अत्यन्त जड़ और उदासीन रूप धारण किये हुए था, वह बिजली के तेज़ 'हीटर' की-सी गरमी से केवल पिघला ही नहीं है, बल्कि काफ़ी गरमा गया है और धीरे-धीरे उस स्थिति को पहुँचता जा रहा है जब वह सम्भवतः पूर्णतया खौल भी सकता है। पर वह मूर्तिमयी प्रतिहिंसा उससे चाहती क्या है? महीप के मन में उसकी पूरी परीक्षा लेने की इच्छा हुई।

वह बोला, "दुर्बलों के प्रति सबलों के अत्याचार की कहानी संसार में बहुत पुरानी है और अब वह प्रतिदिन के अनुभवों से सिद्ध सर्वमान्य तथ्य में परिणत हो चुकी है। इस कारण उसके लिए इस क़दर विचलित हो उठने से कैसे काम चलेगा?"

शारदा देवी के रोष पर जैसे सान चढ़ गया। उन्होंने तमककर कहा, "आज बीसवीं शताब्दी आधी बीत चुकी है। आज के युद्ध ने व्यापक विनाश का जो रूप हमारे सामने रखा है, उसने अपनी ध्वंस-लीला के साथ ही सदियों से जड़ जमाये हुए भ्रान्त विचारों की जड़ें क्या नहीं हिला दी हैं? ऐसी हालत में भी यदि हम उस घिसी-घिसायी पुरानी

कहानी से भीत और निराश होकर हाथ-पर-हाथ रखे बैठे रहें, तो सौ-सौ धिक्कार है हमारी इस क़ब्र के मृत पत्थर की-सी जड़ता पर।"

महीप यद्यपि भीतर-ही-भीतर शारदा देवी की इस धिक्कार-भरी गर्जित वाणी से प्रभावित हो उठा, तथापि प्रकट में एक व्यंग्य-भरी मुस्कान उसके मुख पर खेल गयी। उसने कहा, "जिन तीन महान् राष्ट्रों ने युद्ध के बाद विश्व के सामूहिक कल्याण का ठेका ले रखा था, जो आज तक दलित राष्ट्रों के उद्धार को ही अपने लड़ाई में कूद पड़ने का प्रधान उद्देश्य घोषित करते चले आ रहे थे, वे आज जबकि युद्ध अपने अन्तिम चरण पर है, ऐलानिया यह बात कहने लगे हैं कि छोटे राष्ट्रों और बड़े राष्ट्रों, दुर्बलों और सबलों के बीच भेद-भाव बराबर रहा है और बराबर रहेगा। कम-से-कम उसमें से एक महाराष्ट्र के महानायक ने यह बात स्पष्ट कर दी है कि दुर्बल राष्ट्रों के शोषण द्वारा सबल राष्ट्रों के शोषण का क्रम युद्ध के बाद भी पहले की ही तरह, बल्कि उससे भी अधिक तीव्र रूप में, जारी रहेगा। इसलिए वर्तमान युद्ध की ध्वंस लीला से कुछ विशेष आशा करने का उत्साह कम-से-कम मुझे तो नहीं होता।"

शारदा देवी कुछ देर तक व्याकुल दृष्टि से महीप की ओर ताकती रहीं। जैसे उनके दीर्घकाल से पाले हुए स्वप्न को अत्यन्त निर्ममता के साथ हथौड़ा की चोटों से चकनाचूर किया जा रहा हो। पर कुछ ही क्षणों बाद उनकी पूर्व दृढ़ता फिर से लौट आयी। उन्होंने कहा, "यदि आपकी ही बात की सचाई पर विश्वास कर लिया जाय, तो भी इस बात का कोई कारण मुझे नहीं दिखायी देता कि हृदयहीन अत्याचारों की मार्मिक अनुभूति से पीड़ित हम लोग या हमारे ही समान अनुभूतिवाले दूसरे लोग अपने-अपने क्षेत्रों में विरोध के प्रदर्शन से विरत हो जायँ। मैं जानती हूँ कि मेरा क्षेत्र क्या है। उस क्षेत्र में जिस रूप में अपने विरोध का प्रदर्शन करने का इरादा मैं रखती हूँ, उससे संसार के सामूहिक अत्याचार के महासागर का एक कण भी प्रत्यक्ष रूप से विचलित नहीं होगा, यह भी मैं जानती हूँ। क्योंकि मेरा क्षेत्र ऊपरी दृष्टि से देखने से अत्यन्त सीमित और संकुचित है; फिर भी मेरी पीड़ित अन्तरात्मा का यह दृढ़ विश्वास है कि उस सीमित क्षेत्र में प्रदर्शित मेरा विरोध एक प्रतीक सिद्ध होगा और अलक्ष्य में, अज्ञात रूप से, अपने प्रभाव के परमाणुओं को अदृश्य ईथर में तरंगित करता रहेगा। आप यदि उसमें हाथ बँटायें तो आपके उस सहयोग का मैं सदा स्वागत करूँगी और यदि आप तनिक भी सहयोग न देना चाहें तो मुझे इसकी भी कोई परवाह नहीं है। मैं अकेली अपने कर्त्तव्य का पालन करूँगी।" यह कहते हुए उनकी आँखों से आँसू की बड़ी-बड़ी, गरम-गरम बूँदें टपाटप निकलकर उनके सूखे हुए गालों को तर करने लगीं। किसी कारण उनका भावोद्वेग सहसा उथल उठा था। सम्भवतः ऊपर से अपने निश्चय की दृढ़ता प्रकट करने पर भी भीतर से उन्हें निराशा होने लगी थी। महीप की बातों का रुख़ उन्हें अपने प्रतिकूल मालूम पड़ने लगा था।

शारदा देवी की अन्तिम बात से महीप का आश्चर्य चरम सीमा पर पहुँच गया।

28

एक नौकर ने आकर सूचना दी कि धोबी आया हुआ है।

शारदा देवी को बीच ही में उठकर जाना पड़ा। महीप भी अपने दो-चार कपड़े देना चाहता था। उसके पास कपड़े एक तो यों ही कम थे, तिस पर जो थे भी, वे प्रायः सब-के-सब मैले हो चले थे। पर आलस्यवश उसने न नौकर को पुकारा न स्वयं उठा। नौकर धोबी के आने की सूचना देते ही तत्काल अन्तर्धान हो गया था। उसने महीप से पूछा तक नहीं कि उसके भी कुछ कपड़े धुलने को जायेंगे या नहीं। आज पहली बार महीप का ध्यान इस बात की ओर गया कि ठाकुर साहब के नौकर बराबर उसकी उपेक्षा करते रहे हैं। जिस व्यक्ति की उपेक्षा स्वयं मालिक करे उसके प्रति नौकरों की उपेक्षा सम्पूर्ण स्वाभाविक है, यह बात आज उसके दिमाग़ में घुसी।

"पर ठाकुर साहब तो स्वयं आग्रह के साथ मुझे यहाँ बुला लाये थे!" वह मन-ही-मन कहने लगा, "तब क्यों उनकी उपेक्षा मेरे प्रति दिन-पर-दिन बढ़ती चली गयी है?"

अपने मन के इस प्रश्न पर उसे स्वयं हँसी आने लगी, क्योंकि उसका अन्तर्मन बहुत पहले इस 'क्यों' का उत्तर दे चुका था और आज शारदा देवी से ठाकुर साहब के बहुत-से रहस्यों का आभास मिलने के बाद भी इस प्रकार का प्रश्न करना मन की मूर्खता के सिवाय और कुछ नहीं है, यह सोचकर उसे स्वयं अपने स्वभाव के परिवर्तन पर आश्चर्य होने लगा। आज पहली बार उसे ठाकुर साहब के यहाँ का अन्न उजाड़ने के लिए अपने ऊपर ग्लानि होने लगी।

सोफ़ा पर बैठे-बैठे शारदा देवी की बातों पर वह जितना ही विचार करने की चेष्टा करने लगा, उतनी ही उसकी उलझन बढ़ती चली जाती थी। ज्यों-ज्यों वह उस रहस्यमयी नारी के निकट-से-निकटतर सम्पर्क में आता जाता था, त्यों-त्यों उसके भीतरी व्यक्तित्व के नये-नये रूप उसके आगे उघड़ते चले जाते थे। प्रत्येक नया रूप अपनी अप्रत्याशित आकस्मिकता से उसे धक्का देकर जैसे दो क़दम पीछे हटा देता था।

आज तक शारदा देवी का व्यक्तित्व कुछ दूसरे ही रूप में उसकी आँखों के आगे आया करता था। मकड़ा जिस प्रकार अपने जाले में मक्खी को फँसाकर, उसे न तो मारकर खाता है न समूचा निगलता है, बल्कि उसके शरीर के भीतर के अदृश्य और परमाणुवत् सूक्ष्म छिद्रों से उसका समस्त सत्त्व चूसकर उसके शारीरिक ढाँचे को ज्यों-का-त्यों छोड़ देता है, शारदा देवी की कल्पना ठीक उसी निःसत्त्व जीव के रूप में उसके मन में उठा करती थी। पर अब महीप को ऐसा जान पड़ने लगा कि जिस मकड़े ने इस मानवीय मक्खी का शोषण किया है वह चूक गया है। उसने इस भ्रम में पड़कर उसे इस धोखे में त्याग दिया है कि वह पूर्णतया निर्जीव हो गयी है। उसे इस बात की ख़बर नहीं है कि बाहर से एकदम मृत मालूम पड़ने पर भी उसके भीतर जीवनी शक्ति अभी पूर्ण मात्रा में वर्तमान है। वह पलटे में अपने निःशोषक के मर्मस्थल पर डंक मारने के फेर में है; क्योंकि वह मक्खी साधारण मक्खी नहीं है, बल्कि ऐसी मक्खी है जो माँ के पेट से ही अपने साथ आत्मरक्षा का अस्त्र-डंक—लेकर आयी है।

महीप जान गया था कि शारदा देवी ने अभी अधूरी कहानी कही है। शोषण के जो प्रत्यक्ष चिह्न उनके सम्पूर्ण व्यक्तित्व से स्पष्ट प्रकट होते थे, उनके कारणों के सम्बन्ध में अभी तक कोई भी इंगित उन्होंने नहीं दिया था। कहानी के शेषांश से परिचित होने के लिए वह अत्यन्त अधीर हो उठा था।

कुछ देर बाद शारदा देवी जब लौटकर आयीं तो महीप ने देखा कि उनके मुख पर आँसुओं का कोई चिह्न शेष नहीं रहा गया था, बल्कि एक आश्चर्यजनक प्रसन्नता का भाव उनके चीमड़ मुख पर व्यक्त हो रहा था। उनके मुख की प्रसन्नता की वह झलक महीप को आज एकदम नयी लग रही थी, पता नहीं क्यों! इसके पहले जब कभी उसने शारदा देवी को मुस्कराते देखा, उसके मन में बराबर यही धारणा जमती रही कि उनकी उस मुस्कान के भीतर एक अत्यन्त करुण रुदन छिपा हुआ है पर आज—अभी—मुस्कान की जो तीव्रता उनके मुख पर झलकती हुई दिखायी देती थी, उसके अन्तराल में करुणा का लेश भी किसी अंश में वर्तमान नहीं था। वह मुक्त मुस्कान जैसे मुक्त अन्तर की ही सहज-स्वाभाविक अभिव्यक्ति थी। पर अभी-अभी इतने कम समय में उनका सैकड़ों द्वन्द्वों से उलझा हुआ अन्तर सहसा परिपूर्ण रूप से उन्मुक्त कैसे हो उठा? क्या आज वर्षों बाद एक अपेक्षाकृत सहृदय व्यक्ति के आगे (महीप जानता था कि शारदा देवी यदि उसे सहृदय न मानती होतीं तो अत्यन्त गोपनीय तत्त्वों का उद्‌घाटन उसके आगे न करतीं) अपनी हृदय को उँड़ेलने का संयोग प्राप्त होने के कारण उनके भीतर की दयनीयता का बरसाती बादल फटकर साफ़ हो गया है? महीप को ऐसा लग रहा था जैसे उनके मुख का चीमड़पन भी कुछ घट गया है। उनके मुख पर थोड़ी-सी चिकनाई आ गयी है। यह उसकी आँखों का भ्रम भी हो सकता था, पर उस भ्रम का भी एक निजी महत्त्व था। आज पहली बार महीप के मन में यह धारणा जमी कि शारदा देवी किसी ज़माने में अत्यन्त सुन्दर—आश्चर्यजनक रूप से सुन्दर—दिखायी देती रही होंगी। उनका कपाल, भौहें, आँखें, नाक, होंठ, ठुड्डी आदि का प्राकृतिक गठन इस बात की गवाही देता था। बाद में किसी या किन्हीं कारणों से उनकी आत्मा का और शरीर का सारा सत्त्व ही जब निःशोषित हो गया, तब इस भूतपूर्व सौन्दर्य-प्रतिमा ने वह प्रेत रूप धारण कर लिया, जो इस समय उनके मुख पर स्पष्ट व्यक्त हो रहा है।

शारदा देवी ने कहा, ‘‘आपके जो कपड़े धुलने को हों उन्हें दे दीजिये।’’

महीप ने तत्काल उठकर अपने मैले कपड़े बटोरे। शारदा देवी ने एक नौकर को बुलाकर वे कपड़े उसे धोबी को देने के लिए सौंप दिये। उसके बाद वह स्वयं भी किसी काम से कमरे के बाहर चल गयीं। महीप ने इस बात पर ग़ौर किया कि ठाकुर साहब के प्रति अपना जो मनोभाव आज उन्होंने व्यक्त किया था, उसके बावजूद वह ठाकुर साहब की अनुपस्थिति में उनके घर की देख-रेख पूरे मनोयोग के साथ कर रही थीं। छोटी-से-छोटी बात की ओर उनका ध्यान इस हद तक था कि ऐसा जान पड़ता था जैसे घर की गृहिणी वही हों।

शाम की चाय शारदा देवी ने महीप के साथ ही पी। पीते हुए यह प्रस्ताव किया कि चूँकि आज पूर्णिमा है, इसलिए रात में नाव पर सैर की जाय। यह प्रस्ताव महीप को एकदम अप्रत्याशित लगा, अस्वाभाविक भी। हालाँकि उसमें क्या अस्वाभाविकता है, यह वह स्वयं नहीं जानता था। फिर भी क्षणिक हिचकिचाहट के बाद उसने प्रस्ताव स्वीकार कर लिया।

29

मोटर तैयार थी।

पर शारदा देवी ने बग्घी जुतवायी। नौ बजे के क़रीब वे लोग रवाना हुए। रास्ते-भर दोनों एक प्रकार से मौन रहे। जो दो-एक बातें हुईं भी वे बहुत ही साधारण और व्यावहारिक ढंग की। बलुआघाट के पास पहुँचने पर शारदा देवी ने बग्घी हाँकनेवाले को रुके रहने का आदेश दिया। उसके बाद दोनों उतरकर घाट पर गये। एक अपेक्षाकृत सुविधाजनक नाव तय करके दोनों उस पर जा बैठे।

पूर्व आकाश में पूर्ण चन्द्रमा धीरे-धीरे ऊपर को उठता चला जा रहा था। यमुना की नील लहरियों पर उसका प्रकाश चाँदी बिखेर रहा था। चारों ओर अपेक्षाकृत प्रशान्त वातावरण छाया हुआ था। केवल पूर्ण चन्द्र के दुर्निवार आकर्षण से नदी की उच्छृंखल तरंगें उद्दाम वेग से उछलती हुई बीच-बीच में एक-दूसरे से टकराकर कभी भौतिक अट्टहास करती हुई ठहाका मार उठती थीं और कभी विचित्र और रहस्यमय व्यंग्य के स्वर में खिलखिला पड़ती थीं। दोनों प्रकार की आवाज़ें महीप को किसी अज्ञात और मार्मिक महत्त्व से भरी मालूम हो रही थीं। उसके अन्तर में कविता के जो द्वार इधर कुछ दिनों से एकदम बन्द पड़े थे, वे जैसे एक प्रचण्ड आँधी के अत्यन्त निर्मम वेग से टूटकर खुल पड़े हों। पर आज की कविता ने स्वयं जगकर उसके भीतर के जिन सुप्त भावों को जगा दिया था, उनकी तुलना महीप जब अपने पिछले जीवन के भावों से करने लगा तो उसकी अन्तरात्मा जैसे दहल उठी। अपनी सब पिछली अनुभूतियाँ आज के तूफ़ानी भावों की तुलना में उसे तट पर बालू, सीप तथा चमकीले कंकड़ों से खेलनेवाले बच्चों के मन के बुदबुदों की तरह लग रही थीं। उसे आश्चर्य हो रहा था कि स्तब्ध रात्रि के उस एकान्त और अपेक्षाकृत शान्त वातावरण में इस प्रकार का तहलका उसके अन्तर्लोक के भाव-जगत् में सहसा क्यों मचने लगा! उस असाधारण वातावरण में शारदा देवी का निकट सम्पर्क, उसके भीतर के उस तूफ़ानी भावोद्वेग के उमड़ने का एक कारण अवश्य उसे मालूम हुआ। पर क्या वही प्रधान कारण था? "नहीं, वह केवल एक सहायक कारण है, इससे अधिक नहीं। मूल कारण कुछ दूसरा ही है, जिसे तुम अभी ठीक तरह से नहीं पकड़ पा रहे हो।" यह उत्तर किसी ने उसके भीतर से तत्काल उसे दे दिया।

पर यह होते हुए भी महीप भीतर-ही-भीतर यह अनुभव कर रहा था कि जो असाधारण प्रकृति सर्वशोषित नारी उसकी बग़ल में बैठी है, वह इस समय ऊपर से कैसी ही शान्त क्यों न जान पड़ती हो, उसके भीतर भी आज दिन से ही भीषण तूफ़ानी हिलकोरे अत्यन्त अशान्त रूप धारण किये हुए हैं, जो उसके (महीप के) अपने भाव-जगत् की आँधी से भी कई गुना अधिक तीव्र और प्रचण्ड हैं। महीप को ऐसा लग रहा था कि उस भाव-मात्र-शेष नारी के ऊपरी मन की स्तब्ध अवस्था में भी उसके अन्तर्मन का तूफ़ान पूरे ज़ोरों पर है, जो अदृश्य विद्युत्-कणों के साथ तरंगित होता हुआ उसके अपने मन पर भी प्रत्याघात कर रहा है।

महीप को यह सोच-सोचकर आश्चर्य हो रहा था कि शारदा देवी ने क्यों आज ऐसा अप्रत्याशित प्रस्ताव किया। परिपूर्ण पूर्णिमा के ज्योत्स्ना-प्रवाह के बीच में, यमुना की उच्छल तरंगों के ऊपर नौका-विहार के लिए उसे निमन्त्रित करके, उसके कुछ समय से जंग लगे हुए कवि-हृदय को, सान पर चढ़ाने से उनका क्या उद्देश्य सिद्ध हो सकता है? तब क्या स्वयं उनका अपना हृदय भी काव्यमय है? उनके निःसार शरीर और निःशुष्क मन के भीतर, मरुभूमि के बालू के नीचे बहनेवाली अन्तःसलिला की तरह भावों की तरल तरंगें अभी तक उछाल मारती हैं? हो सकता है; पर उनका उद्देश्य निश्चय ही गूढ़तर है।

इस तरह की उलटी-सीधी कल्पनाओं में निमग्न रहता हुआ महीप अत्यन्त उत्सुकता से शारदा देवी का कण्ठ खुलने की प्रतीक्षा करने लगा।

पर शारदा देवी का कण्ठ जैसे फूटना ही नहीं चाहता था। जैसे उनके भीतर से असंख्य भावों ने ऊपर उठकर उनके कण्ठ को भी पूरी तरह से धर दबाया हो। तरंगों के एक-दूसरे के साथ तथा किनारे में कगारों के साथ टकराने से जो अस्फुट हाहाकारमय शब्द अनन्त आकाश में, समस्त सृष्टि-चक्र के अणु-परमाणु में, छा जाने की जो आकुलता प्रकट कर रहा था, नाव के खेने से होनेवाला 'छपाक्-छपाक्' शब्द जैसे उस मर्मघाती क्रन्दन की व्यापक गूँज का उपहास करने पर तुला था। क्रन्दन और उपहास की ये दोनों भाव तरंगें अन्तर्भावना की प्रतीक बनकर, जैसे उन दोनों के मन में बारी-बारी से उठती और गिरती जाती थीं।

कुछ देर तक प्रतीक्षा करने के बाद अन्त में महीप ने स्वयं मौन भंग किया। वह बोला, "आपने आज की इस विजन रात्रि में नाव पर सैर का जो प्रस्ताव किया, वह यद्यपि मुझे कुछ विचित्र-सा लगा, फिर भी मैंने यह नहीं सोचा कि मेरे मन पर उसका ऐसा गहरा प्रभाव पड़ेगा।"

"मेरा प्रस्ताव आपको विचित्र क्यों लगा?" कुछ दबी हुई-सी आवाज़ में शारदा देवी ने प्रश्न किया। कुछ दबी हुई आवाज़ के भीतर भय की भावना छिपी थी या व्यंग्य की, महीप ठीक से कुछ समझ न पाया। पर उसे सुनकर उसने किसी अज्ञात कारण से यह महसूस किया कि आज शारदा देवी से वह जो भी प्रश्न करेगा अथवा उसके प्रश्न का

जो भी उत्तर देगा, उसमें अत्यन्त सचेत और सावधान रहने की आवश्यकता है। असावधान रहने से कहीं वह व्यंग्य अथवा विद्रूप के जाल में फँसकर उपहास का पात्र न बन बैठे। यह होते हुए भी उसका अन्तर्मन निश्चित रूप से जानता था कि व्यंग्य और विद्रूप की कोई आशंका आज शारदा देवी से नहीं की जा सकती, क्योंकि एक प्रचण्ड आघात से मर्मव्यथा का जो स्रोत उनके भीतर से आज फूट पड़ा है, उसके प्रलय-प्रवाह के आगे उपहास की कोई भावना ठहर नहीं सकती। पर उसके सचेत मन पर अन्तर्मन की इस निश्चित धारणा का कोई प्रभाव नहीं पड़ रहा था।

उसने कहा, ''इस 'क्यों' का कोई उत्तर इस समय मैं आपको देने में असमर्थ हूँ। आप केवल इतना मान लीजिये कि मुझे आपका प्रस्ताव विचित्र लगा, पर इतना मैं स्पष्ट स्वीकार करता हूँ कि यदि मैं किसी कारण से आपका प्रस्ताव स्वीकार न करता, तो एक ऐसी अनुभूति से वंचित रह जाता जो जीवन में दो-ही-एक बार अपने सर्वग्रासी प्रभाव से समस्त प्राण को, सम्पूर्ण आत्मा को कुछ समय के लिए छा देती है।''

शारदा देवी ने लम्बी साँस ली। इस सर्द आह के असंख्य कारणों की सम्भावना होने पर भी एक विशेष कारण का सन्देह महीप के मन में जग सकता था। पर आश्चर्य है कि वह नहीं जगा। शारदा देवी कुछ नहीं बोलीं। उनकी वाचाल प्रकृति में अकस्मात् इतना बड़ा परिवर्तन कैसे आ गया, इस पर महीप को आश्चर्य होना चाहिए था। पर उसे कोई आश्चर्य नहीं हुआ। शारदा देवी का वह स्तब्ध मनोभाव तत्कालीन वातावरण की असाधारण रहस्यमयता को देखते हुए उसे स्वाभाविक लगा।

कुछ देर भावमग्न रहने के बाद वह फिर बोला, ''मुझे ऐसा लगता है कि आपकी अन्तरानुभूति जितनी ही तीव्र है, उतनी ही सूक्ष्म भी है। जो काव्यमय भाव अन्तर्जगत् की आत्मा में और बाह्य जगत् की ईथरी तरंगों में तैरते रहते हैं, उनके प्रति आपके प्राण अत्यन्त सजग हैं।''

''किस कारण से आपके मन में इस प्रकार की धारणा जगी है?'' महीप को ऐसा भ्रम हुआ कि यह प्रश्न करते हुए शारदा देवी की आवाज़ जैसे काँप रही हो।

वह बोला, ''इसका भी कोई स्पष्ट कारण आपको बताने में मैं असमर्थ हूँ।''

फिर एक ठण्डी और लम्बी साँस शारदा देवी के मुँह से जैसे बरबस निकल पड़ी। उसके बाद अपने गले को कुछ अधिक परिस्फुट करते हुए उन्होंने कहा, ''मैं विश्वास कर सकती हूँ कि किसी ज़माने में मेरी अन्तरानुभूति तीव्र रूप से काव्यमय रही होगी। पर वह ज़माना मेरे जीवन में, क्षणिक स्वप्न की तरह आकर बीच में ही अत्यन्त निर्मम रूप से टूट गया। टूटते ही उसने मुझे वास्तविकता की ठोस मिट्टी पर ऐसे ज़ोरों से पटक दिया कि मेरे अन्तर की सारी कविता शीशे की तरह चकनाचूर हो गयी और उस टूटे शीशे के बिखरे कण मेरे पाँवों में गड़कर उन्हें लहूलुहान करने लगे।''

सहसा महीप को याद आया कि शारदा देवी ने आज दिन में अपने अनुभव की जो अधूरी कहानी सुनायी थी, अपने अज्ञात में उन्होंने जैसे उसकी पूर्ति की ओर संकेत कर दिया है।

वह बोल उठा, "कोई अधिकार न होने पर भी मैं एक प्रश्न आपसे करने की धृष्टता करना चाहता हूँ। आपने आज ठाकुर साहब के जीवन से सम्बन्धित जिन गुप्त और साथ ही आतंककारी बातों से मुझे परिचित कराया, उनसे आप निश्चय ही बहुत पहले से परिचित रही होंगी। ठाकुर साहब के स्वभाव की हृदयहीनता के दो ज्वलन्त प्रमाण प्रत्यक्ष रहने पर भी आप क्यों—क्षमा कीजियेगा—अभी तक आप उनके साथ इस प्रकार का...आप उनके यहाँ उनके परिवार के एक सदस्य की तरह रहती हैं, यह कैसे सम्भव हुआ है, मैं समझ नहीं पाया।"

"यह एक बड़ी अप्रिय कहानी है, सुनकर क्या कीजियेगा!" यह कहती हुई शारदा देवी पीछे की ओर हटकर, तकिये से हटकर बैठ गयीं। उनके हटने से नाव कुछ डाँवाँडोल हुई और महीप गिरते-गिरते बचा।

कुछ देर बाद जब दोनों फिर से स्थिर हो गये, तो महीप बोला, "आपको सुनाने में यदि आपत्ति हो तो मैं हठ नहीं करूँगा, पर इतना आप जान लीजिये कि मैं सुनने के लिए बहुत उत्सुक हूँ। जब से मैं ठाकुर साहब के यहाँ आया हूँ, तभी से मेरे मन में यह जानने की उत्सुकता अत्यन्त तीव्र रही है कि आप किस रूप में ठाकुर साहब के यहाँ...आप इस परिवार की सदस्या कैसे बन गयीं।"

"इसका कारण मेरी दुर्मति के सिवा और कुछ नहीं है!" कहकर शारदा देवी ने फिर एक बार लम्बी साँस खींची। महीप अत्यन्त उत्सुक भाव से इस बात की प्रतीक्षा करने लगा कि इस छोटी-सी, किन्तु भेद-भरी भूमिका के बाद शारदा देवी क्या कहती हैं।

शारदा देवी कहने लगीं, "ठाकुर साहब के व्यक्तित्व ने मुझे आरम्भ ही से बहुत प्रभावित कर रखा था। जिन दिनों दीदी से उनका हेल-मेल चल रहा था, तभी से, बल्कि उससे भी पहले से, मैं ठाकुर लक्ष्मीनारायण सिंह के शील-स्वभाव और रूप-रंग के प्रति आकर्षित हो चुकी थी। यह बात आज आपके आगे स्वीकार करते हुए मैं संकुचित इसलिए नहीं हो रही हूँ कि एक तो मेरे समान सैकड़ों पीड़नों से जर्जर नारी के भीतर संकोच के लिए कहीं कोई गुंजाइश रह नहीं जाती। दूसरे ठाकुर धीराज सिंह की हत्या की जिस ताज़ी घटना का समाचार आज मिला है, उसने रहे-सहे संकोच को भी सोख लिया है। तीसरे जिस परिपूर्ण एकान्त वातावरण में इस समय हम दोनों हैं, वह जीवन की गूढ़तम स्वीकारोक्तियों के लिए सबसे अधिक उपयुक्त है। ख़ैर। ठाकुर साहब को उन दिनों इस बात का तनिक भी पता नहीं था कि मैं उनके प्रति आकर्षित हूँ। मैंने किसी क्षीणतम संकेत से भी न तो उनके और न दीदी के आगे अपने मन की यह गोपन भावना कभी प्रकट होने दी।

"जब दीदी ने आत्महत्या की और उनकी चिट्ठी द्वारा उसकी आत्महत्या का कारण जानने के साथ ही, मुझसे यह बात भी छिपी न रही कि उसके जीवन की ही तरह, उसकी मृत्यु के साथ भी किस प्रकार का पैशाचिक परिहास किया गया है, तब मुझे स्वभावतः ऐसा भयंकर धक्का पहुँचा जैसा अधिक-से-अधिक सम्भव था। जिस

कम्युनिस्ट लड़की का ज़िक्र मैंने आपसे किया था, उसकी करुण मृत्यु का भी अत्यन्त मार्मिक प्रभाव मुझ पर स्वभावतः पड़ा। इन दोनों कारणों से मेरा हृदय आक्रोश से भर उठा। पर अपने मन की इस अविश्वसनीय दुर्बलता की क्या सफ़ाई मैं आपको दूँ कि इन सब कारणों के बावज़ूद ठाकुर साहब का आकर्षण मेरे लिये वैसा ही बना रहा। मैं उनसे डरने लगी और चिढ़ने भी लगी। पर यह सब होने पर भी आज जब मैं अपने मन की उस समय की भावना का विश्लेषण करती हूँ, तो वह बात मेरे आगे दिन के प्रकाश की तरह स्पष्ट हो उठती है कि मेरे भीतर की सभी ऊपरी भावनाओं के नीचे स्फटिक की तरह निर्मल एक ऐसी अन्तर्धारा बही चली जा रही थी, जिसे प्रेम के सिवा और कोई दूसरा नाम नहीं दिया जा सकता। मेरी यह सुप्त अन्तर्भावना स्वयं मुझसे छिपी रहती थी। पर बीच-बीच में असावधानी के कुछ क्षणों में जब कुछ समय के लिए यह मेरे सचेत मन के आगे स्पष्ट हो उठती थी तो मैं आतंकित हो उठती। स्वयं अपने प्रति एक हिंसात्मक भावना मेरे भीतर जग उठती।

''जब ठाकुर लक्ष्मीनारायण सिंह के पिता की मृत्यु हुई और वह सर्वेसर्वा बन गये, तो एक अज्ञात भय की भावना मेरे मन को जकड़ने लगी। हालाँकि उनके प्रत्यक्ष व्यवहार से, किसी प्रकार के भय के लिए कोई गुंजाइश नहीं रहनी चाहिए थी। वह समय-समय पर पिता जी के पास आते थे। उनसे वह बड़े आदर के साथ बातें करते थे और मेरे साथ बड़ी शिष्टता से पेश आते थे। मैंने पिता जी को दीदी की उस चिट्ठी से परिचित नहीं कराया था, जिसे वह मरने के पहले मेरे लिये लिखकर छोड़ गयी थी। इसलिए वह ठाकुर साहब की किसी भी काली कारतूत से परिचित नहीं थे और उनके प्रति पिता के समान स्नेह-भावना रखते थे।

''कुछ समय बाद पिता जी की भी मृत्यु हो गयी। मरने के पहले मेरे विवाह का उद्योग उन्होंने किया था। पर मैंने ऐसा प्रबल विरोध किया कि अन्त में उन्हें हार मानकर चुप रह जाना पड़ा था। उनकी मृत्यु के बाद मैं अनाथ हो गयी। कुछ रुपये पिता जी मेरे लिये अवश्य छोड़ गये थे, पर अपने निपट अकेलेपन की स्थिति में रुपये का कोई मूल्य मेरे लिये नहीं था। ठाकुर साहब की माँ अपने सहृदय स्नेह के दबाव से मुझे इस प्रकार से बलपूर्वक अपने यहाँ ले गयीं। कोई दूसरी गति न देखकर मैं उन्हीं के साथ रहने लगी।

''समय बीतता चला गया। उसके साथ ही ठाकुर साहब के प्रति मेरे मन की भावनाएँ भी बदलती चली गयीं। भय, क्रोध और घृणा के भाव मेरे मन से जैसे धुल गये और शेष रह गयी केवल एक ही भावना।

''ठाकुर साहब का व्यवहार आरम्भ में मेरे साथ बड़ा ही सौजन्यपूर्ण और संवेदना से भरा था। वह मेरी ओर धीमी—बहुत ही धीमी—चाल से बढ़ रहे थे। जब वह आधे से अधिक रास्ता तय कर चुके, तब मुझे उनकी निकटता का अनुभव हुआ।

''मैं पिता जी की एकान्त संरक्षकता में पली थी। माँ के स्नेह की कोई स्मृति मेरे मन में नहीं है। जब मैं चार वर्ष की थी, तभी माँ की मृत्यु हो चुकी थी। पिता जी की

जिस छत्रच्छाया में मैं निश्चिन्त होकर शान्त और एकरसमय जीवन बिता रही थी, वही मेरे लिये सब-कुछ था। उसके परे भी संसार का कोई नक़्शा हो सकता है, इसकी कोई कल्पना मैंने कभी नहीं की थी। यह भी मैंने कभी नहीं सोचा था कि वह छत्रच्छाया एक दिन अचानक भंग हो सकती है। इसलिए उनकी मृत्यु ने मुझे भयभीत कर दिया था। मैं उस भय की भावना से बचने के लिए अपने अन्तर के एकान्त कोने में सिकुड़ती-सिमटती जाती थी। पर धीरे-धीरे ठाकुर-परिवार की उदारता ने (उस समय मैं उसे उदारता ही समझ रही थी) मेरी अनाथपन की अनुभूति की तीव्रता बहुत-कुछ कम कर दी और ठाकुर साहब के 'सौजन्य और संवेदना' ने मुझे आश्वस्त कर दिया। ठाकुर साहब ने जैसे मेरे स्नेही और संरक्षक पिता के स्थान की भी पूर्ति कर दी।

''इस आश्वासन का फल यह हुआ कि मेरे भीतर ठाकुर साहब के प्रति स्वभावगत आकर्षण की अनुभूति दिन-पर-दिन उभरती चली गयी—कुछ जान में और कुछ अनजान में। यहाँ तक कि मेरी दबी हुई काव्य-प्रवृत्ति भी जग उठी और मैं अपने प्रेम को नाना छल-छद्मों से कविताओं के रूप में व्यक्त करने लगी।

''मेरी कविताओं ने ठाकुर साहब के ऊपरी मन को अवश्य ही गुदगुदाया होगा। क्योंकि मेरे प्रति वह उत्तरोत्तर अधिक स्नेहशील होते जाते थे। कभी-कभी तो वह घण्टों मेरे साथ बैठकर काव्य-चर्चा करते रहते। मेरी कविताओं की प्रशंसा तो वह करते ही थे।

''आज मैं समझ गयी हूँ—और यह बात आपके आगे स्वीकार करने में कोई संकोच मुझे नहीं मालूम होता—कि मेरे स्वभाव के भीतर कोई ऐसी मूलगत विकृति रही होगी, जिसने ठाकुर साहब के चरित्र के सम्बन्ध में मेरी बहुत-कुछ जानकारी के बावज़ूद मुझे उनकी ओर बरबस आकर्षित किया। यह भी सम्भव है कि अपनी इस विकृति के सम्बन्ध में मेरी धारणा ग़लत हो और अपनी अनाथ, असहाय और विनाश अवस्था के कारण वह कमज़ोरी मुझमें आयी हो। पर कारण चाहे कुछ हो, यह निश्चित है कि उनके प्रति मेरा वह आकर्षण बढ़ते-बढ़ते धीरे-धीरे एक प्रकार के पालगपन का-सा रूप धारण करने लगा। ठाकुर साहब अपने 'स्नेह और संवेदनापूर्ण' व्यवहार से, उस पागलपन की भावना को और अधिक उकसाने में सहायता कर रहे थे।

''फल वही हुआ जो ऐसी स्थिति में होना चाहिए था। जब मुझे उठते-बैठते, सोते-जागते और साँस लेते समय विश्व में सर्वत्र केवल उन्हीं की प्रतिच्छाया दिख रही थी, तो मेरी उस मानसिक अवस्था में उन्होंने मुझे घेर लिया। ऐसी स्थिति में स्वभावतः मेरा पतन अनिवार्य हो गया। पर उस समय मैंने उस स्थिति को अपना पतन नहीं माना था।

''ठाकुर साहब की माँ ने उनके विवाह के लिए बहुत जगह कोशिशें कीं और इस बात का पूरा ध्यान रखा कि उनकी रुचि के अनुसार एक बहुत सुन्दर, समझदार, पढ़ी-लिखी, कुलीन और साथ ही स्वजातीय लड़की उन्हें मिले। ऐसी तीन-चार लड़कियाँ

उन्हें मिली थीं। पर ठाकुर साहब ने एक को भी स्वीकार नहीं करना चाहा। दूसरी बातों में वह माँ का बड़ा दबाव मानकर चलते थे, पर इस मामले में वह अपने हठ से तनिक भी विचलित नहीं हुए। इस बात से मुझे स्वभावतः बड़ी प्रसन्नता हुई। मेरे मन में यह विश्वास जग गया कि वह मुझ ही से विवाह करने के इरादे से माँ के विवाह-सम्बन्धी प्रस्तावों को ठुकरा रहे हैं। साथ ही मुझे ठाकुर साहब की बातों से यह भी मालूम हुआ कि उनकी माँ मेरे साथ विवाह की बात का घोर विरोध कर रही हैं और इस विरोध के लिए आमरण अनशन करने तक को तैयार हैं। आज मुझे ठाकुर साहब की इस बात की सचाई पर भी पूरा सन्देह होने लगा है।

"कुछ भी हो, मेरे पूर्ण आत्मसमर्पण के कुछ समय बाद मुझे यह अनुभव होने लगा कि मेरे प्रति ठाकुर साहब के मनोभाव में धीरे-धीरे परिवर्तन आने लगा है। जिस दिन से रूपा से उनका परिचय हुआ, उस दिन से मेरे प्रति उनकी उदासीनता निश्चित रूप में मेरे सामने आने लगी। धीरे-धीरे वह उदासीनता पत्थर की तरह निश्चल और उसी की तरह कठोर और सुदृढ़ बन गयी। मैं रूपा को इसके लिए तनिक भी दोष नहीं देती हूँ। न कभी एक क्षण के लिए भी मेरे मन में उसके प्रति ईर्ष्या का भाव उत्पन्न हुआ। क्योंकि मैं जानती हूँ कि वह भी मेरी ही तरह दुश्चक्र का शिकार बनी है।

"मुझे भाग्य के विधान की यह बात सबसे अधिक आश्चर्यजनक लगती है कि रूपा भी ठीक उसी कारण से ठाकुर-परिवार में आयी, जिस कारण से मैं—अर्थात् अपने पिता की मृत्यु से अनाथ अवस्था को प्राप्त होने पर। मेरी ही तरह उसकी वह अनाथ अवस्था आर्थिक अभाव के कारण नहीं, बल्कि संरक्षकता के अभाव के कारण थी। पर नहीं, मैं ग़लत बात कह रही हूँ। पिता की मृत्यु के बाद ही रूपा अनाथ न होती और न संरक्षकता का अभाव ही उसके लिए रहता, क्योंकि ठाकुर धीराज सिंह उसे जी-जान से चाहते थे और उसके लिए मर-मिटने को तैयार थे। धीराज सिंह के ऊपर एक तो ऐसा कोई पारिवारिक बन्धन नहीं था जिससे वह रूपा की संरक्षकता का पूरा भार अपने ऊपर लेने से हिचकते, दूसरे यदि कोई ऐसा बन्धन होता तो भी रूपा के लिए वह उसे तोड़कर आजीवन उसका साथ देते। पर धीराज सिंह में एक भारी कमी यह रही है कि वह दृढ़ स्वभाववाले नहीं थे। जिस बात को वह न्यायोचित समझते थे, उसे दृढ़ता से अपनाने की शक्ति उनमें कभी नहीं रही। किसी प्रबल इच्छाशक्तिवाले व्यक्ति के—चाहे वह कैसा ही भंयकर अन्यायी क्यों न रहा हो—संघर्ष में आने के शारीरिक तथा चारित्रिक साहस का उनमें सदा अभाव रहा। फल यह हुआ कि ठाकुर लक्ष्मीनारायण सिंह ने जब रूपा के न चाहने पर भी उसकी संरक्षकता का भार अपने हाथों में ले लिया तो धीराज सिंह कायरता से पीछे हट गये।

"ठाकुर साहब क्यों रूपा के संरक्षक बनने के उत्सुक रहे, इस बात में यद्यपि कोई रहस्यमयता नहीं होनी चाहिए, फिर भी वह कभी-कभी बड़ी रहस्यमय लगती है। रूपा की सुन्दर, कोमल छवि और सहज शान्त स्वभाव उन्हें स्वभावतः आकर्षक लगा होगा,

यह मैं मानती हूँ। पर मेरा यह निश्चित विश्वास है कि न तो कभी उसके साथ विवाह का विचार उनके मन में रहा है और न कभी उसके साथ उनका प्रेम-सम्बन्ध किसी रूप में रहा है। फिर भी वह रूपा को एक ईर्ष्यालु पत्नी की तरह अत्यन्त सावधानी से सुरक्षित अवस्था में अपने साथ रखे हुए हैं, जैसे जौहरों का कोई प्रेमी किसी ऐसे रत्न को बड़ी हिफ़ाज़त से अपने पास रखता है जो उसके संचय में सबसे अधिक मूल्यवान् हो। वह रत्न उसके जीवन के किसी भी काम में नहीं आता। उसे केवल बड़े जतन से सँजोकर, दूसरों की ईर्ष्यालु दृष्टि से बचाकर अपने पास रखा जाता है। उन्हें मालूम था कि रूपा और धीराज सिंह एक-दूसरे को चाहते हैं। इसी कारण उन्होंने भरसक उन दोनों को कभी एक-दूसरे से खुलकर मिलने की सुविधा नहीं दी, और धीराज सिंह की हत्या–हाँ हत्या–का कारण भी यही है!''

30

नाव संगम के पास पहुँच चुकी थी।

परिपूर्ण पूर्णिमा की उस रात में गंगा और यमुना की तरंगें न जाने किस अज्ञात मिलन की उद्दाम आकांक्षा से हिल्लोलित होकर प्रथम प्रवाह से एक-दूसरे से टकराती हुई, अन्त में कछार पर सिर पटक रही थीं। सारे वातावरण में कभी एक अस्पष्ट हाहाकार-भरा स्वर गूँज उठता था और कभी एक तरल अट्टहास का सम्मिलित शब्द जैसे मानव-हृदय की विवशताओं और विफलताओं की कहानी का उपहास कर रहा था। महीप शारदा देवी के मुँह से निकले हुए एक-एक शब्द को एकान्त मन से, अत्यन्त ध्यानपूर्वक स्तब्ध हृदय से सुन रहा था।

धीराज सिंह की हत्या का उल्लेख करते ही शारदा देवी जैसे स्वयं अपनी बात से सहम कर चुप हो गयीं। महीप ने नाववाले से नाव लौटा ले चलने के लिए कहा।

नाव लौटकर जब कुछ दूर आगे बढ़ी तो महीप ने कहा, ''धीराज सिंह के स्वभाव की 'कायरता' से ठाकुर साहब अवश्य ही परिचित रहे होंगे। वह निश्चय ही यह जानते रहे होंगे कि धीराज सिंह रूपा को चाहे कितना ही क्यों न चाहते हों, उनसे कोई ख़तरा उन्हें नहीं हो सकता। तब फिर उनकी हत्या की क्या आवश्यकता ठाकुर साहब को जान पड़ी?''

''ठाकुर साहब सन्देह के लिए तनिक भी गुंजाइश कहीं नहीं छोड़ना चाहते–यह उनके स्वभाव की विशेषता है'', अपने स्वर में पहले से अधिक गम्भीरता भरते हुए शारदा देवी ने कहा, ''सन्देह का कारण चाहे प्रत्यक्ष में हानि की सम्भावना से एकदम शून्य क्यों न हो, वह उसे काँटे की तरह जड़ से उखाड़कर फेंके बिना चैन नहीं ले सकते। धीराज सिंह कहीं किसी असावधानी के क्षण में रूपा को उनके चंगुल से भगा न ले जायँ, यह आशंका निश्चय ही उन्हें बेचैन कर रही होगी। साथ ही प्रकट रूप से उनकी हत्या करने का साहस भी ठाकुर साहब नहीं कर सकते थे–जिस प्रकार वह दीदी को सीधे-सीधे विष खिलाकर या रिवाल्वर से गोली चलाकर नहीं मार सकते थे।

जिस प्रकार उन्होंने एक कुटिल चक्र से दीदी की आत्महत्या का जाल रचा, उसी प्रकार धीराज सिंह को शिकार खेलने का निमन्त्रण देकर 'शिकार की दुर्घटना' की आड़ में उन्हें मार डाला या मरवा डाला होगा।''

महीप सिहर उठा। उसके रोएँ खड़े हो उठे। असल में उसने अभी तक धीराज की तथाकथित हत्या की विभीषिका पर एकान्त में, एक क्षण के लिए भी अच्छी तरह विचार नहीं किया था। शारदा देवी के व्यक्तित्व के और जीवन के जिस अप्रत्याशित स्वरूप का परिचय उसे आज मिला था, उसने उसके मन को अपनी निगूढ़ रहस्यमयता से इस क़दर छा लिया था कि किसी दूसरे विषय पर ध्यान से विचार करने का अवसर ही उसे नहीं मिल पाता था। पर इस समय शारदा देवी की अन्तिम बात ने सहसा उसके भ्रमित मन के एक सुस्थिर क्षण में इस ढंग से प्रवेश किया कि उसकी भयंकरता के पूर्ण अनुभव से वह चौंक उठा। धीराज की तथाकथित हत्या से सम्बन्धित बात एक नये ही प्रकाश में उसके मन की आँखों के आगे चमक उठी। एक अत्यन्त भावुक, तीव्र अनुभूतिशील और साथ ही (आश्चर्य है कि) घोर बौद्धिक युवक के जीवन का, हृदय को दहला देनेवाला 'ट्रेजिक' रूप उसके आगे बिजली की झलक से प्रभासित हो उठा। धीराज के जिस जीवन से वह नहीं के बराबर परिचित था, उस अज्ञात जीवन की झाँकी न जाने किस रहस्य-लोक से 'ईथर' में प्रक्षेपित होकर, महीप की अन्तश्चेतना की आकस्मिक दिव्य दृष्टि के आगे टेलीविज़न के-से पट से, जैसे पल में आदि से अन्त तक अत्यन्त मार्मिक रूप से करुण रंगों में छविमान् हो उठी। उस एक दिव्य पल के भीतर जैसे धीराज का पूरा जीवन-काल समा गया था। धीराज के प्रत्यक्ष स्थूल जीवन का केवल क्षणिक—बल्कि क्षणिकतम—परिचय महीप को हुआ था। पर अभी जो दिव्य दृष्टि उसकी अन्तश्चेतना को प्राप्त हुई थी, उससे केवल धीराज के प्रत्यक्ष जीवन का आद्यन्त रूप ही उसके सामने नहीं आया, बल्कि उस प्रत्यक्ष और स्थूल जीवन के अन्तराल में चिर-गतिशील रहनेवाला अप्रत्यक्ष, सूक्ष्म अनुभूतिमय जीवन भी परिस्फुट हो उठा। अपने अन्तर्मन के इस आश्चर्यमय संवेदन की तीव्रता का अनुभव करके महीप भीतर-ही-भीतर कराह उठा। उसे ऐसा लगा कि धीराज की अशरीरी आत्मा जैसे अकस्मात्, उसकी असावधानी के क्षण में, उसकी छाती को चीरकर उसके हृदय में प्रवेश करके, अत्यन्त सांघातिक रूप से करुण विलाप करती हुई बिलख रही हो।

इस भावना से आतंकित-सा होकर वह अपने अनजान ही में सँभलकर बैठने के उद्देश्य से अपने स्थान पर से कुछ हटा। इस चेष्टा में शारदा देवी के शरीर से उसका घुटना छू गया। पल में बिजली के स्पर्श की तरह, ज्वलन्त अंगारों की-सी एक तीखी अनुभूति महीप के प्रति रक्तकण में व्याप्त हो गयी। उसने तत्काल अपना पाँव हटा लिया। उसे ऐसा लगा कि उस जलती हुई अनुभूति में भी एक धधकती हुई आत्मा की चटखती हुई कराह, एक सत्त्वहीन खाल की धौंकनी से निकली हुई गरम साँस भरी हुई है। और इस अनुभूति के साथ ही किसी रहस्यमयी प्रेरणा से उसकी अन्तरात्मा की दिव्य दृष्टि जैसे फिर एक बार खुल गयी। इस बार शारदा देवी के स्थूल, और प्रत्यक्ष रूप

से व्यक्त, जीवन के अन्तराल में उनके जन्मकाल से लेकर तत्काल तक प्रवाहित होनेवाले सूक्ष्म जीवन के अत्यन्त मार्मिक रूप की झाँकी, उसके आगे प्रत्यक्ष सत्य की तरह स्पष्ट हो उठी। हालाँकि शारदा देवी के प्रत्यक्ष जीवन से उसका परिचय केवल इतना ही था, जितना कि धीराज के जीवन से। अपनी अन्तरात्मा की इस दिव्य अनुभूति पर उसे परम आश्चर्य होता, यदि उस पर तटस्थ रूप से विचार करने का अवसर उसे प्राप्त होता। उसके अन्तर्जगत् के टेलीविज़न पट पर जो यह दूसरा चित्र पहले की ही तरह, भूतकाल के किसी रहस्यमय अज्ञात लोक से प्रक्षेपित हुआ उसमें उसने देखा कि शारदा देवी के उस सूक्ष्म जीवन में असंख्य महत्त्वाकांक्षाएँ, अस्फुट किन्तु विश्वप्राण को पुलक-विह्वल करनेवाली अत्यन्त मधुर मनोरम आशाएँ, कठोर जीवन के संघर्ष को स्निग्ध और सहनीय बनानेवाली प्रफुल्ल प्रेमानुभूति, सब किसी विषैले हाथ के स्पर्श से झुलसकर काले और कुरूप बनते चले जा रहे हैं। महीप का अन्तःप्राण उस निर्मम हृदय से हाय-हाय कर उठा। पर कोई उस मर्मान्तक घातकता का निवारण करनेवाला उसे नहीं दिखायी दिया। क्या प्राणों की वे सब सुन्दर, सुकुमार, मंगलमयी, पुलक-हिल्लोलमयी, स्निग्ध-सजल अनुभूतियाँ इसी तरह झुलसकर काली कुरूप बनती चली जायँगी और पीछे छोड़ देंगी जड़, निष्प्राण कोयलों का एक ढेर? उस हौलनाक दृश्य को महीप का अन्तःप्राण सहन नहीं कर सका। उसने तत्काल अपनी दिव्य आँखें मूँद लीं।

अन्तःप्राण के द्वार रुद्ध करके महीप सचेत लोक में पहुँचने ही जा रहा था कि सहसा दूर कहीं से अत्यन्त मर्म-मधुर और पुलक-विकल स्वर में बाँसुरी बज उठी। जीवन में असंख्य बार महीप के कानों में बाँसुरी की स्वर-लहरी तरंगित हुई होगी। पर आज जिस प्रकार के वातावरण में, और जिस मानसिक स्थिति में, उसने अलौकिक वेदना के कल-कम्पन से गूँजता हुआ वह स्वर सुना, वह अपूर्व था। क्षणकाल के लिए वह भूल गया स्वार्थान्ध मानव द्वारा विवश मानव (या मानवी) के शोषण की बात; भूल गया शक्तिमद से प्रमत्त राष्ट्रों द्वारा परिचालित युद्ध की विश्वव्यापी विनाशलीला के भौतिक नर्तन की बात; भूल गया अपने और दूसरों के जीवन के असंख्य विफल संघर्षों की बात। वह अनुभव करने लगा केवल एक स्निग्ध, शीतल, किन्तु सुतीव्र प्रकाश-पुंज से झरते हुए शुभ्र साम्ययुक्त भावों की असंख्य फुलझड़ियाँ और उन फुलझड़ियों के प्रकाश में स्रोत से सागर-संगम तक विभासित, आनन्द और विषाद के समसामंजस्य से विकल, भावमात्र शेष जीवन-धारा की एक अटूट रेखा। बाहर चारों ओर, यमुना की नील लहरियों के ऊपर और दोनों ओर की तटवर्ती भूमि पर चाँदी की तरह बिखरी हुई चाँदनी और भीतर परिपूर्ण जीवन की पुंजित प्रकाशमयी भावानुभूति! महीप को ऐसा लगा, जैसे एक मोहमयी मूर्च्छा उसे समाधि-मग्न कर देगी।

नाव आगे बढ़ती चली गयी। बाँसुरी का स्वर जैसे उलटी दिशा की ओर अग्रसर होता हुआ पीछे हटता चला गया। धीर-धीरे वह स्वर-लहरी वायु में प्रवाहित गन्ध की तरह एकदम विलीन हो गयी। महीप धीरे-धीरे अपने आपे में आने लगा। कुछ समय बाद उस दिव्य अनुभूति की प्रतिक्रिया उसके भीतर आरम्भ होने ही जा रही थी कि अचानक

उसके कानों में किसी के सिसकने की आवाज़ आयी। चौंककर उसने शारदा देवी की ओर देखा। वह आँचल से अपना मुँह ढाँपकर बेइख़्तियार फफक रही थीं। फफकते हुए उनका सारा शरीर हिल रहा था। अत्यन्त घबराहट के साथ महीप ने पूछा, "आपको क्या हो गया? आप...आप रो क्यों रही हैं?"

पर शारदा देवी ने कोई उत्तर नहीं दिया। वह उसी तरह मुँह ढाँपे सिसकती और फफकती चली गयीं। बीच-बीच में उनकी सिसकियाँ हिचकियों का रूप धारण कर लेती थीं। यह स्पष्ट था कि वह अपने को रोकने की बहुत चेष्टा कर रही हैं। पर किसी भी उपाय से वे सिसकियाँ और हिचकियाँ रुकना ही नहीं चाहतीं।

काफ़ी देर बाद इस सम्भावना की ओर महीप का ध्यान गया कि वातावरण की और बाँसुरी की जो प्रतिक्रिया उसके मन पर हुई है वही, अन्य रूप में, दूसरे के मन पर भी हो सकती है।

शारदा देवी ने जब कोई उत्तर नहीं दिया तो महीप ने फिर दुबारा उनसे इस सम्बन्ध में कोई प्रश्न करना उचित नहीं समझा। यह बात भी उसकी समझ में आ गयी थी कि इस समय ख़ूब रोकर जी हलका कर लेना उनके लिए हितकर ही सिद्ध होगा। अपने जीवन की व्यर्थता और विवशता का जो इतिहास उन्होंने आज अत्यन्त सन्निकट रूप से उसे सुनाया था, एक अत्याचारी वर्ग के सजीव प्रतीक का यथार्थ रूप उसके आगे चित्रित करके, अपने व्यक्तिगत जीवन की विफलता के बीज से प्रतिहिंसा की आग सुलगाकर सामाजिक क्रान्ति की चिनगारियाँ बिखेरने के अपने जिस लक्ष्य की ओर उन्होंने संकेत किया था, बहुत दिनों के अन्तर्दमन के बाद बन्धन तोड़कर बाहर निकले हुए उस मानसिक उद्वेग की चरम परिणति, यदि पूर्णिमा की उस रात में यमुना की श्याम तरंगों के ऊपर, नारी-हृदय से फूटे हुए मुक्त आँसुओं के रूप में हो जाय, तो वह हर हालत में अच्छा ही है, ऐसा सोचकर महीप चुप ही रहा।

जब बलुआघाट के पास नाव आ लगी, तो दोनों उतरने के लिए उठ खड़े हुए। नाव डगमगा रही थी। शारदा देवी उतरने की चेष्टा में गिरते-गिरते सँभल गयीं। महीप ने धीरे से उनका हाथ पकड़कर उतारा। उसके बाद नाववाले का भाड़ा चुकाकर स्वयं भी उतर पड़ा।

ऊपर चढ़कर दोनों बग्घी पर सवार हुए। शारदा देवी आँसू पोंछ चुकी थीं। पर रास्ते-भर वह महीप से एक शब्द भी नहीं बोलीं। बँगले पर जब बग्घी पहुँची तो शारदा देवी उतरकर चुपचाप चलकर कहाँ ग़ायब हुईं, इस बात का कुछ भी अनुमान महीप नहीं लगा पाया। कोनेवाले जिस कमरे में वह रहता था, उसके सामने पश्चिम की ओर के खुले मैदान पर उसका पलँग बिछा हुआ था। कुर्ता उतारकर वह चुपचाप उसी पलँग पर जाकर लेट गया।

31

महीप सो नहीं पा रहा था।

दिन-भर जिस तरह की बातें उसने सुनी थीं और जो विचित्र अनुभूतियाँ उसे हुई थीं, उनके कारण ऐसी मानसिक चंचलता उसको डाँवाँडोल कर रही थीं जो उसे नींद नहीं आने दे रही थीं। पूर्ण चन्द्र का प्रकाश उसकी आँखों पर कोमल किरण-बाणों से जो मीठा आघात कर रहा था, वह भी नींद के लिए विघ्न सिद्ध हो रहा था।

लेटे-लेटे महीप का ध्यान धीरे-धीरे दो बातों पर केन्द्रित हुआ। एक तो यह कि शारदा देवी के रोने के कारण का स्पष्ट अनुमान करने पर भी वह ऐसा अनुभव कर रहा था, जैसे वह उसके लिए रहस्यमय ही रह गया। दूसरा यह कि अपनी सारी कहानी में नीलिमा का उल्लेख कहीं न करके शारदा देवी ने उसे एकदम अधूरा ही छोड़ दिया—जान-बूझकर या अनजाने में, वह कह नहीं सकता था। महीप को पूरा विश्वास था कि शारदा देवी को नीलिमा से सम्बन्ध रखनेवाली बहुत-सी भीतरी बातें मालूम हैं।

वह देर से सोया। दूसरे दिर सुबह कुछ देर ही से जागा। उठकर, हाथ-मुँह धोकर, वह अपने कमरे में बैठकर अख़बार पढ़ने लगा। थोड़ी देर बाद शारदा देवी ने भीतर प्रवेश किया। वह नहा-धोकर, सज-सँवरकर एक बैंगनी रंग की छपी हुई साड़ी पहने आयी थीं। साड़ी रेशम की न होने पर भी दूर से बहुत ही मुलायम रेशम की-सी लगती थी। महीप ने आश्चर्य से देखा कि आज उनके मुख का चीमड़पन बहुत-कुछ घटा हुआ था। ऐसा जान पड़ता था, जैसे उनके वय में भी बड़ा परिवर्तन आ गया हो। एक दिन पहले तक महीप के मन में यह धारणा जमी हुई थी कि उनका वय पैंतीस-छत्तीस वर्ष के आसपास होगा। पर आज लगा कि पच्चीस वर्ष से अधिक उनकी अवस्था नहीं है।

उन्होंने भीतर प्रवेश करते ही स्निग्ध मुस्कान झलकाते हुए कहा, "आपकी नींद क्या पूरी नहीं हुई?"

"यह प्रश्न आपको क्यों सूझा?"

"आपकी आँखें बताती हैं।" यह कहती हुई वह पास ही एक सोफ़ा पर बैठ गयीं।

नौकर ने आकर दोनों के बीच में एक मेज़ पर चाय लगायी। नौकर के चले जाने पर दोनों प्यालों में चाय ढालते हुए शारदा देवी ने कहा, "कल रात गरमी भी काफ़ी थी। रात में काफ़ी देर तक गरम हवा चलती रही। कुछ भी हो, 'बोटिंग' अच्छा रहा।" कहकर उन्होंने जैसे परीक्षा की दृष्टि से एक बार महीप की ओर देखा। एक अव्यक्त मुस्कान अभी तक उनके मुख पर वर्तमान थी।

महीप किसी कारण से काफ़ी गम्भीर बना हुआ था। एक दूसरी ही दृष्टि से उनके मन के भाव की परीक्षा कर रहा था।

क्षण-भर की हिचकिचाहट के बाद वह बोला, "जी हाँ, 'बोटिंग' तो काफ़ी अच्छा रहा। पर उसकी परिणति सुखद नहीं रही। मैं अभी तक समझ नहीं पाया हूँ कि आप—आप—माफ़ कीजियेगा—अन्त में आपका भावोच्छ्वास जिस रूप में फूट पड़ा, उसका कारण क्या था?"

महीप डर रहा था। कहीं शारदा देवी उस बात की चर्चा से नाराज़ न हो जायँ। पर उसे बड़ी तसल्ली हुई। उसने देखा कि उन्होंने सहज भाव से उसे ग्रहण किया।

"मैं स्वयं नहीं जानती", वही अव्यक्त मुस्कान मुख पर झलकाते हुए शारदा देवी ने कहा, "मेरी उस विकलता का कारण क्या था। पर आप कवि हैं, आपकी अन्तर्दृष्टि से तो कोई बात छिपी नहीं रहनी चाहिए। सचमुच उस समय मैं बहुत घबरा उठी थी। उफ़!" और तत्काल उनके मुख की मुस्कान तिरोहित हो गयी, जैसे किसी ने अचानक, बिना पूर्व सूचना के बिजली का बटन ऊपर को खटकाकर 'स्विच ऑफ़' कर दिया और बिजली का बल्ब बुझकर कमरा अन्धकारमय हो उठा।

चाय का प्याला महीप की ओर बढ़ाते हुए उन्होंने कहा, "अपने जीवन की व्यर्थता का चित्र ऐसे गाढ़े काले रंगों से रँगकर इससे पहले मेरे सामने कभी नहीं आया था। ऐसा जान पड़ता था कि सब-कुछ कोयला—एकदम काला कोयला—बन गया है। पेड़ का एक टुकड़ा भी ऐसा नहीं रहा गया है, जिसमें हरियाली की कोई निशानी शेष हो या जो पूरा न जलकर अधजला रह गया हो। और वह कोयला भी ऐसा कि एकदम निर्जीव और निःसत्त्व—जो आग लगाये जाने पर भी फिर दूसरी बार जल न सके! आदिम काल में जले हुए पेड़ों के जो अवशिष्ट चिह्न ज़मीन के भीतर वर्तमान हैं, वे अभी तक इतने सजीव हैं कि उनके भीतर से तेल टपकता है। उसमें अभी तक इतनी जीवनी शक्ति है कि दैत्य के आकार के बड़े-बड़े इंजन उनके बल पर चलते हैं। पर अपने दग्ध जीवन का जो कोयला कल मुझे चारों ओर बिखरा हुआ दिखायी दिया, वह न तो राख ही बन पाया था और न उसमें फिर से धधक उठने की शक्ति ही रह गयी थी।"

महीप को लगा, जैसे ऐसा कहते हुए शारदा देवी के मुख का रंग भी कोयले की तरह बन गया।

उसे याद आया कि नाव में उसके अन्तर्मन ने भी शारदा देवी के सम्बन्ध में कोयले की ही कल्पना की थी। क्या दूरानुभूति—टेलीपेथी—के रहस्यमय नियम से यह बात सम्भव हुई थी कि दोनों के अन्तश्चेतन की कल्पना-धारा एक ही ओर प्रवाहित हुई? वास्तव में महीप को इस बात पर विचार करके परम आश्चर्य हुआ। दो व्यक्तियों की कल्पना-धारा एक ही क्षण में इस हद तक समान रूप धारण कर सकती है, इस बात का अनुभव उसे जीवन में पहली बार हुआ। पर शारदा देवी से उसने इस सम्बन्ध में कुछ नहीं कहा।

शारदा देवी के मुख का भाव गम्भीर-से-गम्भीरतर होता चला जाता था। कुछ देर तक चुप रहकर शून्य दृष्टि से महीप की ओर देखने के बाद वह फिर कहने लगीं, "आज मैं कभी अपने व्यर्थ जीवन के पन्नों को एकान्त में पलटती हूँ, तो कभी-कभी मुझे यह भय होने लगता है कि मैं पागल हो जाऊँगी। मेरे समान तीव्र अनुभूतिशील नारी, जीवन के ऐसे मर्मघाती अनुभवों के बाद भी पागल नहीं हुई, यह रहस्य स्वयं मुझे चक्कर में

डाले हुए है। इस तथ्य में मुझे प्रकृति का कोई एक निश्चित उद्देश्य छिपा हुआ जान पड़ता है, जो मुझे घोर निराशा के क्षणों में उत्साहित करता रहता है। मेरे छोटे-से हृदय के भीतर असंख्य महत्त्वाकांक्षाएँ बचपन से ही वर्तमान रही हैं। पर अपनी एक छोटी-से-छोटी आकांक्षा भी मैं जीवन में कभी चरितार्थ नहीं कर पायी, महत्त्वाकांक्षा की कौन कहे। अपने किस अपराध के कारण यह महादण्ड मुझे मिला? मैंने समाज का क्या बिगाड़ा था? जिस नृशंस हत्यारे ने अपने सामाजिक अधिकार और आर्थिक प्रभुत्व के बल पर मुझे केवल नैतिक दृष्टि से ही पतित नहीं किया, शारीरिक दृष्टि से ही शोषित नहीं किया, बल्कि सामाजिक दृष्टि से भी एकदम जलील कर दिया, अभी तक उसका बाल भी मैं बाँका नहीं कर पायी, यह कल्पना रह-रहकर असंख्य बिच्छुओं की तरह प्रतिपल मुझे डसती जाती है। फिर भी, जैसा कि आप देख रहे हैं, मैं जीवित हूँ, और यह आशा रखती हूँ कि जीवित रहूँगी। अपनी आत्मा के इस कोयले को, जो ठीक से आग नहीं पकड़ पाता और बार-बार जलाने पर फिर-फिर बुझ जाता है, एक बार अच्छी तरह धधकाये बिना मुझे कल नहीं पड़ सकती और मेरा विश्वास है कि तब तक मैं मर भी नहीं सकती। चाहे मुझे उसमें कई कनस्टर मिट्टी का तेल डालकर जलाना पड़े—एक-न-एक दिन मैं उसे जलाकर ही छोड़ूँगी।''

महीप ने देखा। हड्डियों के भीतर धँसी हुई उनकी दोनों आँखें ऐसा कहते हुए सचमुच दहकने लगी हैं। प्रज्वलित प्रतिहिंसा की सजीव प्रतीक उन आँखों की ओर वह मन्त्रमूढ़-सा देखता ही रह गया।

शारदा देवी कहती चली गयीं, ''इस युग के ज़मींदारों और अर्थपतियों ने अन्याय और अत्याचार के नये-नये कलात्मक रूप सीख लिये हैं। साथ ही अपनी सुरक्षा के भी नये-नये संगठित तरीक़े उन्हें मालूम हो गये हैं। पर वे यह नहीं सोचते कि प्रकृति दूसरे उपायों से, परोक्ष में, उसके विनाश के साधनों को गुप्त और अज्ञात रूप से जुटाती चली जा रही हैं। वे यह नहीं सोचते कि संगठन का क्रम उलटी दिशा में भी चल सकता है।''

यहाँ पर महीप ने उनके मन का निश्चित भाव जानने के उद्देश्य से उन्हें टोका। उसने कहा, ''तो क्या आपका यह विश्वास है कि इस देश में भी रूस की ही तरह किसानों और मज़दूरों की क्रान्ति ही ज़मींदारी और अर्थपतियों का अन्त करने में सफल होगी?''

''नहीं, क़तई नहीं'', प्याले में ठण्डी पड़ी हुई चाय की एक घूँट पीने के बाद शारदा देवी ने अत्यन्त तीव्र स्वर में कहा, ''भारत में मज़दूरों और किसानों की क्रान्ति कभी मच नहीं पायेगी। न कभी मज़दूर वर्ग का 'डिक्टेटरशिप' क़ायम होने पायेगा। यहाँ यदि कभी वास्तविक अर्थ में किसी वर्ग की कोई क्रान्ति सफल होगी तो वह होगी उस वर्ग की जिसे मार्क्स ने अत्यन्त उपेक्षा—बल्कि अत्यन्त घृणा—की दृष्टि से देखा है। वह वर्ग है निम्नमध्यवर्ग—'पेती बूर्जुआजी'। वह क्रान्ति मचेगी उन्हीं 'छोटे-छोटे', 'तुच्छ'

और 'व्यक्तिगत' कारणों से, जिनका अनुभव मैं अपने जीवन में कर रही हूँ और जिसके जीवनशोषी पीड़न का अनुभव मेरी ही तरह के असंख्य दूसरे व्यक्ति प्रतिपल कर रहे हैं। मैं जानती हूँ कि यदि मैं सरेआम इस बात की घोषणा करूँ तो सभी राजनीतिक दल मेरी इस बात को निरी अज्ञता और लड़कपन समझकर या तो हँसेंगे या मेरी बुद्धि पर तरस खायेंगे। आप भी निश्चय ही मन-ही-मन अविश्वासपूर्वक हँसेंगे, बल्कि हँस रहे हैं। आपके मुख पर की अव्यक्त मुस्कान यही बताती है। पर यदि आप दीर्घजीवी हुए—जिसकी मुझे पूरी आशा है—तो आप एक दिन देखेंगे कि मेरी जिस बात को इस समय आप 'लड़कपन' समझ रहे हैं, उसके भीतर कितना प्रचण्ड सत्य छिपा हुआ है।

"छुटपन से ही कम्युनिस्ट क्रान्ति सम्बन्धी विषयों के प्रति मुझे गहरी दिलचस्पी रही है—अवश्य सैद्धान्तिक रूप से—और उन विषयों का अध्ययन मैंने भारत की प्राचीन संस्कृति, निरन्तर परिवर्तित होनेवाली सामाजिक परिस्थिति और आधुनिक राजनीतिक प्रगति को मूल में परिचालित करनेवाले मनोविज्ञान के आधार पर एकान्त दृष्टि से किया है। इसलिए मैं अपने विश्वास का जो कारण आपको बताने जा रही हूँ, उस पर आप एक बार ध्यानपूर्वक, निरपेक्ष भाव से विचार करें।

"भारत का 'पेती बूर्जुआ' उस वर्ग से सम्बन्ध रखता है, जो एक ओर तीव्र अनुभूतिशील और बौद्धिक है और दूसरी ओर सामाजिक और आर्थिक विषमता के चक्रों के बीच में सबसे अधिक पिसा हुआ है। यह बात स्पष्ट रूप से सिद्ध कर दी है वर्तमान महायुद्ध ने, जिसके फलस्वरूप किसानों और मज़दूरों की आर्थिक स्थिति पहले की अपेक्षा बहुत सुविधाजनक हो उठी है। इसके विपरीत, निम्नमध्यवर्गवाले या तो बेकार हैं, या छोटी-मोटी नौकरियों के तिनकों का सहारा पकड़कर इस चरम महँगाई में कम-से-कम आठ-आठ, दस-दस प्राणियों के परिवारों का निर्वाह करने का असम्भव प्रयास कर रहे हैं, जो पर्याप्त कपड़े के अभाव से न अपनी लज्जा ढक पा रहे हैं, न बाज़ार के महँगे अन्न से पूरा पेट भरने में समर्थ हैं। न ही अपनी परम्परागत लौकिकता को किसी भी हद तक निभा पाते हैं। फल यह देखने में आ रहा है कि या तो वे लोग फटाफट आत्महत्या कर रहे हैं या महामारियों और दूसरी बीमारियों के शिकार बन रहे हैं, या पागल हो रहे हैं।

"किसानों का यह हाल है कि ज़मींदारों की लूट-खसोट के बावज़ूद इस समय उन्हें अपने लिये काफ़ी अन्न और पहले की अपेक्षा कई गुना अधिक धन बटोरने की सुविधा प्राप्त हो गयी है। मज़दूरी का यह हाल है कि उनके परिवार का एक भी प्राणी इस समय बेकार नहीं है। वे पहले की अपेक्षा काफ़ी अच्छी मज़दूरी पा रहे हैं। लौकिकता का प्रश्न उनके लिए कभी बड़ा नहीं रहा; और फटे-पुराने कपड़े पहनने के आदी वे पहले से ही रहे हैं—चाहे इसका कारण सामाजिक अर्थ-विधान की कितनी ही बड़ी विषमता क्यों न रही हो; और उनकी अनुभूतिशीलता कभी तीव्र नहीं रही है—चाहे इसका भी कारण सामन्तवादी सभ्यता की एकांगीय स्वार्थपरायणता ही क्यों न रहा हो, जिसने इस

वर्ग में बौद्धिकता का प्रचार कभी न होने देकर उसकी अनुभूतिशीलता को भी जड़ बना दिया। कारण चाहे कुछ भी हो, तथ्य है वही जो मैंने आपको बताया है। पर निम्नमध्यवर्ग के सम्बन्ध में यह बात नहीं कही जा सकती। उसकी एक स्वतन्त्र बौद्धिक परम्परा है, जिससे उसे एक ओर प्रत्येक विषय पर सूक्ष्य रूप से विचार करने की क्षमता दी है, दूसरी ओर अनुभूति की तीव्रता। पर आर्थिक सुविधा और सामाजिक प्रतिष्ठा— ये दो बातें उन्हें कभी प्राप्त नहीं रही हैं। अपने प्रति होनेवाले इस सामूहिक और परम्परागत अन्याय की तीखी वेदना इस वर्ग के व्यष्टिगत और साथ ही समष्टिगत मन के भीतर सब समय ज्ञात में या अज्ञात में वर्तमान रहती है। उच्च शिक्षा का जो आदर्श साधारणतः समाज में वर्तमान पाया जाता है, उस दृष्टि से यह वर्ग विशेष शिक्षित नहीं जान पड़ेगा। आमतौर से इस वर्ग के व्यक्तियों की शिक्षा हाईस्कूल में समाप्त हो जाती है। बहुत-से तो हाईस्कूल की शिक्षा को भी पूरी कर सकने की आर्थिक सुविधा नहीं पाते। फिर भी सबसे अधिक बौद्धिक और सबसे अधिक विचारशील व्यक्ति आपको इसी वर्ग में मिलेंगे, यद्यपि उनकी बौद्धिकता और विचारशीलता का कोई मूल्य न अर्थपतियों ने कभी स्वीकार किया है, न राष्ट्रपतियों ने। नब्बे प्रतिशत साहित्यिक इसी वर्ग से सम्बन्ध रखते हैं, जिन्होंने साहित्य के माध्यम से केवल अपनी तीव्र भावानुभूति ही व्यक्त नहीं की है, बल्कि अपने पीड़ित प्राणों की गहन अनुभूति से प्राप्त अत्यन्त उच्च और भावी समाज के लिए अत्यन्त महत्त्वपूर्ण विचार भी समाज को दिये हैं। नब्बे प्रतिशत तथाकथित कम्युनिस्ट और समाजवादी क्रान्तिकारी भी इस वर्ग से निकले हैं। हमारे 'कम्युनिस्टों' ने आज तक बहुत-से ग़लत रास्ते पकड़े हैं, सन्देह नहीं। पर उनके भीतर भी वृहत् और व्यापक विश्व-क्रान्ति के अग्निगर्भ बीज निश्चय ही निहित रहे हैं।

"आपके सम्बन्ध में मेरे मन में पहले ही से जो आशा और आस्था की भावना वर्तमान रही है, उसका कारण यही रहा है कि आप उसी सदियों के लौह चक्र से पिसे हुए वर्ग के चिन्ताशील साहित्यिक हैं। इसमें सन्देह नहीं कि इस वर्ग के क्रान्तदर्शी चिन्तक आज तक एक-दूसरे के प्रति अविश्वास और पारस्परिक विरोध में ही अपनी शक्ति का अपव्यय करते रहे हैं। पर वर्तमान महायुद्ध में प्रभुत्वपरायण राष्ट्रों के पारस्परिक स्वार्थपूर्ण संघर्ष और दुर्बलों के विश्वव्यापी संहार-काण्ड ने इस वर्ग के भीतर एक ऐसी संगठनमूलक चेतना अज्ञात में भर दी है, जो उसके सदस्यों को एक-दूसरे के बहुत निकट ले आयेगी। जो तथाकथित कम्युनस्टि नवयुवक इस समय निम्नमध्यवर्ग (अर्थात् अपने ही वर्ग) के प्रति व्यंग्य या उपेक्षा का भाव जताते हैं, वे अन्त में उसकी बिखरी हुई शक्ति के संयोजन और संगठन से अत्यन्त प्रभावित होकर, उसी में फिर से जा मिलेंगे। पर अभी इस वर्ग में पूर्ण सहयोग और युगान्तरकारी संगठन की भावना जागरित होने में बहुत समय लगेगा। अगले महायुद्ध के बाद निश्चय ही एक और महायुद्ध होगा, इस बात के निश्चित लक्षण वर्तमान महायुद्ध के समाप्त होते-न-होते स्पष्ट हो गये हैं। अगले महायुद्ध के बाद निम्नमध्यवर्ग पूर्णतया संगठित हो उठेगा।

उसके बाद एक और महायुद्ध होगा। उस चौथे महायुद्ध की जो विश्वव्यापी प्रतिक्रिया होगी उसके फलस्वरूप भारतीय निम्नमध्यवर्ग की विश्वव्यापी सहयोगात्मक शक्ति अपने जो चमत्कार दिखायेगी, उसकी कल्पना भी इस समय ठीक-ठीक नहीं की जा सकती। उस महायुद्ध के (जिसे मैं अन्तिम महायुद्ध समझती हूँ) फलस्वरूप जो विश्वव्यापी विनाश-काण्ड मचेगा, उसकी भयंकरता कल्पनातीत है, सन्देह नहीं। पर उसके बाद भी मानव-जीवन निश्चय ही शेष रहेगा—आत्मा-पीड़न के बाद निखरे हुए रूप में।

''कुछ भी हो, मैं निम्नमध्यवर्ग की बात कह रही थी। भविष्य का यह संगठित निम्नमध्यवर्ग, अपनी क्रान्ति के साधन मज़दूरों और किसानों से ही जुटायेगा, इसमें सन्देह नहीं। पर उनकी वह शक्ति पूर्णतः उसके अपने नियन्त्रण में रहेगी। मार्क्स का यह सिद्धान्त कि मज़दूरों और किसानों की महाशक्ति के भीतर मध्यवर्ग को अपने को मिटा देना होगा—भावी क्रान्ति के सम्बन्ध में क़तई लागू नहीं होगा। 'डिक्टेटरशिप ऑफ़ दि प्रोलेटेरियट' के नारे का कोई अर्थ तब नहीं रह जायेगा। तब जो नारा लागू होगा, वह है 'डिक्टेटरशिप ऑफ़ दी पेती बूर्जुआजी'। पर वास्तव में यह नारा बुलन्द नहीं किया जायेगा। 'जनसाधारण का एकाधिपत्य', या इसी तरह का और कोई नाम उस नयी शासन-प्रणाली को दिया जायेगा।

''इसका यह अर्थ कदापि नहीं है कि मज़दूर और किसान निम्नमध्यवर्ग की शक्ति के केवल साधन-मात्र रह जायेंगे। निम्नमध्यवर्ग शक्ति प्राप्त करने पर इस बात की पूरी कोशिश करेगा कि 'प्रोलेटेरियट' वर्ग की जनता जल्दी-से-जल्दी उसी के बौद्धिक स्तर पर पहुँच जाये और उस भावी युग में वैज्ञानिक शिक्षा-प्रणाली के जो द्रुतगतिशील साधन उसे प्राप्त होंगे—जैसे टेलीविज़न द्वारा शिक्षण, आदि—उनकी सहायता से अपने इस लक्ष्य तक पहुँचने में उसे देर नहीं लगेगी। इस लक्ष्य को प्राप्त कर लेने पर—निम्नमध्यवर्ग तथा 'प्रोलेटेरियट' सम्प्रदाय में कोई अन्तर नहीं रह जायेगा और ऊपर के स्तरों के जो वर्ग हैं, वे जब अपने विशेष पार्थिव अधिकारों को त्यागने के लिए बाध्य हो जायेंगे, तब निम्नमध्यवर्ग के ही स्तर पर आने में उन्हें भी कोई देर नहीं लगेगी। इसका कारण यह है कि शिक्षा और संस्कृति की परम्परा में वे निम्नमध्यवर्ग से कभी पिछड़े नहीं रहे, बल्कि आगे के ही रहे हैं। भले ही उनमें तीव्र अनुभूतिशीलता और 'डिनेमिक' बौद्धिकता का निपट अभाव रहा हो।

''इस सारी चक्रगति का यह परिणाम होगा कि सारा समाज सिर से लेकर पाँवों तक एकरूप हो जायेगा। निम्नमध्यवर्ग के मूल अन्तःकेन्द्र के चारों ओर एक सुसंस्कृत, सुव्यवस्थित और वर्गभेदरहित सुसम्पन्न समाज पार्थिव उन्नति के समस्त सम्भव साधनों का सदुपयोग करने के बाद अपने मूल लक्ष्य—सांस्कृतिक और आध्यात्मिक उन्नति—की ओर अग्रसर होता चला जायेगा। और तभी मानवता के चरम कल्याण का स्वप्न सफल हो सकेगा। मार्क्सियन क्रान्ति का चरम लक्ष्य भौतिक सुख-साधनों तक

सीमित है, इसलिए वह भारतीय निम्नमध्यवर्ग को ऊपर से आकर्षित करने पर भी उसके भीतरी प्राणों को कभी नहीं गुदगुदा पाता। पेट की ज्वाला—भूखे प्राणों की पीड़ा—क्या है, इस बात का अनुभव निम्नमध्यवर्ग से अधिक किसी को नहीं है। पर पेट की वह सर्वशोषी आग भी उसकी सांस्कृतिक और आध्यात्मिक उन्नति के लक्ष्य को मिटाने में कभी समर्थ नहीं हुई है।''

महीप को ऐसा लग रहा था, जैसे उसका प्रत्येक रोमछिद्र अपने कान खड़े करके शारदा देवी के उस आकस्मिक धारावाही भाषण को सुन रहा है। इधर दो दिन से शारदा देवी के विचारों का जो कुछ परिचय उसे मिला था, उससे उसके मन में यह धारणा जमने लगी थी कि वह उनके मानसिक तथा बौद्धिक स्तर की गहराई की थाह पा चुका है। पर आज उसकी यह धारणा मूलतः छिन्न हो गयी। वह अभी तक उनके सम्बन्ध में कितने बड़े भ्रम में पड़ा हुआ था, यह सोचकर उसे आश्चर्य हुआ। भावी क्रान्ति का जो चित्र उन्होंने उसके सामने रखा था, वह उसे विचित्र कल्पनापूर्ण—'फ़ेण्टेस्टिक'—लग रहा था, सन्देह नहीं। पर साथ ही यह धारणा उसके मन में जमने लगी थी कि वह चित्र कैसा ही 'फ़ेण्टेस्टिक' क्यों न हो और उस चित्र से उसके निजी विश्वासों का चाहे कैसा ही विरोध क्यों न हो, वह उपेक्षणीय किसी भी हालत में नहीं है। प्रारम्भ में शारदा देवी की बातें सुनकर मन्द मुस्कान की जो झलक उसके मुख पर व्यक्त हो उठी थी, वह अब परम आश्चर्य और विभ्रान्ति में परिणत हो गयी थी।

उसने शारदा देवी के दृष्टिकोण को और अधिक स्पष्ट रूप से जानने के उद्देश्य से प्रश्न किया, ''तब क्या यह क्रान्ति—जिसका वर्णन आपने किया है—मार्क्स के सिद्धान्तों की विरोधी होगी?''

''कतई नहीं'', अपने शब्दों पर ज़ोर देते हुए शारदा देवी ने कहा, ''ऊपरी दृष्टि से भले ही यह ऐसी जान पड़ती हो, पर सतह के नीचे दृष्टि डालने पर यह बात स्पष्ट हो जायेगी कि यह क्रान्ति मार्क्स के सिद्धान्तों की विरोधी नहीं, बल्कि उसी का विकसित, परिशोधित और बहुत अधिक सुसंस्कृत रूप होगी। मार्क्स के अपेक्षाकृत जीर्ण सिद्धान्त में नये प्राण डालने, उसे नया रूप और नया रंग देने की बहुत बड़ी आवश्यकता भावी संसार महसूस करेगा और भारत में इस आवश्यकता की पूर्ति का प्रथम प्रदर्शन होगा। यह भविष्यज्ञान मेरे भीतर की कोई भेदभरी दृष्टि मुझे दे रही है।'' यह कहते हुए शारदा देवी के चीमड़ मुख के दो कोटरों पर स्थित आँखों से जैसे तीव्र प्रकाशमय तीरों की तरह कई तीखी किरणें एक साथ विकीर्ण होने लगीं। उस ज्वलन्त प्रकाश में, उस प्रदीप्त तेजोराशि की चकाचौंध में, महीप को ऐसा लगा कि शारदा देवी के मुख का चीमड़पन एकदम विलुप्त हो गया है। एक दिव्यज्ञानमयी मूर्तिमान् पुंजप्रभा, एक अलौकिक स्पर्शातीत सन्देश लिये हुए उसके सामने विराजमान है—वह अनिर्वचनीय जीवन-सन्देश, जिसके लिए वह अपने छोटे-से कवि-जीवन में इतने दिनों से, ज्ञात या अज्ञात में, छटपटाता आ रहा था।

32

महीप कुछ क्षणों तक मन्त्र-मुग्ध-सा शारदा देवी की ओर देखता रहा—समाधि-मग्न-सा। निद्रा-विचरण की-सी अवस्था में उसकी आत्मा जैसे किसी दूसरे ही लोक में, जीवन की अनुभूति के किसी दूसरे ही स्तर में जा पहुँची। उसे ऐसा अनुभव हो रहा था कि उसकी आत्मा का एक-एक कण पिघलकर सामने स्थित उस ज्योतिपुंज में, अपने को होमने के लिए विकल हो उठा है, जैसे कोई व्यक्ति अपने अदृश्य हाथों से, होम की अदृश्य लकड़ी—स्रुवा—से 'स्वाहा! स्वाहा!' करके तपाये हुए घी की तरह, उसकी आत्मा के उस सत्त्व को, उस ज्वाला में डालता चला जाता है। "तब क्या यही 'हिप्नोटिज़्म' है?," महीप के भीतर से प्रश्न उठा। कहाँ गयी वह निपट दयनीय और नितान्त असहाय-सी लगनेवाली क्लिष्ट, करुण और निष्प्राण शोषितात्मा? उसके स्थान पर महीप के सामने बैठी हुई थी, एक विश्व-नियन्त्री महाशक्ति। युग-युग से शोषित नारी अपने प्रेत-प्राणों के किस रहस्यमय, अदृश्य स्थान में शक्ति के उस अखण्ड दीपक को इतने दिनों में सावधानी से सँजोये हुई थी? क्या उस दीये की कभी न बुझनेवाली ऊर्ध्वमुखी लौ से वह शोषक मानव के नैतिक अनुभूति से रहित, जड़ और आत्मगत संसार में सचमुच आग लगाये बिना नहीं मानेगी?

महीप ने उस मूर्तिमती अखण्ड लौ को श्रद्धा से मन-ही-मन प्रणाम किया। आज वह उलटे अपने को उस सर्वदर्शिनी तेजोमयी नारी के आगे अत्यन्त असहाय और अनाथ शिशु-सा अनुभव करने लगा। बौद्धिकता के जिस ऊँचे गर्वीले स्तर से वह इतने दिनों तक शारदा देवी को अवहेलना की दृष्टि से देखता आ रहा था, वह मीनार जैसे सहसा ढह गयी। अन्तर्ज्ञान और बहिर्बुद्धि, दोनों दृष्टियों से उसने उन्हें अपने से बहुत ऊँचा उठा हुआ पाया।

पर महीप अपनी उस विचित्र और अपूर्व अनुभूति का लेश भी भरसक बाहर प्रकट नहीं होने देना चाहता था। वह अपने को भरसक सँभालकर, एक परीक्षक का-सा भाव जताकर, शारदा देवी से प्रश्न करना चाहता था। उसने पूछा, "तो क्या आपकी यह धारणा है कि भावी भारत गाँधीवाद से प्रभावित नहीं होगा?"

"कोई महान् मूर्ख भी इस बात पर सन्देह नहीं करेगा कि इस देश की दासता की ज़ंजीरों को तोड़ने के लिए गाँधीवाद ही एकमात्र चरम अस्त्र है। बहुत-कुछ वह सफल हो चुका है और आगे चलकर और अधिक सफल होगा। फिर भी इस बात की बहुत सम्भावना है कि गाँधीवाद एक दिन भारत को छोड़कर विदेशों में—विशेषकर पाश्चात्य देशों में—शरण लेगा। ठीक जिस प्रकार बुद्धवाद ने भारत से हटकर चीन, जापान आदि देशों को छा लिया था। निरन्तर परिवर्तनशील युगधाराओं के अनुसार विभिन्न राजनीतिक वादों का प्रभाव भी जनमनोवृत्ति पर बदलते हुए रूपों में पड़ता रहता है। भावी संसार पर गाँधीवाद के प्रभाव के सम्बन्ध में इस समय कोई भी बात निश्चित रूप से नहीं कही जा सकती। अन्तरराष्ट्रीय राजनीतिक वायुमण्डल की वर्तमान

अस्त-व्यस्त अवस्था के बीच की दरारों से, वर्तमान के पार यदि कोई बात निश्चित रूप से दिखायी देती है तो वह यह है कि पूँजीवाद अपनी वर्तमान अवस्था में कभी ठहरने नहीं पायेगा। साम्राज्यवाद का यह चचेरा भाई आधुनिक विश्व-विनाशी युद्ध के मूल में बैठा हुआ, चारों ओर अपनी विषैली साँसें छोड़ रहा है। सुदूर भविष्य में इसका तिरोभाव निश्चित है।''

''सुदूर भविष्य में क्यों?''

''इसलिए कि निकट भविष्य में उसकी प्रचण्ड प्रगति को विधाता भी नहीं रोक सकेगा। जो औद्योगिक क्रान्ति भारत में इस युद्ध के बाद होने जा रही है, उसके विराट् रूप की कल्पना भी इस समय ठीक से नहीं की जा सकेगी। इस बात की भी पूरी सम्भावना है कि यह औद्योगिक क्रान्ति सदियों की जड़ता से ग्रस्त इस देश में एक नया जागरण लाने में समर्थ होगी। मुमूर्षु में प्राणों का संचार करने के लिए कभी-कभी विषैले इंजेक्शनों की भी आवश्यकता पड़ती है। वह विराट् औद्योगिक क्रान्ति अपने विनाश का बीज स्वयं अपने भीतर वहन करती हुई भी देश में, एक नयी चेतना का संचार करती हुई-सी चलेगी। सदियों से भूख की ज्वाला से पीड़ित, जीविका के उच्च मान से सदा वंचित, मज़दूर श्रेणी की जनता उद्योग-धन्धों के विस्तार के फलस्वरूप अपने को स्वर्ग की सीढ़ियों पर चढ़ती हुई-सी पायेगी और काफ़ी लम्बे अर्से तक पूँजीपतियों के 'रामराज्य' में अपने को सुरक्षित-सा समझेगी। इसलिए यह आशा नहीं की जा सकती कि उनमें निकट भविष्य में जनक्रान्ति की चिनगारियाँ अग्निकाण्ड के रूप में भड़क उठेंगी। यदि मज़दूरों को अपने-आप में छोड़ दिया जाय तो सुदूर भविष्य में भी उनसे क्रान्ति की आशा नहीं की जा सकेगी। पर एक वर्ग ऐसा है जिसका अन्तर्दाह औद्योगिक क्रान्ति के फलस्वरूप घटने के बजाय कई गुना अधिक भभक उठेगा। और वह है वही निम्नमध्यवर्ग, जिसके बारे में मैं पहले कह चुकी हूँ। औद्योगिक क्रान्ति के साथ ही इस वर्ग की तीव्र अनुभूतिशीलता और बौद्धिकता के क्षेत्र में भी क्रान्ति मचेगी और उसके मानसिक क्षेत्रों का विस्तार जितना ही अधिक बढ़ेगा, उसकी असन्तोष की भावना के कारण भी उतने ही बढ़ जायेंगे। फल यह होगा कि समस्त देश में, विविध वर्गों तथा विविध सम्प्रदायों में फैली हुई क्रान्ति की अव्यक्त, अर्द्ध-व्यक्त और व्यक्त लहरें, निम्नवर्ग के संगठित असन्तोष से उत्पन्न महाक्रान्ति की तूफ़ानी लहरों की बाढ़ में मिलकर एकाकार होकर एक समान लक्ष्य, बल्कि महालक्ष्य की ओर दौड़ चलेंगी। तब संसार चकित होकर देखेगा कि भारत ने एक ऐसे विश्व-आदर्श, एक ऐसे 'वर्ल्ड-ऑर्डर' की स्थापना की है, जिसके लिए वह इतनी सदियों से ज्ञात में या अज्ञात में छटपटा रहा था, पर जिसकी चरितार्थता में प्रतियुग में वह नयी-नयी जटिल बाधाओं को सामने खड़ा पाता था। फ्रान्स में राज्यक्रांन्ति मची, तब साधारण मानवता इस आशा के उल्लास से एक बार उछल पड़ी थी कि सम्भवतः सदियों के राजनीतिक अन्धकार के बाद विश्व में एक स्थायी आदर्श स्थापित होने जा रहा है, जो मानव-समाज

की सारी विषमताओं को दूर करके संसार में एक स्वर्ण-युग ला देगा। पर मानवीय भाग्य की इस विडम्बना पर ग़ौर कीजिये कि उसी क्रान्ति के फलस्वरूप नेपोलियन-जैसे एक डिक्टेटर का जन्म हुआ, जिसने अपनी प्रचण्ड दानवीय प्रतिभा से प्रेरित होकर, अपने विराट् अहंभाव की पूर्ति के लिए समस्त राष्ट्रों को दासत्व-शृंखला में बाँधने का बीड़ा उठा लिया। एक शताब्दी बाद उसमें मार्क्स द्वारा प्रेरित क्रान्ति मची। उस क्रान्ति ने अवश्य मानवता को सच्चे विश्वकल्याणकारी आदर्श की ओर कई क़दम आगे बढ़ाया। उसके फलस्वरूप विश्व के एक छोर से लेकर दूसरे छोर तक का साधारण जन-समाज फिर एक बार इस आशा से नयी, ताज़ी उमंगों की उमड़ती हुई लहरों में डूबने-उतराने लगा कि इस बार निश्चय ही मानवता ने उस व्यापक और मांगलिक समता के महान् आदर्श का आँचल पकड़ लिया है, जो बार-बार उसके हाथ से फिसलता जाता था। पर फिर एक बार उसके भाग्य की विडम्बना ने अट्टहास किया। मार्क्सिस्ट सिद्धान्त के कच्चे सूत के धागों को नाना बाधाओं के बीच में बाँटकर सुदृढ़ करने के प्रयत्नों में रूस सच्ची लगन से जुटा ही था कि उसकी प्रतिक्रिया इटली में फ़ासिस्ट और जर्मनी में नात्सी आन्दोलनों के रूप में, व्यापक विश्वग्रासी आकार में सामने आने लगी। धीरे-धीरे इस आन्दोलन ने ऐसा विकट रूप धारण किया जिसका फल आप और हम सभी प्रत्यक्ष देख रहे हैं। ऐसे सामूहिक नर-संहार की कल्पना भी विश्व के इतिहास में कभी की नहीं जा सकती थी, जैसा इस द्वितीय विश्व महायुद्ध ने प्रत्यक्ष कर दिखाया है। इस महायुद्ध का एक फल यह भी देखने में आया कि रूस को अन्तरराष्ट्रीय कम्युनिस्ट संगठन भंग कर देना पड़ा। अपने ही देश और अपनी ही जाति के संगठन के प्रति अपनी सब शक्तियों को केन्द्रित करने के लिए बाध्य होना पड़ा।

"आज विश्व-समता और अशक्त पराधीन राष्ट्रों के आत्मनिर्णय का जन्मजात शत्रु नात्सीवाद पूर्ण पराभूत होने जा रहा है। इससे संसार के जनसाधारण को स्वभावतः यह आशा करने का अधिकार होना चाहिए था कि अब सामूहिक समता की घड़ियाँ सन्निकट हैं। अब कोई शक्ति इस सहजमान्य आदर्श का विरोध करने के लिए सर नहीं उठा सकती। पर यह देखकर उसके आश्चर्य और आतंक का ठिकाना नहीं है कि विश्व के जन, धन और मन की सामूहिक शक्तियों को ऐसे अचिन्तनीय महानाश का काण्ड समाप्त होते-न-होते साम्राज्यवादी और पूँजीवादी राष्ट्रों की लोलुपता शान्त होने के बजाय, पारस्परिक छीना-झपटी के उस महाभोज में अपनी बहुसंख्यक जीभों को अत्यन्त अधैर्य के साथ लपलपाने लगी है।

"इन सब बातों से मैं इस परिणाम पर पहुँचती हूँ कि आज तक विश्व में जितनी भी जनक्रान्तियाँ मची हैं, उनका उद्देश्य चाहे कैसा ही महान् क्यों न रहा हो, उन सबके भीतर निश्चय ही कुछ ऐसी मूलगत त्रुटियाँ रही हैं, जिनके कारण वे विश्व की समस्त विरोधी शक्तियों को अपनी ओर खींचने में सफल होते-होते अन्त में घोर असफलता में परिणत हो गयीं। पर भारत में सुदूर भविष्य में होनेवाला निम्नमध्यवर्ग की जिस

महाक्रान्ति का उल्लेख मैंने किया है, वह पिछली सभी जनक्रान्तियों की असफलताओं से नये अनुभव प्राप्त करके लाभ उठायेगी। मुझे इस बात का पूरा विश्वास है कि विश्व के इतिहास में वही एक ऐसी जनक्रान्ति होगी जो व्यापक और स्थायी रूप से सफल होगी। इस सफलता की आशा के दो प्रधान कारण मुझे दीख पड़ते हैं। एक तो यह कि विश्व-समता और सामूहिक लोक-संग्रह का आदर्श भारत की महान् सांस्कृतिक परम्परा के साथ बराबर अभेद्य रूप से जुड़ा हुआ रहा है। दूसरा कारण यह है कि सदियों की दासता से पीड़न का अनुभव जिस हद तक भारत ने किया है, उस हद तक किसी भी सांस्कृतिक दृष्टि से उन्नत राष्ट्र ने कभी नहीं किया। इन दो तथ्यों के प्रचण्ड विरोधाभास के संघर्ष और द्वन्द्व के फलस्वरूप, भारतीय चेतना में कई युगों से विश्व-कल्याणकारी क्रान्ति के अव्यक्त विस्फोटक बीज उसके अज्ञात में पनपते चले आ रहे हैं। संसार की असफल जनक्रान्तियों और उसके विरोधी महायुद्धों की प्रतिक्रियाओं से जो नये अनुभव और नयी प्रेरणाएँ उसे प्राप्त हो रही हैं, वे उसे और अधिक बल दे रही हैं। इस समय भारतीय निम्नमध्यवर्ग की इस भावी महाक्रान्ति की चर्चा किसी अफीमची के मस्तिष्क से निकली हुई कोरी मनमौजी कल्पना की उड़ान की तरह लग सकती है। पर वर्तमान युग की राजनीतिक तथा सामाजिक सतहों के बहुत नीचे सूक्ष्म दृष्टि डाल सकनेवाले दूरदर्शियों को यह बात उपहास योग्य नहीं जान पड़ेगी। मैं ऐसा विश्वास करती हूँ।''

33

चाय कब की ठण्डी हो चुकी थी?

दोनों में से कोई भी एक भी प्याला ठीक तरह से नहीं पी पाया था। शारदा देवी ने बिजली की घण्टी का बटन दबाकर नौकर को बुलाया। उससे चाय का गरम पानी लाने के लिए कहा।

शारदा देवी के भाषण से महीप का आश्चर्य बढ़ता चला जाता था। जब कमज़ोर आँखोंवाला व्यक्ति पहली बार चश्मे के लिए किसी डॉक्टर से आँखों की परीक्षा कराता है तो डॉक्टर एक-एक करके आँख का लेन्स बदलता चला जाता है और उस क्षीण दृष्टिवाले व्यक्ति के आश्चर्य की सीमा नहीं रहती जब वह देखता है कि उत्तरोत्तर उसकी आँखें स्पष्ट-से-स्पष्टतर रूप में नये-नये दृश्य देखती चली जाती हैं। ठीक वही हाल महीप का हो रहा था। शारदा देवी न जाने उसकी मानसिक आँखों में कौन-सी दवा लगाती जाती थीं। उनकी प्रत्येक नयी बात से उसे उनका नया, स्पष्टतर रूप दिखायी देता था और उसका विस्मय और कौतूहल बढ़ते चले जाते थे। शारदा देवी की बातों से महीप के मन में जमा हुआ कोई निश्चित विश्वास खण्डित हुआ हो, ऐसा नहीं कहा जा सकता। उनकी बहुत-सी बातों से उसका मतभेद था। वह कट्टर गाँधीवादी था। जो सिद्धान्त गाँधीवादी दृष्टिकोण से तनिक भी इधर-उधर होता था, उसके प्रति उसके

मन में कभी श्रद्धा नहीं जम पाती थी, चाहे उसकी बुद्धि उस सम्बन्ध में उसे कितना ही क्यों न भरमाती हो। उसकी दृष्टि में राजनीति से सम्बन्धित सबसे बड़ा प्रश्न था विश्व की महाशक्तियों द्वारा उपेक्षित और अपमानित अपने ग़ुलाम देश की आज़ादी का और आपस की फूट में अत्यन्त मूर्खतापूर्ण ढंग से देश की महत्त्वपूर्ण प्राणशक्ति का अपव्यय करनेवाले विभिन्न सम्प्रदायों की सुदृढ़ एकता का। पर इस समय उसके लिए यह प्रश्न महत्त्वपूर्ण नहीं था कि शारदा देवी के विचार क्या हैं। बल्कि यह था कि शारदा देवी क्या हैं, कहाँ से आयी हैं। कहाँ जा रही हैं और किन रहस्यमय मार्गों से होकर चल रही हैं। इस प्रश्न के उत्तर में शारदा देवी के भाषण से उसे जो-जो अनुभव प्राप्त हो रहे थे, वे उनका ऐसा आश्चर्यजनक रूप उसके सामने रख रहे थे, जो उसे अप्रत्याशित लगते थे। एक बात महीप को विशेष रूप से प्रभावित कर रही थी। वह थी शारदा देवी की आश्चर्यजनक बौद्धिकता। एक ताल्लुक़ेदार की लड़की की देख-रेख करनेवाली और उसे स्कूली शिक्षा देनेवाली महिला से वह स्वप्न में भी इस प्रकार के क्रान्तिकारी विचार—केवल विचार ही नहीं, बल्कि उस विचार के सूक्ष्म विश्लेषण और आदि से अन्त तक उसके स्पष्ट और सुलझे हुए ढंग से निरूपण की क्षमता--की कल्पना नहीं कर सकता था।

सबसे अधिक आश्चर्य महीप को इस बात पर हो रहा था कि शारदा देवी का भाषण सुनने के बाद, उनके मुख का निःसत्त्व और निर्जीव रूप उसे एक अपूर्व श्री और अवर्णनीय सौन्दर्य के तेज़ से मण्डित दिखायी देने लगा था; जैसे ऐसा सतेज़ और मोहक रूप उसने जीवन में इसके पहले कभी किसी नारी के मुख पर देखा ही न हो। वह ख़ूब अच्छी तरह जानता था कि उनकी बातों से उनके मुख की शारीरिक आकृति में कोई अन्तर नहीं आ सकता। पर यह जानते हुए भी उसकी आँखें जैसे धोखा खा रही थीं। जैसे और अधिक धोखा खाने के लिए लालायित हो रही थीं।

नौकर एक 'टी-पाट' में चाय का गरम पानी लाकर रख गया। शारदा देवी दोनों प्यालों में उँड़ेलने लगीं। क्षणकाल के लिए जो सन्नाटा रहा उसने महीप को जैसे अत्यन्त काल-चक्र के भँवर में डाल दिया। शारदा देवी की रहस्यमयता का पार पाने की चेष्टा में वह उस अनन्त काल-चक्र में, न जाने किस अगाध सागर में गोते खाता चला गया। जब उतराकर बाहर आया तो वह अगाध रहस्य वैसे-का-वैसा ही बना हुआ था।

विस्मय-भरी पुलकित दृष्टि से शारदा देवी की ओर देखता हुआ वह बोला, "आपने एक बार कहा था कि आप एक व्यक्तिगत कारण को बीज बनाकर उसे एक व्यापक और विस्तृत सामाजिक रूप देना चाहती हैं। यह भी कहा था कि एक सीमित क्षेत्र में प्रदर्शित आपका विरोध एक प्रतीक सिद्ध होगा। तब क्या आपकी उस बात से यह अनुमान लगाया जा सकता है कि सुदूर भविष्य में होनेवाली निम्नमध्यवर्ग की जिस महाक्रान्ति का उल्लेख आपने किया, उसके बीज व्यक्तिगत कारणों से संगठित किये जायेंगे? सामूहिक चेतना को उभाड़नेवाला कारण क्या आपकी दृष्टि में महत्त्वपूर्ण नहीं है?"

शारदा देवी तनिक व्यंग्य के साथ मन्द-मन्द मुस्कराने लगीं, जैसे प्रश्नकर्त्ता की समझदारी के प्रति उनके मन में अविश्वास उत्पन्न होने लगा हो।

उन्होंने कहा, "आप कवि होकर भी इस तरह का प्रश्न कर रहे हैं, यह सचमुच आश्चर्य की बात है। क्या सामूहिक चेतना इस जीवन से परे किसी आकाश-लोक से उड़कर आती है? समाज के बहुसंख्यक व्यक्तियों की समान अनुभूतियों का सम्मिलित संवेदन ही तो सामूहिक चेतना है। अलग-अलग व्यक्तियों के अलग-अलग पीड़ितों की मूलगत अनुभूति जब एक-दूसरे से मिलते-जुलते कारणों से जगती है, तब सामूहिक चेतना एक विशिष्ट और निश्चित रूप धारण कर लेती है। समाज के विभिन्न व्यक्तियों की तीखी अनुभूतियों की बिखरी हुई चिनगारियाँ उपयुक्त समय पाकर चुम्बक-क्षेत्र में बिखरे हुए लौह-कणों की तरह एकत्र होती हैं। तब तक सामूहिक विस्फोट उत्पन्न करती हैं। जो चेतना समाज के विभिन्न व्यक्तियों के तीव्र पीड़न की समान अनुभूतियों के संगठन द्वारा परिचालित न होकर केवल कृत्रिम उपायों से प्रचार-कार्य द्वारा जगायी जाती है, उसे वास्तविक अर्थ में 'चेतना' नहीं कहा जा सकता। इस प्रकार की कृत्रिम चेतना कभी उस प्रकार के भीषण विस्फोट को उत्पन्न करने में समर्थ नहीं हो सकती, जो संसार की सभी महाक्रान्तियों के अवसरों पर प्रत्यक्ष की गयी थी। जो लोग यह बात भूल जाते हैं कि उन महाक्रान्तियों के अन्तराल में लाखों-करोड़ों स्त्री-पुरुषों के निजी पीड़नों की बिखरी हुई अनुभूतियों के फुटकर बीज वर्तमान रहे हैं, जो बाद में महायुद्ध की आँधी के फलस्वरूप एकत्र होकर सामूहिक विस्फोट उत्पन्न करने में सफल हुए थे, उन मूर्खों द्वारा कभी कोई क्रान्ति नहीं मच पायेगी—चाहे वे कितने ही बड़े नेता क्यों न बन जायें, यह बात निश्चित है। सामाजिक तथा आर्थिक अत्याचारों से पीड़ित स्त्री-पुरुषों की व्यक्तिगत अनुभूतियाँ ही उस रासायनिक विस्फोटकों के उपादानों को उत्पन्न करती हैं, जो समाज की सड़ी हुई जड़ों को हिलाकर, उसे डाइनेमाइट की-सी शक्ति से उड़ाकर एक सुन्दर और समुन्नत सामाजिक, आर्थिक और सांस्कृतिक विधान का निर्माण करते हैं।"

यह कहते हुए शारदा देवी की आँखें एक अज्ञात प्रतिहिंसा की तीव्रता से जैसे जलने लगीं। कुछ क्षणों के लिए महीप को ऐसा मालूम हुआ कि शारदा देवी उसकी ओर देखती हुई भी जैसे शून्य की ओर देख रही हैं। वह वास्तव में भीत हो उठा। उसे उस भीषण मौन को भंग करने का भी साहस नहीं हुआ।

कुछ ही क्षणों बाद शारदा देवी ने स्वयं ही वह मौन भंग किया है। उन्होंने कहा, "सुदूर भविष्य की जिस क्रान्ति की बात मैंने आपसे कही है, उसमें नारी का बहुत बड़ा हाथ रहेगा। जिस कारण से दीदी को धोखे से आत्महत्या करनी पड़ी है, समिधा को निराशा और व्यर्थता की अनुभूति से मृत्यु का शिकार बनना पड़ा, रूपा को जीवित मृत्यु को अपनाना पड़ रहा है, मुझे घोर दलित और अपमानित परिस्थिति को स्वीकार करने के लिए बाध्य होना पड़ा है और हमारी ही तरह देश की लाखों-करोड़ों नारियों को जानकर या अनजान में घोर सामाजिक विवशता का शिकार बनकर अत्यन्त असहाय

और दयनीय जीवन का असहनीय भार चुपचाप ढोना पड़ रहा है, वह कोई साधारण कारण कदापि नहीं हो सकता। उस कारण के बीज समाज के उसी दुष्ट व्रण के भीतर निहित हैं जिसने आर्थिक दासता से सम्पूर्ण शोषित वर्ग के जीवन को विषमय बना रखा है। वर्तमान युग में सारी मानव-जाति को मोटे तौर पर दो वर्गों में विभाजित किया जा सकता है—एक पुरुष-वर्ग और दूसरा स्त्री-वर्ग। ये दोनों शोषक वर्ग और शोषित वर्ग के ही पर्यायवाची हैं। जिस अल्पसंख्यक सबल वर्ग ने राजनीतिक, आर्थिक और सामाजिक दासता से सारे विश्व के दुर्बल राष्ट्रों या वर्गों को ग़ुलामी की ज़ंजीर से जकड़ रखा है, वह पुरुष-वर्ग है। सभी दलित वर्ग—निम्नमध्यवर्ग, मज़दूर, किसान, अछूत, नारी-समाज आदि—स्त्री-वर्ग के अन्तर्गत आ जाते हैं। सबल पुरुषों द्वारा अबला नारियों का शोषण, पूँजीपतियों तथा सामन्तवादियों द्वारा मज़दूरों और किसानों का शोषण और प्रभुताशाली राष्ट्रों द्वारा दुर्बल राष्ट्रों का शोषण—इन तीनों में केवल रूपक की दृष्टि से ही साम्य नहीं है, बल्कि वास्तविक दृष्टि से—राजनैतिक अर्थशास्त्र की दृष्टि से भी ये तीनों एक-दूसरे से मूलगत सम्बन्ध रखते हैं। इसलिए सभी शोषित नारियों के निर्यातनों की व्यक्तिगत कहानियाँ सुदूर भविष्य की क्रान्ति के मूल उपादान जुटा रही हैं, इस चरम तथ्य की अवहेलना करना क्रान्ति के असली बीजों को ही ठुकराना है। अन्धी दुनिया केवल पेड़-पौधों को और उनमें लगनेवाले फलों को ही देख पाती है। बीज उसके लिए अदृश्य ही रह जाते हैं। पर उन पेड़ों-पौधों को लगानेवाला किसान भी यदि बीजों की उपेक्षा करे तो उसकी मूर्खता अकथनीय है।''

शारदा देवी के अन्तिम कथन से महीप की समझ में यह बात किसी हद तक आने लगी कि 'निम्नमध्यवर्ग की भावी क्रान्ति' और शोषक और शोषितों के सम्बन्ध में इतना लम्बा-चौड़ा भाषण उन्होंने उसे क्यों दिया।

चाय दूसरी बार भी ठण्डी होने जा रही थी। महीप बड़े ग़ौर से—जीवन के एक विभ्रान्त दर्शक की दृष्टि से—शारदा देवी की ओर देखता हुआ घूँट-घूँट करके चाय पीने लगा। शारदा देवी भी अनमनी-सी होकर चाय पीने लगीं। पर उनके मुख के उस अनमने भाव के ऊपर भी जैसे कालान्त की भीतर दबी हुई महाआग बीच-बीच में अत्यन्त तीव्रता से झलक उठती थी। उनके बोलने की अपेक्षा उनके मौन की भीषण स्तब्धता से महीप अधिक आतंकित हो उठा। चाय की तीन घूँटें पी चुकने के बाद उसे ऐसा अनुभव होने लगा, जैसे उसका सिर मन की चरम भ्रान्त अवस्था के कारण भिन्नाने लगा है। कुछ क्षणों के लिए उसके मन की भ्रान्ति इस अविश्वसनीय स्थिति को पहुँच गयी कि उसे ऐसा लगा कि शारदा देवी जिस कुर्सी पर बैठी हैं वह ऊँची हो उठी है और साथ ही उसके शरीर का आकार भी बहुत बड़ा हो गया है। शारदा देवी उसी उन्मन भाव से धीरे-धीरे चाय पी रही थीं।

महीप एक प्याला समाप्त करने के बाद गला साफ़ करके बोला, "आपकी बातों से मेरे मन में यह अनोखी धारणा उत्पन्न होने लगी है कि आपका जन्म भारत में न होकर रूस में होना चाहिए था।''

शारदा देवी ने बड़े ग़ौर से महीप की ओर देखा। धीरे-धीरे उनके मुख पर से गम्भीरता का काला परदा हटने लगा। भीतर का शान्त और कोमल रूप अपनी मृदु-मन्द झलक दिखाने लगा। बहुत ही मन्द—प्रायः अव्यक्त—मुस्कान बिखेरते हुए उन्होंने कहा, "क्यों, आपके मन में यह अनोखी धारणा मेरी किस बात से उत्पन्न होने लगी है?"

"अपनी व्यक्तिगत प्रतिहिंसा की प्रवृत्ति को सामूहिक प्रतिहिंसा का रूप देने के सम्बन्ध में जो व्यापक योजना आपके मन में तैयार है, उसके सब पहलुओं पर ऐसी घोर वास्तविकता के दृष्टिकोण से और साथ ही सूक्ष्म विस्तार के साथ आपने विचार किया है, जो भारतीय प्रतिभा की विशेषता नहीं है। केवल रूस की अर्द्ध-मंगोलियन प्रतिभा ही इस रूप में सोच सकती है।"

इस बात से शारदा देवी के मुख की मुस्कान अधिक परिस्फुट हो उठी। उन्होंने अपनी बात को आधा परिहास और आधी गम्भीरता का रूप देते हुए कहा, "तब तो मेरे भारत ही में उत्पन्न होने की और भी अधिक आवश्यकता थी। भारत ने आध्यात्मिक दृष्टिकोण से बहुत अधिक सोचा है। अति-जीवन का एक ऐसा सूक्ष्म और निगूढ़ रूप संसार के आगे रखा है जो सचमुच आश्चर्यजनक है। पर यथार्थ जीवन के प्रत्यक्ष और कठोर सत्य की अवज्ञा के मूल्य पर अति-जीवन को अपनाने से जो दुर्दशा देश की हुई है वह किसी से छिपी नहीं है। ऐसी हालत में मेरे समान कोई व्यक्ति यदि विशुद्ध आर्य प्रतिभा के स्थान पर अर्द्ध-मंगोलियन रूसी प्रतिभा के संस्कार लेकर देश में उत्पन्न हो, तो वह देश को प्रगति की ओर ही ले जायेगा, दुर्गति की ओर नहीं।" कहते हुए उनकी मुस्कान एक अस्पष्ट व्यंग्य की झलक से और अधिक खिल उठी।

34

महीप कुछ कहना चाहता था।

तभी एक नौकर के साथ एक पियन ने भीतर प्रवेश किया। उसके हाथ में पियन-बुक के अलावा लिफ़ाफ़े में बन्द कुछ पत्र थे। एक पत्र उसने शारदा देवी को दिया। एक महीप को। पियन-बुक में हस्ताक्षर करने के बाद महीप आश्चर्य के साथ पत्र खोलने लगा। कौन उसे ठाकुर साहब के पते पर पत्र भेज सकता है, यह बात उसकी समझ में नहीं आ पाती थी। क्या नीलिमा...? पर लिफ़ाफ़े पर उसके हाथ के अक्षर तो नहीं थे। इसके अलावा, उस रात की 'चरम घटना' के बाद नीलिमा से किसी पत्र की आशा करना एक हवाई कल्पना को मन में स्थान देने के सिवा और क्या हो सकता था? उस रात में नीलिमा से विदा होते समय जो अन्तिम वार्त्तालाप उसके और महीप के बीच हुआ था, उसे महीप ने इस रूप में ग्रहण किया था कि उस 'चरम परिणति' के बाद फिर नीलिमा के और उसके बीच और कोई भी बातचीत कभी सम्भव नहीं होगी। पर उस अन्तिम मिलन को इस रूप में ग्रहण करने पर भी वह जो ठाकुर साहब के यहाँ अभी तक जमा हुआ था और कानपुर में 'किसी अत्यन्त आवश्यक काम'

से जाने के प्रारम्भिक विचार को एक प्रकार से भूल-सा गया था, उसका क्या कारण हो सकता है? "इसका अर्थ क्या यह नहीं है कि मेरे भीतर मेरे अनजान में, अभी तक यह आशा बनी हुई है कि नीलिमा से पिछली बार मेरी जो भेंट हुई थी वह सचमुच अन्तिम ही होकर नहीं रह जायगी और फिर, कम-से-कम एक बार, उससे मेरी भेंट और होगी?" महीप ने अपने-आपसे यह प्रश्न कई बार किया था। लिफ़ाफ़ा खोलते हुए फिर वही प्रश्न एक बार बिजली की तीव्र गति से उसके मन को छू गया।

लिफ़ाफ़ा खोलने पर उसे बड़ी निराशा हुई। उसके भीतर विजय कुमार वर्मा नामक किसी नवयुवक के विवाह के उपलक्ष्य में प्रीति-भोज का निमन्त्रण-पत्र था। न तो विजय कुमार से और न निमन्त्रण दाता से ही महीप का कोई परिचय था। यदि परिचय होता भी, तो वह सम्भवतः निमन्त्रण में सम्मिलित होने से भरसक कतराता।

महीप ने यह अनुमान लगाया कि शारदा देवी के लिए भी उसी स्थान से निमन्त्रण आया होगा। पर शारदा देवी जब लिफ़ाफ़ा खोलकर पढ़ती हुई मुस्कराने लगीं, तो महीप को कुछ कौतूहल हुआ। पत्र पढ़कर शारदा देवी ने कहा, "आपको भी शायद विजय के यहाँ से निमन्त्रण-पत्र मिला है?"

"जी हाँ।"

"तब आप इसे भी पढ़ लीजिये।" यह कहकर उन्होंने अपना पत्र महीप की ओर बढ़ा दिया। महीप पत्र लेकर पढ़ने लगा। छपे हुए निमन्त्रण-पत्र के नीचे शान्ताकुमारी नाम की किसी लड़की ने शारदा देवी को लिखा था कि वह 'कविवर महीप जी' को अवश्य अपने साथ लेती आयें। उसके साथ कॉलेज में पढ़नेवाली बहुत-सी लड़कियों और विजय के साथ यूनिवर्सिटी में पढ़नेवाले बहुत-से लड़के 'कविवर महीप जी' के दर्शनों के लिए और उनकी कविता सुनने के लिए बहुत उत्सुक हैं।

जब महीप पढ़ चुका तो शारदा देवी स्निग्ध व्यंग्य की मुस्कान आँखों में और ओंठों के इर्द-गिर्द झलकाती हुई बोलीं, "कहिये कविवर! पत्र पढ़कर आपने क्या निश्चय किया?"

महीप भी मुस्करा रहा था। उसने कहा, "इन लोगों ने भी सोचा होगा कि बिना भाड़े के इतना बड़ा भाँड़ इन्हें नहीं मिल सकेगा। विवाह का सगुन मनाने का यह जो नया ढंग शिक्षित वर्ग में चल पड़ा है, वह वास्तव में कम ख़र्च बालानशीं है।"

शारदा देवी महीप की इस बात पर खिलखिलाकर हँस पड़ीं। आज पहली बार महीप ने उन्हें खिलखिलाते देखा। उसे मन-ही-मन बड़ी प्रसन्नता हुई। पर कुछ ही क्षण बाद शारदा देवी ने तनिक गम्भीर रूप धारण कर लिया और कहा, "कुछ भी हो, मैं आपसे व्यक्तिगत रूप से अनुरोध करती हूँ कि आप अवश्य चलें। मैं शान्ता और विजय दोनों को अच्छी तरह जानती हूँ। उनके परिवारवालों को भी। वे लोग बहुत ही भले, बड़े ही सरल स्वभाव और श्रद्धालु प्रकृति के हैं। शान्ता ने आपके सम्बन्ध में कई बार मुझसे बातें की हैं। वह आपकी कविताओं की बहुत ही अच्छी पाठिका है। आपके प्रति बहुत बड़ी श्रद्धा रखती है। सच पूछिये तो महात्मा गाँधी के बाद वह आप ही को मानती है..."

शारदा देवी ने अन्तिम बात सीधे ढंग से कहनी चाही थी। पर महीप जब अट्टहास कर उठा, तो वह भी फिर एक बार मुक्त भाव से खिलखिला उठीं। हास्य का यह क्रम कुछ देर तक दोनों के बीच चलता रहा। गम्भीर राजनीतिक विषय की जो गहन चर्चा बहुत देर से चल रही थी, उसने जैसे सारे वातावरण को पत्थर बरसानेवाले गरजते हुए बादलों की सघन अन्धकारमयी छाया से घेर लिया था, जिससे उन दोनों की साँस की स्वाभाविक गति रुद्ध-सी होने लगी थी। पर उस निमन्त्रण-पत्र ने उन बादलों को फाड़कर मुक्त हास्य के लिए जैसे पथ खोल दिया था। इसलिए दोनों किसी विशेष बात पर उतना नहीं हँस रहे थे जितना बिना किसी उद्देश्य के—केवल अपने भाराक्रान्त मन को हलका करने के लिए हँस रहे थे और आश्चर्य की बात यह थी कि दोनों ऐसा अनुभव करने लगे थे कि सकारण अथवा अकारण हास्य द्वारा वे एक-दूसरे को पहले से बहुत अधिक निकट पाने लगे हैं।

कुछ स्थिर होने के बाद शारदा देवी ने फिर कहा, "हँसने की बात नहीं है। शान्ता सचमुच आपकी भक्त है। आप सचमुच बड़े भाग्यशाली हैं कि इतनी कम अवस्था में आपके भक्तों की संख्या काफ़ी बड़ी हो गयी है।"

महीप एक बार फिर अट्टहास कर उठा—मुक्त रूप से। उसे स्वयं अपने अट्टहास पर आश्चर्य हो रहा था। आज के पहले कब उसने अट्टहास किया था, यह बात उसके स्मरण में ही नहीं आती थी। हासातिरेक से उसकी आँखों के कोये भीग गये थे। पलकों के बालों से कोयों को पोंछने के बाद उसने कुछ स्थिर होकर पूछा, "मेरे भक्तों की संख्या काफ़ी बड़ी है, यह बात आपकी जानकारी में कैसे आयी है, क्या मैं जान सकता हूँ? क्योंकि यदि आप विश्वास करें तो, मेरी जानकारी में कोई भी ऐसा व्यक्ति नहीं है। क्या आप दो-एक उदाहरण दे सकती हैं?"

"हाँ! आपकी सबसे कट्टर भक्त है प्रतिमा। ऐसी कट्टर कि यदि वह स्त्री न होकर पुरुष होती, तो निश्चय ही आपका पक्ष समर्थन करते हुए उसके हाथ से कई व्यक्तियों के सिर फट चुके होते। केवल ज़बान से ही उसने आपके पक्ष में लड़ते हुए बहुत-से व्यक्तियों को मार्मिक रूप से घायल किया है। प्रतिमा को मैं मूर्ख भी नहीं समझती। बहुत-सी बातों में वह बड़ी समझदार लड़की है। पर आपके पक्ष में जब वह बातें करने लगती है तो उसके समान दुराग्रही भी दूसरा मुश्किल से मिलेगा। कई बार मुझसे वह आपके सम्बन्ध में लड़ पड़ी है। उसके व्यंग्य भी बड़े कड़े होते हैं..."

महीप के मुख पर से उपहास का भाव एकदम ग़ायब हो गया था। वह अत्यन्त गम्भीरता और परम उत्सुकता से सुन रहा था। अपने प्रति प्रतिमा के पक्षपात से वह स्वयं भी किसी हद तक परिचित हो चुका था। पर उस 'दुराग्रह' का जो उत्कट स्वरूप शारदा देवी ने चित्रित किया था, उसकी कोई जानकारी उसे नहीं थी। साथ ही यह जानने के लिए भी वह अधीर हो उठा था कि उसके सम्बन्ध में किस बात को लेकर प्रतिमा शारदा देवी से लड़ पड़ थी। पर इस सम्बन्ध में संकोचवश कोई प्रश्न करने का साहस उसे नहीं हुआ।

अपनी आकस्मिक गम्भीरता को फिर एक बार परिहास में परिणत करने की कृत्रिम चेष्टा करते हुए महीप ने कहा, "अच्छा, मान लिया कि आपने एक अकाट्य रूप से प्रमाणित उदाहरण दे दिया। पर एक ही उदाहरण से तो काम नहीं चलेगा। आपने बताया था कि मेरे भक्तों की संख्या काफ़ी बड़ी है।"

शारदा देवी ने एक बार परीक्षक की-सी अन्तर्भेदी दृष्टि से उसकी ओर देखा। फिर सहज भाव से कहने लगीं, "आपके दूसरे भक्त रहे हैं, ठाकुर धीराज सिंह।"

धीराज का नाम लेते ही शारदा देवी का मुँह तत्काल अत्यन्त गम्भीर हो आया। भीतर-ही-भीतर उन्होंने दाँत से अपनी जीभ काटी, जैसे असावधानी से उन्होंने ग़लत समय पर एक ग़लत नाम ले लिया हो। महीप के मुख पर भी क्षण-भर के लिए एक घनी छाया घिर आयी।

पर शारदा देवी मुँह से निकली हुई बात को अधूरा छोड़ना नहीं चाहती थीं। क्षण-भर ठहरने के बाद वह कहने लगीं, "हाँ, बेचारे धीराज सिंह भी आपके भक्तों में से थे। समय-समय पर आपकी भाव-धारा की कड़ी आलोचना करने के बावजूद भी वह आपके भक्त थे। आपकी कविताओं से उन्हें अपने जीवन में बड़ी महत्त्वपूर्ण प्रेरणाएँ मिली थीं—बहस में भले ही वह उन प्रेरणाओं का विरोध करते रहे हों, उन प्रेरणाओं ने उनके जीवन में भयंकर द्वन्द्व मचा दिये थे। वास्तविक जीवन के कड़वे अनुभवों के फलस्वरूप वह उन प्रेरणाओं से छुटकारा पाना चाहते थे, पर चाहने पर भी उनसे मुक्त नहीं हो पाते थे।"

धीराज की चर्चा से दोनों एक बार गहन रूप से विचारमग्न हो गये। कुछ क्षण के लिए कमरे में मृत्यु-मौन सन्नाटा छा गया। जैसे आधी रात में आधे गाड़े हुए मुर्दे अचानक क़ब्रों की मिट्टी इधर-उधर छितराकर उठ खड़े हुए हों। महीप सोचने लगा कि यदि ठाकुर लक्ष्मीनारायण सिंह ने वास्तव में धीराज की हत्या की है, जैसा कि शारदा देवी का भी अनुमान है, तो इस हत्याकाण्ड के सम्बन्ध में शिष्टतावश चुप्पी साध लेने से काम न चलेगा। पर यदि वह चुप्पी न साधे तो क्या अपनी प्रकृति के विरुद्ध विद्रोह करने के लिए उसे घोर मानसिक संघर्ष का सामना नहीं करना पड़ेगा, जिससे कि वह बराबर कतराने की चेष्टा करता रहा है? और, विद्रोह करके भी वह कर ही क्या सकेगा? सहसा उसके मन में इस विचार से आतंक छा गया कि निकट भविष्य में उसके तत्कालीन जड़ जीवन में भूकम्प का आना अनिवार्य है! उसे अपने चारों ओर ऐसे उपकरण जुटते हुए दिखायी दे रहे थे, जो आनेवाले भूकम्प की पूर्व सूचना उसे दे रहे थे। उसके न चाहने और कतराने पर भी ये उपकरण जुट रहे थे, जो उसे भाग्य की एक पूर्व-कल्पित निश्चित योजना-सी लगने लगी थी। जब से वह ठाकुर साहब के यहाँ आया था, तब से निपट जड़-जीवन बिताने के कारण वह उस जड़ता का आदी इस हद तक हो गया था कि किसी तूफ़ानी—बल्कि साधारण—सक्रियता की कल्पना से भी उचकने लगा था। आज पहली बार उसे अपने मन की इस शोचनीय दशा का ज्ञान

हुआ! वह सिहर उठा। एक ओर उस जड़ता को त्यागने की प्रवृत्ति उसे नहीं होती थी। दूसरी ओर अपनी उस जड़ता के बोल से वह अत्यन्त भयभीत हो उठा।

शारदा देवी के जीवन के अनुभवों का परिचय प्राप्त होने पर इधर कुछ दिनों से अपने को एक आश्चर्यजनक और रहस्यमय लोक में पहुँचा हुआ पाने लगा था और उसकी उलझन में पड़कर वह धीराज की बात एकदम भूल ही गया था। इसलिए आज फिर जब शारदा देवी ने उसकी चर्चा चलायी, तो वह अत्यन्त विचलित हो उठा। उसे यह बोध होने लगा कि नीलिमा, धीराज (की मृतात्मा) और शारदा देवी, ये तीन व्यक्ति तीन तरफ़ से उस पर अंकुश चलाकर उसके जड़ और निष्क्रिय प्राणों को, न जाने भविष्य की किस अज्ञात सक्रियता की ओर ढकेले जा रहे हैं।

वह चुप रहा। केवल जिज्ञासु दृष्टि से शारदा देवी की ओर देखता रहा। शारदा देवी ने एक विशेष अर्थ-भरी दृष्टि से महीप की ओर देखते हुए कहा, "नीलिमा के सम्बन्ध में मैं निश्चित रूप से नहीं कह सकती कि वह आपकी भक्त है या नहीं। जहाँ तक मैं अनुमान लगा पायी हूँ, आपकी बहुत-सी कविताएँ उसे प्रिय अवश्य लग रही हैं, पर आपकी व्यावहारिक बुद्धि पर उसे पूर्ण विश्वास है, ऐसा मैं नहीं कह सकती। बल्कि मुझे इस बात पर सन्देह है और आश्चर्य भी कि बहुत-से सामाजिक और सांसारिक प्रश्नों पर ठाकुर साहब की विवेचना आपकी विवेचना की अपेक्षा उसे अधिक प्रभावित करती है!"

नीलिमा की चर्चा चलाते हुए शारदा देवी के मुख पर एक व्यंग्य पी हुई-सी विचित्र और अपरिस्फुट मुस्कान खेलने लगी थी।

भीतर-ही-भीतर एक असहनीय मार्मिक पीड़ा से कराहने पर भी महीप ने बाहर भरसक उस पीड़ा का आभास प्रकट नहीं होने दिया। नीलिमा की चर्चा को परिहास में परिणत करने की चेष्टा करता हुआ वह बोला, "तब तो नीलिमा निश्चय ही मेरी भक्त नहीं है। मुझे यह जानकर प्रसन्नता हुई कि आप केवल मेरे भक्तों का ही पता नहीं रखतीं, बल्कि उन लोगों का भी पता आपको है, जो मुझे मूर्ख समझते हैं, मुझसे घृणा करते हैं। तो आपका यह विश्वास है कि नीलिमा ठाकुर साहब के विचारों से प्रभावित है?"

अपने अन्तिम प्रश्न से महीप ने बात का सिलसिला ही जैसे बदल दिया। शारदा देवी ने फिर एक बार पहले ही की तरह एक विशेष अर्थ-भरी तीखी दृष्टि से उसकी ओर देखा और कहा, "प्रभावित अवश्य है। पर ठीक किस हद तक और किस रूप में, यह मैं नहीं कह सकती। क्योंकि, जैसा कि मैं कह चुकी हूँ, आपकी कविताएँ उसे बहुत पसन्द हैं। स्वभावतः आपकी कविताओं का काफ़ी महत्त्वपूर्ण प्रभाव उसके जीवन के दृष्टिकोण पर, उसके भाव-जगत् पर पड़ा होगा। पर यह होने पर भी उसकी व्यावहारिक बुद्धि पर ठाकुर साहब की ओर ही अधिक झुकी हुई है, ऐसा मुझे लगता है। इसके अलावा, ठाकुर साहब के व्यक्तित्व में स्त्रियों के लिए एक विशेष आकर्षण

है। उस आकर्षण का कारण क्या है, यह मैं नहीं जानती। और न शायद नीलिमा ही बता सकती है। पर इतना निश्चित है कि जो भूल ठाकुर साहब को समझने में मैंने आरम्भ में की थी, वही अब नीलिमा भी करने जा रही है।"

"कैसी भूल?" महीप ने अनजान-सा बनकर पूछा।

"यह धारणा कि ठाकुर साहब से विवाह करने में ही उसका कल्याण है।"

"तब क्या ठाकुर साहब से नीलिमा का विवाह सचमुच होने जा रहा है?"

"इसमें भी आपके मन में क्या अभी तक कोई सन्देह बना हुआ है? विवाह इसी महीने में होने जा रहा है। सब बातें एकदम पक्की हो चुकी हैं।"

भीतर से उठनेवाली हूक को बरबस दबाने का प्रयत्न करते हुए महीप ने कहा, "यह भी तो हो सकता है कि जो कारण आपकी दीदी, समिधा, आप और...और...शायद रूपा के सम्बन्ध में भी लागू हुआ था, वही नीलिमा के सम्बन्ध में..."

शारदा देवी ने एक तीखे और मार्मिक व्यंग्य के साथ—जिसमें महीप को घृणा और प्रतिहिंसा की ज्वाला-सी झलकती हुई दिखायी दी—मुस्कराकर बीच ही में उसकी बात काटते हुए कहा, "तब आप न तो नीलिमा को पहचान पाये हैं, न ठाकुर साहब को। नीलिमा के साथ ठाकुर साहब की कोई चालबाज़ी नहीं चल सकती, यह बात ठाकुर साहब अच्छी तरह जानते हैं। नीलिमा ऐसी माँ की देख-रेख में पली है, जो जीवन में छोटी-से-छोटी बात के सम्बन्ध में सदा सजग और चौकन्नी रही हैं। यही शिक्षा बहुत छोटी अवस्था से नीलिमा ने भी पायी है। इसीलिए मुझे आश्चर्य होता है कि वह ठाकुर साहब से विवाह के लिए क्यों राज़ी हुई है। शायद वह जानती है कि ठाकुर साहब कैसे ही कुटिल और कुचक्री क्यों न हों, वह विवाह के बाद भी उसका कुछ नहीं बिगाड़ सकेंगे। यह इस कारण कि ठाकुर साहब की चोटी पकड़कर उन्हें इच्छानुसार घुमाने की अपनी योग्यता के सम्बन्ध में उसमें पूरा आत्मविश्वास है। यह दूसरी बात है कि उसका यह आत्मविश्वास उसे धोखा भी दे सकता है। जो भी हो, इतना निश्चित है कि ठाकुर साहब चाहने पर भी इस विवाह को टाल नहीं सकेंगे, जब तक स्वयं नीलिमा न कतराये। नीलिमा चालाक लड़की है—बड़ी ही चालाक। उसने स्वयं अपने को न फँसाकर ठाकुर साहब को ऐसे बन्धनों में फँसा रखा है कि वह चाहने पर भी बच नहीं सकते, हालाँकि ठाकुर साहब इस मामले में बचना भी नहीं चाहते। क्योंकि इस विवाह के लिए नीलिमा की अपेक्षा वही अधिक उत्सुक दीख पड़ते हैं।"

"तब क्या वास्तव में नीलिमा इस विवाह के लिए विशेष उत्सुक नहीं है?"

"मैं तो समझती हूँ कि नहीं है। किन्तु उत्सुक न होने पर भी वह इस विवाह को आवश्यक और अनिवार्य समझती है।"

"क्यों? अनिवार्य क्यों समझती है?"

"इसके बहुत-से कारण हैं, जिनमें, दो को मैं प्रधान समझती हूँ। एक तो यह कि ठाकुर साहब के समान सम्पन्न और सामाजिक दृष्टि से प्रभावशाली व्यक्ति को पति

रूप में पाकर नीलिमा के समान फैशनेबुल समाज में, किन्तु अपेक्षाकृत असम्पन्न घर में, पली-पुसी लड़की अपने को सुरक्षित समझ सकती है। दूसरा कारण यह है कि उसकी माँ इस विवाह के पीछे जैसे अपने प्राणों की बाजी लगाये बैठी है और नीलिमा अपनी माँ के स्नेह-बन्धन में इस हद तक बँधी हुई है कि उनके लिए वह सब-कुछ कर सकती है। अनिच्छित पुरुष से विवाह कर सकती है और इच्छित पुरुष को बरबाद कर सकती है।''

''लेकिन यहाँ पर तो अनिच्छित और इच्छित पुरुष का प्रश्न ही नहीं उठता। क्योंकि आपने जो कारण बताये हैं, उनसे यह स्पष्ट है कि नीलिमा इच्छित पुरुष से ही विवाह करने जा रही है, अनिच्छित से नहीं। आपने बताया है कि नीलिमा की व्यावहारिक बुद्धि ठाकुर साहब की ओर अधिक झुकी है और ठाकुर साहब के व्यक्तित्व में स्त्रियों के लिए अर्थात् नीलिमा के लिए भी—एक विशेष आकर्षण है। इन कारणों से यह स्पष्ट है कि जिस व्यक्ति से वह विवाह करने जा रही है, उसे उसका मन हर तरह से चाहता है।''

''नहीं, इन कारणों से यह बात क़तई स्पष्ट नहीं है,'' एक भेद-भरी अभिव्यक्ति मुख पर झलकाते हुए शारदा देवी ने कहा, ''मुझे पूरा विश्वास है कि इस विवाह को लेकर नीलिमा के भीतर एक ऐसा द्वन्द्व मच रहा होगा, जो उसके मन को अत्यन्त निर्ममता से झकझोरकर उसे एक पल के लिए भी चैन नहीं लेने देता होगा। उसके स्वभाव से मैं बहुत-कुछ परिचित हूँ। उसकी मूल प्रकृति यह बात कभी सहन नहीं कर सकती कि एक ऐसे व्यक्ति के आकर्षण का प्रतिरोध करने में वह असमर्थ सिद्ध हुई है, जिसका जीवन कभी किसी महान् आदर्श की ओर उन्मुख नहीं रहा है। उच्चमध्यवर्ग के फ़ैशनेबुल समाज की दूसरी लड़कियों से नीलिमा में यह अन्तर है कि सामाजिक सुख-साधनों के प्रलोभनों के बहाव से बहते हुए भी, जीवन के किसी महान् (किन्तु अस्पष्ट) लक्ष्य की ओर पग बढ़ाने के लिए उसका अन्तर्मन सदा उत्सुक रहा है। वह स्वयं नहीं जानती कि वह महान् लक्ष्य या आदर्श क्या होना चाहिए। पर इतना अनुभव वह निश्चित रूप से करती है कि जीवित-से लगनेवाले जिन गुड्डों और गुड़ियों के समाज के बीच में वह रहती है, उनके रात-दिन के ढोंग-भरे जीवन की कृत्रिमता के परे जीवन की महान् वास्तविकता कहीं-न-कहीं अवश्य वर्तमान है। उस अदृश्य वास्तविकता की अस्पष्ट झाँकी सब समय ज्ञात में या अज्ञात में उसके सामने रहती है। कृत्रिम दिनचर्या में गले तक डूबे रहने पर भी वह एक क्षण के लिए भी उस कुहरे से ढके ध्रुवतारा को नहीं भूल पाती। यही कारण है कि उसकी अन्तरात्मा ठाकुर साहब से विवाह के लिए क़तई उत्सुक नहीं है। वह जानती है कि जिस विलासी समाज के जीवन की जड़ता ने उसे गले तक डुबा रखा है, ठाकुर साहब से विवाह होने पर वह उसे पूर्णतः—नाक, कान और आँखों सहित—डुबा देगी। इस आशंका ने उसकी भीतरी चेतना को निश्चय ही आतंकित कर रखा होगा। एक ओर विलासी समाज की सम्मोहकता से अपने को छुड़ाने का मनोबल उसमें नहीं है, दूसरी ओर जीवन के किसी

महान् अज्ञात आदर्श के लिए उसके प्राण छटपटाते रहते हैं। इन्हीं कारणों से एक प्राणघाती असमंजस के झूले में उसका हृदय और उसकी बुद्धि सब समय झूलते रहते हैं। ऐसा कोई पुरुष उसे नहीं मिल पाता, जो उसकी इन दोनों प्रवृत्तियों में सामंजस्य लाने में सहायक सिद्ध हो। ठाकुर साहब उसके मन की एक प्रवृत्ति की चरितार्थता में सहायक सिद्ध हो सकते हैं और आप...आप शायद उसकी दूसरी प्रवृत्ति को किसी हद तक सन्तुष्ट कर सकें। पर आप दोनों में से एक को स्वीकार करना उसके लिए ऐसा है कि या तो वह कटा हुआ सिर ग्रहण करे या कटा हुआ धड़। दोनों को संयुक्त और सजीव रूप में पाना उसके लिए असम्भव हो गया है। जिस समाज में वह रहती है, उसमें टिके रहने के लिए चूँकि धड़ के बिना काम नहीं चल सकता, इसलिए वह विवश होकर अन्त में धड़ को स्वीकार करने के लिए राज़ी हो गयी। ठाकुर साहब वही धड़ हैं।''

महीप बरबस निकलती हुई लम्बी साँस को बलपूर्वक दबाने की चेष्टा करता हुआ कुछ क्षण तक चुप ही रहा। उसके बाद सहसा उसने जैसे किसी एक अज्ञात शत्रु से लड़ने के लिए साहस बटोर लिया और बोला, ''तब क्या आपके मन में नीलिमा के प्रति किसी बात के लिए कोई शिकायत नहीं है?''

''नहीं!'' अत्यन्त गम्भीर मुद्रा बनाकर दृढ़ स्वर में शारदा देवी ने कहा, ''इसमें सन्देह नहीं कि बीच-बीच में मेरे मन में नीलिमा को कोसने की प्रवृत्ति जग उठी है। पर मेरा वह मनोभाव अधिक समय के लिए कभी नहीं ठहर पाया। दूसरे ही क्षण नीलिमा के प्रति मेरा आक्रोश दया की भावना में बदल जाता रहा है। वह कैसी ही समझदार लड़की क्यों न हो, उसे उस व्यक्ति के स्वभाव और चरित्र के आलजाल से अच्छी तरह परिचित होने के वे सुयोग या कुयोग प्राप्त नहीं हुए हैं; जो मुझे हुए हैं। इसके अलावा, जैसा कि मैं कह चुकी हूँ, उसकी अपनी कुछ निजी और कुछ समाजगत विवशताएँ हैं। मेरा सारा आक्रोश तो उस धूर्त के प्रति है, जो अपने रहस्य-जटिल कुचक्रों का जाल सब समय अपने चारों ओर फैलाये रहता है, और जो गिरगिट की तरह रंग-पर-रंग बदलने की कला में अपना सानी नहीं रखता।''

महीप फिर एक बार मूर्खों की तरह आँखें फाड़कर चुपचाप शारदा देवी की ओर देखता रह गया। बहुत-से प्रश्न करने के लिए उसका मन तिलमिला रहा था। पर एक भी प्रश्न की रूपरेखा उसके आगे स्पष्ट नहीं हो पाती थी। शारदा देवी सहसा उठ खड़ी हुईं। कमरे से बाहर जाती हुई बोलीं, ''शाम को शान्ता के यहाँ आपको हर हालत में चलना होगा, तैयार रहें।''

शारदा देवी के चले जाने पर वह कुछ देर तक कुर्सी पर जड़ और निश्चल अवस्था में बैठा रहा।

तीसरे पहर शारदा देवी ने फिर एक बार महीप को याद दिलायी कि उसे शान्ता कुमारी के यहाँ चलना होगा। महीप ने बहुत विरोध किया। पर शारदा देवी जैसे उसे

ले चलने के लिए क़सम खाये बैठी थीं। लाचार होकर अन्त में महीप को राज़ी होना ही पड़ा।

सन्ध्या होने पर वह नहा-धोकर, सज-सँवरकर तैयार हुआ। आज उसने पहली बार अपने बनाव पर विशेष ध्यान दिया। आज उसके युवक-मन की सहज प्रवृत्ति क्यों इस क़दर सजग हो उठी थी, इसका कारण वह स्वयं नहीं जानता था। धोबी के यहाँ से ताज़े धुले जो अच्छे-से-अच्छे कपड़े उसके पास थे—गाढ़े का एक अच्छी तरह सिला हुआ कुर्ता और हरे किनारे की खद्दर की धोती—उन्हें पहनकर बालों में देर तक मेहनत के साथ कंघी करने के बाद उसने अपने गोरे और मखमल की तरह मुलायम 'क्लीन शेव्ड' गालों पर दो-चार बार हाथ भी फेरे। उसके बाद अन्तिम बार दीवार पर टँगे गोलाकार शीशे में अपना मुँह देखकर वह स्वयं ख़ूब हँसा। क्यों हँसा, इसका भी कारण वह नहीं जान सका। वह हँस ही रहा था कि पीछे से शारदा देवी कमरे में अचानक आ पहुँचीं। उनके अत्यन्त निकट पहुँचने पर ही महीप ने उन्हें देखा। शारदा देवी दबे पाँव आयी थीं। महीप का शीशे में अपना मुँह देखकर हँसना उन्होंने देख लिया था। शायद उसकी उस अर्द्ध-स्वप्न की-सी एकान्त मानसिक अवस्था में विघ्न डालना उन्होंने उचित नहीं समझा था। अथवा यह भी सम्भव है कि वह महीप को अचानक आश्चर्य में डालने के लिए निःशब्द पगों से आयी हों। कुछ भी हो, महीप ने जब पीछे लौटकर अचानक शारदा देवी को देखा, तो वह ठिठक गया। प्रथम क्षण में उसे ऐसा लगा जैसे वह चोरी करता हुआ पकड़ लिया गया हो। पर शारदा देवी जब गम्भीर बनने की चेष्टा करने पर भी सहसा 'फिक्क' करके हँस पड़ीं तो उस हँसी का छुतहा प्रभाव महीप पर भी पड़ा। वह भी मुक्त भाव से अट्टहास कर उठा। कुछ देर तक दोनों, बिना कुछ बोले, अपनी-अपनी हँसी का एक-दूसरे को बिना कोई कारण बताये, हँसते रहे। शारदा देवी की आँखों से बहुत अधिक हँसने के कारण आँसू तक निकल गये थे।

"बहुत सुन्दर—वास्तव में वह कभी बहुत ही सुन्दर दिखायी देती रही होंगी," महीप मन-ही-मन कहने लगा, "और इस समय भी क़तई कुरूप नहीं दिखायी दे रही हैं।" वास्तव में शारदा देवी के चीमड़ मुख की उस समय की अभिव्यक्ति उसे बहुत ही स्निग्ध और प्रिय लग रही थी।

"आज मैंने जाना कि आप सचमुच कवि हैं और युवक भी," आँखों को सफ़ाई से पोंछने के बाद शारदा देवी ने कहा।

"तो आज तक आप क्या यह समझती थीं कि मैं अकवि और वृद्ध हूँ?"

"नहीं, मैं समझती थी कि आप केवल किताबी कवि हैं और बालक हैं।"

"अर्थात् बाल-कवि हूँ?"

"क़रीब-क़रीब यही समझिये। मैं आपको उपेक्षित बालक समझती थी, जिसको न स्वयं अपने सजाव-सिंगार का कोई ध्यान है, न जिसे कोई दूसरा इस सम्बन्ध में सुझानेवाला है। आज आप सचमुच युवक मालूम पड़ते हैं और छैला भी।"

"बाँका छैला?"

"बाँका-वाँका मैं कुछ नहीं जानती। आपको तो बाल की खाल निकालने और बात में बतंगड़ खोज निकालने में एक सुख मिलता है—एक निराला सुख जिसे मैं अभी तक ठीक समझ नहीं पायी। मुझे तो कभी-कभी ऐसा लगता है कि आपको बजाय कवि होने के प्रेस-रिपोर्टर होना चाहिए था। प्रकृति की यह ख़ामख़याली ही थी कि उसने आपके भीतर कविता के बीज भर दिये, वर्ना...?"

"वर्ना क्या?"

"वर्ना आप एक अच्छे-ख़ासे प्रेस-रिपोर्टर या ख़ुफ़िया विभाग के कर्मचारी हो सकते थे।"

महीप फिर एक बार खुलकर अट्टहास कर उठा। वह स्वयं नहीं जानता था कि आज उसमें खुलकर हँसने की इतनी अधिक शक्ति कहाँ से आ गयी। ज़रा-ज़रा-सी बात पर उसके भीतर फुरेरियाँ क्यों उठ रही हैं।

कुछ सँभलने के बाद उसने पूछा, "क्यों आपके मन में यह धारणा कैसे जम गयी कि मैं एक अच्छा-ख़ासा प्रेस-रिपोर्टर या जासूस हो सकता हूँ?"

"आपकी बातों के ढंग से। तीन-चार दिन के भीतर मैंने आपसे न जाने कितने विषयों पर कितनी बातें कही होंगी। स्वयं मुझे भी याद नहीं रह गया कि मैंने क्या-क्या कहा। पर आपने किसी भी विषय पर अपना कोई निजी मत प्रकट नहीं किया। केवल मेरे भीतर की अधिक-से-अधिक बातें बाहर निकलवाने के उद्देश्य से बीच-बीच में आप परोक्ष रूप में, कोई बात कह देते थे, जो आपका निजी मत न होकर केवल प्रश्न के ही रूप में मेरे सामने आता था। आप सचमुच जितने छोटे हैं उतने ही..."

"खोटे हैं!" शारदा देवी की बात स्वयं पूरा करते हुए महीप ने कहा। और वह फिर एक बार हँस पड़ा।

"चलिये, बहुत हो चुका। अब देर न कीजिये, समय हो चुका है।"

35

दोनों कुछ ही समय में शान्ता के यहाँ पहुँच गये।

वहाँ पहुँचने पर महीप ने देखा कि वहाँ सज-धजकर आये हुए युवकों और युवतियों की भरमार थी। बाहर खुले स्थान पर बैठने का प्रबन्ध किया गया था। कुछ लोग बैठे हुए थे। कुछ व्यस्त भाव से इधर-इधर चक्कर लगा रहे थे। कुछ खड़े-खड़े आपस में हास्यालाप कर रहे थे।

शारदा देवी को देखकर एक गेहुँआ रंग की हँसमुख नौजवान लड़की तेज़ क़दम रखती हुई चली आयी। स्निग्ध भाव मुख पर झलकाती हुई उनसे मिली। पारस्परिक अभिवादन के बाद शारदा देवी ने महीप से उस लड़की का परिचय कराया। महीप को मालूम हुआ कि वही शान्ता है। महीप से परिचित होने पर शान्ता के मुख पर एक

संकोच-भरी प्रसन्नता झलक उठी। उसने महीप की कविताएँ पढ़ी थीं। पर उसे कभी देखा नहीं था। उसने कहा, "आपने हम लोगों के यहाँ पधारकर बड़ी कृपा की। मैं इसके लिए आपको धन्यवाद..."

"नहीं, तुम्हें इसके लिए मुझे धन्यवाद देना चाहिए", बीच में ही टोकते हुए दुष्टतापूर्ण मुस्कान के साथ शारदा देवी ने कहा, "महीप जी किसी तरह आने को राज़ी नहीं होते थे। मैं उन्हें एक प्रकार से बलपूर्वक पकड़ लायी हूँ।"

शान्ता की मुस्कान और अधिक खिल उठी। उसने एक बार सरसरी दृष्टि से सिर से लेकर पाँवों तक महीप को देखा। उसे जैसे सचमुच इस बात पर विश्वास होने लगा कि उस 'बच्चा कवि' को बलपूर्वक पकड़ लाना शारदा देवी के लिए असम्भव नहीं है। वास्तव में महीप को देखकर शान्ता को निराशा हुई थी। वह उसे एक परिपूर्ण युवक समझे बैठी थी, जब कि वह एक 'बच्चा' साबित हुआ। फिर भी वह एक सुन्दर बच्चा था, जिसे खिलौने की तरह खेलाने का सुख प्राप्त किया जा सकता है। यह धारणा मन में लेकर शान्ता दोनों से बैठने का अनुरोध करके चली गयी।

महीप एक मेज़ के पास शारदा देवी के साथ बैठ गया। उसने देखा, शान्ता दो-चार लड़कियों के बीच में जाकर वहाँ से उसकी ओर इंगितपूर्वक देख रही है। सम्भवतः वह उन लड़कियों को बता रही थी कि वही 'कविवर महीप' हैं। लड़कियाँ भी कौतूहलवश महीप की ओर देखने लगीं। एक लड़की, जो उन सबमें अधिक स्वस्थ थी, महीप को देखकर खिलखिलाकर हँस पड़ी। महीप ने उस ढीठ लड़की की 'बेहयाई' से अपने को अपमानित अनुभव किया। पर उस अपमान का बदला चुकाने का कोई उपाय न देखकर वह चुपचाप मन मारकर रह गया।

निमन्त्रित युवकों और युवतियों की संख्या बढ़ती चली गयी। अधेड़ अथवा वृद्ध स्त्री-पुरुष वहाँ नहीं के बराबर थे। सभी लोग सुन्दर और मूल्यवान् महीन कपड़े पहने थे। विशेषकर युवतियों की रंग-बिरंगी साड़ियाँ देखकर महीप दंग था। उसे यह सोचकर आश्चर्य हो रहा था कि कपड़े के अकाल के इस ज़माने में ऐसे सुन्दर कपड़े ये लोग पा कहाँ जाते हैं, जबकि लज्जा ढकने के लिए भी वस्त्र न मिलने के कारण कई युवतियों के आत्महत्या करने के समाचार संवादपत्रों में छप चुके थे। उन रंग-बिरंगी साड़ियों को हवा में फहराते देखकर महीप को ऐसा लग रहा था, जैसे उसके चारों ओर ऐसी आग लगी हुई है जिसकी दुर्निवार लपटों ने सब तरफ़ से सब-कुछ ढक लिया है। वह सर्वग्रासी आग महीप को जितनी ही भयावनी लग रही थी, उतनी ही आकर्षक भी। उसे याद आया कि एक बार जब वह अपनी बिरादरी के किसी व्यक्ति की मृत्यु पर शवयात्रा के साथ रात के समय श्मशान गया हुआ था, तब वहाँ चिता जलने पर प्रायः निर्धूम आग की लपटों ने एक ऐसा सम्मोहक दृश्य उसके आगे खड़ा कर दिया था, जिससे वह अपनी आँखें फिरा नहीं पाता था। लाश की चर्बी के जलने से चटखने का शब्द हो रहा था! चिनगारियाँ आतिशबाज़ी की तरह ऊपर को छूट रही थीं और लपटें चारों ओर के अन्धकारमय वातावरण के बीच में अतृप्त दैत्यबालाओं की-सी लपलपाती

हुई जीभों से शून्य में से सब-कुछ शोषकर स्वाहा करने को विकल हो रही थीं। उन दैत्यबालाओं की अतृप्त वासनाओं का पूर्ण प्रज्वलित रक्त प्रकाश, एक विशेष सीमा तक फैलकर, उस सीमा के बाहर के समस्त विश्व को लुप्त किये हुए था। विनाश का वैसा सम्मोहक रूप महीप ने उसके पहले अपने जीवन में कभी नहीं देखा था। आज के समारोह ने न जाने किस रहस्यमय कारण से, उसी भूले हुए दृश्य को उसके आगे फिर सजीव कर दिया।

उस सम्मोहन के बीच में भी उसके अन्तर्वासी की आँखें सचेत थीं और एक विशेष ज्वाला को खोज रही थीं। उसे इस बात का कुछ भी पता नहीं था कि शान्ता से नीलिमा का परिचय है या नहीं, और यदि है तो किस हद तक है, तथापि उसके मन में यह आशा न जाने क्यों बँध गयी थी कि नीलिमा अवश्य ही उस भोज में सम्मिलित होगी। प्रतिक्षण उसकी आँखें केवल उसी को खोज रही थीं—कभी जानकर और कभी अनजान में।

सहसा चकित होकर उसने देखा कि एक प्रज्वलित प्रकाशमय टूटता हुआ तारा बड़ी तेज़ी से छूटकर शान्ता से आकर लिपट गया। क्षणिक भ्रान्ति की अवस्था में उसे आश्चर्य हुआ कि शान्ता की साड़ी जल नहीं उठी। पर तत्काल वह सँभल गया और यह सोचकर उसे स्वयं अपने ऊपर ग्लानि हुई कि उसका मन आजकल इस क़दर भ्रमशील, दुर्बल और चंचल हो उठा है। वह ज्योतिस्फुलिंग नीलिमा ही थी, सन्देह नहीं, पर उसे दूर से देखते ही उसका मन जो इस क़दर विचलित, बल्कि भ्रान्त, हो उठा, इसका अर्थ क्या यह नहीं है कि अपने मन पर से उसका नियन्त्रण दिन-पर-दिन क्षीण-से-क्षीणतर होता चला जा रहा है और मिरगी के रोगी की-सी एक मोहाच्छन्न अवस्था धीरे-धीरे उसके अनजान में, उसके मन और मस्तिष्क को घेरती चली जा रही है? आज पहली बार उसे यह अनुभव हुआ कि वह स्वाभाविक दुर्बलता का शिकार बनता चला जा रहा है। यदि वह अभी से न सँभल गया तो बाद में कोई डॉक्टर भी उसका इलाज करने में अपने को असमर्थ अनुभव करेगा।

पर इस तरह की विचारधारा ने उसके मानसिक उद्वेग को शान्त करने में कोई सहायता नहीं पहुँचायी। नीलिमा ने अभी तक उसे नहीं देखा था। वह हँस-हँसकर अपने प्रत्येक अंग को प्रायः हिलाती हुई शान्ता से बातें कर रही थी। शान्ता भी मुक्त भाव से मुस्करा रही थी। सम्भवतः दोनों आज बहुत दिनों बाद मिले थे। प्रतिमा और श्रीमती खन्ना महीप को कहीं नहीं दिखायी दीं।

महीप फिर कुछ समय के लिए योगनिद्रा की-सी अवस्था में विचित्र और प्रकट रूप से अर्थहीन, स्वप्नों के भँवर में डूबने-उतराने लगा था। सहसा एक तोप के गोले के-से विस्फोट से वह जाग पड़ा। शारदा देवी कह रही थीं, "बुलाऊँ नीलिमा को?" और अपनी तत्कालीन अर्द्धचेतन अवस्था में, महीप को उनके बोलने का शब्द तोप की आवाज़ की तरह लगा। चौंककर उसने शारदा देवी की ओर देखा। उनके मुख पर एक विचित्र अर्थ-भरी मुस्कान खेल रही थी।

महीप ने घबराहट के स्वर में कहा, "नहीं, नहीं। उन्हें यहाँ बुलाने की कोई...आप क्यों उन्हें बुलाना चाहती हैं? यहाँ उन्हें बुलाना उचित न होगा।"

"क्यों?" अत्यन्त धीरता के साथ शारदा देवी ने कहा, "बहुत दिनों से उससे भेंट नहीं हुई है। उससे मिलकर दो-चार बातें करना चाहती हूँ। आप क्यों आपत्ति करते हैं? आप चुपचाप बैठे रहिये।" यह कहकर शारदा देवी ने महीप को और अधिक आपत्ति के लिए कोई अवसर दिये बिना ही पास खड़ी एक प्रायः अट्ठारह वर्ष की लड़की से नीलिमा को बुला लाने के लिए कहा। लड़की तत्काल सीधे नीलिमा के पास जा पहुँची। महीप ने देखा कि लड़की के पहुँचते ही नीलिमा कौतूहल-भरी दृष्टि से उन दोनों की ओर देखने लगी। महीप मन-ही-मन यह प्रश्न कर रहा था कि क्या नीलिमा उसे देखकर भी शारदा देवी के पास आने को राज़ी होगी? शारदा देवी का प्रस्ताव वास्तव में उसे अवसर के अत्यन्त प्रतिकूल जान पड़ा, जो सम्भवतः उसे—और नीलिमा को भी—जान-बूझकर अशोभन परिस्थिति में डालने के लिए किया गया था। पर क्यों? शारदा देवी को इसमें क्या सुख मिल सकता है? यह अन्तिम प्रश्न करते हुए उसने एक बार तीखी दृष्टि से शारदा देवी की ओर देखा—शायद उनके मुख के भाव से अपने मन के प्रश्न का उत्तर पाने की बाल-आशा से। पर शारदा देवी के मुख पर केवल एक शान्त किन्तु भेद-भरी मुस्कान खेल रही थी, जिससे किसी प्रकार का भी निश्चित अनुमान लगा सकना प्रायः असम्भव था।

नीलिमा शायद क्षण-भर के लिए झिझकी, या शायद नहीं झिझकी हो, और वह केवल महीप के शंकित मन का भ्रम ही रहा हो, जो भी हो, सन्देश पहुँचने के कुछ ही क्षण बाद वह धीरे-धीरे उस ओर के लिए आगे बढ़ी, जिधर शारदा देवी और महीप बैठे थे। प्रारम्भ में उसकी मुख-मुद्रा कुछ गम्भीर थी, पर शारदा देवी के निकट पहुँचने पर वह गम्भीरता संकोच-भरी मुस्कान में बदल गयी। शारदा देवी स्निग्ध भाव से मुस्कराती हुई कुछ सँभलकर बैठ गयी, जैसे उसके लिए जगह खाली करना चाहती हो। महीप अत्यन्त गुरु-गम्भीर मुद्रा बनाये नीलिमा की ओर देखता हुआ चुपचाप काठ के पुतले की तरह बैठा रहा। न तनिक हिला न डुला।

नीलिमा ने सकुचाते हुए शारदा देवी से हाथ जोड़कर नमस्कार कहा। महीप की ओर उसने देखकर भी जैसे नहीं देखा।

शारदा देवी ने अत्यन्त स्निग्ध स्वर में धीरे से कहा, "आओ, बैठो।" नीलिमा तपाक से उनकी बग़ल में बैठ गयी।

"प्रतिमा और माँ कहा हैं?" शारदा देवी ने पूछा।

"प्रतिमा तो एक दूसरी जगह निमन्त्रण में गयी है; माँ घर ही पर हैं। उन्हें निमन्त्रण नहीं मिला।" संकोच-भरे क्षीण स्वर में नीलिमा ने कहा।

नीलिमा अचानक नववधू की तरह संकोचशील बन गयी थी। "पर साड़ी का पल्ला उसकी गर्दन के नीचे लटक रहा है," महीप ने मन-ही-मन कहा। उसे यह सोचकर

स्वयं आश्चर्य होने लगा कि नीलिमा की संकोचशीलता का ध्यान आते ही साड़ी के पल्ले की बात पर उसका ध्यान क्यों गया। नववधू की कल्पना के साथ घूँघट का जो संस्कार भारतीय स्त्री-पुरुषों के मन पर सदियों से जमा हुआ है, उससे उसका भी अन्तर्मन अभी तक मुक्त नहीं हो पाया, यह सोचकर अपने मन की नादानी पर उसे स्वयं, भीतर-ही-भीतर, हँसी आने लगी।

"ठाकुर साहब का कोई पत्र आया?"

यह अप्रत्याशित प्रश्न शारदा देवी ने ऐसे सहज भाव से किया कि नीलिमा कुछ क्षण के लिए देखती ही रह गयी। महीप भी शारदा देवी के आत्मविश्वासपूर्ण सहज साहस को देखकर चकित रह गया।

नीलिमा ने तनिक मुँह बिचकाकर, नाखून से मेज़ पर बिछा हुआ कपड़ा खुरचने की चेष्टा करते हुए कहा, "मुझे कुछ पता नहीं। माँ के पास शायद आया है। दुर्घटना का समाचार तो आपको मिल ही चुका होगा?"

"कौन-सी दुर्घटना?"

"ठाकुर धीराज सिंह की मृत्यु—सचमुच यह बड़ी ही शोचनीय दुर्घटना है।" सहज भाव से शारदा देवी की ओर देखते हुए नीलिमा के कहा। धीराज की चर्चा चलाकर वह अपना क्षणिक संकोच झाड़ चुकी थी।

धीराज की चर्चा से शारदा देवी का मुख अत्यन्त गम्भीर हो आया। उनका उज्ज्वल गोरा मुख सहसा, जैसे सघन बादलों की कालिमा से ढक गया। अत्यन्त उदास स्वर में उन्होंने कहा, "हाँ, ठाकुर साहब का तार मिला था। पर उसके बाद उनका कोई पत्र नहीं आया, जिससे उस दुर्घटना का विवरण जाना जा सकता। तुम्हें कुछ पता है कि दुर्घटना कैसे हुई?"

नीलिमा ठीक से बैठ गयी थी। पूरी दृष्टि से शारदा देवी की ओर देख रही थी। उसने कहा, "पता चला है कि धीराज सिंह प्रायः चालीस गज़ की दूरी पर खड़े एक हिरन पर निशाना लगा रहे थे। दुर्योग से उनकी बन्दूक़ की गोली छिटककर स्वयं उन्हीं को जा लगी, जिससे तत्काल उनकी मृत्यु हो गयी।"

"उफ़!" कहकर शारदा देवी सचमुच रो पड़ीं। कुछ देर तक वह अंचल से आँसू पोंछती रहीं। इस बीच महीप और नीलिमा एक-दूसरे को अत्यन्त गम्भीर दृष्टि से देखते रहे। जैसे दो परिपूर्ण विदेशी एक-दूसरे की भाषा का एक शब्द भी समझने में अपने को पूर्णतया असमर्थ मालूम कर रहे थे, हालाँकि एक-दूसरे का परिचय पाने के लिए वे दोनों (विदेशी) जैसे उत्सुक थे। साथ ही इस बात के लिए अत्यन्त अधीर हो रहे थे कि किस सांकेतिक भाषा में बातें करके एक-दूसरे को अपने मन की बात समझायें।

शारदा देवी की विकलता ने कुछ समय के लिए सारे वातावरण को अत्यन्त गुरु-गम्भीर रूप दे दिया। पर शीघ्र ही वह आँखें पोंछकर, सँभलकर बैठ गयीं। उन्होंने पूछा, "ठाकुर साहब कब तक लौट रहे हैं, कुछ पता है?"

"मुझे तो कुछ ठीक पता नहीं है," नीलिमा ने फिर कुछ संकोच में पड़कर कहा, "पर माँ कहती थीं कि शायद वह तीन-चार दिन बाद लौटेंगे। वह शायद जल्दी ही लौट आते, पर राजा साहब उन्हें रोके हुए हैं।"

36

कुछ देर तक फिर सन्नाटा छाया रहा।

जब से नीलिमा आयी थी, तब से महीप एक शब्द भी नहीं बोला था। सहसा शारदा देवी के ध्यान में यह बात आयी। एक विचित्र व्यंग्य-भरी मुस्कान मुख पर झलकाते हुए उन्होंने महीप की ओर संकेत करके नीलिमा से कहा, "तुम दोनों का क्या आपस में परिचय नहीं है? तब मैं परिचय करा दूँ। यह हैं कविवर महीप जी और यह हैं कुमारी नीलिमा खन्ना, भावी श्रीमती..."

सहसा नीलिमा बीच में ही टोकती हुई बोल उठी, "पर आपने यह कैसे मान लिया कि हम दोनों का आपस में परिचय नहीं है?" यह कहते हुए उसने एक मार्मिक मुस्कान-भरी दृष्टि से महीप की ओर देखा। महीप का रोआँ-रोआँ विकल हो उठा।

"इसलिए मान लिया कि तुम दोनों एक-दूसरे से मुँह फुलाये बैठे हो", शारदा देवी ने कहा।

"किसी भी कविवर के आगे मौन सम्भ्रम का भाव प्रकट करना कविता-प्रेमियों का कर्त्तव्य है। मैंने केवल इसी नियम का पालन किया है, पर कविवर को चाहिए कि वह मौन न रहकर हम लोगों को अपने प्रवचनों से कृतार्थ करते रहें।" यह कहते हुए नीलिमा ने, अपनी मुस्कान की मार्मिकता को तीखेपन का पुट और अधिक देकर महीप को ओर देखा।

महीप इस चुनौती से तिलमिला उठा। वह रह न सका। आखिर उसका कण्ठ फूट ही पड़ा। उसने कहा, "पर आजकल ऐसी महिलाओं की संख्या दिन-पर-दिन बढ़ती चली जा रही है, जो कविवरों के प्रवचनों को या तो पागल का प्रलाप मूर्ख-संलाप समझती हैं। इसलिए किसी भी कविवर के लिए 'मौनं हि शोभनम्' इस सिद्धान्त के पालन के सिवा दूसरा कोई चारा नहीं है।"

"मैं आपकी पहली बात की ताईद करती हूँ, पर दूसरी बात मानने को तैयार नहीं हूँ। यह इसलिए कि मूर्खों के संलाप का अपना एक निजी महत्त्व भी तो है!" अपना समस्त संकोच एक ही बार में झाड़कर, परिपूर्ण स्थिरता के साथ नीलिमा ने कहा। उसकी आँखों की अव्यक्त मुस्कान में दुष्टता झलक रही थी।

महीप स्तब्ध रह गया। इतनी बड़ी ढिठाई की आशा—और वह भी ऐसे समय में, जब दोनों के तार कम-से-कम व्यावहारिक क्षेत्र में, एक-दूसरे से फिर एक बार जुड़ने के लक्षण प्रकट करने लगे थे—महीप ने नीलिमा से नहीं की थी। उसे लगा कि नीलिमा इससे बड़ा अपमान उसका नहीं कर सकती। शारदा देवी भी नीलिमा की इस तरह की बात से कुछ चौंक-सी उठीं।

महीप के भी संकोच का पर्दा जैसे किसी ने एक तेज़ छुरे से आर-पार चीर डाला था। तनिक खीझ-भरे स्वर में उसने कहा, ''मूर्खों के संलाप का महत्त्व है, यह मैं मानता हूँ और वह महत्त्व ऐसा है, जो भविष्य में एक-न-एक दिन समझदारों की बुद्धि को ग्रस्त करके ही रहेगा। पर यह समय की बात है, अभी मूर्खों के लिए मौन रहना ही मैं श्रेयस्कर समझता हूँ!''

''पर 'तावच्च शोभते मूर्खो यावत्किंचिन्न भाषते' यह नीति इस प्रगतिशील युग में पुरानी हो चली है, यह भी आपको मानना पड़ेगा।'' कहकर नीलिमा अधखुले स्वर में खिलखिला उठी। महीप के मुँह पर जैसे किसी ने जूता मार दिया।

शारदा देवी सहसा बोल उठीं, ''अरे, तुम दोनों ने तो बाक़ायदा लड़ाई शुरू कर दी!''

नीलिमा खिलखिलाकर हँस पड़ी। वह मुक्तहास इस क़दर छुतहा सिद्ध हुआ कि महीप भी बरबस मुस्करा उठा। उसने आश्चर्य के साथ महसूस किया कि नीलिमा के उस मुक्तहास ने जैसे एक ही बार झाड़ फेरकर उसके अन्तर की समस्त ग्लानि और समस्त ज्वाला को झाड़कर साफ़ कर दिया। उसने यह भी अनुभव किया कि इतने दिनों के परिचय के बाद भी अभी तक वह उस मायाविनी को समझ नहीं पाया है। उस दिन का चित्र उसकी आँखों के आगे नाच रहा था, जब वह रात में नीलिमा के यहाँ से लौट रहा था। नीलिमा ने उसे फाटक पर रुकवाने के बाद, एकन्त में उससे मिलकर उसके विदा होने के पूर्व अत्यन्त करुण भाव से कहा था, ''क्षमा, क्षमा, महीप क्षमा!'' उसके उस रात के उस रूप में और आज के रूप में ज़मीन और आसमान का अन्तर था। उन दोनों में किस रूप को वह सत्य माने और किसको असत्य? क्या उस रात का वह एकान्त करुण और अत्यन्त मार्मिक रूप से विह्वल रूप, किसी भी कारण से बनावटी माना जा सकता है? क्या कोई नारी मुखड़ा बदलने की कला में इस क़दर निपुण हो सकती है? क्या उस रात वह नाटकीय रूप नीलिमा ने केवल इसलिए दिखाया था कि—उसके—महीप के—अन्तरतम प्रदेश की छिपी हुई भावना का पर्दाफ़ाश करके, उसके उन्नत अहंभाव के सम्पूर्ण संयम को निपट उपहास में परिणत कर दिया जाय? यही सम्भव है, अन्यथा नीलिमा के आज के इस तीक्ष्ण व्यंग्य और मुक्त परिहास का कोई अर्थ नहीं होता।

इस तरह सोचने पर भी महीप को नीलिमा का सामीप्य प्रिय लग रहा था और इसके लिए वह अपने-आपको धिक्कार रहा था।

मुक्त हास के 'फिट' से सँभलने पर नीलिमा ने शारदा देवी को लक्ष्य करके कहा, ''महीप जी सदा लड़ाई मोल लिया करते हैं। वह या तो बिलकुल चुप रहेंगे या यदि बोलेंगे तो कोई-न-कोई बात अवश्य ही ऐसी छेड़ देंगे जिस पर लड़ाई अनिवार्य रूप से छिड़ जायेगी। उनके समान अग्रगतिशील वीर नायक को शायद झगड़ा मोल लेने की आवश्यकता रहती है। उन्हें निरन्तर अपने सामने की समस्त रुकावटों को ठेलकर, अपनी प्रगति के मार्ग पर खड़े मनुष्यों को धक्का देते हुए आगे बढ़ना पड़ता है। पर हम लोग—मेरा मतलब मेरी ही जैसी प्रकृति के लोगों से है—जिनमें न तो आगे बढ़ने

का साहस है, न महत्त्वाकांक्षा ही, साथ ही जो अपने स्थान से हटना भी नहीं चाहते, स्वभावतः ऐसे अग्रगतिशील व्यक्तियों के बढ़ाव का प्रतिरोध करेंगे।''

''तुमने अपनी बात बहुत अच्छे ढंग से उपस्थित की है, नीलिमा'', अत्यन्त गम्भीर मुद्रा से शारदा देवी ने कहा, ''पर एकं बात मैं भी कहना चाहती हूँ। जो व्यक्ति सचमुच अग्रगतिशील होगा, उसकी गति का सफल प्रतिरोध तुम नहीं कर सकोगी। तुम्हें या तो उसके आगे आत्मसमर्पण करना पड़ेगा या—या—आत्मविनाश!''

पल में नीलिमा के मुख का रंग ही जैसे उड़ गया। इस तरह की बात के लिए वह क़तई तैयार नहीं थी। शारदा देवी के तीखे मन्तव्य ने उसके भीतर की अथाह गहराई के ठीक किस स्थान को स्पर्श किया, यह तो वह नहीं जान पायी, तथापि उस स्पर्श की प्रतिवेदना ने उसके सचेत मन के अणु-अणु को एक निराली भीति-भावना से छा दिया। उसके व्यंग्य और परिहास का रूप न जाने कहाँ विलीन हो गया। कुछ क्षण तक वह प्रगाढ़ गम्भीर भाव से, भय, कुतूहल और प्रश्न-भरी दृष्टि से शारदा देवी की ओर एकटक देखती रही। उसके बाद सहसा उठ खड़ी हुई। शारदा देवी के रोकने पर भी नहीं रुकी। यह कहकर कि, ''मुझे एक ज़रूरी काम से ललिता से मिलना है,'' हड़बड़ी से शारदा देवी की ओर हाथ जोड़कर और महीप की ओर बिजली की झलक से देखकर, तेज़ क़दम रखती हुई चली गयी।

महीप न तो शारदा देवी के गूढ़ मन्तव्य का ठीक-ठीक आशय समझ पाया था, न नीलिमा पर उस मन्तव्य के स्पष्ट रूप से गहरे प्रभाव का कारण। तथापि इस बात से उसे प्रसन्नता ही हुई थी कि शारदा देवी ने नीलिमा की व्यंग्य और परिहासपूर्ण चोटों को गहन चिन्तनशीलता में बदल दिया है।

उसके बाद नीलिमा फिर एक बार भी उन दोनों के पास नहीं फटकी। पर महीप की आँखें बरबस सब समय उसी को खोजती फिरती थीं। 'डिनर' के समय नीलिमा उन दोनों की ओर प्रायः पीठ करके, एक अपेक्षाकृत दूरवाले टेबिल पर दो-तीन लड़कियों के साथ बैठी थी।

महीप की आँखें चूँकि उसी टेबिल की ओर लगी हुई थीं, इसलिए वहाँ पर बैठी हुई एक लड़की बड़े कौतूहल से उसकी ओर देख रही थी। एक बार उस लड़की ने नीलिमा से शायद महीप के सम्बन्ध में कुछ कहा। सम्भवतः उसने यह कहा हो कि ''कविवर महीप हम लागों की ओर घूर रहे हैं'' या इसी तरह की और कोई बात कही हो। जो भी हो नीलिमा ने उसी दम मुँह मोड़कर एक झलक महीप की ओर देखा। फिर तत्काल ही मुँह फेर लिया। महीप को कुछ ग्लानि हुई। उसने मन-ही-मन इरादा किया कि अब उस ओर देखकर भी नहीं देखेगा। पर मूर्ख मन नहीं मानता था। उसने फिर उसी ओर देखना शुरू कर दिया। शारदा देवी महीप की यह बेचैनी देख रही थीं। पर एक बार भी उन्होंने उससे इस बात का उल्लेख नहीं किया। दूसरी-दूसरी बातों में उसे उलझाये रहने की चेष्टा करती रहीं।

पार्टी भंग होने पर जब महीप निराश पगों से शारदा देवी के साथ वापस चलने की तैयारी करने लगा, तब भी उसकी आँखें भीड़ में इधर-उधर किसी को खोज रही थीं। सहसा किसी ने पीछे से अत्यन्त अप्रत्याशित, किन्तु चिरपरिचित झंकार-भरे स्वर में पुकारा, "महीप जी, ज़रा सुनिये।"

प्रथम क्षण में महीप को भ्रम हुआ कि उसके कानों को धोखा हुआ है और उसके मन की आशंकित आकांक्षा ने उस गुंजरित वातावरण में उसके कानों के पर्दों को बजाकर वह इच्छित भ्रम उत्पन्न किया है। पर दूसरे ही क्षण जब उसने लौटकर देखा, तो सचमुच नीलिमा उसे संकेत से बुला रही थी। वह शारदा देवी का साथ छोड़कर धड़कता हुआ हृदय लेकर, हड़बड़ाता हुआ उस ओर बढ़ा जिस ओर नीलिमा खड़ी थी। शारदा देवी अपने आसपास की भीड़ की व्यस्तता के बीच में कुछ अन्यमनस्क-सी हो उठी थीं। बहुत-सी मोटरों के हार्नों के बजने के कारण न तो उनके कानों में नीलिमा की आवाज़ गयी, न उन्होंने महीप को जाते देखा।

महीप को आते देखकर नीलिमा उलटी दिशा की ओर बढ़ी। महीप उसका अनुसरण करता हुआ चला गया। महीप को ऐसा लग रहा था, जैसे किसी अज्ञात भूतलोक की एक मायावेषी लुभावनी और मोहिनी छाया, अपने रहस्यपूर्ण गूढ़ इंगित द्वारा उसे बहकाये लिये जा रही है। न जाने किस घोर विभीषिकापूर्ण गहन अन्धकारमय अतल गर्भ में ढकेलने के लिए।

बँगले की भीतरी सीमा समाप्त होने पर नीलिमा सहसा बायीं ओर को मुड़ गयी। एक अपेक्षाकृत अँधेरे में और एकान्त स्थान में एक-दूसरे को आलिंगन किये हुए बाँस के पेड़ों के नीचे खड़ी हो गयी। महीप भी उसका अनुसरण करता हुआ पुलकित, भीत और आशंकित हृदय से वहीं पहुँचा। उसका हृदय उसे बता रहा था कि आज उसे ठीक पिछली बार की ही तरह चक्कर में उलझाया जा रहा है, पर निश्चय ही नये ढंग से। वह नया ढंग क्या है, यह जानने की उत्सुकता उसके मन में अत्यन्त तीव्र हो उठी थी। इसीलिए वह आया भी था। नहीं तो वह शायद पहले ही क्षमा माँगकर नीलिमा के प्रस्ताव को टाल देता।

महीप जब नीलिमा के एकदम निकट पहुँच गया तो नीलिमा ने प्रायः फुसफुसाते हुए कहा, "महीप मुझे इस बात का बहुत दुःख है कि आज भी मैंने अपनी बातों से तुम्हारा जी दुखाया। पर तुम्हारी समझदारी पर मेरा पूरा विश्वास है। मैं जानती हूँ कि तुम मेरी इस तरह की बातों से कोई ग़लत धारणा मन में नहीं उत्पन्न होने दोगे।"

महीप के भीतर कोई विकट अट्टहास कर उठा। पर उस अट्टहास की ओर उसने कान बन्द कर लिये। नीलिमा की बात की सचाई और सहृदयता पर विश्वास करने के लिए वह फिर एक बार उत्सुक हो उठा। पर प्रकट में बोला, "मेरी ग़लत धारणा से किसी का कुछ बनता-बिगड़ता नहीं नीलिमा, यह तुम भी अच्छी तरह जानती हो।"

क्षण-भर के लिए नीलिमा चुप रही। महीप को ऐसा लगा, जैसे उसने एक लम्बी साँस को बरबस दबाने की व्यर्थ चेष्टा की। दूसरे ही क्षण वह बोली, "तुम्हारी ग़लत धारणा से किसका कितना बनता और कितना बिगड़ता है, यह तुम कभी न जान सकोगे। न इसका ठीक-ठीक हिसाब कभी कोई तुम्हारे आगे पेश करने को आयेगा। ये सब बातें जाने दो महीप, मैं तुमसे एक अनुरोध करना चाहती हूँ। इसीलिए मैंने तुम्हें बुलाया है। क्या तुम पिछली सब बातें भूलकर मुझसे और एक बार किसी दिन एकान्त में मिल सकते हो?"

क्षण-भर के लिए महीप के मन में यह प्रेरणा उठी कि नीलिमा के प्रस्ताव को तत्काल ठुकराकर किसी ऐसी उलझन में फँसने की सम्भावना से बच जाय, जो उसकी तत्कालीन मानसिक स्थिति को और अधिक जटिल बना सकती है। साथ ही उसके मन के पहले से ही कसे हुए तार को और अधिक निर्भयता से कसकर उसे तोड़ भी सकती है। पर दूसरे ही क्षण उसका मन फिसल गया। वह बोला, "मुझे कोई आपत्ति नहीं है।"

"तब ठीक है। आज बुधवार है, परसों शुक्रवार को ठीक सात बजे रीजेण्ट में मिलना। मैं बाहर खड़ी रहूँगी।"

"अच्छी बात है", भरी हुई आवाज़ में महीप ने कहा।

"भूलना मत—रीजेण्ट में शुक्रवार को सात बजे शाम। अब जाओ, शारदा जी तुम्हारा इन्तज़ार कर रही होंगी।" यह कहकर नीलिमा तेज़ क़दम रखती हुई पिछवाड़े की तरफ़ से चली गयी।

महीप जब लौटकर शारदा देवी के पास पहुँचा, तब वह व्यस्त आँखों से इधर-उधर शायद उसी को खोज रही थीं। "चलिये!" महीप ने कहा। शारदा देवी ने चौंककर पीछे की ओर देखा।

"कहाँ चले गये थे? मैं तो आपको खोजते-खोजते परेशान हो गयी।"

"एक परिचित व्यक्ति से भेंट हो गयी थी। अब चलिये, ताँगेवाले को आपने विदा कर दिया था या रोक लिया था।"

"खड़ा होगा कहीं।"

फाटक के बाहर महीप ताँगा खोजने लगा। ताँगेवाला सो रहा था। उसे जगाया गया। जब दोनों बैठ गये और ताँगा चल पड़ा तो महीप ने कहा, "आज पता नहीं क्यों, बहुत देर से मेरी दायीं आँख फड़क रही है।"

"यह तो अच्छा शकुन माना जाता है। तब तो निश्चय ही किसी मनचाहे व्यक्ति से आपकी भेंट शीघ्र ही होगी। या कहीं से कोई शुभ समाचार प्राप्त होगा।"

शारदा देवी के बोलने के ढंग से इस बात का पता लगाना कठिन था कि वह व्यंग्य में कह रही हैं या परिहास में, या सरल भाव से।

महीप कुछ चौंक उठा। उसने कहा, "आप क्या सचमुच शकुन-अपशकुन की बातों पर विश्वास करती हैं?"

''पहले आप यह बताइये कि आप विश्वास करते हैं या नहीं?'' शारदा देवी ने कुछ तीखे ढंग से प्रश्न किया।

महीप बोला, ''दिल के बहलाने को यह ख़याल अच्छा है।''

''तब मैंने भी आपका 'दिल बहलाने के' लिए ही कहा है।''

सड़क की बिजली के प्रकाश में महीप ने देखा, ऐसा कहते हुए शारदा देवी के सम्पूर्ण मुख पर एक तीव्र व्यंग्य झलक उठा है।

37

मध्य भारत का वह पहाड़ी जंगल।

जब धीराज सज-धजकर ठाकुर लक्ष्मीनारायण सिंह की शिकार पार्टी के साथ शिकार खेलने गया, तो गले में कारतूस की माला डाले, हाथ में बन्दूक़ लिये, वह तन में और मन में ऐसी फ़ुर्ती का अनुभव कर रहा था, जैसे उसने जीवन में पहले शायद कभी अनुभव नहीं की थी। उसे ऐसा लग रहा था, जैसे उनका सुदूर भूतकाल का बिस्मृत जीवन फिर से लौट आया है। विफलता तथा पराजय की जो अनुभूति इतने दिनों से उसकी आत्मा को एक सर्वशोषी ग्लानि की अनुभूति से दबाती चली आ रही थी, वह रात के क्षणिक स्वप्न की तरह न जाने कहाँ विलीन हो गयी है। किसी के प्रति उसके मन में वैर या ईर्ष्या की भावना जैसे नहीं रह गयी थी। सबके प्रति उन्मुक्त प्रेम की बाढ़ भी उमड़ उठी थी। रास्ते-भर वह ठाकुर साहब से खुले हृदय से, स्निग्ध मुस्कान के साथ बातें करता रहा, जैसे वह कभी हीनता की किसी भी भावना के कारण ठाकुर साहब से दबा नहीं रहा हो। उनके समान—बल्कि उनसे ऊँचे—स्तर के अनुभूति-लोक में बराबर विचरण करता रहा हो।

केवल चार आदमी शिकार खेलने के लिए गये थे। ठाकुर लक्ष्मीनारायण सिंह, धीराज, ठाकुर साहब का नौकर बैजूलाल और राजा साहब के मँझले लड़के राजकुमार बलवीर सिंह। प्रातः का समय था। ठण्डी पहाड़ी हवा चल रही थी। सबके मन में उत्साह था, उमंग थी। जब उन लोगों ने अपेक्षाकृत घने जंगल के बीच में प्रवेश किया, तो चारों स्वतः प्रवृत्त होकर विभिन्न दिशाओं की ओर बढ़ चले। धीराज बबूर के पेड़ों की दो घनी कतारों के बीच से होकर पश्चिम की ओर एक ऊँचे टीले की तरफ़ बढ़ा। चढ़ाई धीरे-धीरे तय करता हुआ जब वह चोटी पर पहुँचा, तो उसने चारों ओर नज़र दौड़ायी। हवा बहुत ही मन्द चल रही थी। झींगुरों की अविरल झनकार के सिवा किसी प्रकार का कोई शब्द कहीं नहीं सुनायी देता था। झींगुरों की झनकार वातावरण के सन्नाटे की गम्भीरता को और अधिक प्रगाढ़ बनाने में सहायक सिद्ध हो रही थी। उस एकान्त शान्ति में, धीराज क्षणकाल के लिए अपने भीतर के काव्य-जगत् की दार्शनिकता में पूर्ण रूप से निमग्न हो गया। उस निमग्नता की अवस्था में उसने क्या पाया, वह स्वयं नहीं जान सका। पर उसके अन्तःप्रान्त का कोना-कोना एक अत्यन्त रहस्यमय, अनिर्वचनीय और सुखद अनुभूति से जैसे उथल उठा। वह काफ़ी देर तक बन्दूक़ हाथ में लिये, सामने नीचे की ओर शून्य दृष्टि से देखता हुआ निश्चल अवस्था में खड़ा रहा।

सहसा उसने बन्दूक़ धीरे से नीचे रख दी। स्वयं भी बैठ गया। जो ब्रीचेज़ वह पहने था, उसकी बायीं जेब से उसने एक पाकेट-बुक बाहर निकाली। उसके भीतर एक बहुत ही पतली छोटी-सी पेन्सिल रखी हुई थी। उसके कई लिखे हुए पन्नों को उलटने के बाद एक सादे पृष्ठ पर वह अत्यन्त ध्यानमग्न अवस्था में कुछ लिखने लगा। प्रायः बीस मिनट तक वह लिखता रहा। वह लिख ही रहा था कि सहसा पास ही कहीं से कुछ खड़कने की-सी आवाज़ हुई। तत्काल उसके भीतर का शिकारी सचेत हो उठा। उसके कान जैसे खड़े हो गये। पाकेट-बुक को चुपचाप जेब में डालकर वह चौकन्ना होकर बैठ गया। बन्दूक़ उसने धीरे से उठा ली। किसी भी अज्ञात परिस्थिति के लिए तैयार हो गया।

कुछ देर तक सन्नाटा रहा। उसके बाद फिर खड़कने की आवाज़ सुनायी दी। आवाज़ यद्यपि बहुत ही धीमी थी, किन्तु तत्कालीन स्तब्ध वातावरण में धीराज के सजग कानों को काफ़ी तीव्र लगी। वह शिकार की घात में बैठी बिल्ली की तरह दुबके हुए क़दमों से धीरे से कुछ नीचे उतरा।

नीचे उतरने पर उसने देखा। सामने प्रायः साठ गज़ की दूरी पर झाऊ के कुछ पेड़ों की छाया के नीचे, एक तलैया के किनारे, एक हिरन अत्यन्त सजग होकर, भीत और चकित दृष्टि से चारों ओर देख रहा है। धीराज ने बबूर के दो पेड़ों के पीछे अपने को छिपा लिया। उन पेड़ों के बीच से बन्दूक़ की नली को आगे बढ़ाकर निशाना लगाने लगा। साथ ही बड़े ग़ौर से वह हिरन की प्रत्येक गतिविधि का निरीक्षण करने लगा। स्पष्ट ही हिरन पानी पीने के इरादे से आया था। पर पीने का साहस नहीं होता था। तलैया में मुँह डालते ही वह अपने ही द्वारा उत्पन्न क्षीण शब्द से स्वयं चौंक उठता था। दोनों कानों को कड़ा करके वह अत्यन्त चकित दृष्टि से चारों ओर देखने लगता था। बार-बार वह ऐसा ही करता था। जी भरकर पानी नहीं पीता था। आत्मरक्षा के पशु-संस्कार से प्रेरित होकर वह जैसे किसी सूक्ष्म और अव्यक्त ज्ञानेन्द्रिय द्वारा यह अनुभव कर रहा था कि कोई प्राणी आसपास उसकी घात में छिपा है।

उस समय धीराज की आँखों में जैसे उसके प्राणों की समस्त शक्ति एकत्र होकर समा गयी थी। इसके पहले वह कई बार जानवरों और चिड़ियों का शिकार कर चुका था। पर अपने प्राणों की रक्षा के लिए, इस प्रकार मार्मिक रूप से सचेत किसी जानवर को देखने का अवसर उसे उस दिन सम्भवतः पहली ही बार प्राप्त हुआ था। उस भीत हिरन की ओर देखते-देखते धीराज धीरे-धीरे अनमना-सा हो उठा। फिर एक बार न जाने किन दार्शनिक, काव्यात्मक अथवा मनोवैज्ञानिक विचारों में मग्न-सा हो गया। उसे अपना तात्कालिक लक्ष्य जैसे भूल गया। गोली से भरी बन्दूक़ को ठीक से पकड़ने में उसके ढीले हाथ जैसे अपने को असमर्थ अनुभव करने लगे।

ठीक उसी समय, दक्षिण की ओर, प्रायः दो सौ गज़ के फ़ासले पर एक खाईंनुमा, सूखे हुए पहाड़ी नाले की आड़ में राजकुमार बलवीर सिंह भी उसी हिरन की ओर बन्दूक़

का निशाना लगाये खड़े थे। उन्हें पता नहीं था कि धीराज भी उसी हिरन को लक्ष्य बनाये हुए था। एक क्षण ऐसा आया, जब कुँवर साहब बन्दूक़ का घोड़ा प्रायः दबा ही चुके थे। पर सहसा ठीक उसी क्षण में उन्होंने पास ही कहीं से गोली चलने की आवाज़ सुनी। उसी दम उन्होंने देखा कि हिरन पानी पीना छोड़कर बड़ी तेज़ी से उलटे पाँव भागा चला जा रहा है। भागते हुए हिरन पर उन्होंने गोली चलायी, पर वह निशाना ठीक नहीं बैठा। कुँवर साहब ने खीझकर बन्दूक़ ज़मीन पर पटक दी।

पटकने के बाद वह उसी नाले पर झाऊ के एक पेड़ की छाया में कुछ देर तक सुस्ताने के इरादे से बैठने जा रहे थे। पर सहसा वह उठ खड़े हुए। वह जानने के विचार से कि जिस गोली की आवाज़ सुनकर हिरन भाग निकला वह कहाँ से और किसने चलायी; वह उत्तर की ओर बढ़े। थोड़ी-सी चढ़ाई तय करके वह जब कुछ ऊपर बढ़ चुके, तो एक स्थान पर सूखी पत्तियों के ऊपर उनके शिकारी जूते फिसल पड़े। वह रपटकर नीचे गिरे। किसी तरह सँभलकर वह फिर उठ खड़े हुए। कपड़ों पर से धूल झाड़कर फिर ऊपर चढ़ गये। कुछ दूर जाने पर उन्होंने जो दृश्य देखा वह अत्यन्त भयावह था। धीराज लहूलुहान अवस्था में बबूर के दो पेड़ों के नीचे पड़ा हुआ कराह रहा था और एक सूखे तिनके को अपने ही ख़ून में डुबोकर, लेटे-ही-लेटे अपने रूमाल पर अत्यन्त कष्ट के साथ कुछ लिखने की चेष्टा कर रहा था। कुँवर बलवीर सिंह क्षण-भर के लिए ठिठककर जहाँ-के-तहाँ खड़े रह गये। उसके बाद जब भ्रान्त अवस्था में क़दम बढ़ाया, तब धीराज तिनका फेंककर चित लेट चुका था। कुँवर साहब एक पग भी आगे नहीं बढ़ पाये थे कि उन्होंने देखा कि सहसा ठाकुर लक्ष्मीनारायण सिंह, न जाने किस गुप्त स्थान से बाहर निकलकर एक चील की तरह झपट्टा मारते हुए-से उसी रूमाल पर टूट पड़े, जिस पर धीराज ने अपने रक्त से न जाने क्या लिखा था। उसे उठाकर वह तेज़ क़दमों से नीचे की ओर जैसे भागने लगे।

कुँवर बलवीर सिंह अत्यन्त भ्रान्त मानसिक अवस्था में धीराज सिंह के पास पहुँचे तो उन्होंने देखा कि वह उनके पहुँचने के पहले ही अन्तिम साँस ले चुका था। नीचे से ठाकुर साहब बड़ी घबराहट के स्वर में बैजूलाल को पुकार रहे थे। पर बैजूलाल पहले ही घटना-स्थल पर पहुँच चुका था। उसने बताया कि वह इतनी देर तक पास ही कहीं छिपा था।

जब ठाकुर साहब, कुँवर साहब और बैजूलाल, तीनों धीराज की लाश के पास इकट्ठे हुए, तो कुछ समय तक तीनों एकटक लाश की ओर देखते हुए सन्न खड़े रहे। जैसे तीनों उस मृत शरीर से प्रश्न करना चाहते हों कि यह अप्रत्याशित दुर्घटना क्यों और कैसे हो गयी? ख़ून धीराज के पेट के ऊपरी भाग के किसी स्थान से निकल रहा था। धीराज के मुख की अभिव्यक्ति में विशेष विकृति नहीं आने पायी थी। यदि रक्त का कोई चिह्न उस समय वहाँ पर न होता, तो किसी भी दर्शक को यह भ्रम हो सकता था कि धीराज सो रहा है।

तीनों के मुख पर खेद के चिह्न स्पष्ट प्रकट हो रहे थे, पर ठाकुर साहब के चेहरे से ऐसा जान पड़ता था जैसे वह सबसे अधिक घबराये हुए हैं। कुछ देर बाद ठाकुर साहब जब कुछ स्वस्थ हुए, तो उन्होंने यह प्रस्ताव किया कि बैजूलाल को भेजकर आदमियों को बुलाया जाय और अर्थी तैयार करने का सब सामान भी वहीं मँगा लिया जाय, ताकि वे लोग सीधे घटनास्थल से श्मशान-यात्रा को जा सकें।

"पर हुआ क्या?" कुँवर बलवीर सिंह ने पूछा।

ठाकुर साहब ने अत्यन्त गम्भीर स्वर में उत्तर दिया, "स्पष्ट है कि गोली असावधानी के कारण धीराज की बन्दूक़ से छिटककर स्वयं उसके पेट में जा लगी है।"

बैजूलाल बोला, "आश्चर्य है, क्योंकि ठाकुर धीराज सिंह असावधान शिकारी कभी नहीं रहे।" यह कहकर वह परीक्षक की-सी दृष्टि से ठाकुर साहब की ओर देखने लगा।

उसके इस मन्तव्य की पूर्ण उपेक्षा करते हुए ठाकुर साहब बोले, "तुम अब देर न करो, क्योंकि जंगल में लाश का अधिक समय तक इस तरह पड़े रहना ख़तरे से खाली नहीं है। जल्दी जाकर आदमियों को बुलाओ और अर्थी का प्रबन्ध करो। तब तक हम दोनों लाश पर पहरा देते रहेंगे।"

बैजूलाल के चले जाने के बाद ठाकुर साहब लाश के पास ही किंचित् ऊँचे एक स्थान पर बबूर के दो-तीन पेड़ों की छाया में बैठ गये। कुँवर बलवीर सिंह उनके केवल दो-तीन हाथ की दूरी पर सूखी पत्तियों के ऊपर हाथ-पाँव पसारकर लेट गये। वह शरीर से और मन से अपने को अत्यन्त थकित अनुभव कर रहे थे। थोड़ी ही देर बाद वह गहरी नींद में सो गये।

ठाकुर लक्ष्मीनारायण सिंह अत्यन्त गम्भीर विचारों में मग्न होकर बैठे रहे। न चाहने पर भी बीच-बीच में जब लाश की ओर उनकी दृष्टि चली जाती थी, तब उनकी मुद्रा और अधिक गम्भीर हो उठती थी। वह बरबस सिहर-से उठते थे और बार-बार उन्हें सँभलकर बैठना पड़ता था। बैठे-बैठे सहसा जैसे उन्हें कुछ याद आया। वह तत्काल उठ खड़े हुए। धीराज सिंह की लाश के पास जाकर उसकी 'ब्रीचेज़' की जेब में उन्होंने हाथ डाला। एक पॉकेट-बुक उनके हाथ लगी। उन्होंने एक बार चौकन्नी दृष्टि से चारों ओर देखकर उसे चुपचाप अपनी जेब में रख लिया। कुँवर बलवीर सिंह अभी तक सोये हुए थे। उस जंगल में किसी दूसरे व्यक्ति की उपस्थिति की सम्भावना उस समय नहीं थी। फिर भी ठाकुर साहब बार-बार चोरों की तरह चारों ओर देख रहे थे। कुछ देर बाद वह फिर उसी स्थान पर बैठ गये, जहाँ पहले बैठे थे और किन्हीं गम्भीर चिन्ताओं में मग्न हो गये।

काफ़ी देर बाद राजा साहब का दल घटनास्थल पर पहुँचा। स्वयं राजा साहब भी, जिनकी उम्र पचास साल से अधिक थी, आये थे। अन्य व्यक्तियों के अलावा एक डॉक्टर और रियासत का एक पुलिस कर्मचारी भी 'पोस्टमार्टम' 'फार्मेलिटी' के निर्वाह के लिए आये हुए थे। 'जाँच' के बाद 'आकस्मिक दुर्घटनाजनित मृत्यु' का 'वर्डिक्ट'

दिया गया। उसके बाद वहीं अर्थी तैयार करायी गयी। वहीं से सब लोग सीधे श्मशान के लिए चल पड़े।

38

शुक्रवार को महीप रीजेण्ट सिनेमा के पास पहुँचा।

साढ़े छह बजे थे। उसे इस बात का पूरा विश्वास था कि नीलिमा के साथ आज उसकी जो भेंट होगी, उसका अपने-आप में कोई भी विशेष महत्त्व नहीं हो सकता। फिर भी एक अदम्य कौतूहल, एक विचित्र पागलपन का-सा मनोभाव उसे बरबस वहाँ खींच लाया था। उसका अन्तर्मन उससे कह रहा था कि इस भेंट का परिणाम निश्चित रूप से यह होगा कि वह अपने साथ एक नयी टीस लेकर वापस जायेगा। एक ऐसी टीस, जिसे शान्त भाव से सहन करने की कोई क्षमता अब उसमें शेष नहीं रह गयी है। जो या तो उसे भीतर-ही-भीतर तुषाग्नि की तरह जला डालेगी या एक भयंकर विद्रोहजनित विस्फोट के रूप में, अत्यन्त अशोभन ढंग से बाहर फूट पड़ेगी। पर आज वह दोनों सम्भावनाओं के लिए पूर्णतः तैयार होकर आया था। एक निराली आत्मघाती प्रेरणा उसे जैसे बलपूर्वक घसीटती चली आयी हो।

सिनेमा-हॉल के बाहरवाले बरामदे में वह अत्यन्त अधैर्य के साथ चक्कर काटने लगा। शायद उस दिन कोई विशेष फ़िल्म दिखाया जा रहा था, क्योंकि दर्शकों की ख़ासी-अच्छी भीड़ वहाँ इकट्ठी होती चली जा रही थी। उस भीड़ में छिपकर वह अपने को एक प्रकार से सुरक्षित समझ रहा था। यद्यपि इस बात की चिन्ता भी उसके मन में बनी हुई थी कि कहीं नीलिमा उस भीड़ में खो न जाय, या उसे न देखकर सिनेमा-हॉल में न चली जाय। वह मोटर या ताँगे पर से उतरनेवाली प्रत्येक लम्बे क़दवाली फ़ैशनेबुल युवती को बड़े ग़ौर से देख रहा था। जब तक वह प्रत्येक के मुख की आकृति भली-भाँति देख न लेता तब तक सन्तुष्ट न होता।

सिनेमा की घड़ी में सात बजने में केवल एक मिनट शेष रह गया, पर नीलिमा नहीं दिखायी दी। महीप का अधैर्य बेहद बढ़ उठा। अधैर्य बढ़ने के साथ-ही-साथ उसके भीतर क्रोध और इतने दिनों से दबे हुए नपुंसक विद्रोह की भावनाएँ भी न जाने अन्तःप्रदेश की किस रासायनिक मन्थनक्रिया के फलस्वरूप कहाँ से उमड़ उठी थीं, इस बात की ओर उसका ध्यान ही नहीं था।

वह चक्कर काटने से ऊब उठा था। इसलिए दीवार पर टँगे फ़िल्म-सम्बन्धी चित्रों को देखने के उद्देश्य से एक स्थान पर खड़ा हो गया। प्रायः एक मिनट तक वह अनमने भाव से चित्रों की ओर देखता रहा। इतने में सहसा पीछे से उसके कानों के पास ही किसी की चिर-परिचित मर्मवाणी झंकृत हो उठी, "तुम्हें आये कितनी देर हुई?"

स्वप्न से चौंककर महीप ने लौटकर देखा। नीलिमा खड़ी थी। एक ऐसी मनमोहक सादगी आज नीलिमा के सहज सुन्दर मुख पर व्याप्त हो रही थी, जिसे देखकर पल

में महीप का सारा क्रोध जाता रहा। विद्रोह की जो अज्ञात तूफ़ानी लहरें अपने भीषण वेग-द्वारा अपने आगे से सब-कुछ ढा देने की धमकी दिखा रही थीं, वे किसी आश्चर्यजनक मायामन्त्र से तत्काल जैसे शान्त हो गयीं।

"प्रायः आधे घण्टे से मैं इन्तज़ार कर रहा था।" अपने मुख के अत्यन्त गुरु-गम्भीर भाव को कुछ कोमल बनाने की चेष्टा करते हुए महीप ने कहा।

"मैंने सात बजे का समय निश्चित किया था और ठीक सात बजे मैं आ पहुँची हूँ," अपने बायें हाथ में बँधी हुई बहुत ही छोटे आकार की, प्रायः बटननुमा स्वर्णमण्डित घड़ी की ओर देखते हुए नीलिमा ने कहा।

महीप के खिन्न मुख की अन्धकार-छाया सहसा सूर्यास्त के समय फटे हुए बादलों की तरह एक आपेक्षिक रूप से मधुर व्यंग्य की उज्ज्वल लालिमा से रंजित हो उठी। उसके मुख की अभिव्यक्ति में वह आकस्मिक परिवर्तन अपने-आप ही—बिना किसी प्रत्यक्ष कारण के—हो आया, जिसे देखकर नीलिमा अत्यन्त चकित और विचलित हो उठी। महीप ने कहा, "मेरे पास एक तो घड़ी नहीं है, तिस पर अधैर्य और उत्सुकता का पलड़ा मेरा ही भारी है।"

महीप के मुख की उस अस्वाभाविक चमक का छुतहा प्रभाव नीलिमा के मन और स्वभावतः मुख पर भी पड़ा। उसका भी चेहरा खिल उठा। क्षण-भर के लिए वह महीप की ओर बड़े ग़ौर से देखती रही। उस क्षण के लिए उसकी आँखों में एक ऐसी निराली पुलक-वेदना छलक रही थी, जो महीप के मन को तल से सतह तक हिलकोरने लगी। पर दूसरे ही क्षण अपने मुख के और आँखों के निगूढ़तम मार्मिक भाव को किसी मोटे ब्रश से लीप-पोतकर एकाकार करती हुई और निपट व्यावहारिक रूप धारण करती हुई वह बोली, "अच्छा, यह तो बताओ कि अब विचार क्या है? फ़िल्म देखोगे या कहीं टहलने का इरादा है?"

महीप को स्वभावतः इस प्रश्न से बड़ा आश्चर्य हुआ। क्योंकि वह स्वयं कोई इरादा करके नहीं आया था। उसने केवल आँख मूँदकर नीलिमा के प्रस्ताव का अनुसरण किया था। फ़िल्म देखने के लिए वह क़तई उत्सुक नहीं था। क्योंकि सुबह से जो मर्मगत तूफ़ानी भाव—फिर चाहे वे कैसे ही उलटे-सीधे और ऊट-पटांग क्यों न हों—उसके भीतर उमड़ रहे थे, उनकी शान्ति किसी भी फ़िल्म के देखने से नहीं हो सकती, यह बात वह भली-भाँति जानता था। वह सोच रहा था कि क्या नीलिमा ने उसे केवल फ़िल्म देखने या 'टहलने' के इरादे से ही बुलाया है, या वह कोई ख़ास बात कहना चाहती है? पर प्रकट में उसने कहा, "जैसी तुम्हारी इच्छा हो, मेरा कोई ख़ास इरादा नहीं है।"

"तो चलो, फ़िल्म देख लिया जाय। एक अच्छा-सा नया फ़िल्म आया है।"

महीप मरे मन से राज़ी हो गया। उसने अपनी जेब टटोली। सौभाग्य से दस रुपये का एक नोट निकल आया। नीलिमा अपने थैलीनुमा बटुए से रुपया निकालने ही जा रही थी, पर महीप ने उसे रोका और लपककर 'काउण्टर' की ओर बढ़ा। पहले दर्जे के दो टिकट ख़रीदकर उसने नीलिमा से भीतर चलने के लिए कहा।

सिनेमा-घर के भीतर युवक-युवती के जोड़े का नैकट्य एक निराली ही अनुभूति उत्पन्न करता है, जिसकी विशेषता का अनुभव दूसरी किसी भी परिस्थिति में शायद नहीं हो सकता। सिनेमा-हॉल के प्रायान्धकार में एक प्रायः स्तब्ध दर्शक-मण्डली के बीच में, एक-दूसरे के निकटतम सम्पर्क में बैठकर, सामने चित्रपट पर पल-पल में परिवर्तित होनेवाले प्रत्याशित अथवा अप्रत्याशित दृश्यों को देखते हुए एक विचित्र ही रहस्य और रोमान्समय लोक में जा पहुँचने की पूरी सम्भावना बनी रहती है। विशेषकर उस हालत में जब युवक-युवती का वह जोड़ा नाना विरोधी और विषम परिस्थितियों से संघर्ष करता हुआ, पहली बार उस निकटता की स्थिति को पहुँच पाया हो।

'रेड इण्डियनों' के मुक्त तथापि रहस्य और रोमान्समय जीवन से सम्बन्धित रंगीन फ़िल्म दिखाया जा रहा था। एक सुन्दरी अर्द्ध-बर्बर नारी गहन रात्रि के विजन और एकान्त वातावरण में धीरे और सावधान पगों से आगे बढ़ती हुई, उस व्यक्ति की छाती में छुरा भोंकने जा रही थी जिसने उसे जलील करने के बाद उसके प्रेम को ठुकरा दिया था। दर्शकगण इस क़दर मग्न होकर उसे देख रहे थे कि सारे हॉल में एक भेद-भरे भूतलोक की निस्तब्ध रात्रि का-सा अतलस्पर्शी सन्नाटा छाया हुआ था। प्रत्येक दर्शक का मन इस हद तक सचेत और जागरूक हो उठा था कि उस पर पड़नेवाले सूक्ष्म-से-सूक्ष्म स्पर्श की अनुभूति भी जैसे भीषण विस्फोट कर उठती थी। मन की इस परिपूर्ण मग्न तथा चेतनावस्था में नीलिमा की रेशमी साड़ी का सुगन्ध से महकता हुआ पल्ला महीप के कुहने को बीच-बीच में छू जाता था और कभी-कभी नीलिमा का सेण्डल—शायद भूल से—महीप के चप्पलमण्डित पाँवों को हलके-से दबाव के साथ स्पर्श कर जाता था।

महीप के तन और मन पर आज यह जो अर्द्धस्फुट स्पर्श बीच-बीच में कुछ क्षणों के अन्तर से हो रहा था, उसकी प्रतिक्रिया एक निराले ही रूप में उसके भीतर हो रही थी। इस प्रतिक्रिया के फलस्वरूप जो अनुभूति उसके भीतर सुरसुरा रही थी, वह उसके लिए एकदम नयी थी।

39

'इण्टरवल' के बाद।

नीलिमा ने महीप से कहा कि उसका जी नहीं लग रहा है। उसने वहाँ से उठकर कहीं चलने का प्रस्ताव किया। महीप को सहसा ऐसा लगा कि नीलिमा किसी कारण से आज अत्यन्त विचलित हो उठी है। इतनी देर तक वह बरबस अपने मन की अस्थिरता और अशान्ति को दबाये हुए थी। सिनेमा-हॉल के जगमगाते हुए प्रकाश में महीप ने देखा कि नीलिमा की आँखों में एक ऐसा निराला भाव बिजली के वेग से झलक उठा, जिससे उसके भीतर की एक भेद-भरी बेचैनी अप्रत्याशित रूप से व्यक्त हो पड़ी। महीप का हृदय दहल उठा, यद्यपि उसके अन्तर का एक अज्ञात कोना नीलिमा की उस स्पष्ट बेचैनी के कारण पुलकित भी हो उठा था। अपने अन्तर के उस असामयिक और अनुचित उल्लास के लिए उसका अन्तर्मन स्वयं अपने को तिरस्कृत भी कर रहा था।

कुछ भी हो। महीप की अन्तःप्रज्ञा को यह आभास मिल गया था कि नीलिमा की आँखों में उसने एक क्षण के लिए बेचैनी की जो झलक देखी है, वह किसी ऊपरी और बाहरी कारण से उत्पन्न नहीं है, बल्कि किसी मूलगत कारण से वह भीतर-ही-भीतर छटपटा रही है। जब दोनों सिनेमा-हॉल से उठकर बाहर आये, तो महीप ने देखा कि नीलिमा की आँखों में वही विचित्र और रहस्यपूर्ण अन्यमनस्कता और अशान्ति झलक रही है। उसकी आँखों की पुतलियाँ एक अजीब घबराहट, एक अनोखे विचलन की अवस्था में बड़ी तेज़ी से इधर-से-उधर और उधर-से-इधर घूम रही थीं। जब वह घर से आयी थी, तब वह घबरायी हुई थी या नहीं, इस बात का पता महीप नहीं लगा पाया था। इस बात की ओर तब उसका ध्यान ही नहीं गया था। पर आधा फ़िल्म देखने के बाद ज्यों ही 'इण्टरवल' हुआ, त्यों ही उसका एकदम बदला हुआ रूप महीप के सामने आया। उस आमूल बदले हुए रूप का कारण 'फ़िल्म' नहीं हो सकता—फिर चाहे वह कैसा ही रहस्य-रोमांचपूर्ण क्यों न हो—यह बात महीप भली-भाँति जानता था। तब वह कारण क्या हो सकता है? क्षणिक विचार के बाद महीप के मन में यह बात दृढ़ता से जम गयी कि नीलिमा उस कारण को घर ही से अपने साथ लायी थी। और सिनेमा-हॉल के रहस्यमय वातावरण में वह फ़िल्म की गति की तेज़ी के ही अनुपात में बहुत बढ़ गया है।

महीप ने पूछा, "कहाँ चलने की इच्छा है?"

नीलिमा महीप की आवाज़ से चौंक उठी। उसने पूछा, "क्या कहा?"

"किस ओर चला जाय?"

"जिधर तुम्हारी इच्छा हो।"

इसके बाद अधिक कुछ पूछना व्यर्थ समझकर महीप ने एक ताँगा बुलाया। जब दोनों उस पर बैठ गये, तब महीप ने उससे अलफ्रेड पार्क की तरफ़ चलने के लिए कहा।

नीलिमा फिर अन्यमनस्क हो चली थी। आज यह एक नयी बात महीप ने उसके स्वभाव में पायी। इसके पहले कभी उसने नीलिमा को इस प्रकार विमन और मौन व्याकुलता से आच्छन्न नहीं देखा था। उसे अपने मन की इस प्रवृत्ति पर स्वयं आश्चर्य हो रहा था कि नीलिमा के मन की उस असाधारण विकलता और उदासी से खिन्न होने के बदले वह भीतर-ही-भीतर पुलकित और प्रसन्न हो रहा था। न जाने क्यों, उसे लग रहा था कि नीलिमा के मन की खिन्नता उसके लिए किसी शुभ-सूचना की द्योतक हो सकती है।

ताँगे के हिचकोलों के कारण नीलिमा की साड़ी का छोर बीच-बीच में महीप को छू जाता था। केवल इतना ही स्पर्श उसे किसी अनन्त रहस्यमय प्रेमलोक की अनिर्वचनीय काव्य अनुभूति से परिचित करा रहा था। "नहीं, नीलिमा के प्रति मेरी प्रेमाकांक्षा तनिक

भी कम नहीं हुई है। बल्कि व्यवधान और बाधा, अपमान और उपेक्षा से उसकी आग पहले से कई गुना अधिक सुलग गयी है।" महीप मन-ही-मन कह रहा था। आज पहली बार वह अपने प्रेम के पागलपन के परिणाम का अनुभव किसी हद तक करने में समर्थ हुआ। इस अनुभव से भीतर-ही-भीतर वह चौंक उठा। आज नीलिमा के उस अनमने और मौन विषाद ने, उसके भीतर के किसी चोर-दरवाज़े को दबाकर एक निराली ही तिलस्माती दुनिया के लिए रास्ता खोल दिया था, जिसका पता इतने दिनों तक उसे नहीं था। उस रहस्यमय अन्तर्लोक के भीतर उसने देखा कि वहाँ वे तूफ़ानी तरंगें उमड़ रही हैं, जो समुचित परिचालन से केवल उसके अपने जीवन में ही नहीं, बल्कि बाहर के विश्व-जीवन में भी उथल-पुथल मचा सकती हैं। वह निर्धूम आग दहक रही है, जो मृत, जड़ और विभ्रान्त संसार में संजीवन, सम्मोहन और समाश्वासन का मन्त्र फूँक सकती है। पर उस सन्निहित शक्ति के संचालन के लिए आवश्यकता है उस नारी शक्ति की, जो उसकी बग़ल में बैठी हुई अपने सीमित व्यक्तिगत स्वार्थ के संघर्ष से उत्पन्न अन्तर्द्वन्द्वों में बुरी तरह उलझी हुई है। क्या उस शक्ति को किसी भी उपाय से हस्तगत करना उसके जीवन का सबसे प्रधान और सबसे आवश्यक कर्त्तव्य नहीं है?

एक मोड़ पर जाते हुए ताँगे ने ज़ोर से झटका खाया। दोनों के घुटने एक-दूसरे से बड़े ज़ोरों से टकरा गये। दोनों के स्वप्न भंग हो गये। नीलिमा सँभलकर बैठ गयी। पर बोली कुछ भी नहीं।

ताँगे ने जब पार्क के भीतर प्रवेश किया, तब कुछ ही दूर भीतर पहुँचने पर महीप ने उसे रुकवा दिया। दोनों उतरे और एक अशोक के पेड़ के नीचे एक अपेक्षाकृत अँधेरे स्थान में एक बेंच पर बैठ गये बैठने के बाद भी नीलिमा चुप रही। महीप को उसका यह रहस्यमय और अशोभन दीर्घ मौन अब असह्य प्रतीत होने लगा। अन्त में वह बोल उठा, "तुम्हारी यह चुप्पी मुझे अजीब-सी लग रही है, नीलिमा। क्या तुम्हारी तबीयत अचानक कुछ ख़राब हो गयी है? अगर ऐसा हो, तो कहो, तुम्हें तुम्हारे घर पहुँचा आऊँ?"

"चलो!" सहसा नीलिमा के मुँह से निकल पड़ा। पर फिर तत्काल ही वह बोल उठी, "पर आज घर वापस जाने के लिए मेरे पाँव नहीं उठ रहे हैं।"

महीप की रीढ़ के निचले सिरे से लेकर ऊपर तक एक अनोखी सुरसुरी-सी दौड़ गयी। एक अस्पष्ट आशा और आशंका की मिश्रित अनुभूति भूत की तरह उसे धर दबाने लगी। उसने दबी हुई आवाज़ में, जिससे उसका दुर्दमनीय कौतूहल, उत्सुकता और उत्कण्ठा एक साथ प्रकट होती थी, पूछा, "क्यों?"

"मैं माँ से झगड़कर आयी हूँ।"

"क्यों?"

"उसने मेरी चाय में चीनी ज़्यादा डाल दी थी।"

"इस समय मज़ाक रहने दो। सच-सच बताओ कि बात क्या हुई।"

"सच ही तो कहती हूँ। झगड़ा इसी बात से शुरू हुआ। उसे मालूम है कि मैं चीनी बहुत कम लेती हूँ। एक प्याले में डेढ़ चम्मच से ज़्यादा नहीं लेती। पर उसने आज चार चम्मच से भी अधिक चीनी डाल दी..."

"वह शायद किसी और बात की चिन्ता में डूबी होंगी।"

"सम्भव है। उस चिन्ता का कारण भी मैं जानती हूँ। जो भी हो, मैं इतनी ही बात से उत्तेजित हो उठी और चाय पीना छोड़कर बड़बड़ाती हुई उठ खड़ी हुई। माँ ने बहुत समझाया। पर वह जितना ही समझाती थी, मैं उतना ही बिगड़ उठती थी। अन्त में माँ भी उत्तेजित हो उठीं। मुझे डाँट बताने लगीं। मैं भी पलटे में उन्हें जली-कटी सुनाने लगी। बात यहाँ तक पहुँची कि मैंने माँ से कह दिया कि मैं ठाकुर साहब से हरगिज़ विवाह नहीं करूँगी। आज पहली बार मैंने माँ से इस तरह की बात कही थी। उनका चेहरा एकदम स्याह हो गया था। उसके बाद वह कुछ बोलीं नहीं। केवल अत्यन्त निराशा और आश्चर्य से मेरी ओर देखती रह गयीं। मैं अपने कमरे में जाकर भीतर से दरवाज़े में सिटकिनी लगाकर पलँग पर लेट गयी। बहुत देर तक सिसकियाँ भरती रही। अपने रोने का कोई कारण स्वयं मुझे नहीं मालूम था। बहुत देर तक मैं उसी अवस्था में लेटी रही। तुम्हारे साथ जो 'ऐपाइण्टमेण्ट' मैंने किया था, उसे पूरा करने की भी इच्छा नहीं होती थी। मैं दिन-भर और रात-भर उसी हालत में पलँग पर लेटे-लेटे चुपचाप ख़ूब जी खोलकर रोते रहना चाहती थी। पर जब समय हो आया, तो मैं सहसा उठ बैठी। जल्दबाज़ी के साथ कपड़े बदलकर किसी को कोई सूचना दिये बिना चली आयी। पर तुम्हारे पास आने पर मेरा चित्त शान्त होने के बजाय और अधिक बेचैन हो उठा है।" यह कहकर नीलिमा ने एक लम्बी आह भरी। उस आह को दबाने की तनिक भी चेष्टा नहीं की।

उसकी उस आह का छुतहा प्रभाव महीप पर भी पड़ा। उसके मुँह से भी बरबस एक अस्पष्ट-सी आह निकल पड़ी।

कुछ देर तक दोनों चुप रहे। सामने कुछ दूर, पार्क के किनारे-किनारे, एक मोटर सर्चलाइट का तीव्र प्रकाश बिखेरती हुई धीमी गति से चली जा रही थी। महीप की आँखें सम्मोहित-सी उसी गतिशील प्रकाश का अनुसरण कर रही थीं। जब मोटर आँखों से एकदम ओझल हो गयी, तब महीप को वैसे किसी बात का स्मरण हो आया। वह नीलिमा के पास से कुछ हटकर सँभलकर बैठ गया।

40

वह अशोभन मौन काफ़ी देर तक जारी रहा।

उसके बाद महीप ने फिर एक बार जैसे करवट बदली। नीलिमा की ओर आधी दृष्टि से देखता हुआ वह अत्यन्त शान्त, धीरे और गम्भीर भाव से बोला, "देखो नीलिमा, मैं पहले ही यह जानता था कि तुमने आज मेरे साथ अकेले में मिलने की जो बात तय

की है, वह व्यर्थ है। उसका कोई महत्त्व नहीं है। यह जानता हुआ भी मैं जो तुम्हारा प्रस्ताव टाल न सका इसका कारण तुम समझ न सकोगी। ठीक जिस प्रकार मैं कभी यह नहीं समझ पाऊँगा कि तुम मुझसे न मिलने का इरादा करने पर भी ऐन मौक़े पर बिना कुछ सोचे-समझे सीधी नियत स्थान पर क्यों चली आयीं। मालूम होता है कि हम दोनों के भीतर कोई ऐसा रहस्य छिपा है, जो दोनों के अनजान में, दोनों को बार-बार बरबस सही रास्ते की ओर ले जाता है। फिर सहसा बीच ही में, बिना किसी भी प्रकट कारण के, दोनों को भरमाकर एक-दूसरे से बिलकुल उलटी दिशाओं में ढकेल देता है। यह रहस्य क्या है! वह अतीन्द्रिय है या ज्ञानेन्द्रियों की परिधि के भीतर ही पर्यवसित है, यह मैं इस समय कुछ बता नहीं सकता—क्योंकि मैं नहीं जानता। पर इतना मुझे अवश्य बोध होता है कि यह 'रहस्य' एक-न-एक दिन हम दोनों में से किसी एक के लिए, या सम्भवतः दोनों के लिए अत्यन्त घातक सिद्ध होगा! हम दोनों एक-दूसरे के निकट रहें या दूर, वह हम दोनों के जीवन में, हम लोगों के अनजान में, ऐसी-ऐसी जटिल उलझनें उत्पन्न करता रहेगा, ऐसी-ऐसी धोखे की टट्टियाँ तानता रहेगा, ऐसी प्राणघाती खाइयाँ खोदता रहेगा कि जीवन में एक घड़ी के लिए भी दोनों में से किसी को चैन नहीं मिलेगा। किसी भी काल में, दोनों के जीवन में शान्ति नहीं रहेगी। सब समय का अस्पष्ट हाहाकार-भरी अनुभूति हिम-प्रदेश के प्राणहीन देवदारु-वन की तरह शून्य में निष्फल उसाँसें भरती रहेंगी। कभी करुण मर्मर स्वर में सिसकारती हुई और कभी दैत्यगर्जना के तूफ़ानी स्वर में फुफकारती हुई।''

महीप यद्यपि बहुत धीरे से बोल रहा था, तथापि उसका अन्तरावेग परिपूर्ण चाप से नीलिमा के समस्त मन और समस्त प्राण को अभिभूत कर रहा था। आज पहली बार उसने महीप के व्यक्तित्व के उस आश्चर्यजनक स्वरूप का अनुभव किया, जिसकी कल्पना एकान्त में महीप की कविताएँ पढ़ते समय उसके मन में बरबस उठने लगती थीं, पर महीप की प्रत्यक्ष उपस्थिति में जो न जाने कहाँ विलीन हो जाती थीं। उस स्तब्ध रात्रि में, पार्क के उस एकान्त कोने में, महीप ने जब अपने अन्तर्दर्शी कवि-हृदय के बाहर का गाढ़ा नीला, बल्कि काला पर्दा सहसा अप्रत्याशित रूप से नीलिमा के आगे खोल दिया तो वह चौंक उठी। महीप ने न जाने किस अपरिचित लोक के रहस्यमय जादू का मन्त्र फूँकना शुरू कर दिया, नीलिमा ठीक से कुछ समझ न पायी। पर वह जादू किसी रासायनिक तेज़ाब की तरह उसकी आत्मा में पड़कर उसके भीतर विचित्र रासायनिक प्रतिक्रियाएँ उत्पन्न करने लगा। पहली प्रतिक्रिया एक रोमांचकर आश्चर्य और भय के मिश्रण के रूप में हुई और वह बरबस, बिना कुछ सोचे, सहसा महीप से लिपट गयी। अत्यन्त भीत स्वर में वह प्रायः फुसफुसाती हुई कहने लगी, ''तुम यह क्या कहते हो महीप! क्यों ऐसा भयंकर अभिशाप तुम्हारे भीतर से निकल रहा है? क्यों तुम मुझे इस तरह डरा रहे हो?'' कहती हुई वह इधर-उधर अपनी बग़ल में और अपने पीछे अत्यन्त घबरायी हुई दृष्टि से देखने लगी। जैसे कुछ अद्भुत, अज्ञात और रहस्यमय

जीव उसके चारों ओर सचमुच सिसकियाँ भर रहे हों या फुफकार रहे हों। उसने द्विगुण प्रबलता से महीप को दोनों हाथों से जकड़ लिया।

महीप ने हिम-प्रदेश के विजन देवदारु-वन के हाहाकार की जो बात कही थी, उसका स्पष्ट अनुमान करना नीलिमा के लिए असम्भव था। क्योंकि उसने कभी कोई हिम-प्रदेश नहीं देखा था और विजन देवदारु-वन के हाहाकार का कोई अनुभव उसे नहीं था। तथापि इसी एक बात ने महीप की दूसरी बातों की अपेक्षा अपने मर्मान्तक प्रभाव से उसे अत्यन्त विचलित कर दिया था। न जाने कौन रहस्यमय दिव्य प्रकाश अचानक नीलिमा की आँखों के आगे झलक उठा था, जिसमें उस क्षण में महीप उसे सर्वदर्शी अन्तर्यामी के रूप में लगने लगा, जिसके आगे उसके (नीलिमा के) अन्तर्लोक की भूत, वर्तमान और भविष्य की प्रत्येक अनुभूति जैसे स्फटिक-निर्मल जल के छिछले कुण्ड के नीचे चमकनेवाले कंकड़ों की तरह स्पष्ट विभासित हो रही थी और छिपी नहीं रह सकती थी। आज महीप का 'बबुआ' रूप एकदम विलीन हो गया था। नीलिमा को ऐसा लगता था, जैसे शारीरिक दृष्टि से भी वह क़द में बहुत लम्बा हो चला है। बेंच पर बैठा हुआ भी अपने पीछे खड़े अशोक के पेड़ से टक्कर लेना चाहता है। उस क्षण के लिए वास्तव में—शाब्दिक अर्थ में महीप सनातन विराट् पुरुष के रूप में उसके आगे व्यक्त हो उठा, जिसकी शरण में माथा टेकने के सिवा दूसरा कोई चारा नीलिमा को अपनी युग-युग से पीड़ित आत्मा के त्राण का नहीं दिखायी देता था।

आकस्मात् उसका यह काया-पलट—बल्कि उसकी आत्मा का मूलगत परिशोधन—कैसे, किस स्पर्शातीत माया के प्रभाव से हो गया, यह सोचने और समझने की न तो शक्ति ही नीलिमा में शेष रह गयी थी न प्रवृत्ति ही। वह केवल एक आश्रय-अन्वेषिणी सुकुमार लतिका की तरह तत्काल के लिए पूर्णतः समर्पणशील होकर, महीप के गले में अपना दाहिना हाथ डाले और उसके कन्धे पर अपना नंगा सिर स्थापित किये, अर्द्ध-मूर्च्छित अवस्था में मोह-मग्न हो रही थी।

महीप परिस्थिति से ऊपर उठने की प्रबल चेष्टा कर रहा था। वह इतना अन्धा नहीं था कि यह भी न जानता हो कि नीलिमा की तत्कालीन सम्मोहित मानसिक स्थिति, क्षणिक हिप्नोटिक प्रभाव से दूर होने के साथ ही इस तरह विलीन हो सकती है, जैसे कभी उसका अस्तित्व किसी रूप में रहा ही न हो। इसलिए वह पूरी इच्छाशक्ति के प्रयोग से अपने को तब तक स्थिर रखने की चेष्टा कर रहा था, जब तक इस बात का ठीक पता न चल जाय कि नीलिमा के मन के ऊपरी तूफ़ान और उथल-पुथल के नीचे स्थित उनकी स्थिर भावना में कोई वास्तविक परिवर्तन आया या नहीं। वह चुपचाप सिकुड़ा-सिमटा हुआ बैठा रहा। यद्यपि नीलिमा के आत्म-समर्पित शरीर के स्पर्श से एक मर्मघाती पुलक की अनुभूति उसे बुरी तरह विकल कर रही थी। आज जब उसके जीवन की चरम साधना सफल होने जा रही थी, तब न जाने उसके भीतर का कौन अज्ञातवासी उसे परिपूर्ण शक्ति से निश्चल और निरुद्वेग बने रहने के लिए, अपने वज्र-कठिन आदेश का पालन करने को बाध्य कर रहा था।

सहसा महीप को पता चला कि उसकी बायीं बाँह का ऊपरी भाग भीग गया है। वह चौंक पड़ा। अधिक कुछ सोचे-समझे बिना उसने सहसा नीलिमा की ठुड्डी पकड़ ली। दूर जलती हुई बिजली के क्षीण प्रकाश में उसकी आँखों में चमकती हुई बूँदों को देखकर घबराये हुए स्वर में बाला, "नीलिमा, यह क्या! तुम क्या रो रही हो?"

नीलिमा कुछ नहीं बोली। दायाँ हाथ महीप के कन्धे पर रखे हुए बायें हाथ से आँचल पकड़कर आँखें पोंछने लगी। महीप की बुद्धि बुरी तरह भरमा गयी थी। वह अपने को एक ऐसी विचित्र परिस्थिति में पा रहा था, जो चारों ओर काले-काले रहस्यमय पटों से घिरी हुई थी, जिनके न बीच में कुछ दिखायी देता न परे। न वह नीलिमा की मनोभावना को ठीक से कुछ समझ पा रहा था, न अपना कर्त्तव्य ही निर्धारित कर पा रहा था। पर इतना वह अवश्य समझ रहा था कि नीलिमा के मन में चाहे कोई बात या बातें हों, उसे हर हालत में दिलासा देना उसका कर्त्तव्य है। 'फर्स्ट एड' में चूक हो जाने से सम्भव है, उसके भीतर की कोई गहरी चोट 'सेप्टिक' हो जाये। इस भावना ने महीप की उस निश्चलता को सहसा बिजली के वेग से क़ाफूर कर दिया, जो इस समय तक उसके मन को बरबस आच्छन्न किये हुए थी। उसकी समस्त मानसिक बाधाएँ और द्विविधाएँ न जाने कहाँ विलीन हो गयीं। किसी अज्ञात भीतरी मशीन से परिचालित पुतले की तरह, उसने भी बिना कुछ सोचे-समझे नीलिमा के गले पर अपना बायाँ हाथ डाल दिया। दाहिने हाथ से उसकी ठुड्डी उसी तरह पकड़े हुए अत्यन्त सहृदय, संवेदनात्मक और साथ ही आवेशपूर्ण स्वर में बोला, "नीलिमा, घबराओ नहीं, सँभलकर बैठ जाओ। चलो तुम्हें घर पहुँचा दूँ।"

"नहीं, नहीं, मैं आज घर किसी भी हालत में नहीं जाऊँगी!" प्रायः सिसकती हुई आवाज़ में नीलिमा बोल उठी। वह अभी तक महीप के कन्धे पर अपना माथा टेके हुए थी।

महीप को ऐसा लगा, जैसे उसका हृदय अपने स्थान से हटकर नीचे किसी गहरे गड्ढे में गिरने को है। उसे फिर एक बार उस दिन की बात याद आयी, जब नीलिमा उसके विदा होने के समय अपने बँगले के फाटक के बाहर मिलने आयी थी। जब महीप के प्राणों की गति कई हज़ार 'वोल्ट' की शक्तिशाली बिजली के वेग से चल रही थी। उसी असाधारण प्राण-शक्ति की प्रेरणा से उसने नीलिमा से प्रार्थना की थी कि वह उसी क्षण, बिना कुछ सोचे-विचारे उसके साथ चली चले। तब नीलिमा ने क्षणिक द्विविधा के बाद स्पष्ट शब्दों में इनकार कर दिया था। अपनी किसी अज्ञात विवशता का उल्लेख करके उससे क्षमा माँगी थी। महीप सोचने लगा कि उस समय की और आज की परिस्थितियों में कितना अन्तर है! आज नीलिमा उसके समझाने पर भी घर को लौट चलना नहीं चाहती। और यदि वह—महीप—चाहे, तो वह इस समय संसार के किसी भी अज्ञात स्थान के लिए उसके साथ बिना क्षण-भर की द्विविधा के चलने को तैयार है। पर क्या उसकी उस अस्थायी मानसिक परिस्थिति का लाभ उठाना न्यायोचित

होगा? यह प्रश्न चीर-फाड़ के लिए उद्यत छुरे की पैनी धार की तरह महीप के कलेजे को छुए हुए था। आज महीप अपने प्राणों में कई हज़ार 'वोल्ट' वाली बिजली की शक्ति नहीं पा रहा था। आज जैसे 'स्विच ऑफ़' हो गया था। इसका कारण था। उस दिन की घटना की चरम परिणति के बाद जब नीलिमा ने अपनी 'विवशता' का उल्लेख किया था और यह संकेत किया था कि वह सम्भवतः उसके अपने 'मन की ही विवशता है' तब से महीप की भीतरी आँखें चौकन्नी हो गयी थीं। उसके बाद, अभी दो दिन पहले, शान्ता के यहाँ दावत के अवसर पर नीलिमा ने शारदा देवी के सामने उसे बेवकूफ़ बनाया था। आज वही नीलिमा इस तरह उसके कन्धे का आश्रय पकड़कर सिसक रही है, जैसे महीप के सिवा उसके विकट भँवर में डोलते हुए जीवन का कोई दूसरा आधार ही न हो। उस विचित्र परिस्थिति में महीप की बुद्धि कोई भी निश्चित कर्त्तव्य निर्धारित करने में अपने को असमर्थ अनुभव कर रही थी।

"क्या कोई शक्ति इस अनन्त रहस्यमय विश्व में ऐसी नहीं है, जो मेरे अन्तःकरण को यह सुझा सके कि ऐसी संकट की घड़ी में मेरे लिये सबसे उचित कर्त्तव्य क्या हो सकता है? भगवान्! इस भूलभुलैया के चक्कर को पार करने का रास्ता मुझे दिखा दो!"

सिद्धान्त रूप से महीप यद्यपि ईश्वर की दयामयी शक्ति पर विश्वास नहीं करता था, तथापि उसका घनघोर रूप से विभ्रान्त अन्तर्मन आज चरम संकट के क्षण में ईश्वर का काल्पनिक सहारा पकड़ने को उतावला हो उठा।

41

काफ़ी देर तक महीप हतबुद्धि अवस्था में रहा।

बाहर से मौन रहकर अन्तरालाप—बल्कि अन्तर-प्रलाप—में निमग्न रहा। उसके बाद सहसा उसमें न जाने कहाँ से स्फूर्ति आ गयी। उसने निश्चय कर लिया कि परिस्थिति चाहे कैसा ही रंग क्यों न बदले, वह हर हालत में साहसपूर्वक उसका सामना करेगा।

अत्यन्त धीर स्वर में उसने कहा, "तो तुम कहाँ चलना चाहती हो?"

"मैं माँ के पास नहीं जाऊँगी। उसके अलावा चाहे कहीं भी ले चलो।"

"तो उठो?" बिना ठीक से कुछ सोचे महीप बोल उठा और नीलिमा का दायाँ हाथ पकड़कर वह उसे उठाने लगा।

नीलिमा धीरे से प्रायः अर्द्धमूर्च्छित अवस्था में उठी। महीप का हाथ कुछ ढीला पड़ते ही वह गिरने लगी थी। पर महीप ने तत्काल उसे फिर से मज़बूती से पकड़ लिया। बड़ी कठिनाई से महीप उसे उस स्थान तक ले जाने में समर्थ हुआ जहाँ ताँगा खड़ा था। जब दोनों ताँगे पर बैठ गये तो महीप सोचने लगा कि कहाँ चलना चाहिए। जब ताँगा पार्क के बाहर चला आया, तब ताँगेवाले ने पूछा, "बाबू जी, किधर चलूँ?"

महीप अभी तक कुछ सोच नहीं पाया था। क्षण-भर के लिए उसने फिर सोचा, उसके बाद सहसा बोल उठा, "बड़े स्टेशन की तरफ़।"

वह स्वयं नहीं जानता था कि स्टेशन चलने के लिए उसने क्यों कहा। ताँगा शहर की प्रधान सड़क से होकर चलने लगा। नीलिमा अभी तक अर्द्धचेतनावस्था में झूम-सी रही थी। महीप, इस डर से कि कहीं ताँगे के हिचकोले से वह गिर न पड़े, उसका बायाँ हाथ पकड़े था। यद्यपि स्वयं उसका आधा मन निद्रा-विचरण की-सी दशा में भ्रमित हो रहा था।

जब ताँगा स्टेशन-रोड की तरफ़ मुड़ा, तब महीप का भ्रमित मन वास्तविकता की ओर लौटने लगा। एक बार उसने सोचा कि ताँगेवाले से लौट चलने को कहे। नीलिमा के न चाहने पर भी उसे उसकी माँ के पास पहुँचा आये। पर मन के इस इरादे को उसने वाणी का रूप नहीं दिया। ताँगा तेज़ी से स्टेशन की ओर दौड़ा चला गया।

ताँगे के घोड़े ने स्टेशन के फाटक के भीतर घुसकर बरसाती के भीतर पहुँचकर ही विश्राम लिया। स्टेशन के भीतर कुलियों और यात्रियों का कोलाहल और किसी एक गाड़ी के इंजन की सीटी की आवाज़ सुनकर नीलिमा की योग-निद्रा टूटी। उसने अकृत्रिम आश्चर्य से महीप से पूछा, "यह तुम कहाँ चले आये?"

महीप ने अपने भीतर की डाँवाँडोल अवस्था और घबराहट को बलपूर्वक छिपाकर अत्यन्त शान्त और गम्भीर भाव से कहा, "हम लोग बड़े स्टेशन पहुँच गये हैं। कानपुर को गाड़ी इसी स्टेशन से जाती है।"

"कानपुर?" फिर उसी अकपट आश्चर्य से नीलिमा ने पूछा।

पर महीप की बुद्धि तब तक कुछ स्थिर हो चुकी थी। बीच स्टेशन में नीलिमा के उस आश्चर्यसूचक प्रश्न का कोई उत्तर देकर बात को बढ़ाना निरापद नहीं है, यह वह जानता था। इसलिए प्रश्न को टालकर उसने नीलिमा का हाथ पकड़कर उससे धीरे से उतरने को कहा। ताँगेवाले को उचित किराया देकर, उसे विदा करके, वह नीलिमा को स्टेशन के भीतर एक प्रकार से खींच ले गया।

पास ही इण्टर-क्लास का टिकट-घर था। वह दूसरे दर्ज़े के टिकट ख़रीदना चाहता था। पर उसके बटुवे में रुपयों की कमी थी। नीलिमा से वह उस समय कुछ माँगना नहीं चाहता था। नीलिमा से दो मिनट खड़े रहने को कहकर वह ड्योढ़े दर्ज़े के दो टिकट ख़रीदने के इरादे से खिड़की के पास गया। दो-चार आदमी और टिकट ख़रीदने के इरादे से खड़े थे। टिकट बेचनेवाला बाबू व्यस्त था। दो मिनट के स्थान पर प्रायः पन्द्रह मिनट लग गये। महीप बीच-बीच में घबराहट के साथ पीछे नीलिमा की ओर देखता जाता था। उसे भय था कि नीलिमा के मन की तत्कालीन असाधारण अवस्था में कहीं वह चक्कर खाकर गिर न पड़े। उसका अनुमान कुछ ग़लत भी नहीं था। नीलिमा के पाँव सचमुच लड़खड़ा रहे थे और सिर चकरा रहा था। वह धीरे से पास ही दीवार के पास जाकर उस पर पीठ अड़ाकर खड़ी हो गयी।

जब महीप टिकट ख़रीदकर आया, तो नीलिमा का बायाँ हाथ पकड़कर उसने अत्यन्त स्निग्ध स्वर में, भीतर प्लैटफ़ार्म की ओर चलने के लिए कहा। नीलिमा

आश्चर्यजनक रूप से अनमनी हो उठी थी। बिजली की तेज़ रोशनी में महीप ने देखा। उसकी आँखों में एक अस्वाभाविक प्रकाश चमक रहा था। महीप भीतर-ही-भीतर चौंक उठा और डर गया। पर बाहर से उसने शान्त भाव जताते हुए कहा, "चलो, गाड़ी आने का समय हो चला है।"

सहसा नीलिमा एक विचित्र और भयावने ढंग से चीख़ मारती हुई बोल उठी, "तुम मुझसे कहाँ चलने के लिए कह रहे हो? यहाँ तुम मुझे क्यों ले आये? किसने तुमसे स्टेशन चलने को कहा था? मुझे घर ले चलो।" कहकर वह धाड़ें मार-मारकर रोने लगी। चारों ओर से भीड़ जमा हो गयी। एक ख़ासा तमाशा लग गया। महीप हर तरह समझाने की कोशिश करने लगा। पर नीलिमा किसी तरह मानती ही नहीं थी। केवल रोती चली जाती थी। उसे सम्भवतः उस समय न भीड़ का ध्यान था, न अपनी वास्तविक परिस्थिति की कोई ख़बर थी और न महीप की। महीप हौलदिल हो उठा था। उसके पहले अपने जीवन में कभी उसने अपने को वैसी परिस्थिति में नहीं पाया था। स्टेशन के बहिर्भाग की सारी तमाशबीन जनता की कुतूहली और व्यंग्य तथा मुस्कान-भरी दृष्टि का लक्ष्य बना हुआ था। इसके अलावा उसे एक दूसरी ही बात का भय होने लगा था, जिसकी आशंका उसका अन्तर्मन पहले ही अस्पष्ट रूप से करता आ रहा था।

जहाँ डर वहाँ बाघ का घर। सहसा महीप ने भीत दृष्टि से देखा कि रेलवे-पुलिस का एक कर्मचारी, जो पोशाक-पहनावे से अपेक्षाकृत ऊँचे ओहदे का मालूम होता था, न जाने कहाँ से अपने शिकार की गन्ध सूँघकर घटनास्थल पर आ पहुँचा। पुलिस-कर्मचारी को आते देखकर भीड़ और ज़्यादा बढ़ गयी। घटनास्थल के अधिक-से-अधिक निकट पहुँचने के उद्देश्य से लोग एक-दूसरे को धक्का देने लगे।

पुलिस-कर्मचारी ने आते ही अपनी धीर-गम्भीर आँखों से, जो अत्यन्त कटु क्रूरता और मार्मिक व्यंग्य को पिये हुए थीं, महीप की ओर देखते हुए प्रकट रूप से शान्त स्वर में कहा, "क्यों साहब, मामला क्या है?"

महीप साहस बटोरकर बोला, "मामला कुछ भी हो, आपसे कोई सरोकार नहीं है।"

इस उत्तर से पुलिस-कर्मचारी तिलमिला उठा। बोला, "मुझसे सरोकार है कि नहीं, यह बाद में मालूम होगा पर अभी मेहरबानी करके बताइये कि यह क्यों रो रही हैं? आप लोग कहाँ जाने के इरादे से स्टेशन आये हुए हैं?"

"हम लोग कहीं भी जाने के इरादे से आये हुए हों, आपको कुछ भी बताने के लिए मैं मजबूर नहीं हूँ।" महीप ने उसी दृढ़ता से कहा।

"पर आपको बताना ही होगा। आप लोगों की वजह से यहाँ इतनी भीड़ जमा हो गयी है, जिससे मुसाफ़िरों को आने-जाने में दिक़्क़त उठानी पड़ रही है। इसके अलावा, मामला ऐसे नज़र आता है, जिसमें दस्तन्दाज़ी करना मेरे लिये बहुत ज़रूरी है।" यह कहकर पुलिस-कर्मचारी सीधे नीलिमा के पास जा पहुँचा और बोला, "क्या आप मेहरबानी करके यह बतायेंगी कि आप क्यों रो रही हैं और आपको कहाँ जाना है?"

नीलिमा को हिस्टीरिया का-सा जो 'फिट' आया था, पुलिस-कर्मचारी की उपस्थिति में वह पल-भर में क़ाफूर हो गया था। उसके होश ठिकाने लग गये थे। उसने कहा, "मेरे पाँव में मोच आ गयी थी। इसलिए मैं रो रही थी। हम लोग स्टेशन में यों ही टहलने के इरादे से चले आये थे। हमें कहीं नहीं जाना है। घर वापस चले जायेंगे।"

"पर टिकट तो आप लोग कटा चुके हैं! क्यों साहब?" महीप की ओर कुटिल दृष्टि से देखते हुए पुलिस-कर्मचारी बोला।

"जी...नहीं"—हकलाते हुए महीप ने कहा।

"माफ़ कीजियेगा। मैं तलाशी लेने के लिए मजबूर हूँ।"

महीप के प्रबल प्रतिरोध के बावज़ूद उस भीमकाय और (न जाने जीवन के किस सुख और सन्तोष के कारण) हृष्ट-पुष्ट पुलिस-कर्मचारी ने उसकी तलाशी ली। दोनों टिकट उसकी जेब से बरामद कर लिये।

"तो जनाब कानपुर को तशरीफ़ ले जा रहे थे! और (नीलिमा की ओर कुटिल व्यंग्य-भरी दृष्टि से घूरकर) अब आप घर को लौट जाना चाहती हैं?"

"जी हाँ," आश्चर्यजनक दृढ़ता से नीलिमा ने कहा।

"क्या मैं पूछ सकता हूँ, ये आपके कौन लगते हैं?" महीप की ओर संकेत करते हुए उसने नीलिमा से प्रश्न किया।

"यह मेरे 'हसबैण्ड' हैं," नीलिमा ने उसी आश्चर्यजनक धैर्य और सुदृढ़ साहस के साथ उत्तर दिया। महीप अपनी चरम दुर्गति की उस परिस्थिति में भी नीलिमा की ओर विस्मित दृष्टि से आँखें फाड़-फाड़कर देखता रहा गया।

पुलिस-कर्मचारी भी नीलिमा के उत्तर से कुछ क्षण के लिए ठिठककर रह गया। पर वह बड़ा घाघ और अपने पेशे में बरसों से घिसा हुआ था। उसने कहा, "माफ़ कीजियेगा, एक शरीफ़ औरत की बात पर यक़ीन करने पर भी क़ानूनन मैं इस बात के लिए मजबूर हूँ कि आपके साथ अपके घर चलकर आपके बयान की सचाई का सबूत...।"

"आपको कोई अधिकार मेरे साथ मेरे घर चलने का नहीं है!" नीलिमा ने तीव्र क्रोध के आवेश में अँगरेज़ी में कहा।

"पर मुझे चलना ही होगा। अगर आप लोग रज़ामन्दी के साथ नहीं चलेंगे, तो मुझे ज़बरन आप लोगों को पकड़कर ले चलना होगा।"

पुलिस-कर्मचारी का स्वर यद्यपि अभी तक पहले की ही तरह धीर और शान्त बना हुआ था, तथापि उसके स्वर में कठोरता अधिक थी। महीप अपनी स्थिति की हीनता के बोझ से लज्जा और ग्लानि से गड़ा जा रहा था। वह इस क़दर हौलदिल हो उठा था कि एक शब्द भी उसके मुँह से नहीं निकल पाता था। नीलिमा का भी साहस धीरे-धीरे क्षीण पड़ता चला जा रहा था। वह कुछ देर तक बड़बड़ाती रही। पर जब पुलिस-कर्मचारी अपने निश्चय पर वज्र की तरह अटल रहा और अधिक प्रतिरोध करने

पर बल-प्रयोग की धमकी दिखाने लगा, तब अन्त में वह भी ढीली पड़ गयी। तंग आकर बोली, ''अच्छी बात है। यदि आप यही चाहते हैं तो चलिये।''

दो कान्स्टेबिल पहले ही से पास ही खड़े थे। उनमें से एक को पुलिस-कर्मचारी ने एक ताँगा ले आने का आदेश दिया। दो मिनट के भीतर एक ताँगा आ पहुँचा। पुलिस-कर्मचारी ने नीलिमा और महीप दोनों को लक्ष्य करके कहा, ''तशरीफ़ ले चलिये।'' दोनों मन मारकर मौन भाव से ताँगे की तरफ़ आगे बढ़े। पुलिस-कर्मचारी आगे ताँगेवाले के साथ बैठ गया। नीलिमा तथा महीप पीछे। नीलिमा ने अपने मकान का पता बता दिया। ताँगे का स्वस्थ घोड़ा ताँगेवाले के एक हलके झटके का इशारा समझकर सरपट दौड़ा चला गया।

42

कोई भी नहीं बोल रहा था।

रास्ते-भर महीप निरतिशय आत्मग्लानि के मर्मघाती मूक प्रहारों को, सिर नीचा किये सहन करता चला जा रहा था—अपने दाँतों को भीतर-ही-भीतर पीसता हुआ। बार-बार वह अपनी छाती में छुरा भोंकने की कल्पना कर रहा था। यद्यपि उसका अन्तर्मन भली-भाँति जानता था कि इस प्रकार का कोई काण्ड करने में वह स्वभाव से असमर्थ है। ''पर इस दारुण अपमान, इस अत्यन्त दयनीय दुर्गति का क्या उपचार होगा, जो आज अप्रत्याशित रूप से मेरी हुई है।'' वह मन-ही-मन प्रश्न करने लगा। नीलिमा से सम्बन्धित जितनी भी मीठी तथा कड़वी स्मृतियाँ आज तक उसके मन में वर्तमान थीं, वे सब उसे कसैली, बल्कि विषैली लगने लगी थीं। इतने दिनों तक अपने मन की जिस रोमाण्टिक भावना को वह अत्यन्त महान् और गहन रहस्य से भरी समझता आ रहा था, वह आज अत्यन्त हीन और घृणित लगने लगी। उसे ऐसा अनुभव हो रहा था कि उसे एक अत्यन्त नीच और कलुषित दुष्कर्म के अपराध में, फाँसी पर लटकाये जाने के उद्देश्य से नीलिमा की माँ के आगे पेश किया जानेवाला है। श्रीमती खन्ना उस पुलिस-कर्मचारी के साथ जब नीलिमा को और उसे साधारण बाज़ारू अपराधियों के रूप में देखेंगी, तब अपने मन में क्या सोचेंगी! इस बात की कल्पना से महीप के रोंगटे खड़े होते-होते रह जाते थे। रोंगटे पूरी तरह से खड़े इसलिए नहीं हो रहे थे कि उसके शरीर की प्राणशक्ति उसकी आत्म-ग्लानि के कारण एकदम क्षीण हो चली थी। श्रीमती खन्ना की भावी मुख-मुद्रा महीप के मन की आँखों के आगे किसी भी जल्लाद से कम भयावने रूप में नहीं आ रही थी। वह पशु-संस्कारवश बार-बार अपने कुर्ते की दोनों जेबों को इस हताश आशा से टटोल रहा था कि शायद कोई ऐसी चीज़ भाग्य के किसी अलौकिक रहस्य-चक्र से प्राप्त हो जाय, जो खाये जाने पर तत्काल मार डालनेवाले विष का काम कर जाय। वह जानता था कि उसकी जेब में किसी भी ऐसी चीज़ का रहना असम्भव है। पर बार-बार वह टटोलता ही चला जाता था। उसे इस बात पर घोर पश्चात्ताप होने

लगा कि आज तक उसके मन में यह सूझ कभी उत्पन्न नहीं हुई कि किसी सद्यःनाशक विष की पुड़िया या शीशी, जीवन की किसी असाधारण स्थिति के लिए अपने पास रखे रहना आवश्यक है। उसने प्रतिज्ञा की कि आज वह फाँसी पर चढ़ने के बाद भी जीवित रह गया, तो भविष्य में निश्चय ही अपने पास इच्छानुसार किसी भी समय मरने का साधन रखे रहेगा।

नीलिमा अपने भीतर आश्चर्यजनक धीरता और स्थिरता का अनुभव कर रही थी। उसे स्वयं इस बात पर आश्चर्य हो रहा था कि कुछ ही देर पहले उसके जिस मन की अवस्था ऐसी उत्तेजित और विस्फोटपूर्ण हो उठी थी कि उसने न चाहने पर भी बरबस सरेआम एक अत्यन्त अशोभन तमाशा खड़ा कर दिया था, जिसके फलस्वरूप महीप को और स्वयं उसे अकथनीय रूप से जलील होना पड़ा, उसका वही मन जलालत की चरम सीमा को पहुँचने पर इस क़दर शान्त और स्थिर हो उठा है। माँ के जिस कठोर न्यायालय में, अत्यन्त हीन अपराधिनी के रूप में पेश किये जाने के लिए वह पुलिस-कर्मचारी के साथ चली जा रही थी, उसमें साहसपूर्वक खड़े होने की पूरी दृढ़ता वह अपने भीतर पा रही थी। चरम संकट के क्षण में उसने महीप को अपना 'हसबैण्ड' बताया था। उसके लिए तनिक भी ग्लानि का अनुभव उसे नहीं हो रहा था। वह माँ के आगे भी पूरी शक्ति से और मन की पूरी सचाई से उस बात को दुहराने के लिए कमर कसे बैठी थी। ऐसा साहस अपने में उसने अपने जीवन में इसके पहले नहीं पाया था। साथ ही उसे इस बात के लिए भी क्षोभ होने लगा था कि उसने स्टेशन पर अकारण एक 'सीन' खड़ा कर दिया। उसी के कारण महीप को घोर अवमानना सहन करनी पड़ रही है। वह मन-ही-मन यह प्रतिज्ञा करने लगी कि उस अवमानाना से महीप को जो मानसिक क्षति उठानी पड़ी है, उसकी पूरी पूर्ति में वह कोई बात उठा नहीं रखेगी। भविष्य में उसकी माँ चाहे कैसा ही प्रतिरोध खड़ा क्यों न करे, वह पूर्णतया अपने स्वतन्त्र विचार के अनुसार ही कार्य करेगी।

ताँगा जब श्रीमती खन्ना के बँगले के फाटक के पास पहुँचा, तब महीप का घोर अवसाद से आच्छन्न मन सहसा पूर्णरूप से सचेत हो उठा। एक क्षण के लिए उसके मन में यह तीव्र प्रेरणा जागरित हो उठी कि ताँगे पर से कूदकर भाग निकले। पर तत्काल ही बिजली के वेग से उसमें, न जाने अन्तर के किसी अँधेरे 'पावर-हाउस' से, एक किसी निराली शक्ति का संचार हो गया, जिसका अनुभव उसे जीवन में उसके पहले शायद ही कभी हुआ हो। उसने अपने मन को एक अभूतपूर्व धैर्य और साहस के कवच से आच्छादित पाया। शायद फाँसी पर लटकाये जानेवाले प्रत्येक व्यक्ति में, फाँसी का फन्दा गले में पड़ने के ठीक पूर्व अन्तिम दो क्षणों में इसी प्रकार के आश्चर्यजनक साहस का संचार हो आता होगा। दुःख इस बात का है कि यह अनुमान कहाँ तक सत्य है, यह बात आत्म-अनुभव से बतानेवाला कोई व्यक्ति जीवित रूप में प्राप्त नहीं हो सकता। जो भी हो, यह सत्य है कि महीप फाँसी के अन्तिम क्षण में उस चरम दण्ड का सामना करने के लिए पूरी ताक़त से तैयार हो गया।

ताँगा भीतर घुसकर जब बँगले के बरामदे के पास आकर खड़ा हो गया, तब श्रीमती खन्ना और प्रतिमा ने, बाहर आकर बिजली के प्रकाश में विस्मयविमूढ़ होकर देखा कि नीलिमा और महीप पुलिस-कर्मचारी के साथ आये हुए हैं। जिस समय से नीलिमा घर से ग़ायब हुई थी, तभी से श्रीमती खन्ना अत्यन्त आशंकित हो उठी थीं। फिर भी रात होने तक वह अपने को बरबस यह समझाने की चेष्टा करती रहीं कि वह अपनी किसी संगिनी के यहाँ चली गयी होगी और अँधेरा होने पर घर पहुँच जायेगी। पर जब रात हो आयी, अँधेरा बढ़ता चला गया और नीलिमा नहीं आयी, तब उनकी चिन्ता बहुत बढ़ गयी। फिर भी दस बजे तक वह मरे मन से अपने को यह प्रबोध देने की चेष्टा करती रहीं कि नीलिमा सिनेमा चली गयी और 'फर्स्ट शो' समाप्त होते ही वह चली आयेगी। पर जब साढ़े दस बज गये और नीलिमा फिर भी नहीं आयी, तब श्रीमती खन्ना बुरी तरह घबरा उठीं। प्रायः पाग़लों की-सी मनोदशा में बरामदे में चक्कर काटने लगीं। दूर से जब-जब किसी ताँगे या एक्के के आने की आवाज़ सुनायी देती, तब-तब उनके कान खड़े हो उठते, और जब वह ताँगा या एक्का उनके बँगले के फाटक को पार करके आगे बढ़ जाता, तब उनकी निराशा का ठिकाना न रहता। वह बार-बार व्याकुलता के साथ प्रतिमा से कहतीं, "क्या बात हो गयी प्रतिमा, अभी तक वह नहीं आयी! कहाँ चली गयी? तुमसे कुछ कह नहीं गयी! अवश्य ही वह तुम्हें बता गयी होगी, पर तुम मुझसे छिपाना चाहती हो! तुम दोनों बहनें एक-सी हो मेरे प्राण लेने के लिए क़सम खाये बैठी हो। तुम दोनों ने मुझे जिस क़दर परेशान कर रखा है, वैसा किसी का घोर शत्रु भी नहीं करता। बताती क्यों नहीं कि वह कहाँ गयी?"

प्रतिमा यद्यपि स्वभाव से अत्यन्त धैर्यशाली थी और कभी किसी भी बात में चिन्ता को एक सीमा से बाहर नहीं बढ़ने देती थी, तथापि आज वह भी बहुत चिन्तित हो उठी थी और स्वयं बहुत परेशान थी कि दीदी कहाँ गयी और अभी तक वापस क्यों नहीं आयी है। तिस पर जब अपनी माँ की इस तरह की जली-कटी बातें वह सुनती थी, तब स्वभावतः उसका अन्तर कराह उठता था। जब श्रीमती खन्ना अपनी परेशानी की हालत में बार-बार इसी तरह की बातों को दुहराने लगीं, तब प्रतिमा से न रहा गया। वह उबल पड़ी। उसने झल्लाकर कहा, "मैं नहीं बताऊँगी कि वह कहाँ गयी। वह जहाँ भी गयी है, उसने उचित ही किया है। मैं भी एक दिन इसी तरह भागकर चली जाऊँगी। तभी तुम्हारे मन को पूरा सन्तोष मिलेगा। दीदी को तुमने इधर कुछ दिनों से बात-बात में जिस तरह परेशान करना शुरू कर दिया था, उस हालत में भागकर निकल जाने के सिवा उसने लिए दूसरा चारा नहीं रह गया था। उसने बहुत अच्छा किया और अब तुम चाहती हो कि मैं भी उसी की तरह निकल जाऊँ। अच्छी बात है, मैं अभी जाती हूँ।" यह कहकर आँखों से बड़े-बड़े गरम-गरम आँसू बहाती हुई प्रतिमा बड़ी तेजी से भीतर चली गयी।

श्रीमती खन्ना अपनी परेशानी की हालत में प्रतिमा का वह रूप देखकर कुछ देर तक भौचक्की-सी खड़ी रह गयीं। प्रतिमा एक सोफ़ा पर बैठी फफक रही थी। श्रीमती

खन्ना उसी की बग़ल में बैठ गयीं। अपने दाहिने हाथ से प्रतिमा का बायाँ हाथ पकड़कर, अपना बायाँ हाथ उन्होंने उसके कन्धे पर डाल दिया। फिर अत्यन्त व्याकुल और साथ ही अत्यन्त स्निग्ध स्वर में बोलीं, "अरी पगली, तू माँ की ज़रा-सी बात से बुरा मान गयी। तनिक इस बात का भी तो ख़याल कर कि इस समय मेरे मन की क्या दशा हो रही है। ऐसी हालत में अगर दो-चार कड़ी बातें मेरे मुँह से निकल पड़ें तो स्वाभाविक ही है। उनके लिए इस क़दर नाराज़ होना क्या उचित है। भोली लड़की, तुम्हें तो चाहिए था कि अपनी माँ की आज की पागलपन की हालत में उसे दिलासा देती। पर तुम उलटे मुझे पागल बना रही हो!"

श्रीमती खन्ना के कण्ठ-स्वर से यह स्पष्ट था कि उनका एक-एक शब्द आँसुओं से गीला है। प्रतिमा अधिक प्रतिरोध न कर सकी। उसने अपनी दोनों बाँहों से माँ का गला जकड़ लिया। उसका रुदनोच्छ्वास पूरे वेग से उमड़ चला। कुछ देर तक दोनों माँ-बेटी जी भरकर रोती रहीं। सहसा एक ताँगे के फाटक के भीतर घुसने की आवाज़ सुनकर दोनों हड़बड़ाती उठ खड़ी हुईं और बाहर चली आयीं। बरामदे की बत्ती जली हुई थी। उस प्रकाश में दोनों ने अत्यन्त भीत होकर देखा कि एक पुलिस-कर्मचारी के साथ नीलिमा और महीप आये हुए हैं।

क्षण-भर के लिए श्रीमती खन्ना विस्मय से भ्रान्त और आतंक से पत्थर की तरह निश्चल बनकर खड़ी रह गयीं। पर वह एक ऊँचे समाज में पली शिक्षिता महिला थीं, जहाँ किसी पुलिस-कर्मचारी से डरना घोर कायरता समझी जाती है। इसके अलावा, न जाने किस अज्ञात-संसार से सारी परिस्थिति का अस्पष्ट आभास बिना किसी के कुछ कहे ही उनको मिल गया। वह प्रश्न-भरी क्रुद्ध दृष्टि से पुलिस-कर्मचारी की ओर देखने लगीं। जब तीनों ताँगे पर से उतरे, तब पुलिस-कर्मचारी बड़े अदब से उनके पास आकर खड़ा हो गया। श्रीमती खन्ना के गम्भीर व्यक्तित्व में न मालूम क्या जादू था, उन्हें देखते ही पुलिस-कर्मचारी एकदम श्रीहत हो उठा। अधिकार और रोब का जो मुखड़ा वह इतने देर तक पहने था, वह उसके चेहरे पर से खिसक गया। उसने कुछ घबराहट की-सी आवाज़ में नीलिमा की ओर संकेत करते हुए श्रीमती खन्ना से कहा, "यह इनके (महीप की ओर उँगली उठाते हुए) साथ स्टेशन आयी हुई थीं। दोनों कानपुर का टिकट ख़रीद चुके थे। पर बीच में किसी सबब से दोनों में तक़रार हो गयी। उन्होंने (नीलिमा ने) आपके (महीप के) साथ चलने से इनकार कर दिया। स्टेशन में भीड़ लग गयी थी। दोनों के बीच झगड़ा बढ़ते देखकर मुझे बीच में दख़लन्दाज़ी करनी पड़ी। मेरे मन में एक शक पैदा हो गया। हालाँकि इन्होंने (नीलिमा ने) आपको (महीप को) अपना 'हसबैण्ड' बताया है, फिर भी मैंने अपना यह फ़र्ज़ समझा कि आपके पास तक इन्हें पहुँचा जाऊँ, यह दरयाफ़्त कर लूँ कि..."

"कुछ दरयाफ़्त करने की ज़रूरत नहीं!" श्रीमती खन्ना अस्वाभाविक रूप से झल्ला उठीं, "आप यहाँ से फ़ौरन चले जाइये। आपको इस मामले में दस्तन्दाज़ी का कोई हक़

नहीं था। आप इसी वक़्त उलटे पाँव लौट जाइये! जाइये—जाइये!!" प्रायः हाँफते हुए श्रीमती खन्ना ने कहा।

पुलिस-कर्मचारी बेतरह घबरा उठा। उसने आदाब बजाकर बार-बार क्षमा माँगी। उसके बाद ताँगे में बैठकर चुपचाप वापस चला गया।

पुलिस-कर्मचारी के जाते ही श्रीमती खन्ना ने बड़ी फुर्ती से, अत्यन्त आवेश के साथ, नीलिमा का हाथ पकड़ा और "चलो!" कहकर प्रायः घसीटती हुई उसे भीतर अपने कमरे में ले गयीं। भीतर से उन्होंने सिटकिनी बन्द कर दी।

बाहर महीप और प्रतिमा कुछ देर तक एक-दूसरे का मुँह ताकते हुए खड़े रहे। भीतर से श्रीमती खन्ना की मीठी उलाहना-भरी अस्पष्ट और दबी हुई आवाज़ सुनायी दे रही थी। प्रतिमा को भीतर जाने का साहस नहीं होता था। महीप के पाँव निरतिशय जड़तावश पीछे को नहीं लौट रहे थे। प्रतिमा अत्यन्त कौतूहल-भरी दृष्टि से महीप की ओर देख रही थी। महीप के मुख के भाव से सारी घटना का भीतरी हाल जानने की चेष्टा कर रही थी। पर मुँह से दोनों में से कोई भी एक शब्द भी नहीं बोला। कुछ देर बाद सहसा प्रतिमा भीतर चली गयी। महीप कुछ देर वहीं खड़ा रहा। कान खड़े करके यह जानने की चेष्टा करता रहा कि भीतर माँ-बेटी के बीच क्या बातें हो रही हैं। पर साफ़-साफ़ उसे कुछ भी न सुनायी देता था। अन्त में वह अनिच्छित पगों से बँगले के अहाते से बाहर चला गया।

43

उस घटना के दूसरे ही दिन ठाकुर साहब लौट आये।

रूपा भी उनके साथ ही थी। महीप ने दूर से एक बार रूपा की ओर ग़ौर से देखा। ऐसा लगता था, जैसे क़ब्र से कोई प्रेतात्मा निकल आयी हो और इस चिन्ता से उन्मन हो कि जिस क़ब्र में वह थी वह कहाँ छूट गया। देखकर महीप का हृदय दहल उठा।

ठाकुर साहब के लौट आने के बाद से शारदा देवी भी इस क़दर व्यस्त हो उठीं कि महीप से एकान्त में बातें करने का अवकाश या अवसर ही उन्हें प्राप्त नहीं होता था। जब ठाकुर साहब कभी अकेले मोटर पर चले जाते, तब हेमा शारदा देवी को घेरे रहती। महीप यह जानने के लिए अत्यन्त अधीर हो रहा था कि ठाकुर साहब के लौटने पर शारदा देवी अपनी जासूसी-विद्या द्वारा, धीराज की मृत्यु के सम्बन्ध में यथार्थ बात का पता लगाने में किस हद तक सफल हुई हैं। पर कई दिनों तक शारदा देवी से खुलकर बातें करने का कोई सुयोग प्राप्त न हो सका। और उधर नीलिमा के सम्बन्ध में भी कोई बात जानने की सुविधा नहीं रही। स्टेशनवाली घटना के बाद महीप को श्रीमती खन्ना के आगे प्रकट होने का नैतिक साहस नहीं रह गया था। इसके अलावा उसे किसी ज़रिये से इस बात का पता लग गया था कि जब से ठाकुर साहब लौटकर आये हैं, तब से खन्ना-परिवार से वह दिन में तीन-तीन बार भेंट करते हैं।

एक दिन सूर्यास्त के बाद वह अपने कमरे के बाहर, पिछवाड़े की तरफ़ चारपाई पर लेटा हुआ था। सहसा पीछे से किसी के पाँवों की अस्पष्ट आहट सुनकर वह उठ बैठा। शारदा देवी बहुत ही क्षीण मुस्कान का आभास मुख पर झलकाती हुई आ खड़ी हुईं। चारपाई के पास ही एक कुर्सी पड़ी हुई थी, जिसकी बाँह टूटी हुई थी। शारदा देवी आते ही बिना तकल्लुफ़ के उस पर बैठ गयीं। फिर अत्यन्त धीमे स्वर में बोलीं, "कहिये, आज इस समय लेटे कैसे हैं? तबीयत कुछ ख़राब है क्या?"

"जी नहीं, मैं रोज़ ही इस समय यहाँ लेटकर आराम किया करता हूँ।"

"आजकल शाम को क्या आप कभी बाहर नहीं निकलते?"

"जी नहीं।"

"कब से?"

"जब से ठाकुर साहब आये हैं।"

"स्वाभाविक ही है!" एक अर्थ-भरी मुद्रा से शारदा देवी ने कहा।

महीप उस मुद्रा से कुछ विचलित हो उठा। उसने कहा, "क्यों, स्वाभाविक क्यों है?"

"इसलिए कि ठाकुर साहब के आ जाने से, अब आपको नीलिमा के साथ स्टेशन का चक्कर लगाने की सुविधा नहीं मिल सकती।" आश्चर्यजनक ढिठाई से शारदा देवी बोलीं।

महीप चौंक उठा, "तब आप तक यह ख़बर पहुँच चुकी है! क्या आप यह बताने की कृपा करेंगी कि किस ज़रिये से आपको इस बात का पता लगा?"

"ठाकुर साहब ने मुझे बताया है।"

"ओह, ठीक!" कहकर महीप कुछ समय के लिए उन्मन हो उठा। उसके बाद सहसा, बिना किसी भूमिका के बोल उठा, "धीराज सिंह की मृत्यु-सम्बन्धी घटना पर कुछ प्रकाश पड़ा?"

शारदा देवी सहसा अत्यन्त गम्भीर हो उठीं। सजग दृष्टि से एक बार चारों ओर देखकर बहुत ही धीमी आवाज़ में उन्होंने कहा, "मेरा अनुमान सत्य जान पड़ता है। बुधई ने, जो शिकार पार्टी के साथ था, मुझे बताया है कि धीराज सिंह की मृत्यु किसी की गोली लगने से हुई है। गोली लगने पर धीराज सिंह ने मृत्यु के ठीक पहले अपने ख़ून से एक कपड़े पर कुछ लिखा भी था। क्या लिखा था, इस बात का पता अभी तक किसी को नहीं है। पर ज्यों ही उन्होंने लिखना समाप्त किया, त्यों ही ठाकुर लक्ष्मीनारायण सिंह दौड़े हुए उनके पास जा पहुँचे और उन्होंने चुपके से वह रक्ताक्षरों से युक्त कपड़ा अपने पास छिपाकर रख लिया। बुधई दूर से चुपचाप यह दृश्य देख रहा था। पर उसने देखा अनदेखा कर दिया—सम्भवतः कायरतावश। पर बुधई का कहना है कि ठाकुर धीराज सिंह को गोली कैसे लगी, यह वह नहीं जानता। गोली की आवाज़ सुनने पर उसका ध्यान उस ओर आकर्षित हुआ था!"

महीप मर्माहत-सा होकर बैठा रहा। कुछ क्षणों के लिए उसमें ऐसी अन्यमनस्कता आ गयी वह शून्य दृष्टि से न मालूम क्या देखता रहा।

कुछ देर बाद शारदा देवी उस गहन-गम्भीर मौन वातावरण को अत्यन्त निर्ममता से बेधती हुई बोल उठीं, "आज मैं आपको एक महत्त्वपूर्ण समाचार सुनाने के लिए आयी हूँ। इसी महीने की बीस तारीख़ को, नीलिमा के साथ ठाकुर लक्ष्मीनारायण सिंह का विवाह निश्चित हो चुका है।"

इस बार महीप सचमुच जैसे उछल पड़ा। वह अचकचाता हुआ सीधी तरह से बैठ गया। भ्रान्त दृष्टि से बोला, "आप यह क्या कहती हैं? क्या यह पक्की ख़बर है या कोई उड़ती हुई अफ़वाह आपके सुनने में आयी है?"

"यह अफ़वाह नहीं है जनाब! यह ध्रुव सत्य है। आपको अब अन्तिम रूप से इस स्थिति का सामना करने के लिए तैयार हो जाना चाहिए। या तो डेरा-डण्डा उठाकर चल दीजिये या..."

"या क्या?" शारदा देवी को रुकते देखकर महीप ने पूछा। उसके चेहरे पर जैसे किसी ने स्याही पोत दी हो। उसने फिर अन्यमनस्कता के अँधेरे में अपने को ग़र्क कर दिया। कुछ देर तक न जाने किस भँवर के बीच वह गोते खाता रहा। बाद में अचानक बोल उठा, "ठीक है, मुझे अवश्य इस स्थिति का सामना करने के लिए तैयार हो जाना होगा। माफ़ कीजियेगा, मुझे एक ज़रूरी काम से बाहर जाना है। आशा करता हूँ कल आपसे फिर इसी समय इसी स्थान में भेंट हो सकेगी। इस समय आज्ञा दीजिये।" यह कहकर वह बाहर निकल गया।

44

नीलिमा अब अपेक्षाकृत स्वस्थ और स्थिर थी।

उस रात अपनी अस्वाभाविक और असामान्य मनोदशा के कारण जिस घटना-चक्र के फेर में वह पड़ गयी थी और उस असाधारण घटना-चक्र के ही कारण महीप को अपना 'हसबैण्ड' बताकर, जो एक नयी उलझन उसने अपने साथ ही महीप के मन में उत्पन्न कर दी थी, उससे वह दो ही दिन बाद अपने को मुक्त करने में आश्चर्यजनक रूप से सफल हो गयी। उसकी माँ ने उस रात एकान्त में ले जाकर न जाने क्या मन्त्र पढ़ाया, जिसने उसकी उस दिन की और रात की—स्टेशन में अपने अस्वाभाविक व्यवहार की—समस्त ग्लानि को चीनी मिट्टी की तश्तरी में लगी हुई राख की तरह धोकर ऐसा साफ़ कर दिया कि उसका लेशमात्र दाग़ भी उसके हृदय में रह नहीं पाया। वास्तव में, माँ के स्नेह के सुमधुर पीड़न को अठगुने रूप में वापस पाने के इरादे से ही जैसे उसके अन्तर्मन ने वह जाल रचा था, जिसने तनिक-सी बात का बहाना पकड़कर उसे माँ की तरफ़ से विद्रोही बना डाला था। यही कारण था कि वह जब महीप के पास गयी थी, तब फिर उस रात माँ के पास लौटने की प्रवृत्ति उसके मन में किसी प्रकार नहीं जग पाती थी। यही कारण था कि महीप के व्यक्तित्व का ऐसा जादू उस

रात पार्क में उसके ऊपर चल गया था कि वह अपने को उसके प्रति पूर्णतया समर्पित करने की सीमा तक पहुँच चुकी थी। उसका अन्तर्मन उसके साथ एक विचित्र नृशंसतापूर्ण और साथ ही कौतुकप्रद खेल खेल रहा था, जो उसके साथ के दूसरे व्यक्ति को पूर्णतया ले डूबने के लिए उतारू हो उठा था। अज्ञात से जिस निद्रा-विचरण की-सी अवस्था में वह महीप के साथ स्टेशन तक गयी थी, उसमें उसे अपनी अन्तश्चेतना की उस कूट और क्रूर पीड़ा का कोई भान नहीं हो पाया था। स्टेशन पहुँचने तक उसकी मानसिकता इस स्थिति में थी कि उसे लगता था, जैसे अनन्तकाल तक असीम देश तक वह बराबर इसी प्रकार महीप के साथ चलती रहेगी—निर्द्वन्द्व और निर्मुक्त भाव से बिना किसी भी पारिवारिक, सामाजिक अथवा मानसिक बन्धन का अनुभव रंचमात्र भी किये हुए। समस्त विश्व में, समग्र काल में, जैसे महीप ही उसके जीवन का एकमात्र सहयात्री, एकमात्र नियन्ता और एकमात्र आत्मीय है, यह विश्वास उस समय उसके मन की उस अप-साधारण अवस्था में ऐसी प्रबलता से जमा हुआ था कि लगता था जैसे वह जीवन में कभी किसी भी काल में टल ही नहीं सकता।

पर स्टेशन पहुँचते ही जब ताँगे की गति रुकी, तब सहसा नीलिमा के मन की अति-प्राकृत दशा की गति भी स्थगित हो गयी। उसका जो अप-साधारण व्यक्तित्व कुछ अजीब-से मनोवैज्ञानिक कारणों से उस दिन उभर उठा था, वह बड़ी तीव्र गति से विलीन होने लगा। जैसे कोई विमान आकाश में मीलों ऊपर—स्ट्रेटास्फेयर में, उड़ान भरने के बाद सहसा सीधे नीचे उतरने को बाध्य हुआ हो, और बड़ी तेज़ी से गोते खाता चला जा रहा हो। उस गोताख़ोरी की मध्यावस्था में उसके मन की आँखें जिन अजीब ढंग से बदलते हुए सम्प्रेक्षणों—'पर्सपेक्शनों' में, वास्तविक तथा काल्पनिक दृश्यों को देख रही थीं, उनकी अनुभूति नीलिमा को विचित्र और विभ्रामक लग रही थी। जब महीप टिकट ख़रीदने गया और नीलिमा व्यस्त यात्रियों की भीड़ के बीच में एक स्थान पर खड़ी रही, तब उसे अचानक ऐसा लगा कि उसका जो विमान कुछ ही क्षण पहले 'स्ट्रेटास्फेयर' में उड़ान भर रहा था, वह पृथ्वी पर टकराकर चकनाचूर हो गया है। उसकी माँ ने न जाने टेलीपेथी की किस चुम्बक-शक्ति से 'राकेट' से भी तीव्र गति से चलनेवाला कौन अस्त्र उसके उस मनोविमान पर फेंका था! क्योंकि उस दिन सन्ध्या से ही उसका जो दूसरा व्यक्तित्व उभरा हुआ था, वह जब एक विस्फोट के साथ सहसा विलीन हो गया, तब तत्काल बिजली की तरह उसकी आँखों के आगे सर्वत्र माँ का ही रूप विभासित हो उठा। एकमात्र माँ की ही चिन्ता ने सजीव रूप धारण करके उसके सारे मन को चारों ओर से तूफ़ानी बादलों की तरह छा दिया। यही कारण था कि महीप जब टिकट ख़रीदकर उसके पास पहुँचा, तब वह चीख़ मार उठी। उसका प्रतिदिन के जीवन का वही साधारण व्यक्तित्व कराह उठा, जिसमें एक पल के लिए भी माँ के स्नेह-बन्धन से मुक्त होने का साहस कभी नहीं हुआ। कभी इच्छा ही नहीं हुई। उसकी सारी बहिरात्मा गुहार मार उठी, "माँ! माँ! माँ!" जिस माँ से जीवन में पहली बार भयंकर

विद्रोह करके वह चली आयी थी, उसके सहस्रकर अपने को चारों ओर फैलाकर, विह्वल और विकल अनुभव के साथ जैसे कह रहे थे, "आजा बेटी, आ जा! मेरे लिये इस जीवन में एकमात्र इन्हीं हाथों में आश्रय है! एकमात्र माँ की गोद ही ऐसा स्थान है, जहाँ नाना विरोधी और विषम चक्रों से भरे इस जीवन में तू अपने चिर दिन के अभ्यास के अनुसार सहूलियत से बैठ सकती है। आराम से करवट ले सकती है। इसे छोड़कर इतनी देर तक तू व्यर्थ के किन भ्रामक स्वप्नों, महत्त्वाकांक्षा की किन मरीचिकाओं से भरे लोक में भटकती रही? आ जा, बेटी आ जा!"

नीलिमा उस एकान्त आग्रहपूर्ण आह्वान की उपेक्षा नहीं कर सकी। जब महीप ने टिकट ख़रीदने के बाद उसे प्लैटफ़ार्म के भीतर चलने के लिए कहा, तब उसके मन की ठीक वह दशा हो रही थी, जैसे चन्द महीने के बच्चे की नींद टूटने पर—किसी अस्पष्ट छायालोक का स्वप्न भंग होने पर होती है। और वह कुछ समय के लिए जागरण लोक की नयी परिस्थिति से अपने मन का ठीक संयोजन न कर पाने के कारण अर्द्धचेतनावस्था में माँ के स्पर्श की अज्ञात लालसा से बिलखने लगता है। यही कारण था कि उस क्षण के लिए वास्तविकता के दृष्टिकोण से महीप की परिस्थिति को (और साथ ही उतने आदमियों की भीड़ में स्वयं अपनी यथार्थ स्थिति को) समझने की समर्थता उसमें नहीं रह गयी थी। उसने चिल्लाकर और रोकर महीप को जिस अस्वाभाविक और अवमाननापूर्ण परिस्थिति में डाल दिया था, वह जान-बूझकर नहीं, बल्कि अर्द्धचेतन मन की प्रतिक्रियात्मक प्रवृत्तिवश। बाद में जब पुलिस-कर्मचारी ने टोका, तब नीलिमा के मन की प्रतिक्रिया ने एक दूसरी ही दिशा पकड़ ली। महीप की तौहीनी का यथार्थ रूप सामने आ गया। वह पूर्णतया 'सचेत' हो उठी। उस 'सचेत' अवस्था में उसने तात्कालिक विपत्ति से छुटकारा पाने के उद्देश्य से ही महीप को अपना 'हसबैण्ड' बताया था, सन्देह नहीं।

पर बाद में 'हसबैण्ड' शब्द का जादू उसके मन पर कुछ दूसरा ही प्रभाव डालने लगा। अपने मन की 'सचेत' अवस्था में भी, उसने यह संकल्प किया था कि वह अपनी माँ के आगे भी सच्चे हृदय से यह स्वीकार कर लेगी कि महीप को उसने अपना 'हसबैण्ड' मान लिया है और अपने इस संकल्प को वह कार्यरूप में परिणत करके रहेगी। पर माँ से जब वह मिली और उन्होंने अपने मातृ-हृदय की आकुल विह्वलता से जब अपनी अन्तर्वेदना उसके आगे आँसुओं से पिघलते हुए शब्दों में व्यक्त की, तब वह स्वयं भी फिर एक बार पिघल उठी। वास्तव में उसका अन्तर्मन पहले से ही पिघलने के लिए तैयार बैठा था, केवल उसके लिए अधिक-से-अधिक विह्वलतापूर्ण वातावरण तैयार करने का कुचक्र रच रहा था। अपना यह मनोविश्लेषण नीलिमा ने दूसरे दिन रात में सोने के पूर्व पलँग पर लेटे-लेटे स्वयं किसी हद तक कर लिया था। उसके बाद, जब दूसरे दिन ठाकुर लक्ष्मीनारायण सिंह कई दिनों के बाद उससे मिले, तब उसने आश्चर्य के साथ इस बात पर ग़ौर किया कि केवल कुछ ही दिनों की अनुपस्थिति में

ठाकुर साहब में एक आश्चर्यजनक परिवर्तन आ गया है। ऐसा परिवर्तन जो पहली ही दृष्टि में अपना प्रभाव छोड़े बिना नहीं रह सकता। उसकी मार्मिक रूप से अनुभूतिशील आँखों ने देखा कि ठाकुर साहब की आँखों की अभिव्यक्ति में, एक अस्पष्ट व्यंग्य और क्रूरता का जो भाव सब समय उनकी सहज मुस्कान के क्षणों में भी वर्तमान रहता था, उसके स्थान पर एक करुण, कोमल और स्निग्ध भाव की छाया सहज रूप से भासमान हो रही है। इतने वर्षों से ठाकुर साहब के प्रति अपने जिस अज्ञात खिंचाव के विरुद्ध वह भीतर-ही-भीतर लड़ाई लड़ती जाती थी, वह आज उसे पहली बार प्रीतिकर लगा और उसे उसने सहज स्वाभाविक रूप से ग्रहण किया। आज ठाकुर साहब को देखते ही उसे अपना वह व्यक्तित्व अत्यन्त उपेक्षणीय, तुच्छ और हास्यास्पद लगा जो पार्क में महीप के प्रति पूर्णतया आत्मसमर्पण करने के लिए प्रायः तैयार हो उठा था। सच तो यह है कि उसके सचेत मन में अपने व्यक्तित्व के उस स्वरूप की स्मृति ही नहीं जगी। अपने अनजान ही में जब उसने एक बार ठाकुर साहब के इस बार के व्यक्तित्व की तुलना महीप के व्यक्तित्व से की, तो उसको महीप का अकालपक्व शिशु-रूप अत्यन्त हास्यास्पद लगने लगा। पार्क में महीप ने, हिमालय के जिस विजन देवदारु-वन की रूपकमयी कल्पना के जादू से नीलिमा के भीतर एक निराले रहस्य-लोक का द्वार उद्‌घाटित करके, अपने व्यक्तित्व के गहन और व्यापक रूप का परिचय दिया था, ठाकुर साहब से भेंट होने पर उसकी स्मृति न उसके अन्तर्मन में जगी, न सचेत मन में। पार्क में जो अगाध रहस्यमय क्षण उसने उस रात महीप के साथ बिताये थे, उनमें किसी अनन्तव्यापी मोहमहिमायुक्त जगत् की प्रतिच्छवि भासमान हो उठी थी, सन्देह नहीं। पर वे क्षण अनन्त को उस सम्पूर्ण प्रतिच्छवि के साथ ही उसी रात पूर्ण रूप से न जाने कहाँ विलीन हो गये थे। नीलिमा अपने सचेत व्यक्तित्व में अपनी सुषुप्तावस्था या स्वप्नावस्था के उन क्षणों का कोई भी छायाभास, तनिक-सा भी दाग़ नहीं पा रही थी। उसके भीतर यह धारणा जग ही नहीं पाती थी कि उसके उस रात के असाधारण व्यवहार ने महीप के अन्तर्मन में सम्भवतः कोई ऐसा गहरा प्रभाव छोड़ दिया हो, जिसका चिह्न—सुखकर अथवा अप्रीतिकर जैसा भी हो—उसकी मृत्यु तक न मिटने पाये।

अपने मन की तत्कालीन अपेक्षाकृत स्वस्थ और स्थिर अवस्था में, जब वह वर्तमान के धुमैले पर्दे के पार किसी एक छिद्र से जीवन के नये, सुन्दर, सुखद और उज्ज्वल रूप की झाँकी देख रही थी, तब एक दिन अचानक उस सारे दृश्य को ज्वालामुखी के विस्फोट से उत्पन्न कालिख से भी गाढ़े, काले धुएँ के बादलों से ढकता हुआ एक गुमनाम पत्र—नागरी अक्षरों में टाइप किया हुआ—उसके पास पहुँचा। 'फुलस्केप साइज़' के दो-तीन पन्नों में वह पत्र समाप्त हुआ था। वह पत्र न किसी को सम्बोधित करके लिखा गया था, न उसके नीचे किसी के हस्ताक्षर थे। उस पत्र को पढ़ने पर नीलिमा को ऐसा लगा, जैसे उसके सारे शरीर में सहस्रों छोटी-छोटी तीखी सुइयाँ गड़ गयी हों। अपने कमरे के किवाड़ भीतर से बन्द करके अपने पलँग पर बैठकर उसने एकान्त में कई बार हृदय को दहला देनेवाला वह पत्र पढ़ा। जितनी ही बार वह पढ़ती थी, उतनी

ही उसकी बेचैनी भी बढ़ती जाती थी, तथापि वह फिर-फिर उसे पढ़ने का लोभ संवरण नहीं कर पाती थी। पढ़ते-पढ़ते जब वह थक गयी तो पत्र को सिरहाने रखकर और सिर पर दाहिना हाथ रखकर चित लेट गयी। "भगवान्! क्या यह सम्भव है? नहीं, नहीं! यह घोर अनर्थ...कभी नहीं!" और यह सोचते हुए, न चाहने पर भी, उसकी भीतरी आँखों के आगे ठाकुर लक्ष्मीनारायण सिंह की वह छवि अत्यन्त गाढ़े और उज्ज्वल रंगों में परिस्फुट हो उठी जो पिछले कुछ वर्षों में उनकी सरल मुस्कान भरे मुखड़े के भीतर, अत्यन्त क्रूर व्यंग्य की समूर्त अभिव्यक्ति के रूप में बीच-बीच से भासित हो उठती थी—जिसे भूलने के लिए नीलिमा बार-बार छटपटाती रहती थी। आज वह छाया-छवि 'इनलार्ज्ड' किन्तु सुस्पष्ट फोटो की तरह उसकी कल्पना की आँखों के आगे जैसे अत्यन्त निष्ठुर परिहास करती हुई नाचने लगी।

पत्र में भूमिका के तौर पर जो कुछ लिखा था उसका सारांश यह था—"ठाकुर लक्ष्मीनारायण सिंह से तुम्हारा विवाह तय हो चुका है। पर यदि तुम इस अत्यन्त वीभत्स और विषधर नाग की घातक लपेटों से अपने को छुड़ाना चाहो, तो अब भी उसके लिए समय है। इस नाग की काली करतूतों से तुम तनिक भी परिचित नहीं हो। यदि उसकी एक भी करतूत से तुम अच्छी तरह परिचित हो जाओ, तो तुम्हारा रक्त जमकर बर्फ़ बन जायेगा। तुम्हारे रोंगटे सुई की नोक की तरह खड़े हो जायेंगे, और इस बात का पता चल जायेगा कि एक नृशंस नारकीय आत्मा वर्षों से, किस प्रकार के कूट और आतंककारी उपायों से समाज के चुने हुए निरीह प्राणियों को अपनी सर्वशोषी अन्धगुहा के भीतर घसीटती चली जा रही है। उसकी पिछली करतूतों का पता तुम्हें बाद में लग जायेगा। अभी केवल इतना ही जान लो कि ठाकुर धीराज सिंह की हत्या इसी नाग ने की है। शिकार-पार्टी में जिस 'दुर्घटना' के कारण धीराज सिंह की मृत्यु हुई, वह इसी मानववेषधारी शैतान की पूर्व-निश्चित योजना के अनुसार घटी थी।"

इसके बाद पत्र में विस्तार के साथ धीराज सिंह की हत्या का वर्णन किया गया था। नीलिमा पत्र को पढ़ते हुए बार-बार आतंक से सिहर उठती थी। आधी रात में किसी एकान्त स्थान में भूत की कहानी सुननेवाले बच्चे की तरह मारे भय के उसके रोएँ खड़े हो उठते थे, तथापि उस कहानी में उसकी दिलचस्पी भी बेहद बढ़ती जाती थी।

नीलिमा ने वह गुमनाम पत्र एक अत्यन्त गुप्त स्थान में छिपाकर रख लिया। घर में किसी से उसकी कोई चर्चा नहीं की। दूसरे दिन जब ठाकुर लक्ष्मीनारायण सिंह उसके पास पहुँचे, तब उसने ख़ुफ़िया पुलिस के किसी चालाक और अनुभवी कर्मचारी की तरह, ऐसी पैनी मर्मभेदी दृष्टि से उनके मुख के बाहरी पर्दे के भीतर से झाँकनेवाले रूप का परीक्षण किया कि ठाकुर साहब विचलित हो उठे। अपनी माँ और प्रतिमा के बीच में जब तक वह ठाकुर साहब के साथ बैठी रही, तब तक एक शब्द भी न बोली। बाद में दोनों उठकर चली गयीं। इधर कुछ दिनों से दोनों ने—सम्भवतः आपस में गुप्त

परामर्श करके—यह नियम बना लिया था कि नीलिमा और ठाकुर साहब को अधिक-से-अधिक समय तक एकान्त में बातें करने के लिए छोड़ दिया जाय।

आज ठाकुर साहब को एकान्त में पाकर नीलिमा पहली बार एक विचित्र-सी बेचैनी और संकोच का अनुभव करने लगी थी। वह संकोच प्रेमजनित निकटता के कारण सम्भवतः उतना नहीं था, जितना उसके भीतर अवरुद्ध क्रोध और भय की सम्मिलित रासायनिक भावना के कारण। पर उस रासायनिक सम्मिश्रण में विस्फोट होते देर न लगी और नीलिमा की जो जीभ एकदम जड़-सी बनी हुई थी, वह सहसा बड़े वेग से फूट पड़ी। उसने जो पहली बात कही वह यह थी, ''आपकी शिकार-पार्टी के सारे भीतरी भेद मेरे आगे खुल गये हैं।''

यह बात आकस्मिक बम-विस्फोट की तरह ठाकुर साहब के कानों में गरज उठी। उनका चेहरा इस क़दर सिकुड़कर विकृत हो उठा, जैसे सब-कुछ चाट जानेवाली ज़हरीली 'मस्टर्ड गैस' उन्हें लग गयी हो। क्षण-भर के लिए उन्हें ऐसा लगा जैसे उनका दम घुटा जा रहा हो। उसके बाद प्रायः रोनी-सी सूरत बनाते हुए उन्होंने तनिक तीव्र स्वर में कहा, ''शिकार-पार्टी का भेद! कैसा भेद?''

''आप चूँकि अच्छी तरह जानते हैं कि वह भेद क्या है, इसलिए उसे खुलासा करने की कोई आवश्यकता मैं नहीं समझती।''

ठाकुर साहब अत्यन्त उत्तेजित हो उठे। बोले, ''देखो नीलिमा, पहेली-भरे शब्दों में बातें करने की अपनी आदत छोड़ो और साफ़-साफ़ समझाओ कि तुम्हारी बात का आशय क्या है।''

इस बार ठाकुर साहब की विस्मय-भरी उत्सुकता नीलिमा को ऐसी स्वाभाविक लगी कि अधिक घुमाव फेर के चक्कर में पड़ना उसने उचित नहीं समझा। वह एक बार चारों ओर सजग दृष्टि से देखकर धीरे से बोली, ''ठाकुर धीराज सिंह की हत्या से सम्बन्धित घटना से मेरा मतलब है।''

''हत्या! यह किसने तुमसे कहा कि धीराज सिंह की हत्या की गयी है?''

नीलिमा सहसा उठा खड़ी हुई। भीतर से कमरे के दरवाज़े की सिटकिनी लगाकर उसने एक आलमारी खोली। उसके भीतर से वही गुमनाम पत्र निकालकर उसने ठाकुर साहब के हाथ में दे दिया, और बोली, ''पढ़िये।''

ठाकुर साहब अपनी इन्द्रियों की सम्पूर्ण शक्तियों को बटोरकर पत्र पढ़ने लगे। जब वह पत्र पढ़ रहे थे, तब नीलिमा फाँसी की सज़ा देने के लिए तैयार बैठे हुए जज की दृष्टि से उनके प्रत्येक हाव-भाव पर बड़ी बारीक़ी से ग़ौर कर रही थी कि कौन रंग आता है और कौन जाता है।

* * *

वह विचित्र, अप्रत्याशित और गुमनाम पत्र पढ़ते हुए ठाकुर साहब के मुख पर प्रारम्भ में मुर्दनी-सी छाने लगी। नीलिमा अपनी सम्पूर्ण शक्तियों को अपनी आँखों में बटोरकर

स्थिर दृष्टि से उनकी ओर देख रही थी। चिट्ठी में वर्णित उस लोमहर्षक और भेद-भरी बात की सचाई (या झुठाई) का पता लगाने का एकमात्र उपाय उसके लिए यही था कि ठाकुर साहब के मुख के बदलते हुए भावों पर ग़ौर किया जाय। इसलिए जब उसने देखा कि ठाकुर साहब के मुख पर मुर्दनी छाने लगी है, तब उसका हृदय धक-से रह गया। उसे विश्वास होने लगा कि चिट्ठी में जो दिल दहलानेवाला आरोप ठाकुर साहब पर लगाया गया है, उसमें सचाई का बहुत-कुछ अंश है।

ठाकुर साहब उस पत्र के पढ़ने में ऐसे तल्लीन थे कि उन्हें उस समय के लिए नीलिमा के अस्तित्व का कोई भान ही नहीं रहा गया था। मुर्दनी का प्रारम्भिक भाव धीर-धीरे बदलने लगा। उसके स्थान पर एक सजीव और साथ ही मार्मिक वेदना की तीव्र अनुभूति के चिह्न उनके मुख पर सुस्पष्ट रूप से अंकित होते चले गये, जिससे नीलिमा का सन्देह घटने के बजाय और अधिक बढ़ गया। तीसरी स्थिति तब आयी, जब ठाकुर साहब पत्र का अन्तिम अंश पढ़ रहे थे। धीर-धीरे एक विचित्र-सी मुस्कान उनकी दोनों आँखों के कोनों से परिस्फुट हो आयी और बड़ी तेज़ी से उनके सारे मुख पर उज्ज्वल-से-उज्ज्वलतर होकर छा गयी। पत्र समाप्त करके उन्होंने जब उसे नीलिमा को लौटा दिया, तब प्रारम्भिक आतंक के स्थान पर सहज विनोद के भाव से उनका मुख सन्दीप्त हो उठा था। नीलिमा कुछ समझ न पायी। विस्मय-भरी भ्रान्त दृष्टि से ठाकुर साहब की ओर ताकती रह गयी। उसने सोचा था (क्यों सोचा था इसका कारण उस समय वह स्वयं ठीक से नहीं जानती थी) कि ठाकुर साहब निश्चित रूप से पत्र को पढ़ने के बाद उसे फाड़ डालेंगे। इसलिए जब ठाकुर साहब ने सहज भाव से, प्रायः प्रसन्नतापूर्वक, वह पत्र उसे लौटा दिया, तब इस बात से उसका आश्चर्य और अधिक बढ़ गया।

अत्यन्त धीर और साथ ही मधुर स्वर में ठाकुर साहब ने कहा, "न जाने क्यों, मेरी अन्तरात्मा को पहले ही से यह सन्देह हो गया था कि धीराज की मृत्यु के सम्बन्ध में इसी प्रकार का कोई-न-कोई लांछन मेरे ऊपर लगाया जायगा। इसलिए मैंने इस सम्बन्ध में सावधानी बरतना आवश्यक समझा था।"

यह बात ठाकुर साहब ने इस ढंग से कही कि नीलिमा को लगा जैसे वह अब जम्हाई लेना चाहते हों। ऐसी गम्भीर बात को ऐसी उदासीनता से ग्रहण करने में ठाकुर साहब कैसे समर्थ हुए हैं, नीलिमा कुछ समझ नहीं पा रही थी।

कुछ क्षणों के लिए यह अचकचायी हुई-सी स्तब्ध खड़ी रही। उसके बाद धीरे से कुर्सी पर बैठ गयी और बोली, "क्या मैं जान सकती हूँ कि आपने किस प्रकार की सावधानी बरती?"

"इस पत्र में जो यह लिखा है कि धीराज ने मरने के पूर्व अपने ख़ून से एक रूमाल पर कुछ लिखा था और यह रूमाल मैंने चुपके से अपने पास छिपाकर रख लिया, वह बात सच है। कपड़े के उस टुकड़े को मैं अत्यन्त सावधानी से अभी तक अपने पास

सुरक्षित रखे हुए हूँ। पर मेरे विपक्षियों ने जो यह अनुमान लगाया है कि धीराज ने अपने ख़ून से रँगे हुए अक्षरों में मुझे हत्यारा बताया है, इस बात से मुझे स्वभावतः मार्मिक पीड़ा पहुँची है। साथ ही हँसी भी आ रही है। मैं उस बहुमूल्य कपड़े के टुकड़े को तब से बराबर अपने पास—अपनी जेब में रखता हूँ और रात को सोते समय अपने तकिये के नीचे बड़ी हिफ़ाज़त से छिपाये रहता हूँ।''

''तब तो निश्चय ही कपड़े का वह टुकड़ा इस समय भी आपकी जेब में मौजूद होगा?'' अत्यन्त अधीर उत्सुकता के साथ नीलिमा ने यह प्रश्न किया।

नीलिमा की उस अधीरता पर ठाकुर साहब अत्यन्त स्निग्ध भाव से मुस्कराये। आज पहली बार नीलिमा ने ऐसी सहज स्निग्धता की झलक ठाकुर साहब के मुख पर देखी। ठाकुर साहब अपने रेशमी कुर्ते के भीतर जो एक बण्डी पहने हुए थे, उसकी भीतरी जेब में उन्होंने हाथ डाला। हाथ डालने के बाद ही क्षण-भर के लिए उनके चेहरे का रंग एकदम फक हो गया। उनकी दोनों आँखों से ऐसी धबराहट व्यक्त हो उठी, जैसे यकायक साक्षात् मृत्यु का अवतार कोई उसके सामने आ खड़ा हुआ हो। पर तत्काल उनके चेहरे पर फिर मुस्कराहट झलक उठी। बात यह हुई थी कि पहली बार हाथ डालने पर उन्हें जेब खाली जान पड़ी, जबकि उनका हाथ पूरी तरह भीतर जा भी नहीं पाया था। इतने ही से वह घबरा उठे। उनकी वह घबराहट स्वाभाविक थी। क्योंकि जिस रूमाल को वह खोज रहे थे, उस पर उनके जीवन और मृत्यु का प्रश्न निर्भर करता था। उस क्षण की-सी विकलता का अनुभव उन्हें अपने जीवन में कभी नहीं हुआ था। उनकी आँखों के आगे एकदम अँधेरा छा गया था। साक्षात् कराल कालिका के दर्शन उन्हें हो रहे थे। अपना जो हाथ उन्होंने जेब के भीतर डाला था, उसे जैसे लकवा मार गया हो। क्षण-भर के लिए वह ज्यों-का-त्यों निर्जीव लकड़ी की तरह निश्चल बना रहा। पर दूसरे ही क्षण जब उन्होंने आत्म-रक्षा के पशु-संस्कार से बल पाकर हाथ और भीतर डाला, तो उनकी उँगलियों ने कपड़े के एक टुकड़े को स्पर्श किया, जिसे उन्होंने जेब को प्रायः फाड़कर पूरी ताक़त से खींचते हुए बाहर निकाला। हाँ, वह वही रूमाल था! उनके जी-में-जी आया। उन्होंने चैन की साँस ली। फिर वही पहले की-सी मुस्कान उनके चेहरे पर खिल उठी।

नीलिमा को वह तह किया हुआ कपड़े का रहस्यमय टुकड़ा अपने भाग्य के पट्टे की तरह लग रहा था। ठाकुर साहब जब उसे खोल रहे थे, तब उसके हृदय में एक बार एक अनोखी अनजान पीड़ा के कारण सुरसुरी-सी उत्पन्न होती थी और दूसरे क्षण वह एक अज्ञात पुलक-भरी विकलता की गुदगुदी का-सा अनुभव करती थी।

रूमाल को खोलकर ठाकुर साहब ने नीलिमा के आगे मेज़ पर फैलाकर रख दिया। नीलिमा ने अधीर दृष्टि से और धड़कते हुए कलेजे से उसमें रक्त से लिखे गये बड़े-बड़े अक्षरों में लिखा हुआ पढ़ा :

''मैंने आत्महत्या की है—धीराज।''

नीलिमा की दृष्टि उन अक्षरों पर हिप्नोटाइज़ किये गये व्यक्ति की तरह अटकी रह गयी। एक सजीव प्राणी के रक्त से लिखे गये वे अक्षर, जैसे अपने साथ किसी रहस्यमय प्रेत-लोक की चेतना लाये हों। धीराज से वह परिचित थी। उसके सुन्दर, सुकुमार मुख की सरल अभिव्यक्ति, उसकी स्निग्ध और स्वप्नमयी आँखों की उदास व्यंजना ऐसी थी, जिसकी उपेक्षा नीलिमा कभी नहीं कर पायी थी। आज उसी धीराज का रक्त उसकी आँखों के आगे प्रत्यक्ष नाच रहा था, बोल रहा था और सौ-सौ भेद-भरी बातें उसकी कानों में कहने के लिए उतावला हो रहा था। कुछ देर तक वह रूमाल को हाथ में लिये निश्चल होकर बैठी रही। स्थिर दृष्टि से उस पर अंकित अक्षरों को देखती हुई न जाने किन भ्रामक कल्पनाओं में निमग्न हो गयी। उसके बाद क्षण-भर के लिए उसका मन इस चरम स्थिति को पहुँच गया कि उसे लगा जैसे रक्त के वे अक्षर सजीव होकर उसकी हथेली में कुलबुलाने लगे हों। तत्काल मारे घबराहट के उसने रूमाल नीचे गिरा दिया। ठाकुर साहब ने पूर्ववत् मन्द-मधुर मुस्कराते हुए उसे उठाकर बड़ी सावधानी से तह किया और फिर कुर्ते के भीतर बण्डी की जेब में उसे सँभालकर रख दिया।

क्षणिक भ्रम के बाद नीलिमा शीघ्र ही सँभल गयी। उसके ध्यान में यह बात भली-भाँति आ गयी कि ठाकुर साहब पर जो आरोप उस गुमनाम चिट्ठी में लगाया गया है, वह सर्वथा मिथ्या है। इस बात की जानकारी से वह अत्यन्त प्रसन्न हो उठी। शीघ्र ही वह प्रसन्नता एक अप्रत्याशित पुलक में बदल गयी। जब वह अच्छी तरह स्थिर हो गयी तब बोली, "मैं अपनी बात के लिए क्षमा चाहती हूँ। पर आप निश्चय ही यह मानेंगे कि मेरा अपराध बहुत बड़ा नहीं था। इस नीचतापूर्ण पत्र के कारण मेरे मन की स्थिति अस्त-व्यस्त हो उठी थी।" यह कहकर नीलिमा उठी। ठाकुर साहब से दियासलाई माँगकर दीवार पर की अँगीठी के पास गयी। दियासलाई जलाकर उसने उस पत्र को जला दिया। उसके बाद जब वह फिर अपनी जगह पर आकर बैठी, तब ठाकुर साहब ने देखा कि वह उनकी ओर अकपट प्रेम की स्निग्ध, सजल और सरस दृष्टि से देख रही है। आज पहली बार ठाकुर साहब ने नीलिमा की आँखों में अपने प्रति पूर्णतया निष्कपट, विशुद्ध स्नेह के भाव की झलक देखी। भीतर-ही-भीतर हर्ष-विभोर होकर वह सहसा अपनी जगह से उठ खड़े हुए और नीलिमा के एकदम पास आकर बैठ गये। नीलिमा जैसे पहले ही से इस बात की प्रत्याशा कर रही थीं।

ठाकुर साहब बोले, "इस गुमनाम चिट्ठी ने मेरा हित किया, नीलिमा। उसने मेरा निर्दोष रूप पूर्णतया तुम्हारे आगे रख दिया। आज मैं केवल धीराज से सम्बन्धित आरोप से ही बरी नहीं हुआ हूँ, बल्कि मैं आशा करता हूँ कि उसके साथ ही बहुत-से दूसरे आरोप भी तुम्हारे आगे झूठे सिद्ध हो जायेंगे, जिनकी कल्पना तुम्हारा मन (जानकर या अनजान में) इतने दिनों से मेरे ख़िलाफ़ करता चला जा रहा था।"

"दुत! तुम उलटे मुझ पर झूठा आरोप लगा रहे हो!" निराली अदा से ठाकुर साहब की ओर देखते हुए बड़े नाज़ के साथ नीलिमा ने कहा।

इस बार ठाकुर साहब ने आव देखा न ताव। दोनों बाँहों से नीलिमा को जकड़कर बोले, "तुम बड़ी दुष्ट हो!"

"और तुम! तुम क्या कुछ कम हो!" कहकर नीलिमा आँखें नचाती हुई स्वयं भी दो पतले साँपों की तरह लचीली बाँहों के बल ठाकुर साहब से लिपट गयी।

उस दिन ठाकुर साहब काफ़ी देर तक नीलिमा के पास रहे। रात में घर लौटने के पहले उन्होंने कहा, "मेरे पास धीराज की डायरी भी है? मैं उसे तुम्हें पढ़ाऊँगा। उससे तुम्हें इस बात का पता लग जायेगा कि वह बहुत पहले से आत्महत्या की बात सोच रहा था।" नीलिमा ने उस डायरी को पढ़ने की उत्सुकता प्रकट की।

45

दूसरे दिन सुबह।

ठाकुर साहब एक नोटबुक नीलिमा को दे गये, जिसे धीराज ने डायरी के रूप में व्यवहृत किया था। दिन में एक अँधेरे कमरे के भीतर बिजली जलाकर नीलिमा एक पंखे के नीचे आराम से लेट गयी। उसके बाद अत्यन्त उत्सुकता से उस डायरी को पढ़ने लगी। पढ़ते-पढ़ते वह इस क़दर उसमें तन्मय हो गयी कि जब तक पूरा पढ़ न चुकी तब तक उसने बन्द नहीं किया। पढ़ने से यह स्पष्ट था कि रूपा से परिचय होने के बाद ही धीराज ने डायरी लिखना आरम्भ किया था। उसमें तारीख़ के अनुसार सिलसिलेवार जो विचार अथवा संस्मरण लिपिबद्ध किये गये थे, वे इस प्रकार थे :

"रूपा को जब पहली बार मैंने देखा, तब उसी क्षण बिजली की-सी गति से मुझे लगा कि मैंने बचपन में कहीं उसे देखा है। तब से अकसर कहीं-न-कहीं उससे मेरी भेंट होती रही है। पर बचपन में कब, कहाँ उससे भेंट हुई है, यह ठीक से मैं नहीं बता सकता। साथ ही यह भी मैं निश्चित रूप से जानता हूँ कि उससे इसके पहले कभी कहीं मेरी भेंट नहीं हुई है। पहली बार मैं उसे देख रहा हूँ। तब क्यों पहली भेंट से पूर्व परिचय की-सी सहज भावना उसके सम्बन्ध में मेरे मन में जगी? इस अनुभूति का ठीक कारण न मैं बता सकता हूँ, न यह विश्वास करता हूँ कि संसार का कोई दूसरा व्यक्ति इस प्रश्न का सन्तोषजनक उत्तर देने में समर्थ है। मैं जब इस सम्बन्ध में बहुत सोचता हूँ, केवल एक बात मुझे जँचती है। वह यह कि सहज नारीत्व के आदर्श की जो कल्पना मेरे जान में या अनजान में, बहुत दिनों से मेरे भीतर घर किये हुए थी, वह रूपा को देखते ही साकार रूप में मेरे आगे प्रकट हो उठी। यह ठीक है कि नारीत्व के सम्बन्ध में प्रत्येक व्यक्ति का आदर्श भिन्न-भिन्न होता है, जो प्रत्येक व्यक्ति की शिक्षा, संस्कृति, वातावरण और कुछ जन्मजात भीतरी प्रवृत्तियों पर निर्भर करता है। इसलिए रूपा का आकर्षण सबके लिए उतना ही उन्मादक, उतना ही प्रबल सिद्ध होगा, जितना कि मेरे लिये, यह सम्भव नहीं है। पर किसी नारी को पहली ही बार देखने पर रक्त का प्रत्येक कण इस क़दर तरंगित हो सकता है, इस हद तक उद्दाम वेग से उछलता हुआ अन्ध गति से अलक्ष की ओर बढ़े चलने के लिए विकल हो सकता है, इस बात

की कल्पना मैं भी पहले कर नहीं सकता था। साहित्य की पुस्तकों में प्रथम दृष्टि से ही प्रेम उत्पन्न होने की बातें मैंने बहुत पढ़ी थीं, पर कठोर वास्तविकता के इस युग में भी इस तरह की बात सम्भव हो सकती है, यह मैंने कभी नहीं सोचा था।

*　　　　*　　　　*

''क्या मैं इस वास्तविकता के युग का प्राणी नहीं हूँ? यही सम्भव है। बचपन से ही उन्नीसवीं शताब्दी के अँगरेज़ कवियों और लेखकों की दुनिया में मैं विचरता रहा। उसी दुनिया में मैंने अपना घर बसाया था—जीवन की एकान्त शान्ति के बीच में सुन्दर छायात्मक कल्पना-कुसुमों के उपवन के मध्य में, स्निग्ध नीरवता बरसानेवाले तरल तारालोक के नीचे, एक छोटी-सी विजन कुटिया। उस दुनिया के अदृश्य छायामय माया-जीवों ने बराबर मेरा साथ दिया है और मुझे धोखा नहीं दिया। उस दुनिया के जंगलों, पर्वतों और नदी-नालों ने मुझे विचित्र रहस्यमय मौन सन्देश सुनाये हैं। अपूर्व और अनिर्वचनीय नीरव संगीत-लहरियों से मेरे चिर-उच्छ्वसित हृदय को निराली लोरियों से थपकियाँ दे-देकर सुलाया है। For men may come and men may go, But I go on for ever. टेनिसन की Brook मेरे जीवन की चिर-संगिनी रही है। उसकी राग अलापनेवाली कल-कल, उच्छलवाणी निरन्तर, प्रतिपल, क्या स्वप्न में और क्या जागरण में, मेरे कानों में एक अवर्णनीय और अनाहत माया-मन्त्र फूँकती रही है। 'But I go on for ever' वास्तव में वह अविनश्वर आत्मविश्वास विश्वव्यापी भौतिक जड़ता के दलदलगत अचल प्राणों में सजीव भावों का गतिशील आवेग भरनेवाला जादू का मन्त्र है। पर वह जादू कहाँ गया? वह आज निष्प्राण और निष्प्रभाव क्यों बन गया है? यह उस जादू का दोष है, या मेरे ही भीतर का लोहा इस क़दर जंग खा गया है कि किसी भी चुम्बक की शक्ति का कोई प्रभाव उस पर असर नहीं कर पाता, चाहे उस (चुम्बक) की सप्राणता कैसी ही तीव्र और तीक्ष्ण क्यों न हो?

*　　　　*　　　　*

''कालिदास के मेघदूत और टेनिसन के Lotos Eaters की दुनिया के मायाजाल ने भी मुझे बहुत दिनों तक लपेटा है। उसकी मादक मोहकता, मेरे अलस प्राणों को अपने लालस-रसावेश से क्यों वर्षों तक विभोर करती रही है। अपने जीवन की कई सुनहरी शरत्-सन्ध्याएँ मैंने उसी दुनिया में झूम-झूमकर बितायी हैं। मेरी उस एकान्त झूम में विश्व की कोई भी विरोधी शक्ति बाधा नहीं पहुँचा पायी है। मन्दाक्रान्ता गति में मेरे जीवन का वह स्वप्नकाल, निरुद्वेग भाव से, बिना किसी व्यस्तता के बीता है।

*　　　　*　　　　*

''नव-यौवन का प्रारम्भिक काल बीत जाने पर किसी दूर स्थित वास्तविक जीवन के संघर्ष की दो-चार चिनगारियाँ मेरे पास तक पहुँचने लगी थीं। पर वे केवल चिनगारियाँ थीं। उनसे मैं विशेष विचलित नहीं हुआ। उनसे केवल इतना ही अन्तर मेरे जीवन में पड़ा कि मैं बायरन की निराशावादी, बल्कि कटुतावादी कविताओं की ओर झुक गया।

* * *

"पर चिनगारियाँ बढ़ती चली जाती थीं। जब मैंने पूर्ण यौवन के प्रांगण में प्रवेश किया, तब वे चिनगारियाँ केवल तादाद में ही नहीं बढ़ी थीं, बल्कि उनका तीखापन भी सुइयों की नोकों की समता करने लगा था। जब रूपा से मेरा परिचय हुआ था, तब उन तप्त सुइयों ने मेरे हृदय से यत्र-तत्र रक्त की बूँदें बाहर निकालनी आरम्भ कर दी थीं! पर उतने रक्त के निकलने से मेरे हृदय की स्वस्थता में कोई विशेष अन्तर नहीं आया था।

* * *

"रूपा में मैंने विक्टोरियन युग के कवियों और औपन्यासिकों की आदर्श नारी का प्रतिरूप पाया। वही स्निग्ध सौन्दर्य, वही करुण कोमलता, वही शालीनता और वही अतीन्द्रिय काव्यात्मकता। उस अतीन्द्रियता ने लौंग-मुश्क जातीय फूल की अन्तःस्पर्शी सुगन्धि की तरह तत्काल मेरे समस्त मन और प्राण को छा लिया। तब मुझे क्या पता था कि वह मार्मिक सुगन्धि, केवल क्षणिक बसन्तकालीन विकार है और लौंग-मुश्क का वह फूल दो-चार ही दिन बाद सड़-गलकर अत्यन्त करुण रूप से मुरझाने के लिए ही जन्म लेता है। उसकी वह सारी स्निग्ध, करुण कोमलता, निपट शक्तिहीनता और घोर अस्वस्थता का द्योतक है। शेफाली का जीवन उससे कहीं स्वस्थ है, क्योंकि वह रात ही में खिलकर रात में ही पूर्ण स्वस्थ और सजीव अवस्था में झर जाती है। पर लौंग-मुश्क को, घुल-घुलकर दूसरों के हस्त-स्पर्श से सड़-गलकर मरना होता है।

* * *

"पर मैं किस बात से किस बात पर आ गया। मैं कह रहा था कि रूपा पहले ही दर्शन में मुझे विक्टोरियन युग की नारी की तरह लगी। यदि मैं समय की उलटी गति के साथ विचरकर, किसी उपाय से प्रसिद्ध उपन्यास-लेखिका चार्लोट ब्राण्टे या एमिली ब्राण्टे को उनकी नवयौवनावस्था में प्रथम बार देखता तो सम्भवतः मेरे मन पर ठीक वही प्रभाव पड़ता, जो देहात के प्राकृतिक वातावरण के बीच में स्थित उस रोमाण्टिक कवियों की कल्पना के अनुकूल ज़मींदार-भवन में रूपा को देखने पर पड़ा। रूपा के मन में, पहली बार मुझे देखने पर ठीक क्या प्रभाव पड़ा होगा, इसका अनुमान उसी प्रकार असम्भव है जिस प्रकार पृथ्वी के गर्भ के भीतर, आग में पिघलते हुए धातुओं के भीतर होनेवाली रासायनिक प्रक्रिया का प्रत्यक्ष अनुभव कर सकना। पर उस आग के ऊपर पृथ्वी के बाहरी स्वर की जो मिट्टी है वह मुझे आश्रय देगी, यह मैं जान गया। वह मिट्टी रंग-बिरंगे फूलों को अपने ऊपर खिलाती हुई स्निग्ध, सरस भाव से मेरे प्रति मुस्करा रही थी। मैं पुलकित हो उठा।

* * *

"और आश्चर्य है कि यह विक्टोरियन युग की नारी वास्तव में, विक्टोरियन युग के औपन्यासिकों की रचनाओं पर मुग्ध थी और उसका अवकाश का समय उन्हीं के

पाठ में बीतता था। ब्राण्टे बहनें, थेकरे, हार्डी आदि के औपन्यासिक जगत् में प्रतिपल विचरण करने के कारण ही, सम्भवतः उसके मुख के भाव में भी, उन्हीं की नायिकाओं की प्रतिच्छाया पड़ गयी थी।

"मैंने साहित्य की ओर उसकी रुचि देखी तो उन्नीसवीं सदी के अँगरेज़ तथा फ्रेंच कवियों तथा छायावादी युग के प्रमुख हिन्दी कवियों की कविताओं के छायामय भावलोक से भी उसका परिचय कराना आरम्भ कर दिया। उन कविताओं की पुलक-वेदनामयी रसविभोरता और निगूढ़ तथा मार्मिक अनुभूतिपूर्ण रहस्यमयता ने, उसे एक ऐसे समुन्नत भाव-स्तर पर पहुँचा दिया, जिसकी सतेज आभा से उसका मुख सब समय सन्दीप्त रहने लगा।

* * *

"हम दोनों के बीच एक विचित्र आध्यात्मिक सम्बन्ध चल रहा था। एक अपूर्व अज्ञात और मौन भाव का सूक्ष्म तार हम दोनों के हृदयों को टेलीफ़ोन के तारों की तरह जोड़े हुए था। वह टेलीफ़ोन भी ऐसा कि एक जगह से रिसीवर उठाते ही दूसरी जगह अपने-आप घण्टी बज उठती थी। कोई नम्बर मिलाने की आवश्यकता नहीं रहती थी। उस निराले भाव में तन्मय रहने के कारण, मुझे यह सोचने का अवकाश ही नहीं था (और न मैं उसकी आवश्यकता ही महसूस करता था) कि उस तन्मयता की सार्थकता कहाँ पर है। उसकी परिणति किस रूप में होनी चाहिए और उसमें कभी कोई बाधा पड़ सकने की सम्भावना है या नहीं ...।

* * *

"हम दोनों को निकट सम्पर्क में आये हुए पूरे तीन वर्ष बीत गये। कभी मैं रूपा के यहाँ चला जाता, कभी रूपा अपने पिता जी के साथ मेरे यहाँ चली आती। पर इस निकट (बल्कि निकटतम) सम्पर्क में आने पर कभी एक दिन, बल्कि एक क्षण के लिए मेरे मन में कोई विकार उसके सम्बन्ध में उत्पन्न नहीं हुआ। न यह कल्पना ही मेरे मन में कभी जगी कि दो युवा प्राणियों की हार्दिक घनिष्ठता तब तक निरर्थक है, जब तक उसकी परिणति विवाह-विहित शारीरिक मिलन में नहीं होती।

"स्वभाव से अत्यधिक संकोचशील रहनेवाली रूपा के मन की भावना इस सम्बन्ध में ठीक क्या थी, मैं नहीं जान पाता था। चूँकि मैं एक अप्राकृतिक पुरुष था, इसलिए उसे भी एक अप्राकृतिक नारी के रूप में ही मैं जानता था। पर आज जब मैं एकान्त में इस विषय पर ग़ौर करता हूँ, तो सत्य का एक दूसरा ही पहलू मेरे सामने आने लगता है। ख़ैर। मैंने अपने मन में कभी विवाह को कोई महत्त्व नहीं दिया। न कभी शारीरिक मिलन की ही कोई कल्पना मेरे भीतर उदित हुई। रूपा की अतीन्द्रियता दिन-पर-दिन मेरे निकट सूक्ष्मतर रूप में व्यक्त होती जाती थी। स्थूल पार्थिवता या शारीरिकता की कोई कल्पना ही उसके सम्बन्ध में मैं कभी कर नहीं पाता था। तीन वर्ष का परिचय मुझे तीन युगों के परिचय से भी अधिक लगता था। पर आज यह सोचकर मुझे स्वयं

आश्चर्य होता है कि इस दीर्घकाल के भीतर कितनी कम मौखिक बातें हम दोनों के बीच हुईं। अधिकांश समय हम दोनों मौन वार्त्तालाप में ही बिता देते थे। पर मैं स्वीकार करता हूँ कि वह मौन वार्त्तालाप शाब्दिक वार्त्तालाप से अधिक महत्त्वपूर्ण होता था और हम दोनों के लिए एक-दूसरे को समझने में और अधिक सहायक सिद्ध होता था। हम दोनों की मौखिक बातें, अधिकतर गहन साहित्यिक तत्त्वों की चर्चा के रूप में ही होती थीं, और अपने निजी जीवन के सम्बन्ध में केवल मौन भाषा में ही हम बातें करते थे। रूपा के पिता जी ने कई बार सांकेतिक रूप से यह सुझाया कि रूपा के साथ मेरा वैवाहिक सम्बन्ध स्थापित हो जाना चाहिए। उनके उन संकेतों का ठीक अर्थ मैं आज समझ रहा हूँ। उस समय तो इतना समझने की न तो मुझमें बुद्धि ही थी और न प्रवृत्ति ही। इसलिए तब उनके किसी भी संकेत को कभी कोई महत्त्व मैंने नहीं दिया। आज सोच रहा हूँ कि वह मेरी कितनी बड़ी जड़ता थी, जिसने मुझे जीवन के इतने बड़े महत्त्वपूर्ण पहलू के सम्बन्ध में इस क़दर उदासीन बना दिया! यदि मैंने रूपा के पिता का संकेत समझकर उस समय उनकी बात मान ली होती, तो आज क्या मैं इस प्रकार छिन्न मेघ की तरह निरुद्देश्य और निराधार...पर इस तरह की बातों से अब कोई लाभ नहीं है।

*   *   *

''एक दिन क्वार के महीने में दिन-भर एक अनोखी गरमी से बेचैन रहने के बाद, सन्ध्या को एकान्त में टहलने का अवसर हम दोनों को मिला था। टहलते-टहलते हम दोनों नदी के किनारे एक निर्जन स्थान में जा पहुँचे। थक गये थे, इसलिए एक स्थान पर चिकनी बालू के ऊपर ही बैठ गये। सामने पश्चिम में सूरज डूब रहा था, जिससे सारी क्षितिज-रेखा स्वर्णमय हो उठी थी। नदी के जल पर उस सोने का जो प्रतिबिम्ब पड़ रहा था, वह तरल लहरियों के रूप में परिणत होकर, अपनी झिलमिली झलकों से एक अपूर्व इन्द्रजाल की सृष्टि कर रहा था। नीचे, ऊपर सर्वत्र सोने का एक निराला मायालोक फैला हुआ था। दूर कहीं एक फ़ाख़्ता अविरल करुण गद्गद स्वर-लहरियों में अपनी प्रिया को स्मरण कर रहा था। ऊपर बगुलों की त्रिकोणाकार पाँति न जाने किस अज्ञात लोक की चिर-यात्रा के लिए उड़ान भरती हुई चली जा रही थी। चारों ओर पुलकित निर्जनता का एक स्तब्ध वातावरण छाया हुआ था, जिसे केवल फ़ाख़्ता की करुण पुकार स्वर प्रदान कर रही थी और केवल बगुलों की वह पाँति ही गति दे रही थी।

''सहसा टेनिसन के 'लोटस-ईटर्स'—'कमल-भक्षकों'—का चिर-परिचित तथापि चिर-विस्तृत संसार प्रत्यक्ष रूप से मेरी आँखों के आगे झलक उठा। मैं अपने भीतर अत्यन्त स्पष्ट रूप से बराबर यह अनुभव करता चला आता था कि जन्म-जन्म से परिचित अपनी दुनिया से निर्वासित होकर, मैं न जाने किस अजनबी दुनिया में भटक रहा हूँ, जहाँ न मैं किसी को अपनी भाषा समझा पाता हूँ, न किसी की भाषा समझ पाता हूँ। पर जिस दुनिया को मैं छोड़ आया हूँ वह ठीक कैसी थी, और कहाँ चली गयी,

इसकी कोई धारणा मेरे मन में नहीं रह गयी थी। उस दिन जीवन में शायद पहली बार, अपने उस खोये हुए संसार का स्पष्ट रूप प्रत्यक्ष सत्य के समान मेरे भीतरी अनुभूति-लोक में प्रतिबिम्बित हो उठा।

"वह पुलकानुभूति मेरे भीतर समा नहीं पाती थी। मैंने रूपा से कहा, जानती हो, मेरे मन में इस समय क्या भाव जग रहा है?"

"क्या?" सहज संकोच-भरी स्निग्ध मुस्कान मुख पर झलकाते हुए रूपा ने पूछा।

"मैं सोच रहा हूँ कि जितना भी सोना इस समय मेरे आगे मुक्त रूप से बिखर पड़ा है, उसे अपने भीतर बटोरकर रख लूँ। जब मृत्यु के बाद इस विदेश से विदा होकर मैं अपने घर को लौट चलूँगा, तब इसे साथ लेता जाऊँगा।"

"आप इस जन्म में अपने को विदेशी क्यों समझते हैं?" बिना किसी परिहास, व्यंग्य या कटुता के, सहज भाव से रूपा ने प्रश्न किया।

"न जाने क्यों" मैंने कहा, "सब समय मेरे मन में यह धारणा—जान में, या अनजान में—बनी रहती है कि मैं विदेश में आ पहुँचा हूँ। यह केवल इस देश के लिए नहीं है—समस्त पृथ्वी का जीवन मुझे विदेशी जीवन लगता है।"

रूपा कुछ देर तक बड़े ग़ौर से मेरी ओर देखती रही। उसके बाद बोली, "संसार के सभी देशों के छायावादी कवियों या उन्हीं की तरह दूसरे तीव्र अनुभूतिशील व्यक्तियों में इस तरह की धारणा पायी गयी है। पर वास्तविकतावादियों और मनोवैज्ञानिकों ने इस प्रकार के मनोभाव को बराबर एक मानसिक विकार माना है। समस्त पृथ्वी का जीवन विदेशी जीवन जान पड़े, वास्तव में यह एक अत्यन्त अस्वाभाविक और असामाजिक मनोवृत्ति है।"

"रूपा के मुख की चिर-सरल अभिव्यक्ति में आज सहसा एक अस्पष्ट वक्रता का आभास झलक उठा, जो मेरे लिये एकदम नयी बात थी। उसने अत्यन्त गम्भीरता से, शायद किसी अज्ञात पीड़न से प्रेरित होकर इस तरह की बात कही थी।"

"मैं भी गम्भीर हो उठा, मैंने कहा, तुम ठीक कहती हो, रूपा। मैं जानता हूँ कि इस प्रकार के मनोभाव के सम्बन्ध में मनोविज्ञान के पण्डितगण इसी तरह की बात कहा करते हैं। पर यह जानने पर भी उस ज्ञान का कोई प्रभाव मुझ पर नहीं पड़ता। कुछ विशेष क्षणों में एक ऐसी अज्ञात अनुभूति मुझे बरबस धर दबाती है, जो मेरे सारे ज्ञान को छा देती है। केवल मेरे ज्ञान को ही नहीं, बल्कि मेरे आगे के सारे दृश्य संसार को ढक देती है। और तब रह जाता हूँ केवल मैं और उस अदृश्य संसार की स्मृति, जिसे मैं किसी पिछले जन्म में अपने पीछे छोड़ आया था।"

"तब तो मैं भी आपके आगे एक विदेशिनी के रूप में ही आती होऊँगी।" इस बार संकोच, व्यंग्य और उत्सुकता का एक अनोखा सम्मिश्रण रूपा के मुख पर झलक उठा।

"बिलकुल यही बात है और इसीलिए तुम्हारा आकर्षण मेरे लिये इतना प्रबल है, रूपा!" सहसा, उत्साहित होकर मैंने कहा, "अपरिचित और अज्ञात के प्रति प्रेम-भाव जितना प्रबल होता है, उतना परिचित और ज्ञान के प्रति नहीं। पर विदेशिनी नारी

जितना ही अधिक आकर्षित करती है विदेश उतने ही प्रबल धक्के से मुझ जैसे पुरुष को पीछे हटाता है। जब तक वह विदेशिनी को अपने घर—उसी अदृश्य और अज्ञात संसार में—लाकर प्रतिष्ठित नहीं कर पाता, तब तक उसके हृदय में प्रतिपल अशान्ति और असन्तोष की ज्वालाएँ धधकती रहती हैं। पर इस अदृश्य और अज्ञात संसार में, किस उपाय से वह अपनी उस विदेशिनी को ले जायगा, यह वह स्वयं नहीं जानता। मेरी बेचैनी का यही कारण है।''

''रूपा विस्मित, विभ्रान्त-सी मेरी ओर देखती रह गयी। मैं स्पष्ट देख रहा था कि उस विस्मय के अन्तराल में किसी एक अज्ञात मार्मिक वेदना की ऐसी प्रगाढ़ छाया घिर आयी थी, जो उसके सारे व्यक्तित्व को और उसके बाद मुझको भी, छा लेने की धमकी दिखा रही थी। उस मर्म-पीड़ा का रहस्य उस समय मैं ठीक से कुछ समझ न पाया। पर अब उसका कारण स्पष्ट रूप से सामने आ रहा है।''

''काफ़ी देर तक वह मौन बैठी रही। उसके बाद सहसा बोल उठी, आपके सम्बन्ध में मुझे बहुत बड़ा धोखा हुआ है!''

''क्यों?'' चौंककर मैंने पूछा।

''इस क्यों का उत्तर एक दिन आप स्वयं पा जायेंगे।''

इसके बाद उस दिन रूपा ने फिर कोई विशेष बात मुझसे नहीं की। एक अनोखी विरक्ति का भाव उसने हम दोनों के बीच व्यवधान के रूप में खड़ा कर दिया। जिस आनन्दमयी कल्पना के प्रकाश से उस सन्ध्या को मेरी आत्मा सहसा जगमगा उठी थी, वह सहसा ही पूर्णतया बुझ भी गया। रूपा के साथ मेरे सम्बन्ध में पहले-पहल उसी दिन से परिवर्तन आरम्भ हुआ। उस समय मैंने उसकी उस विरक्ति को क्षणिक भावुकता का अस्थायी विकार समझा था। मैंने स्वप्न में भी नहीं सोचा था कि वही 'क्षणिक विकार' धीरे-धीरे अज्ञात रूप से उसके भीतर जड़ जमा लेगा।

* * *

[नीलिमा डायरी का जो पृष्ठ पढ़ रही थी, उसका अन्तिम अंश फाड़ दिया गया था। फटे हुए अंश के ऊपर एक कोने में दो अक्षर पूरी तरह फटने से रह गये थे। नीलिमा ने ग़ौर से पढ़ा। वे दो शब्द थे 'ठा' और आधा कटा हुआ 'क'। नीलिमा ने अनुमान लगाया कि वह 'ठाकुर' का अवशिष्ट अंश है। तब क्या उसमें ठाकुर लक्ष्मीनारायण सिंह के बारे में कोई बात थी? कोई ऐसी बात जिसे वह छिपाने के लिए उत्सुक थे? नीलिमा के मन में सन्देह की एक लहर-सी दौड़ गयी। पर वह डायरी की बातों में इस क़दर दिलचस्पी ले रही थी कि वह सन्देह भी दिलचस्पी के आगे अधिक देर तक ठहर नहीं पाया। उस पृष्ठ के बाद एक पूरा पृष्ठ ही फाड़ा हुआ था। उस फटे हुए पृष्ठ के बाद जो पृष्ठ आरम्भ होता था, उसके ऊपर की दो पंक्तियों को पहले लाल स्याही से काटा गया था, फिर स्थान-स्थान पर किसी तेज़ चीज़ से खुरच दिया गया था, उसके बाद नीलिमा पढ़ने लगी—]

''जब पहले-पहल ठाकुर लक्ष्मीनारायण सिंह से मेरा परिचय हुआ था, तब उनकी शिष्टता और सौजन्य, साथ ही उनके स्वभाव की गम्भीरता पर मैं मुग्ध हो गया था। रूपा और रूपा के पिता जी पर भी स्पष्ट ही उनके स्वभाव की शालीनता और गाम्भीर्य का अच्छा प्रभाव पड़ा। बड़ी जल्दी ही वह रूपा के पिता जी के प्रियपात्र बन गये और ...[इसके आगे का अंश उसी तरह लाल स्याही से कटा हुआ था। नीलिमा बहुत कोशिश करने पर भी उस कटे हुए अंश का एक अक्षर भी नहीं पढ़ पायी। उसके बाद का दूसरा पृष्ठ फटा हुआ था। उस फटे हुए पृष्ठ के बादवाले पृष्ठ के ऊपर की तीन पंक्तियाँ बड़ी सफ़ाई से काट दी गयी थीं।]

* * *

''रूपा के पिता जी शायद मृत्यु के पहले ही, मेरे पीछे, यह तय कर चुके थे कि रूपा उनकी मृत्यु के बाद ठाकुर लक्ष्मीनारायण सिंह की संरक्षकता में रहेगी। ठाकुर साहब के सम्बन्ध से, जो उच्च धारणा उनके मन में पहले ही से बनी हुई थी, वह अन्त तक क़ायम रही। फल यह हुआ कि उनकी मृत्यु के बाद रूपा ठाकुर साहब के साथ चली गयी। तब पहली बार मुझे वास्तविक ज्ञान हुआ कि उसका अभाव मेरे जीवन ...[यहाँ के बाद का अंश कटा हुआ था। उसके बाद का पूरा पैरा भी—उसी सफ़ाई से उसके आगे के तीन पृष्ठ फाड़ डाले गये थे)]

* * *

''रूपा ने एक दिन मेरी असामाजिक मनोवृत्ति का उल्लेख किया था। बड़ी शालीनता के साथ यह जताया था कि इस प्रकार की प्रवृत्ति निन्दनीय है। राजनीतिक और आर्थिक कूटजालों में उलझे हुए वर्तमान वैज्ञानिक तथा 'मनोवैज्ञानिक' युग की यह विशेषता है कि प्रत्यक्ष (अतएव संकीर्ण) 'सत्य' के परे, किसी गहन रहस्यमय आध्यात्मिक सत्य का ज्ञान करानेवाली विचारधारा या अनुभूति को, जब अत्यन्त हेय और उपहास्य सिद्ध करना होता है, तो तुरन्त 'असामाजिक' शब्द का व्यवहार कर दिया जाता था। क्या वास्तव में तथाकथित सामाजिकता ही जीवन में सब-कुछ है? जर्मन नात्सी भी अपने को (राष्ट्रीय) समाजवादी कहा करते थे। उनकी इस 'समाजवादी' मनोवृत्ति के भीतर निश्चय ही वही 'सामाजिकता' भरी हुई थी, जिसका ढिंढोरा आजकल के वास्तविकतावादी पीटा करते हैं। प्रायः दस करोड़ नात्सियों में से कुछ विरले ही व्यक्ति ऐसे रहे होंगे, जो मेरी तरह इस जीवन-चक्र में अपने को विदेशी पाते हों। उनके लिए जर्मन राष्ट्र ही एकमात्र आराध्य विषय था और हिटलर ही एकमात्र आराध्य देवता। पर इन घोर 'सामाजिक' प्राणियों ने संसार को किस महान् आदर्श के छोर तक पहुँचाया? विनाश और विध्वंस की आग की लपटों को, संसार के एक छोर से दूसरे छोर तक फैलाने तथा युद्ध की सामूहिक घातकता का विश्वव्यापी चक्र चलाने के अतिरिक्त जर्मनी, जापान, इंग्लैण्ड, रूस और अमेरिका के 'वास्तविकतावादी' राजनीतिक जीवों ने किस महान् 'कल्याणकारी' आदर्श की स्थापना की? इस प्रकार के 'सामाजिक' जन्तुओं की अपेक्षा

वैदिक काल के एकान्त चिन्तनशील, ब्रह्मानन्दलीन 'असामाजिक' ऋषि-मुनि क्या बुरे थे?

* * *

"जीवन-संघर्ष में आ कूदो!" "आत्मलीन और पलायनशील मत बनो!" "पौराणिकता को त्यागकर प्रगतिवादी बनो!" "आदर्शवाद को ठुकराकर वस्तुतन्त्रवाद को अपनाओ!" इस तरह के नारे वर्तमान युग के प्रत्यक्षवादी, अन्तरराष्ट्रीय राजनीतिकता के भूत से ग्रस्त दाम्भिकों द्वारा चारों ओर से—संसार के एक ओर से लेकर दूसरे छोर तक—बुलन्द किये जा रहे हैं। मेरे एकान्त क्षणों में, इन नारों की प्रतिध्वनि, न जाने किन गुफाओं या चट्टानों से टकराती हुई मेरे कानों में गूँजती रहती है। पर मेरे अन्तस्थल से उनका तिलमात्र भी प्रभाव नहीं पड़ने पाता।

"मेरे मन में बार-बार यह प्रश्न उठता है कि क्या संघर्ष ही जीवन का चरम ध्येय है? संघर्ष केवल संघर्ष के लिए? कितनी बड़ी मूर्खता है यह वस्तुतन्त्रवादियों, भौतिकतावादियों और प्रगतिवादियों की! इन लोगों का जीवन-दर्शन एकमात्र संघर्ष के आधार पर ही प्रतिष्ठित हुआ है। व्यक्ति-जीवन में संघर्ष, सामाजिक जीवन में संघर्ष, राष्ट्रीय जीवन में संघर्ष और अन्तरराष्ट्रीय जीवन में संघर्ष! उनका प्रगतिवाद संघर्षवाद के सिवा और कुछ नहीं है। पृथ्वी के आज तक के इतिहास में जो कुछ भी विचारधाराएँ, जो कुछ भी आदर्श प्रतिष्ठित हुए हैं, वे सब, प्रगति के नियम के अनुसार, सड़-गल चुके हैं। उन्हें ठुकराकर निरन्तर आगे-प्रगति के पथ पर—बढ़े चलना होगा। पीछे की ओर मुड़कर देखना पलायनवाद को प्रश्रय देना और कायरता को अपनाना होगा। इसलिए बढ़े चलो! वर्तमान में संघर्ष करते हुए भविष्य की ओर बढ़े चलो!" यह है वर्तमान युग के राजनीतिक और वैज्ञानिक ज्वर के विष से जर्जर-प्राण जड़वादी दार्शनिकों का उपदेश। पर वे यह नहीं बताते कि भविष्य के किसी बिन्दु पर उनकी प्रगति-धारा ठहरती है या नहीं। उसका कोई चरम लक्ष्य है या नहीं, जिसके लिए निरन्तर गतिशील वर्तमान मानवजाति को, अविरत रूप से संघर्ष करते रहना होगा। किसी भी संघर्ष की परिणति, कहीं-न-कहीं किसी विराम-बिन्दु पर होनी चाहिए। पर वर्तमान प्रगतिवाद चिर-वर्तमान को अपना 'बेस' बनाये हुए है—चिर-भविष्य के अनन्त शून्य में स्थित गणित की 'इनफ़िनिटी' की तरह किसी कल्पित (कभी न प्राप्त न हो सकनेवाले) बिन्दु की प्राप्ति के लिए। वास्तव में प्रगति के भीतर विराम का भाव निहित है ही नहीं। शून्य में एक सरल रेखा खींच दीजिये। उसे बढ़ाते चले जाइये। इस उद्देश्य से कि किसी चरम बिन्दु में (जिसके परे उसे बढ़ाया नहीं जा सकता) वह मिल जाय। गणितज्ञों का कहना है कि ऐसी रेखा केवल 'अनन्त' में ही जाकर मिल सकेगी! वही बात प्रगतिवाद के सम्बन्ध में कही जा सकती है। चिर-वर्तमान में चिर-गतिशीलता ही उसका ध्येय है। विराम-बिन्दु उसे केवल 'अनन्त' में ही प्राप्त हो सकता है। वास्तव में प्रगति और विराम दो परस्पर-विरोधी शब्द हैं। इसलिए प्रगतिवादियों की दार्शनिकता, चिर-संघर्ष के अतिरिक्त और कुछ भी नहीं है। युग से युगान्तर तक केवल संघर्ष में

रत रहो। उसी में विश्वास किये चले जाओ—केवल अल्पकालीन वर्तमान में नहीं, बल्कि चिर-वर्तमान में; क्योंकि प्रगतिवादियों के कोष में 'भविष्य' नाम का कोई शब्द है ही नहीं।

"यदि चिर-वर्तमान में चिर-संघर्ष ही जीवन है, तो उस जीवन को मैं दूर ही से प्रणाम करता हूँ। यदि जीवन केवल एक सरल रेखा है—वृत्ताकार रेखा नहीं, तो इस मूर्खतापूर्ण सृष्टि-चक्र के विरुद्ध मैं परिपूर्ण शक्ति से विद्रोह करने को उद्यत हूँ। पर यदि जीवन का चक्र वृत्ताकार है, जिसकी गतिशीलता एक निश्चित केन्द्रबिन्दु के नियम से परिचालित होती है, तो उस केन्द्र बिन्दु से भटककर नाक की सीध पर चले जानेवाले प्रगतिवादियों को मैं नमस्कार करता हूँ। मैं या तो परिधि में चक्कर लगाते रहना चाहूँगा; या यदि परिधि से भटकूँगा भी तो केन्द्रबिन्दु की ओर ही मेरी गति रहेगी। उस परिधि के किसी एक बिन्दु को छूकर अनन्त की ओर चले जानेवाले 'टेनजेण्ट' को अपना पथ मैं कभी नहीं बनाऊँगा।

*　　　*　　　*

"मेरा ध्रुव विश्वास है कि जीवन का चक्र वृत्ताकार है। वह एक निश्चित केन्द्रबिन्दु के नियम से परिचालित होता है। पर वर्तमान युग के राष्ट्रीय और अन्तरराष्ट्रीय संघर्षों को जीवन का एकमात्र सत्य समझनेवाले राजनीतिज्ञ और प्रगतिवादी इस प्रकार के दार्शनिक सिद्धान्त को केवल पौराणिक पागलों का प्रलाप मानते हैं।

"मैंने कहीं सुना था कि एक बार किसी एक विद्वान् के विचित्र विचारों और रहन-सहन के निराले ढंग से तंग आकर, उसके घरवालों और बिरादरीवालों ने उसे पागलखाने में भरती करा दिया था। कुछ दिनों बाद, उसके कुछ 'मित्र' उससे पागलख़ाने में ही मिले और उसकी दिमाग़ी हालत के लिए उन्होंने सहानुभूति जतायी। विद्वान् ने उनकी उस सहानुभूति को पूर्णतया अस्वीकृत करते हुए दृढ़ विश्वास भरे शब्दों में उत्तर दिया, "आप लोग, जो कि इस पागलख़ाने के बाहर हैं, इस समय हम लोगों को—जो कि इस पागलख़ाने के भीतर बन्द पड़े हैं—पागल मानकर हमें सहानुभूति के पात्र समझ रहे हैं। इसका एकमात्र कारण यह है कि इस समय आप लोगों का बहुमत है, और हम लोग अति अल्पमतवाले हैं। पर ऐसा समय आ सकता है जब हम लागों का बहुमत हो जायगा और तब हम लोग आप सबको पागल सिद्ध करने में समर्थ होंगे। तब हमारे स्थान पर आप लोग इस पागलख़ाने में बन्द रहेंगे। मैं तथा मेरे दूसरे साथी पागल समझे गये हैं, यह दृष्टिकोण के अन्तर के सिवा और कुछ नहीं है।"

"मैं भी इस युग के राजनीतिक और वैज्ञानिक भेड़ों और उन भेड़ों के महान् परिचालकों से यही कहना चाहता हूँ—इस समय तुम लोगों का बहुमत है। इसलिए तुम लोग मुझे और मेरे ही जैसे दूसरे बहुत-से व्यक्तियों को पागल, निकम्मा, अनावश्यक और संघर्ष से भागनेवाला कायर मानकर, अपनी स्वकल्पित उच्चता के गर्व से घृणा और व्यंग्य की हँसी हँस रहे हो। पर एक दिन आ सकता है, जब बहुमत हम लोगों का होगा। तब तुम लोग निश्चित रूप से घोर मूर्ख और निपट पागल सिद्ध कर

दिये जाओगे; और तब तुम्हें पृथ्वी के शान्तिपूर्ण जीवन के लिए घोर बाधक और ख़तरनाक समझकर तुम्हारा नामोनिशान इस धरातल पर नहीं रहने दिया जायगा।''

* * *

''हाँ दुनियावालो! मैं तुम्हारे शब्दों में 'पलायनवादी' हूँ! जिसका अर्थ मैं यह लगाता हूँ कि विद्रोही हूँ। तुम लोगों की जीवनघाती और विश्वविनाशी राजनीतिक दार्शनिकता के प्रति मेरी आत्मा का एक-एक कण विद्रोही हो उठा है। मैं वर्तमान जीवन को स्वीकार नहीं करता हूँ। इसका कारण यह है कि उसे तुम लोगों ने विकृत, अशुद्ध और संकीर्ण स्वार्थजनित कारणों से रक्तरंजित कर दिया है।

* * *

''आज नदी के किनारे अकेले गया था। सूर्य डूब चुका था। नग्न नीलाकाश में केवल दो-एक रक्त मेघ-खण्ड प्रगल्भा नायिका की कृत्रिम लज्जा की आभा झलका रहे थे। मैं कल-कल ध्वनि से छलकनेवाली पुलिन-नितम्बा नदी के पुलक-क्रन्दन का शब्द एकान्त मन से सुनता हुआ, स्वयं भी पुलकित हो रहा था। झिल्लियों की झनकार ने चारों ओर एक अपार्थिव शान्ति का-सा जाल बुन दिया था।

''मैं तन्मय होकर बैठा था। सहसा न जाने किस दिव्य-लोक से वंशी की एक अलौकिक स्वर-लहरी, कितने ही पर्वतों और गुफाओं से होकर गूँजती हुई मेरे कानों में आकर टकरायी। तत्काल मेरी सारी शारीरिकता न जाने कहाँ विलीन हो गयी। रह गयी केवल मेरी आत्मा। वह भी उस निराली तान में घुल-मिलकर जैसे एकाकार होने लगी।

''वंशी की ध्वनि एकान्त क्षणों में मैं कई बार पहले भी सुन चुका हूँ। सुनकर पुलकित भी हुआ हूँ। पर आज की तान उन सबसे निराली थी। आज की अनुभूति भी अपूर्व थी। आज की स्वर-तरंग में ही कोई विशेषता थी, या आज के वातावरण में कोई नयी बात थी, अथवा मेरे मन में ही आज पहले ही से कोई नयी ज़मीन तैयार हो गयी थी, यह मैं बता नहीं सकता। पर कारण जो भी हो, उसकी प्रतिक्रिया आश्चर्यजनक थी।

''जब तक बाँसुरी बजती रही, मेरे आत्मा वायु में गन्ध की तरह उसमें विलीन रही। जब स्वर थम गया, तब ऐसा लगा कि बड़ी तेज़ी से सूक्ष्मतम बीज-रूप मेरी आत्मा, फिर से शरीर धारण करने लगी। जब मैं अपनी शारीरिकता को पूर्ण रूप से वापस पा गया, तब मेरे मन में जो प्रतिक्रिया हुई वह इस प्रकार है :

''मुझे न जाने क्यों, सहसा यह अनुभव होने लगा कि इस जन्म में मैं जो संघर्ष से दूर रहा हूँ, इसका कारण यह नहीं है कि मेरी आत्मा स्वभाव से ही संघर्ष से कतराती रही है। मैं युग-युगान्तर से घोर संघर्ष में रत रहा हूँ। पूर्व युगों के उन संघर्षों के फलस्वरूप, बीज-रूप में मैंने ऐसे अनुभव-सिद्ध सत्य प्राप्त किये हैं, जिनकी अवज्ञा मैं किसी भी हालत में—समस्त संसार के विरोध के बावजूद भी नहीं कर पाता। उन्हीं बहु-काल पूर्व के संघर्षों का यह फल है कि मैं इस जन्म में पूर्ण विश्राम की मनोवृत्ति लेकर आया था। पर इस जन्म में भी जब विश्व के चारों ओर से 'संघर्ष—केवल संघर्ष'

का नारा सुनता हूँ, और कोई भी एकान्त स्थान मुझे वास्तविक, मानसिक और आध्यात्मिक विश्राम के लिए नहीं मिल पाता, तब मेरा अन्तर्विद्रोह अज्ञात में प्रचण्ड रूप धारण कर बैठता है, और आधुनिक राजनीतिक और वैज्ञानिक जीवन की कृत्रिमताओं से प्रसूत किसी भी व्यस्तता में शरीक होने से मेरी आत्मा हठवश अस्वीकार कर देती है।

बीच-बीच में कुछ क्षण अवश्य—अकस्मात् ही—ऐसे आ पड़ते हैं, जब मेरी आत्मा पूर्ण विश्राम, पूर्ण शान्ति और पूर्ण आनन्द का अनुभव करती है। आज की अनुभूति ठीक उसी प्रकार की थी।

"पूर्वोक्त भावना को लिखकर समझाने में जितनी देर लगी है, वास्तव में उसकी अनुभूति में उसका हजारवाँ हिस्सा समय भी नहीं लगा। उसके बाद ही तत्काल एक अनुभूति मेरे भीतर जग उठी। सहसा रूपा का दिव्य रूप, उसका सूक्ष्म शरीर, मेरी मानसिक आँखों के आगे तीव्रतम प्रकाश में, उज्ज्वलतम रंगों के साथ विभासित हो उठा। एक अलौकिक पुलक के प्रकम्पन से मेरी सारी अन्तरात्मा सिहर उठी। "पा लिया, रूपा! मैंने तुम्हें पा लिया!"—मैं मन-ही-मन कहने लगा, "आज पहली बार सच्चे अर्थों में मैंने तुम्हें पाया। अब तुम चाहे मुझसे कितनी ही दूर रहो, पार्थिव जगत् में हम दोनों के बीच कैसा ही भीषण व्यवधान क्यों न खड़ा हो जाय, तुम्हारी प्रशान्त आत्मा की दिव्य ज्योति से मुझे अलग कर सके, ऐसी कोई शक्ति इस संसार में नहीं है। तुम अपनी इच्छा से या परिस्थितियों के दबाव से जहाँ जाना चाहती हो, जाओ। तुम्हारे प्रत्यक्ष बिछोह से मुझे मानसिक पीड़ा—तीव्रतम मर्म-पीड़ा—होगी, यह मैं जानता हूँ। पर उस पीड़ा से जिस अपूर्व आध्यात्मिक सुख के रस का मन्थन मेरे भीतर होगा, उससे कोई शक्ति मुझे वंचित नहीं कर सकेगी।"

"इस प्रकार, जब मैं आध्यात्मिक अनुभूति के उच्चतम स्तर पर पहुँचा हुआ था, तब सहसा मेरे मानस-लोक में शेली, रवीन्द्रनाथ और हिन्दी के सभी प्रमुख छायावादी और रहस्यवादी कवियों के अत्यन्त गहन और उलझे हुए भाव, अत्यन्त सुगम और सुलझे हुए मालूम होने लगे। उन सब कवियों की कविताओं के भीतर, जो उनके प्राणों की अलक्ष्य और अनिर्वचनीय, किन्तु मूल जीवन के स्पन्दन से फड़कती हुई सूक्ष्म अनुभूतियाँ वर्तमान थीं, वे जैसे स्थूल और समूर्त रूप धारण करके मुझे एक निराली गुदगुदी देने लगीं। उस क्षण के लिए मुझे निश्चित रूप से विश्वास हो गया कि मेरा वह तत्कालीन अनुभव ही जीवन का चरम सत्य है; करोड़ों वर्षों से मानव-(तथा पूर्व-मानव-) जीवन का जो विकास धीरे-धीरे, किन्तु एक निश्चित नियम से, चला जा रहा है, वह केवल इसी दिव्य अनुभूति की निश्चित प्राप्ति के लिए। जब तक मानव-जीवन की समस्त शारीरिकता और मानसिकता इसी सूक्ष्मतम और चिदानन्दमयी अनुभूति में पूर्णतया परिणत नहीं हो जाती, तब तक उसका सारा संघर्ष-विघर्षमय चक्र बिलकुल व्यर्थ है। जिस संघर्ष का प्रत्यक्ष या परोक्ष लक्ष्य विश्व के समस्त बिखरे हुए तत्त्वों को एक आनन्दमय रूप में गूँथनेवाली वह अनुभूति नहीं है, उसकी कोई

सार्थकता किसी भी रूप में नहीं हो सकती। इस प्रकार की भावना में मैं कुछ देर तक परिपूर्ण रूप से मग्न-सा रहा।

*　　　*　　　*

"पर यह अनुभूति अधिक समय तक स्थिर न रह पायी। सूरज के डूब जाने के बाद ज्यों-ज्यों अन्धकार धीरे-धीरे बढ़ता चला गया, त्यों-त्यों उस अपार्थिव अनुभव की प्रतिक्रिया मेरे भीतर एक विचित्र भयावह रूप धारण करती चली गयी। सहसा हवा का वेग भी बढ़ गया था। चारों ओर से एक अजीब-सा हाहाकारपूर्ण शब्द मेरे कानों में गूँजने लगा। मैं लाख चेष्टा करने पर भी फिर उस पूर्व अनुभूति के स्तर पर अपने को पहुँचाने में असमर्थ रहा। मुझे लगा कि उत्तरी ध्रुव से एकदम दक्षिणी ध्रुव में पहुँच गया हूँ। उत्तरी ध्रुव में प्रकाश-ही-प्रकाश था, पर दक्षिणी ध्रुव में उस समय निविड़ अमावस्या छायी हुई थी। मुझे अपने संघर्ष-विमुख जीवन की चरम व्यर्थता का परिपूर्ण अनुभव होने लगा। उस व्यापक अन्धकार में यह निश्चित सत्य मेरे आगे प्रभासित हो उठा कि जीवन प्रत्यक्ष रूप से एक संघर्ष ही है, इसमें सन्देह के लिए कोई गुंजाइश नहीं है। इस जीवन-संघर्ष में मुझे कभी सफलता नहीं मिल सकती, क्योंकि स्वभाव से ही मैं उसके लिए अयोग्य हूँ। इसलिए जीवन की कठोर परिस्थितियों के अनुसार, अपनी प्रवृत्तियों और शक्तियों को संयोजित करने में असमर्थ जीव-जन्तुओं की तरह मेरा भी विनाश अवश्यम्भावी है। रूपा, मैं सचमुच तुम्हारे योग्य नहीं हूँ। साथ ही जो पीड़ा तुमने अपने प्राणों के अश्रु-कोमल और स्नेह-सजल अस्त्रों से मेरे प्राणों में जगायी है, उससे छुटकारा पाने में भी मैं असमर्थ हूँ। जो उदात्त क्षण बीच-बीच में, कुछ क्षणों के लिए अकस्मात् मेरे सामने आ जाते हैं, उनमें तुम्हारी चिन्ता को भी मैं उसी उदात्त स्वर पर पहुँचा पाता हूँ, सन्देह नहीं। पर वह महासत्य क्षणिक बिजली मेरे अन्तर में झलका जाने के बाद निविड़तम अन्धकार अपने पीछे छोड़ जाता है। इसलिए अब से तुम अपनी नाव अपने-आप खेओ। सम्भव है, भाग्य के साथ देने पर तुम किनारे पर पहुँच जाओ। पर मैं निरुद्देश्य बहने के लिए मँझधार में अपने को छोड़ देना चाहता हूँ, जिस अन्धकार में मैं इस समय हूँ उससे भी गहनतम अन्धकार में अपने को सदा के लिए डुबा देने के लिए। कौन जाने मृत्युलोक के उस गहनतम अन्धकार के बीज से एक नया प्रकाश विभासित हो उठे, जिसकी खोज में मैं ज्ञात में या अज्ञात में प्रतिपल भटकता रहा हूँ!

*　　　*　　　*

"मैंने निश्चय कर लिया है। मैं लड़ाई में भरती होकर युद्ध-क्षेत्र में जाऊँगा। मेरे जैसे संघर्ष-विमुख प्राणी के भीतर यह विचित्र प्रतिक्रिया जगी है। इतने दिनों तक संघर्ष से एकदम भागता फिरता था, अब संघर्ष के चरम रूप को अपनाऊँगा। मुझ जैसे चरमवादियों का यही हाल होता है। सम्भव है, सामूहिक विनाश के बीच में रहकर जीवन की रहस्यमयता का कोई गुप्त आभास पा जाऊँ।

[इसके बाद के कई पन्ने फटे हुए थे। एक स्थान पर एक पन्ने का एक टुकड़ा पूरा फटने से रह गया था। उसमें एक शब्द ने बिजली की-सी तेज़ी से नीलिमा की आँखों में चकाचौंध लगा दिया। शब्द यद्यपि कटा हुआ था, तथापि ग़ौर से देखने पर नीलिमा ने पढ़ा। वह था 'महीप'। नीलिमा को समझने में देर न लगी कि महीप के सम्बन्ध में बहुत-सी बातें ठाकुर धीराज सिंह ने लिखी थीं। पर वे किसी कारण से फाड़ डाली गयी हैं। अन्त में जो पंक्तियाँ लिखी थीं; वे इस प्रकार थीं—]

"मैं शिकार के लिए...आया हूँ। अपने मन की वर्तमान स्थिति में भी न जाने क्यों, मैं यहाँ चला आया। शिकार की प्रवृत्ति मेरे स्वभाव के विपरीत होनी चाहिए थी। पर न जाने कहाँ से यह अस्वाभाविक प्रवृत्ति मेरे भीतर एक साधारण-सी प्रेरणा से उकस उठती है। फिर भी इस बार रह-रहककर मेरी अन्तरात्मा डोल रही है। लगता है कि कोई रहस्यमयी वाणी किसी अज्ञात रेडियो से आकर उसमें टकरा रही है, यद्यपि वह किसी प्रकार भी स्पष्ट नहीं हो पाती। वह वाणी मेरे कानों में यह फुसफुसा रही है कि मेरे जीवन का चरम क्षण आ पहुँचा है। मैं कह नहीं सकता कि मैं शिकार करने जा रहा हूँ या किसी जानवर का शिकार होने..."

नीलिमा डायरी समाप्त करने पर भी बहुत देर तक अन्यमनस्क भाव से उसे अपने हाथ में ही लिये रही। उसके बाद डायरी बग़लवाली मेज़ पर रखकर, दोनों हाथों से अपना मुँह छिपाकर लेट गयी। विचित्र, अस्पष्ट, असंगत और भयावह कल्पनाओं में उसने अपने को डुबा दिया।

46

महीप का मन अस्थिर था।

भीतर जो आग बहुत दिनों से धीरे-धीरे सुलगती चली जा रही थी, उसका चरम विस्फोट हो चुका था। जो गुमनाम-पत्र उसने नीलिमा को भेजा था, वह उसी विस्फोट का परिणाम था। पत्र को टाइप करने के बाद, उसे डाक में डालने के पहले, तरह-तरह के संकल्प-विकल्प उसके मन में उत्पन्न हो रहे थे। अन्त में, अन्तर की उसी आग की प्रबल प्रेरणा से, उसने वह पत्र बम्बे में डाल ही दिया। उस समय से वह बड़े अधैर्य के साथ परिणाम की प्रतीक्षा करने लगा। पर जब पत्र को भेजे हुए चार दिन हो गये और विवाह की तैयारियों में कहीं किसी प्रकार का ढीलापन उसे नहीं दिखायी दिया, बल्कि और अधिक उत्साह के चिह्न दिखायी देने लगे, तब उसे ऐसा बोध होने लगा जैसे किसी ने उसके मुँह पर जूता मार दिया। अपनी नीचता उसके आगे नग्न रूप में प्रकट होने लगी। इस बात की मार्मिक ग्लानि से उसकी अन्तरात्मा विकल हो उठी कि वह नीलिमा का विवाह रोकने के लिए चारों ओर लुच्चों का-सा हीन उपाय काम में लाने पर उतारू हो गया। इसके पहले वह कभी इस बात की कल्पना नहीं कर सकता था कि उसके स्वभाव में नीचता इस हद तक वर्तमान है। उसे स्वयं यह सोचकर

आश्चर्य होने लगा कि उसे इस प्रकार का पत्र लिखने का साहस ही कैसे हुआ। इस बात का एक भी प्रमाण उसके पास नहीं था कि ठाकुर साहब ने धीराज की हत्या की है। शारदा देवी ने केवल अपने अनुमान से और सुनी-सुनायी बातों के आधार पर उससे जो बातें कही थीं, उनको प्रत्यक्ष प्रमाण मानकर ठाकुर साहब के विरुद्ध लोमहर्षक और आतंककारी आरोप लगाने का क्या अधिकार उसे था? "धिक्कार है! धिक्कार है!" वह मन-ही-मन अपने-आपको कोसने लगा।

महीप की ग्लानि का सबसे बड़ा कारण यह था कि उसने अपनी मरता-क्या-न-करता की-सी मानसिक स्थिति में जो ब्रह्मास्त्र गुमनाम-पत्र के रूप में छोड़ा था, वह स्पष्ट ही अपने लक्ष्य को बेधने में व्यर्थ सिद्ध हो गया था। उसने सोचा था कि ठाकुर साहब की हत्याकारी प्रवृत्तियों और हत्याकाण्डों से परिचित होने पर, नीलिमा कभी इस विवाह के लिए राज़ी न होगी। पर पत्र पहुँचने के चार दिन बाद भी, वह प्रत्यक्ष देख रहा था कि विवाह की तैयारियाँ पहले से भी अधिक उत्साह के साथ हो रही थीं। इससे स्पष्ट था कि नीलिमा ने उन आरोपों पर तनिक भी विश्वास नहीं किया था। "और मैं मूर्ख यह जानता हुआ भी कि नीलिमा ठाकुर साहब को जी-जान से चाहती है और उन्हें बहुत पहले ही अपना तन-मन अर्पित कर चुकी है, उन दोनों के बीच विरोध खड़ा करने के हीन उपाय में लगा हुआ था! धिक्कार है! धिक्कार है!" इस तरह सोचता हुआ वह बार-बार अपने को अत्यन्त निर्ममता से कोसता जाता था।

इधर कुछ दिनों से उसने ठाकुर साहब से मिलना एकदम बन्द कर दिया था। खाना भी वह अपने कमरे में अकेले ही खाता था। ठाकुर साहब भी उसकी इस एकान्तप्रियता में बाधा डालने के लिए विशेष उत्सुक नहीं जान पड़ते थे। बल्कि महीप के इस रुख़ से वह प्रसन्न ही हो रहे थे। शारदा देवी उससे बीच-बीच में मिलती रहती थीं, पर इधर कुछ दिनों से वह भी महीप की ही तरह उन्मन हो उठी थीं। एक अजीब-सी उदासी उनके मुख पर सब समय छायी हुई दिखायी देती थी। शारदा देवी की इस उदासी का कारण क्या हो सकता है, इस बात का कुछ भी ठीक अनुमान महीप नहीं लगा पाता था। एक और परिवर्तन महीप ने उनमें पाया। वह यह कि अब वह बहुत कम बोलती थीं, और जितना-कुछ भी बोलती थीं सब अनमने ढंग से—आधे और अस्पष्ट वाक्यों में। पर किसी अज्ञात संस्कारवश महीप के मन में यह धारणा जमने लगी थी कि शारदा देवी कोई अत्यन्त महत्त्वपूर्ण बात उससे कहना चाहती हैं। उसे कहे बिना उन्हें एक पल के लिए भी रत्ती-भर चैन नहीं मिल रहा है। पर न जाने किस प्रतिरोधी शक्ति की विवशता के कारण वह कह नहीं पातीं। वह क्या कहना चाहती हैं, यह जानने के लिए महीप भी अत्यन्त उत्सुक और अधीर हो उठा था। उसके मन की तत्कालीन घोर अन्धकारपूर्ण विकट संकटावस्था में सम्भवतः शारदा देवी की उस अनकही बात से तिनके का सहारा मिल जाय, यह क्षीण आशा चारों ओर की निपट निराशा के महासागर के बीच में अपनी झिलमिली झलक दिखाती हुई उसे और अधिक विकल कर रही थी। वह यह महसूस कर रहा था कि शारदा देवी की सहायता की सबसे बड़ी आवश्यकता

उसे इस समय है। केवल वही तत्कालीन दुर्गम परिस्थिति में उसे रास्ता सुझा सकती हैं। पर अपने दुर्भाग्य के इस षड्यन्त्र को वह बार-बार कोसने लगा कि ऐन मौक़े पर शारदा देवी का रुख़ ही बदल गया और उन्होंने एक रहस्यमय मौन और भेद-भरी उदासी के सघन पर्दों से अपने-आपको ढक लिया है।

विवाह के ठीक एक दिन पहले महीप की बेचैनी चरम सीमा को पहुँच गयी। उसे ऐसा बोध होने लगा कि उसके हृदय के सूक्ष्म तारों को किसी अदृश्य पेचकस द्वारा अत्यन्त निर्ममता से ऐंठा जा रहा है। मानव हृदय के पीड़न की अनुभूति किसी भी कारण से इस क़दर तीव्र हो सकती है, इस बात की कल्पना इसके पहले उसने कभी नहीं की थी। वह अपने कमरे के भीतर बन्द होकर कभी अपने माथे को हाथ से इस तरह दबाये बैठा रहता जैसे असह्य पीड़ा से उसका सिर फटा जा रहा हो। हालाँकि उसके सिर में दर्द का लेश भी नहीं था। कभी वह अचानक उठकर कमरे में बड़ी तेज़ी से टहलने लगता। टहलता हुआ कभी दाँतों को पीसता, कभी दाहिने हाथ को झटकता रहता। कभी पलँग पर चित लेट जाता और छत पर से लटकते हुए बिजली के पंखे की तेज़ रफ़्तार का निरीक्षण एकाग्र चित्त से करने लगता। वह तब तक उस पंखे की ओर देखता रहता, जब तक स्वयं उसका मस्तिष्क भी उसी रफ़्तार से चक्कर न खाने लगता। कभी अचानक उठकर अपनी मुट्ठी से कई बार अपना माथा ठोकने लगता! बीच-बीच में वह मन-ही-मन चीख़ मारकर कराह उठता, "क्या उपाय है! आत्म-हत्या का क्या उपाय है! मुक्ति का कौन मार्ग है!" और फिर निपट बेबसी से मुट्ठी बाँधकर हाथ को झटकने लगता।

पिछले कुछ दिनों से निरन्तर, प्रतिपल महीप आत्महत्या की बात सोच रहा था। वह आन्तरिक मन से अपने अस्तित्व को मिटाने के लिए अधीर हो उठा था। उसकी मानसिक स्थिति ऐसे निम्न—अप-साधारण—स्तर को पहुँच गयी थी कि वह अपने को एक संकीर्ण परिधि के चारों ओर चक्कर लगाता हुआ पा रहा था। उस परिधि के परे किसी प्रकार भी उसकी दृष्टि नहीं जाती थी। उसकी बेचैनी का सबसे बड़ा कारण यह था कि उस संकीर्ण मानसिक परिधि से मुक्त होने के लिए वह बुरी तरह छटपटा रहा था, पर उसके सब प्रयत्न निष्फल सिद्ध हो रहे थे। ऐसी दशा में आत्महत्या के सिवा अपने त्राण का और कोई उपाय उसे नहीं सूझ रहा था। पर आत्महत्या के लिए जिस मानसिक एकाग्रता और तन्मयता की आवश्यकता होती है, उसका निपट अभाव वह अपने में पा रहा था, जिससे उसकी बेचैनी दुगनी बढ़ रही थी। कहीं से पिस्तौल जुटाने या किसी घातक विष का प्रबन्ध करने की न तो उसमें फ़ुर्ती ही थी, न योग्यता।

दिन-भर उसके मन की यही दशा रही। इस बात की बहुत बड़ी आशंका उसके मन में उत्पन्न हो गयी थी कि रात होने तक वह निश्चय ही पागल हो जायगा—सचमुच का पागल—और ठाकुर साहब उसे आगरे के पागलख़ाने में भेजने के लिए बाध्य होंगे। इसलिए वह इच्छाशक्ति का पूरा प्रयोग करना चाहता था ताकि वह सचमुच का पागल

होने से बच जाय। पर इच्छाशक्ति नाम की कोई चीज़ उसके पास जैसे शेष ही नहीं रह गयी थी।

अन्त में सन्ध्या को, जब वह बड़ी तेज़ी से कमरे में चक्कर काट रहा था, अचानक अन्तर के किसी रहस्यमय क्रियाचक्र के फलस्वरूप मुक्ति का एक अत्यन्त सरल उपाय उसके आगे झलक गया। उसे इस बात पर अत्यन्त आश्चर्य होने लगा कि इतने समय तक यह सीधा-सादा उपाय उसे क्यों नहीं सूझा। "निश्चय ही इस बीच मेरा नैतिक और साथ ही बौद्धिक पतन अन्तिम सीमा को लाँघ चुका है। मेरी बुद्धि कभी इस हद तक भ्रष्ट होगी इस बात की कल्पना मैंने कभी नहीं की थी और मेरे इस सारे पतन का मूल कारण कौन है?—फ़ैशनेबुल समाज की एक आदर्शहीन, चंचल-चित्त नारी, जो अपनी सुरक्षा केवल धन और पद की बहुलता के बीच में समझती है और उसके बाहर, पानी से निकाली गयी मछली की तरह तड़पने लगती है! ऐसी हीन और तुच्छ नारी के लिए मैं अपना सर्वस्व—अपना बहुमूल्य त्याग, अपना वर्षों से पाला हुआ आदर्श, अपनी सारी महत्त्वाकांक्षा का बलिदान करने पर तुला हुआ था! इतने दिनों तक मैं निपट मूर्खों की तरह उसके इशारों पर नाचता रहा। कैसे-कैसे नाच नचाये उसने, कैसे-कैसे खेल खेलाये!" महीप को पार्कवाली घटना की याद आयी और वह एक मर्मघाती, विरस अनुभूति को बरबस दबाने के लिए आँखें मींचने लगा। उसने इस भय से कि जिस अन्धमोह के छाया-जाल में वह इतने दिनों तक उलझा रहा, वह कहीं फिर भूत की तरह उसे धर न दबा बैठे, पूरी ताक़त से अपने सारे शरीर को एक बार हिलाया। जैसे भूत को झाड़ रहा हो। उसके बाद बिना कुछ सोचे-समझे मन-ही-मन कहने लगा, "धिक्कार है, मुझे धिक्कार है!"

उसने निश्चय कर लिया कि उसी रात की किसी गाड़ी से वह कानपुर चल देगा। उसके मन में इस बात का पूरा विश्वास जम गया कि रेल पर सवार होते ही वह पल में उन सब भौतिक बन्धनों से मुक्त हो जायगा, जिनके जटिल आल-जाल से छुटकारा पाना वह इतने दिनों से असम्भव समझ रहा था। "ठीक है, ठीक है! मैं आज ही चल दूँगा—अभी!" और वह तत्काल अपना सामान बटोरकर बाँधने के काम में जुट गया।

47

कुछ ही देर बाद बाहर से किसी ने दरवाज़ा खटखटाया।

महीप ने दरवाज़ा खोला। शारदा देवी ने भीतर प्रवेश करते ही कहा, "अब तो साढ़े-आठ बज चुके हैं। लू नहीं चल रही है। फिर भी आप चारों तरफ़ से किवाड़ बन्द किये हुए हैं! अरे, यह क्या! आप तो बोरिया-बँधना उठाने की तैयारी कर रहे हैं!"

महीप उस समय एक बड़े-से तौलिये में अपने कपड़ों को लपेट रहा था। शारदा देवी उसका रंग-ढंग देखकर अत्यन्त शंकित हो उठीं। महीप के खिन्न मुख पर प्रसन्नता की एक क्षीण रेखा झलक उठी। वास्तव में वह मन-ही-मन उन्हें याद कर रहा था। यदि

वह न आयी होतीं तो उसे स्वयं जाकर उन्हें या तो ढूँढ़ना पड़ता या उनकी प्रतीक्षा करनी पड़ती, क्योंकि उनसे बिना मिले वह जा नहीं सकता था। यदि और किसी कारण से नहीं तो अपने एक अत्यन्त आवश्यक स्वार्थ के लिए उनसे मिलना उसके लिए ज़रूरी हो उठा था। इसलिए वह प्रसन्न होकर उठ खड़ा हुआ और बोला, "आपकी आयु बहुत लम्बी मालूम होती है। मैं अभी आप ही को याद कर रहा था। मैं आज ही रात की गाड़ी से चल दूँगा।"

शारदा देवी को यह शंका पहले ही हो गयी थी। अत्यन्त विस्मित और साथ ही खिन्न स्वर में उन्होंने कहा, "अचानक आज ही चल देने का कौन-सा कारण आ पड़ा, क्या मैं जान सकती हूँ?"

"मुझे एक ज़रूरी काम से जाना है, शारदा देवी।"

"कम-से-कम एक दिन तो आप ठहर ही सकते हैं। कल ही तो विवाह है।"

"नहीं शारदा देवी, अब मैं एक दिन के लिए भी नहीं ठहर सकता, क्योंकि ऐसा करने से मेरा सारा आवश्यक कार्यक्रम चौपट हो जायगा।"

शारदा देवी चुप हो गयीं। केवल स्थिर और गम्भीर दृष्टि से महीप की ओर देखती रह गयीं। सम्भवतः उनके मन के भीतर का असली भाव जानने की चेष्टा करने लगीं। महीप उनकी उस अन्तर को चीर डालनेवाली दृष्टि से कतराकर, आँखें प्रायः चुराता हुआ तनिक हिचक के साथ बोला—"शारदा देवी, मैं आपसे एक प्रार्थना—आपको एक बात के लिए कष्ट देना चाहता था..."

"कहिये, कहिये, क्या बात है?" अत्यन्त उत्सुकतापूर्वक शारदा देवी ने कहा।

"क्या आप मुझे कुछ रुपये उधार दे सकेंगी? पन्द्रह-बीस रुपयों से मेरा काम चल जायगा।"

"मैं अभी आती हूँ।" कहकर शारदा देवी तत्काल तेज़ क़दम रखती हुई चली गयीं।

महीप तनिक घबराहट के साथ उनके लौटने की प्रतीक्षा करने लगा। प्रायः दस मिनट बाद शारदा देवी वापस आयीं। महीप ने देखा, उनके विषादम्लान मुख पर ठीक वैसी ही गम्भीर और मौन महिमा छायी हुई है, जैसी वह एक बार पहले देख चुका था—जिस दिन दोनों नाव पर सैर करने गये थे। वह सहम गया।

शारदा देवी ने कहा, "तो आप आज चले ही जायेंगे!"

"जी हाँ, और कोई चारा नहीं है।"

"अच्छी बात है, यह लीजिये।" कहकर शारदा देवी ने आँचल के भीतर से हाथ निकालकर कुछ नोट महीप के हाथ में रख दिये। महीप ने खोलकर देखा सौ-सौ के पाँच नोट थे। वह चौंक उठा।

बोला, "यह क्या! यह आप क्या दे रही हैं? मैंने तो केवल पन्द्रह-बीस रुपये माँगे थे।"

शारदा देवी ने अत्यन्त धीरता से कहा, "मैंने ठीक ही दिये हैं। मैं आपको दान नहीं दे रही हूँ। यदि मैं न देती तो आपको अवश्य ही कहीं-न-कहीं से ब्याज में रुपया लेना

पड़ता। इसलिए मैंने पहले ही आपको क़र्ज़ दे दिया है—पर बिना ब्याज के। पन्द्रह-बीस से आपका काम अधिक न चलता, यह आप भी अच्छी तरह जानते हैं और मैं भी। इसलिए आप चुपचाप बिना किसी आपत्ति के इन्हें रख लीजिये। जब भी सुविधा हो लौटा दीजियेगा।"

इस दलील से और शारदा देवी की सहृदयता से महीप अत्यन्त प्रभावित हुआ। बोला, "मैं आपको किन शब्दों में धन्यवाद दूँ, समझ नहीं पाता। आपने इस संकट की घड़ी में मेरी लाज रख ली। इससे अधिक इस समय मैं और कुछ नहीं कहूँगा।"

महीप ने अस्पष्ट प्रकाश में देखा। शारदा देवी की आँखें भर आयीं और कोयों में आँसू के कण चमकने लगे। महीप हतबुद्धि होकर केवल देखता रहा। मुँह से एक शब्द भी सान्त्वना के रूप में बोलने का साहस उसे न हुआ। वास्तव में वह 'सान्त्वना' किस बात के लिए देता! शारदा देवी के रहस्यमय आँसुओं का कोई कारण मालूम कर सकने में वह समर्थ नहीं था।

क्षण-भर के लिए दोनों उसी रहस्यमय परिस्थिति में मौन भाव से खड़े रहे। उसके बाद सहसा शारदा देवी बोल उठीं, "तो आप कै बजे की गाड़ी से जाने का इरादा कर रहे हैं?"

"मैं अभी स्टेशन चल देना चाहता हूँ। कोई-न-कोई गाड़ी मिल जायगी।"

"अच्छी बात है, तो मैं एक ताँगे का प्रबन्ध किये देती हूँ।" यह कहकर शारदा देवी जाने लगीं।

महीप ने कहा, "मैं ठाकुर साहब से बिना मिले ही जा रहा हूँ। किसी को पता न चले, कृपया इस बात को ध्यान में रखियेगा।"

"आप निश्चिन्त रहें" कहकर शारदा देवी चली गयीं।

महीप कमरे की बत्ती जलाकर अत्यन्त अस्त-व्यस्त मानसिक अवस्था में चहलक़दमी करने लगा। शारदा देवी ने एक विचित्र ही भेद-भरा वातावरण उत्पन्न कर दिया था, जिससे उसकी बुद्धि चकराने लगी थी।

प्रायः पन्द्रह मिनट बाद एक ताँगा महीप के कमरे के दरवाज़े के सामने आकर ठहर गया। ठीक उसी समय भीतर के दरवाज़े से शारदा देवी ने कमरे में प्रवेश किया। महीप ने ताँगेवाले से ही सामान उठाकर ताँगे पर रखने के लिए अनुरोध किया। जब ताँगेवाला सामान उठाकर ले गया, तब महीप ने शारदा देवी के प्रति हाथ जोड़ते हुए कहा, "अच्छा नमस्कार! आज्ञा दीजिये। जो कुछ भूल-चूक मुझसे हुई हो, जो कुछ कष्ट भी मैंने आपको दिया हो, उसे क्षमा कर दीजिये।"

शारदा देवी चुपचाप डबडबायी हुई विषादम्लान आँखों से एकटक महीप की ओर देख रही थीं। महीप ने जब विदा होने के उद्देश्य से नमस्कार किया और आज्ञा माँगी, तब सहसा उनका कण्ठ फूटा। उन्होंने कहा, "जा रहे हो, भाई! तब जाओ! मेरा समय अभी नहीं आया है, नहीं तो मैं भी तुम्हारे साथ ही चल देती। पर मैं शीघ्र ही चल दूँगी। जहाँ भी जाओ इस बहन को न भूलना..." यह कहकर उन्होंने अपने गले से एक

लाकेट उतारा। महीप ने देखा, सोने की ज़ंजीर से लटकता हुआ सोने का एक क्रास चमक रहा है। इसके पहले महीप ने वह लाकेट कभी शारदा देवी के गले में नहीं देखा था। लाकेट उतारकर उन्होंने महीप के कुछ कहने के पहले ही सहसा उसके गले में डाल दिया। महीप भ्रान्त होकर "यह क्या! यह क्या!" कहता ही रह गया। एक विचित्र बिजली की-सी लहर उसके सारे शरीर में दौड़ गयी। उस लहर के दौड़ने के कारण उस लाकेट के भीतर छिपी हुई किसी अज्ञात रहस्यमय शक्ति का प्रभाव सम्भवतः उतना नहीं था, जितना उस अप्रत्याशित घटना की आकस्मिकता। उसकी समझ ही में न आया कि मामला क्या है।

शारदा देवी ने महीप की भ्रान्ति दूर करने के इरादे से अत्यन्त कोमल, करुण किन्तु धीर स्वर में कहा, "मैंने एक वर्ष ऐंग्लो-इण्डियन लड़कियों के एक कान्वेण्ट में रहकर शिक्षा पायी थी। वहाँ एक ईसाई संन्यासिनी, जो इटालियन थी, मुझे बहुत चाहने लगी थी। उसी ने मुझे यह 'क्रास' उपहार में दिया था। उसने मुझसे अनुरोध किया था कि मैं इसे बराबर अपने पास तावीज़ के तौर पर रखूँ। मेरा विश्वास है कि इस तावीज़ ने ही ऐसे संकट के क्षणों में मेरी रक्षा की, जिनके कारण मेरी दुर्गति का ओर-छोर न रह गया होता। यह तावीज़ उसी तरह तुम्हारी भी रक्षा करता रहेगा और जीवन में अग्नि-परीक्षा के अवसरों पर तुम्हें बल, स्फूर्ति और सुमति देगा, यह मेरा आशीर्वाद है। बहन के दिये गये इस स्मृति-चिह्न को सावधानी से अपने पास सुरक्षित रखना, भाई, और जहाँ-जहाँ भी जाओ, जैसे भी चक्करों में रहो, अपनी कुशल बराबर लिख भेजना। मैं भी अपनी गतिविधि की सूचना तुम्हें देती रहूँगी। अब जाओ। तुम्हारा कल्याण हो!" कहकर शारदा देवी ने उसकी पीठ पर अपना वरद हस्त फेरा और दो-एक बार धीरे से थपथपाया, जिस प्रकार माँ अपने घबराये हुए मासूम बच्चे को दिलासा देती है। पर महीप ने देखा कि दिलासा देते हुए वह स्वयं अपने आँसुओं को रोकने में असमर्थ हो रही थीं।

महीप ने फिर एक बार शारदा देवी को नमस्कार किया। पहले वह अज्ञात में ही उनके चरणों को छूकर प्रणाम करने जा रहा था, पर तत्काल सँभल गया। इस प्रकार की चरम भावुकता का प्रदर्शन उसे नहीं जँचा। एक निराली मोहक अनुभूति अपने साथ लेकर वह बाहर निकला और ताँगे पर जा बैठा।

वह ताँगे पर बैठा ही था कि भीतर से एक नौकर दौड़ा हुआ आया। उसके हाथ में एक चिट्ठी थी। चिट्ठी महीप के हाथ में देते हुए बोला, "शाम की डाक से यह चिट्ठी आयी थी। अभी तक सरकार की डाक के साथ पड़ी हुई थी। सरकार (ठाकुर साहब) ने अभी दी है।"

पास ही बरामदे में जो बत्ती जल रही थी, उसके प्रकाश में महीप ने देखा कि जिस हस्तलिपि में पता लिखा गया है उससे वह अपरिचित है। अधीरता से लिफ़ाफ़ा खोलकर उसने पढ़ा :

"प्रिय महीप जी!

मैं आपसे एक अत्यन्त आवश्यक कार्य से एकान्त में मिलना चाहती हूँ। विश्वास रखिये, मैं आपका अधिक समय नहीं लूँगी। क्या आप यह सूचित करने की कृपा करेंगे कि कब, किस समय और कहाँ आपसे मिलना हो सकेगा?

प्रतिमा।"

पत्र पढ़कर महीप के मुँह का रंग ही एकदम बदल गया। पत्र पढ़ चुकने के बाद भी वह काफ़ी देर तक उसी पर दृष्टि डाले रहा और तरह-तरह की कल्पनाएँ करने लगा। शारदा देवी ग़ौर से उसकी ओर देख रही थीं। वह घबरायी हुई उसके पास आयीं ओर बोलीं, "कुशल तो सब अच्छी है? किसका पत्र है?"

उनके प्रश्न से महीप की मोहनिद्रा जैसे भंग हुई। पत्र को लपेटकर जेब में डालकर कृत्रिम उदासीनता का भाव जताते हुए बोला, "कोई आवश्यक पत्र नहीं है।" यह कहकर उसने ताँगेवाले से चलने को कहा। ताँगा जब चलने लगा, तब उसने फिर एक बार शारदा देवी की ओर हाथ जोड़े।

रास्ते-भर वह यही सोचता रहा कि प्रतिमा का रहस्यपूर्ण पत्र उसे कैसे विचित्र समय पर मिला। यदि केवल एक घण्टा पहले वह पत्र उसे मिला होता तो सम्भवतः उसे अपनी आज की यात्रा स्थगित कर देनी पड़ती। और तब, कौन जाने, कब तक के लिए वह यात्रा स्थगित रह जाती, और किन नये चक्करों में उलझना पड़ता। पर ऐसे समय वह पत्र मिला, जब उसके लिए रुकना असम्भव था, क्योंकि यात्रा का विचार करने के बाद उसके अन्तर की सारी शक्तियाँ अग्रमुखी हो उठी थीं। और हर हालत में केवल आगे को बढ़े चलने के लिए अत्यन्त विकल और अधीर हो रही थीं—पीछे हटना उसके लिए सम्भव नहीं रह गया था।

"पर प्रतिमा के इस पत्र का आशय क्या हो सकता है?" वह सोचने लगा, "वह चाहती क्या है? निश्चय ही वह भी अपनी बहन की ही तरह मुझे किसी दूसरे भूलभुलैया के चक्कर में भरमाना चाहती होगी। एक चक्कर के फेर में पड़कर मैंने अपने प्राणों को ही संकट में डाल दिया था। बड़ी मुश्किल से उससे छुटकारा पाकर भाग निकला हूँ, तिस पर यदि अब दूसरा संकट मैं मोल लेता तो मेरी दुर्गति न जाने किस असीम की ओर, बाढ़ आयी हुई नदी की तरह, बढ़ी चली गयी होती? यह अच्छा ही हुआ कि प्रतिमा का पत्र ऐसे मौक़े पर मुझे मिला, जब मेरे चाहने पर भी मैं रुक नहीं सकता था। "मैं अब इन सब मायावी फन्दों से भाग्यवश बच निकला हूँ। मुक्ति! मुक्ति! अब कोई भी झूठी मोहिनी मुझे बाँध नहीं सकती!"

अपनी मुक्ति की कल्पना से सहसा ऐसा उल्लास महीप के मन में समा गया कि उसका जी चाहता था, ताँगे पर ही खड़ा होकर ख़ूब उछले, कूदे, नाचे और गाये। केवल एक घण्टा पहले, वह अपने अन्तर के अतल-लोक में स्थित कुटिल नागों के पाश से, अपनी आत्मा को इस क़दर जकड़ा हुआ पा रहा था कि उसका दम ही घुटा जा रहा था और अब सहसा अप्रत्याशित रूप से उसे ऐसी मुक्ति मिली कि सम्पूर्ण पृथ्वी और

समस्त आकाश ने उसके अन्तर की तीव्र प्रगति के मार्ग से सभी रुकावटों को हटाकर साफ़ कर दिया था।

ताँगे का तन्दुरुस्त घोड़ा बड़ी तेज़ रफ़्तार से दौड़ा चला जा रहा था। पर अपनी मुक्त आत्मा के पागल प्रवेश के आगे वह चाल महीप को चींटी की चाल मालूम दे रही थी। जिस व्यक्ति ने इस मुक्ति में उसकी बहुत बड़ी सहायता की थी, उसके सम्बन्ध में कुछ भी सोचने का—पीछे की ओर एक बार लौटकर देखने का—अवकाश उसे नहीं रह गया था। उसके विदा होने के समय शारदा देवी के म्लान मुख पर जो एक अत्यन्त सकरुण छवि छायी हुई थी, उसका एक अत्यन्त क्षीण भास केवल एक बार उसकी मानसिक आँखों के आगे झलक उठा था। पर वह तत्काल ही विलीन भी हो गया था।

स्टेशन पहुँचने पर उसे प्रायः एक घण्टा गाड़ी के लिए इन्तज़ार करना पड़ा। इस इन्तज़ारी में उसकी आत्मा की तूफ़ानी उड़ान की गति कुछ धीमी पड़ गयी। पर वह प्लैटफ़ार्म पर चक्कर काटता हुआ उस गति को एकदम बन्द न होने देने का प्रयत्न करता रहा। चक्कर काटते हुए उसका ध्यान अपने गले में कुरते के भीतर लटकते हुए लाकेट की ओर गया। शारदा देवी जैसी प्रगतिशील विचारों की नारी भी इस अन्धविश्वास से इस तरह जकड़ी हुई हैं, यह सोचकर वह मन-ही-मन मुस्कराने लगा। पर सहसा किसी अज्ञात कारणों से उसकी वह मुस्कराहट अत्यन्त गम्भीर भावना में बदल गयी। अन्त में गाड़ी आ पहुँची। इण्टर क्लास के एक भरे हुए डिब्बे में, किसी तरह अपने बैठने भर की जगह निकालकर वह अत्यन्त अधीरता से उसके चलने की प्रतीक्षा करने लगा। उसे ऐसा लगा कि उसकी बन्धन मुक्त आत्मा का तूफ़ान, मेल जैसे उस स्टेशन पर आकर ठहर गया है। अपनी तत्कालीन मनोदशा में, उसका एक सेकेण्ड के लिए भी ठहरना, उसे बहुत नागवार मालूम हो रहा था।

अन्त में जब गाड़ी रवाना हुई, तब उसका अन्तर भी रेल के इंजन की तरह भक-भक शब्द करने लगा। स्टेशन को पार करने के बाद जब गाड़ी की रफ़्तार तेज़ हुई तब महीप की आत्मा फिर एक बार तरंगित हो उठी। वह गाड़ी की चाल के साथ अपने भीतर उठे हुए भावों के तूफ़ान की गति का साम्य स्थापित करने की चेष्टा करने लगा। पर उसके अन्तर का वह तूफ़ान गाड़ी को बहुत पीछे छोड़ता जाता था, यद्यपि महीप उसे बार-बार नियन्त्रित करने का प्रयत्न कर रहा था।

"अग्रे-अग्रे! अग्रे-अग्रे!!" गाड़ी के पहियों की आवाज़ महीप के कानों में निरन्तर यही मन्त्र भरती चली जाती थी। वह भीतर-ही-भीतर यह कामना कर रहा था कि वह तूफ़ानी यात्रा कभी समाप्त न हो। वह गाड़ी अनन्तकाल तक कहीं न ठहरकर निरन्तर आगे को बढ़ती चली जाये।

●

निर्वासित–भाग दो

1

निर्बन्ध-आत्मा की उस तूफ़ानी यात्रा के बाद, महीप के भीतर सहसा भीषण रूप से मूलगत परिवर्तन के चिह्न प्रकट होने लगे। आरम्भ में वह ठीक से कुछ भी नहीं समझ पाया कि उसके भीतर क्या परिवर्तन हो रहा है। केवल इतना अनुभव करने लगा कि उसके अन्तर्प्रदेश में विस्फोट-पर-विस्फोट और भूकम्प-पर-भूकम्प होते चले जा रहे हैं। उनके कारण उसकी आत्मा के अतल में छिपे और दबे हुए, बड़े-बड़े भारी चट्टान कभी एक-एक करके भीषण शब्द के साथ ढहते चले जा रहे हैं, कभी ज्वालामुखी के-से अट्टवेग के साथ टूटकर बाहर फूट निकल रहे हैं। कौन चट्टान ढहकर कहाँ गिर रहा है, कौन फूटकर बाहर कहाँ गिर रहा है, इसका कुछ भी अन्दाज़ लगाने में वह अपने को असमर्थ मालूम कर रहा था। किस शक्ति की प्रेरणा से यह सब, बिना उसके अपने किसी प्रयत्न के हो रहा है, यह भी वह नहीं जान पाता था। केवल उस भूकम्पी माया की भीषणता से वह बीच-बीच में हौलदिल हो उठता था।

कई महीनों तक यह विस्फोटक क्रिया उसके भीतर चलती रही। महीप को ऐसा लग रहा था कि उस क्रिया के फलस्वरूप उसके व्यक्तित्व का भीतरी रूप विराट्-से-विराट्तर बनता चला जा रहा है। अपने शरीर के छोटे क़द के विरुद्ध उसके भीतर बहुत दिनों से विद्रोह चल रहा था। अपने 'बबुआ' रूप से वह अत्यन्त घृणा करने लगा था। हर हालत में उसका प्रतिकार—अन्य रूपों में अपने व्यक्तित्व का विस्तार—चाहता था। इतने समय तक अपने जीवन की असफलता का एकमात्र कारण, वह अपने व्यक्तित्व के 'बबुआ'-रूप को ही मानता था। इसलिए अपने अन्तर्जगत् की विस्फोटक क्रिया के फलस्वरूप जब उसे यह बोध होने लगा कि उसके भीतरी व्यक्तित्व में विशालता आ रही है और उसके भीतर जो बहुत बड़ी शक्तियाँ इतने दिनों तक भीषण चट्टानों के नीचे दबी पड़ी थीं वे उभर उठी हैं, तब उसके अन्दर प्रचण्ड आत्मविश्वास जग उठा।

इस अपूर्व अनुभूति के बाद, सदा अपने अन्तर के सुकुमार भावना-लोक में निमग्न रहनेवाला यह नारी-सुलभ कोमल-शरीर और बालकोपम आकारवाला नन्हा-सा कवि कार्यक्षेत्र में कूद पड़ा। उसके कार्यक्षेत्र में कूदने का साहस कितना बड़ा था और इस घटना का अपने-आप में कितना बड़ा महत्त्व था, यह बात स्वयं उससे अधिक कोई नहीं जानता था। कुछ ही समय पहले तक वह अपने भीतर इतने बड़े साहस की कल्पना कर ही नहीं सकता था। पर ऐसे गुप्त रूप से वह कार्यक्षेत्र में कूदा कि कुछ प्रारम्भिक वर्षों तक उसके पिछले जीवन के परिचित व्यक्तियों में से किसी को भी ठीक तरह से इस बात का पता नहीं चला कि वह वास्तव में किन गुप्त चक्करों में अपने को उलझाये हुए है। इस अर्से में उसने शारदा देवी को दो-तीन पत्र अवश्य लिखे थे, पर उन पत्रों से शारदा देवी ठीक अन्दाज़ न लगा पायीं कि महीप वास्तव में किस उद्देश्य से प्रेरित

होकर किस प्रकार के दल के संगठन में व्यस्त है। वह गुप्त दल किन उपायों को काम में लाकर, किस ध्येय की ओर बढ़ा चला जा रहा है। महीप ने लिखा था कि वह उन्हीं को अपना गुरु मानकर कार्य कर रहा है। यह बात शारदा देवी को और भी रहस्यमय लगी थी। पर उनके कौतूहल का निवारण महीप के किसी भी पत्र से नहीं हुआ।

* * *

तब से प्रायः चार वर्ष बीत चुके थे।

एक दिन महीप युक्तप्रान्त के एक छोटे शहर के किसी कोने में स्थित अपने छोटे-से दुमंज़िले मकान के ऊपरी खण्ड में अपने कमरे में अनमने भाव से बैठा हुआ था। जाड़े के दिन थे। वह पूर्व की ओरवाली खिड़की के पास एक कुर्सी पर बैठकर धूप खा रहा था। उसके मुख पर प्रगाढ़ चिन्ता के चिह्न स्पष्ट झलक रहे थे। उसके नौकर ने, जो प्रायः सतरह-अट्ठारह वर्ष का एक हँसमुख छोकरा था, उसके आगे एक छोटा-सा पेग-टेबिल लगा दिया और उसके ऊपर धुआँती हुई चाय का प्याला रख दिया। महीप उसी अनमने भाव से प्याला उठाकर धीरे-धीरे चाय पीने लगा।

एक ताँगा सामने सड़क पर से होकर आ रहा था। महीप निपट उदासीनता के साथ उसी की ओर देख रहा था। उस ताँगे पर एक महिला बैठी हुई थी। ताँगे पर बँधा हुआ बिस्तर भी रखा हुआ था। स्पष्ट ही वह ताँगा स्टेशन से आ रहा था। महीप ने यह अनुमान लगाया था कि वह शहर की ओर जा रहा होगा। पर उसके आश्चर्य की सीमा नहीं रही, जब उसने देखा कि ताँगा उसी के मकान की ओर बढ़ा चला आ रहा है।

थोड़ी देर बाद ताँगा ठीक उसी के मकान के दरवाज़े पर आकर ठहरा। प्रथम दृष्टि में महीप पहचान न पाया कि उसमें बैठी हुई वह गोरी उजली महिला कौन है। उसकी शक्ल उसे कुछ-कुछ पहचानी हुई-सी अवश्य लग रही थी। पर फिर भी उसकी स्मृति कुछ काम नहीं दे रही थी। महिला बिना किसी झिझक के जीने पर से होकर सीधे ऊपर, महीप के कमरे में चली आयी। महीप उनके स्वागत के लिए उठ खड़ा हुआ। और तब उसे ग़ौर से देखने का मौक़ा मिला। सहसा उसकी स्मृति जग उठी। वह चौंक पड़ा। केवल चार ही वर्षों के अर्से में प्रतिमा के मुख के आकार-प्रकार में इतना बड़ा परिवर्तन हो गया था कि महीप के लिए उसे पहचानना कठिन हो गया था। फिर भी उसे अपनी स्मृति के इस भ्रम पर परम आश्चर्य हुआ कि वह प्रतिमा को नीलिमा की बहन को—पहली ही दृष्टि में नहीं पहचान पाया। उसकी आकृति-प्रकृति में चाहे कितना ही बड़ा परिवर्तन क्यों न हो गया हो, वह थी नीलिमा की ही बहन। यह बात उसकी आँखों की एक विशेष व्यंग्यमयी झलक, भौंहों के तनाव और तीखी और लम्बी नाक से निर्विवाद रूप से प्रकट हो रही थी।

प्रतिमा ने एक दुष्टतापूर्ण मुस्कान मुख पर झलकाते हुए, दोनों हाथ बड़े क़ायदे से जोड़कर कहा, "नमस्कार!"

"प्रतिमा तुम! तुम यहाँ कैसे आ गयीं?" प्रतिमा के नमस्कार का कोई प्रत्युत्तर न देते हुए अकृत्रिम आश्चर्य और तनिक घबराहट के साथ महीप ने प्रश्न किया।

प्रतिमा के मुख पर दुष्टतापूर्ण मुस्कान अधिकाधिक तीखी होती चली जाती थी। उसने कहा, "पहले रेल पर सवार हुई। उसके बाद ताँगे पर बैठकर इस मकान के दरवाज़े तक आयी और फिर पैदल चलकर जीने पर से होकर आपके कमरे तक आ पहुँची।"

इस परिहास से एक कृत्रिम मुस्कान की म्लान छाया महीप के मुख पर छा गयी। पर उससे उसकी घबराहट और स्पष्ट हो उठी। उसने कहा, "नहीं, नहीं, मेरा यह आशय नहीं था। मैं यह पूछना चाहता था कि तुम्हें मेरा पता किसने बता दिया? मैं आज प्रायः तीन महीने से इस स्थान में गुप्तवास कर रहा हूँ। कुछ विशेष व्यक्तियों को छोड़कर और किसी को भी मेरा यहाँ रहने का पता नहीं है। इसीलिए पूछता हूँ कि तुमको कैसे..."

"मैं ख़ुफ़िया विभाग में नौकरी कर रही हूँ। आपको इस बात का पता होना चाहिए।"

"परिहास रहने दो, प्रतिमा", अत्यन्त गम्भीरता से महीप ने कहा, "मेरे मन में सचमुच यह जानने के लिए बड़ा कौतूहल हो उठा है कि तुम्हें मेरा पता कैसे लग गया—किसने बताया?"

"अच्छा, पहले यह बताइये कि आप मुझे चाय पिलायेंगे या नहीं? सारी रात गाड़ी में बिताने के बाद स्टेशन से थकी हुई आयी हूँ। यह नहीं कि कुछ खिलायेंगे—पिलायेंगे, लगे दुनिया भर का हुलिया पूछने!"

"अरे, बैठो! बैठो! खड़ी क्यों हो? सीताराम, एक प्याला चाय और ले आना!" कहकर महीप ने बाँस की एक कुर्सी प्रतिमा की ओर बढ़ायी। दूसरी में स्वयं बैठ गया।

सीताराम प्रतिमा का सामान—एक बिस्तर, एक बक्स और एक अँगरेज़ी संवाद-पत्र ताँगे पर से उठाकर ऊपर ले आया। प्रतिमा ने अपने बटुवे से एक रुपया निकाला और सीताराम से कहा कि ताँगेवाले को दे आये।

थोड़ी देर बाद सीताराम एक प्याला चाय प्रतिमा के लिए ले आया। प्रतिमा जब चाय पी रही थी, तब महीप अत्यन्त गम्भीर चिन्ता में मग्न हो गया था। पर बीच-बीच में एक विचित्र, मर्मभेदी दृष्टि से प्रतिमा की ओर देखता जाता था, जैसे उसका परीक्षण कर रहा हो।

महीप के मुख पर की गम्भीर छाया गाढ़-से-गाढ़तर होती जा रही थी। प्रतिमा ने जब इस बात पर ग़ौर किया तब उसके मुख पर से व्यंग्य और परिहास का भाव जाता रहा। धीरे-धीरे एक सघन गम्भीर और स्तब्ध वातावरण ने उसके भी हृदय को धर दबाया। वह भी पलटे में बड़े ग़ौर से महीप के मुख पर के बदलते हुए रंगों का निरीक्षण करती हुई उसके मन के यथार्थ भाव का पता लगाने की चेष्टा करने लगी।

सहसा महीप ने पूछा, "तुम क्या सीधे घर से आ रही हो?"

"जी नहीं, मैं प्रायः दो साल से घर नहीं गयी हूँ।"

"दो साल से!" अकृत्रिम आश्चर्य से महीप ने कहा, "तब इतने लम्बे अर्से तक तुम कहाँ रहीं? तुम्हारी ससुराल—तुम्हारा विवाह तो इस बीच निश्चय ही हो चुका होगा?"

एक घृणा-भरी मुस्कान की हलकी-सी व्यंग्यपूर्ण रेखा प्रतिमा के ओंठों के दोनों ओर खिंच गयी। उसने यथेष्ट गम्भीर स्वर में उत्तर दिया, "जी नहीं, इस उलझन से मैं अभी कोसों दूर हूँ।"

"ओह, तब अभी तक तुम माँ के ही साथ हो?"

"जी नहीं, मैं आपको सूचित कर चुकी हूँ कि मैं दो साल से घर नहीं गयी। इसके अतिरिक्त, माँ की मृत्यु हुए तीन साल हो चुके हैं।"

महीप फिर एक बार चौंक पड़ा, "सच? क्या सचमुच माँ की मृत्यु हो चुकी है? तब तो तुम्हारे लिये बड़ी कठिनाई...पर तुम आज कहाँ से आयी हो?"

"फ़तेहपुर से।"

"वहाँ किसके यहाँ ठहरी हुई थीं?"

"मेरे एक युवक मित्र वहाँ रहते हैं, उन्हीं के यहाँ।"

महीप ने देखा, प्रतिमा के मुख पर परिहास के भाव का लेश भी नहीं था। पर इस तरह की बात परिहास के सिवा और हो ही क्या सकती है? महीप अपने मन में तर्क करने लगा, "फिर भी यह परिहास नहीं है, बिलकुल सच है। प्रतिमा ने एक सीधी-सी बात सीधे ढंग से कही है। उसकी आँखों में झलकता हुआ आत्मविश्वास का भाव जता रहा है कि उसने सच कहा है।"

"दो साल से तुम क्या बराबर फ़तेहपुर ही में थी?" महीप ने फिर पूछा।

"नहीं, फ़तेहपुर में मुझे केवल तीन महीने हुए हैं।"

"उसके पहले?"

"उसके पहले मैं ऐसे चक्रों में व्यस्त थी, जिन्हें मैं अभी आपको नहीं बताना चाहती।"

चार वर्ष पूर्व प्रतिमा का जो पत्र महीप को मिला था—जब वह ठाकुर साहब के बँगले से सदा के लिए विदाई ले रहा था—उसकी बात इस समय जैसे दोनों ही भूल गये हों। महीप के मन में बहुत दिनों तक यह जानने का कौतूहल बना हुआ था कि प्रतिमा किसलिए उससे मिलना चाहती थी। साथ ही वह यह भी जानता था कि यह जानना उसके लिए असम्भव है। बाद में स्वयं ही वह उस पत्र की बात धीरे-धीरे भूल गया। कभी किसी विरले एकान्त क्षण में उसकी धुँधली-सी याद भले ही उसे आ जाती हो, पर इससे अधिक नहीं। आज प्रतिमा से आमना-सामना होने पर भी उस पत्र की याद

उसे नहीं आयी। इसका कारण सम्भवतः यह था कि वह प्रतिमा के आकस्मिक आगमन से कुछ निराली ही चिन्ताओं से ग्रस्त हो गया था। प्रतिमा इस बात पर ग़ौर कर चुकी थी और उसे अपनी परिस्थिति कुछ अशोभन-सी मालूम होने लगी थी। महीप चुप हो गया था। कमरे में एक अप्रिय मौन का वातावरण छा गया था।

2

प्रतिमा चाय पी चुकी थी।

सहसा उसी ने पहले मौन भंग करते हुए कहा—"महीप जी, मुझे ऐसा लगता है कि मेरे आने से आप किसी कारण से घबरा उठे हैं। कृपया साफ़ कह दीजिये, यदि मेरे आने से आप तनिक भी असमंजस की स्थिति में पड़ गये हों, तो मैं अभी उठकर चल दूँगी।"

उसकी आँखों में इस समय उसी तेज़ और उसी दृढ़ता की झलक महीप ने देखी, जो पाँच वर्ष पहले एक बार उसने देखी थी—जब हिन्दी के साहित्यिकों का पक्ष लेती हुई वह ठाकुर साहब से उलझ पड़ी थी। महीप घबरायी हुई आवाज़ में बोला, "नहीं प्रतिमा, तुम यह कैसी बात कर रही हो! तुम्हारे आने से मैं असमंजस में क्यों पड़ूँगा। पर एक बात ज़रूर है, जिसे मैं तुम्हारे आगे स्पष्ट कर देना चाहता हूँ। तुमसे छिपाने से कोई लाभ नहीं है। प्रायः चार साल से मैं एक ऐसे गुप्त दल के संगठन के कार्य में जुटा हूँ, जिसके सम्बन्ध में कोई भी बात मैं ऐसे व्यक्ति के सामने प्रकट नहीं होने देना चाहता, जो उस दल में दीक्षित न हो। मैं जानता हूँ कि तुम्हारे आगे भेद खुल जाने पर भी मेरे दल का भण्डाफोड़ नहीं होगा। पर मैं जिस शपथ के बन्धन में बँधा हुआ हूँ, उसे तोड़ नहीं सकता। कल ही दल की विभिन्न शाखाओं के प्रतिनिधियों की एक सभा मेरे यहाँ होगी। सभा के अलावा बहुत-से प्रतिनिधि परामर्श के लिए मेरे पास आते-जाते रहेंगे। ऐसी परिस्थिति में तुम्हें स्वयं अपनी स्थिति असमंजस से भरी मालूम पड़ने लगेगी।"

प्रतिमा ध्यानपूर्वक सुनती रही। जब वह अपनी बात समाप्त कर चुका, तब प्रतिमा ने अपने गरम कोट की भीतरी जेब से कपड़े का एक गोलाकार "बिल्ला' निकाला। उसे महीप को दिखाते हुए कहा, "इसी दल की बात आप कह रहे हैं न? या और कोई दूसरा गुप्त दल है?"

महीप चौंककर कुर्सी पर से उछल पड़ा। उसे याद आया कि प्रतिमा ने अभी कुछ ही समय पहले कहा था, "मैं ख़ुफ़िया विभाग में नौकरी करती हूँ।" तब क्या यह बात सच है? नहीं, असम्भव है। इससे बड़ी मूर्खता की कल्पना और कोई हो ही नहीं सकती। तब उसके हाथ वह 'बिल्ला' कैसे लग गया? स्पष्ट ही वह उसके गुप्त दल के सब भेद पहले ही से जानती है। पर यह सम्भव कैसे हुआ?

भ्रान्त दृष्टि से प्रतिमा की ओर देखते हुए उसने कहा, "यह तुमने कहाँ पाया?"

"इस सम्बन्ध में केवल दो बातें सम्भव हो सकती हैं। या तो मैं सचमुच ख़ुफ़िया विभाग में नौकर हूँ, या आपके गुप्त दल की सदस्या हूँ। आप इन दोनों में से जिस पर भी विश्वास करना चाहें शौक से कर सकते हैं।"

प्रतिमा के इस रहस्यपूर्ण उत्तर से महीप की समस्या का समाधान तो नहीं हुआ, पर अँधेरे भूलभुलैया चक्कर में प्रकाश की एक क्षीण रेखा उसे दिखायी देने लगी। उसने कहा, "तुम्हारे सदस्या होने की बात पर मैं विश्वास कर सकता हूँ। पर मुझे बड़ा आश्चर्य है कि तुम इस चक्कर में कहाँ से और कैसे पड़ गयीं।"

"इसमें आश्चर्य की कोई बात नहीं है। मैं इतनी जड़ नहीं हूँ कि युग-भावना का कोई असर मुझ पर न हो सके। मुझे तो आपके आश्चर्य पर तरस आ रहा है। आपने देश में एक नयी क्रान्ति उत्पन्न करके, एक नया आदर्श और नयी राजनीतिक व्यवस्था स्थापित करने के उद्‌देश्य से इस गुप्त दल का संगठन और उसका नेतृत्व ग्रहण किया है। फिर भी आपकी अन्तरात्मा अभी तक इस अप्रगतिशील और प्रतिक्रियावादी कुसंस्कार से जकड़ी हुई है कि कोई नारी किसी राजनीतिक क्रान्ति में भाग लेने की समर्थता नहीं रख सकती! आप आरम्भ ही से मुझे अविश्वास की दृष्टि से देखते आये हैं। यही कारण है कि जब आपको पता चला है कि मैं किसी ज़रिये से आपके गुप्त दल की सदस्या बन गयी हूँ, आप उचक उठे हैं..." प्रतिमा की तेजोद्‌दीप्त आँखों से चिनगारियाँ निकल रही थीं, जो सीधे महीप के मस्तिष्क के भीतर प्रवेश करके उसकी बुद्धि को दग्ध कर रही थीं।

प्रतिमा उसी उद्‌दीप्त भाव से जलते हुए शब्दों में कहती चली गयी, "दूसरे महायुद्ध का अन्त हो चुका है, जो अपने प्रलय-पथ पर अपने पीछे न जाने कितनी पुरानी इमारतों को ढा चुका है। गलनशील सभ्यता की बाँझ मिट्टी पर टैंकाकार यन्त्रों से हल चलाकर, अगणित मानवों के रक्त से उसे सींचकर, न जाने किन नयी-नयी सृष्टियों के बीज बो चुका है। कितने विराट्—महाक्रान्तिकारी—परिवर्तन का चक्र, पृथ्वी के एक सिरे से दूसरे सिरे तक चल चुका है। फिर भी आपके मूलगत रूढ़िवादी संस्कारों की नींव अभी तक तनिक भी नहीं डिगने पायी है—किमाश्चर्यमतः परम्? आपने अपनी मूल प्रकृति के ऊपर प्रगतिशीलता का मुलम्मा अवश्य चढ़ा लिया है, पर उस मुलम्मे के नीचे सब ज्यों-का-त्यों सुरक्षित है। मैंने जब कहा कि मैं एक युवक मित्र के यहाँ ठहरी थी, तब आप चौंक उठे। आपके मुँह के भाव से यह बात स्पष्ट झलक उठी थी। मैं अकेली, अरक्षित अवस्था में जहाँ-तहाँ फिर रही हूँ, यह बात भी निश्चय ही आपको प्रिय नहीं लग रही होगी। और आपके गुप्त दल की मैं सदस्या बनी हूँ, यह तो आपको किसी तरह भी गवारा नहीं हो रहा है। आप नारी को उसी चिरबन्धन से जकड़ी हुई देखना चाहते हैं, जो इतनी सदियों तक उसे जड़ बनाकर उसकी आत्मा के रक्त को सोखता रहा है; आप..."

महीप को ऐसा लग रहा था जैसे प्रतिमा आग के फव्वारे बरसाती चली जा रही है। उसकी उस अप्रतिहत अग्निधारा को बीच में रोकने का साहस उसे नहीं हो रहा था।

पर प्रतिमा ने जब अन्तिम, मार्मिक आरोप करके घोर घृणासूचक दृष्टि से उसकी ओर देखा, तब वह तिलमिला उठा।

उसने पूरा साहस बटोरकर प्रतिमा को टोकते हुए कहा, "देखो प्रतिमा! तुम बिना पूरी जाँच के मुझ पर जो इलज़ाम-पर-इलज़ाम लगाती चली जा रही हो, वे एकदम आधारहीन और मिथ्या हैं, ऐसा कहने का साहस तो मैं नहीं कर सकता; क्योंकि मैं मानता हूँ कि मनुष्य में जो संस्कार बचपन से पड़े होते हैं, या जो वंश-परम्परागत होते हैं, उनमें मूलगत सुधार करना उन्हें जड़ से उखाड़ फेंकना—असम्भव नहीं तो बहुत कठिन अवश्य है। इसलिए प्रगतिशील संस्कारों को पूरे तौर से अपनाने की चेष्टा करने पर भी, बहुत सम्भव है, मेरे भीतर मेरे अज्ञात में तुम्हारे ही शब्दों में गलनशील सभ्यता के संस्कार बहुत-कुछ शेष रह गये हैं। पर यह सब होने पर भी, मैं तुम्हें बता देना चाहता हूँ कि जिस नवीन क्रान्ति को लक्ष्य बनाकर मैंने अपने गुप्त दल का संगठन किया था, उसकी प्रेरणा मुझे एक नारी ही से मिली थी। निम्नमध्यवर्ग की भावी महाक्रान्ति का स्वप्न पहले-पहल उसी तेजस्विनी नारी ने ही देखा है। उसकी पारदर्शी आँखों के लिए वह क्रान्ति स्वप्न नहीं, बल्कि प्रत्यक्ष की तरह ज्वलन्त सत्य है। वह स्वयं क्रान्तिकारिणी है। अपने जीवनव्यापी निर्यातनों से सबक सीखकर सक्रिय रूप से क्रान्ति की मशाल जलाने के अवसर की प्रतीक्षा में बैठी है। इसी एक बात से तुम अनुमान लगा सकती हो कि मैं क्रान्ति के पथ पर अग्रसर होनेवाली नारी को कितना महत्त्व देता हूँ। फिर भी, मैं तुम्हारी बात की ताईद करता हूँ और उसकी मनोवैज्ञानिक सचाई स्वीकार करता हूँ।"

महीप को स्वयं इस बात पर आश्चर्य हो रहा था कि प्रतिमा के उग्र आक्षेप का उत्तर वह इस क़दर शान्त भाव से देने में कैसे समर्थ हुआ। प्रतिमा को देखकर वह आरम्भ ही से जिस बेचैनी का अनुभव कर रहा था, वह भी अकस्मात् अपने-आप शान्त हो गयी थी। अब वह ऐसा अनुभव करने लगा था, जैसे उसके मन पर से एक बड़ा भारी भार उतर गया हो।

प्रतिमा महीप का उत्तर सुनने के बाद स्तब्ध रह गयी। उसके भीतर की आग की धारा का वेग जैसे सहसा किसी बड़े भारी चट्टान के अवरोध से रुक गया। मन में बड़ी भारी उत्सुकता रहने पर भी क्रान्तिकारिणी नारी के सम्बन्ध में कोई प्रश्न उसने नहीं पूछा, जिससे प्रेरणा पाने की बात महीप ने कही थी।

कुछ देर तक दोनों विचारमग्न अवस्था में चुप रहे। उसके बाद महीप को संसार की प्रतिदिन की यथार्थता के सम्बन्ध में चैतन्य हुआ। उसने कहा, "तुम सीधी स्टेशन से चली आ रही हो। जाओ भीतर जाकर कपड़े बदल लो और नहा-धो लो।"

प्रतिमा एक बार बड़े ग़ौर से, गम्भीर किन्तु अत्यन्त रहस्यपूर्ण दृष्टि से महीप की ओर देखती हुई उठ खड़ी हुई। उस अनोखी दृष्टि में क्या विशेषता भरी थी, यह कुछ न जानते हुए भी महीप भीतर-ही-भीतर चौंक उठा। साथ ही उसका ध्यान पहली बार

इस बात की ओर गया कि आरम्भ से ही प्रतिमा की आकृति में वह जिस परिवर्तन का अस्पष्ट अनुभव कर रहा था, उसका वास्तविक स्वरूप क्या है। उसने देखा कि प्रतिमा के चेहरे पर जो सुकुमारता पाँच साल पहले वर्तमान थी, उसका लेश भी अब नहीं रहा गया है। बल्कि एक कड़ापन, एक कठोरता उसके मुख की आकृति में और मुख के भाव में आ गयी है। जो मक्खन की-सी कोमलता और तपाये हुए सोने का-सा पीलापन उसके मुख पर बराबर वर्तमान रहा करता था, उसका लेश भी अब नहीं रह गया था। एक रूखी-सी सुर्ख़ी उसके चेहरे में आ गयी थी। गालों की हड्डियाँ उभर आयी थीं। पर साथ ही मांस में भी वृद्धि हो गयी थी। एक पुरुषोचित स्वस्थ, सबल और कठोर भाव उसके चेहरे पर चारों ओर से छा गया था, जिससे दृढ़ निश्चय और आत्मविश्वास का आभास स्पष्ट झलकता था।

प्रतिमा जब भीतर चली गयी, तब महीप उसके व्यक्तित्व के उस आश्चर्यजनक परिवर्तन पर विचार करने लगा, जो उसे अचानक ही अत्यन्त प्रभावोत्पादक लगने लगा था। साथ ही वह सोचने लगा कि प्रतिमा भीतर जाने के पहले जिस रहस्य-भरी, अन्तर्भेदी दृष्टि से उसे घूर रही थी, उसका क्या तात्पर्य हो सकता है। वह दृष्टि उसके हृदय का बाहरी आवरण चीरकर उसके भीतर बहुत दूर तक पैठ गयी थी। उसके अन्तस्थल में सजीव और अमूर्त रूप धारण करके, भीतर से बाहर की ओर झाँककर, उसे हौलदिल कर रही थी।

"आश्चर्य! आश्चर्य! माँ की मृत्यु के बाद इतना बड़ा परिवर्तन!" महीप मन-ही-मन सोचने लगा, "स्पष्ट ही तीन साल से वह आवारा जीवन बिता रही है। माँ के मरने और नीलिमा का विवाह हो जाने के बाद, उसके लिए किसी दूसरे प्रकार का जीवन सम्भव भी नहीं था। पर अपने इस आवारा जीवन के बीच में वह स्वभाव की ऐसी दृढ़ता, विचारों की स्थिरता और आत्मविश्वास कहाँ से पा गयी? उसके जिस तेज़ का परिचय मैं पहले ही पा चुका था, उसमें तनिक भी कमी नहीं आयी है। बल्कि वह अब जीवन के विविध अनुभवों के बाद इस्पात की तरह दृढ़ बन गया है। जिस निम्नमध्यवर्गीय क्रान्तिकारी दल का गुप्त संगठन मैंने किया है, उसकी सदस्या भी वह पहले ही बन चुकी है! कैसे उसने इस गुप्त दल का पता लगा लिया? किन कारणों से उसके आदर्श पर पूरा विश्वास स्थापित कर लिया! आश्चर्य है!..."

इतने में प्रतिमा कपड़े बदलने के बाद यह पूछने आयी कि गुसलख़ाना कहाँ पर है और नहाने को गरम पानी मिल सकेगा या नहीं। इस समय वह कोट उतारकर आयी थी। वह एक बादामी—प्रायः गेरुआ—रंग की साड़ी पहने थी। नहाने के इरादे से उसने अपने सब बाल खोल दिये थे। उसकी सतेज़ आँखों की दृष्टि में वही स्वाभाविकता वर्तमान थी। क्षण-भर के लिए—आधे सेकेण्ड से भी कम अर्से के लिए—महीप को यह भ्रम हुआ कि कोई भैरवी उसे आशीर्वाद देने और उसके हाथ में कोई दिव्य अस्त्र प्रदान करने के उद्‌देश्य से आयी है। दूसरे ही क्षण वह सँभल गया। पर सँभलने पर भी उसकी

मुग्धदृष्टि से भ्रान्त भाव एकदम तिरोहित नहीं हुआ। उसने सीताराम को पुकारा। उसने कहा कि प्रतिमा को नीचे गुसलख़ाना दिखाकर उसके नहाने का सब प्रबन्ध ठीक कर दे।

3

खा-पी चुकने के बाद।

वह दोनों छत पर धूप खाने के लिए चले गये। प्रतिमा इस समय शान्त और प्रसन्न दिखायी देती थी। महीप के मुख पर, शायद बहुत दिनों के बाद पहली बार, एक हलकी-सी मुस्कान छायी हुई थी। कुछ देर तक इधर-उधर की बातें करने के बाद प्रतिमा ने कहा, "आपने अभी कहा था कि जिस गुप्त दल का संगठन आपने किया है, वह भूतकाल की बात हो चुकी है। क्या मैं जान सकती हूँ कि आप ऐसा क्यों समझने लगे हैं?"

इस प्रश्न से सहसा महीप के मुख पर फिर एक बार उदास गाम्भीर्य का गाढ़ा रंग चढ़ गया। उसने एक बार इधर-उधर झाँका—शायद अनजान ही में—बिना किसी ज्ञात उद्देश्य के। प्रतिमा को ऐसा लगा कि महीप जैसे घबराया हुआ है कि जो बात वह कहने जा रहा है उसे कहीं कोई तीसरा आदमी सुन न ले। हालाँकि छत पर किसी तीसरे आदमी के लुकने-छिपने की कोई सम्भावना नहीं थी।

उसके बाद कुछ स्थिर होकर महीप बोला, "देखो प्रतिमा, जो बात मैं तुम्हारे आगे प्रकट करने जा रहा हूँ, वह मैंने अभी तक किसी के आगे स्वीकार नहीं की है। तुम्हें पता है कि हमारे गुप्त दल का सारा आदर्श हिंसा की नीति पर आधारित है। सबसे पहले मैंने ही हिंसक नीति को दल का मूल-मन्त्र बनाने पर ज़ोर दिया था। आज मुझे यह सोचकर स्वयं आश्चर्य होता है कि मैंने क्यों हिंसा को अपनाने के लिए दुराग्रह किया था। क्यों हिंसा की विजयिनी शक्ति पर मेरी अवस्था हद दर्जे तक बढ़ गयी थी। अपनी मनोभावनाओं का विश्लेषण करने पर केवल एक कारण मेरे आगे स्पष्ट होता है। अपने इस छोटे-से जीवन में मुझे अपनी महत्त्वाकांक्षाओं के पथ पर कैसी-कैसी विचित्र रुकावटों का सामना करना पड़ा है, पग-पग पर कैसी अवमाननाएँ सहन करनी पड़ी हैं, तुम इसका ठीक-ठीक अनुमान नहीं कर सकोगी। सबसे बड़ी रुकावट स्वयं अपने शारीरिक व्यक्तित्व के कारण मेरे जीवन में आयी है। मेरे शरीर का लघु आकार मुझे बराबर कोंचता रहा है। उसके कारण एक तीव्र आत्मग्लानि की अनुभूति निरन्तर, प्रतिदिन, प्रतिपल मुझे पीड़ित करती रही है। यह बात ऊपरी दृष्टि से विचार करने पर अत्यन्त हास्यास्पद है, सन्देह नहीं। पर मेरे लिये वह जीवन-मरण की समस्या बनी रही है। अपनी हीनता की इस अनुभूति के कारण मैं घोर आत्मकामी और आत्मलीन बन गया था, जिसका आभास मेरी अधिकांश पिछली कविताओं में स्पष्ट झलकता है। मेरी बुद्धि सब समय आत्म-तल्लीनता के उस घोर दलदल से मुक्त होने के लिए

छटपटाती रहती थी, पर प्रति बार मुक्ति का प्रयत्न करने पर मैं थक जाता था और दुगनी तीव्रता से फिर अपने भीतरी अहम् के गढ़े में डूबकर चैन की साँस लेता था। अपने भीतर के उस अन्धकूप के बाहर, मैं अपने को एकदम अरक्षित समझता था। अपनी लघुता की इस अनुभूति ने ही सम्भवतः मेरे भीतर ऐसी प्रतिक्रिया उत्पन्न कर दी कि मैं हिंसा—संगठित हिंसा—दुर्जय और विकराल हिंसा—को ही अपने त्राण का एकमात्र उपाय समझने लगा। अपने लघु व्यक्तित्व को विराट् रूप देने का यही रास्ता मुझे सबसे उपयुक्त जँचा। जिस क्रान्तिकारिणी महिला का उल्लेख मैं तुमसे पहले कर चुका हूँ, उन्होंने निम्नमध्यवर्ग के महत्त्व का जो पाठ मुझे पढ़ाया वह मुझे जँच गया और निम्नमध्यवर्ग की जिस भावी महाक्रान्ति की भविष्यवाणी उन्होंने की उसने भी मुझे अत्यन्त प्रभावित किया। मैंने निश्चय कर लिया कि मैं अपने आत्मगत जीवन की सभी पिछली असफलताओं को भुलाकर, एक नये संगठित जीवन को अपनाऊँगा। निम्नमध्यवर्ग की भावी क्रान्ति को अपना लक्ष्य बनाकर एक ऐसे गुप्त दल का संगठन करूँगा, जो देश के भावी युग के निम्नमध्यवर्ग का प्रतिनिधित्व करता हो। भविष्य की महाक्रान्ति के नायकों को तैयार करना मेरा उद्देश्य था। इसी उद्देश्य को सामने रखकर मैंने बहुत ही गुप्त और अलक्षित उपायों से कुछ चुनिन्दा नवयुवकों को अपने वश में कर लिया। अपने ध्येय के प्रति उन लोगों के मन में श्रद्धा उत्पन्न कराने में मुझे सफलता मिल गयी। उन लोगों ने प्रतिज्ञा की कि अपना सारा जीवन उसी ध्येय की पूर्ति के लिए पूर्णतः अर्पित कर देंगे। गुप्त उपायों से दल को व्यापक रूप से संगठित और सुदृढ़ बनाने के कार्य में जुटे रहेंगे। हिंसा को हम लोगों ने इस विश्वास के आधार पर अपना मूलमन्त्र बनाया था कि केवल हिंसक उपायों द्वारा ही भावी महाक्रान्ति सफल हो सकेगी। रूस का और उन सभी देशों का उदाहरण हमारे सामने था, जिन्होंने सशस्त्र क्रान्ति द्वारा ही अपने को स्वतन्त्र किया था। इस कारण हम लोग इधर-उधर से, अत्यन्त गुप्त उपायों से—चोरी करके—हथियारों को जुटाने लगे। उसके बाद रात-रात में, घने जंगलों में जाकर रिवाल्वर, बन्दूक़, ख़ंजर, गुप्ती आदि बहुत-से हथियारों को चलाना सीखने लगे। मेरा विश्वास था कि यदि हम लोग प्रारम्भ में इन साधारण-से हथियारों को चलाने के आदी हो जायें तो बाद में बड़े-बड़े हथियारों से घबरायेंगे नहीं, और अवसर आने पर उन्हें भी आसानी से चलाना सीख लेंगे। इस विश्वास से प्रेरित होकर हम लोग आगे बढ़ते चले गये। अपना संगठन दिन-पर-दिन दृढ़-से-दृढ़तर करते चले गये।

धीरे-धीरे प्रान्त भर में, बल्कि दूसरे प्रान्तों में भी, हमारी गुप्त शाखाएँ फैल गयीं। केवल विश्वासी और सुदृढ़ चारित्रिक और नैतिक बलवाले व्यक्तियों को ही अपने दल में सम्मिलित करने का नियम हम लोगों ने बना लिया था—ताकि दल के अस्तित्व की कोई भनक किसी भी बाहरी आदमी के कान में न पड़ने पाये। मैंने अपने ही दल के भीतर कुछ जासूसों को भी नियुक्त कर रखा था। उनका काम इस बात का पता

लगाते रहने का था कि कहीं कोई सदस्य किसी तरह की दग़ा तो करने नहीं जा रहा है। यदि किसी की दग़ाबाज़ी का तनिक भी प्रमाण मिल जाता, तो उसे कड़ी सज़ा दी जाती थी। मेरे न चाहने पर भी मेरे दल के कुछ व्यक्तियों ने एक बार एक दग़ाबाज़ को जंगल में ले जाकर, गोली से मार दिया। यह जासूसी दल—बल्कि गेस्टापो—अभी तक क़ायम है। नियमित रीति से अपना कार्य करता चला जा रहा है। उसकी पैनी दृष्टि के आगे दल के किसी भी सदस्य की कोई बात छिपी नहीं रहती। प्रत्येक के छींकने, थूकने, खाँसने तक का हाल उसे मालूम रहता है। पर अभी तक वह एक बात का पता लगाने में असमर्थ रहा है। वह यह कि दल का प्रधान नेता 'डेजर्टर' बनने की सोच रहा है, इस बात की कोई ख़बर उसे नहीं है। तुमसे यह छिपाने की आवश्यकता नहीं है, प्रतिमा, कि मेरी हिंसकता की सारी जड़ें ही अचानक एक साथ सूख गयी हैं, बल्कि मृत हो गयी हैं, और अब उन्हें कितना ही क्यों न सींचा जाय, वे पनप नहीं सकतीं..."

प्रतिमा प्रायः स्थिर दृष्टि से एकान्त चित्त से महीप की बातें सुन रही थी। प्रारम्भ में उसके मुख के भाव से ऐसा प्रकट हो रहा था कि उसे महीप की किसी भी बात पर कोई आश्चर्य नहीं हो रहा है, जैसे उसे सब बातें पहले ही से मालूम हों। पर महीप की अन्तिम बात से वह उचक पड़ी। कुछ देर तक वह बड़े ग़ौर से महीप की ओर देखती रही, जैसे उसके मुख के भाव से उसके भीतर की असली बात का पता लगाना चाहती हो। उसके बाद बोली, "क्या मैं जान सकती हूँ कि आप 'डेजर्टर' होने की क्यों सोच रहे हैं और हिंसा से इस क़दर क्यों घबरा रहे हैं?"

"बताऊँ? तो सुनो। मेरे भीतर के इस मूलगत परिवर्तन का एकमात्र कारण है, अणु-बम का आविष्कार। इस बम ने बाहरी जगत् में जो उथल-पुथल मचायी है, वह उस क्रान्ति की तुलना में कुछ भी नहीं है जो उसके कारण मेरे भीतर फफक उठी है। इस सर्वध्वंसी बम के बाद, अब किसी भी हिंसक क्रान्ति की कोई सार्थकता नहीं रह गयी है। यह दृढ़ विश्वास मेरे भीतर जम गया है।"

प्रतिमा कुछ देर तक अत्यन्त आश्चर्य से महीप की ओर अपनी भ्रान्त दृष्टि गड़ाये रही—जैसे उसे इस बात पर विश्वास ही न हो रहा हो कि महीप अपने मन की यथार्थ बात कह रहा है। पर महीप की आँखों में एक ऐसी गहन गम्भीर, निविड़ स्वप्नमयी छाया घिर उठी थी कि उसकी बात की आन्तरिकता पर अविश्वास करने का कोई कारण नहीं दिखायी देता था।

सहसा वह ठठाकर हँस पड़ी। उसके बाद एक अत्यन्त विचित्र भाव—प्रायः घृणासूचक—मुख पर झलकाती हुई बोली, "कायर!...इतने में नौकर ने ऊपर आकर सूचित किया कि नीचे तीन आदमी आये हुए हैं। दोनों प्रायः एक साथ उठकर नीचे चले गये।

4

दूसरे दिन।

महीप के ही मकान में गुप्तदल की विभिन्न शाखाओं के प्रतिनिधियों की एक सभा होनेवाली थी। दोपहर से ही लोग आने लगे थे। दो बजे तक प्रायः पचास व्यक्ति, जिनमें अधिकांश नवयुवक थे, जमा हो गये। ठीक सवा दो बजे सबने अपने-अपने कोट या सदरी के ऊपर कपड़े का एक 'बिल्ला' चिपका लिया। ठीक वैसा ही जैसा पिछले दिन प्रतिमा ने महीप को दिखाया था। 'बिल्ले में हरे रंग के सूत से दो तलवारें क्रास के रूप में एक-दूसरे को काटती हुई अंकित की गयी थीं और उनके ऊपर लाल सूत से एक तारा अंकित किया गया था, जिसकी रक्तिम ज्वाला के छींटे दोनों तलवारों के ठीक संगमस्थल पर पड़ रहे थे। प्रतिमा ने भी अपनी साड़ी के ऊपर पहने हुए काले रंग के रोएँदार ऊनी कोट के ऊपर वही 'बैज' चिपका लिया था। पाँच-सात प्रतिनिधि उसे घेरे हुए थे। वह कभी मुक्त भाव से मुस्कराती हुई उन लोगों से बातें करती थी, कभी अत्यन्त गम्भीर होकर उनके प्रश्नों का उत्तर देती थी। नवयुवक प्रतिनिधि उसकी बातें सुनते हुए, उसकी ओर देखते हुए, कभी श्रद्धा से अवनत हो जाते थे, कभी सम्भ्रम से स्तब्ध रह जाते थे और कभी उल्लास से उद्दीप्त हो उठते थे। एक भी नवयुवक उसे अनादर की दृष्टि से देखने अथवा ओछेपन के साथ बोलने का साहस नहीं कर पाता था। उनमें से अधिकांश नवयुवक उम्र में प्रतिमा से छोटे थे या अधिक-से-अधिक उसके समवयस्क थे। प्रतिमा एक प्रकार से उन लोगों की नेत्री या पथ-संचालिका का स्थान अधिकृत किये हुए थी।

ढाई बजे महीप ने सब लोगों से नीचे तहख़ाने में चलने के लिए कहा। तहख़ाने में काफ़ी सर्दी मालूम हो रही थी। पर इस बात से किसी भी नवयुवक के उत्साह की गर्मी में तनिक भी कमी नहीं आयी। नीचे फ़र्श पर एक दरी बिछी हुई थी। उसी पर सब लोग बैठ गये। दो-दो तीन-तीन आदमी आपस में मिलकर बातें कर रहे थे, जिसके कारण कुछ देर तक एक अस्पष्ट कोलाहल सारे तहख़ाने में मृदु-मन्द गुँजाता था।

अन्त में एक नवयुवक ने प्रस्ताव किया कि, "कुमारी प्रतिमा खन्ना सभाध्यक्ष का पद सुशोभित करें।" महीप ने इस प्रस्ताव का अनुमोदन किया। प्रतिमा सामनेवाले तख़्त पर बैठ गयी। उसके बाद उसने महीप को बोलने के लिए आमन्त्रित किया। जब महीप तख़्त पर बैठा, तो प्रायः आधे प्रतिनिधियों ने हर्षध्वनि की। पर जिन शेष आधे प्रतिनिधियों को—न जाने कैसे—इस बात का पूर्वाभास मिल गया था कि महीप दल के सिद्धान्तों में या तो मूलगत परिवर्तन करना चाहता है, या हट जाना चाहता है, वे चुप बैठे रहे।

महीप ने गला साफ़ करके कहना शुरू किया, सभानेत्री जी और प्यारे भाइयो! आज मैं आप लोगों के आगे एक ऐसी स्वीकारोक्ति करना चाहता हूँ, जो सम्भवतः आप लोगों को अत्यन्त अप्रत्याशित, अनुपयुक्त और अवसर के प्रतिकूल लगेगी। स्वयं मेरी बुद्धि ऐसा ही महसूस कर रही है। पर यह सब जानते और समझते हुए भी, मैं उस परिवर्तन

से आप लोगों को परिचित कराये बिना नहीं रह सकता। इधर कुछ दिनों से वह मेरे भीतर एक विचित्र क्रान्ति—या विक्रान्ति—मचाये हुए है। मैं आशा करता हूँ कि आप लोग मेरी बात पूरी सुन लेने के बाद अपना निर्णय देंगे। मेरे ख़िलाफ़ या फिर पक्ष में।

"आप लोगों को मालूम है कि हिंसा की नीति को अपनाने के लिए मैंने ही आप लोगों को उकसाया था। इधर कुछ वर्षों से मेरे मन में यह विश्वास निश्चित रूप से जम गया था कि इस ग़ुलाम देश के निवासियों को अहिंसा के रंग में रँगना उन्हें अधिक नपुंसक और निर्जीव बनाना है। और यदि उनमें सदियों से खोये हुए आत्मसम्मान का भाव फिर से भरना है, तो उनमें हिंसा के महायज्ञ से सम्बन्धित मन्त्रों का प्रचार करना चाहिए और भावी सशस्त्र क्रान्ति के लिए उन्हें तैयार करना चाहिए। इस विश्वास से प्रेरित होकर मैंने सच्ची लगन के साथ इस दल का संगठन किया था। पर अणु-बम के आविष्कार के बाद जब जापानी नगर हिरोशिमा केवल एक ही बम से पूर्णतः विध्वस्त कर दिया गया और उसके बाद नागाशाकी नामक नगर का भी वही हाल हुआ, तो सहसा मुझे चेत हुआ। मेरी भीतरी चेतना डगमगायी। मैं समझ गया कि हिंसा का सारा महत्त्व इस चरम हिंसक बम के आविष्कार द्वारा सदा के लिए मिट गया। हिंसा की कोई सार्थकता किसी भी रूप में अब शेष नहीं रह गयी है। यदि सारा राष्ट्र एक रूप में परिणत होकर मूर्तिमान् हिंसा का रूप धारण कर ले, तो भी उसका सारा हुंकार अब हिंसा के इस चरम अस्त्र के आविष्कार के बाद, एक नपुंसक की निस्सार गर्जना में परिणत होकर रह जायगा। प्रारम्भिक काल से मानवीय सभ्यता प्रकृति पर विजय पाने और पृथ्वी पर क्षात्रबल का राज्य स्थापित करने के उद्‌देश्य से हिंसा के जिन-जिन उपायों को काम में लाती हुई है, उनकी चरम परिणति अणु-बम के रूप में हो चुकी है। हिंसा के जितने भी निठुर-से-निठुर और जटिल-से-जटिल रूपों का आविष्कार, वैज्ञानिक सभ्यता से इतिहास में आज तक हुआ है, वे सब इस विकराल अस्त्र के आगे बच्चों के खिलौने बन गये हैं। जिस नये युग का आरम्भ अणु-बम के आविष्कार से हुआ हो, उसकी परिणति महानाश के किस रुद्र रूप में होगी, इसकी कल्पना सहज में की जा सकती है। जिस अणु-बम ने हिरोशिमा को ध्वस्त किया था, वह बच्चा था और वह जब पच्चीस-तीस वर्ष बाद पूर्ण यौवनावस्था को प्राप्त होगा तब वह कैसा प्रलयंकर रूप धारण करेगा, यह सामान्य अनुमान की बात है। यह बात मृत्यु की तरह निश्चित है कि पच्चीस-तीस वर्ष बाद का अणु-बम, पल में न्यूयार्क और लन्दन जैसे महानगरों को राख के ढेर में परिणत कर सकेगा और तारीफ़ की बात यह है कि कोई भी उत्तरदायित्वहीन युवक वैज्ञानिक, जो साथ ही हमारे ही दल के नवयुवकों की तरह क्रान्तिकारी भी हो, इस रुद्र बम को गुप्त रूप से तैयार कर सकता है। जब चाहे अपनी एक साधारण-सी सनक को चरितार्थ करने के लिए पल में लाखों मनुष्यों का संहार कर सकता है। यह अलिफ़-लैला का कोई क़िस्सा नहीं है, कोई ख़याली बात मैं नहीं कह रहा हूँ। यह एक ऐसी अनुमान-सिद्ध बात मैं आप लोगों से कह रहा हूँ, जो प्रत्यक्ष

से भी अधिक सत्य है। पिछले युगों के सभी आदर्शों, सभी मानों को, अणु-बम ने उलट दिया है। वर्तमान युग के समस्त राजनीतिक सिद्धान्तों और युद्धोत्तरकालीन सारे शान्ति-सम्बन्धी प्रयत्नों को बच्चों के हास्यास्पद खेल में परिणत कर दिया है। सारी पृथ्वी बारूद की एक कोठरी बन गयी है, जिसमें निकट भविष्य के अत्यधिक विकसित अणु-बम की दियासलाई जलाने भर की देर है। मैं आप लोगों से आन्तरिक प्रार्थना करता हूँ कि इस विषय पर आप लोग अत्यन्त गम्भीरतापूर्वक विचार करें। अख़बारों और किताबी दुनिया के ज्ञान के आधार पर नहीं, बल्कि मानवात्मा की अन्तरीण अनुभूति के आधार पर। सामूहिक मानव-जीवन की जिस प्रगति का नारा हम लोग प्रथम विश्वयुद्ध के समय से—बल्कि उससे भी पहले से—सुनते चले आ रहे हैं, उसकी परिणति मानव की किस चरम दुर्गति में होने जा रही है! इसका कारण केवल यह है कि पिछली शताब्दी से पाश्चात्य जगत् का सभ्य मानव सच्ची, अन्तरीण प्रगति को नहीं, बल्कि झूठी वैज्ञानिक प्रगति को ही पूरी ताक़त से अपनाने का प्रयत्न करता आया है। और इस वैज्ञानिक प्रगति का क्रम क्या रहा है?—दलितों का शोषण, शक्तिशाली राष्ट्रों की परस्पर प्रतिस्पर्द्धा, हिंसा, प्रतिहिंसा, और अन्त में सामूहिक हिंसा। इस प्रकार वैज्ञानिक मानव की बाह्य प्रगतिशीलता हिंसा को भी निरन्तर प्रगति की ओर बढ़ाती चली जा रही है। यहाँ तक कि हिंसा केवल एक साधन न बनकर अन्त में साध्य ही बन गयी है। आप लोग क्या यह समझे बैठे हैं कि अन्तरराष्ट्रीय जगत् के महान् नेता इस समय, जब कि महायुद्ध समाप्त हो गया है, संसार में शान्ति स्थापना के सच्चे प्रयासों में जुटे हुए हैं? नहीं, युद्ध समाप्त होते ही, इन महानेताओं ने संसार-भर के वैज्ञानिकों को पकड़कर इस काम पर जुटाया है कि सामूहिक संहार के लिए अधिक-से-अधिक शक्तिशाली अणु-बमों को तैयार करने की तरकीब खोज निकालें। कौन अधिक-से-अधिक परिमाण में, अधिक-से-अधिक मारक शक्तिवाले अणु-बम तैयार कर सकता है, युद्ध का अन्त होते-न-होते इस बात की होड़ तीन महाराष्ट्रों—रूस, अमेरिका और ब्रिटेन के बीच लग गयी है। समस्त संसार के राजनीतिक भाग्य का नियन्त्रण करने की शक्ति इन तीन राष्ट्रों के हाथ आ गयी है। वे आपस में इस निर्णय पर पहुँचे हैं कि आगामी महा—बल्कि महानतम—युद्ध के लिए अभी से पूरी ताक़त से तैयारियाँ की जायँ, ताकि संसार के पूर्ण संहार में कोई कसर न रह जाय। वैज्ञानिक सभ्यता ने, द्वन्द्वात्मक भौतिकवाद ने, अन्तर्जगत् की प्रगति के प्रति उदासीनता और बाह्य जगत् की प्रगतिशीलता के प्रचार ने, मानव को इस क़दर दानव बना दिया है कि द्वितीय महायुद्ध के महानाश-चक्र से भी उसकी आँखें नहीं खुली हैं। साम्राज्य-लोलुपताजनित जिन कारणों से पिछले महायुद्धों की सृष्टि हुई थी, वे ही कारण बदले हुए, किन्तु अधिक ख़तरनाक रूपों में फिर घनीभूत हो उठे हैं। एक ओर विश्व-शान्ति की हास्यास्पद योजनाएँ चल रही हैं। दूसरी ओर आकाश से लटकता हुआ अणु-बम मार्मिक व्यंग्य से मुस्करा रहा है।

"इन सब कारणों को देखते हुए, हिंसा की नीति के विरुद्ध एक भयंकर आतंक मेरे भीतर छा गया है। मेरे प्यारे नवयुवक भाइयो! हिंसा जहाँ एक बार वास्तविक सभ्यता के बन्धनों से मुक्त होकर मैदान में खेलने लगती है तो उसकी निरन्तर आगे बढ़नेवाली गति को रोकना असम्भव हो उठता है। उसकी प्रगति चरम विनाश के लक्ष्य तक पहुँचकर ही रुकती है। इसलिए अणु-बम के आविष्कार से हम लोगों की आँखें खुल जानी चाहिए। 'अहिंसा परमो धर्मः'—विश्व के सच्चे कल्याण से प्रेरित होकर यह महावाणी एक बार भारतीय आकाश में गूँज उठी थी। आज के महानाशी युग में उसी को फिर से अपनाने की परम आवश्यकता आ पड़ी है। महात्मा गाँधी ने अहिंसात्मक युद्ध की जो आश्चर्यजनक पद्धति खोज निकाली है, उसे पूर्णतया अपनाना ही सच्ची वीरता का परिचायक है। (यहाँ पर 'शेम! शेम!' की आवाज़ से तहख़ाना गूँज उठा।) मैं जानता हूँ कि आप लोगों के उबलते हुए ख़ून में अहिंसा का ठण्डा मन्त्र जल्दी से कोई असर पैदा नहीं कर सकेगा। पर आशा करता हूँ कि एक दिन निश्चय ही ऐसा आयेगा जब आप लोग—और संसार भर के लोग यह महसूस करेंगे कि महात्मा गाँधी की अहिंसात्मक नीति ही संसार भर की राजनीतिक तथा आर्थिक बुराइयों से लड़ने के लिए एकमात्र उपयुक्त साधन है।"

फिर एक बार 'शेम! शेम!' के रव से वातावरण गूँज उठा। कुछ लोगों ने यहाँ तक कहना शुरू कर दिया कि, "हम इस तरह की बातें सुनने के लिए यहाँ इकट्ठा नहीं हुए हैं।"

महीप बोला, "मुझे दुःख है कि मैंने आप लोगों का समय नष्ट किया। पर मैं आप लोगों को जता देना आवश्यक समझता हूँ कि भविष्य में मैं आप लोगों का साथ देने में असमर्थ रहूँगा। अपनी अन्तरात्मा की आवाज़ की उपेक्षा मैं नहीं कर सकता। इसलिए दल से अलग होकर आप लोगों से क्षमा माँगकर विदा होता हूँ।"

इतना कहकर महीप ने सब लोगों को नम्रतापूर्वक हाथ जोड़े। फिर सभानेत्री के पास से उठकर दूसरी जगह—एक कोने में—चला गया। फिर एक बार चारों ओर से 'शेम! शेम!' की आवाज़ उठी। पर महीप चुपचाप शान्त भाव से बैठा रहा। वह प्रतिमा की ओर देख रहा था। प्रतिमा का मुख एक अस्वाभाविक दीप्ति से रक्तवर्ण हो उठा था। उसकी आँखों से एक विचित्र, प्रायः भयावनी ज्वाला-सी निकल रही थी। सहसा उसने भाषण देना शुरू कर दिया :

"भाइयो! आप लोगों ने महीप जी का भाषण सुन लिया। उनके दल से अलग हो जाने से हम सबको दुःख अवश्य होगा। पर इस बात से हम लोग अपने कर्त्तव्य-पथ से नहीं हटेंगे, यह निश्चित है। महीप जी का कहना है कि चूँकि अणु-बम का आविष्कार हो चुका है, इसलिए हिंसा की नीति की कोई सार्थकता अब नहीं रह गयी है। भाइयो, यह कायरता है, विशुद्ध कायरता। महीप जी मुझे क्षमा करें—इस प्रकार की भगोड़ी मनोवृत्ति के कारण ही भारत सदियों से दासता की ज़ंजीरों से जकड़ा रहा है और यदि आज, द्वितीय महायुद्ध के युग में भी, यही नपुंसक मनोवृत्ति हम लोगों को

परिचालित करती रहे, तो हम सबको सौ-सौ बार धिक्कार है। मैं मानती हूँ कि अणु-बम के रूप में सामूहिक हिंसा का चरम अस्त्र तैयार हो चुका है। पर इससे क्या हुआ? इस कारण क्या हम लोगों को निपट कायरतावश पीछे हट जाना चाहिए? अहिंसा की नीति का अवलम्बन ग्रहण करके देश को अनन्त काल तक ग़ुलामी की बेड़ियों से जकड़े रहने देना चाहिए? गाँधी जी की अहिंसा की नीति का पालन देश कम-से-कम पच्चीस वर्षों से करता चला आ रहा है। इन पच्चीस वर्षों के भीतर देश क्या एक इंच भी स्वाधीन हो पाया है? अभी तक इस ग़ुलाम देश के निहत्थे अहिंसकों को साधारण जुलूस निकालने पर मक्खियों की तरह गोलियों से मारा जा रहा है। अभी तक विदेशी सैनिकों और स्वदेशी पुलिस कर्मचारियों द्वारा उनके घर-द्वार लूटे जा रहे हैं। उनकी स्त्रियों की इज़्ज़त मिट्टी में मिलायी जा रही है। उन्हें कौवों और कुत्तों की मौत मरने के लिए जेलों की कालकोठरियों में ठूँसा जा रहा है। विश्वव्यापी स्वतन्त्रता के नारों के इस युग में ये सब काण्ड हुए हैं और हो रहे हैं। इस सब अमानवीय अत्याचारों का क्या प्रतिकार अहिंसात्मक सत्याग्रह कर पाया है? जिस राष्ट्र के युवकों में हिंसात्मक अत्याचारों के विरुद्ध प्रतिहिंसा की भावना नहीं जगती, वह नपुंसकों और निकम्मों, शूकरों और श्वानों का राष्ट्र है। ऐसे निकम्मे पुत्रों की माताओं को चाहिए कि छाती फाड़कर मर जायँ। ऐसे नपुंसक पतियों की पत्नियों को चाहिए कि विष खाकर या पानी में डूबकर अपना ख़ातमा कर डालें।

''महीप जी का आशय जहाँ तक मैं समझ पायी हूँ, यह है कि हिंसा हिंसा को जन्म देती है। एक हिंसा दूसरी विकटतर हिंसा की जननी है; और इसी क्रम से हिंसा की प्रगति, उसका विकास होता चला जाता है। वह तब तक नहीं रुकता, जब तक वह पूर्ण विनाश का रूप धारण नहीं कर लेता। इस बात का ज्ञान महीप जी को स्पष्ट ही अणु-बम के आविष्कार से हुआ है। यदि मान लिया जाय कि हिंसा की प्रगति का यही क्रम है, तो भी मैं इस बात के लिए कोई कारण नहीं देखती हूँ कि हमें प्रतिहिंसा से मुँह मोड़ लेना चाहिए। हिंसा और प्रतिहिंसा का क्रम जब प्रकृति में ही चला आता है, तब उसके विपरीत क्रम को ग्रहण करने की चेष्टा महान् मूर्खता है। मानवीय मनोवृत्तियों के विकास का सबसे उन्नत रूप है मनुष्य का स्वाभिमान, जिसका सामूहिक रूप है राष्ट्रीय गौरव। किसी राष्ट्र का गौरव जब कोई दूसरा प्रबल राष्ट्र, हिंसात्मक उपायों से कुचलता है, तब उसका बदला प्रतिहिंसात्मक उपायों से चुकाना किसी भी स्वाभिमानी राष्ट्र के लिए अनिवार्य हो जाता है। केवल राष्ट्रीय क्षेत्र में ही नहीं, सामाजिक क्षेत्र में भी यही सिद्धान्त लागू होना चाहिए। किसी समाज में यदि ऐसे अत्याचारी पैदा हो जायँ, जो मर्यादाओं का उल्लंघन करके निर्बलों और असहायों, दलितों और शोषितों की छाती पर अपने अन्यायपूर्ण प्रभुत्व का 'स्टीम-रोलर' चलाने में आनन्द का अनुभव करते हों, तो अहिंसात्मक दीनता से, उनके अत्याचार के प्रतिकार का प्रयत्न अत्यन्त दयनीय और लज्जास्पद है। जिस युग में, जिस संसार में अन्तरराष्ट्रीय, राष्ट्रीय तथा सामाजिक सभी क्षेत्रों में सर्वत्र अन्याय और अत्याचार का ही बोलबाला हो, उस

युग में हिंसा से क़तराने की कल्पना से बढ़कर कायरता दूसरी नहीं हो सकती। यदि अणु-बम का आविष्कार हो गया है और वह समस्त संसार के विनाश का बीड़ा उठाकर आया है, तो इससे घबराने की कौन-सी बात है? दलित राष्ट्रों और शोषित जातियों की जो दशा इस समय हो रही है, वह विनाश से किस अंश में कम है? ऐसे राष्ट्रों के लिए ऐसी हीन दशा में घुल-घुलकर विनष्ट होने से तो यह लाख दर्जा बेहतर है कि एक बार सिर उठाकर हिंसा का बदला प्रतिहिंसा से लेकर, आत्म-सम्मान के साथ विनाश के अतल गर्भ में विलीन हो जाय। चींटी भी कुचले जाने पर कुचलनेवाले को काटकर तब मरती है। आज भारत की नंगी भूखी जनता के लिए मरणधर्मी बनने के सिवा दूसरा रास्ता नहीं रह गया है। इसलिए यदि अनिवार्य रूप से मरणधर्म को अपनाना ही है, तो आत्मगौरव के साथ क्यों न अपनाया जाय? यदि पुरुष-जाति हिंसात्मक संग्राम में भाग लेने से भागेगी, तो नारी-जाति अपने हाथों में अस्त्र धारण करके राष्ट्रीय लज्जा की रक्षा करेगी। आज भारतीय अबला देख चुकी है कि सबलता की डींग हाँकनेवाली पुरुष-जाति का वास्तविक बल कितना है। बंगाल के अकाल ने प्रमाणित कर दिया है कि निपट असहाय अवस्था में नारी की लाज बचाने की कितनी समर्थता हमारे पुरुषों में है। पुरुषों की क्षमता पर से उसका विश्वास धीरे-धीरे घटता चला जा रहा है। आज की भारतीय नारी अपना सब-कुछ गँवाकर जोगिन बन गयी है। बंगाल के अकाल ने, युद्धजनित कारणों ने, डण्डों की चोट से उसे घर से बाहर निकाल दिया है। उसके पास पेट भरने को दाना नहीं है। मृतप्राय सन्तान को पिलाने के लिए दूध नहीं है। तन ढकने को कपड़ा नहीं है और लाज बचाने के साधन नहीं हैं। पर यह जोगिन अब भैरवी बनने जा रही है। इतने दिनों से उसके भीतर बन्द पड़ी आग का स्रोत फूट पड़ा है। इसलिए पुरुषों की नपुंसकता की परवाह न कर, वह भैरवी निकट भविष्य में अपने हाथ में खड्ग धारण करेगी...''

प्रतिमा की गीली आँखों से आँसू निकल रहे थे या चिनगारियाँ, यह जानना कठिन था। आँसुओं के रूप में चिनगारियों की झड़ी लग रही थी, जिसका तार टूटता ही नहीं था। श्रोतागण पाषाण मूर्तियों की तरह स्तब्ध होकर सुन रहे थे। यद्यपि सबके भीतर भावों का गद्गद प्रवाह रह-रहकर उछल रहा था और नाड़ियों के भीतर एक अजीब-सी बिजली तरंगित हो रही थी। ज्यों ही प्रतिमा ने अपना वक्तव्य कुछ क्षणों के लिए समाप्त किया, त्यों ही सहसा उस स्तम्भित सागर से एक अद्भुत नाद सम्मिलित रूप से गूँज उठा, ''नारी की भैरवी शक्ति की जय हो! हिंसा! हिंसा! हम लोग हिंसा चाहते हैं! हम रक्त का बदला रक्त से लेंगे।'' एक नवयुवक ने अपने हाथ में पिन गोदकर उसमें से ख़ून निकालकर उससे प्रतिमा के माथे पर टीका लगा दिया। फिर उसे प्रणाम करता हुआ बोला, ''जय हो!''

स्तब्ध महीप विमूढ़ दृष्टि से प्रतिमा की ओर देख रहा था। उसने देखा, प्रतिमा का मुख एक अस्वाभाविक उल्लास की दीप्ति से तमतमा रहा है। प्रतिमा के भाषण से स्वयं उसके भी रोंगटे खड़े हो उठे। दूसरे श्रोताओं की तरह उत्साह और हर्ष के अतिरेक से

नहीं, बल्कि एक विचित्र अनुभूतिपूर्ण आतंक से। वह सोच रहा था कि द्वितीय महायुद्ध ने केवल अणु-बम का ही आविष्कार नहीं किया है, बल्कि विश्व-मानव के भावालोक में भी अणु-शक्ति को छितराकर एक अपूर्व-कल्पित क्रान्ति उत्पन्न कर दी है। ऐसी प्रचण्ड हिंसात्मकता किसी भारतीय नारी की रग-रग में कभी समा सकती है, इस बात की कल्पना वह कभी कर नहीं सकता था। उसे छोड़कर सारा उपस्थित समाज उस हिंसात्मक भावुकता में मानो एक प्राण होकर तल्लीन हो गया था। यह सब क्या होने जा रहा है? इस प्रकार की भीषण सामूहिक मनोवृत्ति चारों ओर से जड़ें पकड़ती हुई किस व्यापक विनाश की सृष्टि करना चाहती हैं। रुद्र की प्रलयंकारी शक्ति के बादल किस उद्देश्य से सभी दिशाओं में घुमड़ रहे हैं। यह सोच-सोचकर महीप अपनी भ्रान्ति का अन्त नहीं पा रहा था। वह भूलने जा रहा था, पर सहसा उसे याद आ गया कि उपस्थित नवयुवकों को हिंसा की ओर प्रेरित करने का बीड़ा पहले-पहल उसी ने उठाया था। द्वितीय महायुद्ध की विश्वव्यापी हिंसात्मकता के छुतहा प्रभाव से वह भी नहीं बच पाया था। "पर तब अणु-बम का आविष्कार नहीं हुआ था," अपनी सफ़ाई में वह मन-ही-मन कहने लगा, "और हिंसा की प्रगति अणु-बम से भी बहुत आगे बढ़ सकती है, यह प्रचण्ड सत्य मेरे आगे तब प्रत्यक्ष नहीं हुआ था। पर अब? अब भी जब दुनिया की आँखें नहीं खुल रही हैं, तब इसका यही अर्थ समझना चाहिए कि प्रकृति किसी दूरवर्ती निष्ठुर उद्देश्य से प्रेरित होकर यही चाहती है कि निकट भविष्य में ही मानव-जाति का सामूहिक विनाश हो।"

प्रतिमा ने अपना भाषण कुछ देर तक और जारी रखा। उसके बाद, चार-पाँच प्रतिनिधियों ने उसके समर्थन में छोटे-छोटे भाषण दिये। अन्त में एक प्रस्ताव हिंसात्मक नीति को जारी रखने के पक्ष में पेश किया गया। महीप को छोड़कर शेष सबने एकमत से उसका समर्थन किया।

सभा विसर्जित होने के प्रायः एक घण्टे बाद, एक-एक दो-दो करके सभी आगत प्रतिनिधि चले गये। केवल प्रतिमा और महीप रह गये। दो युवक प्रतिमा को घेरे हुए थे। परोक्ष रूप से उन्होंने अत्यन्त विनम्रता से यह सुझाव पेश किया कि जिस व्यक्ति ने दल से अपना सम्बन्ध तोड़ डाला है, उसका यहाँ रहना ख़तरे से खाली नहीं है। उन्होंने यह भी अनुरोध किया कि वह उन लोगों के साथ चलें। पर प्रतिमा ने उन्हें समझा-बुझाकर विदा कर दिया।

5

प्रतिनिधियों के चले जाने के बाद।

प्रतिमा अपने स्वाभाविक रूप में पुनः आ गयी थी। वह सहज भाव से महीप से बातें करने लगी। महीप आज पहली बार प्रतिमा की एकान्त निकटता में संकोच का अनुभव करने लगा था। पर प्रतिमा जब सहज भाव से अपनी स्वाभाविक व्यंग्य-भरी स्निग्ध

मुस्कान से बातें करने लगी, तब वह कुछ स्थिर हुआ। पर आज न प्रतिमा के व्यंग्यपूर्ण भाव से उसे धोखा हुआ, न स्निग्ध मुस्कान से। इन दोनों के पीछे जो प्रचण्ड प्रतिहिंसक रूप छिपा हुआ था, वह आज महीप की आँखों से छिपा न रहा। उसका वह रूप यद्यपि महीप को किसी विराट् अग्निकाण्ड की अन्तिम ज्वाला की तरह आकर्षक लग रहा था, तथापि उसकी भयंकरता के प्रति वह चाहने पर भी उदासीन नहीं रह पाता था।

दोनों चाय की प्रतीक्षा में पश्चिम की ओर के बरामदे के पास बैठे हुए थे। अस्तोन्मुख सूर्य की अन्तिम सुनहरी किरणें, आज की घटना के बाद महीप को बीते हुए युगों की विश्वव्यापी चिता की निर्वाणोन्मुख ज्वालाओं के प्रकाश की तरह लग रही थीं। हिरोशिमा नगर पर अणु-बम द्वारा ध्वस्त होने के बाद, वहाँ के शेष मुट्ठी भर निवासियों के मन में जो महामृत्युमयी उदासी छा गयी होगी, वही आज महीप के मन में भी छा गयी थी और किसी अवसर पर प्रतिमा के मुख की सतेज अभिव्यक्ति उसमें सम्भवतः एक नया चैतन्य, एक नयी स्फूर्ति संचारित करने में समर्थ होती। पर आज उसके लिए सब-कुछ श्मशानचारी भैरव द्वारा उड़ायी हुई चिता की राख की तरह जड़ बन गया था।

वह साहस बटोरकर बोला, "प्रतिमा, तुम्हारे भाषण ने आज मुझे आतंकित कर दिया है। मैं समझ गया हूँ कि तुम जीवन के धुरे के जिस सिरे पर पहुँची हो, मैं उससे बिलकुल उलटे सिरे पर जा गिरा हूँ। इसलिए इस समय हम दोनों के लिए एक-दूसरे के दृष्टिकोण का महत्त्व समझ सकना असम्भव हो गया है। पर मैं तुमसे प्रार्थना करता हूँ कि तुम भविष्य की परीक्षा के लिए मेरी एक बात गाँठ बाँध लो। वह यह कि तुमने अपने चरम विश्वास के बल पर आज जो रास्ता पकड़ा है, उसके लिए एक दिन तुम्हें विकट पश्चात्ताप करना पड़ेगा। यह इसलिए नहीं कि तुम फाँसी पर चढ़ने से या और दूसरी तरह मरने से कभी डरोगी—नहीं, तुम सचमुच भैरवी बन गयी हो, और मृत्यु का लेशमात्र भी भय तुम्हारे लिये नहीं रह गया है, और न कभी रहेगा, यह ध्रुव निश्चित है। मैं यह भी जानता हूँ कि अपनी जाति और अपने राष्ट्र के लिए, कैसी मार्मिक और तीव्र पीड़ा की अनुभूति ने तुम्हें इस पथ की ओर प्रेरित किया है। पर जब तुम देखोगी कि तुम्हारा हिंसा-धर्म, रक्त का बदला रक्त से लेने का सिद्धान्त, केवल विश्वव्यापी अकाल मृत्यु और विराट् जीवन-चक्र के निरुद्देश्य विनाश के अन्तरराष्ट्रीय प्रयत्नों के लिए सहायक सिद्ध हुआ है, तब तुम्हें अपने जीवन के पिछले पथों की स्मृति अत्यन्त भयावह मालूम होने लगेगी और लोमहर्षक भौतिक दुःस्वप्न तुम्हारे भावी जीवन के पथ को घेर लेंगे। मैं फिर दुहराता हूँ कि तुम महान् हो। तुम्हारी प्रदीप्त प्रतिभा आश्चर्यजनक है। पर Time is out of joint और तुम्हारे और मेरे लिये वह आजीवन out of joint ही रहेगा। मेरे लिये इस कारण कि सदियों की दासता से कुचले हुए देशों को द्वितीय महायुद्ध के अनुभवों के बाद, रक्त का जो स्वाद मिल गया है, उसे छोड़ने के लिए अब वे सहज में तैयार नहीं होना चाहेंगे। अहिंसा के जिस भीतरी महत्त्व को इतने दिनों बाद मेरे हृदय ने आज आन्तरिकता से अपनाया है, उसे नपुंसकों और भगोड़ों की मनोवृत्ति

के सिवा युवक-समाज और कुछ मानने को तैयार न होगा। तुम्हारे लिये समय out of joint इसलिए रहेगा कि तुम्हारा हिंसात्मक सिद्धान्त अणु-बम के इस युग में बहुत पीछे पड़ गया है और उसकी घोर असफलता एक दिन निश्चित है।"

प्रतिमा चुपचाप उसकी बातें सुन रही थी। पर उसके मुख के सहज व्यंग्यात्मक भाव से यह स्पष्ट था कि महीप की किसी भी बात का तनिक भी प्रभाव उसके भीतर नहीं पड़ रहा था। कोई अति-आधुनिक प्रगतिशील लड़की, जिस प्रकार किसी घोर मूर्ख बुड्ढे की बात सुनकर केवल शिष्टाचारवश चुप रह जाय, उसी प्रकार प्रतिमा भी इस बार उपेक्षापूर्वक चुप रह गयी। न वह क्रोध से तमतमायी, न उसने कोई विरोध ही किया। अत्यन्त उदासीनता से सारी बात क़ो एकदम टालकर सहसा उसने बातचीत का सिलसिला ही एकदम बदल दिया। उसने कहा, "ठाकुर साहब का कोई समाचार तुम्हें मिला है?"

उत्तर देने के पहले महीप का ध्यान इस बात की ओर गया कि प्रतिमा ने आज पहली बार उसे 'तुम' कहकर सम्बोधित किया है। इसका कारण भी सहसा बिजली के-से प्रकाश में उसके आगे स्पष्ट झलक गया। वह समझ गया कि आज भावी युग-निर्माता युवकों की श्रद्धांजलि पाकर प्रतिमा का आत्मविश्वास पूर्ण रूप से जग गया है। उसकी (महीप की) प्रतिभा की जो महत्ता इतने दिनों तक एक विराट् चट्टान के रूप में उसके आगे खड़ी थी, जिसके आगे इतने दिनों तक वह श्रद्धा और सम्भ्रम से नत-मस्तक-सी रहती थी, वह ढह गयी है। उसके भग्नावशेष के ऊपर स्वयं उसकी (प्रतिमा की) अपनी महत्ता की मीनार सिर ऊँचा किये खड़ी हो गयी है। इसलिए अब महीप को 'आप' कहकर महत्त्व देने की कोई आवश्यकता वह महसूस नहीं करती। आज प्रतिमा 'जायण्ट' है। महीप 'पिगमी' की तरह एक अंगुष्ठाकार लघु प्राणी। इस अनुभूति से एक ठण्डी-सी टीस की लहर महीप के भीतर दौड़ गयी।

उसने चौंककर पूछा, "कौन ठाकुर साहब?"

"ठाकुर लक्ष्मीनारायण सिंह।"

"ओह, समझ गया!" महीप को अत्यन्त आश्चर्य हुआ कि 'ठाकुर साहब' कहते ही वह तत्काल ही क्यों न समझ गया कि प्रतिमा ठाकुर लक्ष्मीनारायण सिंह की बात कह रही है! केवल चार ही वर्षों के भीतर वह एक ऐसे व्यक्ति को कैसे भूल गया, जिसकी निकटता में रहने से उसके जीवन में एक आँधी आ गयी थी! हाँ हाँ, ठाकुर साहब! ठीक है ! वह मन-ही-मन कहने लगा, वही ठाकुर साहब न, जिन्होंने नीलिमा को अपने जाल में फँसाने के लिए सैकड़ों प्रपंच रचे थे, हालाँकि उन प्रपंचों की कोई आवश्यकता नहीं थी। क्योंकि नीलिमा अपने-आप ही, जान-बूझकर उनके जाल में फँसने के लिए तैयार बैठी थी। ठीक है। वही ठाकुर साहब, जिन्होंने शारदा देवी को दुत—! हिंसा और अहिंसा, विश्व की रक्षा और विश्व-विनाश की समस्याओं ने जब उसकी आत्मा को ऐसी प्रबलता से जकड़ रखा था, तब बीच में यह ठाकुर साहब कहाँ से कूद पड़े! और कूदते ही उन्होंने उसके भीतर इस क़दर उथल-पुथल क्यों मचा दी?

जो कीचड़ चार वर्षों से उसके मन की सबसे निचली सतह में जाकर शान्त और स्थिर रूप धारण करके जम गया था, उसे फिर प्रतिमा ने उकेल दिया।

"ठाकुर साहब से मेरी इतनी घनिष्ठता ही कब रही कि वह अपना समाचार मुझे दें। या मैं उनका हाल जानने के लिए उत्सुक रहूँ!" महीप ने दबी हुई खीझ के स्वर में कहा।

"तुम काफ़ी लम्बे अर्से तक उनका आतिथ्य स्वीकार कर चुके हो, इसलिए उनका हाल जानना तुम्हारा फ़र्ज़ है," सहज व्यंग्य से प्रतिमा ने कहा।

"तो तुम्हीं बताओ, उनका क्या हाल है? तुम्हें अवश्य कुछ ख़बर होगी।" महीप के भीतर बहुत दिनों से दबी पड़ी एक उत्सुकता सुरसुराने लगी थी। वह आशा कर रहा था कि प्रतिमा इस सिलसिले में निश्चय ही नीलिमा का कुछ हाल बतायेगी।

पर प्रतिमा ने उस बात को टाल दिया। उसने कहा, शारदा देवी का हाल तो तुम्हें मालूम होगा?"

"आज प्रायः एक साल से उनका भी कोई पत्र मुझे नहीं मिला।"

प्रतिमा ने कुछ रहस्यपूर्ण स्वर में कहा, "हुस्!" और परीक्षक की-सी तीखी दृष्टि से महीप को घूरती रही।

महीप को बहुत देर से यह बात याद आ रही थी कि जिस दिन वह ठाकुर साहब के यहाँ से विदा हुआ था, उस दिन अन्तिम घड़ी में प्रतिमा का एक पत्र उसे मिला था। उसमें प्रतिमा ने एकान्त में महीप से कुछ आवश्यक बातें करने की इच्छा प्रकट की थी। वह तब क्या कहना चाहती थी, इस बात की उत्सुकता आज पहली बार महीप के भीतर पूरे वेग से जग उठी। पर इस सम्बन्ध में कोई प्रश्न करने से वह हिचक रहा था। हालाँकि वह जानता था कि प्रतिमा जैसी धृष्ट नारी के आगे किसी भी बात पर झिझक का अनुभव करने का कोई कारण नहीं होना चाहिए।

अन्त में उसने साहस बटोर ही लिया और कहा, "तुम्हें याद होगा जिस दिन मैं ठाकुर साहब के यहाँ से विदा होने की तैयारी कर रहा था, उस दिन तुमने एक पत्र मेरे पास भेजा था। उसमें तुमने यह इच्छा प्रकट की थी कि तुम एक अत्यन्त आवश्यक कार्य से मुझसे एकान्त में मिलना चाहती हो। मैं उस स्थान को तत्काल छोड़ने का निश्चय कर चुका था। इसलिए तुम्हारे पत्र का कोई उत्तर मैं न दे सका। यदि एक दिन पहले तुम्हारा पत्र मुझे मिला होता तो मैं निश्चय ही तुमसे मिलता। क्या आज मैं जान सकता हूँ कि उस दिन तुम मुझसे क्या कहना चाहती थीं?"

प्रतिमा के मुख पर व्यंग्य का भाव अत्यन्त प्रखर हो उठा। बड़ी रुखाई से वह बोली, "उस बात के लिए समय कभी बीत चुका है। अब उस सम्बन्ध में कोई भी चर्चा मैं तुमसे नहीं कर सकती।"

पर प्रतिमा की वह रुखाई महीप को किसी भेद-भरे अज्ञात जादू के-से प्रभाव से सहसा अत्यन्त मोहक लगने लगी थी। अचानक बिना किसी व्यक्त कारण के प्रतिमा के व्यक्तित्व का एक निराला ही स्वरूप सारे बाह्य आवरण को भेदकर उसकी आँखों

के आगे बिजली के-से प्रकाश में झलक उठा। उसे आश्चर्य हुआ। इतनी देर तक वह स्वरूप उसकी दृष्टि से क्यों छिपा रह गया? वह विमूढ़ दृष्टि से कुछ क्षणों तक प्रतिमा की ओर देखता रह गया।

प्रतिमा भी अपनी मर्मभेदी दृष्टि से निःशंक भाव से उसकी ओर देख रही थी। जैसे यह जानना चाहती हो कि उसकी विमूढ़ता का क्या कारण है। इतने में नौकर आकर चाय दे गया, जिसने दोनों की ध्यानावस्था भंग कर दी।

6

खाना खाने के बाद।

प्रतिमा उस कमरे में चली गयी, जो उसके लिए नियत कर दिया गया था। कमरे में लालटेन जली हुई थी। अपने अटैची-केस से एक काग़ज़ और क़लम निकालकर वह एक चिट्ठी लिखने बैठ गयी। बहुत देर तक लिखती रही। प्रायः दो-ढाई घण्टे तक मेज़ पर सिर झुकाये खर्रे-पर-खर्रे भरती चली गयी। जब लिख चुकी, तब उसे लिफ़ाफ़े में बन्द करके उसने अपनी जेब में रख लिया। उसके बाद एक लाल जिल्दवाली पुस्तक निकालकर पलँग पर लेटे-लेटे पढ़ने लगी। केवल पाँच ही मिनट बाद उसकी आँखें झँपने लगीं। वह पुस्तक हाथ में लिये हुए बेख़बर सो गयी। एक तो उसे पिछली रात नींद नहीं आयी थी, तिस पर दिन-भर एक अशान्त भावुकतापूर्ण वातावरण में उसने अपने को थका दिया था। यही कारण था कि इस समय इतनी जल्दी नींद ने उसे धर दबाया।

महीप को नींद नहीं आ रही थी। एक अभूतपूर्व उद्विग्नता उसे बेचैन कर रही थी। वह अपने कमरे में टहल रहा था। स्वयं नहीं जानता था कि वह किस चिन्ता से परेशान है। उसके भीतर उसके जीवन के दो परस्पर-विरोधी पहलुओं के बीच संघर्ष चल रहा था। एक था उसके व्यक्तिगत जीवन के विकास या ह्रास की क्रमिक प्रगति या दुर्गति। दूसरा था सामूहिक जीवन की प्रगति में अपने को निछावर कर देने की प्रवृत्ति। बीच में एक बार वह अपने व्यक्तिगत जीवन से सम्बन्धित चिन्ताओं को पूर्णतः दबा देने में सफल हो गया था। सामूहिक जीवन की जटिलताओं में अपने को अधिकाधिक उलझाने में उसे सुख प्राप्त होने लगा था। समष्टिगत जीवन की चेतना ने उसके मन और प्राण को इस क़दर छा लिया था कि अपने पिछले जीवन की सारी व्यक्तिगत पीड़ाएँ उसे हास्यास्पद लगने लगी थीं। अचानक एक दिन उसे अणु-बम के आविष्कार की बात मालूम हुई। उसने संवादपत्रों में पढ़ा कि केवल एक अणु-बम ने सारे नगर को ध्वस्त कर दिया। हज़ारों नगरवासियों को मक्खियों की तरह नेस्तनाबूद कर दिया। इस संवाद से उसके भीतर भी जैसे अणु का विस्फोट हो गया। मानवीय प्रगति के सम्बन्ध में उसके सारे विश्वास एकदम ढह गये। उनके स्थान पर इस विश्वास ने जड़ पकड़ लिया कि समग्र मानवता की प्रगति केवल सामूहिक ध्वंस और आत्म-विनाश

की ओर हो रही है। उसके बाद—युद्ध की समाप्ति के बाद—जब उसे यह ज्ञात हुआ कि तीन विजयी राष्ट्र 'शान्ति' स्थापना के नाम पर दलित राष्ट्रों का कफ़न खसोटने के लिए श्मशान के चाण्डालों की तरह आपस में झगड़ रहे हैं और भावी युद्ध को एक निश्चित तथ्य मानकर अणु-बम को विकट-से-विकटतर रूप देने की खोज में जुट गये हैं, तब तो उसे अपने जीवन का सारा ध्येय ही एक परिहास मालूम होने लगा। निम्नमध्यवर्ग की भावी सशस्त्र क्रान्ति का जो स्वप्न उसने देखा था, वह उसके कानों में विकट व्यंग्य का अट्टहास करने लगा। उसकी वह पलटी हुई विचारधारा जब चरम सीमा को पहुँचने जा रही थी, तब सहसा प्रतिमा न जाने कहाँ से आ धमकी और जो भाषण उसने आज अपने भीतर की सारी सचाई से, अपने प्रत्येक रक्तकण में समाये हुए विश्वास के प्रचण्ड बल से, परिपूर्ण भावमग्नता की अवस्था में दिया था और उस अग्निमय भाषण की जो प्रतिक्रिया उपस्थित युवक-समाज में हुई थी उससे वह आतंकित हो उठा। सारे समाज में एक भी व्यक्ति ने उसकी (महीप की) अहिंसात्मक नीति का समर्थन नहीं किया। बल्कि सब उसे अत्यन्त क्रोध और घृणा की दृष्टि से देखने लगे थे। महीप मन-ही-मन कह रहा था कि हिंसा पर जिस समाज के भीतर ऐसा वज्र विश्वास समा गया हो, उसके आगे अहिंसा की किसी भी दलील का कोई महत्त्व नहीं हो सकता। जिन राष्ट्रों ने अणु-बम का आविष्कार किया है या आविष्कार में सहायता पहुँचायी है, उन्हीं के हिंसात्मक प्रयोगों का भूत छूत की बीमारी की तरह दलित राष्ट्रों की जनता में दुगनी तीव्रता से फैलता जा रहा है। साम्राज्यवादी शक्तिशाली राष्ट्रों ने, शैतान की बँधी हुई विध्वंसक शक्तियों को उच्छृंखल और उन्मुक्त कर दिया है। इसका फल निश्चय यह होगा कि जिन दलित राष्ट्रों को और अधिक दबाने के लिए वे विधायी शक्तियाँ काम में लायी गयी हैं, भावी युद्ध में वही सदियों से पराजित राष्ट्र उन्हीं शक्तियों को पूर्ण प्रवेग से, कई गुना अधिक प्रचण्डता के साथ, आज के विजेता राष्ट्रों के विरुद्ध काम में लायेंगे। इस प्रकार हिंसा और प्रतिहिंसा का प्रचण्ड प्रलय-काण्ड निकट भविष्य में अनिवार्य रूप से मचने के लक्षण दिखा रहा है। जो अन्तरराष्ट्रीय महानेता सब-कुछ देखते हुए भी कुछ नहीं देखना चाहते, जो अपनी विजय से मत होकर अपनी साम्राज्यवादी जड़ों को और अधिक पुष्ट करने की चेष्टाओं में रत हैं—यह जानते हुए भी कि अणु-बम उनके सिरों के ऊपर किसी भी समय फट पड़ने के लिए लटक रहा है—उनकी महान् मूर्खता इस समय सिद्ध नहीं की जा सकेगी। क्योंकि इस समय उन्होंने सामूहिक शस्त्र-बल से विश्वव्यापी अधिकार प्राप्त कर लिये हैं। पर यदि भावी युद्ध में अणु-बम के सामूहिक विनाश-काण्ड के बाद भी, मानव-जीवन किसी रूप में शेष रहा, तो उस प्रलयोत्तर युग का मानव इस बात का ठीक-ठीक विचार करने में समर्थ होगा कि बीसवीं शताब्दी के उत्तरार्द्धकाल में सारा विश्व-जीवन अन्तरराष्ट्रीय जगत् के कुछ ऐसे गिने-चुने महामूर्ख नायकों के हाथों में घोर अरक्षित अवस्था में सौंप दिया गया था, जो उन लेखकों और विचारकों को कृमि-कीटों से भी तुच्छ समझते थे, जिन्होंने

उनकी मूर्खता से भली-भाँति परिचित होकर उसे जनता के आगे उद्घाटित करना चाहा था।

"इसलिए अब समष्टिगत जीवन में सच्ची शान्ति और सच्चे कल्याण की स्थापना के उद्देश्य से अहिंसात्मक विचारों के प्रचार के प्रयत्न व्यर्थ हैं;" अपने कमरे में टहलता हुआ महीप मन-ही-मन कहने लगा, "इसके अलावा, अकेले मेरे या मेरे जैसे कुछ छिट-फुट व्यक्तियों के असंगठित प्रयत्नों से किस फल की आशा की जा सकती है, जब इस ओर महात्मा गाँधी के समान महापुरुष के संगठित प्रयत्न निष्फल सिद्ध होने के लक्षण प्रकट हो रहे हैं। इसलिए लौट चलो अपने पिछले कवि-जीवन के स्वप्नों की ओर! सम्भवतः कवि के अन्तर्जीवन के वे स्वप्न विश्वव्यापी अन्धकार और अशान्ति के इस युग में प्रकाश की कुछ क्षीण किरणें प्रस्फुटित करने में समर्थ हों। व्यक्तिगत जीवन क्या वास्तव में उतना उपेक्षणीय है जितना विश्व-विनाश के लिए मन्त्रणा करनेवाले महानेता और उनके महादल बता रहे हैं? विश्व-शान्ति का मूल उद्देश्य ही यह है कि मानव का व्यक्तिगत जीवन सुखी और व्यवस्थित हो, सच्ची लोकसत्ता का ध्येय ही यह है कि प्रत्येक व्यक्ति अपने कार्यों, विचारों और स्वप्नों के क्षेत्र में स्वतन्त्र हो। तब अणु-बम से विश्व का पूरा विनाश होने के पहले जितना भी थोड़ा अवकाश मिलता हैं, उसमें क्यों न व्यक्तिगत जीवन की रास ढीली कर दी जाय? क्यों न दमित अन्तर्जगत् के स्वप्नों की पिटारी का ताला तोड़कर उन्हें पागल विश्व के आगे निपट नग्न रूप में बिखेर दिया जाय? ठीक है! ठीक है! मुझे यही करना होगा। इसी में त्राण है। नहीं तो धीराज की तरह आत्म-विनाश ही एकमात्र उपाय है। मैं जानता हूँ कि दुनिया मुझे भगोड़ा कहेगी। पर भगोड़े सचमुच उतने ही हेय हैं, जितना कि उन्हें दुनिया समझती है? सभी क्रान्तिकारियों को अपने अन्तिम ध्येय की सफलता के उद्देश्य से जीवन-भर एक स्थान से दूसरे स्थान में भागते रहना पड़ा है। मार्क्स और लेनिन से लेकर सुभाष बोस तक का यही हाल रहा है। मेरे और उन लोगों के भगोड़ेपन में केवल इतना ही अन्तर है कि उन लोगों का ध्येय इसी प्रत्यक्ष जीवन में किसी-न-किसी प्रकार की राजनीतिक सफलता प्राप्त करने का रहा है, जबकि मेरा ध्येय इस प्रत्यक्ष जीवन से परे एक वास्तविक किन्तु अप्रत्यक्ष जीवन में व्यक्तिगत तथा समष्टिगत आध्यात्मिक सफलता प्राप्त करने का है।"

इस तरह के अन्तर्विवाद द्वारा वह अपनी ग्लानि-भार से पीड़ित आत्मा की तरफ़ से वकालत करने लगा। बहुत देर तक वह अपने-आप से इसी प्रकार तर्क-वितर्क करता हुआ टहलता रहा। जब उसका शरीर और मन दोनों थकित हो गये, तब वह लेटने का इरादा करने लगा। प्रतिमा के कमरे में अभी तक प्रकाश जल रहा था। कमरे के किवाड़ आधे खुले थे। कौतूहलवश भीतर झाँककर महीप ने देखा। हाथ में पुस्तक लिये हुए प्रतिमा सो गयी थी। स्पष्ट ही पढ़ते-पढ़ते उसे नींद आ गयी थी। लालटेन बुझाने की भी सुधि उसे नहीं रही थी। उसने पूरी तरह से कम्बल भी नहीं ओढ़ा था। जो कपड़े दिन में पहने थी, उन्हीं को पहने सो गयी थी। सिर के बाल बिखरे हुए थे। गोरे मुख

पर एक रूखा तेजोद्‌दीप्त और साथ ही अन्तर की एक आश्चर्यजनक सचाई से तमतमाता हुआ भाव झलक रहा था कपाल पर रक्त का टीका अभी तक नहीं मिटा था। एक बादामी रंग की साड़ी, जो कुछ मैली होने के कारण लालटेन के प्रकाश में प्रायः गेरुआ रंग की-सी जान पड़ती थी, कम्बल के भीतर से दिखायी दे रही थी। महीप को याद आया कि दिन में अपने भाषण में प्रतिमा ने कहा था कि भारत की नारी सब-कुछ खोकर जोगिन हो गयी है। प्रतिमा का वह रूप सचमुच जोगिन का रूप था—अन्तर्जीवन की साधना, योग और तपस्या द्वारा एक आश्चर्यजनक अन्तर्बल और अन्तर्योग प्राप्त की हुई भैरवी का तेजोमय रूप। वह दरवाज़े पर से, मोहाविष्ट आँखों से बहुत देर तक उस दिव्य तापसी मूर्ति की ओर देखता रहा। यह सोचकर कि उस अनुभवहीन तरुण जोगिन ने परिणाम की वास्तविकता पर विचार किये बिना ही कैसा संकट-संकुल पथ पकड़ा है, और कैसा विकट व्रत ग्रहण किया है। महीप के मन में इस बार आतंक की भावना नहीं जगी, बल्कि उसके भीतर से विह्वल क्रन्दन का एक उच्छ्‌वसित रोल हिम-विगलित पहाड़ी नदी की पागल-धारा की तरह व्याकुल वेग से उथल उठा। वह मन-ही-मन हाथ जोड़ता हुआ कहने लगा, "हे नारी, तुम महान् हो। तुम्हारा लक्ष्य भी महान् है। पर जो साधन तुमने अपने अन्तर की सचाई से, किन्तु भ्रमवश पकड़ा है, वह तुम्हारे इस दिव्य त्यागमय जीवन को भविष्य में किस क़दर छिन्न-भिन्न कर देगा, इस बात का कोई भान तुम्हें अभी नहीं हो रहा है। किन्तु मेरी आँखों के आगे चूँकि वह भविष्य प्रत्यक्ष सत्यवत् नाच रहा है, इसलिए मेरा हृदय रोये बिना नहीं मानता। फिर भी मैं तुम्हें आन्तरिक श्रद्धा से प्रणाम करता हूँ। तुम इस रक्तरंजित युग की प्रज्वलित अग्नि में, अपने प्राणों की आहुति डालकर स्वयं प्रलय की होमशिखा-सी जलनेवाली स्वाहा हो। एक दिन अणु-बमों की ज्वालाओं के साथ तुम्हारी ज्वाला भी मिलकर एकाकार हो जायेगी और विश्व की चिता पर तुम दोनों की लास-लीला एक अद्‌भुत ताण्डव-नर्तन के दृश्य दिखायेगी।"

महीप एकटक दृष्टि से—बल्कि ललकती हुई आँखों से—प्रतिमा का वह अपरूप देख रहा था। वह वहाँ से हटना नहीं चाहता था। पर वहाँ अधिक देर तक खड़े रहने का साहस नहीं हो रहा था—इस ख़याल से कि यदि प्रतिमा जगने पर उसे उस अवस्था में खड़ा देखेगी तो न जाने मन में क्या सोचेगी। अन्त में अनिश्चित पगों से उसे लौटना ही पड़ा। उसने बत्ती नहीं बुझायी और किवाड़ बाहर से फेर दिये।

7

अपने कमरे में जाकर महीप पलँग पर लेट गया।

वह आश्चर्य के साथ सोचने लगा कि इतने दिनों तक वह प्रतिमा को एक प्रकार की उपेक्षा की दृष्टि से क्यों देखता आया। उसे शारदा देवी की बात याद आयी। उन्होंने एक बार कहा था, "प्रतिमा से बढ़कर तुम्हारा भक्त दूसरा कोई नहीं है।" भक्त न

सही, पर प्रतिमा बराबर उसका आदर करती आयी है, यह बात महीप से छिपी नहीं थी। वह एक-एक करके पिछले जीवन की छोटी-से-छोटी घटनाओं को याद करने लगा। विशेषकर उन घटनाओं को, जो प्रतिमा से सम्बन्धित थीं। उसे याद आया कि वह ठाकुर साहब से उसका पक्ष लेकर कितना लड़ी थी। जब-जब वह खन्ना-परिवार से मिलने जाता था, वह कैसी स्नेहपूर्ण आँखों से उसका स्वागत किया करती थी। खन्ना-परिवार की सभी लड़कियों को उसकी कविता से प्रेम था, पर प्रतिमा उन सबसे अधिक उन कविताओं की प्रशंसक थी, यह बात महीप से छिपी नहीं थी। और इन सब बातों के बावज़ूद वह उसके प्रति बराबर उदासीन ही बना रहा! जो लड़की बराबर उसका आदर करती रही, उसका उसने निरादर किया। जो उसे ठुकराती रही, उसका वह बराबर आदर करता रहा! ऐसा वैपरीत्य उसके स्वभाव में किस रहस्यमय शक्ति के अभिशाप से बना हुआ है? हाँ, यह उलटवाँसी उसके जीवन में अभी तक बनी हुई है, क्योंकि यदि ऐसा न होता तो अहिंसा के सिद्धान्त पर विश्वास रहने पर भी वह बीच में एक हिंसात्मक दल का संगठन न कर बैठता। प्रतिमा के माथे पर आज जो रक्त का टीका लगा हुआ है, उसका मन्त्र पहले उसी ने पढ़ा था। उसी ने टीका लगानेवाले दल को अपने भैरव-चक्र में दीक्षित किया था। पर सम्भवतः उसके स्वभाव का यह विरोधाभास परिणाम में अच्छे ही के लिए हो। क्योंकि यदि प्रारम्भ से ही वह प्रतिमा के प्रति उदासीन न रहता, उससे जीवन-सम्बन्ध जोड़ लेता, तो आज, जब कि दोनों के जीवन की गति मूलतः परस्पर-विरोधी होने जा रही है, दोनों के बीच तलवार एक दीवार खड़ी कर देती। उस असिधार-व्रत को अन्त तक निबाहे ले जाना निश्चय ही दोनों के लिए टेढ़ी खीर सिद्ध होती।

"पर यह भी तो सम्भव है कि यदि प्रतिमा को मैंने जीवन में पहले ही अपना लिया होता, तो दोनों के जीवन का सामंजस्य दोनों में से किसी को भी इस वाम-पथ की ओर प्रेरित ही न करता," वह मन-ही-मन कहने लगा, "क्या यह सम्भव नहीं है कि जीवन के विरोधी क्रम ने, बहुत दिनों से पाली हुई अन्तराकांक्षा की व्यर्थता ने, जीवन-संघर्ष की उलटी-सीधी गति ने मेरी ही तरह प्रतिमा को भी वाममार्ग को अपनाने के लिए बाध्य किया हो?"

और यह सोचते ही उसे फिर याद आया कि प्रतिमा ने भारतीय नारी को सब-कुछ गँवायी हुई जोगिन बताया है। जोगिन की यह कल्पना उसने निश्चय ही आत्म-अनुभूति से की है, क्योंकि सम्भवतः वह भी जीवन में सब-कुछ गँवाये बैठी है।

रात-भर महीप इसी तरह के उलटे-सीधे विचारों के फेर में रहा। एक पल के लिए भी उसकी आँखें नहीं लगीं।

* * *

प्रतिमा बहुत तड़के सोकर उठ गयी। महीप पहले ही पलँग पर से उठकर बाहरवाले कमरे में चक्कर काट रहा था। प्रतिमा जब अपने कमरे का किवाड़ खोलकर बाहर आयी

तब महीप ने देखा, उसकी अलसायी हुई आँखों में एक अपूर्व मोहकता—एक स्निग्ध मादकता—समायी हुई है। जो रूखापन पिछले दिन महीप ने उसके चेहरे पर देखा था, उसका लेश भी इस समय वर्तमान नहीं था। बल्कि एक करुण-कोमल स्निग्धता उसके उदात्त मुखमण्डल पर छायी हुई थी। उस उदास-भाव को देखकर इस बात की कल्पना करना कठिन था कि पिछले दिन यही छायारूपिणी तरुणी अपने भाषण में आग उगल रही थी। उसकी सुन्दर आँखों में उस मोह-मधुर उदासी का आवेश देखकर महीप का जी चाहता था कि जोगिया रागिनी में कोई करुण विराग भरा गीत गाये।

वह बोला, ''तुम बहुत जल्दी जग गयी हो। रात में क्या नींद नहीं आयी?''

''ऐसी नींद आयी कि अभी तक बत्ती जलती रही और मैं जान न पायी।'' कहकर प्रतिमा मन्द मधुर मुस्कराने लगी। उस स्निग्ध-मुस्कान में इस समय व्यंग्य का लेश भी नहीं था।

''पर उठने की ब्ड़ी जल्दी तुमने की। सर्दी काफ़ी पड़ रही है, कहीं ठण्ड न लग जाय।''

''नहीं। मुझे आज ही सुबह की गाड़ी से रायबरेली जाना है।''

महीप को एक धक्का-सा पहुँचा। ''क्या आज ही जाना ज़रूरी है? दो-चार दिन ठहरकर सुस्ताओगी नहीं!''

''नहीं, मुझे आज ही जाना है—अभी!''

प्रतिमा के इस उत्तर से महीप की उनींदी आँखों में एक ऐसी करुणा—बल्कि मार्मिक—उदासी छा गयी जो प्रतिमा की दृष्टि से छिपी न रही। पर उसे इस बात से कोई आश्चर्य नहीं हुआ। उसे जैसे पहले ही से इस बात का अनुमान था।

एक अव्यक्त-सी आह महीप के मुँह से निकल पड़ी। मरी हुई आवाज़ से उसने कहा—''अच्छी बात है। तब तुम नहा-धोकर तैयार हो जाओ। मैं तब तक तुम्हारा सामान बँधवाता हूँ।''

उसके बाद प्रतिमा नीचे चली गयी। उधर महीप भग्न-हृदय से उसका सामान बटोरने लगा। महीप ने स्वयं इस बात की कल्पना नहीं की थी कि प्रतिमा की आकस्मिक विदाई से उसके हृदय में इस हद तक बेकली समा जायेगी। उसे सबसे बड़ी चोट इस बात से पहुँची कि उसके आग्रह का तनिक भी ख़याल करना प्रतिमा ने आवश्यक नहीं समझा।

''पर मेरे जीवन-पथ पर न जाने कितनी प्रतिमाएँ आती-जाती रही हैं, इसलिए इस एक प्रतिमा के चले जाने से चित्त का इस क़दर चंचल हो उठना मेरे अन्तर की निपट दुर्बलता का परिचायक है, जो इधर कुछ समय से सम्भवतः मेरे अनजान में मुझे दबाती चली आयी है,'' अपने मन का विश्लेषण करते हुए वह अपने-आपसे कहने लगा, ''पर क्या यह प्रतिमा सभी प्रतिमाओं की तरह है? यह तो नव-युग के उन पुजारियों की वह आदर्श प्रतिमा है, जिसकी पूजा वे चन्दन के स्थान पर अपने शरीर के रक्त से करते

हैं। यह वह अपराजिता है, अन्तिम पराजय को अपनाने में ही जिसके ध्वंसोन्मुख जीवन की सार्थकता है।''

''पर इससे तुम्हें क्या?'' वह फिर अपने-आपसे प्रश्न करने लगा—''वह जब तुम्हारे पथ से एकदम नाता तोड़ चुकी है, तब तुम क्यों उसके लिए चिन्तित हो रहे हो? कौन-सी पीड़ा तुम्हें इस मरण-मार्ग को अपनानेवाली चिर-पथिक-प्राण नारी के अंचल का सिरा पीछे से खींचने के लिए व्याकुल कर रही है? अब भी क्या तुम यह आशाहीन आशा अपने भीतर छिपाये हो कि वह किसी उपाय से फिर तुम्हारी निष्क्रिय अहिंसा के अकर्मण्य त्याग-पथ का अनुसरण कर सकती है? यह मूर्खतापूर्ण कल्पना है। उसका मार्ग छोड़ दो—तुम उसे रोक नहीं सकते। वह उस हवा की मुक्त सहचरी है, जो किन्हीं रहस्यमय प्राकृतिक नियमों की प्रेरणा से विश्व के अनिवार्य विनाश की ओर बह चली है। तुम्हारे अहिंसात्मक आदर्श की दीप-शिखा कैसी ही उज्ज्वल क्यों न हो, यह हवा—जो विश्व के कोने-कोने में बह रही है—उसे कभी स्थिर रूप में जलने नहीं देगी। इसलिए—तुम यदि चाहते हो कि तुम्हारे दीपक की वह लौ न बुझने पाये तो अपने को उसके पथ से एकदम दूर रखो।''

नौकर की सहायता से प्रतिमा का बिस्तर बाँधकर महीप ने एक ताँगा मँगवाया। प्रतिमा जब नहा-धोकर आयी, तब उसके बाद पाँच मिनट में तैयार हो गयी। सजाव-शृंगार में तनिक भी समय उसने नहीं लगाया।

महीप स्टेशन तक उसे पहुँचाने गया। रास्ते में कोई बात दोनों के बीच नहीं हुई। एक क्षीणतम आशा अन्त तक महीप के मन में वर्तमान थी कि जो एक अन्तिम बात उन दोनों के बीच कहने-सुनने को शेष रह गयी है, उसकी चर्चा रास्ते में चल पड़ेगी—यद्यपि वह स्वयं नहीं जानता था कि वह 'अन्तिम बात' क्या है और किस रूप में उसकी चर्चा चल सकती है। पर जब कोई भी बात न वह चला पाया और न प्रतिमा ने ही चलायी, तब वह निश्चित रूप से समझ गया कि प्रतिमा ने उसके ख़िलाफ़ अपने अन्तर के द्वार पर सदा के लिए ताला लगा दिया है। इस ज्ञान से हथौड़े की एक ऐसी चोट उसके हृदय पर पड़ी कि वह सन्न रह गया।

स्टेशन पहुँचने पर एक ड्योढ़े दर्जे का और एक प्लैटफ़ार्म टिकट ख़रीदने के बाद दोनों जब प्लैटफ़ार्म पर पहुँचे, तो कुली ने अनुमान से उस स्थान पर सामान रख दिया, जहाँ ड्योढ़े दर्जे के डिब्बे लगने की सम्भावना थी। उसके बाद दोनों यात्रियों की भीड़ के बीच में चक्कर लगाने लगे। प्रायः दस मिनट बाद गाड़ी आ पहुँची। भीड़ के बावज़ूद प्रतिमा ने डिब्बे के भीतर अपने बैठने के लिए जगह बना ली। महीप भी गाड़ी छूटने तक प्रतिमा से कुछ दूर एक कोने में बैठा रहा। जब गाड़ी के छूटने की तैयारी हुई, तब महीप नीचे उतर आया। बाहर खिड़की से उसने प्रतिमा को लक्ष्य करके हाथ जोड़े। इंजन की सीटी ख़तरे की घण्टी की तरह बज उठी। प्रतिमा ने अपनी जेब से एक लिफ़ाफ़ा निकालकर महीप के हाथ में दिया और कहा, ''नमस्ते! घर जाकर पढ़ना।''

यह कहकर वह फिर अपनी जगह बैठ गयी। महीप एक बार लिफ़ाफ़े की ओर और एक बार प्रतिमा की ओर देखता रह गया। कुछ ही देर बाद गाड़ी भक्-भक् करती हुई चल पड़ी।

8

महीप को सब्र नहीं हुआ।

उसने मकान को वापस जाते हुए रास्ते में ताँगे पर लिफ़ाफ़ा खोलकर पढ़ा। प्रतिमा ने लिखा था :

"मैं जा रही हूँ। इसके बाद फिर जीवन में कब तुमसे भेंट होगी कह नहीं सकती। सम्भव है, फिर कभी भेंट ही न हो। इसलिए आज जी खोलकर अपने भीतर की सारी बातें कह डालना चाहती हूँ।

"छुटपन में, अपने जीवन की किशोरावस्था में, मैंने तुम्हें अपने भावी जीवन का ध्रुवतारा समझा था। मेरे भीतर यह विश्वास अडिग रूप से वर्तमान था कि उस ध्रुवतारे का अनुसरण करते हुए मैं घोर-से-घोर संकट की स्थिति में भी एक सुनिश्चित पथ से भटक नहीं सकती। तुम्हारी कविताओं ने मेरे भीतर एक ऐसे रहस्यमय जादू का-सा मन्त्र फूँक दिया था कि मुझे लगता था जैसे मैं कुछ-की-कुछ हो गयी हूँ, और मेरी आत्मा जिस धातु की बनी है वह किसी के पारस पत्थर के-से स्पर्श से ख़ालिस सोना बन गया है। तुम्हारी कविताओं के प्रभाव से—वे चाहे प्रेम-सम्बन्धी रही हों चाहे दूसरे विषय की—अपने को बहुत ऊँचाई पर उठा हुआ पाने लगी। उनका प्रभाव मेरे मन को लाँघकर सीधे जैसे मेरी आत्मा में जाकर ही पड़ता था।

"दिन बीतते चले गये और मैं अलक्षित रूप से अपने कल्पित ध्रुवतारे की ओर देखती हुई जीवन-पथ पर अग्रसर होती चली गयी। तुम्हारी कविताएँ वर्ष-प्रति-वर्ष मेरी आत्मा को जैसे अधिकाधिक उन्नत, अधिकाधिक परिष्कृत करती हुई नयी-नयी प्रेरणाएँ देती चली गयीं। मैं अपने अन्तर के गोपन मन्दिर में अपने ध्रुवतारे की पूजा करती हुई उसे फूल-पर-फूल चढ़ाती चली गयी। कभी एकान्त में गिराये हुई पुलकजनित आँसुओं के रूप में और कभी उल्लासजनित अव्यक्त किलकारियों के रूप में। पर न तो अपनी उन पुलकानुभूतियों का तनिक भी आभास मैंने कभी किसी को दिया, न उल्लासजनित किलकारियों का ही। मुझे ऐसा लगता था कि जिस दिन उनका आभास दुनिया के आगे प्रकट हो जायेगा, उस दिन उनका महत्त्व मेरे लिये नष्ट हो जायेगा।

"महायुद्ध छिड़ा। दुनिया के कोने-कोने में तहलका मच गया। भारत भी उसके प्रकोप का अनुभव करने लगा। पर मेरे अन्तर्जगत् में उसका कोई विशेष प्रभाव नहीं पड़ा। मुझे अपने अन्तर का ध्रुवतारा तनिक भी म्लान नहीं लगा। युद्धकालीन प्रारम्भिक तीन वर्षों तक यही हाल रहा। उसके बाद आया सन् '42 का अगस्त मास। कैसे युगान्तरकारी, कैसे तूफ़ानी बादलों को वह सन् अपने साथ लाया! जैसे महाक्रान्तिकारी,

घटना-चक्रों का संकट-काल था वह! उसने बाह्य संसार में आग लगा दी। अन्तर्जगत् को तल से सतह तक हिला दिया। अपनी आँखों से मैंने वह दृश्य देखा था कि जब निःशस्त्र और निरुद्वेग जुलूस पर इसलिए गोलियाँ चला दी गयीं कि जनता स्वतन्त्रता का नारा लगा रही थी। पाशविक दमनचक्र का वह दृश्य मैंने देखा, जिसके फलस्वरूप एक छात्र तत्काल वीरगति को प्राप्त हो गया—वीरों को जयमाला पहनाकर उन्हें स्निग्ध सान्त्वना देनेवाली महामाया मृत्यु की गोद में चला गया—और कई छात्र घायल होकर रक्तरंजित अवस्था में ज़मीन पर गिर पड़े? साथ ही यह दृश्य भी मैंने देखा कि उसी दम दूसरे छात्र सीना तानकर गोली चलानेवाले नरपशुओं के आगे खड़े हो गये और देश-माता की जय-जयकार का नारा बड़े ऊँचे स्वर में लगाने लगे। उस समय तो मेरे रोम-रोम में एक अलौकिक पुलकोन्माद की बिजली समा गयी। मैं स्वयं उन मिलिटरी लारियों के सामने—एकदम निकट जाकर—खड़ी हो गयी। क्रोध के आँसुओं को बलपूर्वक पीती हुई पूरी ताक़त से स्वतन्त्रता का नारा लगाने लगी। साथ ही उन नराधमों से चिल्लाकर कहने लगी, गोली चलाते क्यों नहीं, रुक क्यों गये?'' वास्तव में मेरी उस अस्वाभाविक साहसिकता ने उन पशुओं को भी कुछ समय के लिए स्तब्ध कर दिया। भरी हुई बन्दूक़ों को वे ताने रहे, पर चलाने का साहस ही उस समय के लिए उनमें न रहा। इतने में एक दूसरी लारी में एक यूरोपियन मिलिटरी सार्जण्ट आया। उसने मिलिटरी लारियों को उस स्थान से हट जाने के लिए कहा।

''वह एक साधारण-सी घटना थी, क्योंकि उसी आन्दोलन के सिलसिले में देश के विभिन्न स्थानों में न जाने कितने व्यक्ति गोलियों के शिकार हो चुके थे। न जाने कितनों के घर-द्वार फूँके जा चुके थे। न जाने कितनी निरपराधिनी स्त्रियाँ अत्याचारियों के हाथों से अपनी लाज और अपना धर्म बचाने में असमर्थ हो चुकी थीं। सामूहिक जुर्माने से न जाने कितने गाँव तबाह हो चुके थे। देश-माता के हज़ारों वीर पुत्रों को इस प्रकार जेलों में ठूँसा जा रहा था, जैसे वे घोर-घृणित दुष्कर्मी हों। पर जिस अपेक्षाकृत साधारण-सी घटना का दृश्य मैंने प्रत्यक्ष देखा, उसने मेरे अन्तर में संचित तब तक के स्वप्नों को एकदम छिन्न-भिन्न कर दिया। मेरी विचारधारा को एकदम उलट दिया। मैं सोचने लगी की सदियों कि दासता के पाश में बँधे हुए देश की स्वतन्त्रता के लिए पुकार मचाना क्या इतना जघन्य दुष्कर्म है कि उसके कारण लोग मक्खियों की तरह मारे जायँ? तुच्छ कीटों की तरह निपट उपेक्षा के साथ कुचले और मसल दिये जायँ? और आवारा कुत्तों की तरह कठघरों में बन्द कर दिये जायँ? इतने युगों की सभ्यता के इतिहास के बाद क्या मानवता इसी आदर्श पर पहुँच पायी है?

''फिर मैंने सोचा कि जो देश स्वतन्त्र हैं और शक्तिशाली हैं, वहाँ की जनता यदि अपनी सरकार के ख़िलाफ़ खड़ी हो जाय और राष्ट्र को किसी दूसरी—अधिक योग्य—सरकार के हाथों में सौंपने को कटिबद्ध होकर आन्दोलन खड़ा करे; तो क्या उन पर गोलियाँ चलाने या दूसरे अत्याचार करने का साहस वहाँ के अधिकारी कर सकते

हैं? यह स्पष्ट है कि परतन्त्र देशों की जनता को साम्राज्यवादी राष्ट्र मनुष्य नहीं समझते। उन्हें वे कृमि-कीटों से भी तुच्छ समझते हैं, और स्वभावतः उनके प्राणों का कोई मूल्य उनके लिए नहीं है। इसलिए यदि मनुष्यत्व का--मनुष्योचित आत्मसम्मान का—तनिक भी बीज हममें है, तो हमें मानव-भक्षी साम्राज्यवाद की जड़ों में घुन लगा देना होगा। यदि प्राणों की बलि देनी होगी तो आत्मसम्मान के साथ देंगे। घृणित कीटों या मक्खियों की तरह मरकर नहीं। इस तरह के विचार मेरे क्षुद्र किन्तु भावपूर्ण हृदय पर हिलकोरे मारने लगे।

''इसके बाद आया बंगाल का मनुष्यभक्षी अकाल। यह दैवी दुर्भिक्ष नहीं था। युद्धजनित कारणों से उसकी उत्पत्ति हुई थी। मनुष्य-मांसलोभी अर्थपिशाचों द्वारा उसका पोषण हुआ था। मैं कलकत्ते गयी थी। जो दृश्य वहाँ की सड़कों पर मैंने देखा था, उसका वर्णन तुम अख़बारों में पढ़ चुके हो। पर विश्वास मानो, अख़बारों का वर्णन उन प्रत्यक्ष लोमहर्षक दृश्यों की तुलना में मनोरंजक और नाटकीय लगते थे। मेरा निश्चित विश्वास है कि कोई भी अनुभूतिशील मानव प्राणी ऐसा नहीं होगा, जो उन दृश्यों को देखकर मानवत्व के महत्त्व पर अपनी आस्था क़ायम रख सके। मनुष्यों की अपेक्षा कुत्तों और सियारों की श्रेष्ठता पर विश्वास होने लगता था। क्योंकि जो प्राणी अपने बाल-बच्चों सहित इस प्रकार निराधार और निःसहाय अवस्था में भूख से विवश होकर बाहर सड़कों में मृत्यु की प्रतीक्षा में पड़े रहने को बाध्य हो, वह उन जन्तुओं से किस बात में श्रेष्ठ माना जा सकता है जो अपनी बुद्धि और अपने पराक्रम को काम में लाकर उस पर झपटकर अपना खाद्य जुटाने में समर्थ होता है। मैं सोचने लगी कि जिन प्राणियों में न तो आत्म-सम्मान का भाव वर्तमान है, न आत्मरक्षा की शक्ति है, जिनमें निपट हीनावस्था को प्राप्त होने पर अत्याचारियों के ख़िलाफ़ विद्रोह की आग नहीं भड़क पाती, जिनमें इतना पराक्रम नहीं है कि उन अर्थपिशाचों की सम्पत्ति पर दलबल से टूट पड़ें जो उनका रक्त चूसकर विकटाकार दानवों की तरह तोंद फुलाये मोटे बने पड़े हैं, जिनके लिए खाद्य के अभाव में केवल दीन-हीन, दलित और गलित भाव से निःशक्त और निर्जीव अवस्था में मुँह बाये मृत्यु की मौन प्रतीक्षा में पड़े रहने के सिवा और कोई चारा नहीं है, वे यदि मनुष्य हैं तो निश्चय ही मानव प्राणी संसार के इतर जीवों से हीन हैं। तब से मेरे मन में केवल एक ही बात की धुन सवार हो गयी। कैसे इस देश के मनुष्य नामधारी निर्जीव प्राणियों में अत्याचार और अन्याय के विरुद्ध विद्रोह की आग फूँकी जा सकेगी! मैंने अपने दृष्टिकोण से देश के समग्र समाज को मोटे तौर पर पाँच वर्गों में विभाजित किया। पहला है साम्राज्यवादी अधिकारी वर्ग, जिसके लिए इस देश की जनता का कोई अस्तित्व ही नहीं है। जो व्यापक रूप से सुसंगठित सामूहिक उपायों से, देश का मूल सत्त्व हरण करके, अपने साम्राज्य की जड़ों को पुष्ट करना ही अपना एकमात्र ध्येय समझता है। दूसरा है पूँजीपति ज़मींदार वर्ग, जो देश के उस रक्त और मांसपिण्ड के संचय में व्यस्त रहता है जो साम्राज्यवादी शोषण के बाद शेष रहता है। तीसरा है उच्चमध्यवर्ग, जो पिछले दोनों वर्गों से इतने टुकड़े पा लेता है जितने से वह

अपने 'कौलिक सम्मान' की रक्षा कर सके और साथ ही 'फ़ैशनेबुल' दुनिया की चहारदीवारी में बन्द रहकर एक ऐसी सामाजिकता का रंगीन पर्दा अपने चारों ओर डाल सके जो संसार की निपट वास्तविकता से उसे अन्धा बनाने में समर्थ हो। 'बूर्जुआ' शब्द की ध्वनि से जो बदबू—जो सड़ायँध—निकलती है, वह सब इस तीसरे वर्ग में कूट-कूटकर भरी हुई है। चौथा है निम्नमध्यवर्ग। वास्तव में यही वर्ग है समग्र समाज का अन्तर-केन्द्र—'न्यूक्लीयस'। शारदा देवी ने जो बात इस वर्ग की विशेषता के सम्बन्ध में मुझे सुझायी थी (और शायद तुम्हें भी उन्होंने सुझाया होगा) उस पर मैं जितना ही विचार करती हूँ, उतना ही अधिक वह मेरे मर्म में घर करती जाती है। वास्तव में शोषकों के अत्याचारों से यह वर्ग निम्नतम वर्ग से कुछ कम पीड़ित नहीं है। पर निम्नतम वर्ग से उसमें यह अन्तर है कि वह बहुत अधिक अनुभूतिशील और साथ ही बुद्धिवादी है। इसलिए क्रान्ति के मूल बीज केवल इसी वर्ग में पनप सकते हैं। यही कारण था कि जब मुझे पता चला कि तुमने निम्नमध्यवर्ग के नवयुवकों के क्रान्तिकारी संगठन का बीड़ा उठाया है, तब तुम्हारे प्रति मेरी श्रद्धा और अधिक बढ़ गयी थी। तब मुझे क्या पता था कि तुम मँझधार में नाव को लाकर पतवार को छोड़ देना चाहोगे! ख़ैर! पाँचवाँ और अन्तिम वर्ग है जनसाधारण का। किसानों, मज़दूरों, भिखारियों, नंगों और भूखों का वर्ग। यह वर्ग सदियों के राजनीतिक तथा सामाजिक पीड़नों से इस क़दर निर्जीव बन चुका है कि उसमें प्राणशक्ति भरने—विद्रोह के इंजेक्शन द्वारा नयी स्फूर्ति और नये जीवन का संचार करने—की आवश्यकता ने विकट रूप धारण कर रखा है। पर इस आवश्यकता की पूर्ति केवल निम्नमध्यवर्गी ही कर सकता है।

"मैं किस बात से किस बात पर आ पड़ी। मैं कहने जा रही थी कि सन् '42 के आन्दोलन ने और सन् '43 के अकाल ने मेरे स्निग्ध स्वप्नलोक के रंगीन काव्य-जाल को आर-पार चीर डाला। मेरे भीतर विद्रोह का जो अणु न जाने किस अन्ध-गुहा में निहित था, उसमें अचानक विस्फोट हो गया। हिंसात्मक क्रान्ति के गुप्त संगठन के सिवा अपमानित राष्ट्र का बदला लेने का और कोई दूसरा रास्ता ही मुझे नहीं सूझने लगा। इसी कारण तुम्हारे गुप्त दल में सम्मिलित होकर अपने भीतर से इस रुद्ध किन्तु साथ ही दुर्निवार भावावेग का प्रवाह-पथ मैंने पाया। तुम्हारा व्यक्तित्व मेरी कल्पना में अत्यन्त विराट् रूप धारण कर उठा और फिर एक बार मैंने अपने ध्रुवतारे को उज्ज्वल रूप में पाया। किन्तु, जब इस बार तुमसे भेंट हुई, तब मैंने अत्यन्त निराशा के साथ देखा कि वह उज्ज्वल ध्रुवतारा नीहारिका में परिणत होकर वाष्प में विलीन हो चुका है। पर इस बात से मेरा विद्रोह ठण्डा होने के बजाय दुगनी तीव्रता से भड़क उठा है। सम्भव है, तुम कायरतावश अपने पूर्व-निर्धारित पथ से विमुख नहीं हुए हो, बल्कि किसी वास्तविक अन्तर्सत्य के उद्‌घाटन ने तुम्हें विचलित कर दिया हो। पर मैं तुम्हारी तरह अति-मानवीय या अप-मानवीय नहीं हूँ। मैं सहज-साधारण मनोवृत्तिवाली मानवी हूँ, जो

अपमान का बदला अपमान से और रक्त का बदला रक्त से लेने के स्वाभाविक उपाय के सिवा और किसी दूसरे परोक्ष उपाय पर विश्वास नहीं करती।

"कुछ भी हो। मुझे सन्तोष है कि इस लम्बे-चौड़े पत्र द्वारा मैंने आज रात अपने मन का भारी बोझ बहुत दिनों बाद हलका करने में सफलता पायी है। जीवन में जो स्वप्न देखा था कि बराबर तुम्हारी छाया का अनुसरण करती हुई दीर्घ संकटमय पथ की यात्रा करती रहूँगी और तुम्हारे सहयोग में अनेक दुस्सह संघर्ष-विघर्ष और बाधा-विघ्नों को बिना किसी शिकायत के पार करती हुई अन्त में 'समान' लक्ष्य में पहुँच सकूँगी। पर अब निश्चित रूप से जान चुकी हूँ कि हम दोनों का लक्ष्य समान नहीं है। न कभी हो सकता है। इसलिए तुम अपना रास्ता पकड़ो और मैं अपना रास्ता पकड़ूँगी। फिर कभी जीवन में हम दोनों मिल पायेंगे, इसकी कल्पना भी अब सम्भव मालूम नहीं पड़ती। अच्छा, विदा...

छिन्नस्वप्ना,
प्रतिमा

"पुनश्च :

"हाँ, एक बात याद आ गयी, जिसकी सूचना तुम्हें दे देना मैं अपना कर्त्तव्य समझती हूँ। छोटी दीदी (नीलिमा) ठाकुर साहब से सदा के लिए सम्बन्ध त्यागकर चली आयी है। मैं पहले ही से जानती थी कि परिणाम अन्त में यही होगा। उस अधम पुरुष के बाहरी सभ्य आचरण के नीचे छिपी हुई नृशंसता से मैं पहले ही से परिचित थी। इस कारण आरम्भ ही से मैंने इस विवाह का विरोध किया था। पर न माँ ने मेरी इस अन्तर्दर्शिता को कभी स्वीकार किया, न छोटी दीदी ने। जिस वर्ग का प्रतिनिधित्व यह नर-पशु करता है, उसके समस्त दुर्गुण उसमें संचित होकर पराकाष्ठा को पहुँचे हुए हैं, यह बात सम्भवतः तुमसे भी छिपी न होगी। धीराज सिंह की मृत्यु का यदि प्रत्यक्ष कारण नहीं तो परोक्ष कारण यही शख़्स है। इसी के कूट पाशविक चक्रों से तंग आकर उन्होंने आत्महत्या की थी। यह बात भी प्रमाणित हो चुकी है कि धीराज सिंह जब आत्महत्या करने की तैयारी कर रहे थे, तब इस पिशाच ने उन्हें देख लिया था। वह उनके इतने निकट छिपा था कि यदि वह चाहता तो उनके हाथ से बन्दूक़ छीनकर या उनका ध्यान भंग करके उन्हें आत्महत्या से बचा सकता था। पर यह राक्षस सब-कुछ जानते और समझते हुए भी चुपचाप अपनी नृशंस मनोवृत्ति को तुष्ट करता हुआ छिपकर देखता रहा। जब वह अपनी छाती पर गोली चलाकर चित लेट गये तो तत्काल उनकी मृत्यु नहीं हुई। वह एक रूमाल पर अपने ख़ून से इतना लिखने तक जीवित रहे कि उन्होंने आत्महत्या की है।

"इधर जो समाचार प्राप्त हुए हैं, उनसे पता चलता है कि यह नारकीय जीव अपनी प्रजा पर अमानुषिक अत्याचार करता चला जाता है। सन् '42 के आन्दोलन में इसने न जाने कितने गुप्त कांग्रेसी कार्यकर्त्ताओं का पता सरकार को दिया। अपनी विद्रोही

प्रजा पर पुलिस की सहायता से जो ज़ुल्म तब उसने किये उनका वर्णन नहीं हो सकता। तुर्रा यह है कि ऊपर से यह देशघाती कांग्रेसियों के साथ मिला हुआ था! पाँचवें दल में भी इतने बड़े धूर्त देखने को नहीं मिलते। इस पत्र में अधिक लिखने का स्थान नहीं है। इस समय केवल इतना ही जान लो कि दीदी अत्यन्त अपमानित होकर उसके पास से लौटी है। वह इस समय लखनऊ में हैं—प्रतिमा।"

9

महीप ने पत्र पढ़कर समाप्त किया।

वह अब तक मकान के पास पहुँच चुका था। ताँगेवाले को विदाकर भीतर जाकर वह खटिया पर चारों खाने चित लेट गया। प्रतिमा के लम्बे पत्र की बातें, तरह-तरह की अस्पष्ट भौतिक आकृतियाँ धारण करके उसके थकित मस्तिष्क के चारों ओर चक्कर काटने लगीं। प्रतिमा ने क्या-क्या बातें किस उद्देश्य से लिखी थीं, पत्र पढ़ते समय वह भले ही समझता चला गया हो, पर अब उनमें से किसी भी एक बात का कोई निश्चित और स्पष्ट अर्थ उसके सामने नहीं आ रहा था। वह केवल इतना ही अनुभव कर रहा था कि उन सब बातों ने उसके जीवन के समस्त क्रिया-चक्रों, सभी स्वप्नों, विचारधाराओं और आदर्शों के ऊपर युद्ध में काम आनेवाले बैलूनों के विस्तृत स्तूपों की तरह एक विराट् अवरोध-सा खड़ा कर दिया है। प्रतिमा के विराट् व्यक्तित्व की विस्तृत छाया उसके मानसिक क्षेत्र के चारों ओर एक सघन औदास्य और अवसाद का वातावरण उत्पन्न कर रही थी। बहुत देर तक वह उसी अवस्था में अव्यवस्थित चित्त और भाराक्रान्त हृदय से लेटा ही रहा।

धीरे-धीरे उसका मन जब कुछ स्थिर हुआ, तब सारी अस्पष्टता और अव्यवस्था के भीतर से एक बात कुछ स्पष्ट और व्यवस्थित रूप में उसके आगे आने लगी। प्रतिमा ने लिखा था कि नीलिमा ठाकुर साहब से सदा के लिए सम्बन्ध छिन्न करके अत्यन्त अपमानित अवस्था में लौट गयी है। एक बार महीप को लगा कि इस संवाद से उसे प्रसन्न होना चाहिए। वह सोचने लगा कि उसके आज तक का जीवन जिन दो मूलतः पृथक् भागों में बँटा है, उनमें से पहले के आधे भाग को नीलिमा ने ही विषमय बनाया था। शेष आधा भाग प्रतिमा के दुर्धर्ष व्यक्तित्व की दुर्निवार झंझा के कारण छिन्न-भिन्न होने के लक्षण प्रकट कर रहा है। यदि नीलिमा ने समय रहते उसका साथ दिया होता, तो सम्भवतः उसका जीवन आज इस हद तक उजाड़ न हुआ होता। जिस निराशावादी मनोवृत्ति की विकराल काली छायाएँ आज चारों ओर से उसके काव्यजगत् के सारे स्वप्नों को, उसके समस्त आदर्शों को, सारी महत्त्वाकांक्षाओं को लीलने पर तुली हुई हैं वह सम्भवतः इस हद तक अपना सर्वशोषी, कुटिल, कठोर रूप उसके आगे प्रकट न करती। जो निरादर, जो अपमान नीलिमा ने उसके प्रारम्भिक जीवन-काल में उभरते हुए जीवन

की अतलव्यापी और अनन्तगामी एकान्त आकांक्षा का किया है उसके लिए कोई क्षमा उसके पास नहीं हो सकती। नीलिमा ने केवल उसका निरादर ही नहीं किया है, बल्कि ऐसे व्यक्ति से सम्बन्ध स्थापित करके जान-बूझकर उसे मार्मिक चोट पहुँचायी है, जिसकी निपट हीनता से वह सम्भवतः पहले ही से बहुत-कुछ परिचित थी। "जैसे मुझे मुँह चिढ़ाने के लिए ही जान-बूझकर उसने उस मनुष्यघाती पातकी को अपनाया हो!" महीप मन-ही-मन कहने लगा, "उसने प्रतिमा के अप्रत्यक्ष विरोध की परवाह नहीं की और जो गुमनाम पत्र मैंने उसे भेजा था उसकी एकदम उपेक्षा की। इसलिए यदि आज उसकी वह दुर्गति हुई है जो अनिवार्य थी, तो उसे उचित ही शिक्षा मिली है!"

वह इस ढंग से सोच तो रहा था, पर उसके भीतर से, हृदय की निचली सतह से, निस्सीम करुणा की एक हिलोर व्याकुल वेग से उथल-पुथलकर उसकी सम्पूर्ण आत्मा को परिप्लावित कर रही थी। रह-रहकर यह भावना उसे विकल कर रही थी कि नीलिमा अपनी अज्ञानता और अपने स्वभाव की विषमता के कारण जिस घोर अपमानित और परिपूर्ण रूप से परास्त अवस्था को पहुँच गयी होगी, उसकी कामना अपने परम शत्रु के लिए भी कोई भला आदमी नहीं कर सकता। नीलिमा कैसी अभिमानिनी है, यह महीप से अधिक कोई नहीं जानता था। इसलिए उसकी क्या मनोदशा इस समय हो रही होगी, चरम ग्लानि के तीव्र विष का मन्थन किस रूप में उसके भीतर हो रहा होगा, इसकी कल्पना करते हुए वह अत्यन्त अशान्त हो उठा। इस बात की बहुत बड़ी सम्भावना उसे जान पड़ने लगी कि नीलिमा या तो आत्महत्या कर चुकी होगी (जिसकी ख़बर प्रतिमा को स्पष्ट ही अभी तक नहीं है), या शीघ्र ही कर लेगी। यह कल्पना महीप को घोर घातक, मर्मान्तिक और आतंकोत्पादक मालूम होने लगी। वह अचानक हड़बड़ाता हुआ खटिया पर से उठ बैठा, जैसे प्रत्यक्ष में नीलिमा को आत्महत्या करते देखकर घबरा उठा हो।

उसी दम उठकर वह रेलवे टाइम टेबिल देखने लगा। ग्यारह बजे एक गाड़ी कानपुर को जाती थी, जिसका सम्बन्ध लखनऊ की गाड़ी से था। उसने उसी गाड़ी से रवाना होने का निश्चय कर लिया। वह इस क़दर उतावला हो उठा था कि सोचने लगा—यदि इसी क्षण कोई राकेट सुलभ हो सकता तो वह उसी पर सवार होकर दूसरे क्षण लखनऊ पहुँचकर नीलिमा से मिल पाता। नीलिमा किसी भी क्षण आत्महत्या कर सकती है, यह आशंका उसके मन में भूत की तरह सवार हो गयी थी। वह भरसक किसी भी उपाय से इस चरम दुर्घटना का निवारण करना चाहता था।

शेष समय उसने बड़ी बेचैनी से काटा। मन भारी होने के कारण उसे अपना पेट भी भारी मालूम होने लगा। नौकर जब खाना लाया, तो किसी तरह उसने दो कौर मुँह में डाले। उसके बाद सामान बँधवाकर उसने एक ताँगा मँगवाया और स्टेशन को चल पड़ा। आधे घण्टे तक इन्तजार करने के बाद गाड़ी आयी। गाड़ी में बड़ी भीड़ थी। उसने पैसों की कमी के कारण तीसरे दर्जे का टिकट ख़रीदकर किफ़ायत से काम लेना चाहा था। पर स्थिति की असम्भवता के कारण उसे ड्योढ़ा कराना पड़ा। ड्योढ़े में भी भीड़

थी। पर बैठने का स्थान किसी तरह मिल गया। रास्ते-भर वह तरह-तरह की सम्भव और असम्भव कल्पनाएँ करता रहा। किसी भी स्टेशन पर गाड़ी का ठहरना उसे बहुत खल रहा था। वह चाह रहा था कि गाड़ी की गति एक सेकेण्ड के लिए भी कहीं न रुके।

जब कानपुर स्टेशन पर गाड़ी ठहरी और महीप को लखनऊ के लिए गाड़ी बदलने को उतरना पड़ा, तब उसका सारा जोश, न जाने क्यों, ठण्डा पड़ गया। वह सोचने लगा कि नीलिमा की वर्तमान मानसिक अवस्था में उसका उसके पास जाना ख़तरे से खाली नहीं है। उसे देखते ही नीलिमा की आत्महत्या की प्रवृत्ति प्रचण्ड वेग से उमड़ उठेगी। वह यदि कल आत्महत्या करनेवाली होगी तो आज ही कर डालेगी। इस विचार ने महीप को द्विविधा में डाल दिया। वह अत्यन्त उद्विग्न और अशान्त मानसिक अवस्था में प्लेटफ़ार्म पर चहलक़दमी करने लगा। एक बार उसने सोचा कि कानपुर ही में ठहर जाये और लखनऊ जाकर नीलिमा से मिलने का विचार सदा के लिए त्याग दे। पर जी किसी प्रकार भी नहीं मानता था। अन्त में लखनऊ जाने का ही निश्चय किया। लखनऊ की गाड़ी पहले ही से लगी हुई थी। कुली से सामान उठवाकर वह उसी गाड़ी में जाकर बैठ गया।

10

जब गाड़ी लखनऊ पहुँची तब शाम हो चुकी थी।

सुषमा का पता उसे मालूम था। सुषमा के पति विजयमोहन वर्मा क़ैसरबाग़ के पास एक बँगले में रहते थे। महीप सीधे वहीं पहुँचा। एक नौकर ने बताया कि 'साहब' शहर से बाहर गये हुए हैं। पर 'बीबी जी' घर ही पर हैं। नीलिमा के सम्बन्ध में कोई प्रश्न महीप ने नौकर से नहीं किया। नौकर महीप को नहीं पहचानता था। महीप ने उससे कहा कि 'बीबी जी' को बाहर बरामदे में बुला लाये। नौकर भीतर गया। कुछ ही देर बाद सुषमा बाहर चली आयी। आज कई वर्षों बाद सुषमा से महीप की मुलाक़ात हुई थी। पर महीप ने ग़ौर किया कि उसकी मुखाकृति में इतने वर्षों के बाद भी अभी तक विशेष अन्तर नहीं आया है, केवल इसके सिवा कि उसका स्वास्थ्य पहले से बहुत अच्छा हो गया है। पर सुषमा प्रथम दृष्टि में महीप को नहीं पहचान पायी। महीप के अभिवादन का उत्तर हाथ जोड़कर मौन भाव से देती हुई वह क्षण-भर के लिए 'अपरिचित', गम्भीर-प्रकृति व्यक्ति के आगे ठिठकी-सी खड़ी रही। हालाँकि उसे लग रहा था कि उसने उसे कहीं देखा है। पर दूसरे ही क्षण महीप की आँखों के एक अव्यक्त भाव से वह उसे पहचान गयी। अत्यन्त विस्मित और प्रसन्न होकर वह आगे बढ़ती हुई बोली, "अरे महीप, तुम! आज कैसे इधर भटक पड़े? सामान भीतर क्यों नहीं रखवाते? चन्दू, जाओ, सामान उठाकर रखो।" चन्दू उसी नौकर का नाम था, जिसने सुषमा को ख़बर दी थी।

महीप ताँगे पर से उतरकर संकोच-भरी म्लान मुस्कान मुख पर झलकाता हुआ सुषमा के पास आकर खड़ा हो गया। सुषमा उस मुस्कान से भली-भाँति परिचित थी। प्रारम्भ में महीप के रूखे और अस्त-व्यस्त बाल, रूखा ही चेहरा और अत्यन्त गम्भीर मुद्रा देखकर वह भ्रम में पड़ गयी थी। पर अब उसे आश्चर्य होने लगा कि किसी भी हालत में महीप को पहचानने में उसे भ्रम कैसे हो गया! वह भीतर ड्राइंग-रूम में महीप को ले गयी। जब दोनों बैठ गये, तब सुषमा ने कहा, "तुमने अभी तक नहीं बताया कि तुम आज कहाँ से आ रहे हो और इतने दिनों तक क्या करते रहे?"

महीप ने देखा कि सुषमा के हासोज्ज्वल मुख पर हर्षातिरेक न समाकर जैसे चू पड़ता है। अपने पिछले जीवन के अकलुष रोमाण्टिक स्वप्नों की पुलक-विकल स्मृतियाँ न जाने कहाँ से उमड़-उमड़कर उसे आकुल करने लगीं। यदि कोई दूसरा अवसर होता तो यह आकुलता उसे बहुत प्रिय लगती। पर आज वह उसे बड़ी मार्मिक पीड़ा पहुँचा रही थी।

महीप ने कहा, "मैं कहाँ रहा, क्या करता रहा, यह सब बड़ा लम्बा क़िस्सा है। बाद में इसे फ़ुर्सत से बताऊँगा। केवल इतना ही जान लो कि मैं पहले जैसा आवारा था, अब भी वैसा ही हूँ।"

"वह तो तुम्हारे चेहरे से ही पता चलता है", अपने मुख का भाव कुछ गम्भीर बनाने की चेष्टा करते हुए सुषमा ने कहा, "पर कब तक आवारा रहोगे? अब तो तुम्हारे जीवन में स्थिरता आ जानी चाहिए! कहीं जमकर गृहस्थी जोड़ क्यों नहीं लेते?"

सुषमा की आकस्मिक गम्भीरता यद्यपि कृत्रिम और कुछ व्यंग्यात्मक मालूम होती थी, तथापि महीप ने अनुभव किया कि उसके कण्ठस्वर में बहुत-कुछ सहृदयता वर्तमान है। खन्ना-परिवार की लड़कियों के स्वभाव की इस विशेषता से—व्यंग्य और सहृदयता के आश्चर्यजनक सम्मिश्रण से—वह भली-भाँति परिचित था। पर वह सहृदयता भी उसे आज क़तई प्रिय नहीं लग रही थी। उसका जी एकदम उखड़ा हुआ था। कोई भी इस तरह की बात उसे पसन्द नहीं आ सकती थी जो उसके पिछले जीवन की असफल आकांक्षाओं की याद दिलाती हो। उसने बात को टालने के उद्देश्य से कहा, "प्रतिमा से भेंट हुई थी।"

सुषमा के चेहरे से व्यंग्य और परिहास का भाव पल में तिरोहित हो गया। एक अकृत्रिम और सघन गम्भीरता उसके मुख पर छा गयी। अत्यन्त उत्सुक और चिन्तित भाव से उसने पूछा, "कब भेंट हुई थी? कहाँ?"

उसी क्षण महीप ने चौंककर देखा। एक साक्षात् प्रेतात्मा ने ड्राइंग-रूम में प्रवेश किया। वह अपने लम्बे क़द के दुबले-पतले शरीर को एक मटमैली साड़ी से ढके थी। उसके सिर के रूखे बाल अस्त-व्यस्त रूप से बिखरे हुए थे। कुछ बाल उसकी बायीं आँख के ऊपर तक पहुँच गये थे और बायीं भौंह को उन्होंने पूरी तरह ढक दिया था। चेहरा एकदम मुरझाया हुआ था। उसमें यत्र-तत्र झुर्रियाँ पड़ गयी थीं। धँसी हुई आँखों

के भीतर से एक ऐसी अस्वाभाविक चमक निकल रही थी, जो वास्तव में भयावनी मालूम होती थी। महीप क्षण-भर के लिए विस्मित और भयभीत दृष्टि से उसकी ओर देखता रह गया। पर तत्काल उसकी पूर्व-जन्म की-सी स्मृति जगी। न जाने किस अव्यक्त लक्षण से उसने पहचान लिया कि वह प्रेतात्मा स्वयं नीलिमा है। किसी भी मनुष्य की आकृति में केवल चार वर्षों के भीतर किसी भी कारण से ऐसा मूलगत परिवर्तन हो सकता है, इस बात की कल्पना इसके पहले वह कभी कर नहीं सकता था। उसका हृदय दहल उठा।

नीलिमा इस समय तक या तो सोयी हुई थी, या कहीं गयी हुई थी। उसे महीप के आने की कोई ख़बर नहीं थी। पर जब उसके कानों में प्रतिमा की चर्चा की भनक पड़ी, तब वह उत्सुकतावश उस कमरे में चली आयी थी। महीप को देखते ही वह भी चौंक पड़ी थी। एक बार उलटे पाँव लौट चलने की बात सोचने लगी थी। पर बाद में वह सुषमा के पीछे चुपचाप खड़ी हो गयी।

सुषमा के प्रश्न का उत्तर देते हुए महीप ने कहा, "प्रतिमा से कहाँ और किस सिलसिले में भेंट हुई थी, यह बताने का कोई अधिकार मुझे नहीं है। केवल इतना जान लो कि वह सकुशल है।"

प्रतिमा की चर्चा से सुषमा का प्रसन्न मुख एकदम म्लान हो गया था। ऐसा लगता था कि वह रो पड़ेगी। महीप जानता था कि प्रतिमा सदा सभी बहनों की लाड़ली रही है। उसका 'जोगिन' बनकर घर से निकल जाना स्वभावतः सुषमा को मार्मिक पीड़ा पहुँचानेवाला विषय है। उसने उस चर्चा को वहीं समाप्त कर देना उचित समझा।

"वर्मा जी से वर्षों भेंट नहीं हुई। कहाँ गये हैं?" यह प्रश्न करते हुए महीप ने एक बार भूल से नीलिमा की ओर देखा। पर तत्काल ही दृष्टि फिराकर सुषमा की ओर देखने लगा।

"दौरे पर गये हुए हैं। कल ही गये हैं।" सुषमा ने उत्तर दिया।

इतने में एक-एक करके तीन लड़कियों ने, जिनकी अवस्था चार से लेकर आठ वर्ष के बीच तक की होगी, कमरे में प्रवेश किया। वे सुषमा को चारों तरफ़ से घेरकर खड़ी हो गयीं। वे चुपचाप बड़े ग़ौर से महीप की ओर देखने लगीं। सबसे बड़ी लड़की को महीप ने तब देखा था, जब वह एक साल की थी। शेष दो लड़कियों को उसने इसके पहले कभी देखा ही नहीं था। वह बिना उद्देश्य के सहसा बोल उठा, "सब लड़कियाँ ही हैं? लड़का एक भी नहीं?"

सुषमा सलज्ज भाव से मुस्कराने लगी—उत्तर में केवल बोली, "बड़ी दुष्ट लड़कियाँ हैं। दिन-भर झगड़ती रहती हैं।"

महीप भी मुस्कराता हुआ बोला, "इस समय तो पुतलियों की तरह शान्त खड़ी हैं। बड़ी लड़की का नाम तो मुझे मालूम है—रंजना! उसकी दोनों बहनों के क्या नाम हैं?" प्रश्न करते हुए उसने फिर एक बार नीलिमा की ओर देखा, जैसे उसी से प्रश्न कर

रहा हो। पर तत्काल अपनी भयंकर भूल के लिए अपने को कोसते हुए सुषमा की ओर देखने लगा।

"इसका नाम अंजना है। इस छोटी-सी दुष्टा का नाम खंजना!" दोनों लड़कियों के कन्धों पर बारी-बारी से स्नेहपूर्वक हाथ रखते हुए सुषमा ने कहा।

महीप तत्काल बोल उठा, "वाह! यह तो बड़ा अच्छा मेल तुमने बिठाया है, रंजना—अंजना—खंजना! अबकी यदि लड़का हुआ तो उसका नाम रख देना 'झुनझुना'!" कहकर वह ठठाकर हँस पड़ा। सुषमा भी मुक्त भाव से खिलखिला उठी। दोनों लड़कियाँ भी। महीप ने फिर एक बार नीलिमा की ओर देखा। उसके मुख पर भी शायद बरबस—मुस्कान की एक हलकी-सी रेखा खिंच गयी थी, जिसे तत्काल ही उसने मिटा दिया।

इतने में एक नौकर 'ट्रे' में चाय और दो तश्तरियों में नमकीन और मिठाइयाँ लेकर आया। उसके आते ही नीलिमा कमरे में चली गयी। सुषमा ने एक प्याले में चाय बनाकर प्याला महीप के आगे रख दिया। साथ ही नमकीन और मिठाइयों की तश्तरियाँ भी उसकी ओर बढ़ा दीं।

महीप ने कहा, "यह सब क्या अकेले मुझे ही खाना पड़ेगा? यह कैसे हो सकता है।"

सुषमा बोली, "हम लोग पहले ही चाय पी चुके हैं। पर तुम चाहो तो तुम्हारा भी साथ दे दिया जायगा।"

"नीलिमा क्या नहीं पीयेगी?" दबी ज़बान से महीप ने पूछा।

"क्यों नहीं। उसे बुलाती हूँ।" यह कहकर सुषमा ने नौकर को पुकारा। उसने नीलिमा को चाय के लिए बुलाने को कहा।

नौकर थोड़ी देर में लौट आया। उसने सूचित किया, "नीलिमा 'बीबी' चाय नहीं पीयेंगी। कहती हैं, अभी पी चुकी हूँ।"

नीलिमा के स्वभाव को जानकर सुषमा ने दुबारा कहना उचित नहीं समझा। वह तीनों लड़कियों के लिए चाय बनाकर स्वयं भी महीप का साथ देने के लिए पीने लगी।

महीप बोला, "लड़कियों को अभी से चाय का आदी बनाना क्या तुम उचित समझती हो?"

उसकी आवाज़ से स्पष्ट ही यह बोध होता था कि वह किसी कारण से खीझा हुआ है। सुषमा समझ गयी कि नीलिमा के न आने से उसे दुःख हुआ है। पर उसने सहज भाव से उत्तर दिया, "जब तक हम स्वयं चाय पीना न छोड़ दें, तब तक लड़कियों को उससे वंचित रखना असम्भव है।"

"हूँ!" कहकर महीप अनमने भाव से एक टुकड़ा मिठाई का मुँह में डालकर खाने लगा।

बहुत देर से जो बात उसके पेट में उमड़ रही थी उसे कैसे छेड़े, यह एक बड़ी विकट समस्या उसके सामने थी। अभी तक नीलिमा के सम्बन्ध में एक भी प्रश्न वह नहीं

कर पाया था। उसके लिए उसे साहस ही नहीं होता था। वह सोच रहा था कि सुषमा अपने-आप चर्चा चलायेगी पर सुषमा इस सम्बन्ध में मौन थी। महीप जानता था कि वह जान-बूझकर ही मौन धारण किये हुए है। यदि वह स्वयं चर्चा चलाये तो सुषमा न जाने किस रूप में उसे ग्रहण करेगी, इस भय से वह कुछ पूछ नहीं पाता था।

जब सब लोग चाय पी चुके तब सुषमा ने कहा, "जब तक मैं बच्चों को एक बार बाहर घुमा न लाऊँगी, तब तक वे मुझे चैन न लेने देंगे। तुम्हारी इच्छा हो तो तुम भी चल सकते हो। मोटर तैयार है।"

महीप की इच्छा घूमने की क़तई नहीं थी। पर अकेले बैठकर वह करेगा भी क्या, यह सोचकर वह चलने को राज़ी हो गया। सुषमा ने भीतर जाकर नीलिमा से पूछा कि वह चलना चाहती है या नहीं। नीलिमा को जब मालूम हुआ कि महीप भी चल रहा है, तब उसने बहाना बताते हुए कह दिया कि उसके सिर में दर्द है, वह नहीं चलेगी। सुषमा ने इस बार भी हठ नहीं किया।

महीप अगली सीट पर बैठने जा रहा था। पर सुषमा ने उसे पीछे, अपने साथ ही, बैठने को कहा। दो बड़ी लड़कियों को अगली सीट पर बिठा दिया। सबसे छोटी लड़की को महीप ने अपनी गोद में बिठा लिया।

जब मोटर चली तब ठण्डी हवा के झकोरों से महीप के मन की जड़ता भी जैसे बहुत-कुछ दूर हो गयी। अब तक महीप का सारा संकोच, सारी झिझक जाती रही थी। उसके स्थान पर सहज साहस का संचार हो आया। उसने पूछा, "नीलिमा यहाँ कब आयी?"

"क़रीब साल-भर से वह यहीं है," कुछ दबी हुई ज़बान से सुषमा ने उत्तर दिया।

"साल-भर से? ठाकुर साहब ने क्या कोई आपत्ति नहीं की?" अनजान-सा बनकर महीप बोला।

"उस कमीने का नाम मत लो।"

"क्यों? बात क्या हो गयी?"

"बात जो भी रही हो, उसकी चर्चा व्यर्थ है। केवल इतना ही जान लो कि उसने नीलिमा को बुरी तरह अपमानित किया है। जान-बूझकर, उसे मार्मिक पीड़ा पहुँचाने के उद्देश्य से उसने नैतिक अनाचार किये हैं, जैसा कोई भी सभ्य पुरुष नहीं कर सकता। पर नीलिमा उस अपमान के कारण उतनी पीड़ित नहीं है, जितनी इस ग्लानि से कि उस काले साँप को पहचानने में उसने भयंकर भूल की है। अपनी उस भयंकर भूल के लिए वह स्वयं अपने को किसी तरह भी क्षमा नहीं कर पा रही है। स्वयं अपनी ही प्रताड़ना से तिल-तिल करके अपने को जला रही है..."

क्रोध और दुःख के आवेश से सुषमा की आवाज़ भारी हो गयी। उसके आँसू निकल पड़े। महीप पत्थर की तरह स्तब्ध रहकर सघन गम्भीर मुद्रा से सुषमा की ओर केवल देखता रह गया। ठीक किस रूप में ठाकुर साहब ने नीलिमा को अपमानित किया, यह

जानने की उत्सुकता यद्यपि उसके भीतर अदम्य हो उठी थी, तथापि इस सम्बन्ध में आगे कोई भी प्रश्न करने का साहस उसे नहीं होता था।

सुषमा कुछ देर तक आँखें पोंछती रही। उसके बाद फिर कहने लगी, "तुम्हारे आज अचानक आ जाने से मुझे बड़ी प्रसन्नता हुई, महीप। मेरे समझाने से नीलिमा कुछ भी नहीं समझना चाहती। इसके अलावा मैं स्वयं नहीं जानती कि मैं उसे क्या समझाऊँ और कैसे समझाऊँ। पर उसका मौन आत्म-पीड़न दिन-पर-दिन जो रूप धारण करता जाता है, वह मुझसे देखा नहीं जाता। तुमने उसके चेहरे से ही मालूम कर लिया होगा कि किस क़दर उसका स्वास्थ्य नष्ट हो गया है। हम सब बहनों में सबसे अधिक हँसमुख और हँसोड़ थी वह। बचपन से ही परिवार में सबसे ज़्यादा लाड़ली भी वही रही है। पर आज वह क्या-से-क्या हो गयी है और क्या हुई जा रही है, यह देखकर और सोचकर मेरा कलेजा फटा जाता है। उसके जीजा जी और मैं दोनों कितने ही उपायों से इस बात की चेष्टा करते रहे हैं कि वह प्रसन्न रहे। पिछली सब बातों को भूल जाय। पर हम लोगों की एक भी चेष्टा कभी सफल नहीं हो पाती। मुझे सबसे बड़ा डर इस बात का बना रहता है कि वह जाने कब, किस समय आत्महत्या कर बैठे। और साथ ही सबसे बड़ा आश्चर्य भी मुझे इस बात पर है कि इतने दिनों तक वह आत्महत्या करने से बची कैसे रह गयी। इसका एक कारण शायद यह है कि उसकी आत्मग्लानि ने उसकी आत्मा को इस क़दर छा लिया है कि आत्महत्या की बात सोचने का अवकाश ही उसे नहीं मिला है। आत्म-पीड़न द्वारा अपनी भूल का प्रायश्चित्त करने में ही उसे अपना त्राण दिखायी दे रहा है। सच तो यह है कि आत्म-पीड़न से, जो एक प्रकार का अत्यन्त विकृत और भयंकर सुख उसे प्राप्त हो रहा है, वह अभी तक उसकी प्राण-रक्षा में सहायक सिद्ध हुआ है। पर यदि किसी भी दिन, किसी भी समय अपनी आत्मग्लानि और आत्म-पीड़न की अनुभूति से मुक्त होकर वह तनिक अवकाश पा जायेगी, तो निश्चय ही आत्महत्या कर लेगी। यह चिन्ता मेरे मन में काँटे की तरह सब समय लगी रहती है। पर अब भी इस बात के लिए समय है कि उसकी विचारधारा मूलतः पलट दी जाय। पर यह केवल तुम्हारे द्वारा ही सम्भव हो सकता है, क्योंकि तुम्हारी सहृदयता और विचार और बुद्धि की गहराई पर उसका पहले से ही विश्वास रहा है। जो ग़लती उससे हो चुकी है, उसे तुम क्षमा कर दोगे और भूल जाओगे, यह मैं जानती हूँ। क्योंकि मैं तुम्हारे स्वभाव को उदारता से भली-भाँति परिचित हूँ। माँ मर चुकी, प्रतिमा देश के लिए पागल होकर घर-द्वार त्याग चुकी, नीलिमा इस तरह घुली जा रही है और दीदी बीमार है। न जाने मेरे मायकेवालों पर किसका क्रूर अभिशाप फल रहा है!" सुषमा रह न सकी फफक-फफककर रोने लगी।

महीप के पास जैसे एक शब्द भी उसे सान्त्वना देने के लिए नहीं था। वह अत्यन्त खिन्न मन से चुपचाप बाहर को मुख किये बैठा रहा।

हज़रतगंज में कुछ ख़रीद करने के बाद वे लोग लौट आये। महीप शरीर से और मन से बहुत थकित था। चुपचाप किसी एकान्त कमरे में लेट जाना चाहता था। उसे

कुछ खाने की भी इच्छा नहीं रह गयी थी। पर सुषमा से जब उसने बिना खाये सो जाने की अनुमति माँगी, तब वह बहुत दुःखी हुई और हठपूर्वक बोली कि वह किसी प्रकार भी उसे भूखा नहीं सोने देगी। लाचार महीप को बैठना पड़ा। सिवा नीलिमा के और सबने साथ ही एक ही मेज़ पर खाना खाया। नीलिमा महीप को कहीं दिखायी नहीं दी। नौकर से मालूम हुआ कि वह पहले ही खा चुकी है और अपने कमरे में बन्द होकर शायद कोई किताब पढ़ रही है।

11

खा-पी चुकने के बाद।

महीप जब एक एकान्त कमरे में जाकर लेट गया, तब लेटे-लेटे उसने यह निश्चय किया कि कल सुबह ही किसी भी गाड़ी से कहीं चल देगा। नीलिमा का रुख देखकर उससे एकान्त में मिलकर दो बातें करने की कोई आशा उसे नहीं रह गयी थी। उसे यह सोचकर आश्चर्य हो रहा था कि सुषमा यह क्यों सोचती है कि वह नीलिमा की विचारधारा को 'मूलतः' पलट सकता है। "जो ग़लती उससे हो चुकी है, उसे तुम क्षमा कर दोगे और भूल जाओगे!" सुषमा के इस कथन के याद आने पर वह सोचने लगा, "मान लिया जाय, मैं क्षमा कर दूँगा, भूल जाऊँगा, पर इससे सुषमा का—अर्थात् नीलिमा का—क्या बनता-बिगड़ता है? सुषमा ने क्या सोचकर यह बात कही? इसके अलावा, नीलिमा अब कोई बात करने का मौक़ा ही उसे क्यों देगी? जब वह स्वयं अपनी सगी बहन से कतरा रही है, तब...नहीं, अब असम्भव है। उसके मन में जो गाँठें पड़ चुकी हैं, उन्हें खोल सकना अब ब्रह्मा के लिए ही सम्भव हो तो हो।"

इसी तरह की बातें सोचते-सोचते वह जान भी न पाया कि कब उसे नींद ने धर दबाया, कब आँखें लगीं और कब सो गया। तरह-तरह के ऊट-पटांग स्वप्न देखते रहने के बाद जब आँखें खुलीं, तब रात प्रायः बीत चुकी थी। हालाँकि अभी अँधेरा शेष था। वह फिर एक बार अच्छी तरह कम्बल लपेटकर सो जाने की चेष्टा करने लगा। पर अब नींद नहीं आती थी। एक-दूसरे से असम्बन्धित सैकड़ों चिन्ताएँ मच्छरों की तरह उसके मन का ख़ून चूसने की चेष्टा करती हुई परेशान करने लगीं। वह उन सब असम्बद्ध चिन्ताओं को एक निश्चित—व्यवस्थित—रूप देने की चेष्टा करने लगा। पर कोई फल नहीं होता था। वह जानना चाहता था कि उन सबके मूल में स्थित प्रधान चिन्ता कौन है, जो अपने साथ सैकड़ों आकार-प्रकारहीन चिन्ताओं को बादल-दल की तरह तूफ़ानी वेग से उभाड़ लाया है। पर कोई भी बात स्पष्ट रूप से उसके सामने नहीं आती थी।

कुछ देर बाद उसकी आँखें फिर झँपने लगीं। उस योगनिद्रा की-सी अवस्था में सहसा उसके नाड़ी चक्र की कुण्डलिनी जैसे खुल गयी। जो प्रकाश इतनी देर तक, बल्कि इतने

दिनों तक चारों ओर से सघन अन्धकारमय पर्दों से ढका था, वह सहसा विद्युत्-वेग से फूट पड़ा। उसे लगा कि अपने ऊपर अकारण अविश्वास और अकारण भय की जो भावना उसे इतने दिनों से घेरे हुए थी, वह विराट् आकार धारण करने पर भी मकड़ी के जाले की तरह एकदम पोपली और निस्सार थी। वह जाला आज अपने-आप फट गया है और उसके भीतर का पोपलापन स्पष्ट हो गया है। अब भय की कोई बात नहीं है और उसके भविष्य का मार्ग चाहे कैसा ही संकटपूर्ण क्यों न हो, वह सन्तुष्ट है। आत्मविश्वास के जिस अभाव के कारण वह सिकुड़ता और सिमटता हुआ मृत्यु की जड़ता की ओर लुढ़कता चला जा रहा था, वह एक दुःस्वप्न-मात्र था। नीलिमा से मिलने से वह जो क़तरा रहा था, उसका कारण यही आत्मविश्वास का अभाव था। पर आज अचानक उसका खोया हुआ आत्मविश्वास पूर्ण रूप से लौट आया था। देश और काल के जिस स्तर पर वह इधर कुछ समय से भटक रहा था, आज जैसे वह सहसा किसी रहस्यमयी शक्ति के धक्के से वहाँ से हटकर एक दूसरे ही स्तर पर आ पहुँचा था। इस नये स्तर से सारी स्थिति एक नये ही रूप में उसके सामने आने लगी। अपने जीवन के भूत, वर्तमान और भविष्य की सारी घटित या सम्भावित घटनाएँ एक नये ही आलोक में उसके आगे व्यक्त हो उठीं।

वह सोचने लगा, "मैं नीलिमा से एक बार अवश्य मिलूँगा, चाहे वह कितना ही प्रतिरोध क्यों न करे। सुषमा ने अपनी सहज प्रेरणा से जो सुझाव संकेत के रूप में मेरे आगे रखा है, उसकी पूरी परख किये बिना मैं यहाँ से नहीं जाऊँगा। नीलिमा ने इस समय चारों ओर से जिस वज्र-अवरोध से अपने को ढक रखा है, उसे वास्तव में केवल मैं ही तोड़ सकता हूँ। उसे तोड़ना मेरा कर्त्तव्य भी है। केवल कर्त्तव्य ही नहीं है, बल्कि मेरे जीवन की भावी प्रगति केवल इसी एक बात पर निर्भर करती है!"

इसी तरह से वह बहुत देर तक सोचता रहा। उसके बाद उसे फिर नींद नहीं आयी।

दोपहर में जब सब लोग भोजन कर चुके, तब सुषमा ने महीप को सूचित किया कि वह लड़कियों को लेकर किसी एक परिचित महिला से मिलने जा रही है। शाम तक वहीं रहेगी। उसने महीप से अनुरोध किया कि वह उसके लौटने तक कहीं न जाय, घर ही पर रहे।

महीप के जी में फिर एक बार आया कि सुषमा से विदा होकर स्टेशन का रास्ता पकड़े। तड़के सवेरे योगनिद्रा की अवस्था में उसका जो आत्मविश्वास लौट आया था, वह फिर एक बार डगमगाने लगा था। पर वह द्विविधावश रह गया और सुषमा की बात का मौन उत्तर—जो स्पष्ट ही सकारात्मक था—देकर भीतर अपने कमरे में चला गया।

अपने कमरे में एक कुर्सी पर बैठा हुआ वह बहुत देर तक सोचता रहा कि उसे क्या करना चाहिए। नीलिमा से मिलना चाहिए या नहीं और मिलने पर किस तरह की बातें करनी चाहिए। सुषमा चली गयी थी। सहसा महीप का ध्यान इस बात की सम्भावना की ओर गया कि सुषमा आज जो दोपहर ही को बाहर निकल गयी है, वह

किसी निजी आवश्यक कार्य से नहीं, बल्कि इसलिए कि महीप को एकान्त में नीलिमा से खुलकर बातें करने का मौक़ा मिल जाय। पर सुषमा के चले जाने से ही क्या यह मौक़ा आसानी से मिल जायेगा? "वह मन-ही-मन कहने लगा, क्या नीलिमा सहज से मुझसे बातें करने को राज़ी हो जायगी? जिस समय से मैं आया हूँ, तब से वह इस प्रकार मुझसे कतरा रही है जैसे मैं कोई बिसखोपड़ा या उससे भी भयावना और साथ ही घिनौना जीव होऊँ। ऐसी हालत में कैसे मैं उससे मिलने का साहस कर सकता हूँ? पर नहीं...मुझे हर हालत में एक बार उससे मिलना है और यदि मिलना है तो अभी मिलना होगा। इससे अधिक उपयुक्त अवसर फिर दूसरा नहीं मिल सकता।"

यह सोचने के बाद भी वह मन की अनिश्चित अवस्था में बैठा ही रहा। सुषमा चली गयी थी। मोटर के भोंपू के आवाज़ से कमरे में बैठे-बैठे महीप को यह बात मालूम हो चुकी थी।

सहसा वह कुर्सी पर से उठा। तीन मिनट तक वह हौलदिली की-सी अवस्था में कमरे में टहलता रहा। फिर एक बार अपने भीतर पूर्ण साहस और आत्मविश्वास का बल बटोरने की चेष्टा करता रहा। जब उसके भीतर स्थिरता आ गयी तब वह वायु-वेग से कमरे से बाहर निकला और सीधे नीलिमा के कमरे की ओर चला गया। कमरा भीतर से बन्द था। और कोई समय होता तो महीप सम्भवतः लौट जाता। पर इस समय उसके मन की हताश अवस्था ने आवश्यकता से भी अधिक साहस उसमें दे दिया था। उसने दरवाज़ा खटखटाना शुरू किया। भीतर से क्लान्त किन्तु साथ ही तीखे स्वर में आवाज़ आयी, कौन? उस आवाज़ ने महीप का मर्म अत्यन्त विकल और मन अत्यन्त विचलित होने पर भी वह चुप रहा। उसे यह जानकर स्वयं आश्चर्य हुआ कि उसकी भावुकता तीव्रता से जगने पर भी उसकी बुद्धि शान्त और स्थिर हो गयी है। यह बात वह समझ गया कि यदि वह उत्तर में कुछ बोलेगा तो नीलिमा कभी दरवाज़ा नहीं खोलेगी। वह केवल किवाड़ खटखटाता चला गया। नीलिमा ने दो बार फिर पूछा कि कौन है। पर महीप एकदम मौन साधे रहा। अन्त में तंग आकर नीलिमा को दरवाज़ा खोलना ही पड़ा।

कुछ देर बाद नीलिमा ने दरवाज़ा खोला। दरवाज़ा खोलते ही ज्यों ही उसने महीप को अपने आमने-सामने खड़ा पाया त्यों ही वह ठिठककर बरबस दो क़दम पीछे हट गयी, और अत्यन्त भयभीत और भ्रान्त दृष्टि से इस तरह उसकी ओर देखती रह गयी जैसे वह अप्रत्याशित रूप से परलोक की किसी आत्मा के आगे खड़ी हो गयी हो। जैसे उस पारलौकिक छाया को उसने अपने किसी स्वप्न या दुःस्वप्न में, किसी काल में, कहीं देखा हो और तब के जीवन में बार-बार उससे कतराते रहने पर भी किसी रहस्यमय आकर्षण से बार-बार उसके सम्पर्क में आने को बाध्य होती रही हो। पर कब तक रहेगी यह बाध्यता? कब वह इस छाया के सम्पर्क से पूर्णतया मुक्त होगी? क्या वह मृत्युपर्यन्त राहु की तरह उसके पीछे-पीछे लगी रहेगी?

नीलिमा की आँखों के उस भ्रान्त और भीत भाव ने, महीप के मन में क्षण-काल के लिए दहशत पैदा कर दी। पर तत्काल वह सम्हल गया। अत्यन्त शान्त और स्निग्ध स्वर में बोला, "नीलिमा, शान्त होकर बैठ जाओ। घबराओ नहीं। मैं कोई ऐसी बात कहने नहीं आया हूँ जो—जो अनुचित हो। जिससे तुम्हें चोट पहुँचने की सम्भावना हो।" यह कहकर वह स्वयं एक कुर्सी पर बैठ गया। नीलिमा पीछे की ओर क़दम रखती हुई और महीप की ओर उसी भीत-दृष्टि से देखती हुई पलँग के पास जाकर खड़ी हो गयी। वह पीछे की ओर मुड़ी नहीं—इस भय से कि यदि सामने बैठी हुई उस भौतिक छाया की ओर देखना एक सेकेण्ड के लिए भी बन्द कर देगी तो कहीं वह छाया उसे पूर्णतया ग्रस न ले।

महीप फिर एक बार शान्त और आत्मविश्वास के स्वर में बोला, "नीलिमा, मैं तुमसे हृदय से प्रार्थना करता हूँ कि शान्त होकर बैठ जाओ और मुझसे न कतराओ। मैं कोई ऐसी बात कहने नहीं आया हूँ, जिससे तुम्हारे हृदय पर चोट पहुँचने की तनिक भी सम्भावना हो। मैं केवल तुमसे क्षमा चाहने के लिए आया हूँ।

नीलिमा धीरे, बहुत धीरे, पलँग पर बैठ गयी। पर आधे क्षण के लिए उसने महीप की ओर से अपनी भ्रान्त-दृष्टि नहीं फिरायी। किन्तु इस बार भी भय के स्थान पर एक दूसरा ही भाव धीरे-धीरे उसकी आँखों में छाने लगा, जो अत्यन्त करुण वेदना से पूर्ण था।

महीप ने कहा, "नीलिमा, मुझे सब मालूम है। पर विश्वास मानो, इन सब बातों से तुम्हारे लिये आत्मग्लानि का कारण तनिक भी उत्पन्न न होकर आत्म-प्रतिष्ठा का ही कारण उपस्थित हुआ है। तुम्हारे आत्म-गौरव ने मुझे आज जितना प्रभावित किया है, उतना उससे कभी पहले नहीं किया। मैं अपने अन्तर के सच्चे विश्वास की बात तुमसे कह रहा हूँ। यह न सोचना कि मैं बन रहा हूँ और सच पूछो तो तुम्हारे प्रति कोई निन्दात्मक भावना कभी एक क्षण के लिए भी मेरे मन में उत्पन्न नहीं हुई। हाँ, ऐसे अवसर अवश्य आये हैं, जब अपने प्रति तुम्हारे व्यवहार से मुझे मार्मिक पीड़ा पहुँची है। कभी-कभी तो उस व्यवहार की स्मृति से उत्पन्न पीड़ा लगातार कई महीनों तक मुझे परेशान करती रही है। पर मैंने बार-बार उसके लिए स्वयं अपनी ही निन्दा की है—अपनी अयोग्यता की और अक्षमता की निन्दा। मैं यह कहकर झूठ बोलना और बड़प्पन प्रकट करना नहीं चाहता कि प्रतिहिंसा की भावना मेरे मन में कभी जगी नहीं। उसका जगना स्वाभाविक था, पर वह भावना या उसकी प्रतिक्रिया कभी कोई स्थायी प्रभाव मेरे मन में छोड़ने में समर्थ नहीं हुई..."

नीलिमा ने अपना सिर नीचा कर लिया था। निदारुक संकोच ने उसे चारों ओर से इस तरह जकड़ लिया था कि उसे लगता था, जैसे जीवन में अब कभी वह अपने झुके हुए सिर को ऊँचा उठाने में समर्थ न हो सकेगी।

12

महीप समझ नहीं पाता था।

कैसे वह नीलिमा के मन की उस चरम जड़ता को किस मन्त्र से झाड़-फूँककर सदा के लिए साफ़ करे। वह अत्यन्त अधीर होकर मन-ही-मन अपने दोनों हाथों को झटकने की कल्पना करने लगा और झटकने की क्रिया द्वारा ऐसा आत्मबल प्राप्त करने की बात सोचने लगा जो उसकी अपनी बेबसी और नीलिमा की आत्मग्लानिजनित जड़िमा को एक बिलकुल नये और एकदम ताज़े जीवन की स्फूर्ति में परिणत कर सके। पर कहाँ से प्राप्त करे वह इस प्रकार का आत्मबल? अपने छिन्न-भिन्न और क्षयीभूत-जीवन के तारों को वह कैसे जुड़ाये, जिससे एक अपूर्व संयोजित शक्ति प्राप्त करके वह दूसरों के जीवन में भी एक जादू-भरी नयी चेतना का संचार करने में समर्थ हो सके? "नीलिमा! नीलिमा...! वास्तव में कितनी बड़ी भूल हो गयी तुमसे!" वह परेशान होकर मन-ही-मन कहने लगा, "यदि तुमने भूल न की होती, मेरे आग्रह पर तनिक भी ध्यान दिया होता, तो आज न तो मैं इस तरह बेपर के पक्षी की तरह विवशता से छटपटाता और जीवन के घोर संघर्षमय पथ पर मुक्त उड़ान भरने में असमर्थ हुआ होता, न तुम ही अपना सतेज व्यक्तित्व पूर्णतया खोकर केवल उस पूर्व व्यक्तित्व की दीन, म्लान और विकृत कंकाल-छाया की तरह अपने आसपास के सप्राण और स्फुरणशील जीवन के चारों ओर मँडराते रहने को बाध्य हुई होतीं!"

ऐसा सोचते ही उसे याद आया कि उसने अभी नीलिमा से कहा है कि, "तुम्हारे प्रति कोई निन्दात्मक भावना मेरे मन में कभी एक क्षण के लिए भी उत्पन्न नहीं हुई।" इतनी बड़ी झूठ बात कहने की क्या आवश्यकता थी? पर वास्तव में यह बात यदि सच भी है तो भी उसे झूठ ही मानना चाहिए, क्योंकि...

किन्तु, अधिक समय तक उस सघन मर्म-वेदना के सूक्ष्म अणु-पुंजों के भार से आक्रान्त कमरे में मौन बैठे रहना अत्यन्त अशोभन जानकर महीप ने फिर कहना शुरू किया, "नीलिमा, मैं तुम्हें विश्वास दिलाता हूँ कि सब-कुछ घटने के बावज़ूद तुम मेरे लिये अभी तक प्रभात के तरल तुहिन की तरह निर्मल और शुद्ध हो। हिमालय के ऊपरी स्तर पर पुंजित शुभ्र हिमानी की तरह निष्कलंक हो। मैं अपने मन की बात कैसे तुम्हें समझाऊँ। अपनी भावना को मैं कविता के सिवा दूसरे शब्दों में व्यक्त कर ही नहीं पाता हूँ।" यह कहते हुए वह सहसा अपने ही शब्दों के जादू से भावावेश में आकर उठ खड़ा हुआ और नीलिमा के एकदम सन्निकट जाकर न जाने क्या सोचकर चुपचाप खड़ा हो गया। ऊपर के उस गम्भीर मौन वातावरण के अन्तराल में, दोनों के भीतर न जाने कितने युगों से संचित उलटी-सीधी, परस्पर-विरोधी, सम-विषम भावनाएँ एक-दूसरे के संघर्ष में आती हुई एक विचित्र कोलाहल मचा रही थीं। वह कोलाहल कभी अपने हाहाकारमय क्रन्दन से सारे विश्व को छा देने के लिए छटपटा रहा था, कभी अपने रणोन्मत्त चीत्कार से समस्त आक्रोश को चीरने जा रहा था और कभी अनुभवातीत

आनन्द के गुंजन से अप्रत्यक्ष जगत् के समस्त अदृश्य और स्तब्ध तारों को झंकृत करता हुआ न जाने किस मायालोक की मरीचिका में भटकने जा रहा था।

सहसा चकित होकर महीप ने देखा। नीलिमा पूर्ववत् सिर नीचा किये जमीन पर टपाटप मौन आँसू गिरा रही है। वह घबराकर नीचे फ़र्श पर बैठ गया। अत्यन्त दीन स्वर में, विनय-भरी वाणी में कहने लगा, "नीलिमा, तुमने मेरी आज की धृष्टता को क्या अभी तक क्षमा नहीं किया है! मैं जानता हूँ कि आज अचानक तुम्हारे स्वेच्छित कारावास का दरवाज़ा तोड़कर, तुम्हारे अन्तर की एकान्त शान्ति में—फिर चाहे वह कैसी ही भयावह क्यों न हो—विघ्न डालने का कोई अधिकार मुझे नहीं था। फिर भी मैं तुमसे हृदय से प्रार्थना करता हूँ कि मेरी आज की इस ज़्यादती को क्षमा कर दो। पिछली सभी अप्रिय बातों को भी भूल जाओ। सिर ऊँचा करो नीलिमा, संसार में कोई भी कारण ऐसा नहीं है जो तुम्हें इस तरह सिर झुकाये रहने के लिए बाध्य कर रहा हो। तब क्यों तुम इस तरह..."

नीलिमा ने अचानक मुँह फेरा। उसके बाद ही वह पलँग पर पछाड़ खाकर, तकिये पर मुँह छिपाकर अत्यन्त व्याकुल भाव से बिलख-बिलखकर, फफक-फफककर रोने लगी। महीप से न कुछ कहते बना, न कुछ सोचते-समझते। वह क्षण-भर के लिए बेवकूफ़ों की तरह बैठा रहा। उसके बाद जब वह सहसा खड़ा हुआ तो दिलासे के तौर पर केवल इतना ही कहकर रह गया, "यह क्या करती हो, नीलिमा? यह क्या करती हो, नीलिमा?"

पर नीलिमा के कानों तक उसका एक भी शब्द जैसे पहुँच ही नहीं रहा था। वह उसी हालत में पड़ी हुई, केवल बेइख़्तियार फफकती चली जाती थी। महीप ने अपने मन की तत्कालीन अशान्त और अधीर अवस्था में भी यह अनुभव किया कि नीलिमा के मन का बाँध आज सम्भवतः बहुत दिनों बाद पहली बार टूटा है। इतने दिनों से अपने ही भीतर के वज्र अवरोधों से बन्धन में पड़ी हुई जो धारा आज पूरी ताक़त से फूट पड़ी है वह मुक्ति का एक अपूर्व स्वाद उसे चखा रही है। इसलिए हृदय को फाड़कर बाहर निकलते हुए उस क्रन्दन के मुक्ति-मार्ग में किसी प्रकार की रुकावट डालना अवांछनीय समझकर महीप उसके बाद एक भी शब्द न बोला। तूफ़ान के अपने-आप शान्त होने की प्रतीक्षा में मौनभाव से खड़ा रहा।

प्रतीक्षा करते-करते बहुत देर हो गयी। नीलिमा का फफकना शान्त न हुआ। लाचार होकर महीप कमरे से बाहर चला आया। बाहर से किवाड़ फेरकर अपने कमरे में चला गया और वहाँ चहलक़दमी करने लगा। उसके सिर के भीतर चारों ओर एक अजीब-सा दर्द हो रहा था। ऐसा मालूम हो रहा था जैसे सिर की सब नसों का रक्त विषमय हो उठा हो। उस विष की गरमी से उसका मस्तिष्क अत्यन्त तप्त हो उठा था।

तीसरे पहर सुषमा लौट आयी। आते ही वह सीधे महीप के कमरे में गयी। महीप उस समय पलँग पर लेटा हुआ था। सुषमा को देखते ही उठ बैठा। सुषमा एक परीक्षक की-सी दृष्टि से उसे देख रही थी। सम्भवतः महीप के भाव से वह कोई विशेष बात

जानना चाहती थी। पर बाहर से अपने मन की बात का कोई आभास न देकर उसने सहज भाव से पूछा, "चाय पी चुके?"

"नहीं," महीप ने मुरझाये हुए स्वर में संक्षेप में उत्तर दिया।

सुषमा को अधिक बातें करने का साहस न हुआ। वह भीतर चली गयी। महीप ने सोचा कि वह चाय के लिए ऑर्डर देने गयी है। पर प्रायः आधे घण्टे बाद वह लौटी। "तब क्या नीलिमा अभी तक उसी अवस्था में फफक रही है? सुषमा ने भी देख लिया है?" अपने-आपसे महीप ने प्रश्न किया। उसे लगा जैसे सुषमा ने उसे अपराध करते हुए पकड़ लिया है, क्योंकि नीलिमा के आज के उस विदीर्ण क्रन्दन के लिए वही अपराधी है। वास्तव में सुषमा के मुख पर एक अत्यन्त सघन-गम्भीर छाया घिरी हुई थी। पर उसने मुँह से कोई बात प्रकट नहीं की। शान्त भाव से महीप को चाय के लिए टेबिल पर बुलाया।

पिछले दिन की तरह आज भी तीनों लड़कियों ने टेबिल को घेर लिया। पर नीलिमा के आने की न कोई आशा थी और न वह आयी। आज सुषमा ने बहुत बातें नहीं कीं और न महीप ही अपने-आप कुछ बोलने की मानसिक स्थिति में था। दोनों ने लड़कियों से बातें करते हुए सारा समय बिता दिया।

चाय पी चुकने पर महीप अकेले बाहर घूमने के लिए निकल पड़ा। रास्ते में एक एक्का पकड़कर वह बिना कुछ सोचे अमीनाबाद पार्क चला गया। वहाँ एक बेंच पर बैठकर अनमने भाव से चारों ओर का कोलाहलपूर्ण दृश्य देखने लगा। उसे अपने ऊपर आश्चर्य और साथ ही अफ़सोस हो रहा था कि इतनी सब बातें होने पर भी वह तत्काल लखनऊ छोड़कर चले जाने की बात ही अब सोच नहीं पाता। नीलिमा का जो रुख उसने देखा है, उसके बाद अब उसका क्या काम लखनऊ में हो सकता है, यह वह स्वयं नहीं जानता था। धीरे-धीरे आत्मनिन्दा की एक तीव्र भावना उसके भीतर घर करने लगी। अपने को व्यक्तिगत और सामाजिक सभी दृष्टियों से लक्ष्यभ्रष्ट समझता हुआ वह अपने-आपको कोसने लगा। रह-रहकर यह विश्वास प्रबलता से उसे धर दबाने लगा कि उसके स्वभाव में कोई एक ऐसी मूलगत त्रुटि है, जो जीवन के किसी भी क्षेत्र में उसे सफलता प्राप्त नहीं करने देती। महत्त्वाकांक्षाओं की ओर कोई अज्ञात शक्ति उसे निरन्तर प्रेरित करती रहती है, पर उसकी स्वभाव की वही अज्ञात त्रुटि उसे उन महत्त्वाकांक्षाओं के पथ पर केवल भटकाती और भरमाती फिरती है। लक्ष्य तक कभी पहुँचने नहीं देती।

इसी तरह सोचता हुआ और अपने को एक अत्यन्त हीन, अशक्त अनध्यवसायी, विषम और अनिश्चित विचारोंवाला दुर्बल प्राणी मानता हुआ वह बार-बार मन-ही-मन अपनी निन्दा करता चला गया। इस परिपूर्ण आत्मनिन्दा में उसे एक प्रकार का विकृत दुःख प्राप्त हो रहा था।

सामने से होकर एक जुलूस 'इन्क़लाब ज़िन्दाबाद' और 'जय हिन्द' के नारे लगाता हुआ चला जा रहा था। चारों ओर की जनता अत्यन्त उत्साहित होकर उस जुलूस का

गुज़रना देख रही थी। महीप यह अनुभव करके अत्यन्त आतंकित हो उठा कि वे नारे उसके जड़ प्राणों में तनिक भी स्फूर्ति का संचार करने में समर्थ न हुए। इन्क़लाब की दुनिया से वह इस क़दर पीछे हट चुका है, यह बात उसने आज पहली बार महसूस की। वह निरुद्वेग और निरुत्साह भाव से अपने ही स्थान पर बैठा रहा और अपने पतन पर विचार करने की चेष्टा करने लगा। दुनिया में जब चारों ओर राष्ट्रों के उत्थान और पतन का सामूहिक चक्र चल रहा है, मानवता की मूलगत स्वतन्त्रता की रक्षा के लिए शहीदों के प्राणों का बलिदान हो रहा है, तब वह अपने व्यक्तिगत जीवन की थोथी और काल्पनिक समस्याओं के पीछे परेशान है। उनके सिवा और किसी दूसरे विषय में दिलचस्पी ले ही नहीं पाता। यह सोचकर वह फिर एक बार पूरे ज़ोरों से अपने को तिरस्कृत करने लगा। आत्मग्लानि की भावना जब धीरे-धीरे उसके गले तक भर गयी, तब वह वहाँ से उठ खड़ा हुआ।

13

दूसरे दिन सुबह।

सुषमा ने महीप को चाय के लिए जगाया। रात में देर तक उसे नींद नहीं आयी थी, इसलिए सुबह वह बेख़बर सोया हुआ था। सुषमा ने और उसकी लड़की ने जब कई आवाज़ें लगायीं, तब वह जागा।

आँखों में पानी लगाकर और कुल्ला करके जब वह 'ड्राइंग-रूम' में चाय पीने के लिए आकर बैठा, तब उसने आश्चर्य से देखा। नीलिमा भी चुपचाप जाकर सुषमा की बग़ल में बैठ गयी है। जब से वह सुषमा के यहाँ आया था, तब से आज पहली बार नीलिमा उन लोगों के साथ चाय पीने बैठी थी। महीप इस बात पर ग़ौर कर रहा था कि नीलिमा की संकोच-भरी आँखों के नीचे आज एक अव्यक्त-सी मुस्कान की क्षीण रेखा झलक रही है। उस क्षीण रेखा में न जाने कौन-से जादू की प्रचण्ड-शक्ति छिपी थी, जिसने महीप के समस्त प्राणों में एक अजीब-सी उथल-पुथल मचानी शुरू कर दी।

नीलिमा ने स्वयं प्यालों में चाय ढाली। स्वयं दूध और चीनी मिलाकर सबके आगे एक-एक प्याला रख दिया। महीप ने देखा कि सुषमा के मुख पर भी आज एक निराला उल्लास छाया हुआ है। वह बात-बात पर इस क़दर मुक्त-भाव से हँस उठती थी कि उसकी आँखें बार-बार हर्ष के आँसुओं से जगमगा उठती थीं। उसकी आज की प्रसन्नता का कारण महीप से छिपा न रहा। नीलिमा ने आज बहुत दिन बाद स्वयं अपने बन्धनों को तोड़कर उन लोगों का साथ दिया था। यह कोई साधारण बात सुषमा के लिए नहीं थी।

और महीप! उसे आज की चाय जैसी मीठी लग रही थी, वैसी जीवन में शायद ही पहले कभी लगी हो। पर साथ ही ऐसी कड़वी चाय भी उसने पहले कभी नहीं पी थी। नीलिमा के रंग-ढंग में आज जो स्पष्ट परिवर्तन वह देख रहा था, उसका भेद उसकी

समझ में कुछ भी नहीं आ पाता था। पर एक सम्भावना की बात वह सोच रहा था। कल नीलिमा के भीतर का बाँध बहुत दिनों बाद टूटकर उसकी आँखों की मुक्त धारा के रूप में बह चला था यह महीप ने देखा था। सम्भवतः अन्तर के उसी मुक्त प्रवाह ने उसके भीतर के समस्त दूसरे अवरोधों को भी ढा दिया था। इसीलिए उसके म्लान मुख पर आज एक हलका-सा रंग चढ़ा हुआ था, जो उसके मुक्त प्राणों का बाहरी आभास था। चाय पीते समय नीलिमा न महीप से कुछ बोली, न सुषमा से। केवल बच्चों से उसने कुछ बातें कीं। पर इस बात से महीप के उत्साह में तनिक भी कमी नहीं आयी। क्योंकि उसे निश्चित विश्वास हो गया था कि नीलिमा के अन्तर्द्वार के निकट तक पहुँचने के लिए आज एक नयी सीढ़ी तैयार हो गयी है।

उसके बाद तीन दिन तक नीलिमा नियमित रूप से सवेरे और साँझ चाय पीने में उन लोगों का साथ देती रही। उसकी आँखों के नीचे अव्यक्त मुस्कान की रेखा प्रतिदिन स्पष्ट-से-स्पष्टतर होती चली गयी। जिस संकोच का पर्दा उसने इतने दिनों तक स्वेच्छा से अपने आगे तान रखा था, वह भी फटने लगा था। चौथे दिन सवेरे यहाँ तक बात पहुँची कि नीलिमा ने नाश्ते के समय एक समोसा और खाने के लिए महीप से आग्रह किया।

* * *

उस दिन भी सुषमा दोपहर को छोटी लड़की को साथ लेकर कहीं चली गयी। बड़ी लड़कियाँ स्कूल चली गयी थीं। घर पर नौकरों के सिवा रह गये थे, केवल नीलिमा और महीप। इधर जब से महीप ने नीलिमा के रुख़ में कुछ परिवर्तन पाया था, तभी से वह फिर एक बार उसके पास जाकर एकान्त में अपने मन की सब बातें खोलकर कहने के लिए छटपटा रहा था। साथ ही उसके मन की सब बातों का भी ठीक-ठीक पता लगाने के लिए उत्सुक हो रहा था।

आज भी सुषमा के चले जाने के बाद वह साहस करके नीलिमा के कमरे की तरफ़ गया। आज भी भीतर से किवाड़ बन्द थे। महीप ने खटखटाना शुरू किया। "कौन?" फिर उसी दिन की तरह आवाज़ आयी। आज महीप ने अपने को छिपाना उचित नहीं समझा। उसने कहा, "मैं हूँ, महीप।"

प्रायः एक मिनट तक कोई प्रत्युत्तर नहीं मिला। न दरवाज़ा ही खुला। उसके बाद धीरे—बहुत ही धीरे—बिना किसी शब्द के दरवाज़ा खुला। महीप ने भीतर प्रवेश करके देखा, नीलिमा का चेहरा आज फिर गम्भीर रूप धारण किये हुए था। उस गम्भीरता में भय की मात्रा अवश्य वर्तमान थी, पर उतनी नहीं जितनी पिछली बार थी।

"मुझे क्षमा करना नीलिमा। मैंने आज फिर तुम्हारे एकान्त-वास में विघ्न डाला है।" एक कुर्सी पर बैठकर कुछ दबी हुई-सी आवाज़ में महीप ने कहा।

नीलिमा अपने पलँग पर बैठ गयी थी। महीप की ओर आधी दृष्टि से देखती हुई बोली, "मुझे पहले ही से भय था कि तुम फिर आओगे।"

"पर इसमें भय की क्या बात थी? क्या अब मेरा इतना भी अधिकार नहीं रह गया कि मैं तुमसे एकान्त में दो-एक बातें कर सकूँ?"

"किसी अधिकार या अनधिकार के सम्बन्ध में मैं क्या जानूँ! आज स्वयं अपने अधिकारों के सम्बन्ध में कोई ज्ञान मुझे नहीं रह गया है।"

महीप को लगा कि नीलिमा के एक-एक शब्द में कुनैन से भी तीखी तलख़ी घुली हुई है। कुछ क्षणों तक वह चुप रहा। उसके बाद आँखें मूँदकर उस तलख़ी को पीता हुआ बोला, "मैं जानता हूँ और तुम्हारी स्थिति की जटिलता का अनुभव बहुत-कुछ कर सकता हूँ। इसीलिए तो मैं तुम्हारे पास आया हूँ, नीलिमा! ज़रा सोचो तो सही, तुम्हारे समान स्वतन्त्र-प्रकृति और विचारशील नारी के लिए क्या यह उचित है कि वह अपने मन को भावुकता के कारण उत्पन्न हुई अप्रिय कल्पनाओं और कड़वी स्मृतियों के भार से इस तरह दबाये रहे? ज़रा-सा सिर ऊँचा करने की देर है। ऐसा करते ही तुम तत्काल समझ जाओगी कि तुम जहाँ पहले थीं, अब भी वहीं हो। तुम्हारे बाहरी जीवन में चाहे कैसी ही घोर अप्रिय घटनाएँ क्यों न घट गयी हों, उनका रंचमात्र भी दाग़ तुम्हारी चिर-मुक्त और चिर-पवित्र आत्मा पर नहीं पड़ने पाया है। तुम्हारे स्वतन्त्र अधिकारों में तनिक भी दबाव डाल सकनेवाला एक भी व्यक्ति समग्र संसार में कहीं नहीं है।"

इस बार नीलिमा ने पूरी दृष्टि से, बड़े ग़ौर से, महीप की ओर देखा। उसकी गम्भीरता चिन्ता में मग्न सुन्दर आँखें जैसे महीप का मर्म चीरकर उसका असली आशय जानने का पूरा प्रयत्न कर रही थीं। पर बार-बार भटककर उसकी वह दृष्टि बाहर को लौट आती थी।

"मैं समझी नहीं कि तुम्हारा आशय क्या है।"

"मैं ठाकुर लक्ष्मीनारायण सिंह की बात सोच रहा था। उन्होंने तुम्हें..."

सहसा बीच ही में बात काटती हुई नीलिमा कुछ तमकी हुई-सी बोल उठी, "उस नीच व्यक्ति का नाम इस कमरे में न लेने की प्रार्थना मैं तुमसे करती हूँ।"

"पर नीलिमा, उसे भूलने के लिए उसका नाम लेना बहुत आवश्यक है।"

"नहीं, 'नहीं!" कहकर नीलिमा ने अपने दोनों हाथों से अपनी आँखें ढक लीं। जैसे कोई भयंकर दुःस्वप्न समूर्त रूप धारण करके उसकी आँखों के आगे वीभत्स नृत्य करने लगा हो।

महीप तत्काल उठ खड़ा हुआ। नीलिमा के एकदम निकट जाकर अनुनयपूर्ण स्वर में बोला, "नीलिमा, क्या तुम मुझे इस क़दर बेगाना समझने लगी हो कि मुझे सच-सच हाल बताने योग्य नहीं समझतीं? क्या मैं तुम्हारे अपमानित हृदय की पीड़ा का साझी किसी हद तक भी नहीं हो सकता?"

"नहीं", उसी तरह दोनों हाथों से आँखें बन्द किये हुए नीलिमा बोली, "चूँकि यह अविश्वसनीय रूप से वीभत्स अपमान मैंने स्वयं अपनी मूर्खता और हठ से मोल लिया

है, इसलिए किसी दूसरे को उसका साझी मैं नहीं बनने दूँगी। इसके अलावा उससे कोई लाभ न दूसरे का हो सकता है न मेरा।''

''पर...,पर...ज़रा सोचो तो सही, नीलिमा'', बच्चों की तरह पुचकारते हुए महीप ने कहा, ''जिसे तुम अपनी मूर्खता और हठ कहती हो, उसके लिए तुम पूर्ण रूप से उत्तरदायी नहीं थीं। तुम्हारे ऊपर कुछ बाहरी शक्तियों का जो दबाव निरन्तर पड़ रहा था, उसकी उपेक्षा करना तुम्हारी परिस्थिति की किसी भी नारी के लिए शायद आसान न था।''

सहसा नीलिमा जैसे चौंक उठी। आँखों पर से हाथों को हटाकर स्थिर दृष्टि से महीप की ओर देखती हुई बोली, ''तुम क्या अपने हृदय से यह बात कहते हो महीप?''

''यदि मैं हृदय से इस बात पर विश्वास न करता होता, तो कभी इतने दिनों बाद तुम्हारे पास लौटकर न आता।''

''पर मैं उन सब बातों को कैसे भूल जाऊँ, महीप, जिन्होंने मेरे जीवन को राख से भी अधिक जड़, जले हुए तिनकों से भी अधिक निर्जीव बना दिया है? वे कटु स्मृतियाँ मेरी रग-रग में समा गयी हैं। मेरे प्रत्येक रक्तकण के साथ घुलमिल गयी हैं। इसलिए लाख चेष्टा करने पर भी मैं उन्हें भूल नहीं पाती। प्रतिपल उनके सिवा और किसी दूसरी बात के सम्बन्ध में एकाग्रचित्त से सोच नहीं पाती। वे स्मृतियाँ साकार भूतों की तरह सब समय मेरा गला दबाये रहती हैं। विश्व में कौन ऐसी शक्ति है, जो उनसे मेरा पिण्ड छुड़ा सकेगी और निकट भविष्य में पागल होने से मुझे बचायेगी?'' कहकर वह अत्यन्त हताश दृष्टि से, वेदना-व्याकुल आँखों से महीप की ओर देखने लगी।

महीप कुछ समय तक निश्चल भाव से खड़ा रहा। सान्त्वना का एक शब्द भी वह खोज नहीं पाता था। उसके बाद बोला, ''इतना अनुमान मैं अवश्य लगा सकता हूँ कि तुम्हारे साथ ज़्यादती हुई है। पर वास्तव में क्या हुआ है और ठाकुर साहब ठीक किस रूप में तुम्हारे साथ पेश आये हैं, इस सम्बन्ध में कोई भी जानकारी मुझे नहीं है। इसलिए जब तक मैं जान न लूँ...''

''तब तुम जानना चाहते हो?'' सहसा उत्तेजित स्वर में नीलिमा बोल उठी, ''अच्छा तब सुनो। एक कुर्सी लेकर नज़दीक बैठ जाओ। मैं सारा क़िस्सा तुम्हें कह सुनाती हूँ। तुम्हें सुनाये बिना मेरा निस्तार नहीं है।''

14

महीप एक कुर्सी लेकर नीलिमा के सामने बैठ गया।

नीलिमा कहने लगी, ''विवाह होने के दो ही महीने बाद मैं उनके साथ उनकी ताल्लुक़ेदारी में (जो काफ़ी बड़ी है, और जिसे एक छोटी-सी रियासत ही कहना चाहिए) गयी। आरम्भ में उन्होंने मेरे साथ बहुत अच्छा व्यवहार किया। उनके स्वभाव और चरित्र के सम्बन्ध में जो कल्पना मैंने कर रखी थी, उसमें तनिक भी अन्तर नहीं आने दिया।

पर बाद में धीरे-धीरे मेरे प्रति उनके व्यवहार में बदलाव आता चला गया। बहुत दिनों तक मुझे पता ही नहीं चलने पाया कि वह पहले से बहुत बदल गये हैं। इसका कारण शायद यह था कि परिवर्तित परिस्थितियों के साथ ही मेरे मन की भावनाओं में भी, मेरे अनजान में बहुत-कुछ परिवर्तन हो गया था। जिस विषैली विलासिता से पूर्ण सामन्तवादी वातावरण के बीच में मेरा नया जीवन बीतने लगा था, उसके अज्ञात प्रभाव ने शायद मेरी आत्मा को भी बहुत-कुछ विषमय बना दिया था। इसलिए मेरे प्रति उनके व्यवहार में जो घृणा, उपेक्षा और तुच्छता का भाव मेरे (और शायद उनके भी) अनजान में आ गया था और दिन-पर-दिन बढ़ता चला जाता था, न तो उसकी ओर ही बहुत दिनों तक मेरा ध्यान गया, न ही इस बात से ही मेरे मन में आतंक की भावना उत्पन्न हुई कि रिआयत की ग़रीब प्रजा के साथ उनकी ज़्यादतियाँ दिन-पर-दिन कैसा अमानवीय रूप धारण करती चली जाती हैं।

"मेरे मन की यह जड़ परिस्थिति प्रायः डेढ़ वर्ष तक रही। मुझे पता चल गया था कि वह शराब पीने लगे हैं। वह पहले भी शराब पीते रहे होंगे, पर विवाह के पहले जब वह शहर में थे तब मैंने कभी न उन्हें कहीं शराब पीते देखा था न सुना था कि वह पीते हैं। मैं बराबर उन्हें शुद्ध आचरणवाला और साधु-चरित्र व्यक्ति ही समझती थी–कम-से-कम जहाँ तक बाहरी आचार का प्रश्न है वहाँ तक। पर मेरी यह धारणा विवाह के कुछ ही महीनों बाद भ्रान्त सिद्ध हो गयी थी। मुझे पता चल गया कि वह शराब पीने लगे हैं। फिर भी आरम्भ में इस बात से उनके प्रति कोई विरोधी भावना मेरे मन में उत्पन्न नहीं हुई। इसका कारण वही है जो मैं बतला चुकी हूँ। तब नये वातावरण में मेरे मन में भी मेरे अनजान में एक विकृति आ गयी थी। इसके अलावा तब तक जितनी मात्रा में वह शराब पीते थे वह इतनी अधिक नहीं थी कि उसकी प्रतिक्रिया के रूप में मेरे साथ वह कोई उत्कट ढंग की ज़्यादती करते–दूसरों के साथ भले ही उनका व्यवहार तभी से विकट रूप धारण करने लगा हो।

"पर डेढ़ वर्ष बाद मेरा ध्यान पहली बार इस बात की ओर गया कि उनका मतवालापन बहुत बढ़ गया है। दिन-पर-दिन बढ़ता चला जा रहा है। उन्होंने पहली बार प्रकट रूप में मेरे साथ जो ज़्यादती की उसकी स्मृति सबसे अधिक तीखे काँटों के साथ मेरे मर्म में गड़ी हुई है, हालाँकि बाद में उससे भी कई गुना अधिक विकट ज़्यादतियाँ उन्होंने की थीं। उस दिन वह पहले ही से काफ़ी शराब पीकर रात में मेरे पास आये थे। आते ही उन्होंने फिर एक बोतल मँगायी और दो गिलास भी। उसके बाद भीतर से किवाड़ बन्द करके मुझसे कहने लगे, "आज तुम्हें भी पीना होगा।"

मैंने कहा, "यह कैसी मूर्खता की बात करते हो? बहुत पीकर आये हो, इसलिए होश में नहीं हो। हटाओ इस बोतल को और चुपचाप सो जाओ!" यह कहकर मैं बोतल को मेज़ पर से उठाने के लिए आगे बढ़ी। पर मेरे एक क़दम आगे बढ़ते ही उन्होंने ऐसी क्रूर और हिंसक दृष्टि से मुझे देखा कि मैं ठिठक गयी और दो क़दम पीछे हट

गयी। एक तो शराबी की आँखें तिस पर हिंसकता लिये हुए। वास्तव में मैं आतंकित हो उठी। उन्होंने गरजकर कहा, "ख़बरदार! बोतल को छूना मत!"

"मैं भय, दुःख और ग्लानि से मर्माहत होकर मौन दृष्टि से उनकी ओर देखती रह गयी। क्षण-भर के लिए कमरे में मृत्यु का-सा सन्नाटा छाया रहा। उसके बाद वह फिर क्रूर और कुटिल स्वर में बोले, 'तुम पीने में आपत्ति क्यों करती हो?' मैं जानता हूँ कि खत्रियों के यहाँ पीने की प्रथा है और उनके यहाँ की औरतें भी पीती हैं। केवल इतना ही नहीं, उनके यहाँ की औरतें...'मैं उसी दम पूरी ताक़त से चीख़ उठी', ख़बरदार! आगे एक शब्द भी इस सम्बन्ध में मुँह से निकालोगे तो परिणाम अच्छा नहीं होगा।"

"अचानक मेरे इस तरह चिल्लाने से वह कुछ सिटपिटा गये। पर फिर अपनी बेहयाई से बाज़ न आये। कुछ ही देर बाद बोले, "तुम क्या कर लोगी? मुझे सब बातें मालूम हैं। तुम्हारी बहनों को भी मैं अच्छी तरह जानता हूँ। प्रतिमा किस तरह के लोगों के बीच में रहकर वेश्याओं का-सा जीवन बिता रही है, इस बात का पता मुझे अच्छी तरह है। और तुम भी...।", उनकी इस तरह की बातों से मेरे आगे अँधेरा छा गया। पास ही एक छोटी-सी मेज़ पर चीनी मिट्टी का एक ख़ाली 'ऐश-ट्रे' पड़ा था। मैंने आव देखा न ताव। उसे उठाकर आँखें मूँदकर उस टेबिल की ओर दे मारा जहाँ वह बैठे थे। मैंने केवल 'ऐश-ट्रे' के चकनाचूर होने की आवाज़ सुनी। पर देखा कुछ भी नहीं। क्योंकि उस क्षण मैं पछाड़ खाकर फ़र्श पर गिर पड़ी और बेइख़्तियार रोने लगी।

"उनका नशा इस घटना से हिरन हो गया। वह शान्त भाव से मेरे पास आकर मेरा हाथ पकड़कर मुझे उठाने की चेष्टा करने लगे। दिलासे की बातें कहने लगे। पर एक बार भी उन्होंने यह नहीं कहा कि, 'मुझसे ग़लती हुई, मुझे क्षमा कर दो।' मैं अत्यन्त क्रोध और घृणा से अपना हाथ छुड़ाकर पूर्ण प्रतिरोध करने लगी। उन्होंने फिर हठ नहीं किया। मुझे उसी अवस्था में फ़र्श पर छोड़कर चले गये। बहुत देर तक मैं फ़र्श पर पड़ी रोती रही। उसके बाद एक अलग कमरे में जाकर भीतर से किवाड़ बन्द करके एक कौच पर लेट गयी। रात-भर उसी कौच पर पड़ी रही।

"उस दिन पहली बार मेरे सचेत मन के आगे विवाह के बाद की मेरी स्थिति की वास्तविकता स्पष्ट हो उठी। मैं आतंक से सिहर उठी। सच बात यह थी कि मैं रियासत में आने के बाद से एक प्रकार से अन्तःपुर की रानी बन गयी थी। मेरी व्यक्तिगत स्वतन्त्रता पूर्णरूप से छीन ली गयी थी। बाहर की दुनिया से भी मेरा सम्पर्क नहीं के बराबर रह गया था। कोठी के बाहर मेरा आना-जाना एक प्रकार से बन्द हो गया था। वह जहाँ भी जाते थे, मुझे अपने साथ नहीं ले जाते थे। केवल 'अन्तःपुर' में ही उनसे मेरा मिलना हो पाता था। आरम्भ में मुझे अपनी इस स्थिति में न तो विशेष अस्वाभाविकता ही महसूस हुई और न कोई असन्तोष ही मेरे मन में जगा। इसका कारण यह था कि कोठी के भीतर की दुनिया चाहे कैसी ही संकीर्ण क्यों न रही हो, वहाँ का जीवन इतना अधिक व्यस्त था कि वहाँ के प्रबन्ध में ही मेरा सारा समय बीत जाता था। बाहर की किसी बात के लिए असन्तोष करने का अवकाश ही नहीं रह जाता था।

"पर उस दिन की घटना ने मुझे जता दिया कि मैं कहाँ-से-कहाँ खदेड़ दी गयी हूँ। मैंने देखा कि अपने अनजान में भटकती हुई मैं एक ऐसी अरक्षित स्थिति में आ पहुँची हूँ, जहाँ चारों ओर लोहे की अटूट दीवारों के बाहर भाग निकलने का कोई रास्ता नहीं रह गया है। जहाँ मेरे पैरों के नीचे एक सघन अन्धकारमय अतल गह्वर मुँह बाये हुए है।

"तब से मैं सब विषयों में अत्यन्त सचेत और चौकस रहने लगी। पर अब सारी स्थिति उस सीमा को पहुँच गयी थी, जब सतर्कता का कोई मूल्य नहीं रह जाता। उनका स्वभाव दिन-पर-दिन उग्र-से-उग्रतर होता चला जाता था। मेरे प्रति उनके कटु विद्वेष की भावना दिन-पर-दिन बेहद बढ़ती चली जाती थी। उनके उस अकारण (कम-से-कम जिसका कारण मैं नहीं समझ पायी थी) विद्वेष की प्रतिक्रिया मेरे भीतर भी प्रबलता से होने लगी। पर अपने विद्रोह को सक्रिय रूप देने का साहस मैं नहीं बटोर पाती थी। वह प्रायः सब समय नशे में चूर रहते थे। कम-से-कम इतना तो निश्चित ही है कि मेरे सामने जब भी वह आते थे, तब चढ़ाये हुए आते थे। मेरे पास आते ही झगड़े की कोई-न-कोई बात वह अवश्य छेड़ देते थे। मैं टल जाना चाहती थी, पर वह मुझे इस तरह घेर लेते थे कि उनसे पिण्ड छुड़ाना असम्भव हो जाता। मेरे साथ झगड़ने और मेरे मुँह से अपनी जली-कटी बातों का उत्तर उसी रूप में सुनने में उन्हें जैसे एक प्रकार का अत्यन्त विकृत रस प्राप्त होता था।

"इसी सिलसिले में एक दिन मुझे पता चला कि रूपा के साथ भी उन्होंने इसी तरह के अत्याचार करने आरम्भ कर दिये हैं। शराब के नशे की चरम उच्छृंखल अवस्था में, वह रूपा के साथ जिस प्रकार का पाशविक व्यवहार करने लगे थे, वह उसके लिए असह्य हो उठा और एक दिन उसने गले में फाँसी लगाकर आत्महत्या कर ली।

"मैं रूपा के सम्बन्ध में बराबर उदासीन रहा करती थी। उसके अस्तित्व का कोई भी महत्त्व कभी मुझे नहीं जान पड़ा। इसका कारण यह था कि मैं उससे सम्बन्धित भीतरी रहस्य से अपरिचित थी। पर जिस दिन मैंने ठाकुर धीराज सिंह की डायरी पढ़ी, उस दिन पहली बार उसका जीवन एक विशेष प्रकाश से उज्ज्वल होकर मेरे सामने आया। फिर भी मैं यह नहीं जान पायी कि तुम्हारे ठाकुर साहब के जीवन से उसका जीवन कहाँ तक सम्बन्धित है। धीराज सिंह ने अपने संस्मरणों में निश्चय ही इस बात का उल्लेख किया होगा कि रूपा और तुम्हारे ठाकुर साहब के बीच ठीक क्या सम्बन्ध है और दोनों की भावनाएँ एक-दूसरे प्रति क्या हैं। पर सम्भवतः डायरी से वे पन्ने फाड़ डाले गये थे, जिनमें इन सब बातों का उल्लेख रहा होगा। इस सम्बन्ध में केवल इंगित मात्र ही मुझे पढ़ने को मिला।

"कुछ भी हो। अपने विवाह के बाद भी बहुत दिनों तक मैं यह न जान पायी कि जिस घर में मैं आयी हूँ, वहाँ रूपा का ठीक क्या स्थान है। रूपा अलग एक कमरे में रहती थी। मेरे पास बहुत कम आती थी। जब कभी मुझसे उसका मिलना होता भी

था, तब वह कभी कोई बात मुझसे नहीं करती थी। मैंने शायद ही कभी उसे बोलते या हँसते देखा हो। इतना विश्वास मेरे मन में जमा हुआ था (और अब भी जमा हुआ है) कि तुम्हारे ठाकुर साहब से उसका किसी प्रकार का अनुचित सम्बन्ध नहीं रहा। एक दिन उन्हीं ने मुझे बताया था कि रूपा यह आशा रखती थी कि उसका विवाह उन्हीं से—तुम्हारे ठाकुर साहब से—होगा। पर जब विवाह उससे न होकर मुझसे हुआ, तब स्वभावतः उसकी निराशा चरम अवसाद में परिणत हो गयी। उनकी संचित विकृतियों का विस्फोट जब सामूहिक रूप से होने लगा, तब उन्होंने रूपा को भी अपनी कुचेष्टाओं का शिकार बनाने से नहीं छोड़ा। उस रूपा को, जिसे अपने घोर पापाचारमय जीवन में वह शायद एकमात्र अपवाद मानते चले आ रहे थे। जिसे विवाह के सम्बन्ध में धोखा देने के कारण वह वास्तव में कुछ समय तक अपने को अपराधी मानते रहे।

''रूपा की आत्महत्या ने मुझे अत्यन्त आतंकित कर दिया। उसके घोर दयनीय जीवन की सारी 'ट्रैजिडी' मेरी आँखों के आगे मूर्तिमान् हो उठी। तब से मुझे ऐसा लगने लगा कि सारा ज़मींदार-भवन उसकी तड़पती हुई मृतात्मा के अभिशाप से ग्रस्त हो उठा है। दिन-दहाड़े मैं भयभीत हो उठती।

''उधर नौकर-चाकरों से उनकी बाहर की कार्यवाहियों के सम्बन्ध में जो समाचार मुझे मिलते थे, वे ऐसे भयावह और वीभत्स थे कि उन पर सहज में विश्वास ही नहीं होना चाहता था। हालाँकि एक ऐसे सहृदय और विश्वसनीय नौकर के मुँह से मैंने वे सब बातें सुनी थीं, जिसकी कोई भी बात कभी असत्य प्रमाणित नहीं हुई। मालूम हुआ कि अपने कुछ चुने हुए असामियों की लड़कियों के साथ अनुचित सम्बन्ध स्थापित करने की लालसा से उन्होंने गुण्डों का एक ऐसा दल नियुक्त कर रखा है, जो अनेक प्रकार के उपायों को काम में लाकर, तरह-तरह के छल, बल और कौशल से उन लड़कियों को भगा लाता है। यह भी मालूम हुआ कि एक भले घर के आदमी ने, जिसकी लड़की पर तुम्हारे ठाकुर साहब की नज़र थी, जब गाँववालों का एक दल संगठित करके उन गुण्डों को पीटा, तब दूसरे दिन उस आदमी को पकड़कर बुलाया गया। तुम्हारे ठाकुर साहब की आज्ञा से सभी मुसाहिबों के सामने उस आदमी के सब कपड़े उतार डाले गये। फिर कोड़ों की ऐसी मार उस पर पड़ी कि वह अचेत हो गया। उसकी लड़की भी पकड़कर लायी गयी। बलपूर्वक उसका धर्म नष्ट कर दिया गया। दूसरे ही दिन उस आदमी ने विष खाकर आत्महत्या कर ली।

''इस प्रकार के अत्याचारों से उनके कर्मचारियों को भी शह मिल गयी। वे भी ग़रीब प्रजा के साथ अकथनीय ज़ुल्म करने लगे। ज़रा-ज़रा से अपराधों पर किसानों के घर लूट लिये जाते थे। खलिहान जला दिये जाते थे। इस प्रकार की कार्रवाइयाँ तब हो रही थीं, जब देश में चारों ओर अन्न का हाहाकार मचा हुआ था।

''मुझे ऐसा लगने लगा कि मैं किसी वास्तविक जगत् में नहीं हूँ, बल्कि भयंकर स्वप्नों के किसी लोक में पहुँच गयी हूँ। रात-दिन मैं अपने कमरे में बन्द पड़ी रहती।

स्वयं अपनी छाया से भी कतराती। हर घड़ी मैं मन-ही-मन, कभी माँ को कोसती और कभी अपने-आपको। इतनी भीषण भूल मैंने क्यों की! प्रतिपल यही एक प्रश्न मेरे मन में उठता और कभी न बुझनेवाले अंगारे की तरह मेरा हृदय निर्ममता से जलता रहता।

''एक दिन रात में असावधानी के कारण मैं कमरे के भीतर की सिटकिनी लगाना भूल गयी। वह दरवाज़ा खोलकर भीतर चले आये। उसके बाद उन्होंने भीतर से दरवाज़ा बन्द कर दिया। मैं घबराकर पलँग पर से उठ बैठी। सारे कमरे में शराब की तीव्र गन्ध फैल गयी। मेरा सिर चकराने लगा। वह सीधे पलँग पर आकर मेरी बग़ल में बैठ गये। मैं मुँह फेरकर बैठ गयी। पलँग पर से कूदने की इच्छा थी, पर कूदी नहीं, न मालूम क्यों। उस दिन वह बहुत शान्त दिखायी दिये। मीठी-मीठी बातों से मुझे मनाने का प्रयत्न करने लगे। मैं थर-थर काँप रही थी—कह नहीं सकती कि भय से, घृणा से या और किसी भावना से।

''सहसा उन्होंने अपने दोनों हाथों से मेरा मुँह अपनी ओर करने की चेष्टा की। मैंने पूरा प्रतिरोध किया। पर मेरे प्रतिरोध से उनकी ज़िद जैसे और बढ़ गयी। वह भी पूरी ताक़त काम में लाने लगे। कुछ देर तक हम दोनों के बीच छीना-झपटी चलती रही। अन्त में जब वह अपनी कुचेष्टा में सफल होने ही को थे कि सहसा मेरे भीतर जैसे रणचण्डी जग उठी। मैंने अपने कुहने के एक ज़बर्दस्त धक्के से उन्हें पीछे हटा दिया। अपने को छुड़ाकर पलँग से नीचे उतर आयी। उनके भीतर इस बात की ऐसी भयंकर प्रतिक्रिया हुई कि उनकी चढ़ी हुई आँखें अंगारे बरसाने लगीं। वह ऊल-जलूल गालियाँ बकने लगे। मैं भी उत्तेजित होकर पलटे में उन्हें खरी-खोटी सुनाने लगी। सहसा वह लपककर मेरे पास आये और एक ऐसी लात उन्होंने मुझे मारी कि मैं औंधे मुँह गिर पड़ी। मेरे गिरने के बाद चार-पाँच लातें मेरी पीठ पर और जमाकर वह बाहर निकल गये।

''उस रात मेरे मन की क्या हालत रही, लाख चेष्टा करने पर भी उसका हज़ारवाँ हिस्सा भी मैं न समझा पाऊँगी। आत्महत्या की बात मैं प्रतिपल सोचती रही। पर उसके लिए भी कोई उपाय मुझे नहीं सूझता था—मैं ऐसी जड़ बन गयी थी।

''तीन दिन तक मैं अधमरी-सी अपने कमरे में पड़ी रही। चौथे दिन मालूम हुआ कि वह रियासत से बाहर चले गये हैं। अच्छा मौक़ा देखकर मैंने फ़ुर्ती से काम लिया। एक विश्वस्त नौकर को साथ लेकर मैं भूत के उस डेरे से भाग निकली, जहाँ मेरा जीवन एक विकट दुःस्वप्न की तरह बीता था।

''पर भागने पर भी उस मार्मिक अपमान की पीड़ा से रंचमात्र भी मुक्त न हो सकी, जिसकी कल्पना मैंने विवाह होने के पहले तक कभी स्वप्न में भी नहीं की थी। इतना बड़ा धोखा मैंने क्यों खाया! क्यों मैं आँख रहते इस क़दर अन्धी बनी रही कि एक दग़ाबाज़ और बदमाश आदमी की ऊपरी शिष्टता के चकमे में आ गयी। यह सोच-सोचकर तब से मैं हैरान हूँ और अपनी इस महान् मूर्खता के लिए कभी एक पल के लिए भी अपने को क्षमा नहीं कर पाती हूँ।''

नीलिमा की आँखों से आँसू की बड़ी-बड़ी गरम-गरम बूँदें निकलकर गालों से होकर नीचे ढरकती चली जाती थीं। पर उन्हें पोंछने का तनिक भी प्रयत्न वह नहीं कर रही थी। पूर्णतया खुली आँखों से, निस्संकोच भाव से, एक विचित्र, भौतिक रहस्यमयता से पूर्ण, हृदय को दहला देनेवाली चमक अपनी दृष्टि में झलकाती हुई महीप की ओर देख रही थी।

सारा क़िस्सा महीप ने ऐसी उत्सुकता से, एकान्त मन से सुना था, जैसे अमावस्या की अँधेरी रात में किसी के मुँह से भूतों की प्रत्यक्ष-घटित आप-बीती कहानी सुन रहा हो। बार-बार उसके रोंगटे खड़े हो जाते थे। बार-बार एक अजीब-सी ठण्डी सिहरन उसकी रीढ़ के नीचे से दौड़ जाती थी। जब वह क़िस्सा सुन रहा था, तब नीलिमा के प्रति प्रबल सहानुभूति के साथ ही आकर्षण की एक कल्पनातीत भावना रह-रहकर उसके भीतर ऐसी तेज़ी से उमड़ती चली जाती थी, जैसी उसके पहले शायद ही कभी उमड़ी हो।

15

नीलिमा क़िस्सा समाप्त कर चुकी थी।

सारे कमरे में एक भयावह सन्नाटा छा गया था। युद्ध के भीषण उन्मत्त कोलाहल के बाद जैसे सहसा चारों ओर मृत्यु की निस्सीम नीरवता छा गयी हो। कुछ क्षणों तक भौतिक दीप्ति से चमकती हुई नीलिमा की दो आँखें महीप की विमूढ़ दृष्टि से न जाने क्या रहस्यमय मौन प्रश्न करती रहीं।

उसके बाद उस जड़ स्तब्धता को महीप ने एक झनझनाते हुए अस्त्र से जैसे आर-पार चीर डालने की चेष्टा की। लम्बी साँस को कुछ दबाकर वह बोला, "जो भयंकर क़िस्सा तुमने सुनाया है, उसने मेरे मन में तुम्हारे प्रति श्रद्धा की भावना बढ़ा दी है, नीलिमा। मैं तुम्हें पहले ही निष्कलुष मान चुका हूँ। अब सब-कुछ सुनने के बाद मेरी वह धारणा और अधिक पक्की हो गयी है। मेरे लिये अभी तक तुम वही किशोरी कुमारी हो, जैसी विवाह के बहुत पहले थी। इससे अधिक मैं और क्या कह सकता हूँ!"

नीलिमा ने तत्काल अपना सिर झुका लिया। पहले की ही तरह दोनों हाथों से अपनी आँखें बन्द कर लीं। कुछ ही देर पहले तक वह आँखों से आँसू निकलने पर भी बड़े साहस से बातें कर रही थी और संकोच का लेशमात्र भी सारे क़िस्से में किसी भी बात से उसने अनुभव नहीं किया था। पर अब जब महीप ने उसके किशोरी होने की बात कही, तब उसकी अवमानित और लज्जित आत्मा की सारी ग्लानि उमड़-उमड़कर उसके प्रति रक्तकंण को तिरस्कृत करने लगी।

महीप कहने लगा, "तुम्हारा चरित्र केवल प्रभात के तुहिन-बिन्दुओं की तरह निर्मल और उज्ज्वल ही नहीं है, बल्कि उसके भीतर ऐसी आश्चर्यजनक शक्तियों के बीज

निहित हैं, जो यदि कभी पनपकर प्रकाश में आ जायें तो स्वयं तुम देखकर चकित रह जाओगी!..."

"नहीं, नहीं, महीप, इस तरह की बात न कहो। इस तरह की बातों से मुझे कैसा कष्ट होता है, तुम नहीं जानते!" उसी तरह सिर झुकाये और आँखें बन्द किये नीलिमा ने कहा।

"नीलिमा, आज फिर एक बार तुम्हारे आगे अपने अन्तर की उस व्याकुलता को प्रकट किये बिना मेरा मन नहीं मान रहा है, जिसने इतने वर्षों से एक पल के लिए भी मुझे चैन से नहीं रहने दिया है। हालाँकि बीच में मैं अपने-आपको ठगता हुआ यह सोचने लगा था कि मैं अपने हृदय की उस स्थिति के परे पहुँच चुका हूँ। आज मैं स्पष्ट देख रहा हूँ कि अपनी मानसिकता के सम्बन्ध में मेरी वह धारणा एकदम ग़लत थी..."

नीलिमा ने अपनी आँखों पर से अपने हाथों को हटाकर प्रश्न-भरी भ्रान्त दृष्टि से महीप की ओर देखा। एक नयी आशंका का भाव उसकी उस जिज्ञासु दृष्टि में झलक उठा। उसने देखा, महीप की दृष्टि में भी किसी एक मार्मिक वेदना की निरतिशय करुण छाया घिर आयी है। नीलिमा का भीत हृदय बरबस धड़कने लगा।

महीप कहता चला गया, "मैं जो प्रार्थना करने जा रहा हूँ, उसे केवल एक बार धैर्यपूर्वक सुन लो। उसके बाद मुझे चाहे तिरस्कृत करो, चाहे पुरस्कृत, यह तुम्हारी इच्छा पर निर्भर है। मैं विश्वास करता हूँ कि मेरी प्रार्थना चाहे कैसी ही असंगत क्यों न हो, उससे तुम अपने हृदय की स्वाभाविक उदारता कभी संकुचित न होने दोगी।

"तुम्हारे प्रति मेरे मन की क्या भावना रही है, यह तुम जानती हो। सब-कुछ घटने के बावज़ूद उस भावना में कभी एक तिल भी कमी नहीं आयी है। बल्कि समय उसे और अधिक तीव्र और अधिक गहन करता चला गया है। उस भावना ने मेरे भीतर जो आग सुलगायी है, कभी वह हवा के तेज़ झोंकों से दहक उठी है और कभी उसके ऊपर सफ़ेद राख छा गयी है। पर किसी भी हालत में उसकी आँच में तनिक भी कमी नहीं आयी है। उस आँच में मेरे जीवन की बड़ी-बड़ी उच्चाकांक्षाएँ झुलसकर रह गयी हैं। लाख चेष्टा करने पर भी मुझे जीवन में किसी भी कार्य में कोई बल प्राप्त नहीं हो सका।

"पर इस भावना के लिए कभी किसी प्रकार की लज्जा या ग्लानि का अनुभव मैंने नहीं किया। यही कारण है कि तुम्हारी आज की स्थिति से भली-भाँति परिचित होने पर भी, मैं उसकी चर्चा चलाने का साहस कर रहा हूँ। नीलिमा, क्या यह सम्भव नहीं है कि आज तक की सब बातों को भूलकर, तुम एकदम नये जीवन में प्रवेश करने के लिए तैयार हो जाओ। और...और...आजीवन मेरा साथ देने के..."

"महीप, तुम यह सब क्या कह रहे हो?" अत्यन्त भीत दृष्टि से देखते हुए काँपती हुई आवाज़ में नीलिमा ने कहा, "सब-कुछ जानने-सुनने पर भी इस तरह की बात तुम कैसे मुँह से निकाल पाते हो?"

महीप की आँखों में एक सजलता-सी छा गयी थी। एक प्रकार के भावोन्माद से वे चमक रही थीं। एक विचित्र अनमने ढंग से वह बोला, "मैं कुछ भी अनुचित नहीं कह रहा हूँ, नीलिमा। तुम्हारे साहचर्य की लालसा मेरे मन में बराबर वर्तमान रही है और अब भी है। न जाने क्यों, मैं बराबर अपने को इसका अधिकारी समझता रहा हूँ और आज भी समझता हूँ। पर एक बात तुम अच्छी तरह जान लो। इस साहचर्य की भावना के साथ किसी प्रकार की शारीरिक लिप्सा का कोई भाव कभी मेरे मन में वर्तमान नहीं रहा। शायद यही कारण है कि आज भी तुमको चिर-कुमारी मानने में रंचमात्र भी झिझक मुझे नहीं हो रही है। तुम्हारी समस्त शारीरिकता के परे जो एक अकलुष अतीन्द्रिय सत्ता मेरे मन के भी मन में अपनी प्रतिच्छाया डाल चुकी है, उसे मिटाने में न तुम समर्थ हो न जीवन और मृत्यु की कोई शक्ति। स्थूल जीवन की समस्याओं के प्रति बराबर सजग और सचेत रहने पर भी मेरी अन्तरात्मा बराबर अतीन्द्रिय की उपासना करती चली आयी। यह बात आज तक स्वयं मेरे आगे स्पष्ट नहीं थी। पर आज जब मैंने तुम्हारा मार्मिक पीड़ा से पीड़ित और अकथनीय अत्याचारों की मार से निर्यातित रूप देखा, तब न जाने कैसे मेरी अन्तश्चेतना की इतने दिनों से बन्द आँख सहसा खुल पड़ी। मैं आज भली-भाँति समझ गया हूँ कि मैं शारीरिक क्षुधावाला प्राणी नहीं हूँ और शायद मेरे जीवन की घोर असफलता का सबसे बड़ा कारण यही है। यदि शारीरिक क्षुधा मुझमें सहज रूप में वर्तमान होती, तो मैं भी आज के भौतिकतावादी संसार के पार्थिव संघर्षमय जीवन में सफलता पानेवाले व्यक्तियों की तरह किसी-न-किसी क्षेत्र में अपने दाँतों को गड़ाने में समर्थ होता। क्योंकि किसी भी व्यक्ति को शारीरिक या मानसिक क्षुधा की तीव्रता या मन्दता इस बात का आभास दे देती है कि जीवन के सम्बन्ध में उसका दृष्टिकोण क्या है। जिस व्यक्ति में मानसिक क्षुधा की तीव्रता होगी वह कभी स्थूल जगत् के संघर्ष में विजय नहीं पा सकता। अपने जीवन के अनुभव से मैं यह बात कह रहा हूँ। साथ ही आज मेरी जगी हुई अन्तर्दृष्टि एक और भेद मेरे आगे खोलने में समर्थ हो रही है। मैं आज स्पष्ट समझ पा रहा हूँ कि मेरे प्रति आकर्षित होते हुए भी तुमने विवाह के पूर्व अपना अन्तिम निर्णय ठाकुर साहब के पक्ष में क्यों दिया। इसका कारण मैं यही समझता हूँ कि तुम्हारी अन्तरात्मा ने मेरे सम्बन्ध में सम्भवतः तुम्हें सचेत कर दिया था। यह जता दिया था कि मेरी शारीरिक क्षुधा तीव्र न होने से मैं स्थूल जीवन के संघर्ष में अन्त तक तुम्हारा साथ देने और तुम्हारी रक्षा करने में असमर्थ सिद्ध होऊँगा। चूँकि ठाकुर साहब की प्रकृति स्पष्ट ही मेरे विपरीत थी, इसलिए तुम्हारी आत्मरक्षा की सहज बुद्धि ने स्वभावतः उनका आश्रय पकड़ने के लिए तुम्हें प्रेरित किया। पर उसने तुम्हें इस सत्य के लिए सचेत नहीं किया कि एकान्त स्वार्थ की जो मनोवृत्ति पार्थिव जीवन को सब समय पूरी ताक़त से जकड़े रहना चाहती है और उसे अपने पंजे से मुक्त नहीं होने देती, वह अपना भी विनाश करती है और दूसरों को भी विनाश के गढ़े की ओर ढकेलने के लिए सचेष्ट रहती है।

"मेरी मानसिक क्षुधा ने मुझे जीवन-संघर्ष में भले ही असफल बनाया हो, पर उसने एक ऐसी सूक्ष्म अनुभूति का आभास मुझे दिया है, कि जीवन के सत्य का गहन रूप उसी के भीतर छिपा है। यह मेरी भ्रान्ति हो सकती है, पर उस भ्रान्ति के प्रति कोई असन्तोष मुझे नहीं है। जब मन की उस क्षुधामात्र ने मेरे प्राणों में एक अपूर्व अनुभूति का संचार किया है, तब उसकी तृप्ति से कितना बड़ा, विश्वविजयी बल मुझे प्राप्त हो सकता है, इसकी कल्पना सहज में की जा सकती है। इसीलिए मैं तुमसे एकान्त प्रार्थना करता हूँ, नीलिमा। मुझे अपना नैतिक साहचर्य प्रदान करके मेरी आत्मा को एक अभिनव बल देने की कृपा करो, जिससे मैं इस युग की झूठी राजनीति और सर्वघाती विज्ञान से जकड़े हुए सामूहिक जीवन के समस्त स्थूल द्वारों को तोड़कर, उसके भीतर छिपे हुए युगों से संचित सत्य को बाहर निकालने की क्षमता प्राप्त कर सकूँ। तुमसे मैं अधिक कुछ नहीं चाहता। केवल तुम्हारी आत्मा का परिपूर्ण योग चाहता हूँ। पर तुम्हारी आत्मा का सच्चा योग मुझे तभी प्राप्त हो सकता है, जब तुम प्रतिपल मेरे निकट सम्पर्क में रहो। तुम्हें याद होगा, एक दिन तुम क्षणिक आवेश में आकर स्थूल सामाजिक जगत् के समस्त अवरोधों का उल्लंघन करके मेरा साथ देने को तैयार हो गयी थी। क्या उसी मनोभाव को तुम एक बार फिर नये सिरे से नहीं जगा सकती हो? बोलो नीलिमा, क्या तुम पिछली समस्त भूलों और भ्रान्तियों, मानापमान की सभी मीठी और कड़वी स्मृतियों को ठुकराकर, एक नये सिरे से नया जीवन बिताने को तैयार नहीं हो सकती? यदि तुम इसी क्षण मेरा साथ देने के लिए तैयार हो जाओ, तो मुझे पूरा विश्वास है कि हम दोनों की दुनिया ही एकदम बदल जाय, दोनों के जड़-जीवन में एक नयी चेतना का संचार हो जाय, जीवन की सारी झुठाई मिट जाय और जीवन का एक नया और सच्चा अर्थ सामने आ जाय। बोलो नीलिमा, क्या तुम राज़ी हो? यदि राज़ी हो, तो आज ही शाम को गाड़ी से हम दोनों चले चलें। बोलो?"

ऐसा लगता था जैसे एक साँस में महीप इतनी बातें कह गया हो और स्वयं न जानता हो कि वह क्या कह रहा है। नीलिमा सिर झुकाये, एकान्त चित्त से, परिपूर्ण आत्मा से सुन रही थी और एक-एक शब्द को जैसे पी जाने की चेष्टा कर रही थी। उसके भीतर एक ऐसी उथल-पुथल मच रही थी, जिसके भीषण वेग को क़ाबू में लाने की कोई क्षमता वह अपने में नहीं पा रही थी। एक ऐसी अप्रत्याशित ज्वार उसके मनोसागर में उमड़ आयी थी, जो कूल लाँघकर अपने साथ समस्त झूठे और सच्चे बन्धनों को बहा ले जाने पर तुली हुई थी। पर ज्यों ही महीप अन्तिम प्रश्न करने के बाद सहसा रुक गया; त्यों ही भाटे का क्रम आरम्भ हो गया। नीलिमा को लगा कि सब व्यर्थ है। जीवन की जिस अस्वाभाविक स्थिति में वह इस समय है, उसे छोड़कर किसी भी दूसरी स्थिति को अपनाना उसके लिए सम्भव नहीं हो सकता। अपने मन के और बाहरी जगत् के सैकड़ों बन्धन दुर्लंघ्य दीवारों की तरह उसके चारों ओर स्तर-स्तर पर खड़े हैं। महीप का सारा भाषण निरर्थक है, सारा आग्रह बेकार है! अपने प्रति, महीप

के प्रति, समाज के प्रति और संसार के प्रति एक ऐसी उत्कृष्ट खीझ की भावना उसके मन में जगी कि वह भीतर-ही-भीतर बुरी तरह बौखला उठी। उसका जी चाहता था कि या तो अपनी छाती फाड़कर अपने भीतर की वेदना को नग्न रूप में संसार के आगे रख दे, या विश्व के विराट् अवरोध को चीरकर अपने चारों ओर के दम घोंटनेवाले वातावरण से मुक्त हो ले और अपने लिये एक विस्तृत वातावरण तैयार करे। पर वह जानती थी कि उसके खीझे हुए मन की ये दोनों कल्पनाएँ असम्भव और अवास्तविक हैं।

नीलिमा सहसा चौंककर उचक उठी। एक बार फिर उसने आश्चर्य से महीप की ओर देखा और अपने दोनों हाथों से अपना मुँह ढक लिया, जैसे किसी भयंकर आक्रामक जीव से अपनी रक्षा कर रही हो। ''नहीं महीप, नहीं!'' हिस्टीरिया के-से आवेश के साथ वह बोली, ''यह सम्भव नहीं है। इस तरह की बातें मेरे आगे अब से कभी न करना। इस जन्म में मेरे उद्धार का कोई उपाय शेष नहीं रह गया है। मुझे इस अन्धकूप में, इस रौरव में ही पड़े रहने दो। मैं जानती हूँ कि इस नरक का निर्माण स्वयं मैंने किया है। मेरी विकृत कल्पना के सिवा उसका अस्तित्व बाहर कहीं नहीं है। फिर भी वह मेरे लिये इतना बड़ा सत्य है कि उससे मुझे उबारने की शक्ति तुममें क्या—किसी में भी नहीं है। इसलिए तुमसे मेरी अन्तिम और आन्तरिक प्रार्थना है कि मुझे अब इस सम्बन्ध में न छेड़ा करो। तुम्हें याद होगा, एक बार मैं तुमसे अपने हृदय से क्षमा माँग चुकी हूँ। आज भी मेरे लिये तुमसे क्षमा माँगने के सिवा दूसरा कोई रास्ता नहीं है। इस जन्म में मुझे क्षमा कर दो महीप—क्षमा! यदि यह सच है कि मृत्यु के बाद कोई दूसरा जीवन है और उस दूसरे जीवन में तुम्हारा मेरा मिलना किसी दैवी संयोग से सम्भव हुआ, तो मैं अपने सारे पिछले पापों का प्रायश्चित्त कर चुकने के बाद तुम्हारा साथ सम्भवतः दे सकूँगी। उसके पहले किसी हालत में भी इस तरह की कोई बात सम्भव नहीं है। मैं अन्तिम बार तुमसे प्रार्थना करती हूँ, महीप मुझे सदा के लिए क्षमा कर दो, और ...और ...यहाँ से चले जाओ...आज ही...और फिर इस जीवन में मेरे पास कभी न आना!'' यह कहकर नीलिमा अपने तलप्रदेश से उमड़ते हुए आँसुओं को बरबस पीने की चेष्टा करती हुई, अपने मुँह के भीतर अपनी साड़ी का पल्ला ठूँसकर तकिये पर अपना मुँह छिपाकर औंधी लेट गयी। रुद्ध-रोदन का आवेग भीतर-ही-भीतर फूलने के कारण उसकी सारी देह हिल रही थी।

अत्यन्त व्याकुल और विवश होकर महीप केवल कहता चला गया, ''नीलिमा, नीलिमा, मुझे इस तरह निरुपाय क्यों बनाती हो? उठो, एक बार सारी स्थिति को सोचो और समझो!''

पर उसकी बात नीलिमा के कानों तक जैसे पहुँच ही नहीं पा रही थी। महीप बहुत देर तक उसी निरुपाय अवस्था में खड़ा रहा। पर नीलिमा टस-से-मस न हुई। महीप के पाँव जब बहुत थक गये, तब वह एक कुर्सी खींचकर बैठ गया। बैठे-बैठे वह उकता

गया, पर फिर भी उठने की प्रवृत्ति उसे नहीं हुई। उसे लगता था, जैसे उसके पाँवों में खड़े होने का बल नहीं रह गया है। नीलिमा उसी हालत में औंधी लेटी हुई, स्पष्ट ही फफक रही थी, यद्यपि मुँह के भीतर साड़ी ठुँसी हुई होने के कारण फफकने का शब्द नहीं सुनायी देता था। पन्द्रह-बीस मिनट महीप को उतने ही युगों के समान लगे और जब नीलिमा सहसा करवट बदलने को उठी, तब महीप की अन्ध-चेतना को लगा कि मृत्यु के बाद के जिस दूसरे जीवन की बात नीलिमा ने कही थी, उसका समय शायद आ पहुँचा है।

नीलिमा ज्यों ही करवट बदलने को उठी, त्यों ही महीप को वहाँ बैठा देखकर वह अस्वाभाविक रूप से उत्तेजित हो उठी। अत्यन्त तीव्र स्वर में बोली, "तुम अभी नहीं गये? जाओ, जाओ, मैं तुम्हारे पाँवों पड़ती हूँ, तुम इसी क्षण यहाँ से इस मकान से चले जाओ! तुम नहीं समझते कि तुम मेरे साथ कैसा अन्याय कर रहे हो! जाओ...अभी!"

महीप के सामने पल में अपनी स्थिति की सारी असम्भवता स्पष्ट हो उठी। वह तत्काल उठ खड़ा हुआ और जाने लगा। दरवाज़े के पास पहुँचा होगा कि पीछे से नीलिमा ने भारी आवाज़ में कहा, "क्षमा!..."

महीप भ्रमवश एक बार फिर लौटने को था, पर नीलिमा ने हाथ के इशारे से उसे जाने के लिए कहा। महीप इस बार निश्चित पगों से चला गया।

सुषमा अभी तक नहीं लौटी थी। महीप ने एक ताँगा बुलाया। जब ताँगा आया, तब अपना नाममात्र का सामान अपने हाथ में उठाकर, नौकर के हाथ में एक रुपया रखकर वह उस पर बैठ गया। सुषमा के लिए कोई भी सन्देश वह न लिखकर छोड़ गया, न नौकर से ही उसने कुछ कहा। ताँगेवाले से उसने चारबाग़ स्टेशन चलने के लिए कहा। ताँगा रवाना हुआ और महीप ने एक लम्बी साँस ली।

16

महीप अपने शहर को वापस चला आया।

जब मकान में पहुँचा, तब नौकर ने बिना खुली हुई चिट्ठियों का एक बड़ा-सा पुलिन्दा लाकर उसके आगे रख दिया! विभिन्न केन्द्रों के गुप्त समाचार गुप्त ही भाषा में लिखे हुए थे। उसके दल से अलग हो जाने की ख़बर स्पष्ट ही अभी तक कुछ केन्द्रों को मालूम नहीं हुई थी। महीप ने अत्यन्त उदासीनता के साथ उन पत्रों को खोला, उदासीनता के ही साथ पढ़ा। उसी तरह रख भी दिया। सहसा उसकी दृष्टि एक विशेष पत्र पर पड़ी, जिसकी हस्तलिपि से वह यद्यपि भली-भाँति परिचित था, तथापि इस समय वह एकदम नयी, भेद-भरी और सम्मोहक-सी लग रही थी। उसने अत्यन्त उत्सुकता से वह पत्र खोला। शारदा देवी ने लिखा था। पत्र उसी स्थान से आया था, जहाँ ठाकुर लक्ष्मीनारायण सिंह की ज़मींदारी थी। प्रायः बारह दिन पहले की तारीख़ पड़ी हुई थी। शारदा देवी ने एक अत्यन्त आवश्यक काम से महीप को बुलाया था। उन्होंने

लिखा था कि वह पत्र पहुँचते ही रवाना हो जाय। देर करने से सारी बात बिगड़ सकती है। क्यों और किसलिए उन्होंने बुलाया था, इसका तनिक भी आभास-पत्र में नहीं दिया गया था।

महीप सोचने लगा कि चूँकि अब काफ़ी देर हो चुकी है और पत्र कई दिन बाद उसे मिला है इसलिए अब जाना एकदम व्यर्थ है। "पर जिस 'अत्यन्त आवश्यक' कार्य के लिए शारदा देवी ने मुझे बुलाया है, वह क्या हो सकता है?" वह मन-ही-मन कहने लगा, "क्या वह भी नीलिमा की ही तरह किसी विषम संकट में फँस गयी है? पर वह तो नीलिमा से अधिक भयानक संकटों से गुज़रने के बाद भी जान-बूझकर ठाकुर साहब के यहाँ धरना दिये बैठी हैं। यह बात स्वयं उन्होंने मुझसे कही थी। इसलिए इस तरह के किसी भी संकट से घबराकर सहायता के लिए उन्होंने मुझे पत्र लिखा हो, इस बात की कोई विशेष सम्भावना नहीं जान पड़ती। फिर भी कौन जाने! जिस वातावरण में वह रहती हैं, वहाँ किसी भी समय कोई भी विपत्ति ऐसी आ सकती है जो उनके समान इस्पात की तरह सुदृढ़ और सुकठिन-चित्त नारी के लिए भी असहनीय सिद्ध हो सकती है। पर मुझे उन्होंने क्यों बुलाया है? मैं किस रूप में उन्हें किसी भी विपत्ति से बचाने की समर्थता रखता हूँ। ठीक है, वह जानती हैं कि मैं हिंसात्मक-क्रान्ति के पोषक एक गुप्त दल का नेतृत्व करता रहा हूँ और 'मेरे' गुप्त दल के सदस्यों से सम्भवतः उन्होंने बहुत-कुछ आशा की है। पर वे लोग भी क्या कर सकते हैं जबकि वह स्वेच्छा से ठाकुर साहब का पल्ला पकड़े बैठी हैं? जो भी हो, बात है बड़ी भेद-भरी।"

नहा-धोकर, खाना खाकर वह लेट गया। लेटे-लेटे दुनिया भर की बातें सोचता रहा। नीलिमा ने जिस प्रकार का नाटकीय रूप दिखाकर अन्त में उसे खदेड़ दिया था, उस अप्रिय घटना की स्मृति को एकदम भूल जाने की चेष्टा करने पर भी वह भूल नहीं पाता था। और इधर शारदा देवी के रहस्यात्मक पत्र ने उसके मस्तिष्क को अलग अशान्त कर दिया था। बार-बार यह सोचने पर भी कि जो घटना घटनेवाली थी वह घट चुकी होगी, उसके चित्त को किसी तरह चैन नहीं मिल रहा था। बहुत संकल्प-विकल्प के बाद अन्त में उसने शारदा देवी के पास जाने का ही निश्चय किया। उसी दिन रात की गाड़ी से वह रवाना भी हो गया।

दूसरे दिन वह सुबह दस बजे के क़रीब निर्दिष्ट स्टेशन पर पहुँचा। गाड़ी पर से उतरकर वह कुछ अनमना-सा होकर इधर-उधर ताकने लगा, जैसे किसी को खोज रहा हो। हालाँकि किसी को खोजने की कोई बात नहीं थी। न किसी को उसने अपने आने की सूचना भेजी थी, न उस स्थान के किसी व्यक्ति से उसका परिचय ही था। फिर भी वह कुछ समय तक प्लैटफ़ार्म पर चक्कर लगाता रहा। चिन्ता की एक गहरी रेखा उसके कपाल पर खिंची हुई थी। इतने बड़े असमंजस में वह जीवन में इसके पहले शायद कभी नहीं पड़ा था। क्योंकि उसने वहाँ आने की मूर्खता की, यह सोचकर स्वयं अपने-आपको कोसने लगा। स्टेशन ही से लौट चलना उचित है, यह सोचकर वह वापसी गाड़ी के आने का समय पूछने के लिए टिकट-घर की ओर बढ़ा। दो क़दम आगे

बढ़ा होगा कि एक नवयुवक उसके सामने खड़ा हो गया। नवयुवक ने अत्यन्त शिष्टतापूर्वक कहा, ''क्षमा कीजियेगा आप क्या किसी को खोज रहे हैं?''

''जी नहीं।'' महीप ने संक्षेप में उत्तर दिया।

''पर स्पष्ट ही आप अजनबी मालूम पड़ते हैं। आप किस गाँव में किसके यहाँ जाना चाहते हैं?''

''कहीं नहीं। मैं यों ही चला आया हूँ। आप क्या इसी स्थान के निवासी हैं?''

''जी हाँ। पर आप निश्चय ही किसी उद्देश्य से—किसी से मिलने आये होंगे?''

नवयुवक का जिज्ञासा-भाव अत्यन्त प्रबल देखकर महीप अकारण ही सिटपिटाने-सा लगा था। वह बड़े ग़ौर से नवयुवक की ओर देख रहा था, जैसे उसके मुख के भाव के अध्ययन से यह जानना चाहता हो कि वह ठीक किस तरह का आदमी है। साथ ही वह यह भी समझ रहा था कि जब वह किसी गुप्त उद्देश्य से नहीं आया है, तब किसी से कोई बात छिपाने का कोई कारण उसके पास नहीं होना चाहिए। फिर भी आज न जाने उसके अन्तर का कौन गुप्त पशु-संस्कार उस स्टेशन पर पाँव रखते ही उसे अत्यधिक सावधान और सचेत रहने के लिए प्रेरित कर रहा था।

उसने उत्तर दिया, ''जी हाँ,...नहीं...किसी ख़ास काम से—किसी विशेष व्यक्ति से मिलने के लिए मैं नहीं आया हूँ।''

उसकी घबराहट और असमंजस देखकर नवयुवक मुस्कराने लगा। उसने कहा, ''तो आप क्या स्टेशन से सीधे वापस चले जायेंगे?''

''जी नहीं। अच्छा, एक बात बताइये। आप तो इस तरफ़ के सभी लोगों को जानते होंगे?''

''बहुतों को जानता हूँ। पहले आप बताइये, आप किसे खोज रहे हैं?''

''ठाकुर लक्ष्मीनारायण को तो आप अवश्य ही जानते होंगे?''

''जी हाँ, ख़ूब अच्छी तरह। आप क्या उनके पास जाना चाहते हैं?''

''जी नहीं। पर...हाँ...'' कहकर महीप रुक गया। आठ-दस आदमियों की एक टोली बग़ल से चली जा रही थी। दोनों टहलते हुए बातें कर रहे थे। महीप चाहता था कि एक ऐसे एकान्त स्थान में बातें करें, जहाँ एक भी आदमी न हो। प्लैटफ़ार्म पर काफ़ी भीड़ थी। जब दोनों टहलते हुए प्लैटफ़ार्म के उत्तरी सिरे पर पहुँच गये, तो वहाँ एकान्त पाकर महीप ने धीरे से कहा, ''आप शारदा देवी को जानते हैं?''

''जी हाँ, क्या वह आपकी कोई रिश्तेदार लगती हैं?''

''जी नहीं। पर आप बता सकते हैं, वह कहाँ रहती हैं?''

''पहले वह ठाकुर साहब के साथ रहती थीं, पर इधर कुछ महीनों से वह अलग रहती हैं। ठाकुर साहब के यहाँ से वह प्रायः छह मील दूर एक गाँव में रहने लगी थीं। पर प्रायः पन्द्रह दिन से अब वहाँ नहीं रहतीं। कहाँ रहती हैं, यह कोई नहीं जानता—मेरा कहने का आशय यह है कि कुछ लोग अवश्य जानते होंगे, पर जो जानते हैं वे बताना नहीं चाहते। फिर भी मेरा अनुमान है कि वह आसपास ही किसी गाँव में रहती हैं।''

महीप ने देखा कि नवयुवक बड़ा बातूनी और साथ ही चलता-पुर्ज़ा भी है। उससे बहुत-सी बातें मालूम हो सकती हैं। उसने कहा, "अच्छा यह बात! ख़ैर, तो ठाकुर साहब को आप अच्छी तरह जानते हैं?"

"जी हाँ।"

"आजकल उनके रंग-ढंग कैसे हैं? उनकी दिनचर्या क्या रहती है?"

नवयुवक ने एक बार बड़े ग़ौर से महीप की ओर देखा, जैसे उसका यथार्थ मनोभाव जानना चाहता हो। उसके बाद बोला, "आपने मुझे बताया नहीं कि ठाकुर साहब से आप किस तरह सम्बन्धित हैं।"

"मैं किसी तरह भी सम्बन्धित नहीं हूँ। पर उन्हें जानता हूँ। इलाहाबाद में उनसे एक बार मेरा परिचय कराया गया था।"

नवयुवक कुछ कहते-कहते क्षण-भर के लिए रुक गया। उसके बाद बोला, "बात असल में यह है कि गाँववाले—केवल गाँववाले ही नहीं, बल्कि जहाँ-जहाँ भी उनकी ज़मींदारी है वहाँ के सब लोग—आजकल उनसे बहुत नाराज़ हैं। बल्कि बहुत उत्तेजित हो उठे हैं। किसी भी दिन उन पर हमला हो सकता है। इस बात की आशंका की जा रही है..."

अत्यन्त आश्चर्य का भाव जताकर महीप ने कहा, "पर क्यों? बात क्या हो गयी?"

"बात यह है कि उनके अत्याचार गाँववालों और अपने असामियों पर दिन-पर-दिन बढ़ते चले जा रहे हैं। पहले भी उनके अत्याचार कुछ कम नहीं थे, पर तब जनता में चेतना नहीं जगी थी। इधर जनता जग उठी है। इसका एक कारण तो स्पष्ट ही है—देश में सर्वत्र जागरण की लहर उठी है। पर दूसरा और मुख्य कारण यह है कि इधर कुछ गुप्त कार्यकर्त्ताओं ने गुप्त ही रूप से किसानों के नायकों को ठाकुर साहब के ख़िलाफ़ बहुत भड़का दिया है। और...और...सच पूछिये तो शारदा देवी का नाम भी इसी सिलसिले में लिया जा रहा है। केवल शारदा देवी ही नहीं, एक और महिला का नाम भी इस सम्बन्ध में लिया जा रहा है..."

"कौन?" अत्यन्त उत्सुक भाव से महीप ने पूछा।

"प्रतिमा देवी नाम की कोई महिला हैं। सुनते हैं, वह बड़ी क्रान्तिकारिणी हैं। बड़े उग्र विचार रखती हैं। पर मुख्य रूप में शारदा देवी ने ही ज़मीन तैयार की है। सुना गया है कि वह कुछ व्यक्तिगत कारणों से भी ठाकुर साहब से नाराज़ हैं। उन्होंने किसानों का एक ज़बर्दस्त संगठन कर रखा है।"

प्रतिमा के नाम से महीप चौंका। इस क्षेत्र में भी प्रतिमा के प्रवेश की बात उसकी कल्पना से परे थी। उसका माथा चकराने लगा था। वह ठीक से कुछ सोच ही नहीं पा रहा था। केवल एक बात वह निश्चित रूप से समझ गया था कि यहाँ आकर उसने बड़ी भूल की है। पर उलटे पाँव लौट चलना भी उसे ठीक नहीं मालूम हो रहा था।

कुछ देर तक वह भ्रान्त अवस्था में मौन खड़ा रहा। उसकी अन्यमनस्कता—बल्कि उसका सारा रंग-ढंग—नवयुवक को भेद-भरा मालूम हो रहा था। महीप भी उसके मन

की यह बात समझ रहा था। तथापि महीप को इस बात पर आश्चर्य हो रहा था कि वह नवयुवक पहले ही परिचय में सारे इलाक़े की अन्दरूनी राजनीति का रहस्य उसके आगे खोलने के लिए उत्सुक क्यों हो रहा है! कुछ देर बाद उसने नवयुवक से कहा, "इतनी देर तक आपसे बातें हुईं, पर अभी तक मैं न तो आपका नाम जान पाया, न धाम। न यह कि आप करते क्या हैं।"

"मेरा नाम श्यामस्वरूप है। मैं पास ही...नामक गाँव में रहता हूँ, जो ठाकुर लक्ष्मीनारायण सिंह की ताल्लुक़ेदारी के ही अन्तर्गत है। मैं इलाहाबाद यूनिवर्सिटी में बी. ए. फर्स्ट-ईयर में पढ़ता था, पर स्वास्थ्य ख़राब हो जाने के कारण मुझे पढ़ाई छोड़ देनी पड़ी है। डॉक्टरों ने मुझे टी. बी. बता दिया था। अब तो मैं अच्छा हूँ, पर बीच में मेरी तबीयत बहुत ख़राब हो गयी थी....और आपका शुभ नाम?"

महीप अपना नाम बताने के बाद बोला, "तो आप शारदा देवी को जानते हैं?"

"जी हाँ, ख़ूब अच्छी तरह।"

"देखिये, सच बात यह है कि मुझे उन्हीं से एक आवश्यक काम से मिलना था। पर आप कहते हैं कि उसका पता किसी को भी नहीं है। मेरी समझ में नहीं आता कि मैं क्या करूँगा। जी चाहता है कि वापसी गाड़ी से लौट चलूँ।"

"आप एक काम कर सकते हैं", सहसा उत्साहित-सा होकर श्यामस्वरूप बोला, "अभी आप मेरे साथ चलिये और मेरे ही यहाँ ठहरिये। एक-दो दिन के भीतर मैं शारदा देवी का पता लगाकर छोड़ूँगा।"

क्षणिक झिझक के बाद महीप ने कहा—"अच्छी बात है। यदि आपको कोई असुविधा न हो तो आपके साथ चलने में मुझे कोई आपत्ति नहीं है।"

"मुझे कोई भी असुविधा न होगी। चलिये।"

17

श्यामस्वरूप ने एक एक्का किया।

उस पर सामान रखकर दोनों बैठ गये। एक्का कुछ दूर तक पक्की सड़क पर चलता रहा। उसके बाद उसने एक कच्ची सड़क पकड़ ली और हिचकोले खाता हुआ चलने लगा। महीप की खिन्नता कई कारणों से बहुत बढ़ गयी थी। इसलिए वह उत्साही नवयुवक की बातों का केवल संक्षिप्त उत्तर दे देता था। फिर चुप हो जाता था।

गाँव की सीमा के बाहर ही एक्का ठहर गया। उसके आगे एक्के के जाने के लिए रास्ता नहीं था। दोनों उतर गये। एक्केवाला सामान पहुँचाने के लिए उन लोगों के साथ गया। पगडण्डी से होकर काफ़ी दूर तक उन लोगों को पैदल चलना पड़ा। गाँव के भीतर पहुँचकर एक गलियारे से होते हुए वे लोग चले। महीप की ओर गाँववाले अत्यन्त कौतूहली दृष्टि से देख रहे थे। गलियारा जहाँ पर ख़तम होता था वहीं एक कच्चे मकान के पास श्यामस्वरूप ठहर गया और बोला, "यही मेरा मकान है।" एक अधेड़ ग्रामीण महिला मकान से बाहर निकल आयीं। श्यामस्वरूप ने महिला की ओर संकेत करते

हुए महीप से कहा, "यह मेरी माँ हैं।" महीप ने उन्हें प्रणाम किया। श्यामस्वरूप ने अपनी माँ को लक्ष्य करके कहा, "माँ, यह मेरे मित्र हैं। इनका नाम महीपकुमार है। किसी काम से इधर चले आये थे। स्टेशन में मेरी भेंट हो गयी। मैं इन्हें अपने यहाँ बुला लाया हूँ।"

"अच्छा किया बेटा", महिला ने कहा। और फिर महीप को लक्ष्य करके बोली, "आओ बेटा, भीतर चले आओ।"

* * *

एक्केवाले ने सामान उतार दिया था। महीप ने उसे पैसे देकर विदा कर दिया। श्यामस्वरूप भीतर एक कमरे में महीप को ले गया। महीप ने देखा, मकान कच्चा होने पर भी भीतर सफ़ाई का पूरा ध्यान रखा गया था। अच्छी तरह लिपा-पुता हुआ साफ़-सुथरा कमरा था। नीचे फ़र्श पर एक छोटी-सी दरी बिछी हुई थी। उसकी बग़ल में एक छोटी-सी मेज़ लगी हुई थी, जिस पर कुछ पुस्तकें सजाकर रखी गयी थीं। वहीं पर एक पलँग के ऊपर सफ़ेद चादर बिछी हुई थी। दीवार पर यत्र-तत्र चित्र टँगे हुए थे। कुछ 'कलात्मक' चित्र थे—अधिकतर प्राकृतिक दृश्यों के। शेष चित्र विभिन्न नेताओं के फोटो थे। सामने एक कैलेण्डर भी टँगा था, जो एक सुन्दरी युवती के चित्र से सुशोभित था। पलँग की बग़ल में बेंत की एक आरामकुर्सी रखी थी, जिस पर एक गद्दा पड़ा हुआ था।

महीप थका हुआ था। बिना तक़ल्लुफ़ के सीधे पलँग पर जाकर बैठ गया। फिर एक क्षीण मुस्कान मुख पर झलकाने की चेष्टा करता हुआ श्यामस्वरूप से बोला, "यदि आप आज्ञा दें, तो लेट जाऊँ। रेल की यात्रा से बहुत थका हूँ।"

"आप शौक से लेटें, इसमें पूछने की क्या बात है!" अत्यन्त सहृदयतापूर्ण स्वर में श्यामस्वरूप बोला। वास्तव में महीप को केवल घण्टे-भर के परिचय से ऐसा बोध होने लगा था, जैसे श्यामस्वरूप से उसका बरसों से परिचय रहा हो।

महीप लेट गया। उसने आँखें बन्द कर लीं। वह एक विचित्र परिस्थिति में अपने को पा रहा था। उस गाँव में श्यामस्वरूप के साथ वह क्यों चला आया, लेटे-लेटे वह मन-ही-मन उसी कारण की 'खोज' करने लगा। शारदा देवी से मिलने की न उसे कोई उम्मीद थी और न वह यही समझ पाता था कि यदि वह मिल भी जायँ तो उसके किस उद्‌देश्य की पूर्ति होगी। वह तत्काल के लिए यह भूल जाना चाहता था कि शारदा देवी ने उसे बुलाया था, यद्यपि पत्र उसने तब खोलकर पढ़ा था जब उसे पहुँचे कई दिन हो गये थे। श्यामस्वरूप ने जो बातें उसे सुनायी थीं उनसे उसका रहा-सहा उत्साह भी ठण्डा पड़ गया था। एक अस्पष्ट भय की भावना धीरे-धीरे उसके हृदय को दबाने लगी थी। वह समझ गया था कि शारदा देवी ने जब वह पत्र उसे लिखा था तब की और आज की स्थिति में बहुत बड़ा अन्तर पड़ गया है। पर तब की स्थिति ठीक क्या थी और आज की स्थिति क्या है, और वह 'अन्तर' किस रूप में और किस कारण पड़ा है, यह सब रहस्य-जाल वह समझ नहीं पा रहा था। शारदा देवी का अज्ञातवास और प्रतिमा का भी इस रहस्य से सम्बन्धित रहना, ये सब बातें रह-रहकर उसके मन में

एक वर्णनातीत बेचैनी उत्पन्न कर रही थीं। पर इस बेचैनी के बावज़ूद वह शरीर से और मन से इस क़दर परिश्रान्त हो उठा था कि बरबस उसकी आँखें झँपने लगीं। वह सो गया। उसे सोये कुछ ही देर हुई होगी कि श्यामस्वरूप चाय और जलपान की कुछ सामग्री लेकर चला आया। उसने महीप को जगाना शुरू कर दिया। जब महीप जगा तो श्यामस्वरूप ने संकोच-भरी मुस्कान से उससे नाश्ता कर लेने और चाय पीने के लिए आग्रह किया। महीप किसी भी प्रलोभन से उठना नहीं चाहता था। पर श्यामस्वरूप का आग्रह ऐसा सहृदय था कि अस्वीकार करके उसका भी जी दुखाने का साहस महीप को नहीं हुआ। वह अनिच्छा से उठ बैठा।

नाश्ता कर चुकने के बाद महीप फिर लेट गया और तत्काल सो गया। जब जगा तब दिन काफ़ी चढ़ चुका था। खाना तैयार था। जब दोनों खा-पी चुके, तब महीप ने ताक पर सजी हुई पुस्तकों में से एक पुस्तक निकाली। वह एक उपन्यास था। ऐसा उपन्यास जिसे साधारण अवस्था में वह कभी पढ़ने को राज़ी न होता। पर उस समय वह अपने मन की अशान्त अवस्था को किसी तरह भूलना चाहता था। पलँग पर लेटे-लेटे वह उसी पुस्तक में जी लगाने लगा। फल केवल यह हुआ कि थोड़ी देर बाद फिर उसकी आँखें लग गयीं और वह सो गया।

18

सन्ध्या को श्यामस्वरूप बाहर कहीं से लौटकर आया।

उसने महीप को बताया कि शारदा देवी का पता लगाने में वह असमर्थ रहा। पर उसने यह आश्वासन दिया कि दो-एक दिन के भीतर ही वह पता लगा लेगा।

दो दिन और बीत गये। पर असफलता ज्यों-की-त्यों बनी रही। महीप ने निश्चित रूप से यह इरादा कर लिया कि दूसरे दिन वह वापस चला जायेगा। दूसरे दिन पूछ-ताछ करने पर मालूम हुआ कि केवल एक ही गाड़ी ऐसी है जो उसके लिए ठीक पड़ेगी। वह बारह बजे रात जाती है। लाचार होकर महीप बारह बजे रात की प्रतीक्षा में दिन-भर बैठा रहा।

महीप ने सोचा था कि वह जल्दी ही स्टेशन के लिए रवाना हो जायगा। वहाँ दो-एक घण्टा प्रतीक्षा करना बेहतर है, बनिस्बत इसके कि बीच में कोई बाधा पड़ जाय और वह उस दिन की भी गाड़ी न पकड़ सके। रात में प्रायः साढ़े-नौ बजे के क़रीब वह स्टेशन तक पैदल चले चलने की तैयारी करने लगा। श्यामस्वरूप ने कहा कि कुछ देर और ठहर जाने में कोई हानि नहीं है, सम्भवतः तब तक वह एक्केवाला अपने-आप पहुँच जाय, जिससे वह दिन ही में जल्दी चले आने की बात तय कर आया था। फलतः महीप बैठ गया।

ठीक दस बजे महीप के कानों में विचित्र-सी आवाज़ आयी—चारों ओर के सन्नाटे को भेदकर कहीं दूर से एक कोलाहल की-सी अत्यन्त अस्पष्ट और अत्यन्त क्षीण मर्मर-ध्वनि झींगुरों की झनकार के साथ मिलकर। 'शण्टिंग' के बाद जब रेल का इंजन स्थिर हो जाता है, तब उसमें से निकलनेवाला एकरसतापूर्ण शब्द दूर से जैसा लगता है, ठीक वैसी ही आवाज़ कुछ देर तक महीप के कानों में बजती रही। सहसा उस एकरसता में परिवर्तन हुआ और एक अस्पष्ट हाहाकार की-सी दबी हुई आवाज़ उसके कानों में आने लगी। ऐसा मालूम होता था जैसे वह आवाज़ पाताल-लोक से पृथ्वी की मिट्टी की असंख्य परतों को बरबस भेदती हुई ऊपर को उठ रही है और क्षीण निःश्वास के समान फुसफुसाहट के रूप में परिणत होकर उसके सजग कानों के पर्दों को आन्दोलित कर रही है। एक अज्ञात-सी आशंका से उसका हृदय हहर उठा। उसने श्यामस्वरूप से कहा, "आपको भी कुछ सुनायी दे रहा है?"

श्यामस्वरूप अपने कानों की शक्ति को केन्द्रित करके सुनने लगा। कुछ ही देर तक ग़ौर से सुनने के बाद सहसा वह अत्यन्त चिन्तित होकर बोल उठा, "मालूम होता है कि कहीं आग लग गयी। गाँव के उस पार से आवाज़ आ रही है।" यह कहकर वह बाहर गया। पूरब की ओर, जहाँ से आवाज़ आ रही थी, वह बड़े ग़ौर से देखने लगा। महीप भी उसके पीछे आकर खड़ा हो गया और उसी ओर देखने लगा। वास्तव में क्षितिज के पार के पेड़ों की सघनता के ऊपर अस्वाभाविक प्रकाश का एक गुम्बद-सा बन गया था। ग्रीष्मकाल के धूलि-धूसर क्षितिज में जब पूर्णिमा के बाद की द्वितीया का चन्द्रमा पूर्व क्षितिज में उदित होने लगता है, तब जिस प्रकार का रक्तिम प्रकाश पृथ्वी और आकाश की सीमा-रेखा के बीच फैलता हुआ दिखायी देता है, ठीक वैसी ही आभा से इस समय भी पूर्व दिशा आलोकित हो उठी। और साथ ही 'हो—हो' रव धीरे-धीरे स्पष्ट-से-स्पष्टतर होता चला जाता था।

श्यामस्वरूप घबराकर बोल उठा, "ठाकुर लक्ष्मीनारायण सिंह के मकान में आग लग गयी है। बल्कि आग लगा दी गयी है। यह आवाज़ उनके विद्रोही असामियों की जान पड़ती है। मालूम होता है जिस बलवे की तैयारी इतने दिनों से गुप्त रूप से हो रही थी, वह आज हो गया है।"

महीप भी घबरा गया था। उसने अत्यन्त उत्कण्ठित होकर पूछा, "आप कैसे अनुमान लगा रहे हैं कि यह आग ठाकुर साहब के यहाँ लगी है? गाँव में कहीं और भी तो लग सकती है?"

"जी नहीं, यह ठाकुर साहब के मकान के सिवा और कहीं नहीं है। मैं अच्छी तरह जानता हूँ। आसपास के सारे नक़्शे से मैं भली-भाँति परिचित हूँ।"

"यदि ऐसा है, तब तो तुरन्त चलना चाहिए। ऐसी हालत में घर की औरतों, बाल-बच्चों और बूढ़ों को बचाने का कर्त्तव्य प्रत्येक व्यक्ति का होना चाहिए। चलिये, देर न कीजिये!"

"पर उतने विद्रोहियों के बीच हम क्या कर सकेंगे? जिन लोगों ने आग लगायी है, निश्चय ही उनका दल बहुत संगठित है। वे यह कभी नहीं चाहेंगे कि कोई व्यक्ति आग बुझाये।"

"पर अपने कर्त्तव्य से तो हम लोगों को नहीं चूकना चाहिए", अत्यन्त दृढ़ स्वर में महीप ने कहा। "हमारे सामने आग लगी हो और हम लोग केवल तमाशा देखते रह जायँ, यह कहाँ की मानवता है!"

"यदि आप चलना ही उचित समझते हैं, तो चलिये!" अनिच्छा से श्यामस्वरूप ने कहा।

दोनों तेज़ क़दम रखते हुए, आगे बढ़े। चाँदनी में खेतों को पार करते हुए, कहीं पगडण्डी में और कहीं बीच खेत से होकर चलने लगे। ज्यों-ज्यों आग का दृश्य निकट-से-निकटतर आने लगा त्यों-त्यों, कोलाहल का शब्द भीषण-से-भीषणतर रूप धारण करता गया और महीप के मन का व्यस्त भाव भी बढ़ता चला गया। प्रायः बीस मिनट बाद वे लोग घटनास्थल पर पहुँच गये।

ज़मींदार की कोठी के उत्तर की तरफ़वाले हिस्से को आग ने प्रायः पूरा घेर लिया था। दक्षिण की तरफ़वाले हिस्से में अभी केवल नीचे के कमरों में ही आग लगी हुई थी। उस प्रलय-प्रकाश में महीप ने देखा, प्रायः चार-पाँच सौ आदमियों का एक उन्मत्त दल प्रचण्ड कोलाहल मचा रहा है। सबके चेहरे एक अस्वाभाविक उत्तेजना से चमक रहे थे। विकराल हिंसकता का रोमांचक हर्ष सबके चेहरों पर रह-रहकर उथल रहा था। "फूँक डालो!" "ज़िन्दा जला डालो!" "एक भी आदमी बचकर न निकलने पाये!" की आवाज़ें तूफ़ानी सागर की अट्टहास करनेवाली लहरों की तरह एक-दूसरे से टकरा रही थीं। कोठी के दरवाज़ों पर चारों ओर कड़ा पहरा बिठा दिया गया, ताकि भीतर से कोई भी आदमी बाहर न निकल सके। जलती हुई कोठी के भीतर से हाहाकार का स्वर कभी सम्मिलित रूप से और कभी बिखरे हुए रूप में चारों ओर के साँय-साँय रव के साथ मिलकर एक अनोखी भौतिक भीति का संचार कर रहा था। प्रायः सभी विद्रोहियों के हाथों में हरे रंग के झण्डे थे, जिनमें एक-दूसरे को 'क्रास' करनेवाली तलवारों का ठीक वही चिह्न अंकित था, जिससे महीप भली-भाँति परिचित था, क्योंकि स्वयं उसी ने अपने असन्तुष्ट जीवन के किसी घोर महत्त्वाकांक्षी क्षण में उस चिह्न की कल्पना की थी और बाद में अपने गुप्त दल के बिल्लों में अंकित करने का आदेश जारी किया था। दोनों तलवारों के बीच रक्त की बड़ी-बड़ी बूँदों की तरह लाल निशान पड़े हुए थे।

कुछ समय तक महीप अत्यन्त भ्रमित अवस्था में श्यामस्वरूप के साथ एक कोने में खड़ा रहा। उस भीषण ज्वाला के दृश्य से अपने अनजान में बरबस एक पतिंगे की तरह मोहमुग्ध-सा भीतर-ही-भीतर फड़फड़ाता रहा। सहसा श्यामस्वरूप ने उसका ध्यान भंग करते हुए कहा, "वह देखिये, शारदा देवी और प्रतिमा देवी अपने झण्डों को हिला रही हैं!"

महीप इस तरह चौंक उठा जैसे उसे बिजली का धक्का लगा हो। "कहाँ?" अत्यन्त उत्सुकता से उसने कहा।

"वह देखिये, सामने कुएँ के पास दोनों खड़ी हैं!"

महीप ने देखा। सचमुच दोनों महिलाएँ झण्डों को बार-बार ऊपर उठाती हुई ऊँची आवाज़ में निरन्तर न जाने क्या चिल्ला रही थीं। दोनों को अपने तन-बदन की सुध

नहीं थी। सम्भवतः अपने अस्तित्व की भी नहीं। दोनों उन्मादग्रस्त-सी होकर अपने भैरव-रूप के प्रदर्शन से बाहर की आग की तरह विद्रोही जनता के भीतर लगी हुई आग को भी निरन्तर अधिकाधिक भड़काती चली जा रही थीं। महीप मोहमग्न-सा उन्हीं की ओर देखता रहा गया। जिस कर्त्तव्य की प्रेरणा से वह गाँव के उस पार से प्रायः दौड़ा चला आया था उसे भूल गया। उसके भीतर एक पशु-प्रेरणा जगी कि दौड़कर उन दोनों के पास जा पहुँचे। वह बिना कुछ सोचे हुए दौड़ने को ही था कि सहसा चारों ओर के भैरव हुंकार के बीच उसके कानों में एक असम्भावित पुकार की भनक आयी। उसे लगा कि कोई गला फाड़-फाड़कर चिल्ला रहा है, ''महीप जी! महीप जी!'' वह भ्रान्त भाव से इधर-उधर देखने लगा। फिर यह सोचकर कि उसे भ्रम हुआ है, वह उसी ओर देखने लगा जिधर शारदा देवी और प्रतिमा खड़ी थीं। पर दूसरे ही क्षण उसने फिर सुना, ''महीप जी! महीप जी!'' वह फिर इधर-उधर देखने लगा। श्यामस्वरूप से भी यह आवाज़ सुनी थी। वह भी मालूम करने की चेष्टा कर रहा था कि आवाज़ कहाँ से आ रही है। सहसा वह कोठी की ओर उँगली उठाता हुआ बोल उठा, ''वह देखिये, ठाकुर लक्ष्मीनारायण सिंह आपकी ओर इशारा करते हुए चिल्ला रहे हैं।''

महीप ने देखा दक्षिण की ओर दुमंज़िले के एक कोनेवाले कमरे से ठाकुर साहब पूरी ताक़त से चिल्लाते हुए उसे पुकार रहे हैं और हाथ के संकेत से उसे बुला रहे हैं। उनकी बग़ल में तीन स्त्रियाँ खड़ी थीं। दो युवतियाँ थीं, जिनमें एक का आश्चर्यजनक सौन्दर्य अग्नि की ज्वालाओं के प्रकाश में अत्यन्त तीव्रता से चमक रहा था। एक वृद्धा बहुत घबरायी हुई खड़ी थी और धाड़ें मारती हुई ''बचाओ! बचाओ!'' चिल्ला रही थी! आश्चर्य की बात यह थी कि बच्चा एक भी नहीं था।

महीप ने आव देखा न ताव वह पागलों की तरह सीधे दक्षिण के दरवाज़े की ओर दौड़ा। पीछे से उसने श्यामस्वरूप को भी पुकारा। पर वह नवयुवक टस-से-मस न हुआ। चारों ओर से ''पकड़ो! पकड़ो!'' ''ठहरो! ठहरो!'' की आवाज़ें आने लगीं, जिन्हें महीप ने सुना या नहीं, इसमें सन्देह है। ज्यों ही महीप दरवाज़े के भीतर घुसने लगा, त्यों ही पीछे से किसी ने एक ऐसा लट्ठ उसके सिर पर जमाया कि वह वहीं पर अचेत होकर गिर पड़ा। उसका सिर खुल गया था। रक्त की धारा बहने लगी थी।

19

जब महीप को चेत हुआ, तब वह पहले समझ ही नहीं पाया कि वह कहाँ है। थोड़ी देर बाद उसे अनुभव हुआ कि उसके सिर पर पट्टी बँधी हुई है। लालटेन के प्रकाश में उसने देखा, श्यामस्वरूप उसके सिरहाने बैठा हुआ है। पूर्वजन्म की-सी एक धुँधली स्मृति धीरे-धीरे उसके आहत मस्तिष्क में स्पष्ट-से-स्पष्टतर होने लगी। कुछ देर तक वह चुपचाप लेटा रहा। उसके बाद धीरे से बोला, ''पानी!'' श्यामस्वरूप तत्काल उठा और पासवाले घड़े से एक गिलास में पानी भरकर उसने महीप को दिया। पानी-पीकर महीप ने करवट बदलने की कोशिश की। श्यामस्वरूप ने उसे धीरे से करवट बदलने

में सहायता दी। रात प्रायः बीत चुकी थी। श्यामस्वरूप रात-भर एक क्षण के लिए भी नहीं सोया था। महीप एक शब्द भी न बोला। केवल एक बार "उफ़!" कहकर फिर चुप हो गया। श्यामस्वरूप ने पूछा, "दर्द कैसा है?" "ठीक है", कहकर महीप फिर मौन हो रहा।

श्यामस्वरूप अपने दो असामियों की सहायता से महीप को किसी तरह उन्मत्त, विद्रोही वातावरण के बीच से छुड़ाकर अपने घर ले आया था। उसका परिचित एक कम्पाउण्डर उसे मिल गया था, जो क़स्बे के अस्पताल में काम करता था और आजकल छुट्टियों में घर आया हुआ था। उसी ने महीप की मरहम-पट्टी की थी।

घाव विशेष गहरा या ख़तरनाक नहीं था। पाँच ही दिन के भीतर महीप की हालत बहुत-कुछ ठीक हो गयी। वह उस स्थान से लौट चलने की बात सोच रहा था। पर इसी बीच एक घटना और घट गयी। पूर्वोक्त घटना के सातवें दिन पुलिस के दो आदमी वारण्ट लेकर श्यामस्वरूप के घर पहुँच गये। उन्होंने महीप को गिरफ़्तार कर लिया। श्यामस्वरूप को अत्यन्त आश्चर्य हुआ और क्रोध आया। उसने आपत्ति जताते हुए कहा, "आप इन्हें किस बिना पर गिरफ़्तार कर रहे हैं? आप लोग पुलिस के आदमी हैं, आप लोगों का फ़र्ज़ है कि सब बातों का ठीक-ठीक पता रखें। केवल क़ही-सुनी बातों पर विश्वास करके आप लोग किसी निरपराध व्यक्ति पर अत्याचार करने से नहीं हिचकते। यह बड़े दुःख की बात है। आप लोगों को मालूम होना चाहिए कि महीप जी इस विद्रोह में शरीक नहीं थे। बल्कि उन्होंने विद्रोहियों का एक प्रकार से विरोध ही किया है। विद्रोही लोग कोठी के सब लोगों को ज़िन्दा जला देना चाहते थे। उन्होंने किया भी यही। पर महीप जी उन्हें बचाने के लिए, अपनी जान को ख़तरे में डालकर आगे बढ़े और उन्होंने भीतर घुसने की चेष्टा की। इसी के फलस्वरूप उन्हें सख़्त चोट आयी है। वह मरने से बाल-बाल बच गये हैं।"

पुलिसवालों ने श्यामस्वरूप का वक्तव्य ध्यानपूर्वक सुना। उसके बाद उनमें से एक बोला, "इस तरह का बयान अदालत में दिया जा सकता है। हम लोग अपना फ़र्ज़ अदा करने आये हैं।"

इसके बाद वे लोग महीप को पकड़कर ले गये। महीप पहले ही सुन चुका था कि शारदा देवी, प्रतिमा और उनके दल के प्रायः सभी व्यक्ति पहले ही लापता हो चुके थे। पुलिस अभी तक उन लोगों का पता नहीं लगा पायी थी। केवल गाँव के दस-बीस किसान गिरफ़्तार किये गये थे, जिनमें से अधिकांश निर्दोष थे। ऐसा श्यामस्वरूप ने उसे बताया था। श्यामस्वरूप ने उसे यह भी बताया था कि ठाकुर साहब और उनके साथ की दो युवतियों को अधजली अवस्था में किसी अज्ञात व्यक्ति ने बाहर निकाल दिया था। वृद्धा जलकर मर चुकी थी। पर ठाकुर साहब और युवतियाँ शहर के अस्पताल में इलाज होने के बाद अब कुछ अच्छे हैं। सम्भवतः उन्हें मृत्यु से बचाया जा सके। पर तीनों का रूप अत्यन्त विकृत हो गया था। महीप को यह भी बताया गया कि दोनों युवतियाँ ठाकुर साहब की वेश्या-प्रेमिकाएँ थीं जिनकी निर्लज्जता और निर्दयता से ठाकुर साहब के नौकर-चाकर तक तंग आ गये थे। वृद्धा उन वेश्याओं की माँ और

नायिका दोनों थी। शेष सब व्यक्तियों को पहले ही मकान से बाहर निकलने दिया गया था।

पुलिस के आदमियों के साथ एक्के पर सवार होकर महीप सोच रहा था कि उसे गिरफ़्तार करने का कारण क्या हो सकता है? एक कारण उसे जँच रहा था। जब वह ठाकुर साहब और उनके घरवालों को बचाने के उद्‌देश्य से सहसा कोठी के दक्षिणवाले भाग की ओर दौड़ा था, तब पुलिस की सर्वदर्शी अदृश्य आँखों ने—अर्थात् उनके किसी गुप्त एजेण्ट ने (जो सम्भवतः आग लगानेवालों के दल के साथ मिला होगा) यह अनुमान लगाया होगा कि वह (महीप) किसी को बचाने नहीं, बल्कि आग की लपटों से बचे हुए भाग में भी आग लगाने के लिए दौड़ा चला गया था और ठाकुर साहब के पक्ष के किसी आदमी ने उसके सिर पर लाठी से प्रहार किया होगा। हालाँकि सत्य इसके ठीक विपरीत था। पर पुलिस के आदमियों अथवा उनके एजेण्टों के लिए इस तरह की ग़लत कल्पना करना सम्पूर्ण सम्भव था। इसके अतिरिक्त एक और सम्भावना पर महीप का ध्यान जा रहा था। पुलिस को निश्चय ही सी.आई.डी. विभाग द्वारा यह ख़बर लग गयी थी कि वह एक हिंसात्मक क्रान्तिकारी गुप्त दल का नेता रह चुका है। पर उस दल से वह अपना सम्बन्ध पूर्णतया तोड़ चुका है और अपने उस दल की हिंसात्मक नीति से उसका मूलगत विरोध हो गया है, यह महत्त्वपूर्ण सूचना स्पष्ट ही सी. आई. डी. वालों को अभी तक प्राप्त नहीं हो पायी थी। सी. आई. डी. विभाग के सम्बन्ध में जो जानकारी उसे थी, उसके आधार पर उसके मन में यह विश्वास जम चुका था कि उनकी अधिकांश कार्रवाइयाँ अधूरे ज्ञान के बल पर चलती हैं। अपने अधूरे ज्ञान की कमी वे कल्पना और अनुमान के द्वारा बेझिझक पूरा कर लेते हैं।

कुछ भी हो, महीप को अपनी गिरफ़्तारी से तनिक भी क्षोभ नहीं हो रहा था। बल्कि अपनी तत्कालीन अस्वाभाविक परिस्थिति में वह इसी बात को पूर्ण स्वाभाविक समझ रहा था।

पर एक बात के लिए वह तैयार नहीं था। उसने सोचा था कि उसे सीधे जेल में ले जाकर नज़रबन्द कर दिया जायगा या अदालत में मामला चलाकर कुछ वर्षों की कड़ी क़ैद की सज़ा सुनायी जायगी। यह उसने नहीं सोचा था कि उसे नज़रबन्द या अदालत के सुपुर्द होने के पहले पुलिस के आतंकपूर्ण राज़ का शिकार बनना पड़ेगा।

पुलिस ने उसे हिरासत में रखकर पहले ही दिन से इस क़दर अमानुषिक रूप से पीड़ित करना आरम्भ कर दिया, जिसकी बर्बरता और निष्ठुरता की कल्पना उसके पहले उसके मस्तिष्क में आ ही नहीं सकती थी। इसमें सन्देह नहीं कि संवाद-पत्रों में वह अक्सर इस तरह की ख़बरें पढ़ता था कि अमुक-अमुक अभियुक्त को पुलिस ने पीड़ित और निर्यातित किया। पर वह निर्यातन इस सीमा को पहुँच सकता है—पीड़न के समस्त मानवीय उपायों की सीमा को लाँघकर इस हद तक नग्न पाशविकता की पराकाष्ठा को पहुँच सकता है, यह उसने कभी नहीं सोचा था। और ये सब ज़ुल्म एक 'सभ्य' सरकार की जानकारी में हो रहे थे! यह स्पष्ट था कि सरकार पुलिसवालों के उद्‌दण्ड नग्नाचार को जायज़ मानती थी।

बचपन में महीप को अपने एक निकट सम्बन्धी की मृत्यु के सिलसिले में गरुड़ पुराण सुनना पड़ा था। उस पुराण में इस बात का वर्णन किया गया था कि मरने के बाद पापियों को किन-किन नरकों का भोग किन-किन रूपों में करना पड़ता है। नरक के जो लोमहर्षक वर्णन तब उसने सुने थे, वे ऐसे आतंकोत्पादक थे कि उसका अनुभूतिशील सुकुमार हृदय वर्षों तक भय की उस भीषण भावना से अपने को मुक्त करने में असमर्थ रहा। बल्कि इस रहस्यमय भीति का अज्ञात घातक प्रभाव उसकी अन्तश्चेतना में किसी-न-किसी रूप में बराबर बना रहा। पर यह उसने कभी नहीं सोचा था कि वह पौराणिक नारकीयता—बीसवीं शताब्दी का युग प्रायः आधा बीत चुकने के बाद भी—एक दिन उसके जीवन में प्रत्यक्ष सत्य के रूप में परिणत होगी। उसने सुना था कि नरक में तलवारों की धारों के ऊपर चलने, ज्वलन्त अग्नि के भीतर डाल दिये जाने, शूली पर लटकाये जाने, अंग-अंग छिन्न-भिन्न कर दिये जाने पर भी दण्डभोगी की मृत्यु नहीं होती। वह कराल-से-कराल, कठोर-से-कठोर दण्डों को नये-नये संघातक रूपों में भुगतने के लिए मरते-मरते जी उठता है। वही दशा उसकी हो रही थी। पुलिस के प्राणान्तक पीड़नों के मर्मघाती अनुभवों के बावज़ूद उसकी मृत्यु नहीं हो पाती थी। मृत्यु का कोई भय उसके लिए नहीं रह गया था। वह प्रतिपल आन्तरिक हृदय से सर्वशान्तिकारी महामाता मृत्यु का आवाहन किया करता था। उसकी शीतल क्रोड़ में विश्राम करके वह जीवन के घोर विषम ज्वर—बल्कि सन्निपात—से मुक्त होने के लिए एकान्त उत्सुक रहने लगा था। पर उसके उस आवाहन के प्रति महामाता जैसे वज्र-उदासीन थीं। भय उसे केवल एक बात के लिए था। कहीं वह पागल होकर अनन्तकाल तक छिन्न मेघ की तरह महाशून्य में निरुद्देश्य भटकता न रह जाय। पागल होने से अधिक भंयकर स्थिति की कल्पना वह अपने लिये दूसरी कर ही नहीं सकता था। पुलिस के पीड़न जिन ढंगों से और जिस क्रम से चल रहे थे, वे निश्चित रूप से उसे सीमा तक ढकेलने पर तुले हुए थे जहाँ जीवन की सहज अनुभूतियाँ और स्वाभाविक ज्ञान पत्ता तोड़ पलायन करते हैं। उस दुनिया में उनका कोई अस्तित्व ही नहीं रह जाता। महीप को हर घड़ी केवल उसी एक बात का डर लगा रहता, इसीलिए वह सब समय अपनी सारी इच्छाशक्ति को केवल इसी एक उद्देश्य के लिए केन्द्रित किये रहता कि पीड़न चाहे कैसा ही भयंकर क्यों न हो, पर उसके फलस्वरूप वह पागल न बने।

मुश्किल तो यह थी कि दिन-रात उसे जो दारुण यातनाएँ सहनी पड़ती थीं, उन्हें एक क्षण के लिए भूलने का अवसर उसे नहीं दिया जाता था। रात में कुछ ही समय के लिए उसे शारीरिक निर्यातनों से छुट्टी दी जाती थी। पर वह 'छुट्टी' का समय उन निर्यातनों से अधिक कष्टप्रद होता था, क्योंकि जो कम्बल उसे ओढ़ने और सील से तर फ़र्श पर बिछाने के लिए दिये गये थे, उनमें स्थित सैकड़ों चीलर उसके खिन्न शरीर को सहस्रों बिच्छुओं की तरह डसने लगते थे। लगातार कई दिनों से उनींदी आँखें बार-बार झँपती थीं, पर बार-बार वे चीलर-रूपी बिच्छू उसे काटते रहते। एक पलक भी सोने न देते। उस समय उसकी इच्छा होती कि किसी उपाय से आत्महत्या करके सारा

खेल ख़तम कर डाले। यदि 'ब्लेड' का कोई टुकड़ा भी ऐसे समय उसे मिल जाता, तो वह निश्चय ही उससे अपना गला रेत डालता।

ऐसे नृशंस और अमानुषिक पीड़नों के बावज़ूद, न जाने अपने भीतर स्थित किस अदम्य इच्छाशक्ति के फलस्वरूप, महीप अपने को विकट पागलपन की अवस्था से बचाने में सफल रहा। पुलिस ने हज़ार उपाय इस बात के लिए किये कि वह अपने गुप्त दल के सब भेद उसे बता दे। उसके प्रधान सदस्यों के नाम गिना दे, पर वह बराबर इनकार करता रहा। अन्त तक अपने हठ पर अटल रहा। न तो पुलिस का कठोर-से-कठोर पीड़न, न बड़ा-से-बड़ा प्रलोभन उसे डिगाने में समर्थ हुआ। अन्त में तंग आकर पुलिस ने उसका पिण्ड छोड़ दिया। सिवाय खाने, पीने और रहने की असुविधा के और किसी प्रकार का शारीरिक कष्ट उसे नहीं दिया जाने लगा। पर उसका मानसिक कष्ट प्रतिपल बढ़ता ही चला जाता था।

पुलिस के बर्बर बल्कि पैशाचिक अत्याचार अन्त तक उसे अपने कर्त्तव्यपथ से डिगाने में समर्थ न हुए और साथ ही वह छिन्न-मस्तिष्क पागल की स्थिति को भी नहीं पहुँचा, इतनी बड़ी बात कैसे सम्भव हो गयी, यह सोचकर महीप को स्वयं आश्चर्य होने लगा। गहराई से सोचने पर अपनी इस सफलता के कई सम्भव कारण उसके आगे स्पष्ट होने लगे। पर एक कारण की ओर उसका ध्यान विशेष रूप से गया। जिस दिन शारदा देवी से उसने अन्तिम विदा ली थी, उस दिन उन्होंने महीप को सोने का एक 'क्रास' अर्पित किया था। उन्होंने कहा था कि उस 'क्रास' ने अनेक संकटों के अवसर पर उनकी रक्षा की है और यह आशा प्रकट की थी कि वह महीप की भी रक्षा करता रहेगा। उस 'क्रास' को अभी तक महीप अपने गले में लटकाये हुए था। पुलिस की लोभी दृष्टि भी उसका हरण करने में समर्थ नहीं हुई थी। उस 'क्रास' ने निस्सन्देह उसके जीवन के चरम संकट के क्षण में उसे एक अत्यन्त रहस्यात्मक आध्यात्मिक बल प्रदान किया था। जब-जब वह कठोर-से-कठोर निर्यातन की स्थिति में गुज़रता था, तब-तब वह उस 'क्रास' को अपनी आँखों से लगा लेता था और तब सूली पर चढ़े, काँटों का ताज पहने, जनता के निर्मम उपहास का पात्र बने हुए उस रक्तरंजित महात्मा का चित्र उसकी मानसिक आँखों के आगे प्रत्यक्ष हो उठता था जिसके मुँह से उस चरम पीड़न की अवस्था में भी ये शब्द निकले थे, "प्रभो! इन लोगों को क्षमा करना, क्योंकि वे नहीं जानते हैं कि वे क्या कर रहे हैं!" और एक अतीन्द्रिय, आध्यात्मिक ज्योति का दर्शन करते हुए हँसते-हँसते जिसने प्राण त्यागे थे। उस कल्पना से एक आश्चर्यजनक अलौकिक शक्ति महीप की अन्तरात्मा में जग उठती थी, जो उसे निर्मम-से-निर्मम, कठोर-से-कठोर शारीरिक पीड़न को सहन करने योग्य बना देती थी।

पुलिस का पीड़न-चक्र समाप्त होने के बाद जब महीप ने इन सब बातों पर तनिक अवकाश से विचार किया, तब उसी सिलसिले में एक और बात की ओर उसका ध्यान गया, जिस पर इतने दिनों तक उसने विचार नहीं किया था। उसकी मानसिक आँखों के आगे शारदा देवी का उस समय का रूप स्पष्ट हो आया, जब उन्होंने मातृस्नेह की-सी अत्यन्त मृदुल और सकरुण भावना से प्रेरित होकर वह 'क्रास' उसके गले में डाल दिया था। जो भाव उस समय उनकी बातों से और उनके मुँह की अभिव्यक्ति से प्रकट होता

था उससे स्पष्ट था कि उस 'क्रास' की रहस्यात्मक शक्ति पर उनका पूरा विश्वास है। और उनका वह विश्वास वास्तव में महीप के लिए आश्चर्यजनक रूप से सत्य सिद्ध हुआ।

पर महीप सोचने लगा जो नारी 'क्रास' की उस महत्ता पर वैसा सुदृढ़ विश्वास स्थापित करती आयी है, जो अपनी करुणा-विगलित अविरल स्नेह-धारा का मार्मिक परिचय उसे दे चुकी है, वही अपने विकराल, चण्डी रूप से हुंकारती और गरजती हुई ठाकुर लक्ष्मीनारायण सिंह को ज़िन्दा जला डालने के लिए दौड़ पड़ी थी। इन दो तथ्यों में सामंजस्य का सूत्र कहाँ पर सम्भव हो सकता है? तब क्या अणु-बम के इस युग ने नारी अन्तरात्मा को भी द्विधा विभक्त कर डाला है? उसके एक भाग का उसके दूसरे भाग से कोई सम्बन्ध नहीं रह गया है? दिन और रात की तरह एक-दूसरे से जुड़े रहने पर भी वे एक-दूसरे के विरोधी हैं? इस कल्पना से आतंक की एक ठण्डी लहर महीप के सारे शरीर में दौड़ जाती थी। पर उसके बाद ही, न जाने कहाँ से, एक गरम लहर उठकर एक नयी शक्ति के जागरण का परिचय उसे दे जाती थी।

20

महीप को आगरा जेल ले जाया गया।

भारत रक्षा क़ानून के अनुसार महीप को किसी एक अज्ञात 'गुप्त' स्थान में नज़रबन्द करने का आदेश पुलिस को मिल चुका था। नये स्थान पर कुछ दिनों तक उसे दूसरे राजनीतिक बन्दियों के साथ ही रखा गया। पर उसकी हठकारिता और बात-बात में जेल के अनुशासन का उल्लंघन करने के कारण जेल का सुपरिण्टेण्डेण्ट उससे बहुत नाराज़ हो उठा। उसने उसे एक काल-कोठरी में बन्द करवा दिया। प्रारम्भ में उस काल-कठोरी को महीप ने किसी हद तक वरदान समझा, क्योंकि वह परिपूर्ण एकान्त स्थान में निपट अकेलेपन के लिए कुछ समय से अत्यन्त उत्सुक हो उठा था—चाहे वह एकान्तवास किसी घोर नारकीय अन्धकूप में ही क्यों न हो। जिस अँधेरी 'गुफा' में उसे रखा गया उसके भीतर युगों से संचित दुर्गन्ध इस क़दर तीव्र थी कि अन्य किसी भी स्थिति में पाँच ही मिनट के अन्दर उसके भीतर उसका दम घुट गया होता। पर उसकी ज्ञानेन्द्रियों में इधर कुछ समय से जैसे कायापलट हो गया था। वह भयंकर बदबू उसे एक अत्यन्त साधारण-सी गन्ध मालूम होने लगी। कमरा एक तो धूप और प्रकाश से रहित था, तिस पर ज़मीन की निचली सतह से मिला होने के कारण सील से तर था। प्राकृतिक क्रियाओं के लिए उसी रुद्ध कमरे के भीतर ही प्रबन्ध किया गया था। बाहर की तरफ़ से एक कोने में केवल एक छोटा-सा छिद्र खुला हुआ था, जिस पर से अधेड़ उम्र का सन्तरी बार-बार भीतर को झाँका करता था—यह जानने के लिए कि भीतर क़ैदी क्या-क्या उपद्रव कर रहा है। भीतर घोर रौरव के अगम अन्धकारमय वातावरण से जब उस छिद्र से बाहर की ओर देखने पर बीच-बीच में सन्तरी की दो आँखें चमकती हुई दिखायी देती थीं, तब वे किसी भौतिक माया की भयंकर रहस्यमयता का आभास महीप को दे जातीं।

वह कभी चीलरों से गुँथे हुए कम्बल के ऊपर लेटा रहता, कभी उस अन्धकूप के भीतर किसी अभिशप्त बैताल की तरह चक्कर काटता रहता। प्रारम्भ ही से उसे अखाद्य भोजन मिला करता था। जब से उसे काल-कोठरी में बन्द किया गया, तब से तो वह अखाद्यता चरम सीमा को पहुँच गयी थी। वह कभी उस 'भोजन' को स्पर्श-भर कर लेता और कभी स्पर्श भी न करता। एक तो अनशन, उस पर चीलरों द्वारा रक्त-शोषण और उस पर भी वायु और प्रकाश से रहित काल-कोठरी की गन्दगी और दुर्गन्ध! इन सब कारणों से उसकी अवशिष्ट शारीरिक और मानसिक शक्तियाँ दिन-पर-दिन निम्न-से-निम्नतर स्तर को पहुँचती चली जाती थीं। कमज़ोरी इस क़दर बढ़ गयी थी कि दो ही चक्करों के बाद उसके पाँव लड़खड़ाने लगते। पर चक्कर लगाये बिना वह रह नहीं पाता। एक तो चीलर चिकोटी काटते, तिस पर असंख्य दुश्चिन्ताएँ उसे शरीर को आन्दोलित करने के लिए बाध्य करतीं।

उसकी उन चिन्ताओं को ठीक 'दुश्चिन्ताएँ' भी नहीं कहा जा सकता। क्योंकि कभी-कभी उसके मन में उत्पन्न होनेवाली कुछ अस्पष्ट चिन्ताएँ ऐसी विचित्र कल्पनाओं का रूप धारण कर लेतीं, जो उसके समस्त शरीर और मन को उस घोर नारकीय स्थिति में हाइड्रोजन-भरे बैलून की तरह हलका कर देतीं और तब एक उन्मुक्त उड़ान की अनुभूति से उसके प्राण पुलकित हो उठते। पर अधिकतर जब ऐसे क्षण आ जाते थे, तब उसका कल्पना-जाल समस्त विश्व का एक वीभत्स विभीषिकामय विराट् रूप उसके सामने खड़ा कर देता और उसे विश्व के किसी क्षुद्रतम कोने में भी त्राण की आशा का क्षीणतम चिह्न भी कहीं दिखायी न देता। कभी-कभी उसके मन की तत्कालीन अस्वाभाविक स्थिति और शरीर की असाधारण दुर्बलता, उसकी युग-युगान्तर से सोयी हुई कुण्डलिनी को जगाकर उसके भीतर एक अभूतपूर्व आध्यात्मिक चैतन्य का उद्बोधन करने में समर्थ होती थी। उस अवस्था में, देश और काल का कोई बन्धन जैसे उसकी अन्तर्दृष्टि के लिए नहीं रह जाता था। भूत, वर्तमान और भविष्य की एक अटूट चित्ररेखा उसकी भीतरी आँखों के आगे स्पष्ट रूप से भासमान हो उठती थी। उसे ऐसा बोध होने लगता कि सभ्यता की सृष्टि, स्थिति और विनाश के तीनों दृश्य एक-साथ उसके सामने से होकर गुज़र रहे हैं। स्थिति बीच में स्थिर है, यद्यपि बीच में कभी-कभी उसके ऊपर ग्रहण-सा छा जा रहा है, तथापि वह ग्रहण स्थायी न रहकर फिर उप-ग्रहण में परिणत हो जा रहा है। स्थिति के उस स्थिर दृश्य के चारों ओर सृष्टि और विनाश दौड़ लगा रहे हैं। कभी विनाश सृष्टि को पीछे छोड़कर आगे बढ़ा जा रहा है और कभी सृष्टि आगे बढ़कर विनाश को पीछे छोड़ देती है। कौन चित्र सृष्टि का है और क्यों, कौन विनाश का है और क्यों, इस सम्बन्ध में उसे तनिक भी भ्रम नहीं हो रहा था। पर विनाश अपनी विश्वग्रासी लपलपाती हुई रक्त जिह्वाओं को बाहर निकालकर इस तेज़ी से क्यों आगे बढ़ा जा रहा है? तब क्या इस लम्बी दौड़ में अन्त में उसी की विजय होगी? सुदूर भविष्य में भी क्या सृष्टि के विजयी होने की सम्भावना नहीं है? न हो! पर स्थिति तो बीच में अडिग अवस्था में स्थिर है। उसे विनाश कुछ समय के लिए भले ही अपनी धूम्र-छाया से ढक ले, पर उसे वह कभी, किसी भी युग में, किसी भी हालत में मिटा नहीं सकता। हाँ, नहीं मिटा सकता!

"पर अणु-बम का क्या होगा?" अपने चित्त की उसी अस्वाभाविक रूप से उद्बोधित अवस्था में महीप सोचता, "क्या वह निकट अथवा सुदूर भविष्य में पूर्ण विनाश का दम नहीं भर रहा है? उसे ऐसा करने से रोक कौन सकेगा? और यदि मान भी लिया जाय कि अणु-बम भी मानव-जगत् के परिपूर्ण विनाश में पूरी सफलता न पा सका, तो अगले महायुद्ध में उससे भी अधिक व्यापक रूप से विनाशक अस्त्र का आविष्कार करने से वैज्ञानिकों को कौन रोक सकेगा? आधुनिक साम्राज्यवादी राजनीति और विज्ञान चण्ड और मुण्ड, आकुलि और किलात की तरह आपस में जो यह सन्धि किये बैठे हैं कि जब तक इस पृथ्वी पर से मानव-जीवन, मानवीय संस्कृति तथा मानवत्व की भावनाएँ विलुप्त न हो जायँ तब तक चैन नहीं लेंगे, उसमें कौन शक्ति हस्तक्षेप कर सकती है? तब हो जाय नियति तुम्हारी ही अनिवार्य इच्छा का अखण्ड राज्य स्थापित! यदि अपरिमित युगों से निरन्तर विकास और प्रगति की ओर अग्रसर होते रहनेवाले मानव-जीवन के भीतर, किसी अखण्ड सत्य की वास्तविक और दुर्निवार शक्ति के बीज छिपे होंगे तो वह इस पृथ्वी के विनाश के बाद भी बना रहेगा। सम्भव है कि इस पृथ्वी के परिपूर्ण विनाश के पहले ही चिर-सत्य मानवता किसी दूसरे ग्रह में अपना उपनिवेश स्थापित कर लेगी। तब सृष्टि और विनाश की दीर्घ दौड़ में युगों बाद पहली बार स्थायी रूप से सृष्टि की विजय होगी! तब सम्भवतः मानव-जाति के वर्तमान नेतागण न तो अपनी घोर मूर्खतापूर्ण अहम्मन्यता से इतराकर, व्यर्थ की राजनीतिक महत्त्वाकांक्षाओं से प्रेरित होकर, सामूहिक विनाश का चक्र-जाल रचेंगे और न मौलिक चिन्तकों और न अहिंसात्मक राजनीतिक कार्यकर्त्ताओं को पुलिस राज का शिकार बनाकर इस तरह जेल की गन्दी काल-कोठरियों के भीतर सड़ने दिया जायगा। तब सम्भवतः मानव-जाति अपनी उस सच्ची साधना और संस्कृति को सफल बनाने में समर्थ होगी, जो अन्तरराष्ट्रीय लुटेरों के विनाशक दाव-पेंचों और मूर्खताजनित युद्धों के सामूहिक संहारकाण्डों के ऊपरी धूम्र-जालों के नीचे अन्तःसलिला नदी की तरह निरन्तर विकास को प्राप्त होती हुई प्रगति के पथ पर अग्रसर होती चली जा रही है। सच्ची मानवता असंख्य उत्पातों और अनगिनत निर्यातनों के बाद भी एक दिन अपने चिर-कल्पित और चिर-आकांक्षित स्वर्ग के स्वप्न को सफल बनाकर ही रहेगी। पर अभी और इसी पृथ्वी पर—नहीं। इस समय अन्तरराष्ट्रीय जगत् के जो धूर्त नियन्तागण विश्व-कल्याण का ढोंग रचते हुए जिन विश्व-व्यवस्थाओं और विश्व-योजनाओं का जाल फैलाने की चेष्टा कर रहे हैं, वे निश्चित रूप से समग्र जनता को विनाश के गढ़े की ओर ढकेलते चले जा रहे हैं। इसलिए अभी, इसी पृथ्वी पर, स्वर्ग की स्थापना की बातें धूर्तों, कायरों या मूर्खों के प्रलाप के सिवा और कुछ नहीं है।"

इस प्रकार की छायात्मक कल्पनाओं में महीप कभी-कभी लगातार कई घण्टों तक निमग्न हो जाता। बीच-बीच में कमज़ोरी के कारण झूमता रहता, भ्रमात्मक स्वप्नों में उलझता रहता, फिर भी उस विशेष चिन्ता-धारा की अटूट लड़ी उस स्वप्नावस्था में सूक्ष्म रूप में वर्तमान रहती। पर जब चीलर बड़ी तेज़ी से काटने लगते, तो उसकी वह छायात्मक कल्पना वास्तविक जगत् के स्तर में आ उतरती और वह अपने-आपको

सम्बोधित करके कहने लगता, "इस पृथ्वी से परे, किसी दूसरे ग्रह में मानवत्व के सच्चे रूप के विकास की जो स्वप्नमयी कल्पना तुम कर रहे हो, महीप, उस स्वर्गीय आशावादिता के बल पर तुम इस पृथ्वी पर जीवित कैसे रह सकते हो? अपने को इस पृथ्वी का कर्णधार समझनेवाले अन्तरराष्ट्रीय नेताओं, देश के अधिकारियों और जेल तथा पुलिस विभाग के कर्मचारियों ने प्रत्यक्ष या परोक्ष रूप से मिलकर तुम्हें जो इस क़दर अपमानित और निर्यातित किया है, तुम्हें चूहों, चमगादड़ों और घृणित कीटों से भी बदतर समझकर तुम्हारे कवि-जीवन का सारा शारीरिक, मानसिक और आध्यात्मिक सत्त्व निचोड़कर, तुम्हें प्लेग के चूहों से भी अधिक वीभत्स और गलित रूप से मरने के लिए छोड़ दिया है, उसके प्रतीकार का क्या उपाय तुम्हारे पास शेष रह गया है? तुम्हारी हिंसा की नीति पर अणु-बम के गर्वीले अधिनायकों ने अट्टहास किया है। तुम्हारी अहिंसा की नीति पर देश के स्वतन्त्रता-कामी-उत्साही तरुण वर्ग ने थूका है। तुम्हारी सुकुमार मानवीय भावनाओं से पूर्ण कविताओं और विचारों का कोई मूल्य स्वतन्त्रता-संग्राम में रत राष्ट्र ने स्वीकार नहीं किया है। अन्तरराष्ट्रीय जगत् के कानों तक तुम्हारा क्षीण स्वर पहुँच ही नहीं पाया है। उसे पहुँचाने का कोई साधन—कोई भोंपू—ही तुम्हारे पास नहीं रहा है। तुम्हारा प्रेम उस नारी ने अन्त तक ठुकराया है, जिसे तुम बराबर अन्तर्साधना के लक्ष्य की प्राप्ति के लिए एकमात्र सम्बल मानते रहे। जिन दो और नारियों की आत्मीयता तुमने किसी हद तक प्राप्त की थी, उन्हें भी तुमने अपने स्वभाव की अनिश्चयात्मकता और असामंजस्य के कारण अपने से अलग कर दिया। इस जीवन में तुम्हारी असफलताओं का ओर-छोर नहीं है। आज तुम कुत्तों की मौत मरने जा रहे हो। पर तुम्हारे नाम को भी रोनेवाला कोई व्यक्ति इस विराट् विश्व के किसी भी कोने में नहीं है!"

इस प्रकार के विचारों का क्रम जब उसके मन में चलने लगता तब उसके भीतर न जाने किस अतल लोक से, आत्म-करुणाजनित क्रन्दन और हाहाकार की एक लहर गद्गद स्वर से उमड़ उठती। पर जब आँखों तक वह लहर पहुँचती, तब वह पत्थर के आँसुओं में बदलकर रह जाती। उसकी स्वाभिमानी प्रकृति किसी भी रूप में तरल आँसू बहाने के लिए तैयार न होती। समस्त विश्व के प्रति एक विराट् अभिमान की भावना उसके भीतर रह-रहकर फूल उठती थी—और साथ ही प्रतिहिंसा की भावना भी। पर उसका विवेक जानता था कि प्रतिहिंसा की भावना उसकी तत्कालीन अवस्था में पालना अपने नपुंसक क्रोध को बढ़ावा देने के सिवा और कुछ नहीं है। इसलिए वह दाँत पीसकर उसे दबा देता था।

वह दृश्य उसे नहीं भूलता था जब ठाकुर लक्ष्मीनारायण सिंह को उनकी प्रेमिकाओं सहित ज़िन्दा जला देने के लिए उन्मत्त जनता कमर कसकर खड़ी थी। वह जब बचाने गया तो उसका सिर तोड़ डाला गया। कैसी विकट प्रतिहिंसा थी वह अत्याचार-पीड़ित जनता की! और उस भीषण प्रतिहिंसा को उकसानेवाली थीं दो नारियाँ! वह सोचता था कि यह अस्वाभाविकता कैसे सम्भव हुई? निश्चय ही ठाकुर साहब की पापाचारिता चरम सीमा को भी लाँघ चुकी होगी। अहिंसा के नाम पर मर्म-पीड़ितों की प्रतिहिंसा को

दोषपूर्ण ठहराने का कोई अधिकार उसे नहीं है जिसे वह अस्वाभाविकता समझे बैठा है, उस परिस्थिति में सम्भवतः वही स्वाभाविक था। इस तरह का तर्क उसके भीतर चलता। पर तर्क से चाहे किसी भी निर्णय पर वह पहुँचता हो, किन्तु उसकी अन्तरात्मा की अनुभूति का कोई मेल उससे नहीं हो पाता था।

21

जेल में बन्द हुए महीप को कई दिन बीत गये।

दिन-पर-दिन उसकी शक्ति क्षीण-से-क्षीणतर होती जाती थी। वह चाहता था कि जो कुछ भी खाद्य जेल के कर्मचारियों की कृपा से उसके पास तक पहुँच रहा है उसे किसी प्रकार पेट में डाल ले, ताकि दो पाँवों के बल खड़े होने की शक्ति किसी हद तक उसे प्राप्त हो जाय। पर लाख चाहने पर भी वह उसे मुँह तक नहीं ले जा पाता था—उसकी गन्ध ही ऐसी विकट होती थी, उसके रूप-रंग और स्वाद की बात दूर रही।

अब वह अधिकतर लेटा ही रहता। खड़े होने या अधिक देर तक बैठने की शक्ति ही उसमें शेष नहीं रह गयी थी। जो आदमी अपना कर्त्तव्य-पालन करने के ख़याल से उसे 'खाना' दे जाता था, उसने एक दिन उसकी दयनीय दशा देखकर उसके प्रति सहानुभूति प्रकट करते हुए कहा, "बाबू जी, अब घबराइये नहीं। अब थोड़े ही दिनों की बात है। चुनाव के बाद ही कांग्रेस सरकार क़ायम होने जा रही है। तब आप निश्चय ही रिहा हो जायेंगे।"

महीप उत्तर में कुछ न बोला। केवल करुण व्यंग्य की अस्पष्ट मुस्कान उसकी आँखों में और ओंठों के इर्द-गिर्द झलक उठी। दूसरे ही दिन उसे सहसा ख़ून की कै हो गयी। मीठा ज्वर और खाँसी की शिकायत पहले ही चल रही थी। इस कै के बाद ज्वर एकदम बहुत बढ़ गया। पर उस ज्वर के कारण उसे कोई कष्ट नहीं हुआ। बल्कि एक प्रकार का आराम ही वह अनुभव करने लगा। उसे ऐसा लगने लगा था जैसे वह फूल से भी हलका हो गया और मुक्त शून्य में उड़ा चला जा रहा है। जिस घोर अमानवीय, निर्मम, कुटिल और कठोर वास्तविकता के बीच में वह पड़ा हुआ था, उसका अस्तित्व ही उसके लिए कपूर की तरह विलीन हो गया था। उसका अधिकांश समय एक विचित्र ही अमानवीय अथवा अतिमानवीय लोक में सैर करते हुए बीतने लगा। उस जगत् की कोई स्पष्ट और निश्चित रूप-रेखा उसके सामने नहीं थी। वह केवल इतना ही जानता था कि जो अवर्णनीय अनुभूति वह अलौकिक जगत् उसे प्रदान कर रहा है वह अत्यन्त सुखकर है। अब चीलर भी उसे नहीं काटते थे—इसलिए कि उसके शरीर में अब रक्त शेष नहीं रह गया था। ऐसे सुख—ऐसे आराम का अनुभव अपने जीवन में इसके पहले कभी एक दिन के लिए भी महीप ने शायद ही किया हो। बीच-बीच में खाँसने के बाद थोड़ा-सा ख़ून मुँह से निकलता जाता था, और खाँसने से थोड़ा कष्ट उसे अवश्य होता था। पर उसके बाद तत्काल ही वह फिर उसी अलौकिक संसार में पहुँच जाता।

जिस दिन पहले-पहल उसने ख़ून की कै की थी, उसके आठ दिन बाद जेल का डॉक्टर उसके पास पहुँचा। डॉक्टरी परीक्षा के बाद उसे अस्पताल में पहुँचाया गया।

उसके खाद्य में परिवर्तन किये जाने का आदेश जारी किया गया। इस आदेश के फलस्वरूप उसे दूसरी अखाद्य वस्तुओं के साथ दुर्गन्धयुक्त शोरबा और सड़ा, बासी अण्डा भी दिया जाने लगा, जिसे छूना भी उसके लिए असम्भव था। अस्पताल में दूसरे रोगियों के बीच में आने पर प्रारम्भ में महीप को लगा कि उसकी दुनिया बदल गयी है और जिस अतिमानवीय लोक में वह विचरने लगा था वह जैसे खो गया है। बीच-बीच में पीड़ितों की कराह का स्वर तीखे और आग में तपाये हुए भालों की तरह उसके मर्म में जाता था। वह स्वयं कभी एक बार के लिए भी नहीं कराहा था। पर यह अवस्था कुछ ही घण्टों के लिए रही। उसके बाद वह फिर—बिना किसी ऐच्छिक प्रयत्न के, उसी अतीन्द्रिय-लोक में पहुँच गया। उसकी अत्यधिक शारीरिक और मानसिक दुर्बलता उसे अधिक समय तक वास्तविक जगत् में रहने ही नहीं दे सकती थी।

अस्पताल पहुँचाये जाने के तीन ही दिन बाद फिर एक बार ख़ून की कै हुई। उसकी हालत इस क़दर गिर गयी कि नाड़ी की गति का कुछ पता ही नहीं चलता था। पर वास्तव में उसकी चेतना की आनन्दानुभूति पहले से बहुत अधिक बढ़ गयी थी। जिस लोक में उसकी चेतना पहुँच गयी थी, वहाँ विचित्र रूप-रंगों का खेल चल रहा था। क्षण-क्षण में रंग बदलते जाते थे और पल-पल में चित्र-परिवर्तन के साथ ही उसकी पुलकानुभूति के स्पन्दन की गति भी बदलती रहती थी।

चौथे दिन तड़के सवेरे महीप को लगा कि उसके शरीर का जो लघुतम भार शेष रह गया था, अब उसका भी कोई लेश नहीं रह गया है। उसकी चेतना शून्य के किस बिन्दु पर स्थित है, इसका कोई ज्ञान उसे नहीं हो रहा था, यद्यपि वह यह जानने के लिए छटपटा रहा था। साथ ही वह यह अनुभव भी कर रहा था कि एक विचित्र मनोहारी दृश्य उसके सामने भासित हो रहा है। वह देख रहा था कि अनन्त आकाश से असंख्य फुलझड़ियाँ रंग-बिरंगी चिनगारियाँ छोड़ती हुईं अविरल प्रकाश-धाराओं के रूप में नीचे बरस रही हैं। उस दृश्य में वह परिपूर्ण रूप से मग्न हो गया था। सहसा वह अट्टहास कर उठा। इसके पहले उसने जीवन में कब अट्टहास किया था, यह कहना कठिन है। उसके उस अट्टहास से पास खड़ी नर्स चौंक उठी। उसने पूछा, ''क्या हुआ? कोई चीज़ चाहिए क्या?'' महीप की आँखें खुली थीं। उसने एक बार नर्स की ओर देखा, पर उसके कानों तक नर्स की आवाज़ नहीं पहुँची। वह फिर एक बार अट्टहास कर उठा। पर तत्काल ही अत्यन्त गम्भीर हो गया और बोला (आज बहुत दिनों बाद उसके मुँह से आवाज़ निकली थी) ''अरे ये तो सब अणु-बम हैं! अणु-बम!''

इसके बाद कुछ सेकेण्डों के लिए वह चुप रहा। फिर अत्यन्त स्पष्ट स्वर में बोल उठा, ''नीलिमा, ठहरो, मैं आता हूँ...'' और उसके बाद ही उसका श्वास ऊपर को चढ़ने लगा। नर्स घबराकर डॉक्टर को बुला लायी। पर तब तक सब-कुछ समाप्त हो चुका था।

इस घटना के दूसरे ही दिन संवाद-पत्रों में यह समाचार छपा कि कांग्रेसी मन्त्रिमण्डल स्थापित हो चुका है और कांग्रेस का पहला काम समस्त राजनीतिक बन्दियों को मुक्त करने का होगा।

●●●